인간들의

가장

은밀한

기억

Cet ouvrage, publié dans le cadre du Programme d'aide à la Publication Sejong, a bénéficié du soutien de l'Institut français de Corée du Sud – Service culturel de l'Ambassade de France en Corée. 이 책은 주한 프랑스대사관 문화과의 세종출판번역지원 프로그램의 도움을 받아 출간되었습니다.

AMBASSADE
DE FRANCE
EN CORÉE
Liberté
Égalité
Fraternité

주한
프랑스
대사관

문화과

인간들의 가장 은밀한 기억

모하메드 음부가르 사르 장편소설

윤진 옮김

엘리

차례

얌보 우올로구엠을 위하여

"한동안 비평이 작품을 따라다니고, 이어 비평은 사라지고 독자들이 작품을 따라다닌다. 여정은 길 수도 짧을 수도 있다. 이어 독자들이 하나씩 죽고, 작품 혼자 계속 길을 간다. 하지만 다른 비평이 오고 다른 독자들이 와서 서서히 작품의 운행 속도에 보조를 맞춘다. 이어 비평이 다시 죽고 독자들도 다시 죽고, 작품은 해골들이 누워 있는 그 길 위에서 고독을 향한 여정을 이어간다. 작품에 다가가기, 그 흔적을 따라가기는 확실한 죽음의 명백한 징표이다. 하지만 지칠 줄 모르게 집요한 또 다른 비평과 또 다른 독자들이 다시 다가오고, 시간과 속도가 그것들을 삼킨다. 결국 작품은 더는 어쩔 수 없이 홀로 무한 속의 여정을 이어간다. 그리고 어느 날 작품이 죽는다. 세상 모든 것이 죽듯이, 언젠가 태양이 꺼지듯이, 그리고 지구가, 그리고 태양계가, 그리고 은하계가, 그리고 인간들의 가장 은밀한 기억이 꺼지듯이."

-로베르토 볼라뇨, 『야만스러운 탐정들』

첫 번째 책

1부

어미 거미의 거미줄

2018년 8월 27일

한 작가와 그의 작품에 대해 최소한 우리가 알 수 있는 것. 작가와 그의 작품은 우리가 상상할 수 있는 가장 완벽한 미로를, 목적지와 출발지가 구별되지 않는 긴 순환로를 함께 걷는다. 그 길은 바로 고독이다.

나는 암스테르담을 떠난다. 이곳에 와서 꽤 많은 이야기를 들었지만, 그래서 엘리만을 더 잘 알게 되었는지는 여전히 답하기 힘들다. 오히려 엘리만의 신비가 더 두터워졌을지도 모르겠다. 여기서 소환할 수 있는 지식 추구의 역설. 세계의 단편 하나를 발견할수록 우리는 미지의 세계가 얼마나 큰지, 우리가 얼마나 무지한지 더 잘 알게 된다. 그런데 이 방정식은 내가 엘리만에 대해 느끼는 감정을 불완전하게 드러낼 뿐이다. 한 인간 영혼을 알 수 있는가, 라는 가능성과 관련하여 엘리만의 경우는 좀 더 근원적인, 다시 말해 좀 더 비관적인 공식이 필요하다. 그의 영혼은 블랙홀을 닮았다. 그의 영혼은 다가오는 모든 것을 자기장 속에 끌어들여 삼켜버린다. 잠시 고개 숙여 그의 삶을 들여다볼 수는 있지만, 다시 고개를 들 때는 심각한, 체념한, 늙은, 아마도 절망에 빠진 상태로 중얼거리게 된다. 우리는 인간의 영혼에 대해 아무것도 알 수 없다. 알아야 할 것이 아무것도 없다.

엘리만은 그의 밤 속으로 사라졌다. 나는 미련 없이 태양과 작별한 엘리만에 매료되었다. 승천한 그의 그림자에 매료되었다. 그의 운명의 신비가 내 머릿속을 떠나지 않는다. 엘리만은 해야 할 많은 말을 두고 왜 침묵했을까? 나는 무엇보다 엘리만처럼 할 수 없어서 괴롭다. 침묵하는 사람, 진정으로 침묵하는 사람을 보면 우리는 늘 자신의 말의 의미―그 필연성―를 묻게 된다. 그러다 문득 자신의 말이 어줍잖은 객설은 아닐까, 혹시 언어의 진흙탕이 아닐까 생각하게 된다.

그만 떠들어야겠다. 이제 너, 일기를 멈춰야겠다. 어미 거미의 이야기를 듣느라 진이 빠졌다. 암스테르담이 나를 비워버렸다. 고독의 길이 나를 기다린다.

I

T.C. 엘리만 덕분에, 젊다고 할 수 있을 내 세대의 아프리카 작가들이 경건하고 유혈이 낭자한 문학적 기마창 시합을 치렀다. 엘리만의 책은 대성당이자 투기장이었다. 우리는 신의 무덤에 들어가듯 그의 책 속으로 들어갔고, 끝날 때는 무릎을 꿇고, 우리의 피를 걸작을 위한 헌주로 바쳤다. 그의 글 한 쪽만으로도 우리는 진정한 작가를, 사용된 적 없는 희귀한 단어를, 문학의 하늘에 단 한 번 떠오른 별을 보고 있다고 확신했다.

우리는 엘리만의 책을 위해 저녁에 여러 번 모였다. 그중 하루에 육감적이고 활기 넘치는, 언젠가 그 가슴 사이에서 숨이 막히도록 얼굴을 파묻고 싶다는 희망을 품게 만드는 베아트리스 낭가가 호전적으로 말했다. 그러니까 한참 논쟁이 벌어지고 있을 때 베아트리스가 진정한 작가들의 작품만이 서로 검을 뽑아 들고 논쟁할 가치가 있다고, 그런 작품만이 고급술처럼 우리의 피를 덥혀준다고, 그런 작품들이 촉발하는 격정적인 대결을 피하려고 두리뭉실한 의견 일치를 꾀하는 것은 문학의 명예를 더럽히는 짓이라고 했다. 그러면서 진정한 작가는 진정한 독자들 사이에 목숨 건 논쟁을 불러일으킬 수밖에 없다고 덧붙였다. 진정한 독자들은 그래서 항상 전쟁 중이지. 부즈카시*에서처럼 엘리만의 시체를 빼앗기 위해 경기장에서 죽을 준비가 되어 있지 않다면 당장 꺼지는 게 나아. 가서 자기 오줌이 맛있는 맥주라 생각하고 허우적대다 죽어버리라지. 그런 인간은 딴 건 몰라도 독자는 될 수 없어. 작가는 더더욱 안 되고.

나는 불길을 내뿜는 베아트리스 낭가의 공격을 지지했다. T.C. 엘리만은 고전이 아니라 컬트였다. 문학적 신화는 게임판과 같다. 그 판에서 엘리만은 세 가지 으뜸 패를 가졌다. 우선 알 수 없는 이니셜로 된 이름을 골랐다. 이어 단 한 권의 책을 썼다. 마지막으로 흔적 없이 사라졌다. 그렇다. 우리는 그 판에 끼어들어 엘리만의 시체를 손에 넣어야 했다.

T.C. 엘리만이 어떤 시기에 정말로 살았던 사람인지, 혹시 어느 작가가 문단을 농락하기 위해 혹은 문단에서 도망치기 위해 만들어낸 가명이 아닌지 의심할 수는 있었지만, T.C. 엘리만의 책이라는 강력한 진실에 대해서는 그 누구도 의혹을 제기하지 못했다. 그의 책을 읽고 나서 덮는 순간에 우리의 영혼을 향해 삶이 거칠고 순결하게 역류해왔다.

호메로스가 전기적으로 실존했던 인물인지 여부를 확인하는 일은 여전히 흥미로운 문제일 테지만, 그렇든 아니든 독자가 호메로스의 작품 앞에서 느끼는 경이로움에는 별 차이가 없다. 호메로스가 누구이든 혹은 무엇이든 독자는 호메로스가 『일리아스』와 『오디세이

---

* 말을 타고 죽은 염소를 빼앗는 중앙아시아 유목민의 전통 경기.

아』를 쓴 것에 감사한다. 마찬가지로 T.C. 엘리만 뒤에 놓여 있는 사람, 신비화 혹은 전설은 그다지 중요하지 않았다. 문학에 대한, 아마도 삶에 대한 우리의 시선을 바꾸어놓은 작품은 T.C. 엘리만이라는 이름을 달고 있었다.『비인간적인 것의 미로』, 이것이 책의 제목이었고, 우리는 샘물을 마시러 가는 바다소들처럼 그 책으로 돌진했다.

　제일 먼저 예언이 있었고, 왕이 있었다. 그리고 예언이 왕에게 말하길, 땅이 너에게 절대적인 권력을 주리라. 하지만 그 대가로 늙은 사람들의 유해를 내놓아야 했다. 왕은 그 요구를 받아들였다. 곧바로 자기 왕국의 노인들을 불태워 죽이기 시작했고, 그들의 유해를 자기 왕궁 주변에 뿌렸다. 그 자리에 곧 숲이 우거졌다. 그 음산한 숲을 사람들은 비인간적인 것의 미로라고 불렀다.

II

그 책과 내가 어떻게 만났느냐고? 누구나 그렇듯이 우연이었다. 하지만 어미 거미에게 들은 잊을 수 없는 말처럼, 우연은 우리가 알지 못하는 운명일 뿐이다. 내가 처음 『비인간적인 것의 미로』를 읽은 것은 그리 오래전이 아니다. 기껏해야 한 달 조금 지난 일이다. 물론 그 전까지 T.C. 엘리만을 전혀 몰랐다는 말은 아니다. 고등학교 때 이미 이름을 들었다. 식민지 시절부터 프랑스어권 아프리카 학생들의 문학 교재로 사용된 『흑인 문학 개설』 속에 그 이름이 있었다.

2008년에 나는 세네갈 북부의 한 군사 기숙학교 2학년이었다. 문학에 끌리기 시작한 나는 그때 시인이 되겠다는 청소년기의 꿈을 품었다. 위대한 시인이 많은 나라, 무엇보다 어딜 가든 상고르*라는 거추장스러운 유령이 따라다니는 나라에서 지극히 평범한 야심이었다. 세네갈은 여자를 유혹할 때 여전히 시가 가장 믿을 만한 힘을 발휘하는 나라였다. 여자들의 환심을 얻기 위해 4행시를 외우고 혹은

---

* 세네갈의 시인이자 문화 이론가로, 아프리카인 고유의 존엄성과 문화적 주체성을 주장하는 네그리튀드 운동을 이끌었다. 1960년 세네갈의 초대 대통령이 된 이래 다섯 차례 대통령을 연임했다.

직접 짓던 시절이었다.

나는 우선 시 선집, 동의어 사전, 희귀어 사전, 각운 사전에 파묻혀 지냈다. 그리고 "농익은 눈물"과 "열개裂開된 하늘"과 "괭한 여명" 같은 말들로 점철된 기우뚱거리는 11음절 시를 썼다. 모작과 개작과 표절도 해보았다. 『흑인 문학 개설』도 열심히 뒤졌고 그러다가 흑인 문학의 고전을 이루는 작가들 곁에, 치첼레 치벨라와 치카야 위 탐시 사이에 등장한 T.C. 엘리만이라는 낯선 이름을 보았다. 문학 개설서에서 보기 드문 특이한 설명이 신기해서 아주 찬찬히 읽었다. 그 내용은 이랬다(나는 그 교재를 아직 가지고 있다).

T.C. 엘리만은 세네갈에서 태어났다. 장학금으로 파리에 건너가 공부하던 중, 1938년에, 곧 기이한 비극적 운명을 맞게 될 『비인간적인 것의 미로』를 출간했다.

『비인간적인 것의 미로』는 대단한 책이었다! 아프리카 흑인의 걸작! 프랑스에서 본 적 없는 책! 그로 인해 논쟁이, 프랑스인들만이 그 비밀과 맛을 알고 있는 문학적인 논쟁이 일어났다. 『비인간적인 것의 미로』를 지지하는 사람도 비방하는 사람도 많았다. 그렇게 여러 사람의 입에 오르내리면서 작가와 책을 위한 화려한 상들이 준비되고 있을 때, 비상하는 그 날개를 꺾어버리는 암흑 같은 문학적 사건이 발생했다.

전쟁까지 발발했다. 1938년 말 이후로는 아무도 T.C. 엘리만의 소식을 듣지 못했다. 흥미로운 여러 가지 가설에도 불구하고 그의 운명은 여전히 미스터리로 남아 있다(이 문제에 관해서는 B. 볼렘 기자의 소책자 『흑인 랭보는 진정 누구였는가? 어느 유령의 오디세이아』(라송드 출판사, 1948년)를 읽어볼 만하다). 논쟁의 후유증으로 출판사는 책을 전량 회수하고 모든 재고를 폐기했다. 이후『비인간적인 것의 미로』는 재출간되지 못했다. 현재는 어디서도 찾아볼 수 없다.

다시 말해보자. T.C. 엘리만, 그는 너무 일찍 빛을 발한 재능 있는 작가였다. 어쩌면 천재였다. 하지만 유감스럽게도 그런 재능을 절망을 그리는 데 바쳤다. 지나치게 비관적인 엘리만의 책은 폭력적이고 미개한 암흑의 아프리카라는 식민주의적인 관점을 더욱 강화했다. 오래전부터 너무 많은 아픔을 겪었고 지금도 겪고 있으며 앞으로도 겪게 될 아프리카 대륙은 그 품에서 태어난 작가들이 좀 더 긍정적인 모습으로 자기를 그려주길 바랄 권리가 있다.

이 글을 읽자마자 나는 엘리만의 자취를 찾아, 아니 정확히 말하면 그의 유령이 지나간 길을 찾아 나섰다. 몇 주 동안 엘리만의 운명을 알아내는 일에 매달렸지만, 인터넷에선 교재에 없는 새로운 내용을 찾아볼 수 없었다. 그의 사진도 찾지 못했다. 드물게 그의 이름이 언급된 사이트들에도 하나같이 너무 암시적인 내용뿐이라 나는 곧 그들도 나보다 더 알지 못한다는 사실을 깨달았다. 모두 혹은 거의 모두 "양차대전 사이의 불명예스러운 아프리카 작가"를 들먹였지만, 문제의 불명예가 정확히 무엇인지에 대해서는 말하지 않았다. 작품에 대해서도 말이 없었다. 책의 본질에 관련된 증언은 하나도 없었다. 연구나 학위논문도 없었다.

나는 대학에서 아프리카 문학을 가르치는 아버지 친구를 찾아갔다. 그의 대답에 따르면 엘리만은 프랑스 문학에서(아버지의 친구는

'프랑스'에 힘을 주어 말했다) 너무 일찍 사라져버렸고, 그래서 세네갈에서도 그의 작품을 찾을 수 없다고 했다. "거세된 신의 작품이라네. 『비인간적인 것의 미로』가 성스러운 책이라고 말한 사람도 있었지. 하지만 결국 어떤 종교도 낳지 못했어. 그나마 이젠 그 책을 믿는 사람도 없고. 어쩌면 이전에도 없었을지 모르겠군."

내가 다니는 군사 기숙학교가 오지에 위치한 터라 나의 조사는 곧 한계에 부딪쳤다. 나는 일단 멈추기로 하고 단순하고 잔인한 진실을 받아들였다. 엘리만은 문학의 기억 속에서 지워졌을 뿐 아니라 자기 동포들을 포함하여 인간들의 모든 기억에서 지워져버렸다(잘 알려진 대로 원래 고국의 동포들이 제일 먼저 잊는다). 『비인간적인 것의 미로』는 다른 문학사(어쩌면 진정한 문학사)에 속했다. 시간의 통로에서 길을 잃어버린 책들의 역사, 저주받은 책들이 아니라 그저 잊힌 책들, 그 주검과 해골과 고독이 간수 없는 감옥의 바닥에 흩어져 있는 책들, 아무 소리도 들을 수 없이 무한히 이어지는 얼어붙은 길들 위에 방향 표지석을 세우는 책들의 역사.

나는 이 슬픈 역사를 마음에서 지운 뒤 다시 엉성한 시구들로 채워진 사랑의 시를 쓰기 시작했다.

검색을 통해 새로 알게 된 내용 중에 중요한 것은 단 하나, 『비인간적인 것의 미로』의 첫 대목이었다. 마치 칠십 년 전 책이 전부 사라질 때 오직 그 대목만이 구조되어 살아남은 듯했다. 제일 먼저 예언이 있었고, 왕이 있었다. 그리고 예언이 왕에게 말하길, 땅이 너에게 절대적인 권력을 주리라. 하지만 그 대가로 늙은 사람들의 유해를 내놓아야 했다. 이하 생략.

III

이제부터 『비인간적인 것의 미로』가 어떻게 내 삶에 다시 등장했는지 말해보겠다.

고등학생일 때 처음 엘리만을 만났고 그 뒤로는 아무런 관련 없이 살아왔다. 이따금 떠올리긴 했어도 점점 뜸해졌고, 그나마 생각할 때면 마치 완성되지 못한 혹은 완성될 수 없는 이야기를 회상할 때처럼 약간의 슬픔이 느껴졌다. 말하자면 연락이 끊긴 옛 친구, 불이 나서 타버린 원고, 마침내 행복해질지 모른다는 두려움 때문에 포기한 사랑 같았다. 나는 바칼로레아를 치렀고, 공부를 계속하기 위해 세네갈을 떠나 파리에 왔다.

처음 도착해서 다시 엘리만에게 관심을 기울이기도 했지만, 별 소득은 없었다. 무슨 책이든 다 가지고 있다고 떠벌리던 고서상들에게서도 엘리만의 책은 찾을 수 없었다. B. 볼렘이 썼다는 소책자 『흑인 랭보는 진정 누구였는가?』 역시 1970년대 중반 이후로는 재출간된 적이 없었다. 곧 학업과 타국 생활의 무게 때문에 『비인간적인 것의 미로』는 내 머릿속에서 흐릿해졌다. 엘리만은 문학의 깊은 밤에 단 한 번 성냥을 그어 밝힌 불길이었다. 나는 서서히 엘리만과 『비인간적인 것의 미로』를 잊었다.

이어 프랑스 대학 과정에 따라 문학박사 학위논문을 준비해야 했고, 바로 그 논문 때문에 나는 작가들의 에덴에서 추방되었다는 느낌에 시달렸다. 곧 논문에 시큰둥해졌고, 일시적인 유혹이 아니라 분명하고도 호기로운 욕망으로 소설가가 되기 위해 고귀한 학문의 길에서 멀어졌다. 너도나도 나에게 경고했다. 문학으로 영영 성공하지 못할 수도 있어. 상처받고 좌절하고 사회 주변부로 밀려나고 영영 실패자가 되면 어쩌려고! 맞아, 그럴지도 모르지, 내가 말했다. "사람들"이 지치지 않고 계속 말했다. 그러다 자살하고 말 거야! 맞아, 그럴 수 있어. 내가 대답했다. 그리고 덧붙였다. 어차피 삶은 '그럴 수-있다peut-être' 속의 연결선에 지나지 않아. 나는 그 단어를 만드는 가느다란 선 위를 걷고 있지. 내 무게 때문에 선이 끊어진다면 할 수 없지 어쩌겠어. 뭐가 살아남고 뭐가 죽었는지는 그때 가서 보는 수밖에. 나는 "사람들"에게 이제 그만 꺼져주지 않겠느냐고 했다. "어차피 문학에 성공 같은 거 없어. 그러니까 성공 열차를 네 마음에 드는 곳에 옮겨놔."

나는 『공허의 해부』라는 시시한 소설을 썼고, 한정 출판에 가까운 작업을 하는 출판사에서 책을 냈다. 실패였다(첫 두 달 동안 내가 직접 구매한 것을 포함해서 총 79부가 팔렸다). 페이스북에 내 책이 곧 출간된다는 소식을 올린 글에는 1,182명이 "좋아요"를 눌렀다. "축하해!" "자랑스러워!" "프라우드 오브 유." "축하, 브로!" "브라보!" "덕분에 힘이 나는걸!"(나는 힘이 빠진다.) "고마워, 형제. 넌 우리의 자랑이야." "빨리 읽고 싶네, 인샬라!" "책이 언제 나옴?"(페이스북에 이미 출간 날짜를 알렸다.) "어떻게 구할 수 있지?"(마찬가지로 이미 말했다.) "책 얼마야?"(마찬가지다.) "제목이 흥미로운걸!" "넌 젊은 우리 모두의 귀감이야!" "무슨 내용인데?"(이것은 문학 속의 악을 구현하는 질문이다.) "지금 주문 가능함?" "PDF 구할 수 있어?" 등등. 전부 79부였다.

그러다가 출간된 지 네다섯 달쯤 지났을 때 비로소 내 책이 익명성의 연옥을 벗어나게 되었다. 프랑스어권 문학이라고 불리는 분야의 전문가인 한 영향력 있는 문학 기자가 〈르몽드〉(아프리카)에 띄어쓰기 포함 1,002자로 쓴 글 덕분이었다. 그는 내 문체에 대해서는 어느 정도 유보적인 입장을 취했지만, 마지막 문장이 나에게 "프랑스어권 아프리카 문학의 유망주"라는 무서운, 게다가 위험한, 악마적이기까지 한 꼬리표를 달아주었다. 물론 그 덕분에 "떠오르는 별"이라는 끔찍하고 치명적인 표현은 피할 수 있었지만, "프랑스어권 아프리카 문학의 유망주"라는 칭송 역시 불길하기는 마찬가지였다. 어쨌든 나는 나를 포함하여 입 거친 인간들이 게토라고 부르는 파리의 아프리카 디아스포라 문단에서 어느 정도 관심의 대상이 되었다. 내 책을 읽지 않았고 이후에도 절대 읽지 않을 사람들이 〈르몽드 아프리카〉의 짤막한 기사 덕분에 내가 n번째로 등장한 유망주 작가임을 알게 된 것이다. 나는 페스티벌, 독자와의 만남, 문학 살롱, 도서전 등에 초대되어 "새로운 목소리" 혹은 "새로운 기수" "새로운 필치" 등등 매번 새로움을 내세우지만 사실상 문학에서 이미 늙고 지쳐버린 것들을 앞세운 좌담에 단골손님으로 등장했다. 모국에도 소식이 전해졌다. 세네갈 사람들도 나에게 관심을 갖기 시작했다. 파리 사람들이 그랬기 때문이고, 그것은 곧 인쇄 허가를 의미했다. 그때부터『공허의 해부』에 대한 해설들이 등장했다(해설한다는 게 읽었다는 뜻은 아니다).

이 모든 것에도 불구하고 나는 소설에 만족하지 못했고, 아마도 불행했다. 곧『공허의 해부』가 부끄러워졌고―내가 어떤 이유로 그 책을 썼는지에 대해선 나중에 자세히 이야기하겠다―그 책을 씻어내고 싶었는지 아니면 덮어버리고 싶었는지 아무튼 야심차고 결정적인 다른 위대한 소설을 꿈꾸기 시작했다. 쓰는 일만 남아 있었다.

IV

그렇게 '마그눔 오푸스'*를 한 달째 시도하고 있을 때였다. 7월의 어느 날 밤에 첫 문장을 도저히 찾아내지 못하던 나는 도망치듯 파리 거리로 나갔다. 어디에선가 기적이 나타나지는 않을까 살피면서 여기저기 돌아다녔다. 그런데 정말로 어느 술집의 창유리 너머에 기적이 나타났다. 마렘 시가 D.가 술집 안에 있었다. 육십 대의 세네갈 작가로, 출간하는 책마다 스캔들을 일으킨 탓에 사악한 무녀巫女, 시신 먹는 마귀로 여겨지고, 잠든 남자를 탐하는 악령으로 취급되기도 했다. 하지만 나에게는 천사였다. 내가 보기에 시가 D.는 세네갈 문학의 검은 천사다. 시가 D.가 없었다면 지금쯤 세네갈 문학은 치명적인 권태의 하수구가 되어 물컹거리는 똥 덩이 같은 책들, 허구한 날 영원한 태양이 "나뭇잎 사이로 찌를 듯한 햇살"을 쏟아내는, 광대뼈가 "튀어나온" 얼굴과 "매부리"(혹은 "아래쪽이 퍼져 있는") 코와 "볼록한" 혹은 "튀어나온" 이마가 시도 때도 없이 등장하는 허접한 소설들이 첨벙대고 있었을 것이다. 시가 D. 덕분에 세네갈의 최

* '대사업' '최고 걸작'을 뜻하는 라틴어.

신 문학은 악취 풍기는 클리셰들을, 오랫동안 썩은 채로 방치한 치아처럼 생기와 활력을 잃은 기이한 문장들을 피할 수 있었다. 외설스럽다면 오로지 철저하게 정직하다는 이유 때문에 외설스러운 작품을 쓰기 위해 시가 D.는 세네갈을 떠났다. 그리고 열광적인 독자층이 형성되었다—소송이 몇 건 제기되었지만, 늘 변호사 없이 재판을 치러내고 있다. 질 때가 많아도 시가 D.는 흔들림 없이 말했다. 내가 해야 하는 말이 내 삶 속에 있으니 나는 계속 쓸 것이고, 여러분이 너저분한 공격을 하든 말든 난 상관없습니다.

바로 그 시가 D.가 술집에 앉아 있었다. 나는 안으로 들어가 멀지 않은 자리에 앉았다. 손님은 우리를 빼면 여기저기 흩어져 앉은 서너 명이 전부였다. 나머지는 바깥 공기를 쐬기 위해 테라스 자리에 있었다. 시가 D.는 혼자였고, 꼼짝도 하지 않았다. 흡사 키 큰 풀들 속에 웅크리고 먹잇감이 나타나길 기다리며 노란 눈으로 대초원을 응시하는 암사자 같았다. 지금까지 시가 D.가 쓴 작품들 속에서 타오르던 뜨거운 불길과 잘 부합되지 않는 차가운 태도였다. 황홀하게 화려하고 흡사 화산 같은, 규석 같고 다이아몬드 같은 시가 D.의 글을 떠올리며 문득 나는 저토록 냉담해 보이는 여자가 정말 그 글들을 썼을까 의혹을 품었다.

그때였다. 시가 D.가 부부*의 소매를 걷기 위해 팔을 움직이느라 몇 초 동안 옷의 틈새로 가슴이 보였다. 어두운 터널 끝에서 혹은 대기실 복도 끝에서 어른대듯, 그렇게 시가 D.의 가슴이 모습을 드러

---

* 세네갈을 비롯한 중앙아프리카 지역에서 남성 여성 구별 없이 입는 가운 형태 원피스.

냈다. 시가 D.는 자신의 유방에 대해 기념비적인 구절들을, 에로틱한 글들만 모아놓은 가장 뜨거운 선집에 들어갈 만한 찬사의 시를 썼다. 다시 말해 나는 후세 문학에 전해질 가슴을 보고 있었다. 많은 독자들이 머릿속에서 시가 D.의 가슴을 보았고, 둥글게 솟아오른 그 가슴에 대해 군건한 환상을 품었다. 나 역시 품었던 환상이 되살아났다. 시가 D.가 팔을 내리는 것과 동시에 가슴은 비밀로 되돌아갔다.

나는 한 손으로 용기를 움켜쥐고 다른 손으로 잔을 들어 단숨에 비운 뒤 다가갔다. 그리고 디에간 라티르 파이라고 내 소개를 했다. 당신 작품을 좋아한다고, 만나게 되어 감격스럽다고, 당신의 개성에 반했다고, 어서 다음번 책을 읽고 싶다고, 한마디로 독자와의 만남에서 찬미자들이 늘어놓았을 의례적인 찬사를 쏟아냈다. 시가 D.의 얼굴에 말은 안 하지만 귀찮은 사람을 쫓아내고 싶어하는 짜증 어린 친절이 드러났다. 나는 전부 걸기로 했다. 조금 전 당신의 가슴을 보았다고, 다시 보고 싶다고 말했다.

놀란 시가 D.가 눈을 찌푸렸다. 드디어 틈새가 벌어졌다. 나는 재빨리 그 틈새로 달려들었다. 마담 시가, 전 당신의 가슴 때문에 수없이 많은 꿈을 꾸었습니다. —그래서 봤더니 마음에 들었고? 시가 D.가 차분한 목소리로 물었다. —네, 아주 좋았고, 전보다 더 원하게 되었습니다. —전보다 더? —네. —그걸 어떻게 알지? —지금 섰거든요. —진심이야? 디에간 라티르 파이? 젊어서 그런가, 아주 쉽게 되네. —네, 마담 시가. 저도 압니다. 전 정말 오래전부터 당신 가슴을 생각했습니다. —습니다, 습니다 좀 그만해. 마담 시가라고 부르는 것도 그만두고. 발기도 그만해. 그만 죽여. *mënn na la jurr*, 난 네 어머니뻘이야. —*Kone nampal ma*, 그럼 어머니처럼 젖을 빨게 해줘요. 나는 십 대 때 내 수작을 거부하는(혹은 나의 11음절 시를 이해하지 못하는) 여자애들에게 나보다 네다섯 살 많으니 나를 낳았을 수도 있다는 생각으로 던졌던 말로 응수했다.

잠시 나를 쳐다보던 시가 D.가 처음으로 미소를 지었다.

—우리 신사분이 재치가 있군. 지껄이기도 잘하시고. 정말 젖을 빨고 싶어? 좋아. 날 따라와. 내가 묵는 호텔까지 몇 분만 가면 돼. 인샬라, 우리 신사분이 젖을 빨러 가신다네요.

시가 D.는 일어설 채비를 하다가 잠시 멈췄다. 혹시 지금 여기서 하고 싶은 거야?

그러더니 제안을 실천하기 위해 곧바로 입고 있던 풍성한 부부의 목 부분을 가슴 아래로 내렸다. 벌어진 가슴팍에서 육중한 왼쪽 유방이 나타났다. 할래? 시가 D.가 물었다. 저거다. 갈색 색조의 커다란 메달 같은 유두륜이 더 환한 색을 띤 풍요의 바다 위에 섬처럼 떠 있었다. 시가 D.는 오른쪽으로 고개를 기울인 채 나머지 모든 것에는 아무런 관심도 두지 않으며 나를 쳐다보았다. 아마도 충격적이고 저속한 효과를 노리고 한 일이었을 테지만, 반대로 그 음란한 관능은 억제된 힘을 띠었고 조금 지난 뒤에는 우아해 보이기까지 했다. 어쩔래? 할 거야 말 거야? 시가 D.가 두 손으로 자기 가슴을 잡았다. 그리고 천천히 주물렀다. 몇 초 후에 나는 다른 사람 없는 호텔 방이 좋다고 말했다. 아쉽군. 목소리가 너무 부드러워서 겁이 날 정도였다. 시가 D.는 드러냈던 유방을 다시 옷 안에 밀어 넣은 뒤 일어섰다.

공기 중에 미르라와 시나몬 향이 가득했다. 나는 계산을 했다. 그리고 시가 D.를 따라갔다.

V

시가 D.는 자기 작품을 다루는 심포지엄에 참석하느라 며칠 전부터 묵고 있는 파리의 한 호텔로 나를 데려갔다. 오늘이 마지막 밤이야. 시가 D.가 엘리베이터 버튼을 누르며 말했다. 내일이면 암스테르담으로 돌아가지. 그러니까 오늘 밤 아니면 끝이야, 디에간 라티르파이.

입가에 끔찍한 미소를 머금은 시가 D.가 엘리베이터에 탔다. 14층을 향해 가는 우리의 상승은 고통스러운 실패를 향한 나의 추락이었다. 시가 D.의 몸은 이미 모든 것을 겪었고 해보았고 맛보았다. 그런데 내가 무엇을 줄 수 있단 말인가. 내가 시가 D.를 어디로 데려갈수 있단 말인가. 무엇을 상상해야 할까? 어떻게 즐겨야 할까? 에로틱한 창의성은 절대 마르지 않는다고 떠벌리는 철학자들도 있지만, 그들은 시가 D.를 상대해본 적이 없기 때문에 그런 말을 할 수 있다. 시가 D.의 존재만으로도 그동안 이어온 나의 잠자리 편력이 다 지워져버렸다. 어쩌지? 벌써 5층이다. 시가 D.가 아무것도 느끼지 못하면 어쩔 거냐고. 아예 네가 들어오는 걸 느끼지 못할지도 모르는데. 정작 네 몸은 저 여인의 몸에 닿자마자 용해되어 흘러내리고 시트와 매트리스에 흡수되어버릴 텐데. 8층이다. 저 여인의 몸속에 빠져 허우적대기만 하는 게 아니라 사라지고 해체되고 말 텐데. 핵.분.열.이 일어나고, 넌 레우키포스와 데모크리토스(철학적 차원에서 데모크리토스와 어깨를 나란히 할 수 있는 건 엠페도클레스뿐이다) 같은 고대 유물론자들이 말하는 클리나멘 속을 표류하게 되겠지. 물론 『물物의 본성에 대하여』에서 축복받은 향락주의자 에피쿠로스에 대해 멋진 설명을 남긴 루크레티우스도 잊으면 안 된다. 11층이다. 권태. 너는 저 여인에게 결국 치명적인 권태를 안기게 되리라.

날씨가 더운데 나는 식은땀을 흘렸다. 어쩌면 시가 D.는 손가락을 한 번 튕겨서 혹은 입김을 한 번 불어서 작은 이삭을 날려 보내듯이 날 털어내지 않을까? 나는 힘을 내기 위해 라블레* 식으로 젖을 빨아댈 순간을, 문학적 가슴을 떠올렸다. 하지만 그런 장면은 도움이 되기는커녕 더 큰 나약함 속으로 나를 밀어 넣었다. 시가 D.의 젖가슴 앞에서 내 두 손은 우스꽝스러우리만큼 무해하고 작았다. 내 손은 욕망이 불가능한 손, 퇴화된 날개였다. 혀를 쓸 수 있다는 생각은 아예 하지도 못했다. 시적인 유두가 이미 내 혀를 납으로 봉인해버렸다. 망했다.

14층이다. 엘리베이터 문이 열리자 시가 D.는 나에게 눈길 한 번 주지 않고 밖으로 나서 곧바로 왼쪽으로 향했다. 몇 초 동안, 두꺼운 복도의 카펫에 삼켜졌는지 시가 D.의 발소리가 들리지 않았다. 곧

---

* 16세기 프랑스의 인문주의자 프랑수아 라블레는 『가르강튀아와 팡타그뤼엘』에서 즐거움에 탐닉하는 인물들의 황당무계하고 과장된 일화들을 통해 당시의 지적, 종교적 현실을 해학적으로 비판했다. 거인 가르강튀아는 태어나자마자 마실 것을 달라고 한다.

이어 마그네틱 카드에 닿은 객실의 잠금장치가 열리는 소리가 났고, 다시 고요해졌다. 엘리베이터에 혼자 남은 나는 체면 때문에 1층부터 참았던 가스를 배출했다. 이쯤에서 도망쳐야 하지 않을까? 사실 전투를 시작하기도 전에 이미 내가 패했다는 사실을 우리 둘 다 알고 있었으니 도망이라 부르기도 힘들었다. 내가 그냥 이대로 가버린다면 그것은 처량하지만 예측 가능했던 나의 패주의 결말, 이미 선고된 패배의 완성이었다. 로비에서 누군가 엘리베이터를 호출했다. 문이 다시 닫히기 시작했다. 나는 마지막 순간에 문을 막아 세우고 복도로 나섰다. 나는 용기라기보다는 오히려 완전한 패배를 감내하겠다는 모호한 욕망에 사로잡혔다.

마침내 복도로 나갔다. 문 하나가 열려 있고, 문틈으로 초대인지 경계경보인지 알 수 없는 미르라와 시나몬 향이 흘러나왔다. 문 앞에 선 나는 마치 그곳이 명부의 입구이기라도 한 듯 안으로 들어서지 못했다. 움직이지 않고 멍하니 서 있었다. 복도의 불이 꺼졌다. 한 걸음 앞으로 움직였다. 불이 다시 들어왔다. 나는 마침내 방 안으로 들어갔다. 몰개성적으로 화려한 파스텔 톤의 방이었다. 발코니 쪽 커다란 유리문 너머로 반짝이는 파리 시내가 눈에 들어왔다. 물소리가 들렸다. 시가 D.가 샤워를 하고 있었다. 나는 숨을 들이쉬었다. 진실의 시간에 앞서 약간의 유예가 주어졌다.

너무 큰 침대가 놀라웠지만, 그 위에 뻐기듯이 걸려 있는 액자의 조악함만큼 놀랍지는 않았다. 예술가가 세상을 저렇게 피상적으로 미화시켜, 다시 말해 왜곡시켜놓고도 살아남을 수 있을까? 나는 시선을 돌려 넓디넓은 침대를 바라보았고, 그 순간 나의 생각들이 천장으로 날아올라 허우적댔다. 앞으로 일어날 일이 몇 가지 시나리오로 펼쳐졌다. 끝은 모두 같았다. 아무것도 느끼지 못한 시가 D.의 냉혹한 웃음소리 속에서 내가 발코니 난간을 넘어 허공에 몸을 던지는 결말이었다. 십오 분쯤 지난 뒤에 샤워를 마친 시가 D.가 욕실에서 나왔다. 하얀 수건을 가슴 위에서 묶어 넓적다리까지 늘어뜨렸고, 다른 수건 하나는 술탄의 왕비가 터번을 두르듯 머리에 감고 있었다.

—아, 아직 안 갔네.

목소리만으로는 냉정한 확인인지 놀라움의 표현인지, 나를 유린하는 빈정거림이었는지 혹은 그저 질문이었는지 알 수 없었다. 시나리오마다 끔찍한 함의가 실려 있었다. 나는 대답하지 않았다. 시가 D.가 빙그레 웃었다. 나는 방과 욕실을 오가는 그 모습을 가만히 쳐다보았다. 쾌락 앞에서도 고통 앞에서도 물러선 적 없는 성숙한 여인의 몸. 고통과 뒤섞인 아름다움. 정숙함과는 거리가 먼, 고통을 겪고 배척당한 몸이었다. 전혀 거칠지 않은, 하지만 거친 세상 앞에서 겁먹지 않는 몸. 보자마자 알 수 있었다. 나는 시가 D.를 바라보았고 진실을 깨달았다. 내 앞에 있는 것은 인간이 아니라 거미였다. 비단실이 아니라 강철로, 어쩌면 피로 짠 수많은 실로 거대한 작품을 만드는 어미 거미. 그리고 나는 그 거미줄에 걸린 한 마리 파리였다. 시가 D.에게 사로잡힌, 시가 D.의 삶들이 만든 촘촘한 그물에 매혹되어 붙잡히고 만 푸르스름한 파리.

여자들이 샤워를 마친 뒤 뭔지 알 수는 없지만 아무튼 무척 중요해 보이는 수많은 일을 하는 긴 시간이 흘러갔다. 시가 D.는 여전히 수건 한 장만 걸친 채로 내 앞쪽의 안락의자에 앉았다. 수건이 말려

올라가면서 허벅지 위쪽이, 이어 더 위쪽이, 그리고 치골 둔덕이 드러났다. 나는 시선을 돌리지 않고 잠시 그 음모에 시선을 고정시켰다. 그리고 입구를 찾았다. 시가 D.가 다리를 꼬았고, 그 순간 내 기억 속에 남아 있던 샤론 스톤의 모습이 흐릿해졌다.

—내 생각에 넌 작가가 분명해. 작가가 되려고 배우는 중인가. 놀랄 거 없어. 난 너 같은 부류의 인간을 첫눈에 알아볼 줄 알거든. 사물을 볼 때 마치 그 뒤에 깊은 비밀이 있는 것처럼 보는 부류지. 여자의 성기를 보면서 마치 신비를 풀 열쇠가 들어 있기라도 한 것처럼 응시하잖아. 뭐든 탐미적으로 바라보지. 그래봐야 성기는 성기일 뿐인데. 눈을 파묻고서 서정이든 신비든 질질 흘릴 게 뭐가 있다고. 순간을 살피고 또 글을 쓰고 동시에 할 수는 없어.

—왜 없어요. 그럴 수 있어요. 작가로 산다는 게 그런 거잖아요. 삶의 매 순간을 글쓰기의 순간으로 만들기, 모든 것을 작가의 눈으로 바라보기, 그리고……

—그게 바로 네 오류야. 너 같은 부류의 인간들이 저지르는 오류. 문학이 삶을 바로잡을 수 있다고, 삶의 빈자리를 채우든지 혹은 대신할 수 있다고 믿는 거 말이야. 틀렸어. 나도 작가들을 많이 만나봤는데, 같이 잔 남자들 중에 작가들이 제일 형편없었어. 왜 그런지 알아? 섹스를 하면서 이미 머릿속으로 그 체험을 글로 묘사할 궁리를 하거든. 애무를 해도 매번 상상력이 만드는 혹은 만들게 될 것 때문에 엉망이 되고, 허리를 돌릴 때마다 머릿속에 맴도는 문장 때문에 약해지지. 섹스 도중에 내가 무슨 말이라도 해봐. "그 여자가 속삭였다" 어쩌고, 그자들의 목소리가 들리는 것 같지. 결국 여자랑 자면서

도 머릿속으로 글을 쓰는 거야. 심지어 대화체까지 등장하는 그 글 속에 빠져 있다고. *Als het erop aan komt*—네덜란드어야, "결국에는 그렇다"라는 뜻이지—작가라는 남자들은 너처럼 자신들의 허구 속에 갇혀 있어. 영원한 화자라고 할까. 중요한 건 삶이야. 작품은 그다음이고. 두 가지는 절대 하나가 되지 않아.

따져볼 만한 흥미로운 이론이었지만 내 귀에는 더 이상 들리지 않았다. 그사이 시가 D.가 다리를 살짝 꼬면서 수건이 거의 다 흘러내렸기 때문이다. 목욕 수건이 벌어지면서 이제 배와 허리, 피부에 새겨 넣은 글자들까지 몸 거의 전체가 드러났다. 수건의 양쪽 끝으로 가슴만 가려진 상태였다. 입구도 분명하게 보였다. 나는 절대 눈을 깜박거리지 않으리라 다짐했다.

—그래, 넌 지금 이 순간에도 문장들을 생각하고 있을 거야. 나쁜 징조지. 좋은 소설을 쓰고 싶다면 지금은 잊어. 나랑 자고 싶은 거잖아, 안 그래? 그래, 넌 날 원해. 난 여기 있고. 그 생각만 해. 내 생각만 하라고.

시가 D.가 안락의자에서 일어나 내 쪽으로 다가오더니 내 얼굴 위로 고개를 숙였다. 몸에 걸쳤던 수건이 완전히 벗겨지고 가슴이 드러났다. 시가 D.가 자기 가슴을 내 가슴에 갖다댔다.

—그게 싫으면 그만 가. 가서 허접한 소설이나 써.

이런 도발은 조금 유치하지 않은가. 나는 시가 D.를 침대 위로 밀쳐버렸다. 그 순간 시가 D.의 얼굴에 승리와 관능과 도발이 어렸고, 그 표정이 나를 거센 욕망으로 휩감아버렸다. 나는 시가 D.의 젖가슴에 입을 갖다댔다. 나는 몰두했고, 시가 D.의 입에서 한숨이, 보다 정확히 말하자면 한숨의 원형적 형태가 새어 나왔다. 적어도 나는 그렇게 믿었다. 실재였든 꿈에 지나지 않았든 어쨌든 시가 D.의 한숨은 나를 흥분시켰다. 한 마리 파리인 나는 거미줄의 중심에, 살아 나오기 힘든 어두운 중심에 있었다. 나는 그 입구 속으로 들어가고 싶었다. 그런데 시가 D.가 나를 붙잡더니 갑자기 웃음을 터뜨렸고, 치욕적일 정도로 쉽게, 마치 아이를 밀쳐내듯 나를 바닥으로 밀어버렸다. 그리고 일어나 옷을 입기 시작했다.

내 마음속에 거센 분노의 숨결이 일었다. 이대로 단념할 수는 없다. 하지만 내 모습이 너무도 우스꽝스러우리라는 생각이 나를 막아세웠다. 나는 아무 말도 하지 않았고, 시가 D.는 세레르어*로 느릿느릿 노래를 시작했다. 나는 여전히 바닥에 누운 채로 노래에 귀를 기울였다. 시가 D.의 노랫소리와 함께 그때까지 얼음처럼 차가운 안락함 외에 그 어떤 것도 드러내지 않던 방이 서서히 살아 있는 방, 슬픈, 추억이 가득 담긴 방으로 변해갔다. 노래는 여신 물고기와 싸우러 갈 배를 준비하는 늙은 어부의 이야기였다.

나는 눈을 감았다. 시가 D.는 마지막 절을 흥얼거리면서 옷 입기를 마쳤다. 작은 배는 잔잔한 대양 위로 나아가고, 전설의 여신과 맞서기로 한 어부는 준엄하고 빛나는 눈으로 수평선을 살핀다. 그는 아내와 아이들이 서서 자기를 바라보고 있는 해안 쪽을 돌아보지 않는다. *Sukk lé joot Kata maag, Roog soom a yooniin*, 어부의 작은 배가

---

* 세네갈을 중심으로 감비아 등지에 거주하는 세레르족의 언어. 세네갈에서는 공용어인 프랑스어 외에 월로프어, 세레르어, 풀라어 등을 사용한다.

대양 너머로 떠나가네, 신이 그의 유일한 동행이었네. 노래가 끝나자 암흑의 슬픔이 방 안을 가득 채웠다.

잠시 암흑의 슬픔이 이어졌다. 그 슬픔의 무게와 냄새까지 느껴질 즈음, 시가 D.가 밖에 앉는 게 더 편할 거라며 발코니로 나가자고 했다. 그리고 암스테르담에서 가져온 아주 좋은 마리화나가 있다면서, 늘 해오던 익숙한 일을 행하는 나른하고 민첩한 태도로 담배를 말았다. 태어나서 처음 보는, 겁이 날 정도로 굵은 담배였다. 이어 우리는 마리화나를 피우면서 심각한 문제와 가벼운 문제들에 대해, 인생이 쓰게 되는 수많은 가면에 대해, 모든 아름다움의 한가운데 있는 슬픔에 대해 이야기했다. 굵게 만 질 좋은 마리화나가 함께했다. 나는 시가 D.에게 조금 전 노래 속 어부와 전설의 여신에 대한 뒷이야기를 아느냐고 물었다.

─몰라. 난 뒷이야기가 있을 것 같지도 않아, 디에간. 내가 어릴 때 의붓어머니들 중 하나였던 타 디브가 불러주던 노래야. 늘 이렇게만 불렀어.

시가 D.는 잠시 말을 멈추었다가 뒷이야기는 필요하지 않다고, 우리 둘 다 *Als het erop aan komt*, 그 이야기가 어떻게 끝나는지 안다고, 한 가지로 끝날 수밖에 없다고 말했다. 내 생각도 그랬다. 가능한 결말은 한 가지뿐이었다. 내 손가락 사이에 끼워져 있던 마리화나가 끝까지 다 탔다. 내 몸은 여태껏 한 번도 겪어본 적 없는 이완 상태에 빠졌다. 나는 별 하나 없이 무언가에 가려진 하늘을 올려다보았다. 하늘을 가린 것이 구름 떼는 아니었다. 땅을 굽어보며 날아가는 거대한 생명체의 그림자일까, 아무튼 엄청나게 크고 깊은 다른 무언가였다.

—신이에요. 내가 말했다. 그리고 잠시 가만히 있다가 다시 조용하고 낮은 목소리로 말을 이었다(그 순간에 나는 정말로 손가락에 만져지는 진리를 느꼈다. 그날 처음 겪고 그 뒤로는 한 번도 다시 느끼지 못했다). 신이라고요. 내 생각에 오늘 저녁엔 신이 아주 가까이, 여태껏 더 가까웠던 적이 없을 만큼 가까이 와 있어요. 하지만 신은 이렇게 오면 자기 존재가 무無로 돌아간다는 것을 알죠. 아직 자신의 최대 악몽과 마주할 만한 무기를 찾지 못했거든요. 신의 악몽은 바로 우리, 인간이죠.

—마리화나에 취하면 신학자가 되는 부류로군. 시가 D.가 중얼거렸다.

그러다가 잠시 조용히 있더니 다시 입을 열어 한마디를 내뱉었다. 기다려봐. 시가 D.는 방으로 들어가 가방을 뒤져 책 한 권을 들고 왔다. 이어 다시 발코니에 앉아 그 책을 아무 데나 펼친 뒤에 말했다. 문학을 조금 읽지 않고 오늘 저녁을 끝낼 수는 없겠네. 시인들의 신에게 몇 쪽을 바쳐야겠어. 그러곤 책을 읽기 시작했다. 세 쪽 만에 내 몸에 강한 전율이 일었다.

—알아. 마리화나보다 세지? 시가 D.가 책을 덮으며 말했다.

—무슨 책이죠?

—『비인간적인 것의 미로』.

—말도 안 돼.

—뭐라고?

—말도 안 된다고요. 『비인간적인 것의 미로』는 신화잖아요. T.C.

엘리만은 거세된 신이고.

―엘리만을 알아?

―알아요. 『흑인 문학 개설』을 읽었어요. 내가 그때 얼마나 찾았는데……

―책 내용도 알아?

―『흑인 문학 개설』에는……

―그 개론서는 잊어. 직접 찾아봤어? 그래, 찾아보려 했겠지. 못 찾았고. 그랬을 거야. 아무도 찾을 수 없으니까. 난 거의 찾을 뻔했지. 가까이 다가갔어. 하지만 너무 험한 굽잇길이었고 멀기도 했고 때론 목숨이 위태로웠지. T.C. 엘리만을 찾다보면 갑자기 발밑에 침묵의 절벽이 열리거든. 마치 하늘이 거꾸로 놓인 듯하지. 아가리를 벌리고 있는데 그 끝이 보이지 않아. 내 앞에 그런 구덩이가 열렸고…… 난 비틀거렸어. 추락했는데…… 그때……

―무슨 얘긴지 하나도 모르겠어요.

―……그래, 그 구덩이에 추락했어. 그렇게 인생이 예기치 못한 방향으로 흘러갔고. 나의 실[絲]은 시간의 모래 속에서 길을 잃고 말았지. 이제 난 더는 찾아 나설 용기가 없어.

―누굴 찾아 나서요? 도대체 무슨 말이죠? 그보다 이 책 어디서 났어요? 이게 진짜 『비인간적인 것의 미로』라고 어떻게 증명하죠?

―……내가 T.C. 엘리만 때문에 무엇을 겪었는지 혹은 겪을 뻔했는지 지금껏 그 누구한테도 말한 적 없어. 내 인생의 맹점이자 사각死角이었지.

―마리화나를 너무 많이 피웠나봐요.

—……하지만 그때 내 인생이 가장 생생했고, 가장 명철했어……
만약 이 이야기의 실을 다시 찾아낼 수 있다면, 내 안에 있는, 그가
살고 있는 그 이상한 나라를 난 안 가본 곳까지 더 멀리 가볼 거야.

—착란이 심해졌어요.

—……그리고 내가 진짜로 써야 하는 것의 한가운데로 내려갈 거
야. 엘리만에 관한 책을 쓰는 거지. 하지만 준비가 안 됐어. 이 책이
어떻게 나에게 왔는지…… 그건 너한테 해줄 수 있는 얘기가 아니
야. 디에간 파이. 적어도 오늘은 아니야. 아직 아니야.

시가 D.는 말을 끝내고 창밖에 펼쳐진 파리 시내 쪽으로 고개를
돌렸다. 하지만 그 눈이 향하는 것은 도시의 몸 위에서 값비싼 보석
처럼 여기저기 반짝이는 불빛들이 아니었다. 시가 D.는 자기 자신을,
자기 과거의 여명을 혹은 석양을 보고 있었다. 나는 추억의 우수를
깨뜨리지 않기로 했다. 오히려 깊이 빠져들도록 가만히 기다리면서,
어느 정도로 깊은 기억 속으로 가고 있는지 그 눈 속에 어린 그림자
들로 가늠해보았다. 거미 여인은 시간 속에서 멀어지면서도 여전히
더 강렬하게 내 앞에 있었고, 더 가까이 있었다. 더 실재했다. 과거의
물레를 돌려 상처를 다시 벌리면서 복잡하고 아름다운 무늬들을 짜
고 있었다. 한순간 나 역시 거미 여인의 기억과 생각들에 쏠려 가는
느낌이 들었다. 기억과 생각들이 사방으로 빛줄기를, 마치 육신의 덮
개에서 솟아 나와 주변의 존재 전체를 꿰뚫고 차지하듯 강렬한 빛줄
기를 쏟아냈다. 그 중력(보이지 않지만 만져지는 저항할 수 없는 혼
돈의 중력, 농축된 과거의 중력, 사람들이 의미를, 아마도 진리를 끌
어내려고 애쓰는 중력) 아래서 나는 내가 보고 있는 것이 내관內觀의

장면임을 깨달았다. 지금껏 내적일 수밖에 없는 것이라고, 우리가 의식의 은밀한 곳에 처박아두는, 오로지 신비의 경험에만 쓰이는, 상징주의 그림이 아니면 악몽에서나 가능한 것이라고 믿었던 장면이었다. 다른 영혼이 들어오라고 내 영혼을 부르고 있었다. 가차 없이 스스로를 판단하며 자신의 깊은 곳을 바라보고 있었다. 말하자면 법의학자가 자신의 시신에 행하는 부검과도 같았다. 나는 아름답다고 혹은 끔찍하다고, 혹은 아름다우면서 끔찍하다고 형언할 수 있을 그 광경의 유일한 증인이었다.

─유령이야. 시가 D.가 불쑥 말했다. 그 목소리에는 기억 속에서 마주친 모든 시가 D.들의 목소리가 담겨 있었다. 엘리만은 만날 수 없어. 그가 나타날 뿐이지. 나타나서 뚫고 가버려. 얼음이 되게 하고 살갗을 태워버려. 생생한 환상. 나는 엘리만의 숨결, 죽은 자들 가운데서 솟아오른 숨결이 내 목덜미에 와 닿는 걸 느꼈어.

이제 내가, 잠든 도시를 멍하니 바라보았다. 도시를 응시하는 동안 그 밤이 빌어먹을 꿈처럼 느껴졌다. 눈을 뜨면 내가 스타니슬라스와 같이 사는 아파트에, 망가진 내 침대 겸용 소파에 누워 있으리라 생각했다. 『비인간적인 것의 미로』를 가진 유명한 소설가와 함께 최고급 호텔 발코니에 서 있는 것보다 훨씬 가능성 있는 일이었다.

─받아. 시가 D.가 말했다.

그러면서 나에게 책을 내밀었다. 나는 두려움의 몸짓을 간신히 억눌렀다.

─가져가서 읽어. 그리고 다시 암스테르담으로 찾아와. 조심해서 다뤄. 내가 왜 너한테 이걸 선물하는지 나도 잘 모르겠어. 디에간 라

티르 파이. 난 너에 대해 아는 게 별로 없지. 그래도 내가 가진 것 중에 분명 가장 소중한 걸 너에게 줄게. 아마도 우리가 이 책을 공유하게 될 거야. 우리의 만남은 좀 엉뚱했지. 신기한 지름길로 왔달까. 어쨌든 이리로, 그래, 이 책으로 왔어. 아마 우연일 테지. 운명일 수도 있고. 하지만 우연과 운명이 꼭 반대되는 건 아니야. 우연은 우리가 알지 못하는 운명일 뿐이거든. 보이지 않는 잉크로 이미 적혀 있는 운명. 언젠가 누군가 나에게 한 말이지. 아마 맞는 말일 거야. 우리가 만난 건 삶이 그렇게 나타났기 때문이야. 우린 언제나 따라가는 수밖에 없어. 삶과 그 예측 불가능한 길들을 따라가야 한다고. 모두 같은 장소로, 모두의 운명으로 향하는 길들. 아름다울 수도 있고 끔찍할 수도 있는, 꽃이 흩뿌려진 혹은 해골로 덮인 길. 대부분 혼자 가게 되는, 우리의 영혼을 시험해볼 수 있는 어두운 밤의 길. 그리고……이 책이 의미가 있는 누군가를 만나는 건 아주 드문 일이지. 조심해서 다뤄. 네가 암스테르담으로 찾아오길 기다릴게. 결심이 서면 연락해. 널 맞을 준비를 해야 하니까. 여기, 책날개에 내 연락처를 써줄게. 자. 됐어. 받아.

내 손이 책에 닿는 순간에 꿈이 깰 줄 알았다. 눈을 뜨면 내 아파트의 거실이 나타나리라 믿으며 손을 내밀었다. 하지만 장면이 그대로 이어졌다. 내 손에 『비인간적인 것의 미로』가 들려 있었다. 『비인간적인 것의 미로』는 요새 책들과 달리 간소했다. 흰색 바탕에 푸른빛 도는 회색의 선으로 틀을 그리고 그 안에 위에서 아래로 저자 이름, 제목, 출판사 이름(제미니)이 쓰여 있었다. 뒤표지에도 두 문장이 있었다. T.C. 엘리만은 식민지 세네갈에서 태어났다. 『비인간적인 것의 미로』는 그의 첫 작품이자 아프리카 흑인이 쓴 진정한 첫 걸작으로, 아프리카 대륙의 광기와 아름다움을 직시하고 또 그에 대해 자유롭게 말한다.

『비인간적인 것의 미로』가 내 손에 있다니. 이 순간은 이미 꿈속에서 보았고, 이제 다른 일이 일어날 터였다. 하지만 아무 일도 일어나지 않았다. 고개를 들어보니 시가 D.가 나를 쳐다보고 있었다.

—가, 가서 읽어. 시간은 넉넉해. 부럽네. 넌 이 책을 발견하게 될 거야. 하지만 불쌍하기도 해.

시가 D.는 눈 속에 스쳐 가는 슬픈 그림자를 감추지 않았다. 나는 무슨 뜻이냐고 묻지 않았고, 주저하며 고맙다는 인사를 한 뒤 책을 청바지 주머니에 밀어 넣었다. 시가 D.는 내가 자기에게 고마워하게 될지 저주하게 될지 모르겠다고 했다. 나는 너무 과장할 필요는 없다고 대꾸했다. 시가 D.가 내 볼에 입을 맞춘 뒤 말했다. 두고 보면 알 거야.

덩치 큰 파리 한 마리가 그렇게 거미줄을 벗어났다. 나는 집으로 향했다. 집 안에는 짙은 침묵이 깔려 있었고, 싸우기 좋아하는 정복적인 숨소리 하나만이 그 침묵에 금을 내고 있었다. 나의 동거인 스타니슬라스의 코 고는 소리였다. 폴란드어 번역가인 스타니슬라스는 몇 달 전부터 세계적으로 유명한 그의 동포 비톨트 곰브로비치의 대작 『페르디두르케』를 재번역하는 중이었다.

나는 내용물이 얼마 남지 않은 술병을 들고 방으로 들어가 휴대폰의 플레이리스트에서 좋아하는 그룹 쉬페르 디아모노의 음악을 틀었다. 그리고 주머니에 든 책을 더듬어 꺼내 잠시 바라보았다. 이 책이 정말로 존재한다는 사실을 믿지 못했던 건 아니었다. 이 책에 내 몸과 영혼을 다 바친 밤들이 있었고, 한 번 본 적도 없이 그 구절들을 단번에 낭송한 밤들도 있었다. 하지만 엘리만의 존재가 신화일 뿐인, 그저 신화의 투영이고 부서지기 쉬운 신화의 희망이었던 밤들도 있었다. 빌어먹을 미로 같으니! 내가 유치하다고 믿었던, 영원히 죽어버렸다고 믿었던 아집의 대상이 내 꿈들의 피가 흥건한 잔해에서 솟아올랐다.

쉐페르 디아모노의 연주가 시작되고, 용해 상태의 흑요석 같은 오마르 펜*의 목소리가 잔잔한 밤바다에 떠오르는 해를 향해 휘몰아쳤다. 고요하고 장엄한 그 목소리의 흔적을 따라 세상에 단 하나뿐인 보석, 〈우리는 어디서 끝을 맞는가〉, 십이 분 동안 재즈의 용암 속에서 만들어진 메멘토 모리가 흘러나왔다. 오마르 펜이 노래했다. *Da ngay xalat ñun fu ñuy mujjé*. 우리의 끝을 기억해줘, 진한 고독을 떠올려줘, 우리 모두가 지킬 석양의 약속을 생각해줘. 중요한 만큼 무서운, 시간만큼이나 오래된 그 부름 앞에서 나는 난생처음 그것이 현기증을 불러올 정도로 심각한 부름임을 깨달았다. 그렇게 나는 디아모노와 오마르 펜이 열어놓은 심연에 던져진 채로 『비인간적인 것의 미로』를 읽었다.

이미 지평선의 실 너머로 새로운 하루를 시작할 해가 거품을 일으키기 시작했지만, 그래도 여전히 어두웠다. 나는 『비인간적인 것의

---

* 세네갈의 10인조 밴드 쉐페르 디아모노의 일원으로, 정치·사회적 문제를 다루는 노래들을 많이 불렀다.

미로』를 읽었다. 밤이 비명 한 번 없이 마지막 숨을 거두었다. 나는 『비인간적인 것의 미로』를 다시 한번 읽기 시작했고, 술병을 비웠다. 새 병을 딸까 망설이다가 그만두고 디아모노의 음악을 들으면서 계속 읽었다. 내 방 창을 뚫고 들어오는 빛줄기들 속에 별들이 모습을 감출 때까지, 모든 그림자와 상처 입은 모든 침묵이, 스타니슬라스가 코 고는 소리가, 그리고 이 서글픈 땅에서 가장 오래된 노래가 끝날 때까지, 내가 인간들에 대해 알고 있다고 믿고 있던 모든 것이 고갈되어버릴 때까지 읽었다. 그리고 날이 이미 다 밝은 뒤에, 플레이리스트의 노래들이 다 끝났을 때(하지만 오마르 펜의 노래에 이어지는 침묵은 그가 남기는 시적 유언이다), 나는 지난밤 환각으로 일그러진 채 나타났던 사건들을 다시 보게 되리라 기대하며, 잠에서 깨어나면 첫눈에는 그대로인 것처럼 보일지 몰라도 사물들의 표면 아래, 시간의 살갗 아래, 세상이 영원히 변해 있으리라 기대하며 잠이 들었다.

그날 밤 나는 그렇게 어미 거미의 거미줄에 걸려 『비인간적인 것의 미로』와 T.C. 엘리만의 고독의 원 안으로 첫발을 내디뎠다.

2부

여름 일기

2018년 7월 11일

일기, 내가 널 쓰는 이유는 단 한 가지, 『비인간적인 것의 미로』가 나를 얼마나 궁굼하게 만들었는지 말하기 위해서다. 위대한 작품들은 우리를 궁굼하게 만든다. 영원히 그래야 한다. 위대한 작품들은 우리가 필요 이상으로 가진 것을 앗아간다. 위대한 작품들을 읽고 나면 우리는 늘 벌거벗게 된다. 더 풍요로워지지만, 가진 것을 빼앗겨서 풍요롭다.

나는 오후 한 시쯤 깨어났고, 술과 마리화나와 시가 D.의 최면에서 깨어난 상태로 『비인간적인 것의 미로』를 다시 읽었다. 처음부터 끝까지 읽었다. 그리고 충격에 진이 빠진 상태로 방 안에 있었다. 네 시경에 스타니슬라스가 내가 살아 있는지 확인하러 들어왔다. 나는 머리가 아파서 정신이 멍하다고 말했다. 그런 상태에 일가견이 있는 스타니슬라스가(그는 폴란드 혈통이다) 숙취를 이기는 방책들을 늘어놓았다. 책으로 인한 숙취도 해결돼? 무슨 책? 나는 스타니슬라스에게 『비인간적인 것의 미로』를 내밀었다. 지금 네가 읽는 책이야? 맞아. 이 책 때문에 지금 그 꼴인 거고? 아마도. 좋아서 아니면 나빠서? 스타니슬라스는 내 대답을 기다리지 않고 아무 데나 책장을 펼쳤다. 그리고 둘, 셋, 네 쪽을 읽었다. 그러다 멈췄다. 어때? 내가 눈으로 물었다. 독특하네. 계속 읽어보고 싶지만, 정치 총회에 가봐야 해. 스타니슬라스가 말했다. 무정부주의자들이 드디어 권력을 잡는 건가? 내가 물었다. 아니, 권력을 뒤집지. 그가 대답했다. 그런 뒤에는? 내가 물었다. 돌려줘야지. 그가 대답했다. 누구한테? 내가 응수했다. 민중에게. 그가 단호하게 대답했다. 내가 다시 물었다. 민중이 누군데?

스타니슬라스는 나에게 민중이 누구인지 말해주지 않고 나갔다. 나는 지칠 때까지 다시 책을 읽었다. 정작 책은 지칠 기미 없이 마치 경멸하듯 나를 훑어본다. 묘지의 어둠 속에 놓인 해골처럼 반짝인다. 『비인간적인 것의 미로』는 아마도 내가 영원히 읽을 일 없을 뒷이야기를 약속하면서 끝난다.

시가 D.에게 연락하면 모든 진실을 알 수 있을 테지만, 곧장 그런 손쉬운 수단을 쓰고 싶지는 않다. 책이 저절로 자기 모습을 드러낼 것이다. 책을 건네주던 어미 거미의 슬픈 눈빛이 떠오른다. 나에게 해준 말도 귓가를 맴돈다. 네 인간성의 가장 깊은 곳으로 이어진 계단을 내려가게 될 거야. 내가 왜 너한테 불쌍하다고 말했냐면, 비밀에 거의 다가갈 즈음 어둠 속에서 계단이 사라지고 너 혼자 남게 되기 때문이야. 표면이 공허하다는 것을 이미 보았으니 다시 올라가겠다는 욕망은 잃었고, 그렇다고 모든 게 드러날 곳으로 계속 내려가자니 계단이 이미 어둠 속에 묻혀 있지.

나는 책을 덮었고, 일기, 너를 쓰기 시작했다.

7월 12일

오늘 아침, 장학금 연장을 위한 중간 점검차 세네갈 영사관의 대학 장학금 관리과에 가야 했다. 장학금은 내년 7월까지 연장될 것이다. 그 기한이 끝나면 해결책을 찾아야 한다. 제대로 된 일자리를 찾든가, 제쳐둔 논문을 마무리하든가, 아니면 길바닥에서 살든가, 그것도 아니면 아프리카의 신비를 좋아한다는 명목으로 나를 먹여 살려줄 돈 많은 중년 여자를 애인으로 삼든가, 아니면 자기계발 교재로 변장한 자기후퇴서를 쓰든가. 그것도 아니면 죽어야 한다. 일단 그때까지 내 생존에 필수적인 것을 마련해주는 자애로운 조국 만세!

나는 1938년에 출간된 중요한 책들을 찾아보러 도서관에 갔다. 그리고 프랑스의 문학과 시와 철학을 대표하는 내로라하는 이름들을 만났다. 베르나노스, 알랭, 사르트르, 니장, 그라크, 지오노, 에메, 트로야, 에브 퀴리, 생텍쥐페리, 카유아, 발레리…… 쟁쟁한 이름들뿐이었다. T.C. 엘리만이나 『비인간적인 것의 미로』는 그림자조차 볼 수 없었다.

집에 오니 스타니슬라스가 돌아와 있었고, 나는 다시 『비인간적인 것의 미로』 얘기를 꺼내지 않을 수 없었다. 스타니슬라스는 무엇에 대해 말하는 책이냐고 물었다. 생각지 못한, 게다가 정말 싫은 질문이었다. 어쨌든 대답해야 했으니 잠시 생각해본 뒤 거창한 이야기라고, 대문자로 강조된 단어가 가득하다고, 대충 말하자면 한 남자, 살육을 즐기는 어느 왕 이야기라고 했다. 그 왕은 권력을 쥐려 하고, 그러기 위해서 절대적 악도 범할 작정이지. 그런데 절대적 악의 길조차 결국엔 인간성에 이른다는 사실을 발견하게 돼.

서정적인 장광설을 듣고 난 스타니슬라스가 잠시 나를 쳐다보더니 말했다. 아무 의미 없네. 내가 충고 하나 할게. 위대한 책에 대해서 그 책이 무엇에 대해 말하는지 절대 말하려 하지 마. 아니면, 할 거면, 가능한 대답은 단 하나야. 아무것도 아니다. 위대한 책은 아무 것에 대해서도 말하지 않아. 하지만 그 안에 다 들어 있지. 어떤 책이 위대하다고 느껴지거든 절대 그 책이 무슨 말을 하는지 말하려 하지 마. 그건 의견이란 것이 네 앞에 내미는 함정이야. 사람들은 책이라면 꼭 무슨 말이든 해야 한다고 생각하지만, 디에간, 뭔가에 대해 말하는 건 보잘것없거나 시시하거나 진부한 책들뿐이야. 위대한 책은 주제도 없고 그 어떤 것에 대해서도 말하지 않아. 단지 무언가를 말하려고 혹은 발견하려고 애쓰지. 그 단지가 이미 전부야. 그 무언가가 이미 전부이고.

7월 15일

프랑스가 월드컵 우승을 차지했고, 별들로 넘치는 하늘 아래서 프랑스가 두 번째 거머쥔 별을 기리느라 전국이 들썩였다. 나는 무심브와와 함께 결승전을 본 뒤 저녁을 먹으러 작은 아프리카 식당에 갔다. 음식 맛에 비해 서비스가 별 볼 일 없었지만, 만딩고족의 길고 반복적인 민요들을 계속 들려주는 늙은 코라* 악사 덕분에 분위기가 좋았다.

무심브와는 나보다 먼저 "장래가 촉망되는 젊은 아프리카 작가"의 안락의자에 앉았다. 콩고 공화국 출신이고, 나보다 세 살 많고, 이미 네 권의 책을 썼다. 그 책들이 출간되자마자 게토와 그 바깥 세계의 비평가들이 찬사를 쏟아냈다. 바에서 일하던 무심브와는 첫 소설이 성공을 거둔 뒤 수녀가 신에 귀의하듯 문학에 전념하기 위해 일을 그만두었다.

무심브와가 하늘에서 떨어진 운석처럼 갑자기 문학계에 등장해 상들을 휩쓸면서 겸양인지 자만인지 알 수 없는 무심한 태도로 찬사

---

* 말리를 중심으로 한 서아프리카 지역의 악기. 현이 21개이다.

와 영광을 한몸에 누리던 때 사실 나는 그를 의심했다. 심지어 처음에는 미워했다. 무심브와는 유행일 뿐이야. 저렇게 유행이라는 바람을 맞아대다간 감기 걸리고 말지. 성사聖事 향로에서 나오는 향에 잔뜩 취해 있다가 잠시 뒤에 마치 코 풀듯이 버려진 작가들이 얼마나 많은데. 내가 떠들어대던 말이다. 물론 무심브와의 글을 한 줄도 읽지 않고 한 말이었다. 막상 읽고 난 뒤로 나의 질투는 부러움으로, 이어 경탄으로 바뀌었다. 그에게 있는 재능이 내겐 없다는 확신이 들 때면 경탄이 절망으로 넘어가기도 했다. 나에게 무심브와는 두말할 필요 없이 '프리무스 인테르 파레스'*, 우리 세대 중 최고였다.

내 책 『공허의 해부』가 출간되었을 때만 해도 우리는 아는 사이가 아니었다. 그런데 무심브와가 제일 먼저 내 책에 대해 말해주었다. 그는 내 책을 열정적으로 읽고 사람들에게 추천했다. 〈르몽드 아프리카〉의 짧은 글만큼 영향력이 있진 않았어도 나는 그의 말, 작가의 말에 제일 큰 의미를 두었다. 이후 만나서 인사를 나눴고, 우리의 우정이 시작되었다. 우리는 같은 책을 읽었고, 같이 거부했고, 사소한 의견 차이를 보이기도 했고, 공통된 열정을 품었고, 건강히 대립하기도 했다. 우정 위에 선 우리는 필요한 힘찬 경쟁을, 때로는 폭풍우 같은 경쟁을 했고, 나이도 비슷했다. 이질적이고 경이로운 밤의 행렬을 함께 끝없이 배회했다. 하지만 그 어떤 것보다 우리를 이어준 것은 문학이 삶의 자기목적성을 구현한다는, 우리가 공유한 필사적인 믿음이었다. 그렇다고 문학이 세상을 구원한다고 생각한 건 아니다. 그

* 라틴어로 '동등한 사람들 중에서 으뜸인 자'라는 뜻이다.

보다 문학은 우리가 세상에서 도망가지 않을 수 있는 유일한 방법이었다.

그날 축구가 끝난 뒤 저녁을 먹는 자리에서 나는 나를 놓아주지 않는 사람 얘기를 꺼냈다.

—누구라고?

—T.C. 엘리만.

—몰라, 처음 들어. 책은? 『비인간적인 미로』라고?

『비인간적인 것의 미로』! 나는 그 책의 시작 부분을 낭송했다. 제일 먼저 예언이 있었고, 왕이 있었다. 그리고…… 소용없다. 무심브와는 엘리만을 아예 모르지 않는가. 나는 그에게 줄거리를, 내가 그 책에 대해 알고 있는 보잘것없는 부분이라도 말해주기로 했다. 하지만 곧 그것이 불가능함을 깨달았다. 『비인간적인 것의 미로』는 그 이빨이 나를 안으로부터 갉아먹는 식인 이야기였다. 말할 수 없고 잊을 수 없고 그렇다고 침묵할 수도 없는 이야기. 잊을 수 없고 말할 수도 없고 침묵으로 돌릴 수도 없다면 무엇을 할 수 있을까? 비트겐슈타인이 이런 것에 대해 해놓은 말이 있던가? 비트겐슈타인은 말할 수 없는 것에 대해서는 침묵을 지켜야 한다고 했다. 좋다, 받아들이자. 하지만, 비트겐슈타인 씨, 말할 수도 침묵할 수도 잊을 수도 없으면 어떻게 하나요? 모르겠다. 하지만 한 가지는 안다. 잊을 수도 말할 수도 침묵할 수도 없는 것 때문에 인간은 고통을 겪고 결국 그 때문에 죽는다. 나는 고통을 겪고 싶지도 죽고 싶지도 않았다. 그래서 내가 아는 대로, 그래봐야 대단찮은 것이지만 일단 말했다. 하지만 말을 마치고 나자 안도감 혹은 슬픔이 아니라 마치 순간의 삶이 너무도 무거운 몇천 년의 무게를 띤 것처럼, 내가 그 삶의 단편에 대해 얘기하려는 순간 바로 그 세월의 무게가 나를 덮친 것처럼 내 몸과 영혼이 괴로운 느낌이었다. 무심브와는 저주받은 문학의 천재들, 침묵의 심장이나 망각의 심연을 찾아 글을 쓴 작가들 이야기를 자기는 한 번도 믿어본 적 없다고 심각한 목소리로 고백하듯 말했다. 그런 뒤에 잠시 말없이 창유리 너머를 쳐다보다가 다시 입을 열었다. 내가 아니라 밤을 향해, 눈에 보이지 않는 어느 밤의 피조물을 향해 말하는 것 같았다.

─자기 작품 속으로 사라지려는 것이 꼭 겸양의 징표는 아니야. 무無를 향한 욕망은 오히려 자만심일 수 있지…… 그런데 잠깐, 넌 그『비인간적인 것의 미로』를 이미 읽었어? 아니지 않아? 지난 수십 년 동안 아무도 찾지 못한 책이라며.

─찾았어.

나는 시가 D.와 함께 보낸 밤 이야기를 한 뒤에 주머니에서『비인간적인 것의 미로』를 꺼내 내밀었다. 무심브와는 내가 장난을 치는 게 아닌지 확인하려는 듯 잠시 쳐다보다가 책을 받아 들었다. 나는 나가서 한 바퀴 돌고 올 테니 읽어보라고 말했다. 무심브와가 곧바로 책을 펼쳤다.

나는 그를 혼자 두고 파리의 밤을, 그 속에서의 흥분을, 맥주의 물결을, 순수한 기쁨과 순수한 웃음을, 독한 약물을, 영원 혹은 순간을 산다는 환상을 들쑤시기 위해 거리로 나갔다. 하지만 나의 불길은 곧 축제의 우울에 사로잡혀 꺼져버렸다. 원래 나는 축제의 분위기를 오래 이어가지 못했다. 여럿이 함께하는 기쁨, 무리로 모여 하는 축하, 순간적으로 솟구치는 열기는 거의 언제나 나를 의지할 곳 없는 우울 속으로 밀어 넣었다. 취기나 기쁨 속에 발을 들여놓으면 이내 그 가련한 이면이 눈앞에 펼쳐졌다. 나는 기쁨을 오래 누리지 못했고, 세상이 떠안기는 슬픔을 피하지 못했다. 축제 이전의 슬픔, 축제가 끝난 뒤의 슬픔, 돌이킬 수 없는 끝이 기다리는 축제 동안의 슬픔(미소가 지워지는 순간의 얼굴 못지않게 흉측하다), 모든 인간에게 주어진, 각자가 마치 유령처럼 힘껏 맞서 싸우는 슬픔의 몫. 나는 때로 이런 숙명을 받아들였다. 또 때로는 완전히 무시한 채 태평스러운 열광 상태로 춤과 불의 고리 속으로 달려들었다. 하지만 많은 경우 내 마음은 썰물이 빠져나간 상태였다. 그날 저녁도 그랬다. 벤치에 앉으면서 나는 조금 있다 다시 일어설 때 최대한 덜 무너진 상태였으면 좋겠다고, 아니 일어설 수만 있으면 좋겠다고 생각했다. 나는 깊이 숨을 들이쉬었고, 미리 윤활제를 발라놓은 세계의 항문 속으로 마치 좌약처럼 깊숙이 파고들었다—각기 나름의 방식으로 파스칼적인 체험*을 하는 법이다.

문학이 내 앞에 두려울 만큼 아름다운 여인의 모습으로 나타났다. 나는 그 여인에게 당신을 찾아다녔다고 더듬거리며 말했다. 여인은 잔혹하게 웃으며 자기는 그 누구의 것도 아니라고 대답했다. 나는 무릎을 꿇고 하룻밤만 나와 같이 보내달라고, 빌어먹을 하룻밤만 같이 있어달라고 애원했다. 하지만 여인은 말없이 사라졌다. 나는 결연

---

* 1654년 11월 23일 자정 무렵, 삼십 대의 파스칼은 신의 존재를 느끼고 환희의 체험을 한다. '불의 밤'이라고 부른 그날의 체험 이후 종교적인 확신과 평화를 누렸다.

하고 거만하게 여인을 붙잡기 위해 달려갔다. 잡고 말 거야, 널 내 무릎에 앉힐 거야. 그리고 내 눈을 쳐다보게 만들 거야. 난 작가가 될 거라고! 하지만 그 길을 가다보면 한밤중 갑자기 쩌렁쩌렁한 목소리가 당신을 덮치는 끔찍한 순간이 온다. 그 목소리가 당신에게 의지만으로는 부족하다고, 재능만으로 야망만으로는 안 된다고, 문체가 좋아봤자 쓸모없다고, 제아무리 책을 많이 읽었어도 헛일이라고, 아무리 유명하고 아무리 교양이 풍부하고 아무리 지혜로워도 소용없다고, 맹세도 인내심도 아무것도 아니라고, 순수한 삶에 취하는 것도 삶과 멀어지는 것도 다 필요 없다고, 삶의 꿈들을 믿어도 현실의 뼈를 발라내도 아무리 똑똑해도 소용없다고, 감동을 안겨도 전략을 세워도 의사소통을 해내도 헛짓이라고, 할 말이 있다는 것, 열심히 달려드는 것으로는 부족하다고 말한다. 그리고 덧붙인다. 그 모든 것은 조건이자 장점일 수 있고 속성이고 힘일 수 있고 또 정말로 그럴 때가 많지만 문학의 경우는 그 자질들 중 어떤 것도 본질적으로 충분하지 않다고. 글을 쓴다는 것은 언제나 다른 것을, 또 다른 것을, 다시 또 다른 것을 요구한다고. 마침내 그 목소리가 조용해지면 당신은 다른 것, 굴러다니고 달아나는 다른 것, 당신 앞에 놓인 다른 것의 반향과 함께 길 위에, 고독 속에 남는다. 글을 쓴다는 것은 새벽을 기약할 수 없는 밤 속에서 언제나 다른 것을 요구한다.

두 시간 뒤에도 나는 여전히 그러고 있었다. 시련이 끝나가고 있었다. 나는 간신히 기운을 차려 비에 젖은 몸을 말리는 짐승처럼 몸을 턴 뒤 형이상학적으로 절여져 있던 벤치를 벗어났다. 그리고 아프리카 식당으로 돌아갔다. 코라 악사는 여전히 영원한 음계를 펼치고 있었다. 무심브와는 여전히 같은 자리에 앉아 있었다. 『비인간적인 것의 미로』는 아직 조금 남았다. 나는 에스프레소를 주문하고는 기다렸다. 이십 분 뒤 무심브와가 눈을 들어 나를 쳐다보았다. 겁에 질린, 경탄에 빠진 눈길이었다. 빌어먹을, 뒷얘기는 어딨어? 무심브와가 물었다. 나는 뒷얘기가 있는지는 알려지지 않았다고 대답했다. 무심브와의 눈길 속에 커다란 슬픔의 그림자가 드리웠다. 『비인간적인 것의 미로』가 완성되지 못한 게 괴로워서인지 아니면 그 아름다움이 멈춰버려서인지는 알 수 없었다. 우리는 심각한 얼굴로 한동안 아무 말도 하지 않았다. 지배인이 다가와 죄송하지만 곧 문 닫을 시간이라고 말했고, 악사가 코라를 정리했다. 무심브와가 계산을 한 뒤 우리는 식당을 나섰다.

길에서도 여전히 말없이 걸었다. 이 분 혹은 삼 분이 지났을 때 갑자기 무심브와가 마치 신의 공현公顯을 보고 난 사람처럼 흥분한 어조로 말했다. 우리 세대는 무슨 일이 있어도 『비인간적인 것의 미로』를 읽어야 해. 그러면서 그는 『비인간적인 것의 미로』가 우리의 해방을 가져올 거라고 했다. 나는 대답하지 않았지만, 나의 침묵 안에서 거대한 긍정의 답이 진동했다.

『비인간적인 것의 미로』처럼 더 이상 덧붙일 게 없어 보이는 책들이 이미 수천 년 동안 나왔는데 우리는 뭣 때문에 계속 책을 쓰려 할까? 우리가 글을 쓰는 것은 작가의 삶을 산다는 낭만주의 때문이 아니고—그런 낭만주의는 이미 희화화되었지—, 돈을 위해서도 아니고—그건 자살 행위야—, 명예를 위해서도 아니고—유명인이 되는 것을 선호하는 이 시대에 명예는 낡은 가치인걸—, 미래를 위해서도 아니고―미래는 우리에게 아무것도 요구하지 않아―, 세상을 변화시키기 위해서도 아니고―변화가 필요한 건 세상이 아니지―, 삶을 바꾸기 위해서도 아니고―삶은 바뀌지 않아―, 참여를 위해서도 아니고―그런 건 영웅적인 작가들에게 남겨두자―, 예술을 위한 예술을 기리는 것도 아니지―예술도 어차피 상업적으로 거래되는데 환상일 뿐이지. 그렇다면 왜 쓸까? 알 수 없다. 어쩌면 알 수 없다, 가 바로 우리의 대답이다. 아무것도 알지 못하기 때문에 글을 쓰고, 이 세상에서 무엇을 해야 하는지 알지 못한다는 말을 하기 위해 글을 쓴다. 희망 없이 그래도 쉽게 체념하지 않으면서, 집념과 탈진과 기쁨을 맛보며 세상을 더 낫게 만들겠다는 한 가지 목표로 쓴다. 눈을 부릅뜨고 전부 보고 하나도 놓치지 말 것. 눈을 깜빡이지 말고, 눈까풀 아래서 쉬지도 말고, 모든 것을 보려다가 자칫 눈이 망가질 수 있다는 위험까지 감수할 것. 하지만 증인이나 예언자와는 다르다. 그렇다, 그렇게는 아니다. 어쩔 줄 몰라 하며 가련하게 혼자 서서 떨고 있는 보초, 자신의 죽음과 도시국가의 종말을 알리는 섬광이 솟아오를 어둠을 지켜보고 있는 보초처럼 보아야 한다.

이어 우리는 프랑스 문단에서 우리 같은 아프리카 작가들(혹은 아프리카 출신 작가들)이 처한 상황에 대해, 때로는 편안하지만 굴욕적일 때가 많은 모호한 상황에 대해 이야기를 이어갔다. 우리는 우리의 선배들을, 분명하고 손쉬운 표적인 이전 세대의 아프리카 작가들을 조금은 부당하지만 멋대로 유린했다. 지금 우리를 힘들게 하는 것, 그러니까 우리가 어디에서 왔는지 말할 능력 혹은 권리(결국 같은 말이다)가 박탈된 상황을 그들 탓으로 돌렸다. 그들이 남들의 시선에 간혀버렸기 때문이라고 욕했다. 말벌의 겹눈 같고 그물 같고 늪 같은 시선들이 그들에게 진실되라고—다시 말해 달라야 한다고—동시에 비슷하라고—다시 말해 이해될 수 있어야 한다고(다시 말해, 그들이 들어가 진화 중인 서구의 환경 속에서 상품화될 수 있어야 한다고) 요구한 것이다. 우리의 비판은 훌륭했고, 다시 말해 가차 없었다. 우리는 그 편한 길 도중에 멈춰 설 수 없었다. 우리는 손쉬운 이국정서를 풍기는 흑인 노예 수용소에 간혀버린 선배들을 비난했고, 자신의 삶을 허구로 그려낸, 그러나 초라한 실존을 초월하는 데 실패한 선배들을 공격했다. 그들은 아프리카인이 되라고, 하지만 너무 많이 되지는 말라고 요구받았고, 말이 안 되는 그 두 가지 요청에 부응하기 위해 자신들이 작가임을 잊었다. 그것은 중대한 과오였다. 우리는 결국 그들의 피에서 퍼져 나오는 냄새 속에 있으니, 그 과오만으로도 우리가 심리審理를 진행하기에 충분했다. 우리는 그들이 시적 가장자리에 일시적으로 머무르는 위험을 감수하지 않았다고 단언했고, 흔히 평범한 작가들이 살짝 부르주아적인 고답파적 세계 안에 갇히듯이 이미 생명을 다한 참여라는 포부 속에서 희화화되고 길을 잃었다고 공격했다. 또한 세상을 해석하거나 재창조하지 않고 그대로 옮겨놓는 데 만족한 생기 잃은 리얼리즘을 비난했고, 예술가가 누리는 자유의 권리 아래 감추어진 이기심을 향해 혐오의 욕설을 내뱉었다. 우리는 진부함으로 문학을 욕되게 하는 소설을 써낸 선배 작가들의 머리를 우수수 베어버렸고, 자신들이 자리 잡은 문학적 상황이 무엇을 의미하는지 함께 생각해보지도 않은 채로 포기해버렸다고 사형선고를 내렸다. 글 속에 혁신적인 미학을 위한 조건들을 만들어내지 못한 무능력을, 문학을 통해 생각하고 또 생각해야 함에도 시도하지 않은 게으름을 홍보했고, 문학상과 아첨과 사교계 만찬과 축제와 수표와 유통에 종속된 나머지 단정한 문학을 분장시키거나 주름지게 만드는 노력을 하지 않았다고, 서로에게 너무 나쁜 독자 혹은 너무 가까운 친구라서 글을 읽어주지도 용기 내어 문제점을 지적해주지도 못했다고, 너무 소심해서 소설이든 시든 그 어떤 것으로도 감히 절교하지 못했다고 비난했다. 내면 일기는 0점, 수필은 0.5점, SF와 탐정소설도 쌍으로 0점, 그나마 다행스럽게도 희곡은 훨씬 나았다. 하지만 서간집은 0점, 0점, 0점, 완전 빵점이었다. 그들은 자신들이 행하는 모험의 치명적인 모호성 때문에, 의자 두 개 사이에 걸터앉은 엉덩이 때문에 그렇게 대리석처럼 냉담해졌을까? 아, 우리의 선배들, 너무도 열렬히 환영받고 너무도 뜨거운 축하를 받고 너무도 큰 보답을 받고 너무도 자주 프랑스어권 문학의 새로운 피로 묘사된 이들이여, 황금 세대는 개뿔. 그들의 작품을 선명한 불빛 아래로 가져가자 그 순간 귀한 금속이 녹아버렸고, 얇게 붙여놓은 가짜 금이 흘러내려 손가락 사이에서 진흙처럼 끈적거렸다. 그들이 내놓은 많은 책에는 사람들이 말하던 것만큼 혹은 희망하던 것만큼의 가치가 있지 않았다. 그중 시간의 흐름을 버텨낼 수 있는 것은 요다*의 손가락으로 셀 수 있을 정도였다. 그들이 세상에 내놓은 것은 오로지 사람들이 기대하는 그대로의 착하고 사소한 책들이었다. 그들로 인해 우리는 유언장 없는 상속자 처지에 놓였다! 그들은 손목과

---

* '스타워즈' 시리즈에 나오는 제다이의 그랜드 마스터로, 손가락이 한 손에 세 개이다.

발목과 목과 정신에 튼튼한 족쇄를 찬 채로 스스로 자유롭다고 믿으면서 글을 썼다! 문득 수사학을 동원한 과장된 질문이 솟아올랐다. 영광스러운 선배들이여, 아, 아, 정녕 그것이 꼭 그들만의 죄이겠는가? 우리는 갑자기 너그러워져서 그들 대신 역겨운 공범들을 재판정으로 소환해냈다. 우선 아프리카 독자들이다. 우리는 간결한 판결로 그들을 살해했다. 세상에서 제일 나쁜 독자들이다. 책을 읽지도 않고, 게으르고, 우스꽝스럽고, 미성년자들처럼 고집불통이고, 그 누구로도 대표될 수 없는 존재들이면서 늘 누군가 자신들을 대표해주길 갈망한다. 이어 서구의 독자들(그냥 말해버리자면, 백인 독자들). 마치 자선을 베풀 듯이 우리 선배들의 책을 읽은 사람들이 꽤 있지만, 어차피 그 책들을 통해 기분을 전환하고 아프리카인들을 통해 넓은 세상을 보려 했을 뿐이다. 그들이 원한 것은 익히 알려진 대로 원색적인 아프리카인, 글 속에도 리듬이 있는 아프리카인, 달빛 아래서처럼 이야기를 들려줄 줄 아는 아프리카인, 뭐든 복잡하게 만들지 않는 아프리카인, 감동적인 이야기로 여전히 폐부를 찌를 줄 아는 아프리카인, 그토록 많은 프랑스 작가들이 들어가 헤매며 거들먹거리는 자기중심주의에 빠지지 않은 아프리카인이다. 아, 작품이 사랑받는, 형형색색의 개성이 그리고 커다란 치아와 희망으로 가득 찬 함박웃음이 사랑받는 아프리카인들이여. 이어 비평(학계, 언론계, 문화계)의 무관심이 단두대에 올랐고, 비평의 가늘고 섬세한 목 위로 우리의 육중한 칼날이 떨어졌다. 문제 제기가 어떻고 주제가 어떻고 악착같이 따지는, 세상에서 가장 지루한 비평. 작품들이 가축 떼처럼 줄지어 지나가게 만드는 터널, 개괄적이고 좁아터진 비평. 그 터널 속에서 작품들은 무거운 개념들, 전문용어의 기름기, 주제들의 싱거움 때문에 숨 막혀 죽기도 한다. 그렇게 우리의 머리 위로 눈처럼 흰 광채가 나는 평화로운 하늘 아래, 출신과 피부색이 각기 다른 우리의 선배 작가들과 독자들과 비평가들의 머리가 흡사 음산한 성좌처럼 혹은 무리 지어 비행하는 찌르레기 떼처럼 떠다녔다. 우리는 전투가 끝나고 한순간 정적이 찾아왔을 때 붉은빛으로 물든 들판 가운데 서 있는 고대의 야만스러운 이방인들처럼 우리의 주변을, 더 이상 작가가 아닌 이들과 점점 더 읽을 줄 모르는, 한때는 읽을 줄 알았다 해도 이제는 읽지 못하게 된 자들의 주검이 널려 있는 그 땅을 돌아보면서, 탈진해서, 조금은 폭력에 취해서, 연기처럼 퍼져 나가는 피와 강물처럼 흐르는 피 속에서 우리가 어째서 이렇게까지 잔인해야 했는지 죄책감에 휩싸였다. 우리가 뭐라고, 그들이 없으면 우리는 존재할 수도 없었을 텐데 어쩌자고 이리도 가혹하고 완강하고 가차 없는 비판을 쏟아냈단 말인가? 사실은 그들에게 갚기 힘들 만큼의 엄청난 빚을 지고 있으면서도 갚을 게 전혀 없다고 주장하기 위해서였을까? 우리가 뭐라고, 뭐라고. 되풀이된 질문들이 끝없는 반향을 만들었지만 사실 우리는 답을 알고 있었다. 우리가 뭐냐고? 뻔하지 않은가. 막 문학에 발을 들여놓은, 자기들에게는 모든 게 허락되었다고 믿는 젊은 바보들. 지금이야 새롭다지만 곧 옛사람이 되어, 달려드는 미래의 새끼 늑대들에게 난자당할 자들. 세상은 그렇게 돌아간다. 그렇다, 세상은 원래 그런 식으로 이어지고 우리는 그 세상에서 아무것도 대표하지 못한다. 기껏해야 문학이라는 무한 속의 먼지일 뿐이다. 우리도 잘 아는데, 그렇다면 겨우 그 정도밖에 안 되는 주제에 어째서 그렇게 오만하고 잘난 척하고 공정하지 못할까? 우리의 양심이 물었다. 대답해야 했다. 아마도 모든 작가들이 그럴 테지만 아무것도 찾지 못하는, 아무것도 남기지 못하는 고뇌 때문이었을 것이다. 우리가 비판한 것은 사실상 우리 자신이었고, 우리가 표현한 것은 무능한 우리 자신에 대한 두려움이었을 것이다. 출구 없는 동굴 안에서 쥐들처럼 그 동굴 속에 갇힌 채로 죽을지도 모른다는 두려움.

우리는 다른 바의 테라스로 자리를 옮겨 『비인간적인 것의 미로』 이야기를 이어갔다. 그리고 조만간 우리 중 누군가의 집에 모여 우리 세대의 아프리카 작가들 모두가 T.C. 엘리만을 알게 하자고 비틀거리는 약속을 하면서 헤어졌다.

7월 23일

나는 우리 문학 모임에서 —다시 말하면 파리에 살고 있는 젊은
아프리카 작가 부대에서 —무심브와 외에도 베아트리스 낭가가 좋
았다.

물론 포스탱 산자도 있다. 그 거구의 콩고인을 처음 볼 때 나는 세
상의 종말을 알리는 예언자인 줄 알았다. 그런데 사실은 그보다 더
대단했다. 그는 아는 사람들만 아는 시인이었다. 오 년 전에 장단
단격 6각운*으로 쓴, 잊혀서 거의 사용되지 않는 어휘들로 가득 찬
72쪽짜리 『야만의 열대 아몬드 나무』를 출간했다. 희귀한 것을 향한
그의 취향은 피상적이지 않았다. 싸구려 겉치레를 위한 의고적擬古的
취향은 침대 위에서 여자가 느끼는 척해봐야 금방 탄로나듯이(나는
그렇게 생각한다) 표가 나는 법이다. 『야만의 열대 아몬드 나무』는
읽은 사람이 많지 않았다. 산자는 그 책의 출간 과정에서 돌이키기
힘든 상처를 입었다. 독자가 적어서가 아니라 —이 점에 대해서라면,
120명 넘게 읽은 시는 수상한 시라고 믿고 있는 그로서는 오히려 만

---

* 그리스어·라틴어 문학에서 주로 사용되는 운율. 호메로스의 『일리아스』가 대표적이다.

족스러운 결과였다─더는 시의 말을 믿지 못하게 되었기 때문이다. 그 어떤 것도 말해질 수 없다. 산자가 하던 말이다. 그 뒤로 포스탱 산자는 자신이 고등학교에서 가르치는 수학의 순수한 추상이라는 첫사랑에서 진리를 찾고자 했다. 그리고 비평만 썼다. 지식과 심미안과 잔인함을 발휘한 그의 비평은 곳곳에서 벌어지는 문학적 사기들을 처단했다. 그가 비평의 모델로 삼은 것은 에티앙블*이었다.

(우리 시대의 아프리카 문학에서 가장 잘 알려진 작가로 꼽히는 월리암 K. 살리푸의 최신작 『흑단 검정』이 출간되었을 때 산자가 쓴 글이 기억난다. 살리푸는 이십 년 전 출간한 『모래의 우수』로 이미 세계적인 인정을 받은 작가였다. 『모래의 우수』는 실보**를 포함해서 40여 개국의 언어로 번역되었고, 여세를 몰아 할리우드에 영화 판권까지 팔렸다. 바르가스 요사, 루슈디, 토니 모리슨, 쿠체, 르 클레지오, 수전 손태그, 월레 소잉카, 도리스 레싱 같은 작가들이 『모래의 우수』를 뛰어난 걸작으로 맞이했다.

이 년 뒤에 살리푸가 낸 두 번째 책은 속수무책의 재앙이었다. 그나마 제일 관대한 사람들은 대가들도 이따금 실패하는 법이라면서 사고를 해명하는 변론을 했다. 하지만 이어진 두 권의 소설 역시 형편없었다. 살리푸의 상장가는 출간 때 치솟던 속도만큼 빠르게 곤두박질쳤다. 심지어 첫 작품이 다른 흑인의 도움을 받았을지 모른다는

---

* 르네 에티앙블은 작가이자 비교문학 학자로, 비유럽 지역의 문학에 관심을 기울었다.
** 카나리아제도의 라고메라 섬에서 사용하는 언어로, 스페인어의 모음과 자음을 휘파람 소리로 구별하는 휘파람 언어이다.

의혹까지 제기되었다. 살만 루슈디는 트위터에 짧지만 적의가 가득한 글을 올렸고. 스티븐 킹과 조이스 캐럴 오츠가 그 글을 리트윗했다. 노벨상을 탄 노작가 나이폴은 "아프리카인 살리푸의 첫 책이 뛰어나서 놀랐다"로 시작하고, '인 카우다 베네눔'* 법칙에 맞게 냉혹하게 끝나는 말로─"문학적 범속성은 자연과 같다. 책 한 권의 시간 동안은 감출 수 있어도, 곧 전속력으로 달려온다"─빈정거렸다. 그런데도 스릴러와 로맨스가 점점 더 초라하고 난삽하게 뒤섞인 살리푸의 책들은 계속 읽혔다. 화려했던 『모래의 우수』를 사람들이 여전히 잊지 않았기 때문이었다. 하지만 그런 살리푸를 중요하게 생각하는 사람은 점점 줄어들었다. 나는 그의 새 책이 나올 때마다 첫 책에 담겼던 아름다움을 되찾을 수 있기를, 적어도 그 흔적만이라도 볼 수 있기를 바라며 매번 읽어보았다. 하지만 『모래의 우수』의 눈부신 아름다움은 되살아나지 못했다.

다시 살리푸의 최신작이 나왔고, 이미 문단에 자리 잡은 작가의 글에 대해 굳이 읽을 필요도 없이 무조건 축하하는 사람들이 평소와 다름없이 위선적인 찬사의 합주를 펼쳤다. 바로 그런 상황에서 산자 포스탱의 신랄한 비평이 등장했다. 고요가 깨지고 파문이 일었다. 모두가 공격 대상이었다. 산자 포스탱은 불쌍한 살리푸와 그의 『흑단 검정』은 물론이고 더는 책을 평가하지 않는 기자들과 비평가들, 책의 가치는 다 똑같고 책을 구분하는 유일한 기준은 주관성이며 나쁜 책은 없고 오직 사람들이 좋아하지 않은 책이 있을 뿐이라는 생각

---

* '꼬리에 독이 있다'는 뜻의 라틴어.

을 받아들인 채 그저 책을 집계하기만 하는 이들을 비판했다. 언어와 창조의 요구사항을 작업에서 추방해버린 작가들, 독자라고 불리는 전능하고 전제적인 추상적 관념에 이르는 노력은 없이 오로지 현실을 복제하는 데 그치는 이들도 공격했다. 또한 책 속에서 재미있고 손쉬운 쾌락만을 찾는 대중으로서의 독자, 단순화된 문장들, 산자의 말을 그대로 옮기자면 아홉 단어를 넘기 힘들고 늘 직설법 현재형으로 쓰이는, 접속법을 모두 몰아낸 단순화된 문장들로 찍어낸 단순한 감정들이 엮인 쾌락만을 찾는 이들을 비난했다. 그리고 시장의 하인 역할을 하는 출판 편집자들, 문학의 고유한 특성을 장려하기보다 그저 들쑤시고 도식적인 상품들을 파느라 정신이 없는 이들을 공격했다. 비평이라는 이미 케케묵은 것을 포스탱 산자의 재능이 되살려냈다. 물론 당사자 역시 공격을 피하지 못했다. 공격당한 사람들이 재빨리 거칠게 응수해왔다. 엘리트주의자! 반동분자! 건방진 자! 어리석은! 본질에 집착하는! 앙심 품은! 편협한! 겉멋 든! 뭐든 깎아내리려는! 파시스트! 똑똑한 척하는! 우스꽝스러운! 질투하는! 머리만 쓰는! 위선적인! 포스탱 산자는 공격을 퍼부어댈 때와 똑같은 용기로 이 모든 공격들을 견뎌냈다.)

모인 사람 중에 프랑스-기니 인플루언서인 에바(혹은 아와) 투레가 있었다. 사실 에바에 대해서는 할 이야기가 많기도 하고 없기도 하다. 에바 투레는 기업가이자 자기계발 코치이면서 시대의 모든 정신적 대의를 지키려는 투사, 말하자면 은하계의 모범이었다. 에바 역시—안타깝게도 문학적 요실금은 우리 시대에 가장 널리 퍼진 질병 중 하나다—글을 쓰지 않고는 버티지 못했고, 결국 난해하기 이를 데 없는『사랑은 카카오 콩이다』가 나왔다. 내가 보기엔 문학이라는 관념 자체를 철저히 부정하는 책이다. 수면제나 다름없는 아무런 가치도 없는 책. 그런데 베스트셀러가 되었다. 20만에 이르는 인스타그램 팔로워들이 충성스러운 독자가 된 것이다. 그들에게는 에바 투레로부터 나오는 모든 것이 성스러운 도유식이었다. 에바 투레를 위해서 죽을 각오가 되어 있는 이 수많은 열광적인 독자들은 제아무리 용맹한 비평가들이라도 뒷걸음질 치게 했다. 포스탱 산자마저도『사랑은 카카오 콩이다』에 대해 써놓은 글을 발표하지 않았다. 여신의 신봉자들이 자신들의 신이 세상에 내놓은 작품의 가치를 두고 왈가왈부하는 이단자가 나타나면 곧바로 SNS로 몰려와 욕설의 폭풍을 쏟아냈기 때문이다.

그러니까 포스탱 산자와 에바 투레가 있었고, 무엇보다 베아트리스 낭가가 있었다. 무심브와와 나는 베아트리스 낭가의 문학 세계가 우리 중에 가장 독특하다고 생각했다. 말 나온 김에 다 얘기하자면, 모여서 토론할 때마다 우리는 하나같이 베아트리스와 잘 기회를 엿보았고, 그럼에도 아직 아무도 성공하지 못했다. 적어도 내가 아는 한 그랬다. 베아트리스 낭가는 서른 살이고, 남편과 공동 양육권을 가지고 외아들을 키우고 있었다. 베아트리스는 카메룬 출신이다. 아름다운지 나는 잘 모르겠는데, 어쨌든 늘 관능의 짙은 아우라에 감싸여 있는 것은 사실이다. 풍성한 음역대를 지닌 그 목소리가 들려오면 내 몸의 세포들이 굳어버리는 듯했고, 그 풍만한 몸을 보고 있자면 피가 거꾸로 흐르는 것 같았다. 베아트리스는 에로틱한 소설 두 권을 출간했다. 『이렌의 성기』의 구절에서 제목을 가져온『신성한 첨두아치』, 그리고 내가 한 손으로 들고 읽고 온 영혼으로 사랑한 『어느 엉덩이 성애자의 일기』. 베아트리스는 열성적인 가톨릭 신자였다. 한번은 나에게 자기가 가장 좋아하는 체위는 입체파 천사라며 언젠가 같이 해보자고 말했다. 나는 그 체위에 대해 알고 싶어서 여기저기 뒤져보았지만 찾지 못했다. 같은 이름을 가진 살바도르 달리의 청동상이 있기는 하지만, 그 청동상의 자세는 가능한 체위 같지 않았다. 베아트리스가 처음 만들어낸 체위일까? 입체파 천사는 허풍일까? 알 수 없다.

이들이 내가 속한 무리다. 그렇다고 우리가 어떤 미적 모험의 의식이나 욕망을 공유한다고 말하기는 어렵다. 우리는 같은 일을 하고자 하는 모임이 아니다. 각자 자신의 문학적 운명을 향해 혼자 걸어갈 뿐이다. 그렇지만 나는 눈에 보이지 않는 무언가가 우리 모두를 단단히 그리고 영원히 묶고 있다고 느낀다. 그 무언가가 뭔지는 모르겠다. 어쩌면 우리가 파국을 향해 가고 있다는 어렴풋한 느낌. 혹은 어서 우리의 문학을 소생시켜야 한다는, 그렇지 않으면 우리가 우리 문학을 죽인 암살자로 혹은 한 걸음 더 나아가 우리의 문학이 묻힐 묘혈을 판 인부라는(죽이는 건 간단하다. 하지만 땅에 묻는 건!……) 영원한 모멸을 견뎌야 한다는 막연한 느낌. 어쩌면 우리 중 누군가는 나머지가 도중에 길을 잃거나 포기하는 동안에도 오랫동안 문학이라는 괴물과 맞서게 되리라는 무서운 예감. 혹은 아무리 우리가 어디서든 편안한 척해도 결국 유럽 땅에서 조금은 길 잃고 방황하는 불행한 아프리카인들이라는 소리 없는 사실 확인. 그리고 무엇보다, 이 모든 것이 언젠가 난교 파티로 끝나리라는 확신(혹은 희망).

어제 모여서 문단 사람들의 험담을 하고 조금은 소양 있는 무의미 속에서 신나게 떠들고 났을 때, 무심브와가 그 자리의 진짜 이유를 밝혔다. 엘리만.

희미하게나마 엘리만이라는 이름을 아는 것은 산자뿐이었다. 무심브와는 나에게 엘리만 이야기를 하라고 했고, 나는 절반은 매혹되고 절반은 어리둥절한 상태의 청중 앞에서 엘리만에 대해 말했다. 내 이야기가 끝난 뒤 침묵이 시작되었다. 무심브와가 그 침묵을 깨뜨리며 『비인간적인 것의 미로』를 읽기 시작했다. 세 시간 동안 무심브와는 지치지 않고 『비인간적인 것의 미로』를 읽었다. 낭독이 끝나자 모두 쇼크 상태로 한동안 말이 없다가 곧 떠들썩한 토론이 시작되었다. 다들 격분해서 맹렬하게 달려들었다. 다들 자기기만에 빠졌다. 다들 맹세를 했다.

밤이 깊도록 신랄하고 격정적이고 양보 없는 토론이 이어졌다. 물론 나는 저녁 내내 문학을 논하는 사람들에겐 대단히 희극적이고 헛되고 우스꽝스러운, 어쩌면 무책임하기까지 한 무언가가 있다고 생각하는 편이었지만, 설령 그렇다 해도 책 한 권을 두고 그토록 늦게까지 토론할 수 있는 세상은 아직 완전히 망가지지는 않았다는 생각을 했다. 갈등이 격해졌고, 세계가 질식했고, 굶주린 자들과 목마른 자들이 죽어갔고, 고아들은 죽은 부모의 시신 앞에 섰다. 작은 생명들과 미생물들과 쥐들, 물길 막힌 더러운 하수구의 악취 속에서 영원히 살아야 하는 생명들이 우글거렸다. 현실이 있었다. 밖은 그렇게 너절한 것으로 가득 찬 대양이었고, 안에 떠 있는 대륙의 자식들인 우리 아프리카 작가들은 그곳을 벗어나기 위해 구체적으로 싸우는 대신『비인간적인 것의 미로』에 대해 이야기했다.

언젠가 상고르의 시에 어떤 실제적 가치가 있는지에 대해 진이 빠지도록 토론할 때, 나는 무심브와에게 마치 문학이 삶을 좌우하기라도 하는 것처럼, 문학이 이 땅에서 가장 중요하기라도 한 것처럼 떠드는 모습을 보면 심장 안에서 수치심이 질척거린다고 말했다. 그러자 무심브와가 잠시 말이 없다가 입을 열었다. 무슨 말인지 나도 알아, 파이. 나도 가끔 느껴. 단정하지 못하다는, 조금 더럽다는 느낌이지. 그는 다시 말이 없다가 잠시 뒤에 덧붙였다. 어쩌면 우리가 문학에 대해 그렇게 떠들어대는 건 정작 문학으로 뭘 할지 알지 못해서일 거야. 우리의 문학적인 세계가 비어 있기 때문이거나. 소위 작가라는 사람들 중에 진짜로 글을 쓰기보다는 오히려 문학에 대해 이러쿵저러쿵 떠드는 일에 재능이 있는 자들이 많잖아. 시인들 역시 난해한 문학적 주해나 참조, 날카로운 인용, 공허한 박식들 뒤에 정작 초라한 창작을 숨겨버리고 있고. 맞아, 파이, 정말 그래. 이렇게 저녁 내내 책 이야기를 하고 문단 사람들에 대해, 좁아터진 그 세계에서 벌어지는 인간 희극에 대해 토론한다는 건 충분히 의심스럽고 불건전하고 지겨운, 게다가 처량한 일일 수밖에 없어. 하지만 작가들이 문학에 대해 말하지 않는다면 누가 하겠어? 문학 하는 사람, 정신을 빼앗기고 혹은 사로잡힌 채로 사랑에 빠져서 미친 남자 혹은 미쳐 날뛰는 여자가 된 우리가 안 하면, 우리에겐 문학이 본질을 의미하는데, 설령 본질이 때로 일화적인 일 혹은 쓸데없는 일로 변장하고 있다 해도, 그래, 그런 우리가 안 하면 누가 문학에 대해, 그러니까 내면에 대해 말하겠어? 맞아, 참기 어려운, 추잡스러운, 부르주아적인 생각일지도 모르지. 하지만 받아들이는 수밖에 없어. 그게 바로 우리 삶이야. 문학을 하려고 애쓰는 것, 그리고 그와 동시에 문학에 대해 말하는 것. 말하는 것 역시 살아 있게 만드는 한 가지 방식이니까. 문학이 살아 있는 한 우리의 삶은, 아무리 무용하고 아무리 비극적인 희극이고 무의미할지언정 그래도 완전히 잃어버린 건 아닐 수 있지. 우리는 문학이 이 세상에서 제일 중요한 것인 듯 굴 수밖에 없어. 이따금, 아주 드물겠지만 그래도 어쨌든 가끔 정말로 그럴 수 있으니까, 그리고 누군가는 그것을 증명해야 하니까. 우리가 바로 그 증인이야, 파이.

무심브와의 말은 내 마음을 달래주기에 충분하지 않았다. 그래도 나는 그 말을 내 곁에 두기로 했다.

토론이 이어졌다. 무심브와와 나는 엘리만의 책이 더없이 훌륭하다고 평가했다. 베아트리스는 지나치게 지적이라고 판정했다. 포스탱 산자는 그 안에 담긴 천재적인 광채는 인정하지만 그래도 자기는 그 책이 싫다고 했다. 에바 투레는 별다른 말을 하지 않았지만 시선을 보아하니 별다른 생각이 없음을 알 수 있었다. 에바는 새벽 세 시경에 다 같이 사진 한 장을 찍자고 했고, #글쓰기 #뉴제너레이션 #독서 #채널고정 #문학만찬 #미로 #임파워먼트 #아프리카 #밤의끝에서 #책중독자 #노필터 #에바패밀리 같은 해시태그를 달아 SNS에 사진을 올렸다.

모임이 끝났다. 그 뒤에도 우리는 누군가의 집에서 혹은 술집에서 수차례 더 만나 『비인간적인 것의 미로』에 대한 생각을 주고받으며 우리가 지닌 작가로서의 꿈을 토로했다.

7월 31일

일기, 오늘 저녁 나는 가장 두려운 일을 했다. 부모님에게 전화를 걸었다. 어머니: 무슨 일 있니? 나: 아뇨, 아무 일 없어요. 어머니: 정말? 아들: 정말이에요. 그 여자: 그런데 전화를 했다고? 그 남자: 맞아요, 그냥 별일 없나 궁금해서 했어요. 어머니: 아, 라티르, 바로 그게 걱정이라는 거다. 정말 괜찮니?

화상 통화를 할 때면 부모님은 늘 화면에 각기 반쪽씩 얼굴이 나오도록 나란히 앉는다. 그렇게 나는 두 사람이 하나로 합쳐진 얼굴을 보게 된다. 그러면 얼굴에 나타나는 노화의 징표들 때문에 가슴이 아프고 화면을 끄고 싶어진다. 하지만 그래봐야 달라지는 것은 없다. 얼굴뿐 아니라 목소리도 늙었기 때문이다. 시간의 벽에 그어진 깊은 균열. 나는 늘 그러듯이 더 자주 전화하리라 다짐했다. 하지만 그러지 않으리라는 것을 알았다. 이후에도 변함없이 아주 이따금 전화하게 될 것이다. 어머니는 농반진반으로 내가 가족의 의미를 잘 모른다는 말을 자주 했다. 그 뼈저린 농담은 소리 없는 비난이었다. 아버지는 나에게 그런 얘기를 한 적이 한 번도 없고, 그럼으로써 모든 것을 말했다. 어머니도 아버지도 내가 오래 연락 없이 지내는 것을 이해하지 못했다. 하지만 나에게는 지극히 단순한 일이었다. 나는 수많은 자녀들이 삶의 어느 순간에 이르면 해내야 하는 의무를 수행하고 있을 뿐이다. 부모의 은혜를 저버리기.

순진함도 기여했다. 부모는 내가 마음만 먹으면 언제든 볼 수 있다는 순진한 믿음. 집에 전화하는 일을 매번 미루는 것은 다시 만나게 되리라는, 어차피 부모의 곁으로 완전히 돌아갈 날이 곧 올 테니 매일 전화할 필요가 없다는 맹목적인 믿음과 이어진다. 하지만 그런 날은 유배의 사막에서 기다리는 신기루와 같다. 머지않아 재회하리라는 환상으로 전화를 미룰 때마다 부모로부터 점점 멀어질 뿐이다. 나는 타국으로 이주한 삶의 마지막 단계, 그러니까 돌아갈 가능성에 대해 더는 솔직하게 믿지 않는 단계에 이르렀다. 그러면서 돌아갈 날이 멀지 않았다고 스스로를 설득하려 하고, 식구들에게서 멀리 떨어져 보내는 시간은 언제든 만회할 수 있다고 믿으려 애쓴다. 그런 비극적인 기대는 나를 살게 하고 또 나를 죽인다. 나는 곧 집으로 돌아가리라고, 돌아가 보면 집은 아무것도 변하지 않았으리라고, 돌아가면 다 만회할 수 있다고 믿는 척한다. 사람들이 꿈꾸는 귀환은 완벽한 소설이고—따라서 나쁜 소설이다.

무언가 죽어가고 있다. 떠나온 세계가 내가 등을 돌리고 돌아서던 순간에 사라졌다. 그곳에 살았고 유년기를 마치 보물을 묻어두듯 그곳에 남겨주고 온 나는 떠나온 세계가 내 선물만으로 절대 무너지지 않는 세계가 되었다고 믿었다. 내가 떠나온 그곳은 나의 지나간 삶에 영원히 충성하리라고 믿었다. 공상이었다. 내가 사랑했던 세계는 충성 규약에 서명하지 않았다. 내가 사라지자마자 시간의 터널 속으로 멀어졌다. 나는 이제 그 세계의 폐허를 바라본다. 그 순간에 내가 느끼는 슬픔은 그 세계가 무너졌기 때문이 아니다. 그 세계는 살아 있으니 언젠가 죽을 수밖에 없다. 나를 슬프게 만든 것은 내가 분명 버틸 수 있도록 해주고 왔는데도 그 세계가 쉽게 무너져버렸다는 사실이다.

조국을 떠나온 사람은 지리적인 분리, 공간 속에서의 거리를 늘 생각하며 살게 된다. 하지만 그 고독의 핵심에는 시간이 놓여 있다. 늘 몇 킬로미터라는 거리 탓을 하지만, 그 사람을 죽이는 것은 하루하루 쌓여가는 시간이다. 아무리 시간이 흘러도 내 부모의 얼굴이 상하지 않을 수 있다는 확신만 있다면 수천만 킬로미터를 떨어져 있다 해도 감내할 수 있겠지만, 그건 불가능한 일이다. 얼굴에 주름이 파이고 시력이 떨어지고 기억이 가물거리고 질병에 시달릴 수밖에 없다.

어떻게 우리의 삶을 다시 이을 수 있을까? 글쓰기로? 이야기와 글, 그러니까 말에 있다고 여겨지는 힘을 구현하는 이 두 단어가 철자의 자리만 바뀌고* 쌍둥이처럼 같았으면 좋겠다. 이야기와 글이 우리가 내적으로 멀어진 거리를 줄여줄 수 있을까? 지금으로서는 언어에, 언어의 마법에 상관없이, 거리가 깊어간다.

떠나간 사람들 중에는 돌아오지 않기를 기원해주어야 하는 이들도 있다. 설령 그들이 간절히 돌아오고 싶어한다 해도 그렇다. 돌아오면 그들은 슬픔으로 죽게 된다. 나는 부모가 그리웠지만, 전화 걸기는 두려웠다. 시간이 흘러갔다. 나는 내 부모가 자신들의 삶에 무

---

* 프랑스어로 '이야기'는 récit, '글'은 écrit이다.

슨 일이 있었는지 말해주지 않아서 슬펐지만, 그들이 말할까봐 두려 웠다. 부모가 말하지 않아도 나는 무슨 일이 일어나고 있는지 알았 다. 그들은 죽음에 다가갔다. 나는 전화를 걸지 않으면 괴로웠다. 전 화를 걸어도 괴로웠다. 어쩌면 더 괴로웠다.

나의 부모는 수많은 일들에 대해서, 때로는 행복하게 또 때로는 어 쩔 수 없이 해야 하는 사소한 일들에 대해서, 시끌벅적한 남동생들 에 대해서, 세네갈의 긴장된 정치 상황에 대해서 말하고 싶어했다. 하지만 나는 그 모든 것을 들어줄 용기가 없었다. 나의 부모는 중요 한 한 가지 문제에 대해서는 말하지 않았다. 아무렇지 않은 척했고, 나 역시 그렇게 했다. 속이기 게임이다. 나는 약간 건조하고 많이 비 굴하게 서둘러 통화를 끝냈다.

8월 4일

나와 한 아파트에 살면서도 내가 속한 모임의 작가들과 어울리기를 거부하는 스타니슬라스가(그의 눈에는 우리가 너무 부르주아적이었다) 드디어 『비인간적인 것의 미로』를 읽었다. 그의 평가는 간결했다. "번역하기 어렵겠어." 그가 작품을 비평하는 틀 안에서 볼 때 최대의 찬사에 해당하는 말이었다.

스타니슬라스가 책과 저자에 대해 물었다. 나는 내가 아는 것을 이야기해주었다. 내 얘기가 그의 호기심을 자극했고, 그는 나에게 신문자료보관소에 가서 옛날 신문들을 찾아보라고, 1938년도 신문들을 뒤져보면 뭔가 나오지 않겠느냐고 했다. 안 그래도 팔 년 전 파리에 처음 왔을 때 나는 『비인간적인 것의 미로』의 흔적을 찾기 위해 당시의 신문을 찾아보고 싶었다. 무엇보다 『흑인 문학 개설』에서 T.C. 엘리만을 설명할 때 언급된 볼렘(브리지트)의 조사 내용이 궁금했다. 하지만 모든 시도가 실패했다. 브리지트 볼렘이 〈라 르뷔 데 되 몽드〉*의 문학 기자로 오랫동안 일했고 전문 서적을 몇 권 출간했으

---

* '두 세계의 잡지'라는 뜻으로, 1829년 파리에서 창간되어 지금까지 발행되고 있는 문학과 사상 분야의 잡지이다.

며 페미나상 심사위원이었다는, 특히 1973년부터 1985년 사망할 때까지 위원장이었다는 사실을 알아냈을 뿐이다.

―그럴 수 있지. 하지만 이젠 주요 신문에 오르내린 책을 냈으니까 신문 자료보관소가 그때보다 쉽게 열리지 않겠어? 스타니슬라스가 말했다.

―그렇지 않아. 아프리카 게토를 벗어나면 아무도 날 작가로 알아주지 않거든. 유명한 신문에 기사가 난 적 있는 유망주 작가이고 뭐고, 신문 자료보관소는 나에게 아무 관심이 없어. 난 그냥 아프리카 작가고 바깥세상에서는 문학적 명성 따위 하나도 없어.

―네가 원하는 게 그거야? 바깥세상에서 문학적 명성을 얻는 거?

그랬다. 이곳에 정착한 그 어떤 아프리카 작가도 공개적으로 인정하지는 않을 테지만, 항의의 몸짓까지 덧붙이며 부인할 테지만, 프랑스 문단의 서임식은(서임식의 자세는 언제 봐도 조롱받고 모욕당할 만하다) 우리 중 많은 이들의 꿈이다(심지어 몇몇에게는 꿈 그 자체다). 그것은 우리에게 수치를 안기지만 또한 우리가 꿈꾸는 영광이다. 우리의 종속이고, 상징적 상승이라는 독배의 환상이다. 그래, 스탄, 이게 바로 우리의 처량한 현실이야. 우리가 품은 가련한 꿈의 가련한 내용물은 바로 중심의 인정을 받기지. 우리에겐 그것만이 중요해.

하지만 너무 절망적이고 너무 냉소적이고 너무 씁쓸하고 너무 부당했기에(뒤집어 말하면, 너무 진짜였기에) 나는 스타니슬라스에게 말하지 못했다. 그냥 이렇게 대답했다. 그 역시 정확한 말이었다.

―난 좋은 책을 쓰고 싶을 뿐이야, 스탄. 그 한 권만 쓰면 다른 책

은 필요 없어지는 책, 나를 문학에서 해방시켜줄 책, 그러니까『비인간적인 것의 미로』같은 책을 쓰고 싶어. 내 말 이해하겠어?

─그래, 이해해. 하지만 어느 정도 인정받은 너희 같은 아프리카 작가들, 지식인들은 조심해야 해. 프랑스 부르주아들이 스스로 괜찮은 사람이 되려고 너희 중 일부에게 영예를 안기기도 하니까. 실제로 성공하거나 본보기가 된 아프리카인들도 있지. 하지만 내 말 잘 들어. 너희의 작품이 어떤 가치를 갖든 결국 너희는 이방인이고 영원히 그럴 거야. 이곳 사람이 아니라고. 그런데 내가 보기엔, 그래, 혹시 내 말이 틀리거든 날 멈춰줘(하지만 누군가에게 내 말이 틀리거든 날 멈춰줘, 라는 말을 듣고 나면 이미 그 사람을 멈추는 게 불가능하다). 그러니까 너희는, 내가 보기에, 그렇다고 너희 나라에 속한 것 같지도 않아. 그러면…… 어디에 속한 거지?

스타니슬라스가 말을 멈췄다. 그는 내 대답을 기다리지 않았다. 그냥 자기가 내뱉은 말을, 아니면 이제부터 덧붙일 말을 생각하다가 곧 다시 말을 이어갔다.

─그래, 너희 중에는 자신이 세계 시민이라고, 보편적 인간이라고 말하는 자들도 있겠지. 아, 그놈의 보편성…… 메달처럼 보편성을 흔들어대는 자들이 있지만 그래봐야 환상에 지나지 않아. 보편성을 얻고 싶어 안달이 난 자들 목에 바로 그 보편성의 밧줄을 감아버리는 거라고. 왜 그러겠어? 목을 매달아야 하니까. 그나마도 그들이 해주지 않으면, 제발 내 목에 그 밧줄을 감아달라고 울면서 애원해봐야 소용없지. 이 세상에 보편적인 것은 오로지 지옥밖에 없어. 메달 같은 거 다 태워버려. 그걸 쥐고 있는 손까지 태워버리라고. 식민지 시

대의 마지막 누더기들을 불에 던져버리고 아무것도 기대하지 마! 그런 구닥다리들은 불에 던져버려! 잉걸불에, 재 위에, 죽음에 줘버리라고! 글을 쓰려면 석유로 써!

—네 말이 맞을지도 몰라, 스탄. 우리도 모르지 않아. 우린 정치적 영웅이나 이념적 지도자가 아니라 인간이야. 모든 작가는 자기가 쓰고 싶은 걸 자유롭게 쓸 수 있어야 해. 어디에 있든, 어디에서 왔든, 피부색이 어떻든. 작가가 아프리카인이건 에스키모이건 재능 외에 다른 걸 요구해선 안 된다고. 그 외 다른 것을 요구하는 건 폭정이야. 병신 짓이지.

스탄은 입가에 연민의 미소를 띤 얼굴로 잠시 나를 쳐다보았다. 나는 스탄이 하려는 말을 이미 알고 있었고, 잠시 후 그는 정말로 그 말을 내뱉었다. "넌 순진해."

8월 5일

나의 일기여, 오늘 일들이 있었다. 베아트리스 낭가가 무심브와와 나를 저녁식사에 초대했다. 베아트리스는 평소 모습 그대로, 진부한 표현을 사용하자면, 강한 여자였다.

—일부러 두 사람만 불렀어. 베아트리스가 병을 따면서 말했다. 산자와 에바 투레는 재미는 있지만 함께 있으면 뭐랄까 좀 달라. 우린 서로 통하는 거 맞지?

나는 조금 무심하게 그렇다고 대답했다. 베아트리스의 집에 올 때마다 나는 거실을 내려다보고 있는 커다란 십자가상에 자꾸 신경이 쓰였다. 나는 예수를 바라보았고, 인간들의 고통을 한몸에 안고 십자가에 매달린 그 모습을 볼 때마다 떠오르던 생각이 다시 떠올랐다. 저 사람 지금 자기가 뭘 하고 있나 싶을걸? 내가 몇 번이나 물어보고 싶었던 질문: 주여, 당신이 십자가 위에서 고통을 겪고 죽음을 맞은 지 이천 년이 지났습니다. 영광스러운 일이긴 하겠지만, 결과를 보셨잖습니까. 이제 질문 드리죠. 한 번 더 해야 한다면 어쩌시렵니까?

대답이 없었다. 우리는 식탁에 앉았다. 베아트리스가 은돌레*를 내왔고 우리는 곧 『비인간적인 것의 미로』 이야기를 했다. 베아트리스는 각기 잘난 맛에 사는 우리 젊은 작가들만 그 책을 알아서는 안 된다고, 많은 독자가 읽을 수 있도록 다시 출간할 방법을 찾아야 한다고 했다. 무심브와는 반대했다. 둘이 언쟁을 했다. 나는 누구 편도 들지 않았다.

디저트를 먹을 때쯤 분위기가 풀렸고, 베아트리스가 음악을 틀었다. 제의의 분위기를 띤 영적인 음악이었다. 처음에는 막 익기 시작한 어린 망고처럼 덜 익은 밤의 어둠을 닮은 전기 진동이 흘렀다. 그러다가 온 세상이 부드러워졌다. 농익은 달이 당장이라도 하늘에서 떨어질 듯했다. 우리는 솜털 덮인 시간들의 팔에, 깨어 있을 때만 꿀수 있는 화려한 꿈의 현관에 매달렸다. 우리의 말소리가 점점 줄어들었다. 잠시 후에는—느릿느릿 잔들이 부딪치는 혹은 길에서 건져 올린 어렴풋한 웃음들이 부딪히는 소리들 사이로, 노래 한 곡이 끝나고 다음 곡이 시작되기 전 몇 초간의 정결한 휴지 동안에—시원 始原의 말들만 남았다. 숨결과 느림, 눈길과 스침, 중단된 자극, 부름, 맞불, 감춰진 기호들, 언어를 기다리는 언어들. 그러다가 이내 취기의 명징함만 남았다. 춤추는 누군가의 몸에—내 몸일까?—부딪친 잔이 떨어져 깨지는 소리. 이후로는 시간조차 없었다. 진정한 밤이었다.

그리고 일어나야 할 일이 일어났다. 집주인이 같이 자지 않겠느냐고 제안했다. 혹은 권유했다(분명 강요는 아니었다). 이쪽에선 안돼. 베아트리스가 말했다. 여긴 예수상이 있잖아. 저리로 가. 그러면서 뒤돌아 자기 방으로 향했다. 무심브와는 몽유병에 걸린 강아지처

* 시금치와 은돌레 잎을 함께 삶아 육류에 곁들인 카메룬 전통 음식.

럼 따라갔다. 나는 움직이지 않았다. 무심브와가 걸음을 멈추고, 내 의사를 확인하기 위해 돌아보았다.

—바보처럼 굴지 마. 지금은 아니야. 어서 와. 드디어 입체파 천사의 낯짝을 볼 수 있잖아. 우리가 그 천사의 초상화를 새로 그려주자고. 드디어 미카엘인지 지브릴*인지 루시퍼인지 알게 되겠네. 경이로운 스릴섬이 기다리고 있어. 어서 와.

나는 고개를 저었고, 내 마음이 절대 바뀌지 않을 것임을 알리기 위해 자리에 앉았다. 무심브와는 0.5초 동안 망설이는 듯하다가 곧 조언과 협박 중간쯤에 해당하는 어조로 말했다. 파이, 여자들은 기회가 주어졌을 때 서두르느라 그르치는 남자는 용서해도 기회를 놓치는 남자는 용서하지 않아.

—로코 시프레디?

—아니.

—로버트 무가베.

—아니.

—알겠다, DSK!

—그럴싸해, 하지만 아니야. 탈레랑이야.**

무심브와는 자신의 운명을 따라 베아트리스의 방으로 들어갔고, 나는 혼자 거실에 남았다. 취하기도 했고 살짝 처량한 기분도 들어

---

* 대천사 가브리엘의 아랍어 이름.

** 로코 시프레디는 이탈리아의 포르노 배우이자 감독이고, 로버트 무가베는 수십 년간 짐바브웨를 독재 통치하다 축출된 정치가이다. DSK는 IMF 총재 시절 뉴욕의 한 호텔에서 성폭행 미수 혐의로 체포된 프랑스의 정치가 도미니크 스트로스칸을 가리킨다. 탈레랑은 프랑스혁명기에 활동한 정치가이자 성직자이다.

서 안락의자 깊숙이 몸을 파묻었다. 생각해보니 나는 탈레랑에 대해 아는 게 없었다. 다리를 심하게 절었고 재치가 많다는 평가를 받았다는 게 전부였다. 그렇게 몇 분이 지나자 마음이 바뀌었다. 나도 들어가고 싶었다. 하지만 자존심이 허락하지 않았다. 그런 결정을 번복하다니 얼마나 우스꽝스럽고 하물며 수치스러운 일인가. 명예와 약속을 건 결정이었고, 그 결정을 이미 내뱉었다. 그래서 나는 움직이지 않았다. 잠시 뒤 규칙적인 간격을 두고 소리가 들렸다. 베아트리스가 속삭이는 소리와 무심브와가 내뱉는 소리. 단 한 번도 동시에 나지 않았다. 전희가 시작되는구나. 그 뒤로는 베아트리스가 신음하는 소리, 그 살(이 경우에는 육중한 두 허벅지 살이다)에 파묻힌 무심브와가 숨을 쉬지 못해 헉헉대는 소리만 났다. 무심브와는 흡사 바이스처럼 죄는 베아트리스의 허벅지 사이에 낀 머리를 이따금 빼낸 뒤 숨을 들이쉬었고, 그런 뒤에는 다시 미지의 세계 속으로, 베아트리스 안에 고인 액체를 향해 달려들어 혀로 게걸스럽게 핥았다. 내 귀 속에서, 내 눈앞에서, 모든 게 더없이 또렷했다. 무심브와와 베아트리스의 달아오른 두 몸, 점점 가빠지고 거칠어지는 호흡, 두 사람의 살갗에 맺히는 가는 땀방울과 소금의 결정. 그렇다, 나는 가만히 있어도 전부 볼 수 있었다. 싸워내겠다고, 마음을 진정시키고 방에서 나오는 소리가 내 귀에 들어오지 않을 만큼 집중할 만한 것들을 생각하겠다고 다짐했다. 그런 내 결심이 두 친구를 자극했는지, 내가 정신을 집중할 만한 주제를 찾기 시작하는 순간에 베아트리스의 신음이 들렸고, 무심브와가 헐떡였고, 침대가 삐거덕거리며 살들이 철썩대는 가죽 신발 같은 소리를 내며 부딪히기 시작했다. 제기랄, 시작이로군, 내가 말했다. 그 순간 나는 내가 더는 방 안의 일에 집중하지 않게 혹은 다른 생각에 빠져들게 해줄 질문을 찾기 위해 집중하려 애썼다. 하지만 내 정신이 덮어쓰려 시도한 모든 베일은 요란스러운 두 존재에 의해 마치 담배 종이처럼 순식간에 찢어져버렸다(이제 베아트리스는 부엉이 울음 같은 소리를 냈고, 무심브와는 링갈라어로 외설적인 시구들을, 나도 몇 단어 알아들을 수 있는 구절들을 고함치듯 큰 소리로 내뱉었다. *Nkolo, pambola bord oyo. Yango ne mutu eko sunga mokili*……). 아주 제대로군. 리듬이 좋아. 단조롭지도 않고. 다채롭지만 그래도 알기 쉬워. 정신 차려, 디에간, 다 떨쳐버려, 차라리 책을 읽어. 책 속으로 들어가라고. 그렇다. 나는 『비인간적인 것의 미로』를 펼쳐 그 속에 빠져들고 싶은, 그 속에서 피난처를 구하고 싶은 유혹에 사로잡혔다. 하지만 곧 포기했다. 헛일이다. 저런 소리를 들으면서 어떻게 책을 읽겠는가. 소리가 잦아들 기미가 없었다. 오히려 더 커졌다. 육체적 사랑의 소리, 젊고 힘찬 몸들이 노래하는 서정적 선율, 근원적인 성교가 부르릉대는 기관실. 베아트리스가 흐느끼듯 내뱉는 소리와 무심브와가 내지르는, *Bomanga, Béa, Bomanga*, 깨질 듯한 소리. 나는 나 자신을 여전히 너무 소심하고 너무 복잡하고 너무 조심스럽고 너무 무심하고 너무 두뇌적이고 너무 에드몽 테스트* 같은, 자랑스럽고 멍청한 고독 속에 너무 깊이 파묻혀 있는 나를 아쉬워하며 눈을 감았다. 체념하고 어서 지나가고 끝나기를 기다리며 고통을 감내하기로 했다. 어차피

* 폴 발레리의 『테스트 씨』에 등장하는 허구적 인물.

모든 게 지나가고, 모든 게 달아나고, 모든 게 사라지고, 모든 게 흘러가리니, 판타 레이*, 현자 헤라클레이토스가 말했다. 그러니 좋다. 눈을 감고 모든 게 흘러가길 기다리자. 하지만 아무리 다짐해도, 마치 이불을 뒤집어쓴 어린애처럼 눈을 감고 눈까풀 아래 숨어버려도 자꾸만 한 가지 생각이, 정확히는 한 가지 강렬한 욕망이 솟구쳤다. 저들을 죽이자. 칼을 들고 방으로 들어가 저들의 몸에, 분명 방 안에는 내가 끼지 못한 거대한 욕망으로 하나가 된 하나의 몸밖에 없을 테니 그 몸에 칼을 꽂아버리자. 전문 킬러처럼 제대로 순서에 따라 서두르지 말고 정확하게 심장을, 배를, 대동맥을 찌르자. 그런 뒤에 다시 심장을, 인간에게 수많은 고통을 안기는 그 빌어먹을 끈질긴 물건이 박동을 멈추도록 한 번 더 찌르고, 성기를, 옆구리를 찌르자. 얼굴은 상하지 않도록 조심해야 한다. 얼굴은 성스러운 영역이다. 그 어떤 폭력으로도 더럽혀서는 안 되는 신전이다. 얼굴은 타자의 기호이고, 타자가 나를 통해 인류 전체에 던지는 고통스러운 질문의 형상이다. 언젠가 조금 읽어본 레비나스가 한 말이다. 그러니까 얼굴은 빼고 그 몸에 칼을 찔러 넣자. 향락이 멈출 때까지, 혹은 그 향락으로 죽음을, 극한의 흥분 속에서 복상사를 맞을 때까지. 고통스러운 소리에서 벗어나기 위해—베아트리스가 울부짖고, 무심브와도 울부짖는다—내가 바로 그 일을 하려 할 때, 음침한 계획을 마련해주신 신의 또 다른 섭리일까, 부엌 식기대에 아무렇게나 놓인 커다란 식칼이 눈에 들어왔다. 저 칼을 쥐기만 하면 정말로 내 뜻대로 몰아

* 세상 만물은 변한다는 헤라클레이토스 철학의 핵심 개념이다.

갈 수 있으리라. 나는 일어날 일을 생각하며 미소 지었다. 그리고 신문 사회면을 멋지게 장식할 만큼 복잡한 죽음의 시나리오들을 써나갔다. 그런데 내가 칼을 찾아 일어서는 순간, 가까이에서 살아 있는 존재가 느껴졌다. 눈을 떠보니 벽에 걸린 십자가상에서 예수 그리스도가 움직이는 게 아닌가. 나는 판골과 루그 신*을 믿는 세레르족 애니미즘 신도이지만(*Yirmi inn Roog u Yàl!*), 나도 모르게 성호를 긋고 기다렸다. 이상하게도 두렵지는 않고 그저 조금 놀랍기만 했다. 나는 영혼이 나타날 수 있고 초월성이 육체적 형상으로 모습을 드러낼 수 있다고 믿는 사람이었기에, 예수 역시 못을 빼고 십자가에서 내려오리라 믿으며 기다렸다. 예수는 상황에 어울리지 않게 상당히 우아하고 민첩하게 내려와서 내 맞은편에 놓인 소파에 앉더니, 눈까풀 위로 내려온 피 묻은 가시 면류관을 올렸다. 이어 그는 푸른빛의 부드러운 눈길을 나에게 던졌고, 나는 곧 그 눈길을 피난처 삼아 그 안으로 피신했다. 침대 머리가 벽에 거칠게 부딪히는 소리가 났다. *To liama ti nzala ésila, Nzoto na yo na yanga, etutana moto epela, maman.* 하지만 나에게 중요한 것은 오직 내 앞에 있는 존재뿐이었고, 침대 소리는 전혀 중요하지 않았다. 게다가 예수는 입을 다문 채로, 그러니까 '복스 코르디스'**로 나에게 말하기 시작했다. 그 말이 내 영혼의 비참함을 달래주면서 나의 살해 충동과 나의 비탄과 나의 초라한 질투와 나의 고독을 무無로 돌려보냈다. 단순한 문장이었지

---

* 세레르족의 토속 종교에서 루그(Roog)는 세상을 창조한 신이고, 판골(Pangols)은 그 사도들이다.

** '마음의 소리'를 뜻하는 라틴어.

만 오직 그만이 비밀을 알고 있는 심오한 말이었고, 나는 엉덩이를 때려대는 시끄러운 소리에도 불구하고 그 말에 귀를 기울였다. 그렇게 그리스도의 말을 들었고, 어느 작가든 쓰고 싶어했을 그의 가르침과 우화들을 들었다. 예수가 한참 동안 얘기한 뒤 말을 멈췄을 때, 우리는 방 안에서 일어나는 일을 확인했다. 최고조가 가까워진 것 같았고, 날카로운 외침들의 합창 속에서 누가 뭘 하는지 더는 분간할 수 없었다. 나는 예수를 바라보았다. 0.5초 동안 그의 눈길 속에 그 역시 방으로 달려가고 싶어하는 욕망이 어렸다. 하지만 그 0.5초 동안 내가 본 것은 꿈이었을 것이다. 아니면 내가 악령에 사로잡혔을 수도 있다. 사람의 아들은 곧이어 자기는 이제 가보아야 한다고, 길 잃은 다른 영혼들이 기다리고 있다고 말했다. 예수가 일어섰고, 그의 성스러운 빛 때문에 순간 나는 앞이 보이지 않았다. 나는 그에게 혹시 이천 년 전부터 자리 잡고 있던 십자가 위로 돌아가기 위해 도움이 필요하지는 않은지 물었고, 필요하면 작은 사다리를 가져오겠다고 했다. 그가 웃으며 대답했다(그리스도의 웃음은 향기롭고 선하다). 할 수 있을 것 같네. 그리고 정말 해냈다. 예수는 다시 혼자 올라가 십자가에 못 박혔다. 어떻게 그럴 수 있었는지 나에게 묻지 마시라. 어쨌든 그는 해냈고, 나는 그가 어떻게 했는지 알지 못한다. 아무튼 그에겐 그 놀라운 일을 해낼 능력이 있었고, 내가 보는 앞에서 다시 십자가에 못 박혔고, 바로 그때 천둥 같은 소리와 함께 베아트리스와 무심브와가 절정에 이르렀다. 그리고 원래의 고통스럽고 열정적인, 두 번의 천 년이 담긴 표정으로 돌아가기에 앞서 예수가 나를 바라보며 말했다(이번에는 입을 움직였다). 난 다시 했을 거네.

예수는 이 숭고한 말과 함께, 내가 다른 질문을 할 틈도 없이(예를 들어 나는 화체化體*의 기술에 대해 정확히 알고 싶었고, 골고다 언덕 꼭대기에서 내려다보는 광경이 어떤지 궁금했다) 떠났고, 아파트는 끔찍한 공허, 막 신이 떠나버린 세계의 지독히 불안스러운 공허에 휩싸였다. 예수가 내려와 있는 동안 시간이 얼마나 흘렀을까? 모르겠다. 그가 떠난 뒤 내가 움직이지 않고 말없이 안락의자에 앉아 있던 시간이 어느 만큼이었는지도 모르겠다. 방에서는 더 이상 아무 소리도 들려오지 않았다. 방 안의 몸은 잠들었으리라. 혹은 죽었을까. 두고 보면 알겠지. 나는 일어나 『비인간적인 것의 미로』를 들고 집으로 돌아갔다.

* 가톨릭 용어로, 성체성사를 통해 빵과 포도주의 본질이 그리스도의 살과 피로 변하는 것.

8월 6일

잠에서 깨니 머리가 흐리멍덩했다. 오후가 시작될 무렵에 무심브와의 전화를 받았다. 우리는 어제저녁에 대해 이야기했고, 예상대로 그는 왜 방에 들어오지 않았느냐고 물었다. 나는 은돌레 먹은 게 속이 안 좋았다고 대답했고, 그는 거짓말하지 말라고, 앞으로는 좀 덜 생각하라고, 섹스를 더 많이 하라고 말했다. 생각해볼게, 내가 대답했다. 그리고 침묵. 입체파 천사에 대해 물어볼까 싶었지만 그만두기로 했다. 보나마나 무심브와는 아무 얘기도 해주지 않을 것이다. 차라리 화제를 바꾸기로 했다. 나는 무심브와에게 혹시 신문 자료보관소 고위 관계자 중에 아는 사람이 없느냐고 물었다. 그는 며칠 안에 지인들 가운데 한 사람과 연결해주겠다고 약속했다. 그리고 말했다.

　—내가 엘리만이 누구인지 정말 알고 싶은 건지 잘 모르겠어. 원래 좋아하는 예술들한테는 너무 가까지 가지 않는 편이 낫거든. 멀리서 조용히 좋아하는 게 낫지. 우아함을 간직하고. 안 그래?『비인간적인 것의 미로』는 설령 미완성이라 해도 이미 충분해…… 그래, 네가 엘리만을 찾고 싶어하는 건 알겠어. 이해할 것 같아.

　—뭘 이해하는데?

무심브와가 말했다. 내가 이해한 건, 네가 책을 읽고 난 뒤 찾으려 하는 게 문학이라는 사실이야. 그런데 문학을 찾는 건 늘 환상을 좇는 거지. 문학을 찾는 건 똥 덩어리를 찾는 것과 같다고. 내 말 믿어, 파이. 문학을 찾는 건, 그건, 그건. 무심브와가 서둘러 혹은 슬픔에 젖어 혹은 짜증스럽게, 문장을 끝내지 못한 채 결론을 맺었다. 요컨대, 요컨대, 요컨대 그래.

나는 더 우기지 않았고, 우리는 다른 이야기를 하다가 전화를 끊었다. 나는 베아트리스에게 연락해볼까 한참 망설이다가 결국 포기했다. 전화를 건들 설명할 길이 막막했다. 연금술의 어느 단계에 이르면 육체적 사랑이 비극적 맹세가 된다는 사실을 도대체 어떻게 설명하겠는가. 두 몸이 서로에게 말하고 서로의 말을 듣고 서로 인정하고, 그러다가, 일부러 그러지 않아도, 심지어 스스로 알아채지 못한 채로, 두 몸이 말없이 서로에게 충성을 맹세한다. 하지만 사랑만큼 불공평한 것은 없기에 그 철석같은 맹세를 두 몸 중에 한 몸만 하는 경우도 있다. 그리고 당연히 두 몸이 떨어지는 날이 온다. 맹세를 한 몸은 자신이 추억에 건넨 말의 무게와 함께 홀로 남는다. 그리고 시체처럼 거추장스러운 맹세를 이어받는다. 어두운 밤에 그 맹세를 벗어나도록 도와줄 친구는 없다. 지난 맹세의 무거운 짐을 짊어진, 결코 평화를 얻을 수 없는 몸은 이 몸 저 몸을 방황한다. 그러다 이내 영원히 평화에 이를 수 없음을 깨닫고 절망한다. 만나서 상대하는 몸들마다 사라진 이상과의 비교 속에 존재할 뿐이다. 만나는 다른 몸들은 실망을 안길 뿐이고, 실망하리라고 알고 있었기에 더욱 치명적인 실망이다. 그러다 확실한 실망을 자각하면서 다른 곳에서의 모든 경험을 포기하는 때가 온다. 하지만 눈앞에 펼쳐진 욕망의 대양이 부르는데도 계속 부두에 묶여 있게 만드는 것은 그러한 환멸에 대한 의식이라기보다는 맹세를 저버린다는 고뇌, 어쩌면 맹세를 이미 잊어버렸을 몸을 향해 홀로 바치고 있는 맹세를 배반할 수 없다는 고뇌이다. 혼자 남았으면서, 그래도 약속을 어길까봐 두렵다. 로맹 가리는 어머니의 사랑, 다른 누구에게서도 다시 얻을 수 없는 사랑을 그리기 위해 새벽의 약속*에 대해 말했다. 나는 육신의 사랑을 그리기 위해 때로는 밤의 맹세가 있다고 말한다. 그 맹세를 나는 일년 전 한 여자에게 바쳤다.

그렇다. 나는 이 모든 것을 베아트리스 낭가에게 설명할 자신이 없었다. 베아트리스가 듣는다면 내 얼굴에 웃음을 토하고 말리라.

그 여인은 이제 없다. 그런데 그 여인의 봉인이 너무 강력하고 나에게는 그 봉인을 풀 열쇠가 없다. 그 여인이 떠난 뒤로 나는 모든 여인의 몸이 두렵다. 나의 가장 깊은 곳에 자리 잡은 환상들마저도 그 여인의 환영이 버티고 있기에 맥을 못 춘다. 나는 베아트리스와 자고 싶어한 적이 있었다. 그러니까 내 몸은 베아트리스를 원했다. 하지만 막상 기회가 오자 내 몸은 지나간 충성을 떠올리고는 그대로 꺼져버렸다.

* 로맹 가리의 자전적 소설의 제목으로, 아들에게 무조건적인 사랑을 베풀던 어머니를 그린다.

나는 그 여인을 파리의 상투적인 배경 속에서 만났다. 라스파유 대로의 작은 광장, 깨진 검을 들고 서 있는 드레퓌스 대위의 동상 아래 벤치였다. 대위의 발밑에 비둘기들이 잔뜩 모여 있었다. 여인은 샌드위치를 뜯어 비둘기들에게 던져주었고, 말을 걸고 싶었던 나는 주어진 유일한 방법을 사용했다. 저기, 파리 시 당국에서 비둘기에게 먹이 주는 걸 금지했어요. 여인이 고개를 들어 더없이 오만한 경멸이 담긴 눈길로 나를 쳐다보았다. 드디어 얼굴을 보았으니 경멸쯤이야 상관없다. 일단 분명한 응답을 받은 뒤, 나는 지체 없이 말을 주고받을 수 있도록 틈을 열어주게 될 시시한 말들을 늘어놓았다. 그때 나는 쿤데라의 최신작을 읽는 중이었는데, 소설 속 인물 하나가 이렇게 말했다. 여자들은 남자들보다 똑똑하다. 그러니 여자를 유혹하고 싶은 남자는 어떻게든 똑똑해 보이려 애쓰느라 우스꽝스러워지지 말고 차라리 보잘것없는 인간으로 보이는 게 낫다. 나는 가르침을 그대로 적용해 나의 여인에게 놀라움을 안길 생각 같은 것은 하지 않았다. 지루하지 않도록 조심하기만 했다. 두 길 사이에 어둡고 위험한 길, 좁은 굽잇길이기는 하지만 어쨌든 길이 있었다. 나는 그 길로 들어섰고, 그 길에서 멀어지지 않기 위해 순발력을 총동원했다.

　몇 분 뒤에 여인이 자리를 떴다. 이름도 전화번호도 몰랐지만, 분명 조만간 다시 만나게 될 터였다. 그 광장은 내가 다니는 대학에서 멀지 않아서 나는 자주 그곳에서 책을 읽었다. 그 여인 역시 그날 처음 본 게 아니었다. 그러니 마지막도 아닐 터였다. 사흘 뒤 다시 그곳 벤치에 앉아 있는데, 나의 여인이 나를 불렀다. 그날은 좀 더 길게 이야기했다. 좀 덜 방어적인 대화였다. 이번에는 헤어지기 전에 이름을 알아냈다. 아이다. 전화번호는 더 뒤에, 더 이상 광장에서 우연히 만나는 것으로 충분하지 않게 되었을 때, 우리의 만남이 일부러 약속을 잡고 이루어지는 만남으로, 약속의 희망으로 변했을 때 주고받았다.

이어 일상적이고 거의 진부한, 가능한 관계의 서언序言들이 이어졌다. 첫 번째 저녁식사 중에 서로의 인생에 대한 기본적인 정보가 오갔다. 나는 아이다가 도시에서 일어나는 폭동과 시민 저항 운동을 주로 취재하는 사진기자임을 알게 되었다. 아이다는 내가 문학 박사 논문을 끝내지 못하고 질질 끄는 중임을 알게 되었다. 아이다는 혼혈이었고—콜롬비아인 아버지, 알제리인 어머니—세 자녀 중 막내였다. 나는 다섯 형제의 맏이였다. 아이다는 비건이었다. 나는 레어로 구운 갈비에 사족을 못 썼다. 아이다는 공산주의자였고, 나는 동거인이 무정부주의자였다. 아이다는 훌륭한 현장 기자가 되고 싶었고, 나는 그냥 작가가 되고 싶었다. 우리는 시간을 가리지 않고 계속 문자를 주고받았다. 그런 뒤 두 번째 식사를 했다(비건 식으로). 첫 수줍음, 첫 침묵, 첫 진솔한 웃음, 아마도 첫 엄숙함. 보통은 이럴 때 첫 키스가 온다. 하지만 우리는 아니었다. 우리는 서로 기다리게 만들며 즐겼다. 그리고 첫 고백. 누가 먼저 보고 싶다고 말했냐고? 나였다. 내 말에 아이다는 능숙하게 대답했다. 나도 그래. 그래도 천천히 하자. 서둘면 안 돼. 그리고 첫 콘서트. 뤼마니테 축제*의 주 무대 앞에서 마누 차오의 축복을 받으며 처음 손을 잡았다. 인생은 복권이다, 그가 노래했고, 노래를 들으며 나는 바보같이 혼자 생각했다. 그렇다, 맞는 말이다, 인생은 복권이고, 어쩌다 당첨되면 기적을 얻을 수 있다. 냄새, 움직임 중에 스치는 몸, 흥얼거리는 한 여인의 목소리. 어쩌다 지금 곁에 와 있는지 무엇으로도 설명할 수 없는, 행운도 재능도 희망도, 가장 흐뭇한 꿈들도 설명할 수 없는 여인, 아이다. 우리의 첫 키스는 천천히 왔다. 서서히 무르익어 때가 되었다는 것 외에는 그 어떤 것도 강요하지 않은 키스라는 점에서 완벽한 상태로 왔다. 1절이 끝날 때까지 키스가 이어졌다. 이어 우리는 후렴에 매달렸다. 마치 아무 일도 없었던 것 같았고, 실제로 더는 아무 일도 없었다. 마지막 노래, 〈그대를 사랑해〉가 끝났을 때는 밤이 깊었고, 소낙비가 쏟아졌다. 말이 필요 없었다. 콘서트가 멋졌다고 말할 필요도, 여전히 우리의 입술을 자극하고 있는 키스의 감각을 되살릴 필요도 없었다. RER** B선을 타면서 어디로 갈까 물을 필요도 없었다. 열차에 오르는 순간, 우리는 목적지를 알았다. 상대의 집. 말로는 하지 않았지만, 깍지 낀 손가락들의 강렬한 대화로, 막 시작된 미소, 너무 많은 것을 싣고 있어서 말로 옮기려 했다가는 그 무게에 문장이 무너지고 말았을 미소로 알 수 있었다. 우리는 아이다의 집으로 갔다. 우리가 사랑을 눈부시게 반짝이는 조각들로 풀어헤치고 그 조각들이

---

* 프랑스 공산당 신문인 〈뤼마니테〉('인류' '인간성'을 뜻한다)가 매해 9월 두 번째 주말에 주최하는 행사로, 콘서트와 바자회, 스포츠 행사 등이 열린다.
** 파리 수도권 고속 전철.

마치 고리들이 행성을 둘러싸듯 우리를 둘러쌌을 때, 아이다의 젖은 머리카락이 그 얼굴과 함께 내 얼굴을 적셨다.

한 사람이 사는 동안 진정한 존재론적 변모는 생각만큼 자주 찾아오지 않는다. 나에게는 두 번 일어났다. 『비인간적인 것의 미로』를 읽은 것은 그중 두 번째였다. 신비주의적 위기로 말하자면, 파스칼은 '불의 밤'을 겪었고 발레리는 '제노바의 밤'*을 겪었다. 나에게 그것은 아이다와 첫 섹스를 한 밤이었다. 어느 누구도 그날 내 안에 비친 진리의 섬광을 흐리게 만들지 못하리라. 시간의 베일마저도 해내지 못하리라. 그날 저녁 나는 빛 속에 꿇어 엎드려 맹세를 바쳤다. 내 영혼을 다른 영혼을 위해 영원히 바치기로 맹세했다. 나 혼자 바친 맹세였다.

---

* 시인 폴 발레리는 스물한 살 때 제노바에서 존재의 위기가 몰아친 밤을 겪었고, 그 뒤로 오로지 '정신의 삶'에 전념하게 된다.

8월 10일

무심브와의 영향력 있는 지인이 얻어준 출입 허가 덕분에 나는 온 종일 신문 자료보관소에 있었다. 입구에서 휴대폰을 맡겨야 했지만, 메모는 할 수 있었다. 드디어 B. 볼렘의 책을 보았다. 그리고 당시의 비평가들이 말한, 그리고 볼렘이 조사한 내용에 비추어 『비인간적인 것의 미로』를 다시 읽었다.

*

제미니 출판사에서 놀라운 첫 소설을 출간했다. 저자는 아마도 아프리카 세네갈인일 것이다. 책의 제목은 『비인간적인 것의 미로』이고 저자의 이름은 T.C. 엘리만이다.

솔직히 나는 프랑스 작가가 아프리카인으로 꾸미고 쓴 책일지 모른다는 생각이 든다. 아프리카를 식민지화하면서 교육을 통해 기적을 일구었다면 물론 기쁜 일이다. 하지만 정말로 아프리카인이 프랑스어로 이런 글을 쓸 수 있을까?

알 수 없다.

속편이 필요할 이 책은 무엇에 관해 말하는 걸까?

살육을 즐기는, 말하자면 흑인 네로 황제 같은 […] 어느 왕의 이야기다.

이제 T.C. 엘리만이라는 이상한 이름 뒤에 숨어 있는 인물을 찾아내야 한다. 가능성은 크지 않지만 혹시 정말로 그가 프랑스 식민지의 흑인이라면, 『비인간적인 것의 미로』는 흔히 아프리카인들이 지니고 있다고 여겨지는 강력한 마법의 존재를 믿기 시작해야 할 이유를 보여준다.

-B. 볼렘, 〈라 르뷔 데 되 몽드〉

8월 11일

엘리만의 침묵은 아마도 이 사건에 대한 그의 대답이었을 것이다. 하지만 과연 침묵하는 작가란 무엇일까?

*

어제 배포된 〈라 르뷔 데 되 몽드〉에 한 소규모 신생 출판사에서 "저자는 아마도 아프리카 세네갈인"으로 보이는 "놀라운 첫 소설"이 출간되었다는 소식이 실려 있었다. 그 글을 쓴 기자는 "아마도"라고 추측성으로 말했지만, 그렇게 말할 이유가 없다. 『비인간적인 것의 미로』는 흑인이 써낸 걸작이 분명하다. 책 속의 모든 것이 뼛속까지 아프리카적이다. […]

엘리만 씨는 시인이고 또 흑인이다. […] 그의 작품은 일견 내용이 끔찍해 보이지만, 그 아래에는 심오한 인간성이 자리하고 있다.

이 책을 출간한 엘렌슈타인 씨는 우리에게 저자가 겨우 스물세 살이고, 곧 우리 문학에서 중요한 인물이 될 거라고 말했다. 이렇게 표현해보자. 지금 우리 앞에 있는 작가는 그 젊음과 그의 시적 통찰력이 발하는 놀라운 광채를 볼 때, '흑인 랭보'이다.

―오귀스트레몽 라미엘, 〈뤼마니테〉

일 년 전 나는 하루하루가 행복하고 한 주 한 주가 충만한 위대한 시작의 열렬한 환희를 누렸다. 사랑에 빠졌고, 그렇게 뛰어든 순간이 영원하기를 기도했다. 아이다는 내가 어떤 위험을 감수하고 있는지 알고 있으라고 경고했고, 자기는 분명 늦지 않게 경고했다고 말했다. 하지만 그 "늦지 않게"는 분명 너무 늦었다. 나는 이미 한참 전부터 아이다를 사랑했는데, 아이다는 자신은 애착이라는 사치를 감당할 수 없다고 했다. 난 일 때문에 멀리 가야 해. 어쩌면 오랫동안 가 있을 거야. 떠나야 해.

정직했기에 잔인한 말이었다. 나는 자신의 격한 감정을 전달할 말을 찾지 못하는 무력한 아이 같은 분노, 우리 둘 중 누구를 향하는지조차 알 수 없는 분노 속에서 아이다를 사랑했다. 함께 보내는 하루 혹은 밤은 마지막 하루 혹은 밤일 수 있었기에 나는 그 하루 혹은 밤을 흥분과 고통 속에서 보냈다. 희망이라는 감정과 맞서 싸워야 했지만, 그러면서도 어쩌면 아이다가 혁명의 광채를 사진으로 기록하기 위해 이 세상 어디론가 떠나기보다는 내 곁에 남아 있기를 선택할지 모른다는 희망을 버리지 못했다. 가장 큰 혁명은 지금 네 앞에서 일어나고 있잖아. 내가 널 향한 사랑에 빠졌다고. 날 봐. 아이다는 고개를 돌렸다. 그래도 나는 흔들리지 않고 포기하지 않았다.

어느 날 절망 혹은 희망으로 미친 내가 운명의 문장을 내뱉고 말았다. 아이다는 대답하지 않았다. 조심스럽게, 나도 그래, 말하지도 않았고, 야멸차게, 난 아니야, 라고 말하지도 않았다. 아이다는 대답하지 않았고, 나는 왜 답이 없느냐고 비난할 수 없음을 알고 있었다. 나는 그 문제에 있어 상호성이 보장되지 않음을 이미 받아들였다. 심지어 절대적으로 솔직히 말하자면, 내 마음속 깊은 곳에서는 그러한 기다림의 불확실성이 싫지 않았다. 아마도 나는 사랑에 있어 마조히스트였던 것 같다. 나는 감정의 코트 위에서 보이지 않는 상대와 테니스 경기를 치렀다. 내가 네트 너머로 "사랑해"를 보낸다. 내가 보낸 "사랑해"들은 네트 건너편 어둠 속으로 사라진다. 그 "사랑해"들이 다시 나에게 돌아올지 알지 못하고, 나는 그러한 의혹의 고통에서 어렴풋한 쾌락을 얻는다. 불확실성은 절망과 다르지 않은가. 태초의 혼돈에서 그랬듯이 아이다의 침묵에서 나오는 몇 마디 말로 생명의 빛이 솟아오를 수도 있지 않은가. 나에게 공은 얼마든지 있다. 나는 다시 서브를 넣는다. 경기가 마라톤만큼 길어진다 해도 나는 치러낼 준비가 되어 있었다.

하지만 마라톤은 없었다. 어느 날 밤 아이다가 역사적인 민중 혁명 전야의 고국 알제리로 돌아간다고 말했다. 갑자기 우리는 육 개월 시한부 인생이 되었다. 나는 마치 너무 많이 진행되어 치료가 불가능한 암이 발견되었다는 선고를 받듯이 그 소식을 들었다. 바로 그 날 나는 아무도 몰래 『공허의 해부』를 쓰기 시작했다. 사랑을 노래한 소설, 작별의 선언, 절교의 편지, 고독의 연습. 『공허의 해부』는 동시에 이 모든 것이었다. 나는 세 달 동안 책을 썼고, 우리는 계속 만났다. 왜 그랬을까? 아이다가 나와 같은 도시에 살고 있으면서 얼굴을 보지 않고 있다는 생각이 앞으로 닥칠 이별 생각보다 더 견디기 힘들었다. 나는 아이다를 사랑하기를 사랑했다, 사랑하기를 사랑했다, '아마레 아마밤'*, 나는 아이다를 사랑하기를 사랑했고, 사랑하는 나를 바라보는 아이다를 사랑했다. 현기증 나는 액자 구조. 한 인생이 갑자기 그것을 이루는 차원들 중 단 하나로 축소되어버렸다. 내 존재는 줄어들었다기보다는 농축된 채 단 한 가지에 온전히 바쳐졌다. 그때 만일 누군가 나에게 내 직업이 뭐냐고 물었다면 나는 자랑스럽고 비극적인 겸손함으로 사랑에 빠진 사람이라고 대답했을 것이다. 나는 봉인된 채로 살았다. 봉인된 육체는 맹목적인 예속이다.

나는 아무에게도 알리지 않은 채 『공허의 해부』를 아주 짧은 시간 안에 썼고, 한정 출판을 하는 곳에 보냈다. 놀랍게도 삼 주 뒤에(원래 답장을 받으려면 최소한 세 달은 기다려야 했다) 최대한 빠른 시일 안에 출간하고 싶다는 회신을 받았다. 그렇게 아이다가 떠나기 사흘 전에 『공허의 해부』가 세상에 나왔다. 나는 그 책을 아이다에게 바쳤다. 그래도 떠나지 못하게 잡을 수는 없었다. 아이다는 알제리에서 일어나는 혁명을 지켜보기 위해 떠났다. 떠날 때 내가 계속 연락해도 되느냐고 물었다. 바틀비**의 대답이 돌아왔다. 안 그러면 좋겠어. 굳이 말로 하지 않아도, 아이다가 이미 나에게 설명한 대로 우리

---

* '사랑하기를 사랑하다'는 뜻의 라틴어.
** 허먼 멜빌의 단편소설 「필경사 바틀비」의 주인공으로, 늘 "안 그러면 좋겠습니다 (I would prefer not to)"라고 대답한다.

가 연락을 이어가는 것은 결국 언젠가 우리 사이가 다시 이어질 수도 있다는 희망을 버리지 않는다는 뜻이었다. 아이다는 우리가 각자 다른 곳에서 다시 사랑하지 못하게, 다른 얼굴들을 사랑하지 못하게 가로막아서는 안 된다고 했다. 나는 아이다의 사랑을 원했지만, 사랑 때문에 혹은 약해서 그 선택을 받아들였다. 아이다는 SNS 계정을 삭제했고, 메일을 닫았다. 알제리에 도착하면 전화번호도 바꿀 예정이니 메시지를 보내도 소용없다는 말도 했다. 나는 모든 것에 알았다고 했다. 우리의 춤을 리드한 것은 언제나 아이다였다. 그렇게 어느 날 아침 나는 플로어에 혼자 남았다. 내 곁에는 음악의 유령, 함께 춤추던 여인이 일으킨 바람으로 흩어진 추억뿐이었다. 고독은 단계적으로 진행되지 않는다. 고독은 절대 제대로 준비할 수 없다. 나는 단번에 고독의 심연으로 떨어졌다. 하지만 나는 이미 맹세를 한 터였다.

8월 13일

엘리만은 낙원에서 추방되었지만 말하자면 바로 낙원에서만, 낙원의 감춰진 얼굴 속에서만 안식처를 찾을 수 있던 첫 인간이었다. 낙원의 뒷면이 그의 안식처였다. 낙원의 뒷면은 무엇일까? 가설: 낙원의 뒷면은 지옥이 아니다. 문학이다. 의미: 작가로서 죽임을 당한 후 엘리만에겐 글쓰기를 통해 죽는(혹은 부활하는?) 것밖에 남지 않았다.

*

오귀스트레몽 라미엘처럼 농담을 즐기는 사회주의자라면 모를까, 『비인간적인 것의 미로』를 두고 설령 흑인이라는 수식을 붙인다 해도 어떻게 랭보의 이름을 들먹일 수 있단 말인가. 『비인간적인 것의 미로』는 언어의 섬세한 불꽃을 제대로 다룰 줄도 모르면서 불꽃놀이 기술자로 자처하다가 결국 그 불꽃에 날개를 태워 먹은 한 야만인이 흘려놓은 침에 지나지 않는다.

[…] 아프리카인들의 야만성은 그저 상상만은 아니다. 일차대전 동안 전선에서 독일인들은 물론 프랑스인들에게까지 공포를 안긴 흑인 부대가 이미 그러한 야만성을 보여주었다. 그리고 이 책 『비인간적인 것의 미로』에서도

볼 수 있다. 아프리카는 이미 우리에게 어느 정도 공포를 안겼다. 이제는 제대로 혐오를 불러일으키고 있다. 식민지화는 계속 진행되어야 하고, 그 저주받은 불행한 영혼들의 기독교화 역시 계속되어야 한다. 그렇지 않으면 우리는 이런 식으로 쓰인 다른 책들을 더 보게 될 것이다.

[…] 이런 거친 책은 그런 검은 피부의 청년들, 그저 약탈하고 먹어대고 여자를 희롱하고 불을 지르고 술에 취하고 여자를 범하고 나무를 우상으로 받드는 일밖에 하지 못하는 그들의 혈관 속에 문명이 아직 스며들지 못했음을 보여준다. […]

–에두아르 비지에 다즈낙, 〈르 피가로〉

8월 14일

저녁에 포스탱 산자가 우리를 집으로 초대했다. 내키지 않았지만 가기로 했다. 가는 길에 내가 쓴 글의 헛됨을, 내가 쓴 글의 거짓을, 내가 쓴 글과 삶 사이의 괴리를 생각했다. 시가 D.의 말이 옳았다. 나는 문학이 무엇이고 또 무엇이어야 하는지에 대해 연설하는 횟대에서 매처럼 날아올라 이 세상 위를 떠다녔다. 싸움을 치러낸 게 아니라 그저 남들에게 보여주려고 날아다녔다. 목숨 건 싸움이 아니라 재미있는 서커스 묘기의 과시였다. 나는 유리 보호판 뒤에 혹은 방패 뒤에 숨듯이 문학 뒤에 숨었다. 삶은 보호판 건너편에 있다. 삶의 폭력, 삶의 뿔, 위장을 찌르는 파성추 같은 삶의 공격은 건너편에 있다. 이제 그만 보호판을 버리고 직접 삶과 마주해야 한다. 날아오는 주먹을 받아내고 어쩌면 나 역시 맞받아쳐야 한다. 이제 용기가 필요하다. 야합, 속임수, 타협은 끝이다. 오직 용기가 필요하다. 내가 치러야 하는 값은 바로 용기다.

포스탱 산자의 집에서 이어진 따분한 논쟁에 나는 거의 끼어들지 않았다. 베아트리스는 겨우 인사만 건넨 뒤 저녁 내내 나에게 아무 말도 하지 않았다. 모두 딴생각을 하고 있는 것 같았다. 산자가 몇 차례 논쟁의 투창을 던져보았지만 우리의 무관심과 권태의 갑옷에 튕겨 나갔다. 에바 투레는 인스타그램에 올릴 사진을 찍지도 않았다. 그야말로 엉망진창이었다. 우리는 일찍 파하기로 했다. 베아트리스는 우버를 타고 떠나기 전에 나를 거세게 쏘아보았다. 에바는 개인용 택시를 불러 타고 갔다. 무심브와와 나는 걸어서 갔다. 걸어가는 동안 나는 그에게 신문 자료보관소에서 알아낸 것들을 알려주었다. 무심브와는 나에게 암스테르담에 갈 거냐고 물었다. 나는 아마 갈 거라고 대답했다.

─책 한 권 쓸 만한 얘기네. 무심브와가 말했다. 나도 그 모험을 함께하고 싶지만 그럴 수가 없어. 지난 며칠 동안 생각을 많이 해봤어. 지금 난 다른 책을 구상 중이야. 그리고 콩고로 돌아갈 거야. 준비가 되었는지는 잘 모르겠는데, 아무튼 가기로 했어.

무언가 심각한 혹은 힘이 되는 혹은 아름다운 말을 해야 한다고, 아니면 그 순간의 무게를 조금이라도 덜어줄 농담이라도 해야 한다고 생각했지만, 나는 아무 말도 할 수 없었다. 끝내 내 생각을 입 밖에 내지 못한 채 침묵의 무게가 그대로 이어졌다. 우리는 각자 자신의 책을 향해 갔다.

무심브와는 고국 이야기를 거의 한 적이 없었다. 내가 아는 거라곤 그가 어릴 때 전쟁을 피해 한 친척 아주머니를 따라 콩고를 떠나왔고, 그 아주머니가 작년에 세상을 떠났다는 것뿐이었다. 도망쳐 나올 때 어떤 상황이었는지에 대해, 부모에 대해, 프랑스에 오기 전에 어떻게 살았는지에 대해 한 번도 듣지 못했다. 언젠가 내가 왜 과거에 대해 직접적으로 말하지 않느냐고 물었을 때 무심브와는 잊을 수 없는 대답을 했다.

―난 자이르*에 대해 불행한 기억밖에 없어. 내 인생에서 가장 행복한 시절을 보낸 곳이지만 생각할 때마다 불행해져. 그 시절이 그저 지나가기만 한 게 아니라 완전히 파괴되어버렸다고, 그 시절과 함께 세상 전부가 파괴되었다고 추억이 확인해주기 때문이지. 난 자이르를 기억할 때마다 불행해. 물론 나쁜 기억이지. 좋은 기억도 있는데, 추억이란 게 원래 그래. 아무리 행복한 추억도 결국 슬픔만 안기지.

그날 이후 나는 무심브와가 말하는 그 시절의 삶에 대해 다시 묻지 못했다. 그의 작품의 수수께끼를 풀 열쇠가 그 안에 있으리라고 짐작했을 뿐이다. 예를 들어 그의 책에는 매번 귀가 들리지 않는 인물 혹은 청각 장애에 대한 강한 은유가 등장한다. 무심브와가 설명한 적은 없지만, 나는 무심브와와 연관된 모든 게 그 안에 있다고 직감했다.

우리는 계속 걸었다. 무심브와가 침묵을 깼다.

―넌 어떤 계기로 작가가 됐어, 파이? 생각해보니 그때가 내 글쓰기의 기원이었다, 이렇게 말할 만한 사건이 있었어?

―글쎄. 아마 책들을 읽으면서 그랬겠지. 그게 중요한지는 모르겠지만. 어때? 그럴 만한 사건이 있었어?

무심브와는 있었다고 대답했다. 하지만 막 우리가 헤어져야 하는

* 1971년부터 1997년까지 사용된 콩고민주공화국의 옛 국호.

교차로가 나타났다. 결국 무심브와는 자신의 소명이 어디서 시작되었는지 말하지 못했다(혹은 말하고 싶지 않았을 것이다). 단지 내 탐사의 다음 단계는 뭐냐고 물었다. 나는 아직은 정확히 모르겠다고, 어쨌든 시가 D.를 만나러 암스테르담으로 갈 거라고 대답했다. 무심브와는 일주일 뒤 콩고민주공화국으로 떠날 계획이었다. 최소한으로 준비해서 간다고 했다. 그냥 무턱대고 갈 거야, 말하면서 그가 빙그레 웃어 보였다. 그의 미소를 보면서 나는 조금 슬펐다.

우리는 출발 날짜 전에 한 번 더 만나기로 했고, 제대로 한잔하면서 우리가 좋아하는 소설가들과 시인들의 글을 읽어보자고 약속했다. 친구가 된 두 작가, 이제 각자 어둠 속으로 떠나려 하는 두 작가라면 최소한 그런 식으로 이별해야지. 우리는 그렇게 말했지만, 마음속으로는 그런 문학적 작별의 술자리는 없으리란 것을 알고 있었다. 아마도 오랫동안 다시 만나지 못하리라. 떠나기 전에 한 번 더 만나기로 한 약속이 지켜지리라고 믿는 척한 것은 오로지 그 순간에 느낀 헤어짐의 무게를 덜기 위해서였다. 물론 서로 전화는 할 테지만, 만나지는 못한다. 그리고 다시 만날 때면 우리는 다른 사람이 되어 있으리라. 아마도 그저 인간들이 되어 있을 것이다.

*

며칠 전부터 제미니 출판사에서 출간한 엘리만 씨의 『비인간적인 것의 미로』가 아프리카 문명을 보여준다고 말하는 사람들이 있다. 이념적인 적수들이 각기 그 책을 읽고 서로 맞서고 있지만, 단 한 가지에 대해서는 의견 일치를 보인다. 『비인간적인 것의 미로』가 아프리카적이라는 사실이다. 우리가 보기에 그것은 전적인 오독의 결과다.『비인간적인 것의 미로』는 아프리카적인 것을 제외하고 뭐든지 될 수 있다.

우리는 열대의 색이 더 짙고, 이국 취향이 더 강하고, 순수하게 아프리카적인 영혼 속으로 좀 더 깊이 들어가기를 기대했다. […] 책의 저자가 박식한 사람인 것은 맞다. 하지만 그 모든 것 속에 아프리카는 보이지 않는다.

『비인간적인 것의 미로』의 큰 약점은 흑인적인 성격이 너무 약하다는 사실이다. 누가 봐도 재능이 뛰어난 저자는 유감스럽게도 문체와 박식한 지식을 헛되이 펼치며 그 안에 갇혀 있다. 우리의 흥미를 더 많이 끌 수 있었을 다른 것이 필요했다. 그러니까 그의 땅의 박동 소리를 들려주었어야 했다. 『비인간적인 것의 미로』의 결말이 될 다음번 책에서는 아프리카의 박동 소리가 울려 퍼지기를 기대한다.

–트리스탕 셰렐, 〈라 르뷔 드 파리〉

8월 15일

우리가 한 작가에 대해 진정으로 알 수 있는 것은 무엇인가.

*

『비인간적인 것의 미로』에 대한 상반된 많은 반응들을 보면서 우리는 샤를 엘렌슈타인과 테레즈 자코브를 인터뷰하기로 했다. 두 사람은 논쟁을 불러온 소설을 출간한 제미니 출판사의 설립자이자 운영자이다.

브리지트 볼렘(BB) :『비인간적인 것의 미로』가 가면 쓴 작가의 책이라는 말이 돌고 있습니다.

샤를 엘렌슈타인(CE) : 파리는 온갖 말이 도는 도시 아닌가요? 대부분은 기자분들이 소문을 전하지요. 그 말들이 전부 진실은 아닙니다. 저자들은 모두 가면을 쓰고 있기도 하고요. 그렇지만, 혹시 그 책이 엘리만이 쓴 게 아니고 기성작가가 다른 이름으로 발표한 책이라는 소문에 관해 묻고 싶으신 거라면 말도 안 되는 소립니다.

BB : 어째서 그렇죠?

테레즈 자코브(TJ) : 실제 있는 사람이니까요. 엘리만은 실재합니다.

BB : 아프리카인인가요?

TJ : 세네갈인입니다. 책 뒤표지에 적힌 대로요.

BB : 두 분과 비슷한 나이겠죠. 정확히……

CE : 과장하지 않겠습니다. 우리보다 조금 더 젊습니다. 하지만 나이가 작가를 만드는 건 아니죠.

BB : 그는 어디 있죠? 왜 두 분과 같이 나오지 않았나요?

CE : 혼자 있는 걸 좋아하는 사람입니다. 자신이 아프리카인이라는 사실 때문에 호의적이지 않은 온갖 말들이 돌고 있다는 사실을 알고 있습니다.

BB : 책이 언론에 큰 화제가 되었죠. 특히 독창적이고 신비로운 저자 때문에요. 그래서 말인데, 정말로 T.C. 엘리만이 썼다는 증거가 있어야 하지 않을까요? 그가 침묵하니까 자꾸 의혹의 그림자가 드리우는 것 아닐까요?

TJ : 엘리만도 알고 있습니다. 위험을 감수하기로 했고요.

BB : 그래도 두 분이 엘리만에 대해 좀 더 얘기해주실 수 있겠죠? 엘리만은 무슨 일을 하나요? 어떻게 처음 알게 되었죠? 어떤 사람이고, 어디 살고 있죠?

CE : 작년에 한 카페에서 우연히 만났습니다. 우리가 자주 가던 카페인데, 엘리만이 매일 그곳의 한 테이블에 앉아서 글을 썼거든요. 옆에서 무슨 일이 일어나든 누가 와 있든 신경 쓰지 않고 아주 열정적으로 썼어요. 우리는 그가 작가라는 걸 금방 알아봤습니다. 그런 건 저절로 느껴지니까요. 그러다 어느 날 대화가 시작되었죠. 엘리만은 좀 거칠고, 쉽게 상대를 신뢰하지 않는 사람이었어요. 하지만 우리와 친구가 되었죠. 결국 쓰고 있던 글을 우리에게 보여주었어요. 훌륭한 원고였죠. 『비인간적인 것의 미로』의 모험은 그렇게 시작되었습니다.

BB : 책을 둘러싼 온갖 소문들에 대해선 어떻게 생각하시나요?

TJ : 그렇게 소문이 많은 것 같지는 않은데요. 어쨌든 제가 아는 한 엘리만은 그런 소문들에 신경 쓰지 않습니다. 그런 일엔 관심이 없어요.

BB : 그럼 어떤 일에 관심이 있죠?

TJ : 작가라면 누구나 같지 않을까요? 쓰겠죠. 읽기 그리고 쓰기.

BB : 정말로 아프리카인이 맞나요? 자꾸 물어서 미안합니다. 하지만 독자들이 흔히 보아온 아프리카인들과 다르니까……

TJ : 아프리카인이 그런 글을 쓰는 게 흔하지 않단 뜻인가요?

BB : 글을 쓰는 것 자체가 그렇죠. 좁은 문학계에서 그토록 많은 말이 나오게 만드는 것 역시 그렇고요. 그런데 〈뤼마니테〉에서 오귀스트레몽 라미엘이 엘리만을 '흑인 랭보'로 칭한 것을 알고 계시나요?

TJ : 엘리만을 랭보와 연결 짓는 것은 그분의 자유이고 또 책임이죠.

BB : 다음번에는 T.C. 엘리만을 만날 수 있으리라 기대해도 될까요?

CE : 모든 건 엘리만에게 달려 있습니다. 하지만 그런 일은 일어나지 않을 것 같군요.

인터뷰는 이렇게 끝이 났다. 이 모든 것을 어떻게 받아들여야 할지 말하기 어렵다. 샤를 엘렌슈타인과 테레즈 자코브는 그들의 은밀한 친구의 정체를 내내 감추려 한다. 그러니까 역설적으로, 우리는 엘리만에 대해 조금 더 알게 되었지만, 그를 둘러싼 미스터리는 여전히 남아 있다.

−B. 볼렘, 〈라 르뷔 데 되 몽드〉

8월 18일

우리가 한 작품에 대해 진정으로 알 수 있는 것은 무엇인가.

*

『비인간적인 것의 미로』를 둘러싼 어떤 논평들을 보면 분명히 드러난다. 그들은 작가의 피부색 때문에 불편해한다. 작가가 속한 인종 때문에 떠들썩해진 것이다. 엘리만 씨는 너무 일찍 예술 분야를 포함한 모든 분야에서 뛰어난 흑인들을 볼 준비가 되어 있지 않은 시대에 태어났다. 언젠가 준비된 시대가 오지 않겠는가. 일단 지금으로서는 엘리만 씨가 용기 있는 선구자가 되어야 한다. 모습을 드러내고, 모든 인종차별주의자들에게 흑인이 위대한 작가가 될 수 있음을 말하고 증명해야 한다. 우리는 그에게 더없이 굳건하고 더없이 충실한 지지를 보낼 것이다. 우리의 지면은 그에게 열려 있다.

-레옹 베르코프, 〈메르퀴르 드 프랑스〉

8월 19일

어미 거미에게 메일을 보냈다. 암스테르담으로 만나러 가겠다고 썼다. 곧바로 답장이 왔다. 기다리고 있을게, 디에간 파이.

다음 주말 기차표를 예약했다. 국비 장학금 만세.

이어 인터넷에서 브리지트 볼렘의 사진을 찾아보았다. 대부분 1970년대에 찍은 사진이었다. 육십 대의 볼렘이(1905년생이다) 페미나상 심사위원으로 영향력을 발휘하면서 문학과 언론 분야에서 정점에 이르렀던 시기다. 사진 속 브리지트 볼렘은 언제나 카메라 렌즈를, 마치 그 거침없는 눈길로 미래를 향한 전언을 보내려는 듯 똑바로 쳐다보고 있다.

*

『비인간적인 것의 미로』 혹은 사기의 진정한 원천

앙리 드 보비날

(콜레주 드 프랑스의 아프리카 민족학 교수)

나는 몇 차례 아프리카에 머문 적이 있고, 정확히 말하자면 1924년부터

1936년 사이에 식민지 세네갈에 있었다. 그중 한 번, 1929년부터 1934년 사이에는 바세르족이라는 낯선 민족을 발견하고 연구하게 되었다. 그때 바세르족과 꽤 오랜 시간을 같이 보냈기에 나는 자신 있게 말할 수 있다. T.C. 엘리만의 책은 바세르족의 우주 생성 신화를 그대로 옮겨놓은 부끄러운 작품이다. 『비인간적인 것의 미로』는 바세르족의 기원 신화에 소설적 에피소드들을 섞어놓은, 큰 틀에서 보자면 아예 그대로 가져온 것이다. 나는 그 신화에 대해 1930년에 들었다.

그 내용은 이렇다. 옛날 어느 왕이 바세르 왕국을 세웠다. 그 왕은 잔인하고 살육을 즐겨 적을 불태워 죽였고 때로는 자기 신하들까지 죽였다. 그리고 그 살을 비료로 만들어 나무들을 키웠고, 그 나무들에서 나온 열매는 왕을 더 강하게 만들어주었다. 나무들이 순식간에 거대한 숲을 이루면서 왕은 영원히 통치할 수 있을 만큼의 열매를 갖게 되었다. 어느 날 혼자 숲을 거닐던 왕이 한 여인(혹은 여신. 바세르어로는 두 가지가 같다)을 만나 그 아름다움에 사로잡혔다. 여인-여신은 숲속으로 깊이 들어갔고, 따라 들어간 왕은 길을 잃었다. 왕은 몇 해 동안 숲에서 자신이 준 죽음의 비료 덕분에 잘 자라난 나무들 사이를 헤맸고, 자신이 저지른 죄들을 마주했다. 각각의 나무에서 이전에 산 채로 불태워진 사람들이 왕에게 말했다. 그 말을 다 듣고 광기 직전까지 간 왕이 죽음을 맞으려는 순간에 여인-여신이 다시 나타나 정신과 생명을 돌려주었다. 왕은 여인-여신과 함께 숲 밖으로 나왔다. 자신이 몇 년 동안 궁을 비웠다고 생각했지만, 숲에서 나와 보니 궁정은 그대로였다. 신하들은 왕이 겨우 네다섯 시간 동안 사라졌었다고 말했다. 왕은 신들이 자신을 시험했음을 깨달았다. 왕은 여인-여신을 아내로 맞았고, 자기 백성들을 바세르라고 부르기로 했다. '나무들을 경배하는 자들'이라는 뜻이다.

나는 1931년 마르셀 그리올과 미셸 레리스가 유명한 다카르-지부티 민족학 탐사단을 이끌고 바세르족이 사는 곳까지 왔을 때 이 신화를 들려주었다. 그들은 매혹되었다. 레리스는 『유령의 아프리카』에서 내 이야기를 잠시 언급하기도 했다.

보다시피 엘리만 씨의 책은 바세르족의 신화와 당황스러울 정도로 비슷하다. 거의 바꾸지 않고 그대로 이용한 게 분명하다. 그런 것을 표절이라고 한다. 어쩌면 고결한 의도(바세르족의 문화를 알리기 위해)였을 수도 있지만, 그렇다면, 그 역시 바세르족의 일원인 것 같은데, 어째서 바세르족의 이름을 언급하지 않았단 말인가. 왜 모든 게 자신의 상상력 혹은 재능에서 비롯된 것처럼 써놓았단 말인가.

이제 나는 엘리만 씨의 정직성에 호소한다. 만일 그에게 정직성이라는 게 남아 있어 과오를 인정하고 고백한다면 명예를 되살릴 수 있을 것이다. 과오가 완전히 씻기지는 않겠지만, 분명 전보다 성장하게 될 것이다. 바세르족 역시 그와 함께 그럴 것이다.

8월 21일

같이 파키스탄 식당에서 점심을 먹다가 스타니슬라스가 사모사*
접시를 비우며 말했다.

—잊고 얘기하지 못한 게 있어. 어제 곰브로비치의 『일기』를 봤
거든. 50년대 초반의 일기. 너도 알지 모르겠는데, 곰브로비치가 그
때 아르헨티나에 살았어. 그런데 일기 중에 이런 구절이 있었어. "사
바토**가 최근에 이곳에 온 한 아프리카 작가를 소개시켜주었다. 이
상한 사람이었다. 그가 썼다는 책이 어떤지 한번 봐야겠다. 사바토
가 그 책을 나에게 선물했다." 그리고 두 쪽 뒤에, 곰브로비치가 문제
의 책을 읽고 나서 이렇게 썼어. "아프리카인의 책을 다 읽었다. 안
읽은 책이 없는 최우등생이 의미 없이 잔뜩 펼쳐놓은 솜씨가 거슬
리기는 하지만, 그의 미로 속에서 길을 잃는 것은(설령 그 미로가 비
인간적일지언정) 행복한 일이다." 물론 우연의 일치일 수도 있지. 다
른 이야기, 다른 아프리카인 이야기일 수도 있어. 하지만 미로가 나

---

* 감자와 채소, 커리 등을 넣은 삼각 모양의 튀김.
** 아르헨티나의 소설가, 기자. 『터널』(1948), 『영웅과 무덤에 대하여』(1961) 등을 썼다.

오고…… 게다가 비인간적인까지 있으니까. 그러니 어쩌면…… 혹시 네가 찾는 그 엘리만이 50년대에 부에노스아이레스에 체류한 적이 있어?

—몰라. 아직은 몰라. 시가 D.는 알겠지. 내게 알려줄 거야.

*

최근 앙리 드 보비날 씨의 글이 확인해주었듯이, 엘리만 사건이 가라앉을 기미가 보이지 않는다. 콜레주 드 프랑스의 동료로 그의 글을 읽고 나서 엘리만 씨의 책에 관심을 갖게 된 문학 교수 폴에밀 바양 씨가 『비인간적인 것의 미로』를 읽어본 뒤 우리에게 연락해왔다.

저명한 학자인 바양 씨는 『비인간적인 것의 미로』에서 너무도 명백할 뿐 아니라 또 그만큼 섬세한 '문학적 표절'을 발견하고 놀라움을 금치 못했다고 했다. 그에 따르면 『비인간적인 것의 미로』는 유럽과 미국 그리고 동양 작가들의 문장을 거의 그대로 가져와서 요리조리 꿰매놓은 책이다. 그렇게 다시 쓰는 과정에 고대부터 현대까지 모든 작가의 글을 다 가져온 것 같다고 했다. [⋯]

바양 씨는 그런 방식을 비판하기는 했지만, 『비인간적인 것의 미로』의 저자가 그 모든 작가의 글을 다 가져와 이어 붙인 뒤 자기 문장, 그리고 독특한 줄거리를 가진 이야기에 한데 섞어낸 능력, 그러면서도 충분히 이해 가능한 텍스트로 만든 능력은 인상적이었다고 말했다.

—알베르 막시맹, 〈파리 수아르〉

8월 22일

무심브와가 콩고민주공화국으로 돌아가기 전 파리에서 보내는 마지막 날이었다. 그가 전화를 했다. 나는 곧바로 이해했다. 중요한 출발을 앞두고 갑작스러운 두려움에 가슴이 짓눌린 것이다. 하지만 그런 두려움 앞에서 나는 오히려 마음이 놓였다. 그것은 다가올 여행이 진정한 부름에 응한다는 뜻이다. 무심브와는 『비인간적인 것의 미로』를 가져갈 수 있으면 좋겠다며 아쉬워했고, 이어 T.C. 엘리만을 찾는 일이 잘되길 바란다고 행운을 빌어주었다. 나는 고맙다고 했고, 제발 이미 수도 없이 나온 고국으로의 귀환에 관한 책은 쓰지 말아달라고 부탁했다. 무심브와는 고국으로 돌아가는 작가들의 발아래 놓인, 그동안의 타국 생활이 만들어놓은 더러운 진흙 수렁을 꼭 피하겠다고 맹세했다. 우리는 웃었고, 그게 다였다. 작별인사를 한 뒤 전화를 끊었다.

나는 노트북을 열고 『비인간적인 것의 미로』를 쫓기 시작했다. 사냥개처럼, 탐정처럼, 질투에 휩싸인 연인처럼 단어들을 쫓아갔다. 엘리만의 문장을 이루는 분자의 핵 속에서 필사筆寫의 추적이 이어졌다. 나는 엘리만의 글을 베낀 게 아니다. 나는 그 글을 썼다. 나는 보르헤스의 피에르 메나르가 『돈키호테』의 저자이듯이* 『비인간적인 것의 미로』의 저자였다. 네 시간 만에 끝냈다. 나는 메일로 파일을 보내주었다. "가는 길에 읽어"라고 썼다. 곧바로 무심브와의 답장이 왔다. "넌 정신 나간 놈이야. 그래도 고마워." 이어 밥을 먹기 위해 나는 아프리카 식당으로 갔다. 코라 악사가 유행하는 히트곡들을 연주하고 있었다. 나는 슬퍼졌고, 마페**를 먹는 동안 문득 만딩고족의 오래되고 단조로운 민요를 듣고 싶었다.

*

인정해야 한다. T.C. 엘리만, 우리가 너무도 사랑한 책의 작가는 표절을 한 게 맞다. 그럼에도 불구하고 우리는, 비지에 다즈닉 같은 어리석은 자들이 뭐라 말하든 간에, 여전히 엘리만이 뛰어난 재능을 지닌 작가라고 믿는다. 문학의 역사 자체가 커다란 표절의 역사가 아닌가. 플루타르크가 없이 몽테뉴가 있었겠는가? 이솝 없이 라퐁텐이, 플라우투스 없이 몰리에르가, 기엔 데 카스트로*** 없이 코르네유가 있었겠는가?

-오귀스트레몽 라미엘, 〈뤼마니테〉

---

* 호르헤 루이스 보르헤스의 『픽션들』에 실린 단편 「피에르 메나르, 돈키호테의 저자」를 말한다.

** 고기나 생선을 땅콩과 토마토가 들어간 소스와 곁들인 음식. 말리와 세네갈 등에서 즐겨 먹는다.

*** 스페인의 극작가로, 프랑스 고전주의 비극 작가인 코르네유의 대표작 『르 시드』(1637)는 카스트로의 『르 시드의 청년 시대』(1599)에서 영감을 받은 작품이다.

8월 23일

어젯밤 꿈에 엘리만이 나왔다. 그가 나에게 말했다. 여기서 뭘 하고 있어? 고독과 침묵 주위를 선회하는 궤도 속에서 넌 뭘 하고 있지? 나는 그에게 무언가 아름다운 말로 대답했다. 영적이고 절망적인 문장, 꿈속이나 플로베르가 쓴 편지의 마지막 대목에서 볼 수 있는, 혹은 교통 체증이 극에 달했을 때 세네갈의 택시 운전수들이 욕을 내뱉고 차창 밖으로 침을 뱉기 전에 늘어놓는 눈부신 철학적 경구들에서나 볼 수 있는 문장들 중 하나였다. 분명 그런 부류의 문장이었다. 물론 깨고 나니 기억나지 않았다. 그래서 나는 온종일 불행했다.

*

제미니 출판사가 『비인간적인 것의 미로』를 모두 회수했다. 표절의 대상이 된 몇몇 작가들에게 보상을 한 뒤 파산 신청을 한다는 공지도 나왔다.

제미니 출판사를 세운 샤를 엘렌슈타인과 테레즈 자코브는 T.C. 엘리만에 대해서 여전히 아무 말도 하지 않았다. 저자 엘리만은 '자신의' 사건임에도 내내 부재를, 요란한 침묵을 견지하려는 것 같다. […]

문학계에서 신비화는 사람들을 난처하게 만들고 또 그만큼 흥미를 끈다. 한동안은 잘 통했다. 배심원들이 걸려들었다. 어찌 보면 T.C. 엘리만은 바로 그 배심원들의 신빙성과 신뢰성에, 그리고 그들의 교양에 의혹을 드리운 셈이다.

문제의 T.C. 엘리만이 정말로 아프리카인으로 밝혀진다면 더 난처한 상황이 닥칠 것이다. 그가 아프리카인이면 자신들의 문화가 그를 개화시켰다고 주장하는 이들에게는 실로 심각한 모욕이 아니겠는가.

언젠가 이 일에 대해 진실이 말해지기를 기대해보자.

—쥘 베드린, 〈파리 수아르〉

8월 24일

스타니슬라스는 며칠 일정으로 폴란드에 갔다. 그는 아직 폴란드에 남아 있는 가족이 있었다. 가면서 엘리만에 대한 조사에 진척이 있으면 알려달라고 했다.

집에 혼자 있게 된 기회를 이용해 나는 베아트리스 낭가를 저녁식사에 초대했다. 그리고 걱정했던 일이 일어났다. 베아트리스가 초대에 응한 것이다. 와서 처음 몇 분 동안 주체하기 힘든 끔찍한 거북함의 시련이 길게 이어졌다. 입체파와 전혀 관련 없는 천사 몇 명이 우리의 머리 위를 떠다녔다. 베아트리스가 무심브와한테 소식이 있느냐고 물었다. 아니, 너한텐? 없어, 잘 도착했겠지. 그래야지. 다시 침묵. 나는 베아트리스의 잔을 다시 채웠다. 내 잔은 곧 비었다. 식탁으로 갈까? 좋아. 내가 음식을 내왔다. 베아트리스가 먹어보고 아무 말도 하지 않았다. 나는 우묵한 접시 바닥으로 피신했다. 아무 일 없는 척해봐야 소용없었다. 말을 해야 했고, 말은 거칠고 상처를 줄 수 있었다. 그래도, 흔히 하는 말대로, 곪은 상처를 터뜨려야 했다. 결국 칼을 뽑았다.

―지난번에 내가 방에 안 들어가서 화났어?

—이 세상에 남자가 너밖에 없는 줄 알아? 베아트리스가 키득거렸다. 게다가 그날 들어온 남자가 자연의 축복을 받은 것 같았지. 기교도 뛰어났고. 너도 내 말을 들었어야 했어. (베아트리스의 눈길이 내 눈에 꽂혔다. 잔인하려 했고 또 스스로 잔인하다고 믿었을 테지만, 내게는 슬픔이 느껴졌다.) 화났지, 맞아. 단순히 육체와 욕망의 문제가 아니니까.

—그럼 무슨 문젠데?

베아트리스가 마치 어뢰가 돌진하듯 나에게 달려들었다.

—넌 네 자신의 생각을 그대로 받아들이지 않아. 늘 아리송하고 복잡하게 말하지. 그런 게 지적이고 성숙하고 생각 있는 거라고 믿지? 가장 심각한 주제는 물론이고 더없이 평범한 주제 앞에서도 넌 늘 생각이 흔들려. 스스로 그러고 싶어하지. 한 문장 안에서 넌 의견을 말하고 또 그걸 의심해. 아마도, 의 삶! 정말 그런 걸 원해? 아무도 네가 뭘 생각하는지 모르게? 너에게 세상은 두 심연 가운데 서서 어느 쪽으로도 가지 못하는 그런 곳이지. 그날 밤에 네가 안 들어왔을 때, 그래, 널 원망했어. 실망스러웠지. 난 널 원했고 너 역시 그렇다고 말했으니까. 하지만 더 깊이 생각해보니까 내가 짜증나는 건 세상 속에서 혹은 세상 앞에서 네가 취하는 일반적인 태도 때문이었어. 너에겐 뭐가 중요해? 넌 어떤 욕망을 따라가? 네가 늘 지키고 싶은 건 뭐야? 심지어 『비인간적인 것의 미로』에 대해 토론할 때도 넌 무심해 보였어. 네 관심은 우리를 보는 거, 불길에 사로잡혀 흥분한 우리를 지켜보는 것뿐이었다고. 네 불길은 어디 있지? 내가 보기에 넌 유령이 벽들을 통과하듯이 그렇게 사물과 사람을 지나쳐버려. 상

대가 너에게 애착을 보이면 너도 한동안은 애착을 갖는 것 같지만, 하루 자고 나면 가버려. 깨어나 보면 우리 곁에 네 자리는 차갑게 식어 있고, 왜 떠났는지 어디로 떠났는지도 알 수 없어. 네가 돌아오지 않으리라는 것만 알 수 있지. 사람들은 시험 상대가 아니야. 실험실의 동물이 아니라고. 난 빌어먹을 실험용 쥐새끼가 아니야, 디에간. 사람들은 언제든 써먹을 수 있는 문학적 재료가 아니고 네가 냉소를 지으며 머릿속으로 뜨개질해서 만들어내는 문장이 아니야. 무심브와에겐 네게 없는 게 있어. 알아? 둘이 공통점이 많긴 하지만, 무심브와는 너와 달라. 사람들을 볼 줄 알지. 사람들과 함께 이 땅 위에 있고. 몸을 섞어야 할 때는 섞고, 술을 마셔야 할 때는 마시고, 위안을 줄 수 있을 땐 위안을 줘. 너무 개입하게 되지 않을까 틀리지 않을까 걱정하지 않지. 무심브와는 인간이야. 훌륭한 작가 그 이상이라고. 온기가 느껴지잖아. 그런데 넌 차가워. 사람들을 보지 못하고 세상도 보지 못해. 넌 스스로를 작가라고 생각하지만 네 안의 인간은 그래서 살지 못해. 무슨 말인지 알겠어?

베아트리스는 마치 무대 위에서 공연을 하는 사람처럼 숨 한 번 쉬지 않고 말했다. 하지만 그 모든 말은 분명 배 속에서 올라오고 있었다. 목소리가 떨렸고, 목소리에 눈물이 느껴졌다. 베아트리스의 말이 끝났을 때 나는 창밖의 밤하늘을 쳐다보았다. 갑자기 짙은 피로가 밀려왔다. 나는 한숨을 쉬었다.

—네 말이 아마 맞을 거야.

—할 말이 그게 다야?

—달리 할 말이 없어. 네 말이 맞아.

―넌 정말 아무것도 이해하지 못하는구나.

　이 말과 함께 베아트리스는 일어나 소지품을 챙겼다. 미안해, 베아
트리스. 내뱉지도 못하고 머릿속으로만 생각한 이 말은 대답을 얻을
수 없었다. 베아트리스는 그대로 뒤돌아서 나가버렸다.

　나는 발코니로 나가 아래를 내려다보았다. 평소에는 활기 넘치던
나의 거리가 그날 저녁에는 텅 비어 있었다. 멀어지는 베아트리스의
실루엣이 보였다. 그 모습을 바라보며 나는 울고 싶었다.

8월 25일

우리가 마지막으로 함께 보낸 밤에 아이다는 특유의 간결하고 단호한 스타일로 말했다.

—어제 『공허의 해부』를 읽었어. 떠나기 전에 그 책 얘기를 하고 싶어. 내 말이 거칠더라도 이해해줘. 네 첫 책을 나에게 헌정했다는 게 기분 좋은 건 맞아. 하지만 넌 분명 아직 작가가 아니야. 좀 더 정확히 말하자면, 넌 스스로 어떤 유형의 작가가 되고 싶은지 아직 모르고 있어. 네 책 어디에서도 네가 느껴지지 않아. 네가 없어. 책 안에 네가 없다고. 그 책도 네 안에 없고. 그 책에는 악도 우울도 없어. 너무 순수해. 너무 순진하다고.

나는 꼭 악의 쪽에서 글을 써야 한다는 생각은 잘난 척이라고 대답했다. 진정한 악은 쓰는 게 아니라 저지르는 거야. 내가 말했다. 필요한 건 행동이야. 말이 아니고 책이 아니고 몽상이 아니야. 행동이 필요하지. 아이다는 아무 말도 하지 않았다. 이어 나는 내가 글을 쓰는 건 우울에서 비롯된 것도, 우울에 이르기 위해서도 아니라고 말했다. 네가 어떻게 생각하든 난 이 세상에 남은 마지막 순수의 길을 찾기 위해서 글을 써.

아이다는 말없이 미소를 지었고, 덕분에 우리는 얼마 남지 않은 시간을 말이 아닌 사랑에 바칠 수 있었다. 하지만 아이다가 한 말들은 내게 그대로 남았다.

그날의 대화에서 일 년이 흐른 지금, 너무도 어리석었던 내 대답을 생각하면 괴롭기만 하다. 악은 중요한 질문이다. 문학에서 순수함은 통하지 않는다. 우울 없이는 어떤 아름다운 것도 쓸 수 없다. 우리는 우울을 연기하고 다른 모습으로 가장하고 절대적 비극까지 끌고 가거나 무한한 희극으로 변환시킬 수 있다. 문학 창작이 제공하는 변이와 조합에서는 모든 게 가능하다. 누군가 무대로 이어진 슬픔의 뚜껑문을 열고 올라가면, 그곳에서 문학은 흐드러진 웃음을 끌어낸다. 당신은 얼어붙은 검은 고통의 호수에 들어가듯이 책 속에 들어간다. 하지만 그 바닥에 이르면 갑자기 축제의 즐거운 선율이 울려 퍼지면서 향유고래들의 탱고, 해마들의 추크, 거북이들의 트워크, 대왕오징어들의 문워크가 당신을 맞이한다. 처음에는 우울에서, 인간이라는 서글픈 우울에서 시작한다. 그 우울을 밑바닥까지 들여다보고 각자의 마음속에 그것이 울려 퍼지게 만들 수 있는 영혼, 오직 그런 영혼만이 예술가의 영혼, 작가의 영혼이다.

뒤죽박죽이면서 단호한 이 글을 나는 암스테르담으로 향하는 기차 안에서 쓰고 있다. 시가 D.가 암스테르담에서 나를 기다린다. 『비인간적인 것의 미로』도 들고 간다. 신문 자료보관소에서 새로 알게 된 것을 기록한 수첩도 가져간다. 오늘 저녁이나 내일이면 더 많은 것을 알게 될 것이다. 하지만 무엇에 관해서? 누구에 관해서? 『비인간적인 것의 미로』에 관해서? 있을지 모르는 그 뒷이야기에 관해서?

엘리만? 시가 D.? 나 자신?

나의 일기여, 사람들이 찾는 것은 어쩌면 계시처럼 주어지는 진리가 아니라 가능성으로서의 진리, 이마에 램프 하나 매달고 파 들어가고 있는 금광 끝의 희미한 빛일지도 모르겠다. 내가 쫓아가는 것은 꿈의 강렬함, 환상의 불길, 가능성의 열정이다. 갱도 끝에는 뭐가 있을까? 여전히 갱이다. 거대한 석탄의 벽, 그리고 우리의 도끼, 우리의 곡괭이, 우리가 내지르는 기합 소리. 그리고 황금.

하늘을 올려다본다. 나에게는 길잡이가 되어줄 반짝이는 별이 없다. 움직이는 하늘뿐이다. 이 세상 위에서 빙빙 도는, 때로 뇌우가 쏟아지는 늘 조용한 하늘. 별자리를 읽을 수 없다. 하늘 역시 미로이고, 땅의 미로 못지않게 비인간적이다.

전기적 요소 1

절대적인 책에 관한 세 개의 기록
(T.C. 엘리만의 일기 발췌)

너는 단 한 권의 책을 쓰고 싶다. 마음속 깊이 오직 단 한 권의 책이 중요함을 알고 있다. 다른 모든 책을 낳는 한 권의 책, 혹은 다른 모든 책이 예고하는 한 권의 책. 네가 쓰고 싶은 책은 책들을 죽이는 책, 앞선 작품들을 지워버리는, 뒤이어 태어나려는 작품을 미친 짓하지 말라고 막아버리는 책이다. 단 한 번의 동작으로 도서관을 없애고 하나로 합치기.

하지만 절대를 목표로 하는 책은 실패할 수밖에 없다. 그런 책을 쓰기 위해 타오르는 심장은 그 시도가 곧 실패하리라는 명철한 전망 속에서 뛴다. 절대의 욕망, 무無의 확실성. 이것이 창작의 방정식이다.

절대적인 책은 무한을 에워싸겠다는 불길한 바람을 품는다. 길게 이어져온 말들을 가장 마지막에 더해진 자신의 문장으로 끝맺겠다는 욕망. 하지만 마지막 결정적인 말은 없다. 설령 있다 해도 그의 것이 아니다. 그런 말은 인간들의 것이 아니기 때문이다.

*

부재하려는 의도를 품은 책은 어떤 잉크로 쓰일까? 침묵하려는 야망을 표하는 작품은 어떤 말 속에서 펼쳐질까?

무지의 공허. 어리석음의 공허. 공포의 공허. 하지만 공허는 끝없이 스스로를 죽이고, 공허 속에서 거처를 찾는 작가는 언제나 그중 한 번의 자살과 뒤이어올 또 다른 자살 사이의 깜박거림 속에서 직관과 통찰력의 맹목적이고 치명적인 칼날을 느낀다.

절대적인 책은 죽은 이들의 언어로 쓰인다.

절대적인 책은 망각의 시간 속에 기록된다.

절대적인 책은 (존재도 부재도 아닌) 비非존재에 동의한다.

그때 공허의 목이 잘린다. 칼날이 살을 파고드는 침묵의 외침 속에 꿈틀대는 머리에서 떨어져 나오는 마지막 가설이 들린다. 끔찍한, 끔찍하도록 고요한 가설.

절대적인 책은 쓰이지 않는다.

*

절대적인 책의 길 위에서는 침묵하고자 하는 유혹이 말하려는 유혹만큼 헛될 때가 있다. 말 없는 수도 생활이 힘찬 수다만큼 치명적일 수 있는 것과 마찬가지다. 두 가지 모두 절대적인 것을 언어와 혹은 세상 앞에서 취하는 자세와 결부시킨다. 그런데 절대적인 것은 갈라진 균열의 언어에 대한 복종에서 온다. 내적 지진을 불러오기 위해서는 언제나 균열을 찾아내고 균열을 일구어야 한다.

너는 이 모든 것의 진실을 파악한다. 침묵을 통해서든 말을 통해서든, 그 어떤 실체도 아니 진실도 부여하지는 않으면서 신비주의에 다가가려 한다면, 차라리 당장 죽어버리길. 그것은 공허한 칩거이고 속 빈 동행이다. 아무것도 들어 있지 않은 과장된 침묵들. 결정적인 말이 되고자 하지만 정작 중요한 순간에, 사물들의 진정한 중심을 지탱해야 하는 순간에 기반이 흔들려서 무너져 내리는 말들이다. 침묵으로 무장하든 말로 무장하든 진실을 향해, 절대적인 책을 향해 가기 위해서는 무엇보다 용기가 필요하다.

너는 이제 네 아버지의 유령을 떨쳐내고 책을 시작할 용기가 충분한가? 그럴 용기, 네 마음속에 지닌 것을 글로 쓸 용기가 있는가? 이제 일기를 멈추라. 그리고 책을 시작하라. 『비인간적인 것의 미로』 속으로 들어가라.

두 번 째 책

1부

우세누 쿠마흐의 유언

I

방. 네가 들어가기도 전에 방이 네 얼굴에 배를 들이밀었다. 다가오는 죽음 앞에서 수치심을 놓아버린 늙고 병든 약한 몸뚱이의 냄새. 나는 아버지의 늙은 모습밖에 모른다. 그래서 더 편하게 증오했고, 아버지가 말년을 틀어박혀 보낸 방까지 증오했다. 방과 아버지는 한몸이었다. 아버지를 떠올리면, 앞을 보지 못하는 얼굴보다 냄새가 먼저 온다. 냄새가 보인다. 냄새가 만져진다. 냄새가 내 내장을 움켜쥐고 뒤집어놓는다. 그런 뒤 냄새는 살이 되고, 그 살이 아버지의 얼굴이 된다. 살아 있는 동안 아버지는 자신의 냄새를 강요했다. 지금은 무덤에서 냄새를 풍긴다. 악취 나는 숨결. 끈적이는 가래. 새어 나오는 소변. 항문 분비물. 있으나 마나 한 위생. 송두리째 부패를 피할 수 없었다. 아버지는 눈 뜨고 보기 힘든 늙은 송장이었다. 내가 어렸을 때부터 아버지가 나를 그 방으로 부른 그날까지, 내가 아는 아버지의 모습은 언제나 그랬다. 그날은 1980년이었고, 나는 스무 살, 아버지는 아흔두 살이었다.

아버지 방의 함석 문을 여섯 번 두드렸다. 그게 규칙이었다. 우선 세 번 두드리고—기다렸다가—다시 세 번 두드릴 것. 그런 뒤에도 응답이 없으면 아버지가 잠들었거나 바쁘다는 뜻이니 그냥 돌아갈 것. 나중에 다시 올 것. 집안의 법칙이었다. 그 법을 어길 수 있는 건 아버지의 아내들뿐이었다. 마메 쿠라, 야이 은고네, 타 디브. 이 셋만은 아무 때나 들어가서 아버지의 옷을 갈아입히고 방 청소를 할 수 있었다. 세 아내는 번갈아 아버지의 머리맡을 헌신적으로 지켰고, 오랫동안 나는 그런 헌신을 이해하지 못했다. 어릴 때, 그리고 사춘기 때는 그들을 이해하고 싶은 마음에 세 아내가 더러운 방에 자꾸 들어가는 것은 안에서 죽어가는 아버지를 간호하거나 챙기기 위해서가 아니라 아직 살아 있는지 확인하기 위해서라고, 번갈아 들어가 확인한 뒤 남편을 공유하는 다른 두 여자에게 좋은 소식을 전하기 위해서라고 생각했다. 한 명씩 들어갔다 나올 때마다 세 여자가 조용히 콘클라베를 여는 광경도 상상했다.

　—어때? 야이 은고네가 희망으로 떨리는 목소리로 말한다.

　—아직 아니야. 막 방에서 나온 마메 쿠라가 무력하게 대답한다. 아직 숨을 쉬어.

　—이따 내가 들어가볼게. 야이 은고네가 이번에도 피하지 못한 실망을 몇 초 동안 삼킨 뒤 덧붙인다. 그가 헛된 고통을 겪지 않도록 신께서 살펴주시길⋯⋯

　—신께서 듣고 계시길. 신께서 우리의 말을 듣고 계시길. 타 디브가 대화를 마무리한다.

　(하지만 신은 아무것도 듣지 못한다. 신은 이미 살아남기 위해, 자신의 정신 건강을 지키기 위해 고막을 들어내버렸다.)

　오랫동안 나는 이렇게 상상하면서 세 여자의 태도를 이해하려 애썼다. 하지만 내가 틀렸을지도 모른다. 어쩌면 나는 제대로 알지도 못하는 세 여자의 이야기를 그들이 겪은 것과 내가 겪은 것 사이의 거대한 심연을 무시한 채 멋대로 추론했다. 세 여자가 내 아버지를 사랑했을 수도 있다. 그들에게 내 아버지는 남편이었고, 태어날 때부터 뇌리에 박히도록 들은 말대로 낙원으로 들어가는 문이었다. 마메 쿠라, 야이 은고네, 타 디브는 내 의붓어머니들이다. 나에게 생명을 주면서 자신의 생명을 잃어버린 내 진짜 어머니를 대신해서 세 의붓어머니가 나를 키워주었다.

다시 방문 앞으로 가보자. 세 번 문을 두드린다. 기다림. 침묵. 다시 세 번 두드린다. 아버지가 잠들었거나 죽었기를. 아무 대답도 없기를.

─들어오너라.

실패였다. 나는 심호흡을 한 뒤 문 앞에 샌들을 벗어놓고 안으로 들어갔다. 들고 다닐 수 있는 작은 등잔의 희미하고 더러운 빛이 방 안을 밝혔다. 하지만 그 불빛은 침대의 테두리까지밖에 비추지 못했고, 테두리 안쪽은 다른 세상의 흐릿한 빛에 젖어 있었다. 그리고 바로 그곳에 송장 같은 내 아버지가 있었다. 침대 한가운데, 악취의 한가운데, 마치 무덤에 누운 사람처럼 꼼짝 않고 있던 아버지의 모습이 아직도 기억난다. 아버지는 자신을 둘러싼 것들을 제대로 지각할 수 있었을까? 후각이 작동하고 있었을까? 아니면 역겨운 냄새들 속에서 버텨내느라 이미 무뎌져 있었을까? 내가 자신의 은신처에 들어오자마자 아버지는 팔꿈치로 바닥을 짚으며 몸을 일으켰다. 힘겨운지 신음도 냈다. 아흔두 해의 모든 무게가 내 아버지를 쪼그라뜨린 탓에 체구가 크고 건장하던 아버지에게 언제부터인가 침대가 너무 컸다. 아버지는 야윈 허벅지 위로 이불을 걷어 올렸다. 희미한 빛 속에 앙상한 몸의 윤곽이, 아무것도 걸치지 않은 허약한 상체가, 양쪽으로 튀어나온 갈비뼈가 드러났다. 고개를 뒤로 젖힐 때는 머리가 그 무게 때문에 몸에서 떨어져 나갈 것 같았다. 그 정도로 아버지의 목은 약하고 힘이 없어 보였다. 아버지가 내 쪽으로 돌아앉기 위해 몸을 움직이자 소변 냄새가 코를 찔렀다. 나는 본능적으로 손을 얼굴로 가져가 코를 막았다. 그러고 잠시, 아버지가 앞을 보지 못한다는 사실을 잊고서 아버지가 내 모습을 볼까 두려웠다. 아버지는 뼈마디가 드러난 비쩍 마른 팔을 침대 발치 쪽으로 뻗어, 모래가 절반 정도 찬 양철 단지를 잡았다. 가래 뱉는 그릇이었다. 아버지는 큼큼거리며 마른기침을 했다. 나는 눈앞에서 벌어질 일을 외면하기 위해 고개를 돌렸다. 소용없었다. 깊은 곳에서 끌어올려 뱉어내는 점액질의 가래는 소리만으로도 충분히 그 모습을 드러냈다. 단지를 내려놓는 소리가 난 뒤에야 나는 다시 아버지 쪽으로 눈길을 돌렸다. 텅 빈, 하지만 열려 있는 아버지의 눈길이 나를 기다리고 있었다.

—내 모습이 역겨우냐, 마렘 시가?

아버지는 말하는 것조차 힘들어 보였다. 말하는 동안 인상 쓰듯 입이 비뚤어졌다. 누구나 노년이 오면 감내해야 하는—나도 포함된다—고통과 약함이 투사되지 않았더라면 찡그림으로 일그러진 아버지의 얼굴은 아마도 우스꽝스러워 보였을 것이다. 저 남자, 내가 증오하는 내 아버지가 고통스럽게 삐죽거리는 모습을 보며 나는 나 자신의 미래를 읽었다.

—내가 역겨우냐? 그래?

이번에는 좀 더 공격적인 어조였다. 나는 대답 없이 아버지의 앞 못 보는 눈길을 받아내려 애썼다. 아버지의 존재 전체에서 오직 그 눈길만이 살아 있었다. 아버지는 젊어서 눈이 멀었다. 하지만 그 눈을 떠서 쳐다보면—정말이야, 디에간—떨리는 걸 참아내야 했지. 늙음과 악취 아래 모든 게 무너진 고깃덩이 같은 몸뚱이에서 오직 눈길만이 버티고 있었으니까. 말하자면 그 눈길은 나머지 몸이 다 무너져 내린 아버지에게 남은 마지막 자존심이었다. 아버지의 입이 다시 한번 비뚤어졌지만 공격성은 사라졌다. 공격성이 있던 자리는 일종의 처량한 혹은 체념한 고마움이 채웠다.

—그래, 내가 역겨울 거다, 시가. 그래도 넌 다른 사람들처럼 위선적으로 감추지 않지. 난 눈이 없어도 다 볼 수 있다.

아버지가 다시 누웠다. 아버지의 눈길에서 풀려난 안도감에 나는 방 안에 펴져 있는 매캐한 향내를 들이마셨다. 목이 따가웠다. 아버지는 힘겹게 숨을 쉬었다. 가슴에서 느리게 쌕쌕대는 소리가 올라왔다.

—마메 쿠라 말이 절 찾으신다고 했어요.

—맞다. 아버지가 말했다. 쿠라가 그러는데, 네가 시험을 치렀으니 수도에 가서 공부하고 싶어한다더구나. 반대하지 않겠다. 반대해 봐야 소용없는 일이지. 조금 이르거나 늦거나 어쨌든 넌 결국 떠날 거다. 조금 이르거나 늦거나 그 차이일 뿐이지. 아버지가 반복해서 말했다. 넌 어차피 떠나게 될 거다. 네가 세상에 태어나던 날부터 알고 있었다. 난 네 미래를 읽었고 네가 뭘 할지 알고 있지. 가고 싶을

때 언제든 가거라. 쿠라에게 다 말해두었다. 떠날 날이 정해지면 쿠라가 돈을 줄 거다. 수도에 친척도 살고 있으니 그곳에서 지내도록 하고. 그 집에도 미리 알려두었다. 네가 떠나기 전에 몇 가지 할 얘기가 있어서 불렀다. 넌 내 막냇자식, 네 어머니와의 사이에 유일한 자식이지. 네가 태어났을 때 난 이미 네 할아버지가 될 수 있을 나이였다. 그래. 내 나이가 너무 많다는 게 우리 사이에 도움이 되지는 않았지. 하지만 내가 널 멀리한 게 그 때문은 아니다. 다른 이유가 있었다. 네가 떠나기 전에 그 얘기를 해주고 싶구나. 이번 생에 우리가 다시 만날 수는 없을 테니까.

다음 생에서도 만나지 않기를. 나는 생각했다. 그런 생각을 했던 것을 또렷이 기억한다. 지금도 그래, 디에간, 난 지금도 그래.

시가 D.가 말을 멈췄다. 새벽 두 시가 다가왔다. 한 시간 전에 내가 어미 거미의 집을 찾아와 벨을 눌렀다. GPS가 시가 D.의 집으로 안내했다. 문이 열렸을 때 나는 몇 초 동안 그대로 계단에 서 있었다. 지난번 함께 보낸 밤의 일이 떠올라 차마 발을 뗄 수 없었다. 시가 D.는 농담을 건네면서 재빨리 내 어색함을 풀어주었고, 아무렇지 않게 내 입가에 입을 맞추고는 뒤로 물러섰다. 나는 문학적인 가슴을 가볍게 스치며 안으로 들어섰다.

─오늘 밤 동안에. 나는 다짜고짜 말했다. T.C. 엘리만에 대해 다 알아야겠어요. 말해줄 수 있는 걸 전부 들려줘요.

시가 D.는 나의 야심과 조급함을 비웃었다. 우리는 거실에 앉았다. 그리고 내 생각에는 급할 게 하나도 없는 것들에 대해, 예를 들어 내 두 번째 소설이 어느 정도 진척되었는지에 대해 물었고(진척이 되고 있기는 한가?) 내가 더는 참지 못하고 발을 구를 때가 되어서야 나를 자기 아버지 방으로 데려갔다. 시가 D.가 나에게 경고했다. 긴 이야기야. 인내심이 필요할 거야. 이 방에서 시작하는 얘기지.

어미 거미는 계속 침묵을 지켰다. 나는 이미 시가 D.의 글들에서 그 아버지를 만난 적이 있지만, 그날 저녁처럼 냄새까지 마주하는 것은 다른 일이었다. 시가 D.의 아버지는 끈적이는 타액을 기다리는 모래 채운 단지를 밑에 두고 침대에 누워 있었다. 시가 D.가 바라보았고, 그를 보는 두 눈이 활활 타올랐다.

—자기 부모를 향한 증오심에 끝까지 충실한 작가는 많지 않아. 시가 D.가 다시 말을 이었다. 작가들은 책 속에서 부모와의 문제를 정산하고, 혹은 부모와의 힘든 관계에 질문을 제기하지. 그러고 나면 늘 약간의 사랑이, 약간의 애정이 나타나 순수한 폭력 충동을 가라앉혀주곤 하고. 다 엉터리야! 삶이 뜻밖의 선물을 줬다고 해서 부모를 향한 어리석은 감상주의 속에 모든 걸 쏟아붓다니! 그런 추잡한 엉터리가 어디 있어! 난 계속 아버지를 증오할 거야. 절대 약해지지 않아. 아버지는 약해지지 않았어. 마지막까지 나에게 사랑을 주지 않았거든. 아버지가 보기에 난 사랑받을 자격이 없었어. 그게 가르침이었고, 나도 제대로 알아들었지. 만일 더는 아버지를 증오하지 않게 된다면 내 안에 아버지에 대해 뭐가 남겠어? 내 증오는 아버지가 남긴 심오한 유산이야. 난 증오심을 유산으로 상속받았고, 꼭 그 유산을 받을 자격이 있어야 해. 걱정 말아요, 우세누 쿠마흐. 앞으로도 오랫동안, 아버지, 내 증오를 기대해요.

긴 소파에 누운 병약한 우세누 쿠마흐의 몸이 딸의 말에 대한 대답 대신 심한 기침으로 흔들렸다. 그러다 미처 가래 통을 잡을 새도 없이 가슴에서 솟아오른 점액질의 불그스름한 타액이 힘껏 몸 밖으로 튀어나와 시가 D.의 발아래 떨어졌다. 시가 D.는 움직이지 않고 말을 이어갔다.

—넌 내가 널 사랑하지 않는 게 네가 태어나면서 네 어미의 목숨을 앗아갔기 때문이라고 생각하겠지. 아버지가 내게 한 말이야. 맞는 말이잖아요. 아버지가 직접 그렇게 말하지 않았나요? 내가 물었지.

시가 D.가 이야기를 이어갔다.

—맞아, 맞는 말이야. 정말로 아버지가 그렇게 말했어. 넌 내가 널 사랑하지 않는 게 네가 태어나면서 네 어미의 목숨을 앗아갔기 때문이라고 생각하겠지. 그게 맞아, 디에간. 난 정말 그렇게 생각했어. 내가 아주 어릴 때 아버지가 나에게 마메 쿠라, 야이 은고네, 타 디브를 어머니로 생각해야 한다고, 하지만 그중 누구도 내 진짜 어머니는 아니라고, 내 진짜 어머니, 나를 낳아준 어머니는 날 낳자마자 죽었다고 말해줬거든. 비난하는 어조로 차갑게 말했지. 그때 난 여섯 살이었고, 그날 이후로 난 아버지가 날 사랑하지 않고 날 벌주고 나에게 말을 안 하고 날 다른 자식들과 다르게 대하는 건 바로 내가 태어나면서 어머니의 생명을 앗아갔기 때문이라고 믿었어. 난 내 생명을 얻는 걸로 부족해서 어머니의 생명까지 빼앗고서야 직성이 풀린 아이였던 거지. 오랫동안 그 설명에 매달렸어. 잔인한 설명이기는 했지만, 그래도 아버지가 왜 날 멀리하는지에 대해 단순하고 믿을 만한 답이었으니까. 왜 그렇게 나한테 모질게 구는지, 왜 그렇게 내 모든 것을 철저하게 외면했는지. 어린 내가 장난을 치고 바보같이 굴

고 졸라대도, 그저 아버지의 관심을 끌기 위해, 그래 애정도 아니었어, 아버지가 구두쇠처럼 쩨쩨하게 보여주던 애정도 아니라 그저 관심, 내가 존재한다는 사실에 대한 지극히 평범한 관심을 끌어보려고 만들어낸 혹은 행한 그 모든 일을 아버지가 왜 그렇게까지 모른 척했는지. 어쩌다 아버지의 주의를 끄는 데 성공하면, 불같이 화를 내며 꾸짖든가 아니면 사정없이 때렸어. 하지만 그런 날이 오히려 내 유년기 중에 가장 덜 불안한 날들에 속하지. 어쨌든 그런 날에는 아버지가 나를 보았고, 내가 존재한다는 걸 기억했고, 날 사랑하지 않는다는 사실을 한껏 드러냈으니까. 난 겨우 그런 폭력에 매달려서 산 거야. 그나마 그게 아버지와의 드문 신체적 접촉이었으니까. 그럴수록 난 더 멋대로 굴었지. 아버지의 한계를 시험해본 거야. 아버지의 규칙도 어겼고, 일부러 더 무례하게 굴 방법을 찾아냈어. 말도 거침없이 하고 싸움도 하고 도둑질도 했지. 그 모든 게 아버지가 날 보게 하기 위해서였어. 아버진 날 때렸지. 난 더 멀리 갔고. 일부러 도발했어. 날 좀 쳐다보라고, 날 사랑하지 않는다는 거라도 보여주라고. 어떨 땐 아버지가 날 거의 죽도록 때렸어. 이웃들이 달려와서 말리기까지 했지. 사람들은 내가 악령 들렸다고 생각했어. 치유사의 능력으로 명성이 높았던 내 아버지가 고치지 못한다면 그 누구도 날 고칠 수 없다고 믿었고. 의붓어머니들도 내 행동을 이해하지 못했어. 사실 세 의붓어머니는 내 진짜 어머니의 빈자리를 채워주려고 헌신적으로 노력했거든. 어떨 땐 친자식들보다 더 잘해줬고(그래서 아버지의 다른 자식들에게 나는 흰 양 무리에 혼자 섞인 검은 양이었어). 의붓어머니들은 고아나 다름없는 상황에서 날 끌어내주려고 애썼어. 하지만 그 어떤 노력도 소용없었지. 나는 내 안에 내 어머니의 죽음을 품고 있었으니까. 나는 바로 그 죽음이었으니까. 나는 어머니의 생명을 빼앗으면서 생명을 얻은 아이니까. 아버지가 자주 그 사실을 일깨워주었지. 어찌나 자주 그러는지 내가 꾼 제일 행복한 꿈들 속에서는 해가 뜨지 않고 내 어머니의 얼굴이 하늘로 떠올랐어. 몸은 없이 얼굴만 하늘을 떠다니다니. 첫 책에서 난 어머니가 나에게 고독을 가르쳐주었다고 썼어, 맞아. 하지만 역설적으로 단 한 번도 혼자인 적이 없었어. 내 안 깊은 곳에 늘 어머니가 있었으니까. 나는 살기 위해 어머니를 삼켰어. 그래서 늘 배 속에 어머니를 느끼며 살았지. 그게 바로 아버지와 날 이어주는 끈이었고. 그 어떤 것도 절대 풀 수 없는 끈. 아무리 아버지가 날 미워하며 악착같이 무관심해도, 의붓어머니들이 날 진정시키려고 아무리 노력해도 소용없었어. 가냘픈 첫울음을 울던 그날부터 나는 이미 그렇게 운명 지어졌으니까. 내가 태어나느라 그토록 비싼 대가를 치렀으니 아버지의 미움을 받도록 정해져 있었지. 적어도 그날까지 그렇게 믿었어. 그래서 아버지 말에 대답했지. 이렇게 말했어. 맞아요, 그런 것 같아요. 아버지가 절 단 한순간도 사랑하지 않은 건 절 낳느라 어머니가 죽어야 했기 때문이라고요.

  ─아버지는 내가 틀렸다고 했어. 문득 소파에 누운 노인의 신음이시가 D.의 말소리를 뚫고 내 귀에 들려오는 것 같았다. 난 네 어머니를 사랑했다. 그 목숨을 앗아간 건 신의 뜻이다. 난 네 어머니가 죽으리라는 걸 알고 있었고 그 운명을 받아들였다. 이미 봤으니까. 그리고 네 미래도 보았다. 그런데 그건 잘 받아들여지지 않더구나.

—그게 무슨 뜻이죠? 내가 시가 D.에게 물었다.

—그 말은 말이야, 디에간, 내 아버지는 내가 태어나기 전부터 날 미워했다는 뜻이야. 내 삶이 어떻게 될지 예언할 수 있었으니까.

—예언이라고요?

—아버지는 미래를 보기도 했어. 밤중에 계시가 찾아오는 거지. 난 믿은 적 없지만, 안 믿는 사람은 나밖에 없었어. 우리가 살던 마을 아니 지역 사람들 모두 아버지를 알았고, 미래를 읽어달라고 아버지를 찾아왔지. 아버지는 남들에게 미래를 말해주고 그들을 위해 기도문이나 비밀스러운 조언을 해주면서 받은 돈으로 살았어. 정치인. 기업인. 씨름 선수들. 남편이 바람난 여자들. 아내가 바람난 남자들. 실업자들. 환자들. 미친 사람들. 남편감 못 찾은 여자들. 구실 못 하는 남자들. 온갖 부류의 사람들이 모두 우리 집에 와서 위대한 능력자 우세누 쿠마흐의 이야기를 듣고 기도문이나 부적을 받아 들고 돌아 갔어. 하지만 아무리 예언가라도 결국엔 지렁이들을 위한 만찬거리 일 뿐이지. 내 아버지를 봐. 악취를 풍기고 너무도 무력하고 너무도 인간적이고 너무도 허약하잖아. 아버지가 저런 모습까지 미리 보았 을까? 예언가들이 자기들의 마지막, 그 가련한 마지막까지 볼 수 있 을까? 저기 누운 저 사람을 좀 봐!

소파 위에서 우세누 쿠마흐의 유령이 죽어가고 있었다. 나는 그 처 량한 형상을 외면하기 위해 고개를 돌렸고, 시가 D.는 웃음을 터뜨 렸다. 웃음이 잦아든 뒤에는 마치 맹렬한 환희의 폭발에 감전되기라 도 한 듯 다시 단호하게 말을 이어갔다.

—아버지가 말했어. 난 네가 뭐가 될지 보았고, 그것은 진실이었

다, 라고. 현실 속에서 넌 내가 꿈속에서 본 그대로 되고 있다. 내가 용서하지 못하는 건 내가 가장 증오하는 것을, 내가 과거에 놓고 왔다고 생각한 모든 것을 내 딸이 다시 떠올리게 하리라는 거다. 그 순간에 나는 냄새도 죽음도 방도 다 잊었어. 오로지 아버지의 몸에서 쌕쌕대며 새어 나오는 목소리에 매달렸지. 아버지가 나한테 말하길…… (시가 D.는 이야기를 시작하기 전에 가장 중요한 세부적 요소를 채우려는 듯 잠시 말이 없었다. 그리고 한 목소리가 말하기 시작했다. 나는 눈을 감았다. 내가 듣는 것이 시가 D.의 목소리인지 소파에 누운 우세누 쿠마흐의 목소리인지 알 수 없었다. 우리가 있는 곳은 여전히 암스테르담, 시가 D.의 거실일까? 시가 D.의 아버지가 누워 있던 냄새나는 방일까? 사실 꼭 구체적인 장소에서 누구의 것인지 알 수 있는 목소리가 분명하게 정해진 때에 말해야 하는 이유는 없다. 이야기 속에서—아니, 보다 일반적으로 우리 존재의 매 순간에—우리는 언제나 목소리들과 장소들 사이에, 시간과 과거와 미래 사이에 있다. 우리의 심오한 진실은 목소리와 시간과 장소의 단순한 총합 이상이다. 그 사이를 쉬지 않고 지치지 않고 뛰어다니고 오가고 알아보고 잃어버리고 현기증에 빠지고 자신만만해지는 그것이 바로 우리의 진실이다. 나는 여전히 눈을 뜨지 않았고, 목소리가 말했다.) ……넌 그들과 같다. 네가 불행의 근원이 되리라는 것을, 네 어머니의 삶을 앗아가리라는 것을, 네가 나와는 관계없고 그들과 함께하리라는 사실을 매 숨마다 환기시키며 내 삶을 지옥으로 만들 것을 난 네가 태어나기 전에 알았다. 어떻게 그럴 수 있냐고? 피에게 물어보거라! 살에게 물어보고! 시간을 가로질러 긴 흐름 속 멀리 있는 두 점으로 조상과 후손을, 선조와 계승자를 가리키는 유전자의 신비에 물어보란 말이다! 모든 게 위대한 선조 여인과 함께 시작된다. 모든 게 모산과 함께 시작된다.

II

모든 게 모산과 함께 시작된다. 모든 게 모산의 선택과 함께 시작된다. 이제부터 내가 너에게 들려줄 그 일들이 다 끝난 뒤에, 나는 묘지 맞은편의 망고나무 아래서 다시 모산에게 물었다. 모산은 이미 오래전부터 고독과 어둠과 침묵의 세계에 빠져 있었다. 그래도 난 나의 영원한 질문을 다시 던졌다. 어째서 그였지?

그날도 대답을 얻으리라는 희망은 없었다. 이미 오래전부터 내 질문은 모산만을 향한 게 아니었다. 그것은 신을 향한 질문이기도 했다. 그리고 무엇보다 나를 향했다. 이 땅의 모든 인간은 자신의 질문을 찾아야 한다. 마렘 시가, 그것만이 우리가 이 땅에 존재하는 목적이다. 우리는 각자 자신의 질문을 찾아야 한다. 왜? 삶의 의미를 드러내줄 답을 얻으려고? 아니다. 삶의 의미는 삶이 끝날 때에야 드러나는 법이지. 삶의 의미를 얻기 위해서가 아니다. 순결하고 손댈 수 없는 질문의 침묵과 마주하기 위해서다. 어차피 답이 있을 수 없는 질문이지. 질문의 유일한 목적은 바로 그 질문을 던지는 사람의 삶 안에 자리 잡고 있는 수수께끼를 소환하려는 거다. 모든 존재는 각기 자신의 운명 한가운데 자리 잡은 짙은 신비를 가리키기 위해 스스로의 질문을 찾아야 한다. 결코 설명을 얻지 못할, 그러나 삶에서 가장 중요한 자리를 차지할 그것 말이다.

어떤 이들은 자신의 질문을 찾지 못한 채 죽는다. 살다가 나중에 확인하는 이들도 있다. 나는 그나마 젊을 때 내 질문의 형태를 찾아 냈으니, 그것은 행운이자 저주였다. 사는 내내 질문을 찾아야 한다는 고뇌에 시달리지 않아도 됐지만 그 대신 다른 고뇌를 짊어져야 했으니 말이다. 내 질문 앞에 영원히 열려 있는 침묵을 벗어날 수 없으리라는 고뇌. 하지만 그 침묵은 빈자리가 아니다. 침묵 안에는 무한히 많은 가설과 가능한 대답과 그 대답에 즉시 달라붙는 의혹들이 우글거린다.

어째서 그였지?

그날도 난 내 질문에 모산이 평소와 똑같이, 그물이 촘촘해서 그 무엇도 들어가고 나올 수 없는 침묵으로 반응할 줄 알았다. 내 질문은 이미 하나의 의례이자 인사였다. 세상에서 우리 둘만이 의미를 아는 쉽볼렛*이랄까. 그 질문 뒤로는 나란히 앉아 각자의 세계에 빠져들었다. 내 세계는 추억과 고통과 수모와 격노와 이해할 수 없음으로 가득 찬 세계였다. 모산 역시 자신의 세계 속에 있었고, 몇 년 전 모산이 혼자 들어가버린 그 세계에 대해 나는 아무것도 알지 못했다.

---

* 한 집단이 외부인을 구별해내기 위해 사용하는 단어나 문구를 말한다. 구약성서 「사사기」에 요셉의 두 지파가 전투를 벌였을 때 같은 민족이라 외모로 구별할 수 없는 적을 제거하기 위해 상대가 잘 발음하지 못하는 '쉽볼렛'이란 단어를 말하게 해 가려낸 데서 나온 말이다.

하지만 모산이 내 말을 듣고 있다는 사실은 알 수 있었다. 그런 확신 때문에 나는 지치지 않고 매일 아침 모산을 찾아갔다. 물론 모산이 내 말을 듣고 있다고, 심지어 내가 와 있음을 알고 있다고 확인해주는 것은 없었다. 나는 모산을 볼 수 없었지만, 내 마음속에는 모산이 분명하게 나타났다. 모산은 눈의 깜빡거림 한 번 없이 무덤에 눈길을 고정하고 있었다. 쓰라림, 동정, 심지어 짜증으로라도 입가에 주름 한 번 지지 않았다. 모산은 꼼짝하지 않았고, 아무 소리도 내지 않았고, 마치 다른 행성에 간 듯 멀리 떨어져 있었다. 모산은 그랬다. 앞에 보이는 묘지가 이미 모산을 맞이한 것 같았다. 하지만 내가 던지는 질문을 모산은 언제나 듣고 있었다. 나는 알았다. 어떻게? 모산의 질문, 모산의 인생의 질문 역시 나와 똑같았기 때문이다. 같은 질문을 벌罰이자 열쇠로 품고 있다는 경험이 우리를 하나로 이어주었다. 어째서 그였지?

오래전부터 모산은 발가벗은 채로 묘지 맞은편의 늙은 망고나무 아래 말없이 앉아 있었다. 나는 늘 그렇듯이 모산 곁에 앉았고, 음식이 든 작은 보따리를 내려놓았다. 옷을 가져오기는 포기했다. 모산은 절대 옷을 입지 않았다. 언젠가(몇 년 전이다) 억지로 입혔지만, 내가 돌아가자마자 다 찢어버렸다.

모산이 처음 입을 닫았을 때만 해도 나는 집으로 데려오려고 애썼다. 저녁에는 도망가지 못하게 침대에 묶어두기까지 했다. 그러면 모산은 밤새도록 소리 내어 울었다. 음침한 비명을 내질렀다. 소리만 들으면 끔찍한 고문을 당하는 것 같았다. 그때만 해도 조금은 말을 했다. 무슨 일이 있어도 곁에 두겠다는 나에게 대답도 했었다. 아픈 사람들이 전부 다 낫고 싶어하는 건 아니야. 바닥에 쓰러진 사람들이 모두 일어서고 싶어하는 건 아니라고. 일어나봐야 다시 넘어질 테고, 다시 넘어지면 더는 살 수 없어. 누구나 정상적인 삶으로 돌아가고 싶어하는 건 아니야. 그 삶이 죽는 것보다 나을 게 없으니까. 난 다시 일어서고 싶지 않아. 다시 일어선다는 건 나에게 위험한 공상 같은 거야. 날 구하려 애쓸 필요 없어, 우세누. 난 돌아오고 싶지 않아. 그냥 가게 해줘.

모산은 이렇게 말했고, 밤새도록 끔찍한 비명을 내질렀고, 매번 같은 장소로, 묘지 맞은편의 망고나무 아래로 도망쳤다. 나는 결국 포기했다. 나에게는 모산을 잡아둘 힘이 없었다. 나는 모산이 광기 속으로 서서히 빠져드는 모습을 무력한 분노에 싸인 채 지켜볼 수밖에 없었다.

모산이 자기만의 세계에 빠져들기 시작한 뒤로 나는 억지로라도 지켜주고 구해주지 못한다는 무력감 때문에 괴로웠다. 나는 사랑하는 존재를 제대로 싸워보지도 않은 채 잃어버리지는 않으리라 맹세했다. 그래서 굳은 결심을 한 뒤 코란을 다시 연구하고 해석했고 전통 신비 사상에 입문했다. 그 두 가지 지혜 속에서 치료의 힘을, 투시력의 비밀을, 계시의 힘을 찾으려 애썼다. 몇 달 뒤에는 이웃 마을에 가서 지냈다. 수피교 스승을 찾아가 나의 수행이 완성되도록 이끌어주겠다는 허락을 받은 것이다. 그는 오직 내면의 눈, 나만의 눈으로 볼 수 있는 것의 신비를 알게 해주었다. 나는 보이지 않는 빛으로 세계를 보고 읽는 법을 배웠다. 나에게 시간은 더 이상 비밀이 아니었다. 시간이 내 뒤로 열렸고 내 앞으로도 열렸다. 나는 두 방향 중 어느 쪽으로든 굽이진 시간의 길을 오랫동안 따라갈 수 있는 능력을 얻었다. 인간들의 상처, 육신의 상처와 정신의 상처 모두를 어루만져주는 지식도 익혔다. 일 년 뒤에 돌아온 나는 샤이크* 우세누 쿠마흐 'yal xoox lé', 즉 샤이크 우세누 쿠마흐 현자로 불렸다.

모산은 여전히 묘지 맞은편 망고나무 아래 있었다. 나는 모산이 무엇을 기다리는지 알았다. 그렇게 기다리는 게 오지 않으리라는 것도 알았다. 나는 새로 얻은 지식을 동원해 모산을 되돌리려 해보았다. 실패였다. 모산은 이미 어둠 속에 너무 깊이 들어간 터라 살려 데리고 나올 수 없었다. 결국 모산을 끌어내기에 너무 늦었으니 내가 같이 있기로 했다. 내 기억이 틀리지 않다면, 1940년의 일이었다. 모산이 자기 앞에 열린 깊은 우물 속에 빠져버린 지 이 년째 되던 때였다.

나는 인생을 모산과 함께하겠다는 꿈을 떠나보냈다. 마침내 고개를 돌려 다른 여자들을 보았다. 다른 여자를 얻는 일은 어렵지 않았다. 치료사이자 신의 뜻을 전하는 예언자인 내 명성이 이미 마을의 경계를 넘어선 터였다. 내 나이가 많다 해도 딸들 중 하나를 나의 신붓감으로 허락하는 것은 영광이자 행운이었다. 나와 인연을 맺는 것은 불운이나 병을 막아줄 수 있는 일종의 보험이었다. 재앙이 닥쳤을 때 내가 기도로 막아주리라 기대했을 것이다. 그렇게 그해 말에 나는 열여덟 살의 마메 쿠라와 결혼했다.

나는 말이다, 시가, 내 아내들 모두의 아버지뻘이었다. 마메 쿠라,

* 아랍어로 '원로' '숭배하는 현인' 등을 의미한다.

야이 은고네, 타 디브, 그리고 네 어머니, 나는 그 여인들의 아버지일 수 있었다. 그래서 아내들을 향한 내 사랑은 강했다. 이중으로 사랑했기 때문이다. 나는 아내들을 남편으로 사랑했고 또 가능한 나의 딸들로 사랑했다. 나이가 많아서 남편이면서 아버지일 수 있었던 게 나에겐 행운이었다. 아내들과 함께할 때 젊은 나이라면 범할 수 있었을 방황이 나에겐 오지 않았으니까. 나는 이미 한 여자를 깊이 사랑해보고 부성도 겪어본 남자로 성숙하게 아내들을 사랑했다. 얼마 전 신비 사상에 입문한 것 역시 나에게 평안과 지혜를 주었다. 날 흔들 수 있는 것은 오로지 모산뿐이었다.

나는 모산과 함께하는 삶을 포기했지만, 가까이서 모산을 느끼는 것까지 포기하지는 않았다. 그래서 아내를 맞고 자식들을 얻은 뒤에도, 심지어 아내들과 제법 가까워진 뒤에도 매일 망고나무 아래로 모산을 찾아갔다. 모산 곁에 머무는 일은 나에게 매일 똑같은 행복과 똑같은 고통을 안겼다. 모산 곁에 있다는 건 내 안에 벌어진 상처였고, 나는 그 상처를 되살리는 게 좋았다. 나는 상처가 흉터로 굳어지기를 바라지 않았다. 그 상처가 영원히 산 채로 불타기를 바랐다. 그래서 나는 행복하고 불행했던 추억을 품고, 이루지 못한 희망과 영원한 질문을 안고 매일 모산에게 갔다.

내가 수피교 샤이크의 가르침을 얻으러 떠나기 전만 해도 모산은 발작이 없을 때면 말을 하기도 했다. 내용을 알아들을 수 있는 분명하고 조리 있는 말이었다. 드물기는 해도 전적으로 투명한 대화까지 가능했다. 그럴 때면 돌아오기로 마음먹은 것 같았다. 하지만 모산은 돌아오지 않았다. 어쩌다 섬광 같은 명철함이 찾아와도 십오 분쯤 뒤에는 다시 손쓸 수 없는 혼돈 혹은 죽음의 침묵 속에 빠져버렸다. 모산은 이성의 흐릿한 빛이 한 번씩 찾아올 때마다 대가를 치러야 했다. 어둠 속으로 더 깊이 추락했다.

수피교 신비주의를 배우고 돌아와 보니 모산은 완전히 말을 끊었다. 마을 사람들 얘기로는, 내가 떠나고 며칠 뒤부터 모산이 더 이상 어떤 말도 하지 않았다고 했다. 그때부터 모산은 묘지 맞은편에 말없이 앉아 있었다. 나는 눈이 멀었지만 그 모습을 볼 수 있었다. 모산의 아름다움은 절대 잊지 않았다. 아름다운 모산의 모습은 시력을 잃기 전에 내가 받은 선물이었다. 긴 세월이 흘렀지만 지금도 나에겐 모산의 모습이 보인다.

내가 마을에서 누리는 신비의 후광이 모산에게까지 번졌다. 마을 사람들은 모산에게도 무언가 신비한 힘이 있다고, 그래서 내가 그 옆에 앉아 있다고 믿었다. 너무도 가볍게 사람들을 괴롭히곤 하는 아이들도 모산만큼은 건들지 않았다. 돌 던지고 욕하면서 따라오는 잔인한 꼬마들을 피하느라 모산이 뛰어가는 일은 생기지 않았다. 모산은 이미 늙었다. 나는 느낄 수 있었다. 모산은 머리카락이 희어졌고 얼굴에는 깊은 주름이 파였다.

하지만 모산의 몸을 공격한 주범은 시간이 아니었다. 그것은 고통이었다. 오랜 세월 영혼을 온전히 갉아먹은 뒤에야 비로소 육신을 공격하는 내적 고통. 그래도 모산은 여전히 아름다웠다. 모산의 상태 때문에 겁을 내면서도 탐심을 품은 남자들이 있었을지 모른다. 모산은 나신을 모두의 눈앞에 드러내고 있었다. 하지만 아무도 다가가지 못했고, 그 몸을 만져볼 용기를 내는 사람은 더욱 없었다. 마을 사람들은 죽은 이들이 모산을 지키고 있다고 믿었다. 모산에게 '사자死者들의 연인' 혹은 '망고나무의 광녀'라는 별명이 붙었다.

누군가 다가오면 모산은 비명을 질렀다. 나만이 예외였는데, 그것은 마을 사람들이 믿는 것처럼 내 신비의 후광 때문이 아니었다. 내가 모산의 현재, 우리의 현재를 설명해주는 시절과의 마지막 끈이었기 때문이다. 그리고 무엇보다, 한 번 더 말하자면, 우리가 같은 질문을 품고 있었기 때문이다. 마을에서 제일 오래 산 사람들, 우리 이야기를 아는 사람들은 우리 비밀의 한 부분을 알고 있었다. 우리는 망고나무 아래서 신기한 짝을 이루었다. 나란히 앉아 묘지를 바라보는 벌거벗은 미친 여자와 눈먼 마법사. 조심성 없는 사람들, 남의 일에 끼어들기 좋아하는 사람들을 겁먹게 만들기에 충분한 광경이었다.

이제 그날, 내가 조금 전부터 말하고 있는 바로 그날로 돌아오자. 1945년이었다. 모산이 자신의 세계 속에 빠진 지 거의 팔 년째였다. 그렇다, 1945년이었다. 분명히 기억한다. 전쟁이 곧 끝날 거라고 했다. 멀리서 풍문이 전해졌다. 바로 그날, 지난 십 년간 지나온 날과 다르지 않았던 그날 나는 다시 모산에게 같은 질문을 했다. 어째서 그였지? 모산의 몸이 움직이는 소리가 났고, 모산의 손이 내 손에 닿는 게 느껴졌다. 모산의 반응에 나는 놀라지 않았다. 지난밤 꿈속에서 모산의 정신이 돌아오는 것을 보았기 때문이다. 신이 이미 나에게 징표를 보냈다. 그리고 정말로 모산이 돌아왔다. 그날 모산이 마지막으로 돌아와 내 질문에 답하겠다고 말했다.

III

모산의 대답이 무엇이었는지는 나중에 들려주마, 마렘 시가. 지금
이건 다른 일, 그러니까 내가 왜 너를 사랑하지 않게 되었는지에 관
한 이야기다. 하지만 그 두 가지가 사실은 하나의 같은 이야기이기
도 하다. 그래, 너를 가진 네 어머니의 배에 처음으로 손을 대던 순
간에 내 머릿속을 하얗게 만드는 섬광이 있었다. 사방을 채우며 흘
러넘치던 그 빛 속에서 난 그들 사이에 있는 네 얼굴을 보았다. 너는
아직 태어나지 않았지만, 나는 네가 그들 편이 될 것임을 알았다. 네
안으로 그들이 돌아왔다.

사실 나는 우리 둘 중 누가 형인지 알지 못했다. 어머니는 내가 먼
저 세상에 나왔다고 했다. 하지만 쌍둥이가 태어날 때 시간을 거꾸
로 보는 우리 문화에서는 어머니 배에서 나중에 나오는 아이가 형이
었다. 어렸을 때 우리의 어머니 음보일도 그렇게 말했다. 우세누 쿠
마흐, 네 형이 세상에 먼저 나가는 기쁨을 너한테 양보했구나. 동생
을 기쁘게 해주려 한 거지. 아산 쿠마흐가 너보다 9분 뒤에 태어났으
니 네가 9분 동생이다. 어머니가 말했고, 나는 늘 내 쌍둥이 형제인
아산 쿠마흐가 9분보다 더 많은 걸 내게서 훔쳐갔다는 느낌으로 살

았다. 그의 그림자를 벗어나 존재할 수 있는 권리, 그는 내게서 바로 그 권리를 앗아갔다.

우리는 1888년에 태어났다. 너도 이미 알고 있겠지만 그래도 분명히 말해두자. 난 태어날 때부터 눈이 멀진 않았다. 처음에, 인생의 첫 스무 해 동안은 볼 수 있었다. 나중에 일이 일어났다. 다시 말하자. 우리는 1888년에 태어났다. 아버지는 없었다. 우리의 아버지는 물고기를 잡으러 나갔다가 커다란 악어에게 잡아먹혔다. 전설 같은 그 이야기는 우리의 어린 시절에 큰 자국을 남겼다. 우리의 어머니, 네 할머니 음보일이 우리를 배 안에 품은 지 여섯 달째 되었을 때 우리의 생명을 만든 아버지가 혼자서, 왜 그랬는지 아무도 모르지만, 아무튼 강에서 제일 위험한 지점으로 물고기를 잡으러 갔다. 그곳은 괴물의 영토였다. 어머니는 우리에게 아버지 얘기를 제대로 해준 적이 없었다. 어쩌다 얘기가 나오면 나는 어머니가 아무리 감추려 애써도 아버지의 부재에 안도하고 있음을 느낄 수 있었다. 마치 강을 지배하는 거대한 악어가 아버지를 데려간 것에 감사하는 듯했다. 아버지의 몸은 하나도 남지 않았다. 무덤이 있었으면 어렸을 때 그 앞에서 묵념이라도 했겠지만 그럴 수 없었다.

1898년 말—우리가 열 살 때였다—우리 형제를 길러준 이를 포함하여 마을의 남자들이 사흘 동안 강으로 나갔다. 사람들을 공포에 떨게 하는 악어를 죽이기 위해서였다. 마을에서는 이유를 알 수 없이 죽는 사람이 나오거나 누군가 사라지면 설령 강에서 일어난 일이 아니라도 모두 악어 탓을 했다. 희생양이 필요했기 때문이다. 악어가 바로 희생양이었다. 강으로 갈 원정대가 꾸려졌고, 그들은 힘겹고 사나운 싸움 끝에 악어를 죽이는 데 성공했다. 세 명이 잡아먹혔다. 두 명은 몸 일부가 잘려 나갔다(한 사람은 팔, 다른 사람은 다리였다). 하지만 마침내 악어가 죽었다.

악어의 숨을 끊은 마지막 공격은 우리가 토코 은고르라고 부르는 우리의 삼촌이 했다. 토코 은고르는 우리의 아버지가 죽은 뒤 형사 취수兄死娶嫂 법에 따라 어머니와 우리 형제를 거두고 길러주었다. 삼촌은 우리 아버지와 사이가 아주 좋았다. 우리가 조금 더 자라 이해할 수 있는 나이가 되었을 때 아버지의 죽음 때문에 겪은 고통에 대해 들려주었다. 그 말을 들으면서 나는 삼촌에게 제일 큰 고통을 안긴 것은 아버지의 죽음 이후에도 악어가 여전히 살아 있다는 사실임을 깨달았다. 삼촌은 십 년 동안 악어를 향한 복수심을 품었고, 여러 번 혼자서 쓰러뜨리려다가 목숨을 잃을 뻔했다. 이번에 드디어 성공했다. 원수를 갚고 승리자가 되어 돌아온 삼촌은 어린 내 눈에도 전과 다르게 보였다. 오랜 세월 동안 앓아온 병이 다 나았다고 할까. 그리고 그날 밤 나는 그동안의 내 생각이 잘못된 것이었음을 깨달았다. 긴 세월 동안 토코 은고르를 고통스럽게 한 것은 악어가 여전히 살아 있다는 사실이 아니라 형의 무덤이, 가서 울어줄 수 있는 무덤이 없다는 사실이었다.

사냥꾼들이 길이가 7미터에 이르고 무게가 1톤에 달하는 거대한 수컷 악어의 몸뚱이를 나눠 가졌다. 누구는 가죽을 조금 원했고, 누구는 이빨 혹은 눈을 또 누구는 살을 원했다. 은고르 삼촌이 원한 것은 단 한 가지, 악어의 내장이었다. 형의 몸이 하나도 남지 않았어. 하지만 악어의 배 속에 있지. 그래서 그 배를 갖고 싶어, 내장을. 삼촌은 악어의 내장을 받았다. 악어의 몸에서 들어낸 내장을 묘지는 안 되고(묘지에 묻는 건 불가능했다. 악어 배 속에 들어 있던 것을 인간들의 묘지에 묻을 수는 없었다) 묘지를 바라보는 나무, 나중에 모산이 와서 앉게 될 망고나무 아래 묻었다. 모산은 이 이야기를 알지 못했다. 마을 사람들은 이미 그때 일을 잊었고, 나도 모산에게 말하지 않았다. 하지만, 시가, 말해주마, 모산에게 갈 때 난 내 아버지를 보러 간 게 아니다. 난 아버지를 전혀 모른다. 난 오로지 모산을 보러 갔다. 하지만 삼십 년이 지난 지금도 그 망고나무가 내 아버지(이름이 왈리였다)의 무덤이었다는 사실은 잊지 않고 있다. 삼켜진 아버지의 몸이 오랫동안 분해된 악어의 내장을 가져와 토코 은고르가 세운 무덤이었다.

토코 은고르와 어머니는 아산과 나를 귀한 왕자들처럼 키웠다. 우리는 둘 다 사랑받았다. 하지만 서로를 사랑하지는 않았다. 최소한 나는 아산을 사랑하지 않았다. 아산이 뭐라 말하든 나는 그 또한 나를 사랑하지 않는다고 믿었다. 아산은 사람들 앞에서는 동생을 보호하고 사랑하는 형의 역할을 해냈다. 누군가 보고 있는 자리에서는 우리가 서로 잘 통하는 형제인 척했다. 사실은 그렇지 않았다. 단둘이 남는 순간 곧바로 그의 진짜 성격이 드러났다. 아산은 나에게 관심이 없었고, 나를 무시했다. 그가 나에게 하는 말은 전부 모욕이나 조롱이었다.

우리에게는 공통점이 없었다. 물론 육체적으로는 거의 똑같이 생긴 진짜 쌍둥이였지만 성격은 완전히 반대였고 모든 게 달랐다. 흔히 쌍둥이 사이에 존재한다는 강한 유대감을 나는 아산과의 사이에서 단 한 번도 느끼지 못했다. 아산은 어느 모로 보나 매력적인 아이였다. 사람들을 사로잡았고, 잘 웃었고, 순종적이었고, 말을 많이 했고, 즐거운 활력과 분명한 행복을 드러냈다. 어른들에게 인정받고 칭찬받으려 애썼다. 또래 아이들이 모두 그를 좋아하고 따랐다. 아산은 우리의 총아였고 우리의 대장이었다. 나는 말수가 적었다. 내향적이었다. 자주 불안해했다. 의심이 많았다. 아산이 지닌 빛, 자연스러운 편안함, 명랑함, 내게는 그런 것이 없었다. 어려서부터 나는 매번 비교당하느라 은밀하게 힘들었다. 내가 아산보다 잘하는 것은 장기뿐이었다. 그 외에는 언제나 아산이 더 세고 더 빠르고 더 교활하고 더 똑똑하고 더 용감했다.

악어의 배를 땅에 묻고 며칠 뒤에 토고 은고르가 어머니와 함께 우리를 불렀다. 이제 우리의 앞날을 생각해보자고 했다.

—너희들은 이곳의 코란 학교에 다니기 시작했다. 삼촌이 아산과 나를 차례로 쳐다보며 말했다. 중요한 일이지. 지금의 우리를 만든 가장 중요한 부분인 이슬람을 알아야 하니까. 이슬람보다 먼저 있었던 우리의 전통도 알아야 한다. 그리고 또 지금 닥치고 있는 일을 알고 우리의 미래를 생각해야 한다. 지금 닥치고 있는 일, 그건 바로 백인들이 이 나라의 주인이 되리라는 것이다. 어쩌면 이미 그렇게 되었을지도 모르지. 슬픈 말이지만, 백인들은 우리를 지배하고 있다. 그들은 힘과 간계로 자신들이 원하는 것을 얻어냈다. 나중에 언젠가 그들의 지배에서 풀려날 날이 올 테지. 하지만 지금으로선 *Kata maag*, 바다 너머에서 온 그들이 버티고 있다. 아무래도 오래갈 것 같구나. 나는 그들이 자기 나라로 돌아가고 우리가 이전의 우리가

되는 날을 볼 수 없을 거다. 이렇게 젊은 너희들마저 그날이 오기 전에 죽을지도 모르지. 어쩌면 그런 날이 영원히 오지 않고, 절대 옛날의 우리로 돌아갈 수 없을지도 모른다. 강물을 거슬러 올라가는 물고기도 있다지만, 인간은 절대 역사의 흐름을 거슬러 오를 수 없다. 대삼각주까지, 운명의 끝까지 흘러 내려가 바다로 흘러들 뿐이지. 우린 전과 달라질 거다. 우리 문화는 흔들리고 있다. 살에 가시가 박혔는데 그 가시를 뽑아버리면 목숨을 잃는다. 박힌 채로 살아야 하는 거지. 우리 몸에 가시를 지닌 채로. 훈장이 아니라 흉터로, 증인으로, 나쁜 기억으로, 앞으로 닥칠 가시들에 대한 경고로. 그리고 또 다른 가시들, 모양이 다르고 색이 다른 가시들이 더 박히게 될 거다. 어쨌든 지금의 가시는 우리의 커다란 상처의 일부가, 우리 삶의 일부가 되어버렸다.

은고르 삼촌은 말이 없다가 고개를 들어 하늘을 보았다. 나는 삼촌이 무슨 얘기를 하는지 이해할 수 없었다. 삼촌이 다시 말했다.

─그러니까 앞으로 우리는 결코 전처럼 우리끼리만 있을 수는 없다. 앞날을 준비해야만 한다. 내가 너희들의 아버지 왈리와, 그의 영혼이 루그 신의 품에 머물기를!, 여러 번 얘기했던 일이다. 그의 가장 큰 소원이기도 했지. 너희 아버지는 나중에 자식 중 적어도 하나는 백인들 학교에 보내고 싶어했다. 백인처럼 되기 위해서가 아니라 백인들이 자기들 생각이 제일 뛰어나다고, 하물며, 이미 말이 안 되지만, 유일한 거라고, 거짓말이지, 그렇게 주장할 때 맞설 수 있어야 하기 때문이다.

내 머릿속이 뒤죽박죽 엉켰다. 나는 삼촌이 무슨 말을 하려는지 짐작도 할 수 없었다. 토코 은고르가 다시 한번 말이 없다가 심각한 얼굴로 우리를 쳐다보았다.

―무슨 말인지 알아듣겠느냐?

―네, 아산이 말했다.

나는 바보 취급을 당하지 않으려고 거짓말로 대답했다.

―네, 토코 은고르.

내가 당황했음을 알아차린 어머니가 너무도 무거운 것임을 아는 자신의 말을 애정으로 조금이나마 가볍게 만들려는 듯 부드럽게 말했다.

―삼촌이 하는 말은, *néné*(어머니는 우리를 애정 어린 이런 별명으로 불렀다), 너희 둘 중 하나가 백인들 학교에 가야 한다는 뜻이란다.

나는 겁에 질린 눈길로 삼촌을 쳐다보았다. 삼촌은 조금 전의 심각한 표정 그대로 똑같은 눈길로 우리를 바라보고 있었다. 나는 아산을 향해 고개를 돌렸다. 어떻게 아산은 이런 끔찍한 말을 듣고도 저리 침착할 수 있을까?

―왜 너희는 아무 말이 없느냐. 은고르 삼촌이 물었다.

―전 떠나기 싫어요. 내가 흐느꼈다.

내가 입을 다물자 곧바로 아산이 말했다.

―좋아요. 제가 갈게요. 제가 백인들 학교로 가겠어요.

몇 초간 침묵이 흐른 뒤 은고르 삼촌이 말했다.

―루그 신께 영광을! 너희 어머니와 나 역시 그렇게 생각했다. 아산 쿠마흐, 넌 바깥세상에 나가 다른 지식들을 구하거라. 그리고 우

세누 쿠마흐, 너는 여기 남아 우리 세계의 지식을 지켜내거라.

　그날 밤 나는 더없이 모순적인 감정들에 휩싸여 잠을 이루지 못했다. 한편으로는 아산이 떠나기로 했으니 마침내 그를 벗어날 수 있다는 행복이 밀려왔다. 하지만 또 한편으로는 아산의 출발이 큰 불행의 단초가 되리라는 불길한 예감이 들었다. 우리의 세상에 금이가기 시작했다. 금이 가 틈이 벌어지기 시작했다. 무엇이 그 틈으로 들어오고 또 무엇이 그 틈으로 빠져나갈지 우리는 알지 못했다.

IV

서둘러야겠구나. 가슴 통증이 심하다. 바람 새는 소리가 들리겠지.

그 뒤로 몇 년 동안 나는 행복했다. 아산이 집에 있는 날이 거의 없었으니까. 아산은 우리 고장의 북쪽에 있는 백인들 학교로 떠났고 선교사들이 운영하는 기숙사에서 지냈다. 겨울이 시작될 때쯤 왔다가 겨울이 끝나면 돌아갔지. 그때를 제외하곤 은고르 삼촌과 어머니 곁에 나 혼자였으니, 난 아산의 그림자를 벗어나 두 사람을 온전히 사랑할 수 있었다. 어머니가 *néné* 하고 부르면, 오직 나를 향한 부름일 수밖에 없었다. 어머니의 애정이 그 분명한 순간에 나 하나만을 향한다는 느낌이 내 마음을 가득 채워주었다. 그러니까 사진에 내 얼굴밖에 없었다. 아산은 사라졌다. 자란 뒤에도 아산의 성격은 바뀌지 않았다. 백인들 학교에서 받은 교육 때문에 유혹의 취향은 더 커졌다. 더군다나 새 무기들도 가졌다.

아산은 우리 마을에서 도시의 백인들 학교에 간 첫 아이였다. 마을로 돌아오면 모두의 관심이 그에게 쏠렸다. 아산은 사람들에게 도시 얘기를 들려주었다. 백인들에 대해, 그들의 습관에 대해, 그들의 지식과 놀라운 비밀들에 대해 이야기했다. 아산은 점점 더 세련되고 멋스러워졌고 말도 잘했다. 우리의 언어에 프랑스어 단어들을 섞어 가며 말했고, 그 단어들로 인해 대수롭지 않은 말들도 중요한 말처럼 후광을 얻었다. 모두가 매혹당했다. 이미 재능이 뛰어나고 호기심 많던 아산은 프랑스 학교에 다닌 뒤로 아는 것이 많고 교양이 풍부하고 자신감 있는 청년이 되었다. 무엇보다 프랑스 학교에서 아산은 백인 같은 흑인이 되었다(사실 아산에게 주어진 임무이기도 했다).

1905년에 은고르 삼촌이 제대로 치료하지 못한 발목 상처 탓에 패혈증으로 죽었다. 숨을 거두기 전 삼촌은 서양 지식을 익힌 아산 쿠마흐와 우리의 문화에 닻을 내린 굳건하고 책임감 있는 훌륭한 어부가 된 우세누 쿠마흐가 자랑스럽다고 말했다. 어머니는 삼촌보다 겨우 일 년 더 살았다. 1906년에 어머니마저 흔한 열병으로 세상을 떠났다.

무대에는 다시 나와 아산 단둘이 남았다. 나는 삼촌과 어머니의 죽음으로 우리가 가까워질 수 있기를, 공통의 슬픔이 우리를 이어주길 기대했다. 하지만 그런 일은 일어나지 않았다. 아산도 나처럼 삼촌과 어머니의 죽음으로 괴로워했지만, 혼자서 괴로워했다. 나 또한 그랬다. 우리는 나눌 수 없는 애도의 슬픔 외에는 그 어떤 것도 함께하지 않았다. 우리 사이에는 이미 골이 깊었다. 이제 더 이상 몇 분 차이인가가 아니라 어떤 세계에 있는가의 문제였다. 다르기만 한 게 아니라 일종의 깊은 상호 적대감이었다. 내 눈에 아산은 자신이 태어난 세계에서 멀어지고 있었고, 아산이 보기에 나는 내가 태어난 세계에 갇혀 있었다. 이내 어떤 대화도 불가능해졌다. 어머니의 죽음 이후 아산은 마을에 돌아와도 처음 한 번 찾아와 내 안부를 묻는 게 다였다.

아산은 유럽 책들을 여러 권 들고 와 읽었고, 책을 읽지 않을 때는 프랑스 학교에 다닌다는 사실과 그로 인해 사람들이 건네는 경탄이라는 손쉬운 즐거움을 누렸다. 아산은 술을 마시기 시작했다. 종교를 잊었다. 기독교로 개종했다고, 이제는 자기 이름이 폴이라고 했다. 나는 나와 상관없는 일이라고, 나는 폴이라는 사람을 모른다고, 나에겐 영원히 아산 쿠마흐일 뿐이라고 대답했다. 아산은 조상들을 잊었다. 토코 은고르의 무덤에도 어머니의 무덤에도 가지 않았다. 아산은 여자들을 쫓아다녔다. 아니 정확히는 여자들이―일부는, 정말 그랬다―그를 쫓아다녔다.

우리와 어울릴 만한 나이에 아산에게 흔들리지 않은 여자는 몇 명뿐이었다. 특히 모산은 아산이 흔들지 못한 가장 아름답고 유혹하기 어려운 여자였다. 그래서 그는 모산을 좋아했다. 모산은 우리보다 두 살 어렸지만 세 살은 더 먹은 것 같았다. 유년기를 벗어날 무렵 이미 그 아름다움이 천 년의 밤을 뚫고 힘차게 솟아오르는 태양처럼 활짝 피어났다. 아산과 내가 여전히 십 대에 머뭇거릴 때 모산은 이미 온전한 여자였다. 나와 아산뿐만이 아니라 마을의 모든 남자가 모산을 원했다. 남자들은 모이면 모산의 아름다움에 대해 말했고, 모산은 그걸 즐겼다. 모산은 자신이 아름답다는 사실을 알았다. 남자들이 자기를 원하고 갈구하고 탐한다는 것을 알았다. 환영처럼 꿈처럼 행동하는 법도 이미 알았다. 모산은 누구든 손 닿는 곳에 있다고 믿지만 가까이 달려가면 지평선처럼 뒤로 물러서는 꿈이었다. 모산은 자신의 매혹을 무기 삼은 자유로운 삶이 무엇을 뜻하는지 알고 있었다. 모산은 그 누구의 소유도 아니었다. 그런데 모두가 모산이 자기 소유가 되리라고 믿었다. 나 역시 그랬다.

　나는 왜 나와 전혀 다른 모산에게 끌렸을까? 모산은 정숙함과 거리가 멀고 무례하고 장난스럽고 거칠었다. 내가 모산을 좋아한 건 그저 나와 반대되는 기질을 향한 평범한 끌림이 아니었다. 모산에게서 내가 처음 사랑한 것은 겉으로 드러나 있지 않았다. 그러니까 뒤에 있다고 상상되는 것이었다. 어쩌면 나는 멋대로 모산을 생각하면서 그 모습을 사랑했다. 다른 사람들도 사랑에 빠지면 그러지 않은가. 일단 사랑을 시작한 뒤에 알아가기. 사랑에 빠지면 상대가 자신이 생각하는 것과 같든 다르든 상관없다. 맞으면 한층 더 사랑하게 되고, 아니면 낯섦의 도전에 놀라워하면서 그래서 더 사랑한다.

　나는 모산을 사랑했다. 하지만 모산을 사랑하는 이가 나 혼자는 아니었다. 나는 이 년 혹은 삼 년 동안 인내하며 기다렸고 내 사랑을 증명해 보이면서 유혹했다. 경쟁자들은 체계적인 방법으로 떼어냈다. 1908년에는 아산과 나, 우리 형제만 남았다. 처음에 아산은 관심 없는 척함으로써 오히려 더 강하게 모산을 유혹했다. 아산은 정복자였다. 저항하는 영토만이 그의 관심을 끌었다.

　나에게는 시간과 공간상의 이점이 있었다. 아산 쿠마흐가 도시로 떠나면서 내게는 마을에 같이 사는 모산을 유혹할 시간이 충분했다. 나는 인내심을 내 유일한 장기로 삼았다. 모산을 감동시키려 하지도 환상을 안기려 하지도 않았다. 그야말로 꾸미지 않은 있는 그대로의 모습, 특별한 이점도 없이 초라한, 가진 재산이라고는 불안과 침묵과 의혹뿐인, 하지만 몇 가지 정신적 장점―우리 땅에 대한 애착과 단순한 정직성―을 지닌 내 모습을 그대로 보여주었다. 나에게는 아산의 재능과 지능이 없었다. 하지만 그에게 없는 게 있었고, 나는 그것이 삶에서 의미가 있다고 믿었다. 마을에 돌아와 있는 동안 아산은 모산을 독차지했다. 모산에게 선물을 안기고 달콤한 말을 쏟아내며 모산을 대도시의 꿈속으로 데려갔다. 새로운 백인 스승들의 언어로 글을 읽고 수를 세는 법도 알려주었다. 아산과 내가 구현하는 두 세계, 모든 게 반대인 두 세계가 모산 안에서 대치했다.

나는 스물두 살에 시력을 잃었다. 물고기를 잡으러 갔다가 일어난 일이다. 그날 나는 많은 어부들이 가기 꺼리는 지류에 혼자 있었다. 어부들은 그곳을 옛날 내 아버지 왈리를 삼킨 악어가 살던 곳이라는 단 한 가지 이유로 두려워했다. 악어가 죽은 뒤에도 전설이 살아남은 것이다. 악어에게 새끼들이 있었다는, 어느 어부가 진짜로 그 새끼들을 보았다는 소문이 돌았다. 문제의 악어가 사실은 이 강을 지배하는 영靈 중의 하나이고, 아무리 우리가 죽여도 죽지 않는다고도 했다. 강가에서 빨래를 하다가 악어의 울음소리를 들었다는 여자들도 있었다. 확인된 것은 없었다. 다른 악어가 살고 있을 수는 있겠지만, 은고르 삼촌이 우리가 보는 앞에서 배를 갈라 내장을 꺼낸 악어일 수는 없었다. 나는 강물의 판골을 믿었다(지금도 믿는다). 나는 우리의 전통을 중시했다. 나는 어부였다. 이곳의 어부들은 모두 강물 속에서 이따금 초자연적인 일이 일어난다는 것을 알고 있다.

나는 그렇게 신화와 추억으로 가득 찬 강물에 있었다. 막 그물을 던지는데 무언가 육중한 물체가 배에 부딪혔다. 충격이 너무 강하고 갑작스러워서 나는 균형을 잃고 배 밖으로 떨어졌다. 몇 초 동안 보이지 않는 힘에 끌려 깊은 물속으로 들어갔다. 하지만 육중한 물체

같은 것은 보이지 않았고, 강바닥도 진흙 때문에 물이 뿌옜다. 잠시 뒤 나는 내가 나를 끌어내린 강한 힘과 강바닥에 단둘이 있음을 깨달았다.

알 것 같았다. 오늘이다. 은고르 삼촌이 열 살 혹은 열한 살의 나를 처음 고기잡이에 데려갈 때 알려준 날이다.

—강은 늘 자기를 자주 찾아오는 인간들을 시험한단다. 우세누 쿠마흐. 그때가 오면 이제 죽는구나 하는 생각이 들 거다. 몹시 두렵지. 발버둥치고 싶어지고. 하지만 잊지 말거라. 그럴 때 강물은 늪이 된다. 네가 겁에 질려 움직일수록 진흙에 점점 깊이 빠지지. 그러니 싸우지 말고 가만있어야 한다.

—싸우면 어떻게 되는데요? 토코 은고르?

—물이 널 자격 없는 인간이라 생각하고 목숨을 빼앗겠지.

나는 싸우려 들지 않고 물에 몸을 내맡긴 채 가만히 있었다. 눈을 감고 잠이 들었다. 그렇게 긴 꿈을 꾸면서 꿈속에서 삼촌을, 몸은 사람인데 머리가 악어인 괴물을, 내 어머니를, 그리고 아산을 보았다. 그중 누군가와는 말을 했고, 또 누군가와는 그저 눈길 혹은 미소 혹은 생각을 주고받았다. 하지만 그래서 무슨 얘기를 했는지는, 중요한 얘기였다는 것뿐 아무것도 기억나지 않았다. 강바닥에서 꾼 꿈속에는 모산도 나왔다. 꿈속에서 모산은 신이었다. 모산은 아무것도 입지 않았다. 내가 물이 되어 모산의 몸을 부드러운 애무로 감싸주는, 모산의 가장 깊은 곳까지 들어가는 꿈을 꾸면서 나는 한참 동안 모산을 바라보았다.

꿈에서 깨보니 다시 배 위였다. 마치 아무 일도 일어나지 않았고 내가 배를 벗어난 적조차 없었던 듯했다. 단지 한 가지가 달라져 있었다. 내 눈이 아무것도 보지 못했다. 몇 초 뒤에야 비로소 그 사실을 깨달은 나는 지극히 자연스럽게 받아들였다. 그것이 죽음의 시험에서 살아남은 대가였음을 이해했다. 내가 물속에서 꾼 꿈 중에 의미가 어느 정도 분명한 것들도 있었다. 예를 들어 내가 본 악어 인간에는 아버지와 아버지를 잡아먹은 악어가 합쳐져 있었다. 나는 앞을 보지 못하는 상태로 무사히 마을로 돌아왔다. 앞으로 나에게는 그 강에서 어떤 일도 일어나지 않을 터였다. 돌아온 나를 보면서 사람들은 전설의 괴물 혹은 그 후손이 나를 물에 빠뜨렸다고, 내 목숨을 돌려주는 대가로 눈을 가져갔다고 믿었다. 맞는 말일지도 모른다. 하지만 사람들이 뭐라 말하든 나는 상관하지 않았다. 나의 관심은 이 새로운 약점에도 불구하고 모산을 얻을 기회가 남아 있느냐 하는 것뿐이었다. 모산과 다시 만났을 때, 모산은 내가 겪은 일을 이미 알고 있었다(마을은 작았고 소문은 금세 퍼졌다).

—이제 앞을 못 보겠네. 모산이 말했다.

—이제 네 모습을 볼 수 없을 거야. 내가 대답했다.

모산이 웃으면서, 달라지는 것은 없다고, 이제부터 자기가 내 눈이 되어주겠다고 했다.

—난 이제 네 모습을 볼 수 없을 거야. 내가 다시 말했다.

그 순간 나는 강에서의 시험이 있은 뒤 처음으로, 단 한 번, 눈이 멀었다는 사실에 슬픔과 분노를 느꼈다. 나는 눈물을 쏟았다.

이어진 몇 해 동안 모산이 늘 곁에 있었기 때문에 나는 아산과의 싸움에서 이겼다고, 사랑을 얻었다고 믿었다. 모산은 매일 찾아와서 내가 어둠에 익숙해지도록 도와주었다. 나에게 자기를 내주지는 않았지만 진심으로 날 위해 헌신했다. 아산은 이따금 찾아왔다. 더는 얼굴을 볼 수 없었기에 그가 나에 대한 연민 때문에 왔는지는 알 길이 없었다. 어쨌든 나로서는 아산을 견디는 일이 전보다 더 힘들어졌다. 아산은 바칼로레아를 치른 뒤 교사를 양성하는 학교에서 공부를 계속했다. 아산은 나중에 마을로 돌아와 아이들을 가르치고 싶다고 했다. 아산은 도시의 백인 동네에서, 시험에 예외적으로 훌륭한 성적을 낸 것을 치하하며 식민지 관청에서 구해준 작은 식민지 양식 주택에서 살았다. 나는 물고기 잡는 그물을 만들고 고치는 일을 시작했다. 일이 제법 잘되었다. 돈도 모았다. 1913년, 스물다섯 살 되던 해에 나는 모산에게 청혼을 했다.

—안 돼, 우세누. 날 용서해줘. 난 너와 결혼할 수 없어.

—그건 배신이야. 우리의 약속은 어디로 갔는데?

—우리가 아니라 너의 약속이지. 네가 너 자신에게 한 약속일 뿐이야.

나는 모산에게 배신자라고 비난했다. 모산은 굳이 결혼이 필요하지 않을 만큼 나를 충분히 사랑한다고, 당분간은 누구와도 결혼하지 않을 거라고 말했다. 그러면서 우리 마을에는 자기를 위한 게 아무것도 없다고, 북쪽의 큰 도시에 가서 다른 것을 보고 싶다고 했다.

—뭐가 보고 싶은데?

—삶의 다른 가능성들.

—그럼 가. 내가 분노에 휩싸여 말했다. 그는 결혼하자고 하지 않을 거야. 그가 원하는 건 네 몸뿐이니까. 넌 순순히 내어줄 테지. 너

도 원하는, 늘 원해온 거니까. 넌 자유라는 이름으로 우리의 전통을 외면하고 화려함을 더 편하게 껴안고 받아들이고 싶은 거야. 그는 그걸 알았고, 백인들의 이야기로 네가 그쪽을 쳐다보게 만들었지. 하지만 넌 자유롭지 않아. 넌 정신 나간 흑인 여자, 명예를 잃은 여자일 뿐이야.

내가 추하고 노골적인 말을 내뱉은 뒤 모산은 말없이 가버렸다. 내 말에 그 어떤 대답도 하지 않은 채로 떠나갔다. 내 비난에 욕을 퍼붓고 간 것보다 더 나빴다.

그 뒤로 한동안 모산의 소식을 들을 수 없었다. 아산도 더는 마을에 오지 않았다. 나는 도시에서 둘이 같이 살고 있으리라 짐작했다. 그런 생각을 하면 고통이 밀려왔다. 나는 며칠이고 밤을 새우며 모산과 아산이 함께 도시의 환한 불빛과 꿈들 한가운데서 활짝 피어난 모습을 상상했다. 아산과 모산이 껴안고 있는 모습이 떠오르면 죽을 만큼 힘들었다. 하지만 죽음이라는 쉬운 방법도 내게는 허락되지 않았다. 나는 한밤중에 소리 지르기 시작했고, 그렇게 때로는 모산을 저주하고 또 때로는 어린애처럼 모산에게 돌아오라고 애원했다.

당연히 몇 번이나 그들을 찾아가고 싶었다. 하지만 자존심이 허락하지 않았다. 모산의 부재는 나를 광기에 가까운 상태로 몰고 갔다. 하지만 아산이 만족스러워할 모습, 고독과 슬픔에 빠진 내가 애원 속에 자기 집에 들어서는 순간 그의 얼굴에 번질 미소를 생각하면, 그래 마렘 시가, 그것만큼은 도저히 참을 수 없었다. 아산에게 그런 기쁨을 안기느니 차라리 광기 속에서 죽는 게 나았다. 떠나는 모산에게 그렇게 신랄한 말들을 내뱉어놓고 찾아가서 무슨 말을 하겠다고. 미안하다고? 그런다고 이미 내뱉은 말이 지워질 수는 없었다. 말 또한 시간의 흐름을 거슬러 올라갈 수 없다. 한번 뱉은 말은 태어나지 않은 것이 될 수 없다. 나는 모산에게 한 말이 너무도 후회스러웠다. 그러면서도 마음속 깊은 곳에서는 여전히 그 말들을 되새겼다. 모산은 자유의 환상에 달려들었다. 도전적인 방식으로 살고 사람들이 보는 앞에서 담배를 피울 수만 있으면 잡지에서 본 백인 여자들과 같아진다고 생각하는 바보 같은 아프리카 여자였다. 모산은 아산이 읽어주고 번역해준 책 속의 인물들처럼 될 수 있다고 믿었다. 그렇게 한 줄기 바람에 자신을 내맡겼다. 하지만 나는 그런 모산마저도 사랑했다. 나는 질투와 고통과 고독과 자존심과 사랑 사이에서 찢겼다. 그때부터 나는 이 질문을 떠올리기 시작했다. 어째서 그랬지?

V

　모산이 떠나고 서너 달쯤 지난 어느 날, 너무 고통스러워 더는 참을 수 없었다. 결국 나는 도시로 갔다. 도시에 대해서는 아는 게 없었고 모산과 아산이 어디 사는지도 몰랐지만, 그래도 갔다.

　하루 밤낮을 걸려 도착했다. 도시는 활기가 넘쳤고 소리가 요란했다. 혼돈스러우면서 너그럽고 격렬하면서 아름다운 기운이, 우리를 죽을 때까지 소진시킬 수 있고 반대로 시체도 살아나게 할 법한 기운이 느껴졌다. 거리에서 만난 아이에게 동전 하나를 주고 길 안내를 부탁했다. 아이의 어깨에 한 손을 얹고 걷기 시작했다. 아이가 어디로 갈지 물었다. 백인 동네. 걸어가는 동안 쓰레기 냄새와 썩은 내 때문에 욕지기가 일었다. 그러다가도 요란법석한 도시를 뚫고 온 바다 냄새를 만나면 마음이 조금 편안해졌다. 도시는 매혹적이었다. 걸어가는 동안 나는 내가 그곳까지 간 목적을 잊고 주변의 것들에 정신을 빼앗겼다. 맹인을 안내해주기만 하고 돈을 번다는 사실에 흡족했던 아이는 내 발걸음에 맞춰 걸었다. 상인들과 손님들, 경찰과 불한당, 개와 당나귀와 양과 고양이가 뒤섞인 시장을 지나갔다. 고기 냄새. 막 잡아온 싱싱한 생선 냄새. 강한 향료 냄새. 바람에 실려 온 소금 냄새. 다시 쓰레기 냄새와 하수 냄새. 그리고 목소리들. 심각하고 명랑하고 외설적이고 철학적인 논쟁들.

　사람들은 날씨 얘기를 했고, 혹독하리라고 예고된 겨울을 막아달라고 조상에게 빌었고, 기적을 행하는 세리뉴*를 찬양하며 기다렸고, 유명한 살리마타 디알로의 엉덩이가 흔들리는 모습을 묘사했다. 그리고 다가올 씨름 경기에 대해 말했고, 다른 아이들을 살리기 위해 제물로 바쳐진 한 아이를 바다로 데려간 귀신 얘기를 했고, 술에 취해 콧수염이 동네 *dryanké***의 수북한 음모에 꼬인 채로 발견된 백인 총독의 사랑 이야기를 했고, 신의 관대함에 대해, 인간들에게 주어진 피할 수 없는 숙명에 대해 말했다. 어느 광장에선가 열띤 토론 중에 장기짝이 판 위에 내리꽂히는 투박한 소리가 들렸다. 나는 멈춰 서서 사람들이 언쟁하고 놀리고 위협하고 복수를 다짐하는 소리를 들었다. 나 또한 장기를 좋아하던 시절도 떠올렸다.

　구급차 혹은 헌병 차의 사이렌 소리가 났다. 소동. 욕설이 오가고 너도나도 한마디씩 거들었다. 우리도 걸음을 멈췄다. 불이 났나? 도둑이 들었나? 아니다. 누군가를 체포하고 있었다. 호쾌한 부랑자였다. 그를 두려워하는 사람도 떠받드는 사람도 많은 것 같았다. 한 여자가 나에게 다가와 저 사람을 놓아주라고 몰려가는 중이라고, 같이 가자고 했다. 나는 내 길은 그 이야기와 관련 없다고 대답했다. 여자는 마귀할멈처럼 혀를 끌끌 차면서 나를 비겁한 인간 취급했고, 고

---

* 이슬람 지도자인 '샤이크'에 해당하는 세네갈 종교 지도자에 대한 칭호.
** 월로프어로, 풍만한 몸매로 남자들을 끄는 여자를 가리킨다.

추처럼 매운 언어로 남자들이 다 어디 갔는지 모르겠다고 한탄했다. 약해빠진 것들뿐이야! 다 계집애들 같아! 거들먹대기만 하고! 남잔지 여잔지 알 수가 없네! 물러터진 것들! 사내답고 용감하던 남자들은 다 어디로 간 거야? 옛날 남자들은 전부 어디로 갔지? 와서 이 도시의 황태자를 구하는 것 좀 도와주면 좋잖아! 난 내가 있어봐야 별 도움이 되지 않을 거라고, 앞을 보지 못하고 이곳 사람도 아니라고 대답했다. 여자가 다시 말했다. 남자가, 특히 너처럼 젊은 남자가 살아가는 데는 눈이 없어도 상관없고 어디 출신이든 상관없어. 정말 그럴까요? 그래, *Silmaxa**! 내가 말해주지! 어디 있든 어디서 왔든 남자는 불알만 제대로 달려 있으면 일할 수 있고 싸울 수 있어. 와중에 주의력이 흐트러진 나는 결국 어린 안내자의 어깨를 놓치고 말았고, 아이는 어느새 군중 속으로 사라져버렸다. 군중이 멀어지려 할 때 나는 재빨리 여자에게 백인 동네가 어디냐고 물었다. 다리를 건너서 북쪽으로 가! 그런데 저녁이 오면 조심해야 해, 넌 여기 사람이 아니잖아! 조심하라고요? 뭘 조심하죠? 누구를? 주변 소음 때문에 여자의 대답이 들리지 않았다.

　다행히 착한 사마리아인을 만나 무사히 다리를 건넜다. 그리고 식민 통치자 구역에 도착했다. 그곳은 다른 세상이었다. 정숙. 질서, 고요. 포장도로를 걷는 내 발소리까지 들렸다. 백인들의 언어도 들렸다. 그들의 목소리에서는 차분함이 느껴졌다. 다른 것은 없고 오직 차분함뿐이었다. 이곳에서 나는 백인들 세상에 있다. 백인들은 이곳

---

* 월로프어로 '눈이 먼 사람'을 뜻한다.

에서 자기들 세상에 있다―앞으로도 오랫동안 그럴 것이다, 토코은고르가 말했는데…… 나는 누구에게든 길을 물어보고 싶었지만 우리 언어를 말하는 사람들 중에는 나를 도울 수 있는 사람이 없었다. 그래도 포기하지 않았다. 마침내 섬 북쪽으로 조금 더 가면 얼마 전부터 교사로 일하는 아프리카인이 아내와 함께 살고 있다는 말을 들었다. 그런데 이름은 모른다고 했다. 본 적은 있다는 말에 혹시 나와 비슷하게 생겼느냐고 물었다. 몇 명은 망설임 없이 그렇다고 대답했고, 다른 몇 명은 아니라고 전혀 다르다고 했다. 어쨌든 유일한 단서였다. 나는 끝까지 가보기로 했다. 그리고 해 질 무렵 그 집을 찾는 데 성공했다. 집 앞에 경비원이 지키고 있었다. 우리 쪽 사람이었다. 내 인사에 차갑게 응한 그는 여기가 아산이 사는 곳이 맞느냐는 물음에 그런 사람 없다고 대답했다. 나는 아산에게 들은 세례명을 간신히 기억해냈다.

―무세* 폴한테 무슨 볼일이 있지?

―만나러 왔소. 가족이요. 형제.

―*Sa waay*, 그냥 가. 무세는 형제가 없어.

―내가 형제라잖아! 엉덩이 두 쪽처럼 똑같이 생긴 거 안 보여?

―그럴 수도 있겠군.

―거봐!

―그렇게 좋아할 거 없어. 엉덩이 두 쪽이 늘 비슷하진 않지. 엉덩이 가운데 선이 거울은 아니잖아.

* 프랑스어로 ~씨를 뜻하는 '므시외'를 잘못 발음한 것이다.

─쌍둥이라니까!

─그럴 수도 있겠지. 하지만 무세 폴이 형제 얘기 한 적 없어. 누가 찾아와도 절대 들여보내지 말라고만 했고. 찾아온다고 미리 알린 사람 말고는 아무도 못 들어가.

─식구끼리 보러 갈 때도 미리 말하고 가야 해?

─여긴 그래. 미리 알려야 해. 그래야 확실히 만날 수 있어. 지금도 봐, 무세 폴은 집에 없어. 미리 알렸으면 있을 때 왔을 거잖아.

─들어가서 기다릴게.

─안 돼. 돌아가.

─그럼 여기서 기다려야겠군.

─안 돼!

─안 된다니? 무슨 말이야? 누가 그따위 소릴 해? 길은 네 것도 네 아버지 것도 네 증조할아버지 것도 아니잖아. 그 잘난 무세 폴 것도 아니고. 백인 것도 아니야. 속담 몰라? *mbedd mi, mbeddu buur la*. 이것은 왕의 길이고, 길에서는 모두가 왕이다. 기다리든 말든 내 맘이야.

─*Mbokk*,* 알겠어. 그래도 그만 가. 난 문제 생기는 거 싫어. 너도 안 돼.

─그럼 그 부인은?

─부인이 뭐?

─이름이 모산이야.

---

* 월로프어로 '혈족'을 뜻한다.

—그런데? 어쩌라고?

—내가 그 부인까지 안다는 소리잖아. 거짓말 아니라고. 난 형제야. 모산한테 가서 내가 왔다고 해. 내 이름은 우세누야.

—*Sa waay*, 당장 가, 아니면 강제로 쫓아낼 거야. 넌 잘 모르겠지만 너쯤은 한 팔로 들어 올릴 수 있어.

—모산이 날 안다니까!

—마담 모산도 없어. 둘 다 백인 친구들하고 휴가 떠났어. 난 두 사람이 돌아올 때까지 집을 지켜야 하고. 정말이야.

—언제 돌아오는데?

—말 안 하고 갔어.

나는 어떻게 해야 할지 몰라서 한참 동안 가만히 있었다. 도시에 오래 머물 수는 없었다. 마을에 돌아가 해야 할 일도 있었고, 설령 모아둔 돈으로 당분간 머물 수 있다 해도 도시는 내가 있을 곳이 아니었다. 도시의 수많은 위협 앞에서 난 먹잇감에 지나지 않았다. 내가 말없이 생각에 잠겨 있자 경비원이 빨리 가라고 재촉했다. 그 순간 거센 분노가 솟구쳐 올랐다. 가슴이 타버릴 것 같았다. 경비원을 향한 분노가 아니라 나 자신을, 나의 어리석음과 내가 벌여놓은 이 비통한 광경을 향한 분노였다. 무엇을 바라고 여기까지 왔단 말인가. 왜 와서 이런 치욕을 겪는단 말인가. 다른 남자를 선택한 여자를 향한 사랑이 진정 이 모든 대가를 치를 만큼 가치 있단 말인가. 나의 존엄성과 나의 명예는 어디로 갔는가. 나는 모산과 아산을 저주하면서 경비원에게는 아무 말 하지 않고 자리를 떴다.

그사이 더 추워졌다. 아무것도 보이지 않아도 서서히 햇빛을 갉아먹는 그림자를 느낄 수 있었다. 멀리서 기도를 알리는 소리가 들려왔다. 다시 역으로 가서 마을로 돌아가기에는 너무 늦었다. 잘 곳을 찾아야 했다. 그런데 아는 사람이 없었다. 나는 오던 길로 돌아가 다리를 건넜다. 이번에는 도와주는 사람이 없었다. 변두리에 가면 싼 숙소를 구할 수 있다는 말을 떠올리고 계속 걸어갔다. 사람들이 여관을 알려주었다. 숙박료가 쌌다. 저녁식사까지 먹을 수 있었다. 식욕이 없어도 그냥 먹었다. 자러 가려는데 관리인이 여자가 필요하냐고 물었다. 나는 생각해보지도 않고 곧바로 그렇다고 대답했다. 심지어 손님들이 제일 많이 찾는 제일 비싼 여자를 데려오라고 했다. 그렇게 돈을 써버렸다. 당시에는 나의 그런 행동이 슬픔이나 절망 때문이라고 생각했다. 하지만 지금은 그것이 분노였음을 안다. 나는 내 분노를 다른 누군가에게 전가하고 싶었고, 그러기에 매춘부가 적당했다. 그날 저녁 나에게 온 여자는 나의 격한 분노를 겪어야 했다. 나는 잔혹하고 거칠게 그 몸을 파고들었다. 여자가 돌아가기 전에 이름을 물었다. 내가 그날 처음으로 여자에게 건넨 말이었다.

여자 : 살리마타.

나 : 성은?

여자 : 살리마타 디알로.

나 : 동네 사람들 입방아에 오르내리는 그 엉덩이의 주인이라고?

여자 : 맞아. 이젠 당신도 사람들이 왜 그러는지 알겠지.

나 : 그렇군.

여자가 돌아갔다. 잠을 이루지 못할 줄 알았는데, 깊이 잠들었다. 이튿날이 되자 살리마타 디알로와 잤다는 사실에 죄책감이 밀려왔다. 나는 희미한 수치심을 품은 채 마을로 돌아갔다. 그리고 모산이든 아산이든 더는 소식을 들을 수 없다는 사실을 받아들였다. 그러고 나니 마음이 편안해진 것도 같았다. 마을에서의 삶이 다시 시작되었다.

몇 달 뒤 전쟁이 일어났고, 프랑스는 앞장서서 그 전쟁에 뛰어들었다. 그리고 당연히 프랑스가 키우던 강아지들도 끌려 나왔다. 특히나 말을 제일 잘 듣는 강아지, 나의 조국도 그랬다. 잘나가는 프랑스 하원의원 자리에 올랐다는 한 흑인이 조국 프랑스를 위해 싸울 사람들을 구하기 위해 파리에서 백인들을 데려왔다. 이곳 마을까지 왔었다. 그가 말을 하는데, 꼭 아산의 말을 듣는 것 같았다. 물론 아산보다 더 능숙하고 더 매혹적이었다. 흑인이면서 프랑스 하원의원인 남자는 백인들을 위해 싸워줄 사람들에게 많은 약속을 했다. 영광을 얻을 거고, 조국이 감사할 거고, 훈장과 돈과 땅과 부를 얻고 영웅적인 하늘에서 영원한 삶을 누릴 거라고 했다. 아, 그는 약속했고, 약속하는 법을 알았다. 많은 이들이 그의 말을 믿었다.

나에게는 아무 말도 하지 않았다. 성치 않은 자는 쓸모가 없었기 때문이다. 그들에게 필요한 건 눈이 멀쩡해서 총알을 보고 적군을 보고 적의 머리를 잘 겨누어 쓰러뜨릴 수 있는 사람이었다. 하지만 그 눈은 전우가 쓰러지는 것을 보게 될, 더는 그 누구도 도와주러 오지 않는 언덕에 혼자 남아 어째서 남의 나라를 위해 이런 부조리한 살육 속에서 죽어야 하는지 자문하면서 울게 될 눈이었다. 마을에서 나와 같은 세대 혹은 윗세대의 많은 남자들이 프랑스 하원의원인 흑인과 그가 데려온 친구들의 말을 믿었다. 그들은 아이들과 여자들을 남겨두고 마을을 떠났다.

　그리고 1914년 말, 그날 저녁이었다. 결코 잊을 수 없는 날이다. 내가 *timis** 기도를 시작하려 할 때 안마당에서 발소리가 들렸다.

　―누구요?

　―나야.

어떻게 누구 목소리인지 모르겠는가.

　―여기서 뭘 해?

　―널 만나러 왔어.

　―같이 온 건 누구야?

대답이 없었다.

　―누가 같이 왔느냐고!

　―나야, 모산.

　아산과 달리 모산은 목소리가 변했다. 이전의 생기와 공격성이 사라진 목소리였다. 다시 침묵, 끔찍한 침묵. 우리 셋은 추억과 대답 없는 질문들과 증오와 사랑을 감싼 삼각형의 세 꼭짓점이었다. 우리는 서로 이어져 있음을 알았고 그래서 서로를 증오했다. 아산이 말했다.

　―도움이 필요해, 우세누.

　나는 키득거렸다. 아산이 곧바로 말했다.

　―웃어도 좋아. 그럴 자격이 있지. 나라도 그랬을 거야. 그동안 있었던 일을 생각하면 그럴 만하지. 이제 와서 도움을 청한다는 게 비현실적으로 보일 수 있어.

---

* 월로프어로 '석양'을 뜻한다.

―아이러니지.

―맞아. 하지만 그래도 내가 너한테 도움을 청하는 건 우리가 형제이기 때문이야. 다른 방도가 있었으면 절대 오지 않았을 거야.

―네가 다른 방도가 있든 없든 나와는 상관없어. 우린 더 이상 형제가 아니야, 아산.

―네가 원하든 아니든 그리고 내가 원하든 아니든 우린 형제야. 우리 몸보다 훨씬 더 멀리 있는 샘에서, 먼 과거에서 흘러나온 피로 이어져 있으니까. 그 피에 실려 흘러온 이야기에는 우리만 있는 게 아니야. 우리를 이어주는 게 우리 둘만의 일이 아니라고.

―다른 누가 관계되든 관심 없어. 도대체 나한테 뭘 원해? 길게 얘기 늘어놓지 마. 기도 시작해야 해.

―난 프랑스로 가야 해. 참전하러.

―그래서? 그건 네 길이지, 나와는 상관없어.

―아이를 가졌어.

나는 너무 놀라 할 말을 찾지 못했다. 잠시 후 아산이 다시 말했다.

―모산과 내가 아이를 가졌어. 내가 돌아올 때까지 모산과 아이를 믿을 수 있는 사람 집에 있게 하고 싶어. 너와 내가 한 번도 마음이 맞지 않았던 거 나도 알아. 우린 사랑한 적도 없지. 하지만 나의 가장 큰 비밀을 잘 지켜주리라 믿으며 맡길 수 있는 사람은 너밖에 없어.

―넌 위선자야, 아산 쿠마흐.

―마음대로 생각해. 하지만 대답해줘. 내가 없는 동안 모산과 아이를 돌봐줄 거지?

―위선자라는 건 이미 알고 있었지만, 게다가 무책임해. 어떻게

아내와 아이를 두고 프랑스를 위해 싸우러 떠날 수 있지?

—내 아이를 위해 싸우는 것이기도 해. 프랑스만을 위한 게 아니야. 난 내 아이가 평화로운 세상에서 살게 하고 싶어.

—아이를 위해 싸운다는 말은 집어치워. 넌 다른 누구를 위해 싸워본 적 없는 인간이야. 너에게 중요한 건 오직 너 자신뿐이지. 결국 프랑스의 인정을 받고 싶은 거잖아. 양심을 속이지 마. 네 아이보다 프랑스가 더 좋다고 인정해. 최소한 말할 수 있는 용기라도 있어야지. 모산도 네 말을 믿어줘? 그렇게 말하니까 믿어? 어때, 모산? 네 말 좀 들어보자. 아산이 너희의 아들을 위해 싸우러 간다는 말을 정말 믿어? 거짓말이잖아! 그런데 그냥 떠나게 두는 거야?

—난 거짓말 안 해.

—너와 아이를 버리는 거야.

—버리지 않아.

—모산에게 물었어!

—널 찾아온 건 나야.

—모산도 와 있잖아. 배 속에 아이를 가진 것도 모산이고.

—그만 가자, 아산. 내가 이럴 거라고 했잖아. 모산이 말했다.

모산의 목소리가 너무 많이 약해져 있었다. 딴사람 같았다. 지난 몇 달 동안 모산을 생각할 때면 깊고 둔탁한 분노의 불길이 심장을 태우며 나를 집어삼켰다. 모산이 떠난 뒤로 나는 증오를 쏟아낼 수 있는 날이 오기를 기다렸다. 나에게 안긴 이별이 얼마나 혐오스러운 것인지, 혼자 남은 좌절이 얼마나 거센 고통이었는지 마음껏 퍼부을 수 있는 날이 오기를 꿈꾸었다. 마침내 그날이 왔다. 모산이 내 앞에

와 있었다. 하지만 너무도 약하고 체념한 모산의 목소리를 듣는 순간 분노 대신 말로 표현할 수 없는 연민이 밀려왔다.

―평생 단 한 번만이라도 다른 사람 생각을 좀 해봐. 아산. 네 아이의 삶을 생각하라고.

―그만 가야 해. 아산이 말했다.

―어째서?

―내 의무니까.

―넌 그 전쟁에 대해서 아무것도 모르잖아. 네 전쟁이 아니라고.

―아니, 아무리 멀게 느껴진다 해도 이건 우리 모두의 전쟁이야. 네 전쟁이기도 해. 금방 끝날 거야.

―네가 어떻게 알아?

―백인 장교들이 그랬어. 그들이 알아.

―그자들은 루그 신이 아니야. 아무것도 몰라!

―아프리카의 아들들과 형제들이 도와주면 프랑스는 금방 승리할 거야.

―아들? 형제? 아니, 노예야. 다들 프랑스를 위해 죽게 될 거야. 프랑스는 모두 잊을 거고.

―난 안 죽어.

―미래를 멋대로 말하지 마. 넌 미래를 모르잖아.

―내 아이를 위해서 꼭 돌아올 거야.

―아이를 위해서 아예 떠나지 않는 게 낫지.

―입대 지원서에 이미 서명했어. 떠나야 해. 프랑스 북쪽 지방으로 가. 그곳에서 싸울 거야.

—네가 어디서 싸우든 난 관심 없어. 거기가 어디든 네 아들에게서 멀리 떨어진 곳이잖아. 넌 도대체 어떤 인간이지?

　내 물음에 아산이 성마른 웃음을 웃었다. 그리고 말했다.

　—날 심판하려 하지 마, 우세누 쿠마흐. 네 생각과 달리 넌 나에 대해 아무것도 몰라. 안다고 생각하겠지. 내가 어떤 인간인지, 내 심장을 살아 있게 만드는 게 어떤 건지 다 안다고 말이야. 하지만 넌 아무것도 몰라. 넌 사람들의 영혼의 깊이를 볼 줄 몰라. 네가 온전한 진리라고 생각하는 건 진리의 수많은 단편 중 하나일 뿐이야. 넌 수없이 펼쳐진 그림자 중 하나일 뿐이라고. 지난 몇 년 동안 내가 무엇을 희생했는지 넌 절대 몰라. 내가 지나온 길이 거친 진흙 길이었다는 걸 모른다고. 누구든 따라와보라고 해, 온통 진흙투성이가 될 테니까. 그러니까 날 판단하지 마. 네 양심의 재판정은……

　—구구절절 긴말과 가르침은 필요 없어, 아산. 난 널 심판할 거야. 그래, 난 널 아니까 심판할 수 있어. 네가 스스로 아는 것보다 내가 널 더 잘 아니까. 처음부터 그랬어. 넌 형편없는 인간이야. 너도 진짜 마음속으로는 알고 있잖아. 정말로 모를 수도 있겠지. 그렇다면 내가 진심으로 빌어줄게. 제발 최대한 늦게, 오래 살고 나서 알게 되길. 지금처럼 너 자신의 모습을 참아내지는 못할 그날이 늦게 오길.

　모산이 울기 시작했고 아산은 내 말에 대답하지 않았다. 아산이 모산에게 무언가 중얼거리는 소리만 들렸다. 알아들을 수는 없었지만 아마도 달래는 말이었을 것이다. 마을의 짙은 어둠이 내 집 안마당에서 일어나는 비극을 함께하고 싶은 듯 우리를 감싸고 있었다. 모산은 여전히 흐느꼈다. 내 심장이 말하기 시작했다. 내가 말했다.

―모산은 있어도 좋아. 하지만 넌, 아산, 정말로 전장에 나갈 거면 내일 최대한 일찍 떠나. 알겠지만 비어 있는 방은 두 개야. 하나 골라서 모산이 있게 해.

그런 뒤에 나는 방으로 들어가 기도를 했다. 긴 명상 속에서 신에게 날 이끌어달라고 빌었다. 한 시간쯤 지나 다시 마당으로 나가보니 모산이 혼자 있었다.

―아산은 어딨지?

―시내로 가는 마지막 마차를 놓치지 않으려고 막 떠났어. 너에게 몇 가지 더 말할 게 있었지만 모레 떠나는 배를 타야 해서 어쩔 수 없었어. 오늘 저녁에 도시로 돌아가서 떠날 채비를 해야 한대. 자기가 돌아올 때까지 잘 있으라는 인사와 고맙다는 말을 전해달랬어.

―감사 인사 필요 없어. 다시 올 건지 영원히 안 올 건지도 관심 없고. 난 아산을 도와주는 게 아니야. 너도 고맙다는 말은 필요 없어. 사과도 필요 없고.

―너도 마찬가지야. 사과 안 해도 돼.

내가 모산에게 내뱉었던 노골적인 말들이 떠오르자 수치심이 밀려왔다. 우리는 더는 말하지 않기로 규약을 맺었다. 다시 방으로 들어갔을 때 내 마음속에는 분노와 수치심과 기쁨이 공존했다. 모산이 돌아왔다. 하지만 아산과의 사랑의 결실을 몸속에 품고 왔다. 어째서 그랬지?

VI

네 달 뒤, 1915년 3월에 아이가 태어났다. 아산은 떠나기 전 모산에게 태어난 아이가 아들이거든 이름을 엘리만이라고 지어달라고 했다. 토코 은고르의 이름, 사용한 적은 없지만 그의 이슬람 세례명이었다. 사내아이였다. 나는 그 아이에게 우리의 전통 이름을 지어주었다. 마다그. 엘리만 마다그 디우프.

이미 짐작할 테지만, 아산은 아들을 보지 못했다. 아산은 전쟁에서 돌아오지 않았다. 소식 한 번 없었다. 그의 유해가 어디 있는지도 알수 없었다. 일차대전이 부수고 삼키고 지워버린 수많은 몸들처럼 그역시 시간과 역사 속 어디엔가 버려졌을 테지. 이따금 아산 생각을 하지만 아무것도 떠오르지 않는다. 분노도 연민도 없다. 경멸도 사라졌지. 그리움도 없다. 난 살아 있는 아산을 사랑하지 않았고 죽은 아산도 사랑하지 않았다. 우리 둘의 삶은 아주 먼 기원부터 이어져 있었지만 우리는 나란히 각자의 삶을 살았다. 아산은 프랑스를 향한 사랑 때문에, 그 사랑이 마음속의 어떤 것보다 컸기 때문에 다른 것을 보지 못했다. 그리고 결국 그 사랑이 아산을 집어삼켰다. 내 생각에 아산은 떠날 때 이미 자신이 돌아오지 못할 것임을 알았다. 어쩌면 은밀하게는 그곳에서 죽고 싶었을지도 모른다. 백인들의 전쟁에 나가 백인들의 땅에서 백인들의 총알 혹은 총검으로 죽기. 아산에게 백인이 되는 가장 멋진 방식이었을 수 있다. 아산이 꿈꾼 것은 사실 이 삶에서는 일어날 수 없는 일이었다. 그래서 다른 삶이 필요했던 거다. 백인 지식인의 삶. 아산에게는 그것이 실존적 완성의 정점이었을 테지. 아버지가 되고 모산을 사랑하는 게 아니라 책을 읽고 쓰는 백인이 되기. 그래서 그는 꿈속에서 다시 태어나기 위해 죽으러 나섰다. 이따금 나는 아산의 마지막이 어땠을까 생각해본다. 죽기 전 마지막으로 무슨 생각을 했을까? 우리의 어린 시절을 생각했을까? 토코 은고르를? 우리를 *néné*라고 부르던 어머니 목소리를? 모산을? 공부를 가르친 백인 선교사들을? 자기가 버리고 갔고 결국 만나지 못한 아들을? 아산은 혼자 죽었을까? 가혹한 죽음을 맞았을까? 고통을 겪었을까? 자기가 죽는다는 사실을 자각할 틈이 있었을까? 내가 이 모든 질문을 떠올린 것은 아산과 공감하기 위해서가 아니다. 나는 늘 인간들의 마지막 순간에 매혹을 느낀다. 한 인간의 삶을 총결산할 수 있는 건 그때뿐이라고 믿기 때문이다. 의미 있는 후회, 진지한 고백, 자기 자신을 향한 진실한 시선, 모두 그때가 되어야 가능해진다. 삶은 우리가 떠나려는 순간에야 비로소 우리 것이 된다.

엘리만의 어린 시절이나 그 뒤에 내가 모산과 함께 지낸 날들에 대해서는 길게 얘기하지 않겠다. 모산이 돌아온 뒤 한동안 둘 다 무척 힘들었다. 같은 집에 살았지만 우리 사이에는 지난날의 앙금과 상처 때문에 깊은 심연이 놓여 있었다. 하지만 시간이 해결해주었다. 엘리만 마다그가 태어났다. 나는 옛날 우리 형제에게 은고르 삼촌이

한 일을 했다. 나는 내 형제의 아들을 책임졌다.

내가 엘리만을 사랑했을까? 지금도 잘 모르겠다. 때로 어린 엘리만의 목소리에서 아산의 목소리가 들렸다. 심지어 아이의 순수한 웃음소리 속에 아산이 보이기까지 했다. 순진무구한 아이의 심장에서 아산에게 품었던 내 증오가 고동쳤다. 마치 아픈 신경을 건드리는 것 같았다. 아이에게 스스로 알지도 못하는 과거에 대해 책임이 있을까? 태어나기도 전에 일어난 사건들을 이어받아야 할까? 조상들의 잘못 때문에 아이를 탓할 수 있을까? 선조들의 흔적을 지녔다고 선조들이 한 일을 전해 받았다고 아이를 비난할 수 있을까? 대부분 그렇지 않다고 대답할 테고, 아마도 맞는 말이다. 하지만 내 생각은 달랐다. 배내옷에 싸인 젖먹이 엘리만을 만지는 순간 나는 어째서 이 아이가 자기 아버지와 상관이 없느냐고 반문했다. 어째서 과거의 모든 죄가 그냥 사해진단 말인가. 이 아이는 자신의 과거와 아무런 관련 없는 온전히 새로운 존재란 말인가. 아주 먼 근원에서 흘러나온 피의 흐름은 개인들을 넘어선다고 아산이 말하지 않았는가. 엘리만을 아산과 이어주는 게 오직 부자 사이라는 끈뿐일 수 있을까? 그때 나는 아니라고 대답했다. 엘리만은 아산의 욕망의 결실이었다. 엘리만은 아산의 살에서 나온 살이고 그 전에 이미 아산의 정신에서 나온 관념이었다. 적어도 여자를 향한 강박적인 육욕이라는 지평으로서 그랬다. 내 형제였던 것의 한 깊은 부분이 마치 호수의 바닥처럼, 피의 호수 바닥에 쌓인 진흙처럼 엘리만 안에 자리 잡고 있었다. 설령 엘리만이 자기 아버지의 이야기를 부정하고 그 이야기와 다른 길을 간다 해도 여전히 아버지의 이야기를 잇는 게 아닌가. 훗날 자기 아버지를 미워하고 가장 비열한 인간 취급을 한다 해도 엘리만은 자기 안에 있는 아버지의 몫을 꺼내 버릴 수 없다. 그것은 단순히 육체적인 몫이 아니라 신화적인 몫—무無의 몫, 인간 각자의 기원에서 비롯된 몫이기 때문이다. 나는 다시 한번 토코 은고르의 말을 떠올렸다. 우리 문명의 살에 박힌 뽑아낼 수 없는 가시, 백인들의 문명이라는 가시는 아산과 엘리만에게도 맞는 말이었다.

엘리만이 어딜 가든 아산의 그림자와 추억이 따라다녔다. 엘리만은 아산의 추억이자 그림자였다. 그것만으로도 나는 엘리만이 영원히 아산을 떠올리게 할 것임을 알 수 있었다. 엘리만은 결코 자기 아버지를 떨쳐낼 수 없다. 우리는 자신의 이야기, 수치스러운 이야기를 결코 떨쳐내지 못한다. 영원히 그 이야기에 묶여 있다. 원하지 않는 아기를 한밤중에 내다 버리듯이 그렇게 버릴 수 없다. 우리는 그 이야기와 싸운다. 계속 싸운다. 싸움을 이기는 유일한 방법은 싸우고 받아들이고 인정하고 쉼 없이 가리키고 이름 붙이는 것뿐이다. 그 이야기가 우리를 끌고 가려고 가면을 쓰고 다가오면 그 가면을 벗겨내야 한다. 내 말이 끔찍하게 들리느냐? 얼마든지 그렇게 생각하려무나. 자식이 부모를 죽여도 혹은 잊어도 영원히 부모의 그림자가 따라다닌다는 말이 끔찍해 보일 수도 있겠지. 그럴 거다. 하지만 시가, 너는 내 말이 틀리지 않다는 걸 이미 알고 있다. 넌 알 수밖에 없지. 네가 생각과 욕망 속에서 아무리 날 죽였어도, 앞으로 네가 쓰게 될 책 속에서 나를 아무리 죽여도—넌 내 예감을 믿지 않을지 모르지만 난 보았다. 넌 책을 쓰고 그 책 속에서 말들로 나를 죽이게 된다—난 여전히 있고 앞으로도 계속 있을 뿐이다. 난 네 몸에 박힌 가시다. 날 뽑아내면 넌 죽는다. 나는 죽은 뒤에도 계속 있다.

엘리만은 아산을 벗어날 수 없다. 나 또한 그렇고, 모산 역시 마찬가지다. 나와 모산은 엘리만과 아산이 한 얼굴이 되지 않도록 싸워야 한다. 엘리만은 평생 고통스러울 거다. 이게 바로 엘리만이 모산의 품에 안겨 우는 소리를 처음 들었을 때 내가 떠올린 생각이었다.

내가 엘리만을 사랑했는지 알고 싶으냐? 그랬다. 늘 그런 건 아니지만 그래도 사랑했다. 미움보다는 사랑이 컸지. 그래, 이따금, 아이가 마당에서 노는 소리가 들릴 때, 모산에게 무슨 말인가 하고 있을 때, 밉기도 했다. 하지만 난 그 아이를 사랑했다. 모산을 사랑했기 때문에 사랑했다. 분노의 시간을 겪은 뒤에도 모산에 대한 내 감정은 그대로였다. 모산을 미워한 동안에도 내 사랑은 사라지지 않았다. 심지어 분노에 차 있던 그 시간은 모산을 사랑하는 깊은 이유를, 사랑해야 하는 필연성을 보여주었다. 좌절의 시간 동안 나는 모산을 향한 사랑을 파괴의 위험에 내어놓았지만 오히려 되살린 셈이었다. 모산을 위해서 모산과 함께 나는 최선을 다해 엘리만을 키우겠다고 다짐했다.

모산과 나는 엘리만이 일곱 살이 될 때 아버지 이야기를 해주기로 했다. 그리고 그렇게 했다. 엘리만은 워낙 영민하고 눈치 빠른, 호기심 많고 똑똑하며 조숙한, 사람들의 말에 귀 기울일 줄 아는 아이였기에 다 말해주기가 그리 어렵지 않았다. 엘리만에겐 젊을 때의 아산과 똑같은 재능이 있었다. 하지만 그 능력을 사람들을 매혹시키는 일에만 쓰지 않았다. 아산과 달리 엘리만에겐—일찍부터 알아볼 수 있었다—조급한 지성과 맞닿은 깊은 우수가 있었다. 엘리만은 잘 놀고 활발하고 사람들과 잘 어울리는 아이였지만, 아산에게 없었던 고독과 어둠의 욕망이 있었다. 다른 아이들과 잘 놀았고 그 아이들과 똑같이 말하고 똑같이 웃고 똑같이 말썽을 부렸지만, 그러다가도 마을을 둘러싼 작은 숲속으로 혼자 사라졌다. 어머니가 밖에 나가보라고 채근해도 혼자 집에 머물기도 했다. 그러니까 엘리만은 그때 이미 다른 아이들과 달랐다. 비범한 재치를 번득이면서 주변 사람들까지 즐겁게 만들고 떠들썩하게 명랑했지만 그러면서도 아주 어릴 때부터 침묵에 빠져들곤 했다. 눈이 보이지 않아도 나는 알 수 있고 느낄 수 있었다. 엘리만이 나에게 이따금 건네는 말에서도 그런 성향이 드러났다. 사람들이 자꾸 잊어버리지만, 아이들에게도 우수가 있다. 장점일 수도 단점일 수도 있지. 아무튼 아이들은 그 우수를 좀 더 강하게 겪는다. 어릴 때는 그 어떤 것도 반만 겪을 수 없기 때문이다. 세상은 전력을 다해 아직 여린 영혼의 모든 문으로 들어오고 아이의 나이는 조금도 고려하지 않고 무작정 밀어붙인다. 그러다 들어올 때 못지않게 거칠게 나가버린다. 가르침은 그런 뒤에야 오지. 그렇게 아이는 이해하고 도망치고 문을 닫아걸고 아닌 척하고 계책을 사용하고 좀 더 일찍 상처에서 회복되는 법을 배운다. 아니면 죽는 법을 배우지. 시간은 분명 가르침을 주지만, 시간을 배우는 데도 시간이 필요하다. 그런데 아이의 시간은 이제 막 시작됐을 뿐이다.

엘리만은 자신의 시간이 시작되던 때에 이미 모든 것을 느끼고 있었다. 어쩌면 모두 이해했다. 나는 때로 아이가 암흑에 대해, 어둠 속에 사는 것에 대해, 세상을 지각하고 사물들을 알아보고 다른 감각들을 더 예민하게 사용하는 것에 대해, 내 머릿속에 남은 이미지들의 추억에 대해, 내 기억 속에 남아 있는 모산의 얼굴에 대해 물어보았을 때 그런 생각을 했다. 어느 날 엘리만이 나에게 물었다.

—토코 우세누, 태어날 때부터 눈이 보이지 않아 세상을 본 적이 없는 맹인과 삼촌처럼 볼 수 있다가 안 보이게 된 맹인 중에 누가 더 불쌍할까요? 뭐가 더 힘들까요? 본 적이 없어 보고 싶다는 욕망이 없는 것하고 본 적이 있는 것하고.

며칠 동안 생각해도 답을 정할 수 없었다. 그래서 엘리만의 생각을 물었다.

—본 적 있는 사람이 더 불행할 것 같아요, 토코 우세누.

—어째서? 세상의 아름다움을 이미 보았고, 그 아름다움이 그립고 그런 그리움이나 아쉬움이 욕망보다 더 고통스러워서?

—아뇨. 세상의 아름다움을 추억하며 살기 때문에요. 그러면서 자신의 추억이 여전히 그대로 있는지 알 수가 없잖아요. 세상은 변하니까요. 세상은 매일 다른 아름다움을 가지는데, 세상을 이미 본 적이 있으면 자기가 간직한 추억 때문에 상상할 수 없고 그래서 불행해지죠. 잊지 않기 위해 너무 많은 기운을 쓰느라 전에 본 걸 다시 만들어낼 수 있다는, 보지 못하는 것도 만들어낼 수 있다는 사실을 잊어버리거든요. 맹인이든 아니든 상상할 수 없는 사람은 불행해요. 하지만 삼촌은 달라요. 본 적이 있고, 그래도 보아야 할 것들을 여전히 상상할 줄 아니까요.

엘리만이 열 살쯤 되었을 때였다. 조숙한 아이였다. 모산은 아들에게 헌신했다. 나는 모산이 아이를 미워할까봐 걱정하기도 했다(아니 마음속 깊은 곳에서는 그러기를 바랐다). 내가 그러듯이 모산이 아들에게서 아산을 보고 아들을 밀어낼까봐, 아들을 보면서 아산이 자기와 아들을 버렸음을 기억할까봐 두려웠다. 아산은 아내를 버렸다. 아이를 가진 모산을 두고 먼 곳으로, 자기 아내와 태어날 아이보다 더 사랑하는 나라를 위해 싸우러 갔다. 이곳에서 엘리만과 모산과 함께 살기보다는 그곳에 가서 죽기를 택했다. 하지만 모산은 아들을 사랑했고 아들에게 열정을 바쳤다. 아버지의 이야기만으로, 자기를 두고 가버린 남자의 이야기만으로 엘리만을 버리지는 않겠다는 욕망이 모산에게 모성에 헌신할 수 있는 힘을 주었다.

엘리만이 아버지를 어떻게 생각하는지에 대해서는 아는 게 없다. 아버지를 미워했을까? 알고 싶어했을까? 무관심했을까? 엘리만은 아산에 대해서는 한 번도 묻지 않았다. 모산에게 물어본 적이 있는지는 모르겠다. 적어도 나에게는 묻지 않았다.

나는 모산과 상의해 엘리만이 열 살이 될 때까지 코란의 기초와 함께 지고의 영靈인 루그 신과 그 사도들인 판골을 숭배하는 우리 전통의 기초를 같이 가르치기로 했다. 나는 나를 만든 그 두 가지 문화를 엘리만도 알기를 바랐다. 엘리만은 두 가지 지식 모두에 호기심을 보였고 열심히 그리고 서둘러 그 기초들을 배워나갔다. 나는 다른 사람들이 보통 어른이 되어서야 배우는 지식을 엘리만에게 모두 전수해주었다. 많은 것을, 네가 상상할 수 없는 것들까지 가르쳐주었다. 그런데 아이는 너무도 빨리 익혔고 많은 질문을 던졌고 수시로 성찰에 잠겼다…… 아이는 더 멀리, 계속 더 멀리 가고 싶어했다. 나를 궁지로 몰기도 했다. 그 나이에 이미 무언가를 찾은 것 같았다. 그리고 대답을, 비밀을 찾아내기 위해 새로운 지식을 빨리 배우고 소화해내려는 것 같았다. 심지어 이 세상에 올 때 이미 질문을 품고 온 게 아닌가 하는 생각마저 들었다. 마렘 시가. 그럴지도 모른다. 엘리만은 조급한 아이였다(이어 청소년이었다). 갈증 난 아이. 기다리는, 팽팽한 긴장감에 사로잡힌 아이. 그 아이의 안에서 무언가 끓고 있었다. 아이의 마음속 지평선에서 무언가 흔들렸고, 아이는 빨리 그곳에 닿으려 했다. 나는 엘리만이 이번 생 이전에 이미 여러 번의 생을 살았음을 의심하지 않았다. 엘리만은 다른 사람들과 달리 전생에 배운 것을 잊지 않은 채로 다시 세상에 왔다. 나는 엘리만을 볼 때마다 그런 생각을 했다.

엘리만이 열 살이 되었을 때 모산은 나의 반대에도 엘리만을 프랑스 학교에 입학시켰다. 우리 마을에서 몇 킬로미터 떨어진 다른 마을에 선교단이 들어와 있었기 때문에 더는 백인 학교를 찾아 도시까지 갈 필요가 없었다. 아산의 경험 때문에 나는 백인 학교에서의 교육에 적대적이었다. 단순한 두려움 이상이었다. 차라리 증오였다—두려움의 궁극적 형태였다고 할까. 백인들이 아산을 어떻게 바꿔버렸는지, 아산의 마음을 어떻게 부추겨놓았는지 보면서 나는 그런 교육이 아프리카인들의 내면에서 우리가 지닌 가장 깊은 것을 파괴한다는 사실을 깨달았다. 백인 학교는 지난 십 년간 우리가 엘리만의 내면에 씨 뿌린 모든 것을 송두리째 뽑아버릴 터였다. 하지만, 도저히 이해할 수 없이, 모산은 막무가내였다. 아산의 뜻이었을까? 모산은 아니라고, 자기 스스로가 아들이 아버지처럼 서양 교육을 받게 하고 싶은 거라고 했다. 그 일 때문에 우리가 다툰 날, 모산이 돌아온 뒤로 거의 분노를 느낀 적이 없던 내가 화가 나서 퍼부어댔다. 아산이 죽음을 맞은 도살장에 아들까지 보내겠다고? 기억 안 나? 그자들 때문에 아산이 어떻게 되었는지? 네가 어떻게 되었는지? 모산은 조용히, 엘리만은 아산이 아니라고 대답했다. 결국 나는 모산이 엘리만을 통해 아산에게 복수하려는 것이라고, 아산의 기억을 지우려는 것이라고 이해했다. 모산은 엘리만을 아산과 똑같은 길로 보내, 아들은 아버지와 달리 진흙탕에 더럽혀지지 않고 그 길을 갈 수 있다고 증명하고 싶었던 것이다.

엘리만은 프랑스 학교에서 놀라운 능력을 발휘했다. 엘리만의 학습 능력에 놀란 선교사들이 달려왔다. 우리에게 축하 인사를 하면서 아이의 놀라운 능력, 기억력과 사고력의 원천이 무엇인지 궁금해했다. 나는 모산이 대답하도록 가만히 있었다. 어떤 대답을 할지 이미 알고 있었다. 역시나 모산은 아들처럼 재능이 뛰어났던 아버지 이야기를 길게 했다. 아버지의 유전자예요. 전동 자전거를 끌고 통역을 대동하고 온 선교단 대표 그뢰자르 신부에게 모산이 말했다. 그렇게 아산 이야기를 하는 동안 나는 모산의 마음 한 부분은 여전히 아산을 놓지 못했음을 깨달았다. 슬픔이 밀려왔지만 드러내지 않으려 애썼다. 내가 아무리 티 내지 않으려 애써도 모산은 내가 상처받은 걸 알아챘을까? 모르겠다. 아무튼 모산은 아산과 그의 유전자 이야기 뒤에 곧바로 엘리만이 학교에 가기 전 나에게서 코란과 애니미즘에 대해 배웠다고 덧붙였다. 그 가르침이 아이의 뇌를 열어주었고 지식을 그대로 흡수하게 해주었어요. 모산이 말했다. 그뢰자르 신부가 나에게 훌륭한 일을 했다고 말했다. 하지만 내가 생각하기론 모든 게 엘리만의 힘이었다. 그날 저녁 무척 기뻐하면서 아들에 대한 자부심으로 환하게 빛났던 모산이 기억난다. 나는 그뢰자르 신부가 다녀간 뒤로 마음이 불안했다. 엘리만이 어떻게 변해가고 있는지 알 것 같았다. 서양 학교가 만들어낸 아이, 그 아버지만큼 맹목적이지는 않아도 똑같이 게걸스럽게 지식을 발견하려 하고 프랑스어의 매력을 탐할 것이다. 엘리만은 그뢰자르 신부의 거처에서 자주 시간을 보냈다. 신부에겐 아주 큰 서가가 있었다. 엘리만 마다그는 그 책들에 매료되었다. 엘리만은 프랑스어를 읽게 된 뒤로 정기적으로 그뢰자르 신부의 집에 초대받아 갔다.

잠시 여담을 들려주마. 그사이 모산과 내가 결혼했는지 궁금할지도 모르겠구나. 그러지 않았다. 모산은 결혼을 원치 않았다. 하지만 전쟁이 끝난 뒤에도 아산의 연락이 없던 1918년에 내가 모산에게 방을 합치면 어떻겠느냐고 물었다. 모산이 받아들였다. 1920년에 모산은 아이를 가졌다. 하지만 아이는 살아남지 못했다. 사산이었다. 당시 우리 마을에서는 자주 있는 일이었다. 그 뒤에도 매번 실패했지. 나는 내가 사랑하는 여인에게서 아이를 얻을 수 없다는 게 슬펐다. 모산 역시 슬퍼했지만 그래도 엘리만을 가르치면서 힘을 얻었다. 모산은 우리가 아이를 얻을 수 없음을 받아들여야 한다고, 이제 다른 여자와 결혼해 후손을 얻어야 한다고 말했다. 나는 나에게 문제가 있을지도 모른다고, 불임의 원인이 나일 거라고 말했다. 모산은 그렇지 않다고, 죽어 태어난 첫 아이가 배 속에 있을 때부터 이미 자기 몸 안에 무슨 일인가 일어난 것을 느꼈다고 했다. 그때 나는 모산이외의 다른 여자와 결혼하고 사랑할 능력이 없었다. 모산이 계속권했지만 나는 다른 여자와의 결혼을 포기했다. 모산과 그 아들에게서 행복을 찾기로 했다. 그들이 바로 운명이 나에게 준 가족이었다.

우리의 삶은 엘리만이 이루는 학업 성취들을 중심으로 이어졌다. 엘리만은 곧 마을에서 가장 인기 있는 아이가 되었다. 엘리만은 아버지로부터 지능과 당당함을 물려받았고, 어머니로부터는 아름다움과 고요한 힘을 물려받았다. 나에게서는? 나로부터는 무엇을 받았을까? 다른 것들을 받았다. 다른 지식들.

VII

1935년 스무 살에 엘리만은 바칼로레아를 통과했고(그뢰자르 신부의 말대로 아프리카 학생에게서는 본 적 없는 훌륭한 성적이었다) 프랑스에 가서 공부를 계속하지 않겠느냐는 제안을 받았다. 엘리만이 그 말을 전했다. 나는 반대했다. 다시 한번 아산의 손길과 그림자가 어른거렸다. 하지만 모산은 아들을 떠나보내려 했다. 나는 막지 못했다. 잘해낸 아들에 너무도 행복해하는 모산 앞에서 차마 내 걱정을 털어놓을 수 없었다. 인맥이 넓은 그뢰자르 신부가 모든 일을 처리해주고 천재 아프리카 청년을 제일 좋은 기숙학교에 들여보내는 데도 성공했다. 뛰어난 피식민지인들을 위한 식민 행정부의 장학금도 얻어주었다. 엘리만이 걱정 없이 살 수 있는 액수였다. 엘리만은 프랑스에서 제일 좋은 학교, 지식인과 사상가와 작가와 교수와 프랑스 대통령을 길러내는 학교의 입학시험을 준비하기로 했다. 모산이 나에게 말하길, 이 말을 전할 때 엘리만의 눈이 반짝였다고 했다. 그때부터 엘리만이 떠나는 것은 기정사실이 되었다. 아산이 그랬던 것처럼.

엘리만은 1935년 겨울이 끝날 무렵에 떠났다. 출발 전날 우리는 앞마당에서 저녁 시간을 함께 보냈다. 모산은 노래를 흥얼거렸다. 나는 엘리만이 무언가 할 말이 있음을 느꼈다. 아니면 우리에게 듣고 싶은 말이 있었을 것이다. 아마도 엘리만은 자신이 아버지의 길을 걷고 있다는, 아버지의 행적이 끊어진 지점에 와 있다는 생각을 처음 했을 테고, 우리에게 자기가 앞으로 무엇을 해야 할지, 자기에게 어떤 일이 일어날지 묻고 싶었을 것이다. 아버지처럼 끝날까봐 두려웠을까? 모르겠다. 엘리만은 아무 말도 하지 않았다. 모산도 말이 없었다. 나만의 느낌이었을 테지만, 그 밤은 깊고 거대하고 아름다운 슬픔으로 가득했다.

— 걱정 말고 편안히 떠나거라, 아들. 내가 말했다. 너의 지금 모습을 잃지 말고. 그러면 다 잘될 거다. 네가 어디에서 왔는지 잊지 말고 네가 누구인지도 잊지 말거라. 여기에 두고 가는 네 어머니도 잊지 말고.

— 네, 토코 우세누. 명심할게요.

엘리만은 눈물이 나오려는 듯 울먹였다. 나는 이미 심각해진 상황에 무언가를 보태 더 무겁게 만들고 싶지 않았다. 잠시 후 엘리만이 말했다.

— 돌아올게요, 어머니. 전 절대 그곳에서 사라지지 않을 거예요. 꼭 돌아올 거고, 어머니는 절 자랑스러워하실 거예요.

— 알고 있다, 엘리. 넌 돌아올 거야. 기다리마. 난 네 어머니잖니. 넌 훌륭한 사람이 될 거야. 여러 번 그 꿈을 꾸었단다. 넌 돌아와.

모산은 다시 노래를 흥얼거렸고, 그렇게 말없이 우리는 피로가 밀려올 때까지 그대로 마당에 있었다. 아산의 얼굴이 우리 위를 떠다

넜다. 그 얼굴은 미소를 띠었다가 불안이 어렸다가 굳어졌다가 피에
물들었다가 침착했다가 다정했다가 수수께끼처럼 알 수 없는 표정
이 되었다.

프랑스에 간 첫해까지는 엘리만이 편지를 보내왔다. 자주는 아니
더라도 두세 달에 한 번은 연락이 왔다. 파리에서 어떻게 지내는지,
누구를 만났는지, 파리가 얼마나 놀라운 곳인지 말했고, 그곳에서 만
난 백인 친구들과 아프리카 친구들 이야기를 했다. 준비 중인 입학
시험에 대해, 지금 하고 있는 어렵지만 풍요로운 공부에 대해서도
얘기했다. 그뢰자르 신부가 편지를 받아 통역을 대동하고 와서 읽어
주었다. 신부가 돌아간 뒤에도 모산은 계속 손에 편지를 쥐고 있었
고, 읽을 줄도 모르는 편지를 행복하고 슬픈 표정으로 몇 시간 동안
쳐다보기도 했다. 편지들은 모두 모산이 간직했다.

1937년부터 편지가 뜸해지기 시작하더니 이내 끊겼다. 몇 달 동
안 연락이 없자 모산은 그뢰자르 신부를 찾아가 아들에게 편지를 써
달라고 부탁했다. 그런 뒤에도 엘리만의 답장은 없었다. 어떤 소식도
오지 않았다. 그 몇 달을 생각하면 지금도 가슴이 미어진다. 바로 그
즈음에 모산이 이상해지기 시작했다. 엘리만의 소식이 갑자기 끊기
자 편지 한 번 없이 사라져버린 아산의 일이 되살아났을 테지. 모산
의 비극이 시작되었고, 일부분은 나의 비극의 시작이었다. 아산과 엘
리만, 모산이 고른 남자와 그 남자 사이에서 얻은 아들, 두 사람은 서
로 달랐지만 운명이 같았고 돌아오지 않았다. 그 둘은 품은 꿈도 같
았다. 자신들의 문명을 지배하고 유린한 다른 문화 속에서 학자가
되겠다는 꿈.

어떻게 설명해야 할까? 유전자 속에 새겨진 개인적 결함이었을까? 백인 문명의 매혹이 너무 강렬했던 걸까? 비겁함이었을까? 자기 증오였을까? 모르겠다. 알 수 없다는 사실이 내 마음을 제일 많이 괴롭혔다. 백인들이 왔고, 우리 중 가장 용감한 이들이 정신을 빼앗겼다. 완전히 미쳐버렸다. 자신들의 주인이 된 백인들을 향한 사랑으로 미쳐버렸다. 아산과 엘리만은 그런 부류에 속했다. 그들이 모산을 버렸고, 모산은 미치기 시작했다.

이쯤이면 내 얘기가 어떻게 끝날지 너도 알 수 있을 거다. 다시 한 번 말하마, 시가. 너를 품은 네 어머니의 배 위에 손을 얹던 그 순간에 내 머릿속에 빛이 번쩍했다. 그리고 그 빛 가운데 네 얼굴이 그들의 얼굴과 함께 있었다. 엘리만과 아산. 떠나버린 사람들 사이에 있었다. 그러니까 네가 태어나기 전에 난 이미 네가 그들을 따라가리라는 것을, 네 운명이 우리의 문화와 먼 곳에서 펼쳐지리라는 것을 알았다. 너 또한 프랑스인들의 언어로 지혜를 구할 것이다. 넌 작가가 된다. 내가 너를 사랑하지 않은 건 네 어머니가 너를 낳다가 죽었기 때문이 아니라, 네가 세상에 나오면서 나의 가장 심한 상처와 가장 고통스러운 기억을 되살렸기 때문이다. 넌 이 집안에서 저주받은 세 번째 인간이다. 이 세상에서 나에게 가장 큰 고통을 안긴 두 남자를 이어받을 사람. 진실을 말하자면, 난 널 미워하지 않는다. 난 네가 두렵다. 네가 어머니 배 속에 있을 때부터 두려웠다. 너는 새로운 비극을 알렸으니까. 아산의 말이 맞을지도 모르겠다. 피의 신비는 그 어떤 논리와도 관련 없고, 개인적인 추론도 넘어선다. 너는 생물학적으로 내 딸이지만, 시가, 네 정신과 마음은 엘리만의 피, 아산의 피에 속한다. 이미 내 가족을 파괴한 이들이지. 그들은 내가 사랑하는 여인을 파괴했다. 너 역시 같은 일을 하게 되겠지. 넌 무언가를 혹은 누군가를 파괴할 거다. 자, 이게 전부다.

목소리는 한참 동안 침묵을 지켰다. 나는 눈을 뜨지 않았다. 나는 암스테르담으로 돌아왔다. 운하 위에 배들이 미끄러졌다. 배 위에서 술에 취한 사람들이 고래고래 노래를 불렀다. 나도 아는, 암스테르담 아약스 팬들이 네덜란드 역사상 가장 훌륭한 축구 선수 요한 크루이프에게 바치는 노래였다. 다시 목소리. 나는 다시 과거 속으로 그 목소리를 따라갔다.

곧 끝난다. 마렘 시가. 몇 분만 더 내 말을 들어다오.

1938년이 되었고, 엘리만에게서 편지가 오지 않은 지 일 년이 넘었다. 정말로 아무런 연락도 없었다. 그뢰자르 신부에게 부탁해서 써 보낸 편지들에도 답장이 없었다. 마치 엘리만이 증발해버린 것 같았다. 우리는 최악의 경우를, 엘리만이 죽었을지 모른다는 생각을 하기 시작했다. 모산은 내면의 우물로 빠져들었다. 모산이 혼자 말하고 울고 기도하고 중얼거리는 일이 잦아졌다. 한밤중에 악몽에서 깨어나 온몸이 땀에 젖은 채로 엘리만의 이름을 불러댔다. 이미 시작된 모산의 추락은 돌이킬 수 없어 보였다.

1938년 8월에 한 가지 일이 있었다. 그뢰자르 신부의 오토바이 소리가 들렸고, 잠시 후 그가 헐떡이며 우리 마당으로 들어왔다. 모산은 집에 없고 나는 낡은 그물들을 고치는 중이었다.

─편지가 왔어요. 신부가 말했다(이곳에서 산 지 몇 년이 지난 때였으니 우리말을 조금 할 줄 알았다).

—무슨 편지요?

—엘리만이요. 엘리만이 편지를 썼어요. 당신 조카요.

나는 한동안 정신이 멍했다.

—편지를 가지고 계세요?

—그럼요, 그런데 한 통뿐이에요. 대신 다른 걸 썼다는군요. 우세누, 엘리만이 책을 썼어요.

—책이요?

—맞아요!

—신부님 서가에 있는 그 책들 같은 건가요?

—그래요!

—그 책이 어디 있죠?

—여기, 가져왔어요.

—편지도요?

—그래요, 내가 번역해줄까요?

—아뇨, 선교단에서 공부하는 학생한테 부탁할게요, 이웃집 아들인데 신부님 나라 글을 잘 읽어요. 고맙습니다.

—책은요? 그 학생이 책까지 완벽하게 번역하진 못할 텐데요. 봐서 내가 다시 올게요.

—네. 하지만 오늘은 아니에요. 다른 날 해주세요. 오늘은 그냥 편지만 읽을게요.

—그럼 그렇게 해요…… 우리의 엘리만이 훌륭한 인물이 되었어요, 우세누. 위대한 인물이 되었다고요. 엘리만의 어머니에게 전해주세요.

그뢰자르 신부는 나에게 책과 편지를 건넨 뒤 서둘러 돌아갔다. 나는 나의 마음에 안도와 기쁨을 안겼어야 하지만 슬픔을 가득 채워버린 두 가지 물건을 만져보았다. 엘리만이 살아 있다니. 살아 있으면서 연락하지 않았다니. 작가가 되었고 이 긴 책을 쓸 시간이 있었으면서 어머니에게 일 년 내내 한 번도 편지를 쓰지 않았다니. 그 순간 내 가슴속에 뜨거운 분노의 덩어리가 솟구쳤다. 나는 모산에게 말하지 않고 보여주지도 않기로 했다. 쉽지 않은 결정이었지만 난 망설이지 않았다. 지금도, 그로 인해 일어난 일들을 다 고려한다 해도 난 그때의 결정을 후회하지 않는다. 다시 같은 상황이 와도 똑같이 했을 것이다. 다시 한번 결정해야 하는 때가 와도 모산에게 아들의 책과 편지를 감추었을 것이다. 이미 엉망이 된 모산은 엘리만이 살아 있다는, 살아 있어도 연락 한 번 안 하면서 책을 썼다는 사실을 알면 더는 버텨낼 수 없으리라. 나는 엘리만의 책을 개인용품들 속에 같이 감춰버렸다. 갑자기 사라져 우리의 삶에 그토록 큰 상처를 안긴 엘리만이 지금 와서 불쑥 다시 나타날 수는 없었다. 엘리만의 책을 찢어버리거나 태워서 영원히 없애버리고도 싶었다. 왜 그러지 않았을까? 그 책이 지닌 무언가 강한 힘이 느껴졌기 때문이다. 그 책에는 엘리만이 쏟아부은 영혼의 한 부분이 들어 있었다. 무엇보다 책을 받아 든 순간에 나는 그것이 우리의 삶에서 무언가 역할을 행하게 될 것임을 예감했다. 어떤 역할인지는 몰랐지만, 어쨌든 알 수 있었다. 그래서 아무도 찾지 못하는 곳에 책을 숨겼다. 편지는 내용을 알려 하지 않고 그대로 없애버렸다. 편지를 없애고 책을 숨기면서, 모산을 지켜내고 있다고 믿었다.

책 안에 무엇이 들어 있는지는 끝까지 알 수 없었다. 그뢰자르 신부가 우리 집을 다녀간 며칠 뒤에 오토바이 사고를 당했고, 도시로 이송되어 몇 달 동안 치료를 받았지만 결국 머리 부상으로 숨을 거두었기 때문이다. 엘리만이 책을 썼고 편지를 보냈다는 사실을 아는 사람은 나 말고는 그뢰자르 신부뿐이었는데, 신부는 모산에게 말하지 못했다. 결국 모산은 영원히 알 수 없었다. 모산에게 알리지 않겠다는 내 결심은 그 이후에도 엘리만의 편지가 한 번도 없었기에 더욱 굳어졌다. 엘리만은 책이 출간된 뒤에도 편지를 쓰지 않았다. 아무 연락도 없었다. 문득 나는 정말로 엘리만이 쓴 책이 맞는지 의구심까지 들었다. 어쩌면 다른 엘리만이 아닐까? 우리의 엘리만에게는 이미 오래전부터 큰 불행이 닥친 게 아닐까? 그게 아니라면 엘리만은 떠나기 전날 밤 어머니에게 한 약속을 배신하기로 했을까? 어머니에게 맹세한 대로 돌아오는 대신 다른 곳에서 다른 삶을 선택한 걸까?

1939년 초에 모산의 상태가 악화되기 시작했다. 광기가 깊어졌다. 모산은 며칠이고 망고나무 아래에 앉아 있었다. 사산된 우리 아이를 묻은 묘지 맞은편이었다. 언젠가 모산은 우리 아이를 생각한다고 했다. 우리의 딸. 하지만 나는 모산이 묘지를 보면서 생각하는 것은 몸조차 남기지 않고 사라진 아산과 엘리만이라는 사실을 알았다. 마을의 묘지를 바라보면서 모산은 자신이 그토록 사랑했지만 자기를 버리고 가버린 두 몸을 위해 생각의 묘지를 만들어주고 있었다. 모산의 생각은 아산과 엘리만이 함께 머무는 무덤이었다. 1939년 중반에 수피교에 입문하기 위해 샤이크를 찾아 떠날 즈음 유럽에서 다른 전쟁이 터졌다는 소식을 들었다. 하지만 나의 전쟁은 이곳에 있었다. 나는 모산의 광기와 싸워야 했다. 내가 직접 모산을 낫게 해보려고 시도했다. 그 뒤는 너도 이미 아는 이야기다. 나의 실패. 망고나무. 매일 찾아가기. 나의 질문. 모산의 침묵.

1945년 그날로 돌아가자. 모산의 한 손이 내 손 위에 있었다. 그날 모산은 정신이 돌아왔다. 마침내 대답할 수 있게 된 것이다. 이미 나도 예지몽에서 보았다. 그래서 기다렸다. 삼십 년 전부터 나는 모산이 왜 내가 아니라 그를 선택했는지 말해주길 기다렸다.

—내가 선택한 건 너야. 내가 여기 있고 너도 여기 나와 함께 있다는 게 그 증거고. 그런데, 우세누. 내가 좀 피곤해. 내일 다시 오면 말해줄게. 오늘은 피곤해. 땅이 좀 흔들려야 해.

나는 오 년 만에 듣는 모산의 목소리에 흥분해서 마음속에서 요동치는 질문들을 모산이 원하지 않는 지금 굳이 꺼내고 싶지 않았다. 땅이 좀 흔들려야 한다는 게 무슨 뜻인지 이해하지 못했지만 걱정하지는 않았다. 그냥 집으로 돌아갔다. 그리고 이튿날 다시 가보니 모산이 사라졌다. 며칠 동안 여기저기 찾아보았다. 모산은 증발했다. 망고나무 가까이 사는 사람들이 밤중에 모산이 묘지 안으로 들어가는 것을 보았다고 했다. 묘지에서 나오는 모산을 본 사람은 없었다. 하지만 전설의 시작과도 같은 그 이야기를 나는 믿을 수 없었다. 몇 주 동안 찾아다닌 끝에(심지어 도시까지 나가보았다) 결국 모산이 사라졌음을 받아들일 수밖에 없었다. 모산이 사라지면서 내 삶의 한 장이 완전히 넘어갔다. 모산이 떠났다는 생각을 받아들이기까지 긴 시간이 필요했다. 나는 결코 상喪을 치르지 않았다. 그럴 수 없었고 그러고 싶지 않았다. 지난 삼십 년 동안 나는 매일 저녁 모산이 이 방으로 걸어 들어오길 기다렸다. 아마도 죽는 순간까지 기다릴 거다. 모산이 사라지고 오랜 시간 뒤에 네 어머니를 만났다. 모산이 망고나무 그늘을 떠나고 십오 년 뒤에 네가 태어났다. 앞을 보지 못하는 어둠 속에서 내 눈에는 오직 모산만 보였다. 쿠라와 은고네와 디브를 사랑했고 지금도 사랑하지만, 네 어머니를 사랑했지만, 다 소용없었다. 모산이 늘 꿈속에 나타났다. 옛날 내가 물속에서 시력을 잃었을 때 본 모습 그대로인데, 옷은 입지 않았고 빙그레 웃었다. 저녁이면 나는 눈물을 흘렸고 모산을 원망했다. 도대체 어디로 갔을까? 이튿날 오면 말해준다고 약속했는데, 그렇게 사라지지 않았으면 나에게 무슨 말을 했을까? 사실 중요하지는 않았다. 모산은 이미 대답을 주었다.

나는 너에게 이 모든 얘기를 해주고 싶었다. 넌 너의 운명을 향해 떠난다. 우리는 다시 만날 수 없지. 네가 떠나기 전에 이 이야기를 알았으면 했다. 그렇다고 날……

─아버질 용서하지 않을 거예요. 나는 남아 있는 용기를 전부 그러모아 대답했다. 어머니 배 속에 있을 때부터 날 절대 사랑받을 수 없는 아이로 운명 지어버린 아버지를 용서할 수 없어요. 난 지금 아버지를 쳐다보고 있고 아버지를 증오해요. 내 존재의 온 힘을 다해서 증오해요. 어린 시절 내내 아버지의 사랑을 그토록 갈망한 나에게 지금의 증오는 응답받지 못한 그 사랑의 이면일 뿐이에요. 내 불행은 내가 사실상 아버지를 사랑했다는 거죠. 아버지에게 돌려받지 못한 사랑에서 남은 건 이제 아무것도 없어요. 이제 와 전부 말해준

다고 달라지는 건 없어요. 그럴수록 난 아버지를 더 경멸할 테니까. 절대 용서하지 않을 테니까.

아버지가 침착하게 대답했다.

—나를 용서하라는 게 아니다, 마렘 시가. 단지 네가 알기를 바란다. 난 너를 사랑하지 못했고, 그 이유를 말한 거다. 날 평생 미워해도 좋다. 누구도 널 탓할 수 없지. 내가 너라도 그렇게 했을 테니까. 하지만 기억하거라. 네가 아무리 증오해도 난 사라지지 않는다. 내말은 다 끝났다. 이제 너에게 한 가지 줄 것만 남아 있다. 나의 유언이다. 너의 유산이다. 그러고 나면 가도 좋다. 그리고 나도 갈 수 있겠구나.

아버지가 손을 베개 밑에 넣어 책을 한 권 꺼냈어. 시가 D.가 말했다. 그리고 조용히 그 책을 나에게 건네고는 더 이상 말이 없었지. 그렇게 『비인간적인 것의 미로』가 나에게 온 거야. 내가 네게 준 그 책이 바로 내 아버지가 1938년부터 가지고 있던 책, 1980년의 그날 아버지가 나에게 모든 것을 들려준 이후로 내가 가지고 있던 책이야. 엘리만 마다그, 일명 T.C. 엘리만, 내 사촌이 쓴 책.

나는 눈을 떴다. 어미 거미는 소파를 쳐다보고 있었다. 우세누 쿠마흐의 몸은 움직임을 멈추었다. 그 몸은 아주 조금씩 지워지기 시작했고, 헐떡거림 속에, 늘 옆에 놓여 있는 모래와 가래가 가득한 그릇과 함께 완전히 사라졌다.

전기적 요소 2

떨림 속 세 번의 외침

……다들 나한테 왜 자꾸 물을까, 난 뭐 해결할 근심거리가 없는 줄 아나, 난 조금 짜증을 내, 일부러 그러는 거야, 분명히 해두자면 제일 깊은 곳, 내 구덩이의 바닥에선 괜찮아, 거기선 땅의 질문이 내 문제를 해결해주거든, 땅을 움직이게 할 기회지, 그 얘기는 땅을 움직이게 해, 땅한테 왜 중요한 문제인지는 모르겠어, 하지만, 어쨌든, 땅은 그 일에 관심이 많아, 어떤 일이 사람들과 사물들에 왜 중요한지 더 생각하지 않기로 했어, 그냥 중요해, 그뿐이야, 각자 자기 마음을 건드리는 것과 같이 사는 거지, 다른 사람들은 이해할 수 없을지 모르지만, 어차피 중요한지 아닌지 결정은 다른 사람들이 하는 게 아니야, 그 누구도 자기 아닌 다른 사람일 수 없고, 각자는 각자 자기 자신일 뿐이고, 다른 사람들하고 비슷해 보일 수 있다 해도 우선은 그리고 영원히 자기 자신일 뿐이야, 다른 사람들의 마음속과 머릿속에는 아무도 들어 있지 않아, 다행이지, 특히 머리는 다행이야, 최악의 일은 머리에서 벌어지거든, 머리에서 일어나는 일은 혼돈이야, 적어도 내 머리에선 그래, 다른 사람들 머릿속도 그다지 잘 정돈되어 있는 것 같진 않지만, 그냥 제대로 균형 잡히고 건강한 정신인 척할 뿐이지, 웃겨, 난 알아, 안다고, 내가 한번 쳐다보기만 하면 그 사람들 머릿속에 뒤죽박죽 들어 있던 게 시선으로 내려오거든, 일단

시선 속에 놓이면 더는 감출 수 없지, 시선은 감출 줄 모르니까, 시선 속에 무언가 감추겠다는 생각은 버려야 해, 그래, 맞아, 땅의 질문 얘기를 하다가 딴 데로 새어버렸네, 난 이 질문이 어떤 이유로 땅을 자극하든 상관없이 그냥 대답해버려, 물론 내 나름의 생각은 있지, 그래도 그냥 대답해, 그리고 땅이 움직이길 기다려, 그러면 아주 좋아, 그래서 난 땅의 질문에 모르겠어요, 라고 대답해, 그러면 한 번도 빠뜨리지 않고 땅이 미세하게 흔들리기 시작하지, 내가 땅을 잘 안다는 뜻이야, 땅이 분노할 줄 흔들릴 줄 알고 있으니까, 난 날 둘러싼 땅이 흔들리는 게 좋아, 땅이 흔들릴 때 기분이 좋아, 시야가 분명해지고, 그 순간엔 누군가 내 코 위에 왜 그 물건, 안경이라고 하나, 그걸 걸쳐준 것 같아, 시력이 교정되는 거지, 그러면 무슨 일이 일어나느냐, 내 눈길이 움직이면 사물들이 내 눈길로 끌려오고 내 리듬과 내 심장박동에 이어져, 움직이지 않으면 내 몸만 떨리고 다른 건 다 어긋나버려, 하지만 현실이 어긋난 건 아니야, 내가 어긋났기 때문에 현실도 그러는 거지, 맞아, 첫 어긋남은 나한테서 일어나, 내 안에서 모든 게 움직여, 나는 몸의 지진이야, 진도震度는 변해, 기분에 따라서 달라지지, 내가 조화와 평온을 되찾으려면 땅이 움직여야 해, 분노든 추위든 웃음이든 갈증이든 기쁨이든 병이든 눈물이든 흥분이든, 뭘 원하든 무조건 땅이 움직여야 해. 땅이 흔들려야 내가 살 수 있어, 안 그러면 공허가 나를 노려, 땅이 움직이지 않고 내 몸만 떨리고 있을 땐 공허가 날 위협해, 하지만 솔직히 그 때문에 혼란스럽지는 않아, 공허는 사람들이 말하는 것만큼 무섭진 않거든, 그래도 너무 오래 공허 속에 있으면 안 돼, 공허 뒤에는 두려운 다른 게 오니까, 뭐라 부르는지는 나도 몰라, 공허 뒤에 오고 내가 두려워하는 그걸 지칭할 단어는 없어, 난 부끄러움 없이 말할 수 있어, 그래서, 바로 그걸 피하려고 혹은 밀어내려고 조금 전처럼 땅이 흔들리게 도발하는 거야, 정말 그러면 돼, 땅이 흔들리기 시작하고, 난 계속 우겨, 모르겠어요, 상관없어, 모르는 건 문제가 안 돼, 알고 싶지 않아, 중요한 건, 그건…… 모르겠어…… 그게 그렇게 중요할까, 정말로? 중요한 건 나야, 나머진 중요하지 않아, 그 아이에겐 내가 중요해, 어머니인 내가, 내가 중요하다고, 아버지, 아버지는 중요하지 않아, 아이가 둘 중에 고를 거야, 아산이든 우세누든 우세누든 아산이든 중요하지 않아, 둘이 전혀 다르지만 그래도 마찬가지야, 중요한 건, 나, 모산, 어머니, 그 아이의 어머니야……

……요란하게 으르렁대네, 난 괜찮아, 괜찮아졌어, 깊은 곳에서 땅이 움직여, 뿌리들이 활시위처럼 팽팽해, 괜찮아, 난 나일 뿐 다른 여자가 아니야, 내 머리 위에서 흔들리는 망고나무 잎들이 부드럽게 속삭여, 넌 너라고, 온전히 너라고, 모든 사람이 원했던, 이제는 그 사람 말고는 누구도 다가오려 하지 않는 모산, 그가 자기 자신을 위해 와 있는지 아니면 나를 위해 있는지, 자기 질문에 답을 얻으려고 있는지 아니면 나에게 질문하려는 건지 모르겠어, 상관없어, 그는 있어, 한 번도 떠나지 않았어, 나를 구하려 하지, 뭐로부터 구해야 하는지 모르는 채로, 그래서 와서 내 곁에 앉아 있어, 우리는 말없이 각자의 과거를 생각해, 우리의 선택을 생각해, 수많은 '만일'도 생각해, 그러면 너무도 고통스럽지, 만일 우리가 이렇게 하지 않고 저렇

게 했더라면, 만일 내가 이 말이 아니라 저 말을 했더라면, 그리고 만일 그리고 만일 그리고 만일, 그만해, 후회 속에서, 과거를 고치고 시간의 길을 되짚어가겠다는 불가능한 꿈속에서 길을 잃을 뿐이야, 그리고 뼈저린 슬픔이 밀려오지, 난 그런 슬픔이 싫어, 나는 고통을 지녔고 기다림을 지녔어, 괜찮아, 난 땅의 울림을 이용하고 싶어, 땅이 분노하면 내 안의 모든 게 가라앉거든, 모든 게 정돈되지, 전부 움직이고 더는 아무것도 움직이지 않아, 분명하게 보이고, 난 오래전부터 더는 두렵지 않은 묘지 쪽을 쳐다봐, 저 묘지에 내 자리가 있어, 내 자리가 준비되어 있지, 내 무덤을 이미 파놓았어, 혹시라도 올 소식을 기다리는 것만 아니었으면 이미 오래전에 들어갔을 거야, 난 기다림의 노예야, 그 누구도 그런 노예가 되어선 안 돼, 돌아올 기약도 없이 어쩌면 돌아올 가능성조차 없이 떠나버린 걸 기다려서는 안 돼, 그런데 난 기다려, 언제부터였지, 그래, 아, 속상해, 얼마나 기다렸는지 세어봐야 짜증스럽고 헛된 일이야, 시간이나 날 달 해 이런 걸로 잴 수 있는 것도 아닌데, 영혼의 분해를 측정하는 단위가 있으면 모를까, 존재의 추락, 영적인 묵시록, 정신적이고 도덕적인 소멸 같은 거 말이야, 기다리고 있으면 그런 게 번갈아 찾아와, 혹은 기다리기 때문에 찾아와, 그래도 난 여전히 살아 있어, 이제는 공허에 익숙해져서 공허 뒤에서 말로 할 수 없는 것들과 싸워, 그게 정말 존재한다 해도 나는 알지 못하고, 어쨌든 난 살아 있고, 나의 침묵 속에 살아 있어, 쓰러지는 게 놀랍도록 오래 걸려, 쓰러지면서도 얼마나 살 수 있는지 정말 놀랍지, 앞으로도 얼마나 더 버틸 수 있을까, 오래 버티진 못할 거야, 그래도 일어날 일은 때가 되면 일어날 테지, 어쨌든 난 내 운명의 열쇠를 쥐고 있으니까 언제라도 내 마음대로 무대를 떠날 수 있어, 아직은 기다리지, 하지만 나에겐 그만둘 방법이 있어, 지금은 망치고 싶지 않을 뿐이야, 더 이상 버틸 수 없을 때까지, 고통을 더 이상 참을 수 없을 때까지 그냥 기다릴 거야, 그날이 오면 일어서서 몇 걸음 옮기고 죽은 이들의 나라로 들어가야지, 날 기다리고 있는데, 빛과 순수함의 작은 존재가 기다리는데, 그런데 내가 왜 여기 남아 있겠어, 기다림이 사람을 어떻게 죽이는지 아는 나를 왜 기다리게 해, 왜, 왜인지 모르겠어, 난 사랑하기 때문에 기다려, 간단하잖아, 사랑하기 때문에 기다리고, 사랑을 돌려받고 싶어, 기다림의 수평선엔 아무것도 나타나지 않지, 언젠가 공허한 수평선을 쳐다보기를 그치고 해방될 거야, 그날 묘지로 들어가 내 자리에 누워야지, 그 누구도 더는 나에게 고통을 안기지 못하고 왜 안 기다렸냐고 탓할 사람도 없겠지, 난 기다림의 밑바닥까지 갈 거야, 이 땅의 물을 다 마셔도 해소되지 않는, 돌아옴이라는 물방울만이 가라앉힐 수 있는 갈증의 밑바닥까지, 하지만 그 물방울과 나 사이에 거대한 사막이 느껴져, 그래도 오늘 저녁은 평화의 저녁이야, 이런 거 생각하고 싶지 않아, 땅이 움직이고, 아주 잘 보여, 괜찮아, 나아졌어, 내가 땅의 목소리한테 엘리만의 아버지가 누구인지 모른다고 대답했기 때문이야, 남자들을 화나게 만들긴 너무 쉬워, 모른다고 하고, 알고 싶어하든 말든 상관없다고, 중요한 건 내 삶뿐이라고, 그렇게 말하면 남자들은 미쳐버려, 진실을 말하고 있든 그냥 그들의 담력을 시험하고 있든 상관없어, 남자들은 미쳐버리고 몸을 떨고 으르렁대, 그러면 제일 깊은 곳, 나 혼자 너무 오랫동안 기다리고 있는 구덩이 바닥이 편안해져……

　……그런데 내가 정말로 모를까? 아버지가 누구인지 정말 모를
까? 당연히 아니지, 그런 건 저절로 알게 돼, 내 생각은 그래, 혹은
저절로 느껴져, 그러니까 난, 난 확실히 알아, 누가 아버지인지 알아,
하지만 말하지 않을 거야, 중요한 건 나니까, 어쨌든 다 지난 일이야,
지금 이대로가 좋아, 이야기 속에서 각자 알아서 믿고 있어, 그게 낫
잖아, 엘리만은 아산이 아버지라고 믿고 아산은 엘리만이 아들이라
고 믿어, 우세누는 엘리만이 조카라고 믿고 엘리만은 우세누가 삼촌
이라고 믿어, 우세누는 내가 헤픈 여자처럼 자기를 배신하고 아산에
게 간 줄 알고 아산은 후손이 생겼다고 믿으며 떠나갔어, 난 전부 보
고 있고 진실을 알아, 땅이 물으면 모른다고 대답하지, 안 그러면 땅
이 으르렁대지 않으니까, 땅이 으르렁대지 않으면 삶이 복잡해져서
싫어, 그래서 난 땅이 듣고 싶지 않아 하는 말을 해, 그러면 괜찮아
지거든, 하지만 마음속으로는 도대체 땅이 왜 내 삶에 끼어들까 궁
금해, 우세누는 어째서 그랬느냐고 묻고, 땅은 누가 아버지냐고 물
어, 제발 그만 좀 물어봐, 날 가만두라고, 힘든 부탁도 아니잖아, 날
좀 그냥 둬, 가만히, 난 엘리만의 어머니고, 엘리만에겐 오직 그것만
이 중요해, 엘리만이 떠날 때도 그렇게 말해줬어, 엘리만은 돌아오겠
다고 해놓고 오지 않았고, 난 계속 기다려, 난 엘리만을 기다려, 아산
말고, 물론 아산을 사랑했지, 우세누를 사랑했듯이 사랑했어, 하지만
내가 기다리는 건, 한 남자는 아들이라고 믿고 또 한 남자는 조카라
고 믿는, 사실은 거꾸로일 수도 있는 그 아이야, 둘이 각자 아이에게

무언가를 전해줬어, 하지만 둘 다 몰라, 그래서 땅이 미치는 거야, 그래서 으르렁대고, 그래, 으르렁대, 난 즐겁지, 너무 즐거워, 언젠가 말해줄 거야, 우세누가 도시로 찾아온 그날 난 우세누가 경비원과 다투는 소리를 들었어, 아산은 자기 없는 동안 아무도 들여보내지 말라고 경비원한테 일러두고 선교사들과 선교 활동을 떠났지. 이틀 전부터 집에 혼자 있느라 심심해서 죽을 것 같았어, 그런데 길에서 목소리가 들리는 거야, 우세누라는 걸 안 순간 이름을 부르고 달려 나갈 뻔했지, 하지만 우리가 어떻게 헤어졌는지, 그가 내 배에 대고 어떤 말을 퍼부었는지 떠올랐어, 정신 나간 흑인 여자, 명예를 잃은 여자, 난 절대 잊지 않았고 앞으로도 잊지 않을 거야, 그 말들 때문에 나갈 수가 없었어, 우세누의 얼굴을 보고 얘기하고 어떻게 지냈느냐고 묻고 널 사랑한다고, 하지만 네 형제도 사랑한다고 말하고 싶었는데, 지난 몇 년 동안 마을에서 우세누와 함께 보냈으니 이제 아산과 함께 있겠다고, 둘 다 좋다고, 각기 내가 원하는 어떤 것을 지니고 있다고 말하고 싶었는데, 그런 말을 듣고 가만있을 남자는 없지, 남자들은 온전히 갖든가 아니면 아예 안 가져, 남자들은 혼자서 가지려고 해, 그래서 말하지 않기로 했어, 그런데 경비원이 우세누에게 돌아가라고 윽박지르는 동안에, 조심스럽게, 생각이 떠올랐어, 그가 우세누에게 정신 팔린 틈을 이용해서 담을 넘었지, 난 젊었고 튼튼하고 민첩했거든, 경비원은 마당을 등지고 있어서 아무것도 못 봤어, 가련한 우세누는 눈이 안 보이니까 못 봤고, 난 그렇게 집 밖으로 나갔고, 우세누가 포기하고 돌아설 때까지 기다렸다가 멀찌감치 따라갔어, 날이 저물기 시작해서 편했지, 우세누는 석양 속에서 도시를 가로질러 갔고 나는 따라갔어, 어디로 갈지 모르는 것 같았어, 난 좀 놀랐어, 눈이 먼 이들은 더듬거리면서도 늘 자신들이 어디를 가고 있는지 정확히 아는 줄 알았거든, 아무튼 따라갔어, 도중에 몇 번이나 다가가 말을 걸고 싶었는데 매번 무언가 못 하게 붙잡았어, 그래서 멀리 떨어진 채로 걸어가며 기회를 노렸지, 마침내 기회가 왔어, 한참 걷고 난 우세누가 변두리의 허름한 여관으로 들어섰거든, 잠시 기다렸다가 따라 들어갔어, 그가 안 보이기에 조금 전에 들어온 남자가 어디 있느냐고 물었더니, 지금 식사 중인데 왜 그러느냐고 묻는 거야, 그냥 저질러버리기로 했어, 안을 둘러보니 여관처럼 보이지만 실상은 매음굴 같았거든, 남자도 여관 관리인으로 꾸미고 있지만 사실은 여자들을 관리할 테고, 그냥 저질러버리기로 했어, 돈이 필요하다고, 조금 전 길에서 만난 남자가, 그러니까 우세누가 돈이 필요하면 자기를 따라오라고 했다고, 그러기로 했다고, 망설이느라 뒤따라온 거라고 했어, 남자가 내 말을 그대로 믿는 것 같진 않았어, 설령 믿는다 해도 내 계획대로 두고 볼 것 같지 않았고, 역시나 남자가 여긴 아무나 들락거리는 데 아니라고 돈을 내라고 했고, 그래서 난 좀 나서주면 내가 받은 돈 절반을 주겠다고 했어, 남자가 잠시 망설이는 척하더니 받아들였어, 넌 젊고 몸매가 좋아, 손님이 좋아할 거야, 그러면서 여관 앞에서 기다리라고, 손님과 얘기한 뒤에 데리러 오겠다고 했어, 나는 밖으로 나가 진짜 매춘부처럼 어둠 속에 서서 기다렸어, 길 가던 남자들이 나에게 눈길을 던졌지, 욕망이 번득이는 눈길이었어, 하지만 그 욕망에는 혐오감, 자신들에 대해서든 나에 대해서든 혐오감이 어려 있었어, 정확히는 모르지만 한 가지는 분명했어,

남자들이 날 좋아한다는 거, 남자들이 날 원한다는 거, 심지어 한 남자는 너 살리마타 디알로 맞지, 하고 물었어, 아니라니까, 내 엉덩이가 그 여자하고 똑같다면서, 언젠가 네 엉덩이에 올라타주마, 이렇게 말했어, 이상하지, 말할 수 없이 수치스러웠지만 동시에 최고가 된 것 같았어, 난생처음 느껴보는 뿌듯함이었지, 성스러운 창녀, 거룩한 창녀, 저주받은 영혼들의 구원에 필요한 신성한 창녀가 된 느낌이랄까, 지나가는 남자들에게 내가 먼저 신호를 보내기까지 했지, 그때 남자가 여관에서 나왔어, 됐어 손님이 다 먹고 다 마셨으니까 이제 네가 가서 끝내, 가격도 정했어, 방으로 가봐, 멍청하게도 난 고맙다고 했어, 그리고 남자가 말한 방으로 가서 문을 두드렸어, 우세누가 들어오라고 말했지, 들어갔더니 어스름한 어둠 속에서 우세누가 옷을 미리 다 벗고 누워 있었어, 얼굴은 잘 보이지 않았지, 우세누는 아무 말도 하지 않았지만 그의 마음속에 가득 찬 분노가 느껴졌어, 그때 생각했지, 지금은 말할 때가 아니다, 그는 지금 말할 마음이 없다, 나 역시 그랬고, 내가 원한 것은 다른 거였으니까, 나는 옷을 벗고 우세누 곁에 누웠어, 그는 분노에 휩싸여 발작적으로 달려들었어, 나를 가지려 했고 나를 나에게서 끌어내려 했어, 상대할 사람이 필요했던 거야, 사실 그 혼자만 길 잃고 헤매면서 분노를 쏟아낼 배출구가 필요한 건 아니었어, 나도 내가 가진 모든 걸 쏟아냈지, 우리는 마치 싸움을 벌이듯이 몸을 섞었고, 나는 그 충동 속에서 잃어버린 관계의 진리를 봤어, 우리는 침대가 우리의 체액으로 흠뻑 젖을 때까지 싸웠어, 그가 날 알아볼 줄 알았는데, 아니었어, 분노에 사로잡힌 우세누는 심지어 내 신음을 듣고도 알아채지 못했어, 내 냄새도 내 손길

231

도 알아보지 못했지, 온전히 눈이 먼 거야, 눈만 안 보이는 게 아니라 존재 전체가 눈이 먼 인간, 그렇다고 내가 가만히 몸을 내맡기고 있진 않았어, 응답했지, 무너질 때까지, 힘이 다 빠지고 헐떡거릴 때까지, 나는 어둠 속에서 숨을 헐떡이며 그를 쳐다보았어, 어찌나 아름답던지, 뭔가 말하고 싶었지만 무슨 말을 해야 할지 알 수 없었어, 그래서 그냥 일어섰어, 옷을 입고 방을 나서려는데 그가 이름을 물었어, 왜 그랬는지 모르겠는데, 문득 누군지도 모르는, 길에서 만난 한 남자가 풍만한 엉덩이가 헷갈릴 정도로 나와 똑같다며 말해준 이름이 떠올랐어, 살리마타, 성은 뭔데?, 살리마타 디알로, 우세누가 그럼 내가 동네 사람들 입방아에 오르내리는 그 엉덩이의 주인이냐고 물었고, 나는 그렇다고, 이젠 당신도 사람들이 왜 그러는지 알 거라고 말했지, 그러고는 내 목소리를 알아보기 전에 방에서 나왔어, 하지만 어차피 우세누는 아무것도 알아듣지 못했고, 설사 내가 밤새도록 얘기했더라도 그랬을 거야, 난 돈도 챙기지 않고 그냥 나왔어, 집에 가니까, 나가는 걸 보지 못한 내가 들어오니까 경비원이 깜짝 놀랐지, 나는 신경 쓰지 말라고, 나는 새라서 날아다닌다고 말했어, 경비원은 겁에 질린 미신적인 두 눈을 크게 뜨고 내 말을 믿는 것 같았지, 난 집으로 들어가 아산을 기다렸어, 이튿날 아산이 돌아왔고, 난 남편을 그리워한 착한 아내가 되어 몸을 주었어, 그리고 세 달 뒤에 아이를 가졌다는 걸 안 거야, 내가 형제 중 하나와 같이 잔 두 밤 중 하나의 일이었지, 아산에게 임신 사실을 알렸더니 좋아서 어쩔 줄 몰라 했어, 자기가 아버지라고 확신했지, 하지만 며칠 뒤에 전쟁에 나가야 한다고, 아이와 나를 두고 가야 한다고, 우리를 위해서라고 했어, 나는 이해했어, 그는 원래 그래, 아산은 프랑스를 사랑하거든, 난 원망하지 않았어, 그러라고 했어, 아산은 전쟁이 오래가지 않을 거라고, 패배를 모르는 프랑스가 하느님의 은총으로 곧 이길 거라고 믿었어, 곧 돌아와 아기가 태어나는 것을 지켜볼 수 있다고도 했지, 하지만 난 그가 돌아오지 않으리라는 걸, 자기가 사랑하는 나라, 기꺼이 목숨을 바칠 준비가 된 그 나라에 어떤 식으로든 남아 있게 될 것임을 알고 있었어, 난 아산을 보내주기로 했어, 나한테 중요한 건 내 아이였으니까, 아산이 우세누에게 나를 맡기려고 마을로 데려갔을 때도 난 오직 아이만이 중요했어, 우세누가 날 경멸할 때도 중요한 건 아이니까, 그래서 버텼어, 우리를 쫓아내려 할 때도 이해할 수 있었고, 그냥 버텼어, 그가 나와 아기가 집에 머물러도 좋다고 했을 때, 그때도 버텼어, 그날 밤, 아산이 나에게 진한 작별인사를 할 때, 자기가 돌아올 때까지 아이를 잘 돌보라면서 태어날 아이의 이름을 지어줄 때, 난 모든 걸 받아들였어, 그리고 아산이 떠났어, 슬퍼하면서 또 동시에 행복해하면서 떠났지, 난 우세누와 남았고, 아이가 태어났고, 이름을 엘리만 마다그라고 지었어, 내 아이야, 아버지가 누구인지는 중요하지 않아, 아산이든 우세누든 아버지는 중요하지 않아, 중요한 건 내가 그 아이를 사랑한다는 거야, 나 혼자 아이를 수태한 것처럼 사랑했어, 난 정말 혼자 아이를 수태했고, 사랑했고 아이도 그걸 알아, 그러니까 지금 세상 어디에 있든 아이는 내가 사랑했다는 걸, 어머니가 기다리고 있다는 걸 알아, 이따금 잊는다 해도 마음속 깊은 곳에서 내가 기다리는 걸 알아, 그 아이를 향한 내 사랑이 생물학적 아버지가 누구인지보다 중요해, 난 알고 있지, 그 아이한테만, 만일 그 아이, 내 아들이 물어보면 말해줄 거야, 다른 사람은 아니야, 심지어 땅의 목소리, 그 남자 목소리에도 대답하지 않을 거야, 절대 안 돼, 몰라요, 계속 이렇게 말해야 해, 그래야 땅이 으르렁대고 떨리지, 그래야 내가 괜찮고, 잘 보이고, 끝이 오지 않을 기다림을 이어갈 힘이 생기지, 엘리만, 네가 어디에 있고 지금 어떤 상태이든 돌아와, 약속했잖니, 내가 망고나무 앞 묘지의 내 자리로 들어가기 전에, 어서 돌아와……

2부

조사하는 여자들과 조사받는 여자들

I

시가 D.는 한참 동안 말이 없었다. 나는 침묵이 새벽까지 이어질지 모른다는 생각을 했고, 어쩌면 정말로 그러기를 바란 것 같다. 이 이야기에 등장하는 인물들은 각자 결함을 지녔고 그 결함에서 존재론적 질문이 솟아올랐다. 질문을 보고 싶어도 뿜어져 나오는 너무도 강렬한 광채 때문에 아무것도 보이지 않았다. 우세누 쿠마흐, 토코 은고르, 아산 쿠마흐, 모산, 엘리만⋯⋯ 갑자기 내 앞에서 과거가 열렸고, 인물들의 실루엣이 복잡하고 매혹적인 안무를 펼치며 이리저리 움직였다.

그들은 그렇게 움직이는 동안 미래가 자신들을 궁금해하리란 것을 자각하고 있었을까? 더 정확히 말하자면 자신들의 삶이 언젠가, 죽고 나서 한참 뒤에 다른 삶들의 강박관념이 되리라는 걸 알았을까? 나는 문득 사진 속에서 본, 흡사 후세 사람들에게 메시지를 던지는 듯한 브리지트 볼렘의 시선을 떠올렸다. 지금까지 내가 들은 이야기 속 인물들도 볼렘처럼 후세에 모종의 전갈을 보내고 싶었을까?

당연히 아니지, 디에간, 아니고말고. 내가 나에게 말한다. 말도 안되는 소리잖아. 어떤 인간도 그런 식으로 미래를 생각하진 않아. 물론 겉으로는 인간 존재의 운동이 미지의 것을 향해 가는 것처럼 보일 수 있지. 그렇다 해도 우리의 깊은 관심은 과거야. 미래를 향해 가면서도, 우리가 지금 되어가는 중인 그 모습을 향해 가면서도 우리가 신경 쓰는 건 과거이고 우리가 과거에 어땠는가 하는 비밀이라고. 그렇다고 죽음을 향한 향수를 말하려는 건 아니야. 다만 내가 무엇을 하게 될까? 그리고 내가 무엇을 했는가? 이렇게 같은 성질의 두 가지 질문이 있을 때 더 중요한 건 두 번째 질문이라는 거지. 두 번째 질문에는 바로잡을 수 있다는 가능성, 새로운 기회의 가능성이 닫혀 있잖아. 내가 무엇을 했는가, 그 질문 속에는 영원히 이루어진 일의 조종弔鐘이 울리고 있지. 그건 올바르게 살다가 어느 한순간 분노에 휩싸여 범죄를 저지른 뒤 겨우 정신을 차린 사람이 두 손으로 머리를 감싼 채 던지는 질문 같은 거야. 내가 무엇을 했는가. 이렇게 묻는 사람은 자기가 무슨 일을 했는지 알아. 그의 고뇌, 그의 공포는 이미 저질러놓은 일의 되돌릴 수 없음을, 고칠 수 없음을 알고 있다는 데서 오지. 인간이 과거로 인해 불안해지는 제일 큰 이유는 과거가 영속적이라는, 되돌릴 수 없다는 비극적 의식을 주기 때문이야. 반대로 미래에 대한 두려움에는 언제나, 아무리 작은 것일지언정, 결국엔 실망하게 될 수 있고 아마도 그렇게 되리라는 것을 알고 있다 해도, 그래도 가능성, 이루어질 수 있음, 열려 있음, 기적의 희망이 남아 있지. 과거에 대한 두려움은 오로지 불안의 무게만을 짊어지고 있는데 말이야. 후회도 회한도 과거의 돌이킬 수 없음을 바꾸지 못해. 오히려 그 반대지. 후회와 회한은 과거의 영원성을 확인할 뿐이야. 우리는 과거에 그랬다는 것만을 후회하는 게 아니야. 영원히 그렇다는 것을 후회하는 거야.

그러니까, 디에간, 당연히 아니야, 나는 계속 마음속으로 말했다. 저 형체들은 현재를 위해 움직이지 않아. 네가 있는 현재, 네가 메시지의 의미를, 그나마 너에게 전하는 것도 아닌 그 의미를 이해하지도 못한 채 바라보고 있는 현재를 위한 게 아니라고. 저들에게 중요한 건 오로지 저들의 과거일 뿐이야. 저들은 이미 살았고, 네가 지금 저들에게 실어주려 하는 무게는 오직 너에게 중요할 뿐이야. 그건 네 욕망이고 네 질문이라고. 엘리만, 모산, 우세누 쿠마흐, 아산 쿠마흐는 너에게 아무것도 요구하지 않아. 시간 속에서 네가 그들을 찾고 있을 뿐, 그들은 널 찾지 않지. 사람들은 과거가 현재로 돌아와 계속 머문다고 굳게 믿지만, 그 반대 역시 사실일 수 있어. 아니, 더 진실일 수 있지. 우리가 우리보다 먼저 살았던 사람들을 쉽게 두지 못하고 그 곁을 떠나지 못하는 것일 수도 있다고. 우리 이야기의 진정한 유령은 우리야. 우리가 바로 우리 유령들의 유령이라고.

—이 이야기를 책으로 쓰려고 몇 번이나 시도해봤어. 시가 D.가 불쑥 내뱉었다. 그런데 아직 성공하지 못했지. 나와 너무 가깝고 너무 내밀한 이야기니까. 지금껏 모든 작품을 내밀한 경험들로 써왔지만, 이건 너무 힘들어. 그래도 서두르지 않을 거야. 언젠가 써야지. 아니면 네가 쓸 수도 있고, 안 그래?

시가 D.가 말을 멈췄다. 내가 무슨 말이든 하기를 기다리는 것 같았다. 나는 아무 말도 하지 못했다. 설마 나에게—내가 소설을 쓰는 사람이니까—그 책을 써야 한다고 말하려는 걸까? 내가 쓰라고? 어쩌면 시가 D.는 내가 그런 이유 때문에 자기를 찾아왔다고 생각하는 걸까? 잠시 후 시가 D.가 다시 말했다.

　—아버지는 썩어가던 그 방에서 자기 이야기를 들려주고 사흘 뒤에 숨을 거뒀어. 장례를 치르던 집, 슬픔에 젖은 얼굴들이 모여 있던 마당이 아직 생각나. 진심이든 꾸며냈든 아무튼 비통해진 얼굴들, 진짜든 가짜든 흐르던 눈물들, 정말로 슬퍼서든 그런 척하는 거든 슬퍼하던 의붓어머니들, 넋 놓고 있던 형제자매들이 생각나. 난 마음속으로 은밀하게 기뻤는데. 그때 처음 『비인간적인 것의 미로』를 읽었어. 묘지 맞은편 망고나무 아래서. 그곳에서라면 책의 근원이 된 이야기의 한 부분에 젖어들 수 있다고 생각한 걸까? 어쨌든 『비인간적인 것의 미로』를 읽고 또 읽었어. 읽을 때마다 흥분했지. 읽을 때마다 놀랐고. 그중에서도 처음 몇 번 동안 느낀 건 이후의 느낌과 비교할 수 없었어. 내가 보기에 엘리만은 절대적 권력에 홀려 사람들을 불태워 죽인 왕 이야기 너머로 좀 더 개인적인 이야기를 하고 있어. 자기 이야기. 자기 가족, 우리 가족 이야기 말이야. 『비인간적인 것의 미로』가 나한테 말을 걸어온 거지. 원래 모든 절대적인 책은 우리에게 말을 걸잖아. 내 아버지는 땅에 묻혔어. 난 아버지의 무덤에 가지 않았지. 가면 울었을 거야. 그래서 피했어. 그리고 의붓어머니들에게 작별인사를 했어. 셋 모두 내가 영영 돌아오지 않으리라는 것을 알았을 거야. 우리를 이어주던 다리가 끊어졌잖아. 그런 뒤에 나는 수도로 갔어. 마침내 자유로워져서. 싸울 채비를 하고서. 내가 챙긴 물건 중에 보물은 『비인간적인 것의 미로』뿐이었어. 나는 다카르에서 철학과에 입학했어. 몇 주 동안 한 외삼촌 집에 있다가 학교 기숙사 방을 구하는 데 성공했고. 방값을 낼 능력이 없었지만 상관없

었어. 그때 난 세상을 향한 갈증에 허덕였지. 세상을 쥐어짜 마지막 생명의 한 방울까지 마셔버리고 싶었어. 그래서 맹렬하게 세상 속으로 달려들었어.

　―『암흑의 밤에 바치는 비가』에 나오는 일들이 그때 얘긴가요?

　―맞아.

시가 D.가 다시 조용해졌다. 나는 시가 D.를 작가로 만들어준 첫 책 『암흑의 밤에 바치는 비가』를 떠올렸다. 그의 책 중에 내가 제일 좋아하는 책이었다. 『암흑의 밤에 바치는 비가』는 오랫동안 시가 D.를 따라다닌, 세네갈 사회의 사람들 대부분에게는 여전히 그대로 남아 있는 긴 추문의 시작이었다. 그것은 철학을 전공하는 여대생 마렘의 이야기였다. 마렘은 파괴적인 성적 욕구가 있고 동시에 광대한 고독에 젖어 있는, 사랑하려는 혹은 사랑받으려는 욕망 때문에 병든, 죽음을 향한 깊은 욕망을 지닌 여자다. 몸들과 계속 접촉하며 혹은 수많은 감정적 모험을 겪으며 그 안에서 절대의 완성을 추구하는 여자(차가운 섹스와 순진하고 고통스러운 사랑의 추구가 충격적으로 뒤섞인 끔찍한 모호성이 바로 『암흑의 밤에 바치는 비가』의 아름다움의 근원이었다). 그러한 추구를 통해 고양될지 반대로 전락할지, 삶의 강렬함이 커질지 반대로 꺼져버릴지는 알 수 없었다. 차가운 섹스와 순진하고 고통스러운 사랑의 추구, 이 두 가지를 마렘은 대학에서, 남자들 속에서, 여자들 속에서, 고독한 쾌락 속에서, 수도의 길거리에서, 어디서나 언제나 동시에 원했다. 성적 욕망에 굶주린 여자라는 시가 D.의 평판은 많은 사람들의 관심을 끌었다. 호기심 많은, 익명으로 주변에 머무는, 초라하고 술에 취해 지내는 자유분방한 인간들이 그랬고, 난잡한 품행으로 얼룩진 은밀하고 사악한 삶을 거창한 미덕을 앞세운 설교 뒤에 숨기는 미디어와 정치와 종교 영역의 인물들도 그랬다. 마렘의 몸은 사회의 성적 비참함을 비추는 거울이었다. 스스로 내세우고 갈망하는 것과 현실의 괴리로 인해 좌절하고 병들고 망가진 사회를 비추는 거울. 마렘이 어떻게 추락했는지, 왜 대학에서 쫓겨났는지도 책 속에 그려진다. 어느 날 하룻밤 손님으로 온 저명한 교수가 결정적 순간에 발기에 실패한 뒤에 마렘이 캠퍼스를 타락시킨다고 비난하며 고발한 것이다(그날 밤 그가 물컹한 물건을 세워보려고 헛된 노력을 이어가는 동안 마렘은 혼자서 성적 욕망을 채워야 했다). 마렘은 자신이 겪은 외적인 방황과 내적인 방황을 『암흑의 밤에 바치는 비가』에 모두 이야기했다. 그리고 첫 번째 자살 시도. 한밤중 아무도 없는 길에서 피 흘리며 쓰러져 있는 마렘을 알 수 없는 누군가가 구해주었다. 정신을 잃기 전 잠시 본 그 얼굴을 다시 보지는 못했다. 병원에서 나온 뒤에는 마주치는 모든 얼굴이 혹시 자기를 구해준 사람일까 한 번씩 쳐다보았다. 이어 마렘이 겪은 고독과 광기의 발작. 그리고 두 번째 자살 시도. 대서양이 그를 원하지 않고 뱉어냈다. 마렘은 달랄헬*에 입원했다. 세 달 동안 흰색의 벽, 흰옷을 입은 사람들 사이에서 지냈다. 정신분열증 환자들, 심신 미약자들, 악령 들린 사람들, 자아를 상실한 사람들이 온전한 소실과 순수한 기쁨 사이를 시계추처럼 오갔다. 병원을 나온 마렘은 다카르로 돌아왔다. 다시 소용돌이가 밀려왔다. 마렘은 끔

---

* 성 요한 의료수도회에서 운영하는 세네갈의 정신 병원.

찍한 환각과 착란 속에 다카르 거리를 헤맸다. 숯 덩어리를 주워 들고 한밤중에 다카르의 벽들을 시詩의 발작으로 채웠다. 불꽃처럼 튀는 단어들. 시가 일으킨 화재, 뜨겁게 타오르는 은유 속에서 생명이 존재를 소진시키기 시작했다. 마렘의 정신은 혼돈이었고—무질서가 아니라 혼돈이었다—그 혼돈에서 보아 뱀처럼 긴 문장들이 급류처럼 쏟아져 나왔다. 마렘은 노아의 대홍수 이전의 말들이 마치 대홍수처럼 쏟아져 내리는 물줄기에 빠졌고, 마렘의 배 속에선 대홍수보다 더 오래된 말들이 연기를 내뿜으며 솟구쳐 올랐다. 마렘은 자신의 말들이 연기를 내뿜는 이유가, 지금 막 만들어진 게 아니라 잉걸불 아래 너무 오래 있었기 때문임을 알았다. 마렘의 말은 자신의 배보다, 그 이야기보다 오래되었고, 절대의 밤에서 마렘의 밤으로 옮겨온 모든 배들의 이야기보다 오래된 것이었다. 그것은 언어를 잃고 고아가 된, 자기의 언어를 기다리는 단어들이었다. 마렘은 보아 뱀들을 부여잡고 그들의 언어를 배웠다. 그리고 쾌락을 막는 모든 억압을 향한 증오를 속삭였다. 마렘은 다른 세상을 향한, 살아본 적 없지만 밤마다 엿보는 세상을 향한 욕망을 속삭였다. 채워지지 않은 강렬한 갈증, 사랑의 갈증이 목구멍에서 타올랐다. 마렘은 소멸의 유혹에 맞서 싸웠다. 그리고 어느 날 밤 숯 조각을 들고 떠오르는 이미지를 벽에 막 써나가다가, 자기보다 나이가 훨씬 많은 한 여인, 다카르에 공직자로 와 있던 먼 아이티 출신의 시인을 만났다. 아이티의 시인은 안 그래도 마렘을 찾고 있었다고, 너무도 뜨겁고 너무도 순수한 용암으로 도시를 뒤덮는 사람이 누구인지 찾느라 몇 주 동안 시내를 헤매 다녔다고 했다. 마렘과 아이티의 시인 사이에 우정이 시작되었고, 마렘은 자기를 코라손*이라고 부르는, 여름 저녁의 우울처럼 아름다운 그 여인에게 끌렸다. 둘이 긴긴밤들을 함께 보냈다. 같이 글을 썼고, 이야기를 나눴고, 때로는 침묵했고, 또 더 드물게는 화를 냈다. 서로를 발견하기도 했다. 더 이상의 사랑이 불가능할 정도로 사랑했다. 하늘에 별이 보이지 않던 어느 날 밤에 아이티의 시인이 자기 집에서 마렘에게 말했다. 도시 위로 암흑의 밤이 펼쳐진 날이야. 삶이 우리 위에 놓인 혹은 우리를 둘러싼 암흑의 밤인 것처럼. 하지만 넌 *kёriñ*을 들고 그 암흑의 숲으로 암흑의 아름다움을, 암흑의 밤에 바치는 슬픈 노래를 썼어. 그 노래가 하늘에 혼자 떠 있었고, 나는 그 별을 따라와 널 찾았어, 코라손. 아이티의 시인은 다카르를 떠나기 전(미국에서 다른 임무를 맡게 되었다) 마렘이 다카르 아닌 다른 곳, 파리에서 계속 공부할 수 있도록 해주었다. 거리에서 죽음의 순간에 구해준 알 수 없는 누군가처럼 자신을 광기에서 구해준 시인과의 이별은 마렘에게 너무도 큰 슬픔을 안겼다. 마렘과 아이티의 시인은 헤어지기 전에 절대 변하지 않기로, 각자 또 함께 영원히 거짓 없는 말, 본질을 외면하지 않는 말, 매번 패할지라도 모든 싸움을 치러낼 용기 있는 말을 지키기로 맹세했다. 아이티의 시인은 작별인사로 마렘에게 시를 써주고 갔다. 마렘 역시 몇 달 뒤 파리로 갔다. 아이티의 시인이 대학 등록을 준비해놓았고, 작은 방의 일 년치 방세도 미리 내주었다. 마렘은 이 모든 것을 노골적으로, 세네갈 사회가 감당하기에는 잔인한, 하지만 자기 자신에게는 더 잔인한 정직

* 스페인어로 '심장, 마음'을 뜻한다. 사랑하는, 귀여워하는 사람을 부르는 말이다.

성으로 이야기했다. 세네갈 사회는 자신들에게 날아오는 모욕을 용서하지 않았다. 마렘이 *masla*의 규칙, 그러니까 정숙함, 거친 진실들은 직접적으로 말하지 않고 암시하는, 때로는 공공의 명예를 지킨다는 명목으로 감추기도 하는 그 모나지 않은 섬세함을 어겼기 때문이다. 시가 D.는 돌려 말하는 법 없이 흐릿한 빛이 아니라 정오의 환하고 날카로운 빛 속에서 말했다. 『암흑의 밤에 바치는 비가』가 출간되었을 때(1986년이었다) 그 책이 진정 무엇을 추구하는지 알아본 사람은 거의 없었다. 오히려 시가 D.와 사회의 불화가 시작되었다. 그 불화는 여전히 진행 중이다. 시가 D.는 한 번도 고국에 돌아가지 않았다. 아마도 죽을 때까지 돌아가지 않을 것이다. 하지만 그 작품들의 심장 속에는 다른 장면과 다른 이미지와 다른 열정을 이야기할 때조차도 늘 고국의 장면과 이미지와 열정이 담겨 있다.

　—그 책에 얘기 안 한 게 있어. 시가 D.가 다시 말했다. 거리에서 날 살려낸 사람과 아이티의 시인 말고 날 구해준 사람이 한 명 더 있었어. 엘리만. 사람은 몰라도 최소한 그의 책 『비인간적인 것의 미로』는 그랬어. 한동안 나는 하루도 빼지 않고 『비인간적인 것의 미로』를 읽었지. 이제 다 외울 정도야. 덕분에 지옥을 살아낼 수 있었지. 지옥을 통과하는 몇 가지 방법이 있는데, 책 한 권을 통째로 외우는 것도 그중 하나거든. 바로 내가 한 일이지. 다 외웠으니 책을 버릴 수도 있었지만, 계속 부적처럼 지니고 있었어. 이미 난 모든 걸 잃어버렸고 그 잃어버린 것들이 내 재산을 이루었지만, 그중에서 가장 소중한 것, 그래, 더는 잃어버릴 수 없는 게 바로 『비인간적인 것의 미로』였어. 그 책은 그 누구와도 나누지 않는 나의 재산이었지. 엘리

만은 내 연인이었어. 난 아무한테도, 심지어 내밀함보다 더 깊은 감정으로 이어진 아이티의 시인에게도 내 연인을 소개하지 않았어. 그 책은 나의 비밀, 나의 집착이었고, 나 말고 누구도 알고 보고 사랑해서는 안 되는 것이었지. 광기 발작, 바다에서의 시도들, 불면의 밤들, 취기, 가련하고 숭고한 고독, 그 모든 것 가운데서, 개들과 서로 차지하려고 싸우던 쓰레기 같은 짚 매트 위에서, 동전 몇 푼 내고 올라와 땀 흘리며 헐떡이는 몸들 아래에서, 광기의 지하에서, 나는 『비인간적인 것의 미로』를 펼쳤어. 혹은 암송했어. 그래서 죽을 수 없었지. 사실 정맥을 그었을 때 이미 죽음이 날 원하지 않는다는 걸 알 수 있었어. 흥건한 피 속에 누워 있는 동안에도 마음속의 문장들을 읊고 있었어. 알 수 없는 누군가 다가와 날 구해주는 것도 놀랍지 않았지. 난 그 사람이 엘리만이라고 확신했어. 그래, 내가 죽음의 문턱에서 중얼거린 문장들이 엘리만을, 아니면 그의 영혼을 불러온 거야. 얼핏 봤어도 난 그 얼굴이 엘리만이었다고 생각해. 확실하진 않아. 한 번도 본 적 없었으니까. 하지만 그의 팔에 안겼을 때의 느낌은 지금도 기억나. 사랑하는, 내가 아는 남자의 팔에 안긴 느낌이었지.

시가 D.는 말을 멈추었고 누구인지 알 수 없는, 하지만 너무도 익숙하게 느껴진 그 사람의 몸이 안겨준 감각을 되살리려는 듯 눈을 감았다.

—그래, 엘리만이었어. 엘리만일 수밖에 없었어. 시가 D.가 눈을 뜨면서 온화하고 단호하게 말했다. 난 어딜 가든 그의 책을 가지고 다녔지. 엘리만은 내 사촌이야. 나와 같은 혈통. 그의 이야기는 내 이야기이기도 해. 우리는 단순히 책을 읽는 것보다 훨씬 깊은 무언가

로 이어져 있어. 『비인간적인 것의 미로』는 고백이었어. 혹은 가족의 정신분석이었지. 그 책이 나에게 말했고 엘리만이 나에게 말했어. 나는 그가 무슨 말을 하고 있는지 알 수 있었어. 그래서 그의 목소리에 매달렸지. 그리고 나 역시 지금의 너와 마찬가지로 엘리만에게 무슨 일이 일어났는지, 그가 어디로 갔는지, 그가 무슨 일을 했고 무얼 겪었고 어떤 고통을 감내했는지, 무엇을 말하지 않고 침묵으로 간직했고 무엇을 숨겼는지, 그런 것을 생각해보기 시작했어. 엘리만 같은 사람이 그런 식으로 사라지지는 않았을 테니까. 아니 어쩌면 그렇게 사라졌을지도 모르지. 어쩌면 모든 사람이 그런 방식으로 사라지는 게 아닐까? 하지만 정말로 아무것도 남기지 않고 사라질 수 있을까? 절대적인 소멸이 가능할까? 믿기지 않았어. 난 지금도 안 믿어. 누구든 떠난 뒤에는 남는 게 있지 않아? 어쩌면 인간과 사물의 진정한 존재는 사라진 뒤에 시작되지 않을까? 안 그래? 난 부재를 믿지 않아. 오로지 흔적만 믿지. 때로 그 흔적이 눈에 보이지 않을 뿐이야. 그래도 따라갈 수는 있어. 난 이미 엘리만이 내 아버지의 기억 속에 추억으로 남겨놓은 것들을 알고 있잖아. 엘리만을 간직한 또 다른 기억들이 있을 거야. 엘리만은 분명 다른 삶들 속에서도 살았을 테니까. 그 다른 삶들을 찾아야 해. 그 삶들을 추적해서 찾아내야 한다고. 마음속 깊은 곳에서, 그래, 디에간, 정말로 마음 깊은 곳에서 난 알고 있어. 공부를 마치지 않겠느냐는 아이티 시인의 제안을 받아들인 건, 물론 사랑했지만, 그래서는 아니었어. 날 위한 것, 내 나라를 벗어나기 위한 것도 아니었고. 그래, 디에간, 아니야. 내가 그 제안을 받아들인 건 엘리만 마다그를 위해서였어. 난 엘리만을 찾기 위해 프랑스에 왔어. 1983년이었지. 숯 조각을 들고 다카르 거리를 돌아다니며, 까마득한 절벽 위에서 방황하며, 말없이 흔들리며 삼 년을 보낸 뒤였어.

II

　조사 내용을 책으로 출간한 브리지트 볼렘이 몇 주 뒤에 그 작은 마을의 묘지에 가서 늦가을의 칙칙한 하늘 아래 자기 취재원이었던 여인의 무덤을 바라보고 있는데, 마음이 이상해지며 문득 무덤 속에 누운 이가 들려준 말이 사실이었을까 하는 생각이 들었다는 거야.

　—증언이 정말로 사실일까 그때까지 한 번도 의문을 품지 않았거든요. 그런데 왜 인터뷰한 지 몇 년이 지난 그때 불쑥 그런 생각이 들었을까요?

　그래, 디에간, 브리지트 볼렘이 내게 물은 건 아니었어. 자기 자신에게 한 말이었지. 하지만 나도 생각해봤어. 왜 브리지트 볼렘은 『흑인 랭보는 진정 누구였는가?』가 이미 출간된 뒤에 취재원의 무덤 앞에 섰을 때에야 비로소 그 증언들에 의문을 품게 되었을까? 그런 의심은 기자의 기본 수칙이잖아. 브리지트 볼렘이 던진 질문 앞에서 난 이런 생각을 했어. 당신의 취재원이 죽었고 당신이 아는 한 더는 엘리만에 대해 이야기할 사람이 없다는 사실을 깨달았기 때문이다. 그래, 디에간, 난 그렇게 생각했어. 엘리만의 삶이 담겨 있던 마지막 기억이 사라졌을 때, 그 삶 위로 베일을 씌우게 될 결정적 침묵 앞에서 브리지트 볼렘이 현기증을 느꼈다고. 그래서 갑자기 마지막 증언의 진실성에 큰 중요성을 부여하게 된 거라고.

　ㅡ그건 증언이 진실인지 여부와 관련 없죠. 내가 시가 D.에게 말했다. 취재원이 진실을 말했을까 의문을 제기하는 건 그 사람이 엘리만을 마지막으로 알았던 사람이었다는 것과 관련 없어요. 그 정도는 볼렘도 알지 않았을까요?

　ㅡ그렇지 않아. 시가 D.가 말했다. 두 가지 진실은 이어져 있어. 적어도 그날 브리지트 앞에서 난 그렇게 생각했어. 죽은 볼렘의 취재원은 프랑스 땅에서 엘리만과 마지막으로 교류한 사람이었어. 그 증언이 영원히 진실로 간주된다는 뜻이지. 그런데 바로 그 증인이 엘리만과 자기 자신에 대해 한 말 중에 거짓말이 섞였을 수도 있잖아. 증인이 거짓말을 해놓고 후회했을 수도 있고 자기가 한 말을 바로잡고 싶었을 수도 있는데, 그런데 죽었어. 그 어떤 일도 더 일어날 수 없게 된 거지. 후회할 수도 자기가 한 말을 고칠 수도 없게 되었다고. 취재원의 죽음이 엘리만에 대해 남겨진 증언을 영원 속에 붙박아버렸어. 볼렘은 이미 책을 냈고, 그 안에 담긴 증언은 설령 온전히 진실이 아니더라도 후세에게 진리로 남게 된 거야. 하지만, 디에간, 너와 나만 해도 이미 그게 다가 아니라는 걸 알잖아. 엘리만의 이야기는 계속되었고 엘리만을 알았던 다른 사람들이 있으니까. 우린 엘리만의 삶이 1938년에 끝나지 않았다는 걸 알아. 1948년의 브리지트 볼렘, 무덤 앞에 선 볼렘은 알지 못했고. 볼렘은 엘리만을 알았던 단 한 사람의 증언을 바탕으로 책을 냈어. 만일 자기가 들은 증언이 거짓이라면 책의 가치가 사라지는 거고, 그래서 볼렘이 불안을

느낀 게 아닐까? 난 그렇게 생각했어.

　—무슨 말인지 알겠어요. 그랬을 것 같네요.

　—그런데 그게 아니었어. 그날 브리지트 볼렘의 말을 듣는 동안에는 그렇게 이해했지만. 잠시 침묵 뒤에 볼렘이 말했어. 지금이 1985년이죠. 내 책이 나온 게 1948년…… 아니 49년인가요? 1948년이겠네요. 그런데 읽어보긴 했나요?

　—읽었습니다. 고서상 창고에서 한 권을 구했어요.

　—이젠 그런 곳에서밖에 찾을 수 없는 책이 되었군요. 그렇겠죠…… 책이 나왔을 때도 관심 갖는 사람이 거의 없었으니까요. 1948년에 이미 사람들은 엘리만을 잊었어요. 엘리만 얘기를 더는 듣고 싶지 않았을 수 있죠. 어쨌든 책이 나오고 얼마 뒤에 유일한 증인이 죽었어요. 1948년, 그래요, 1948년 11월 초였죠. 내 증인은 분명 죽음이 다가온다는 것을 알고도 아무것도 안 해보고 그냥 죽어갔어요. 며칠 전에 당신이 만나고 싶다고 연락했을 때, 오래전 묘지에 찾아가 그 무덤 앞에서 했던 생각을 다시 떠올려보았어요. 취재원이 거짓말을 했을지 모른다는 생각을 왜 그제야 하게 된 걸까? 전에는 답을 찾지 못했었는데 이번에 한 가지 답을 얻었죠. 그건 바로 나의 취재원이 증언을 들려주는 동안 고통스러워했기 때문이에요. 바로 그 고통 때문에 난 그 여인이 진실을 말하고 있다고, 오직 진실만 말한다고 믿은 거예요. 인터뷰 내내 단 한순간도 증인이 거짓말을 하고 있거나 진실에서 벗어나 있다는 생각을 못 했어요. 내 앞에서 말하는 여인의 고통이 너무 컸기 때문이죠. 무엇보다 거짓말을 만들어낼 수 없이 순수해 보였어요. 그러다가 그날 무덤 앞에서, 고통스럽

다고 저절로 진실이 되지는 않는다는 생각이 든 거죠. 고통받는다고 해서, 그 고통의 성질이 어떻고 그 원인과 결과가 어떻든 간에, 아무튼 말한 사람이 고통스럽다고 해서 그가 한 말이 진실이 되지는 않는다는 생각 말이에요. 그렇게 그날 무덤 앞에서 비로소 내 증인이 고의든 아니든 진실을 저버렸을 수 있다는 생각을 처음 했어요. 사실은 자기 고통을 털어놓았으면서 엘리만에 대해 진실을 말했다고 믿으며 죽었을지도 모른다고 말이에요. 그날 그 묘지에서였어요. 그래서 무덤을 바라보는 동안 마음이 무척 힘들었죠. 비도 내리기 시작했어요. 난 우리가 함께 보낸 시간을, 내 증인이 자기와 엘리만 사이에 있었던 일을 들려주던 때를 다시 떠올렸죠. 『비인간적인 것의 미로』와 그 저주의 진정한 이야기, 아니, 어쩌면, 진실이라고 믿으며 들려준 이야기 말이에요. 그리고 얼마 뒤에 묘지에서 갑자기 떠올라 나에게 의혹을 품게 만들었던 그 생각이 전혀 근거가 없진 않다는 것을 알게 되었어요. 물론 그 일은 나 혼자만 알고 있죠. 어디에 쓴 적도 누구한테 말한 적도 없어요. 그때라도 전에 출간한 책의 내용을 보충해야 했어요. 그래야 했죠. 하지만 못 했어요. 우선 아무도 그 사건에 관심이 없었고, 나도 얘기를 꺼내기 두려웠어요. 그리고 이제 당신이 내가 알고 있는 얘기를 들으러 찾아왔군요.

　―정말이에요? 내가 물었다. 그래서 1985년에 브리지트 볼렘을 찾아간 거예요?

　―난 너와 달라, 디에간. 내가 사로잡혀 있는 건 작가 엘리만이 아니야. 인간 엘리만이지. 너한텐 두 가지가 뒤섞일 테지만 난 아니야. 이미 한 얘기니까 그만두자. 그래, 나는 인간 엘리만을 찾아다녔어.

너처럼 『비인간적인 것의 미로』의 뒷이야기가 아니라 바로 그 사람 말이야. 난 표절 사건엔 관심 없어. 엘리만에게서 내 관심은, 날 끌어 당기는 건, 바로 그의 침묵이야.

―나도 그래요. 그의 침묵이 제일 중요한 수수께끼잖아요.

―그럴지도 모르지. 하지만 우리는 서로 다른 침묵에 대해 말하고 있어, 디에간. 내가 말하는 침묵은 엘리만이 어머니에게, 가족에게 지킨 침묵이야. 난 그 이유를 알고 싶었어. 그는 모산에게 한 약속을 지키지 않았어. 왜 그랬을까? 왜 집으로 돌아오지 않고 왜 어머니와 삼촌에게 그러니까 내 아버지에게 연락을 끊었을까? 그가 유배를 선 택한 가장 중요한 이유, 난 그걸 알고 싶었어. 내가 『암흑의 밤에 바 치는 비가』를 쓰던 때였고, 부재하는 엘리만은 매일 점점 더 강렬하 게 내 뇌리를 파고들었지. 그래서 결국 그를 찾아 떠나기로 한 거야. 그리고 브리지트 볼렘을 알게 되었고 책을 구해 읽었지. 그 뒤에 연 락을 했고, 난 볼렘에게 사실대로 말했어.

엘리만의 사촌이라고, 그에 대해 조사하고 있다고.

―그런가요?

―그렇습니다, 마담 볼렘.

―브리지트라고 불러요.

―네, 브리지트. 그래서 왔습니다. 알고 계신 사실들을 들려주실 수 있을까요?

볼렘은 호기심 어린 눈으로 흥미롭다는 듯 날 쳐다보았어.

―엘리만의 친척을 만나게 될 줄은 몰랐군요. 엘리만에게 친척이 있다는 사실은 몰랐어요. 그는 누구한테도 그런 얘기를 한 적이 없

을 거예요.

시가 D.가 나에게 『흑인 랭보는 진정 누구였는가? 어느 유령의 오디세이아』 내용을 다 기억하느냐고 물었다. 난 내 머릿속에 전부 들어 있다고 자신 있게 대답했다. 신문 자료보관소를 찾아가 적어온 것까지 다 기억한다고 덧붙였다. 시가 D.가 이야기를 이어갔다.

─브리지트 볼렘이 일어나 서가로 갔어. 그 모습이 아직 눈에 선해. 나이 들어 등이 조금 굽긴 했지만 여전히 우아했고 옷차림도 그 유명한 스타일 그대로였거든. 벨벳 바지에 아마 셔츠, 목에 둘러 묶은 스카프. 변함없이 짧은 머리에 손가락엔 가늘고 긴 담배 파이프, 전후의 모든 전위적이고 극단적인 투쟁에, 다시 태어날 유럽을 위한 논쟁과 갈등에 빠지지 않던 멋쟁이 파이프를 끼고 있었지. 그리고 메탈그레이 색의 눈빛…… 요즘에는 찾아보기 힘든 카리스마를 풍겼지. 볼렘이 서가에서 작은 책을 한 권 꺼내 나에게 가져왔어.

─미안하지만 이걸 좀 읽어주겠어요? 이미 다 읽었다는 거 알아요. 조금 전에 그렇게 말했죠. 그래도 날 위해 이 조사 내용을 한 번 더 읽어줘요. 난 안 읽은 지 오래되었거든요. 몇 가지 상세한 내용은 이제 기억도 안 난답니다.

나는 책을 받아 들었어. 브리지트 볼렘이 다시 의자에 앉았고 담배에 불을 붙였지. 그렇게 난 볼렘이 직접 쓴 조사 내용을 읽기 시작했어.

III

흑인 랭보는 진정 누구였는가? 어느 유령의 오디세이아

B. 볼렘

    십 년 전 프랑스 문단을 요동치게 만든 놀라운 사건을 지금은 아무도 기억하지 못하는 것 같다. 그럴 만도 하다. 그사이 전쟁까지 치르지 않았는가. 하지만 1938년 가을에 일어난 그 문학적 사건은 실로 이상한 일이었다. 『비인간적인 것의 미로』와 그 저자 T.C. 엘리만의 이야기다.

    간단히 요약해보자. 1938년 9월, 세네갈 출신의 작가가 쓴 『비인간적인 것의 미로』가 제미니 출판사에서 출간되었다. 주제, 문체, 그리고 작가까지 모든 점에서 놀라운 작품이었다. 한 저명한 비평가가 아무도 이름을 들어본 적 없는 스물세 살의 아프리카 작가의 뛰어난 재능을 기려 그를 '흑인 랭보'라고 칭하기까지 했다. 『비인간적인 것의 미로』를 지지하는 측과 비난하는 측이 나뉘었다. 그런 상태가 몇 주 동안 이어졌을 때, 흑인 아프리카 지역 탐험가이자 민족학 전문가인 콜레주 드 프랑스의 교수 앙리 드 보비날이 언론에 엘리만의 소설이 세네갈 한 종족의 기원 신화를 표절했다는 글을 발표했다. 며칠 뒤에 역시 콜레주 드 프랑스의 문학 교수이던 폴에밀 바양의 글까지 나왔다. 바양은 엘리만의 책 속에서 다른 문학 작품으로부터 차용된 것을 수없이 많이 찾았다고 했다. 그것은 『비인간적인 것의 미로』와 그 저자의 죽음을 예고하는 글이었다. 곧 엘리만의 책은 최소한 절반 분량이 다른 책들에서 인용된 것이고, 거기에다 자신이 쓴 글을 정묘히 섞어놓은 콜라주임이 밝혀졌다. 제미니 출판사를 상대로 몇 건의 소송이 제기되었다. 출판사는 자신들의 과오를 인정하고 손해배상을 한 뒤 출판사를 폐업했다. 프랑스와 전 세계에 드리운 전쟁의 그림자가 짙어지던 때였다. T.C. 엘리만은 이 모든 일이 벌어지는 동안 단 한 번도 모습을 드러내지 않았다. 자기의 책과 함께 사라져버린 그의 정체를 아는 사람이 없었다. 심지어 그가 정말로 존재하는지조차 알 수 없었다. 그리고 전쟁이 터졌다. 『비인간적인 것의 미로』의 파문은 사람들의 뇌리에서 사라졌다.

　하지만 나는 그 일을 잊을 수 없었고 저자를 찾아보기로 했다. 편집자들에게 연락해보았지만 답장이 없었다. 그들이 여러 건의 소송을 마무리한 뒤 파리를 떠났다는 이야기만 들을 수 있었다.

　1939년 초에 나는 파리에 거주하는 흑인 학생들과 지식인들 사회를 탐문해보기로 했다. 사실 엘리만의 책을 두고 논쟁이 이어지던 시기에 그들이 끝내 침묵했다는 사실이 상당히 놀랍기도 했다. 양차대전 사이에 흑인 사회의 목소리를 낼 수 있는 잡지들이 이미 있었기 때문이다. 특히 〈레지팀 데팡스〉*가 그랬다. 나는 레오폴드 세다르 상고르와 인터뷰를 했다.

---

* 프랑스의 국외 영토인 마르티니크의 문인과 지식인들이 마르크스주의와 초현실주의를 기반으로 창간한 잡지. '정당방위'의 뜻.

상고르는 자신은 "신문에서 어처구니없는 말들을 떠들어댄 그 끔찍한 소설을 별로 좋아하지 않았다"고 했다. 나는 어처구니없는 말들이 어떤 거냐고 물었다. 상고르는 구두점 부호 하나하나까지 귀에 들려오는 아름다운 노래 같은 발성으로 대답했다. "앙리 드 보비날 교수를 찾아가 바세르족에 대해 물어보세요. 자기가 전문가라고 주장하잖습니까. 보비날 씨가 바세르족에 대해 한 말이 어쩌면 맞을 수도 있습니다. 그런데 문제가 있어요. 바세르족은 세네갈 부족이 아닙니다. 틀림없습니다. 그러니까 보비날 씨는 세네갈에 간 적이 없고 세네갈 민족들에 대해 알지 못합니다. 수치스러운 일이죠. 그게 아니라 정말로 간 적이 있다면 자기가 연구한 민족을 바세르족과 혼동한 거죠. 그렇다면 더 수치스러운 일이고요. 둘 중 어떤 경우이든 보비날 씨가 뒤섞어놓은 겁니다. 정확히 말하자면 날조이지요. 엘리만 씨가 왜 아무 반응도 하지 않았는지 사실 나도 이해하기 힘듭니다. 그가 조용히 있어서 보비날 씨의 억지가 더 활개 칠 수 있었다는 생각도 들고요."

나는 너무 놀라서 이튿날 곧바로 콜레주 드 프랑스로 찾아갔다. 앙리 드 보비날을 만나 상고르가 바세르족에 대해 한 말을 확인할 생각이었다. 하지만 놀랍게도 그가 1938년 연말에, 그러니까 자신의 글이 언론에 실리고 며칠 뒤 갑작스러운 심장 발작으로 사망했다는 사실을 알게 되었다.

한편 콜레주 드 프랑스의 교수이자 엘리만 사건과 관련된 또 한 사람, 폴 에밀 바양은 살아 있었다. 그는 『비인간적인 것의 미로』에 실린 문학적 표절을 밝혀낸 인물이었다. 나는 그에게 상고르가 앙리 드 보비날에 대해 한 말을 전했다. 그러자 바양 교수가 자신이 아는 것을 말해주었다. 상당히 중요한 증언이었다. "상고르 씨 말이 맞습니다. 『비인간적인 것의 미로』에 대한 보비날의 글은 정직하지 않았어요. 보비날은 아프리카 원주민 문화를 그토록 사랑하고 옹호했던 사람인데, 아무튼 말년에는 인종차별적인 글에 심취해 있었습니다. 인간의 깊숙한 수수께끼라고 할 만한 모순이죠. 그 아프리카 작가의 책이 출간되었을 때 보비날은 굉장히 분노했습니다. 그래서 바세르족의 우주 신화를 만들어낸 뒤 엘리만이라는 사람이 그 신화를 표절했다고 주장했죠. 나중에 나도 아는 한 친구에게 자기가 한 일을 털어놓았습니다. 보비날이 죽은 뒤 그 친구가 나에게 사실을 알려줬고요. 보비날은 거짓말을 했어요. 내가 밝혀낸 게 진짜 표절입니다. 문학적 표절 말입니다. 하지만 난 그런 표절에도 불구하고 엘리만이 작가라고 확신합니다.”

이것이 바로 바양이 나에게 알려준 내용이다. 상고르의 질문이 다시 생각났다. 엘리만과 그 편집자들은 보비날의 기사가 날조임을 알면서도 왜 언론에 대응하지 않았을까? 엘리만의 침묵에는 어떤 비밀이 숨어 있을까? 그 비밀이 얼마나 무거웠기에 아무 죄도 없이 그런 모략을 감내했을까?

나는 꼭 알아내고 싶었다. 하지만 전쟁이 일어났고, 손발이 묶였다. 전쟁과 나치즘에 맞서 싸워야 한다는 당면 과제 앞에서 내 머릿속을 차지했던 엘리만을 떠나보낼 수밖에 없었다.

그리고 얼마 전, 그러니까 1948년 초에 『비인간적인 것의 미로』 건을 다시 다뤄보기로 했다. 몇 주 동안의 탐문을 통해 제미니 출판사에서 근무했던 세 사람을 알아냈다. 그중 앙드레 메를을 찾아갔다(나머지 둘은 다하우*로 끌려간 피에르 슈바르즈, 제미니에서 비서로 일하다가 파리 해방 뒤 독일군과 성관계한 죄목으로 머리카락을 깎인 클레르 르디그였다). 앙드레 메를은 『비인간적인 것의 미로』가 출간되었을 때 제미니에서 회계 업무를 맡고 있었

---

* 독일 뮌헨 근교의 도시로, 나치 독일의 강제수용소가 있던 곳이다.

다. 내가 찾아간 이유를 밝히자 출판사 내에서도 샤를 엘렌슈타인과 테레즈 자코브를 제외하고는 아무도 엘리만을 본 적이 없다고 말했다. 나는 어디 가면 그 두 사람을 만날 수 있을지 물었다.

그러자 메를이 제미니 출판사에서 마지막으로 본 날 두 사람이 다투고 있었다고 했다. 엘렌슈타인은 그들 같은 사람, 그러니까 유대인들에게 파리는 더 이상 안전하지 않았기 때문에 파리를 떠나고 싶어했고, 하지만 테레즈 자코브는 파리에 남고 싶어했다고, 도망가지 않겠다고 했다는 것이다. 결국 샤를이 테레즈를 설득하는 데 성공했다. 그들이 어디로 갔는지 아느냐고 묻자, 앙드레 메를이 대답했다.

—별장이 있는 두 곳을 얘기했어요. 카자르크와 루아르 엥페리외르 지방의 타롱……

나는 일 초의 망설임도 없이 카자르크로 향했다. 루아르 지방의 도시들에는 1945년까지 나치가 우글거렸지만, 카자르크가 있는 로트 지방은 독일군 점령 초기에는 자유지역에 속했다.

나는 유대인 커플이 타롱보다는 카자르크로 갔으리라 생각했다. 며칠 뒤 로트 지방의 아름다운 계곡으로 들어갔다. 그리고 이틀에 걸쳐 주민들을 탐문한 결과, 샤를 엘렌슈타인과 테레즈 자코브가 전쟁 초기에 그곳에 와 있었던 건 맞지만 전쟁이 끝날 때까지 계속 같이 있지는 않았음을 알게 되었다. 한 부인에게 그들이 1942년에 갈라섰다는 말도 들었다. 샤를은 그해에 마을을 떠났고, 테레즈도 결국 떠나기는 했지만 전쟁이 끝난 1946년의 일이었다고 했다. 두 사람이 어디로 갔는지에 대해선 아는 사람이 없었다. "이곳에 사는 내내 둘 다 아주 은밀했어요. 예의 바르기는 했지만 다른 사람들과 말을 많이 섞지 않았죠. 자기들끼리도 별로 말을 안 했던 것 같고요."

결국 나는 사흘 뒤 카자르크를 떠났고, 샤를 엘렌슈타인과 테레즈 자코브의 흔적을 찾아내리라는 희망을 품고 타롱으로 향했다.

겨울이 끝날 무렵이었다. 타롱의 공기가 살을 에듯 차갑고 매서웠다. 대양의 바람에 밀려온 공기가 돌풍처럼 거리를 쓸고 지났다. 나는 서둘러 숙소를 구한 뒤 주인에게 샤를 엘렌슈타인이나 테레즈 자코브란 사람을 아느냐고 물었다. 그는 모른다고 대답했고, 사람을 찾는 일이라면 시장 쪽에 가서 알아보라고 덧붙였다.

나는 방에 짐을 넣어둔 뒤 동네를 익히기 위해 곧바로 밖으로 나가 걸어다녔다. 그곳은 해수욕장에서 벌어진 사건을 다루는 추리소설의 배경으로 완벽해 보였다. 그러고 보면, 흔적도 없이 사라진 작가를 찾아 오리무중의 문학적 수사에 매달리는 나 역시 추리소설을 쓰는 셈이었다.

나는 수풀이 성벽처럼 늘어선 모래 언덕을 넘어 바다로 내려갔다. 해변에 망루처럼 줄지어 솟은 낚시터들이 눈에 들어왔다. 해가 지고 있었다. 그때 이런 생각을 했던 기억이 난다. 태양이 대양 속에 들어가 잠들 듯이 T.C. 엘리만도 자기 삶에서 소리 없이 사라졌구나. 긴 피로가 목덜미를 덮쳤다. 나는 샤를 엘렌슈타인이나 테레즈 자코브를 찾아 항구의 술집들을 돌아다니는 대신 일단 돌아가 쉬기로 했다. 조사는 내일 시작하리라. 숙소에서 저녁식사를 한 뒤 『비인간적인 것의 미로』를 다시 읽다가 금세 잠이 들었다.

그런데 새벽 네 시쯤에 잠이 깨버린 뒤 다시 잠이 오지 않았다. 다섯 시에 일출을 보러 나갔다. 방파제에 누군가 이미 나와 있었다. 나는 인사를 했다. 상대가 조금 놀랐는지 내 쪽으로 고개를 확 돌렸다. 날이 다 밝지 않았지만 나는 단박에 알아보았다. 테레즈 자코브였다. 상대도 나를 알아본 것 같았다. 우리는 한동안 아무 말도 하지 않았다. 해가 다 떠오른 후에 테레즈 자코브가 말했다.

—날 찾아냈군요.

그런데 목소리가 내가 기억하는 것과 달랐다. 신경질적이고 말이 빠르던 목소리가 아닌 부드럽고 평온한 목소리였다. 나는 고개를 돌려 테레즈 자코브를 보았다. 볼이 홀쭉해지기는 했지만 여전히 젊고 아름다웠다.

—안녕하세요, 마드무아젤 자코브. 날 기억하는군요.

—기억하죠. 마담 볼렘.

—그냥 브리지트라고 불러줘요.

—그래요, 브리지트. 당신이 샤를과 나를 찾아와 엘리만에 대해 얘기했던 불편했던 인터뷰를 기억하고말고요. 아마 지금도 엘리만을 찾고 있겠죠. 하지만 여긴 나뿐이에요.

테레즈 자코브가 심하게 기침을 했다. 한참이 지난 뒤에야 기침이 가라앉았다. 폐가 좀 안 좋다고, 따뜻한 곳으로 가면 좋겠다고 했다. 나는 그 말을 동행하자는 뜻으로 이해하고 따라갔다. 테레즈는 걸어가는 동안에도 기침을 했다. 다행히 조금 전 방파제에서처럼 심하지는 않았다. 우리는 십 분쯤 걸어 파란색 페인트가 칠해진 작은 집에 도착했고 함께 거실로 들어갔다. 나는 대화를 녹음해도 괜찮으냐고 물었다. 테레즈는 상관없다고 했다. 나는 장비를 설치했고(내가 거의 늘 가지고 다니는 작은 녹음기였다), 그런 다음 실내를 조금 주의 깊게 살폈다.

—샤를의 부모님이 살던 집이에요. 테레즈가 커피와 함께 그 지역 간식거리인 퀴녜트를 내오며 말했다. 두 분 다 이 집에서 돌아가셨어요. 샤를은 외아들이었죠.

—그렇군요. 샤를은요? 어디 있죠?

테레즈는 내 앞자리에 앉아 담배에 불을 붙인 뒤 대답했다.

—샤를은 떠났어요.

—떠났다고요? 무슨 뜻이죠?

—그냥 떠났어요.

나는 더 묻지 않기로 했다. 내가 궁금한 건 엘리만이었다. 엘리만에 대해 알고 싶을 뿐, 샤를 엘렌슈타인과 테레즈 자코브의 사생활은 궁금해할 필요가 없었다. 오직 엘리만과 그의 책만이 중요했다. 그래서 샤를 엘렌슈타인에 대해 더 묻지 않기로 했다. 나는 담배에 불을 붙였다. 그날의 첫 담배였다. 우리는 한참 동안 말없이 담배를 피웠다.

—어느 기자든 찾아올 줄 알았어요. 결국 당신이 왔네요. 아직도 『비인간적인 것의 미로』에 사로잡혀 있나보군요. 영원히 풀려나지 못할 거예요. 그런 식으로 풀려날 수는 없어요. 엘리만은……

테레즈는 잠시 말을 멈췄다. 나는 녹음과 별개로 기록을 해도 되겠느냐고 물었다. 테레즈는 상관없다는 듯 애매한 몸짓을 한 뒤 하던 말을 이어갔다.

—엘리만은 악령이에요. 누구도 벗어나지 못하죠. 하지만 엘리만 자신도 악령에 사로잡혀 있어요.

테레즈는 다시 말을 멈췄다. 나는 재촉하지 않았다. 스스로 선택한 리듬에 따라 저절로 고백이 나오길 기다렸다.

—샤를과 내가 엘리만을 처음 어떻게 만났는지 얘기한 거 기억해요?

—인터뷰 때요? 바에서 만났다고 한 거요? 기억하죠.

—거짓말이었어요. 바에서 우연히 만난 게 아니에요. 샤를과 내가 엘리만을 처음 본 건 파리의 한 고등학교에서였어요. 엘리만은 스무 살이었고, 고

국에서 막 파리로 와서 고등사범학교 수험 준비반을 시작하려는 때였죠. 그 학교에서는 신입생들의 의욕을 북돋기 위해 새 학년이 시작될 때마다 고등사범학교에 들어간 졸업생 선배들을 초대했어요. 그해에는 샤를과 나도 끼었죠. 막 출판사를 차렸을 때였어요. 제일 눈길을 끈 건 당연히 엘리만이었죠. 그즈음 파리에 흑인 학생들이 점점 많아지기는 했지만 그래도 그 고등학교에서는 드문 일이었거든요. 모두 엘리만의 말을 듣고 싶어했고 그의 실력을 알고 싶어했어요. 엘리만이 어떤 사람인지, 자기들이 생각하는 이미지와 맞는지 궁금했던 거죠.

신입생들이 말할 차례가 되어 한 명씩 자기소개를 했어요. 모두 엘리만을 기다렸죠. 차례가 되자 엘리만은 마치 무덤 같은 고요 속에서 투명하고 맑은 목소리로 말했어요. "엘리만입니다. 세네갈에서 왔어요. 글을 쓰고 싶어요." 이 세 문장이 학교 안마당에서 총성처럼 울려 퍼졌어요. 잠시 침묵이 흐르다가 학생과 교사와 졸업생 사이에 웅성임이 일기 시작했죠. 뜻을 해독할 수 없는, 여러 가지가 뒤섞인 웅성임이었어요. 일부는 엘리만이 프랑스어를 한다는 데 깜짝 놀란 것 같았죠. 또 일부는 엘리만…… 엘리만…… 하면서 마치 그 이름이 부적이나 주문인 듯 중얼거렸어요. 심지어 세네갈이 어디 있는지(혹은 세네갈이 뭔지) 모르는 학생들도 있었답니다. 하지만 그날 엘리만의 말 중에 제일 중요한 건 마지막 문장이었어요. 글을 쓰고 싶어요. 그 말 속에는 무언가 순수한 게 있었어요. 자칫 십 대를 벗어나자마자 스탕달이나 플로베르를 꿈꾸는 경박한 청년처럼 우스꽝스럽고 거만해 보일 수도 있는 말이잖아요. 가볍게 할 수 있는 말은 아니었죠. 고등사범학교 수험 준비반에서는 더 그렇고요. 그곳은 제아무리 멋지게 문장 하나를 만들어낸들 작가의 그림자에도 다가가지 못한다는 사실을 깨닫는 곳이었으니까요. 그런데 엘리만의 말을 들으면서 난 그저 허풍이 아님을 느낄 수 있었어요. 물론 엘리만 자신이 증명해 보여야 하고, 버텨내고, 밀어닥칠 조롱을 견뎌내야 할 테지만요 (문명의 계단에서 유인원 바로 위에 놓이는 흑인 주제에 글을 쓰다니!). 하지만 엘리만의 목소리와 눈빛에는…… 그래요, 불길이 타오르고 있었어요. 샤를과 나는 그걸 느꼈죠.

엘리만은 첫해엔 학교 기숙사에 있었어요. 샤를과 나는 그 아이가 학교생활을 잘하고 있는지 자주 소식을 챙겼죠. 그리고 이내, 우리가 생각한 것과 달리 엘리만은 새 환경에 적응하는 노력이 필요 없다는 사실을 알게 되었어요. 마치 오래전부터 그곳에서 산 것 같다고, 마치 세네갈에서 미리 다 준비하고 온 것 같다고 했으니까요. 우리는 교사들과 계속 연락을 했는데, 엘리만이 문학과 철학 분야의 기초가 아주 탄탄하다는 말도 들었어요. 어디서 그런 기초를 얻었을까? 유럽인들이 검은 대륙을 말할 때마다 떠올리는 아프리카의 마법이었을까? 한 가지는 분명했죠. 엘리만은 다른 학생들보다 성숙했고, 지식이 뛰어났고, 그래서 경탄과 동시에 증오를 불러일으켰어요.

어느 날 가을 방학이 다가올 즈음에 샤를이 엘리만에게 솔직히 말하자고 했어요. 우린 그를 만나러 갔죠.

—우린 출판사를 하고 있어요. 이렇게 찾아온 건 학생이 한 말을 잊을 수 없어서예요. "글을 쓰고 싶어요"라고 했죠. 지금도 같은 생각인가요?

내가 옆에서 덧붙였어요. "글을 한번 보고 싶어요. 혹시 그동안 써놓은 게 있으면." 엘리만은 한참 동안 우리를 쳐다보더니 클리시 광장에 있는 브라스리 주소를 하나 건넸어요. 가끔 외출할 때 그곳에서 글을 쓴다면서요.

—방학 동안 매일 오후 세 시부터 그곳에 있을 거예요.

엘리만은 일어나 그렇게 말한 뒤 우리에게 인사하고 자리를 떴어요.

방학이 시작되자 우리는 그곳에 가서 엘리만을 만났죠. 그리고 그 뒤로 방학 내내 거의 매일 오후에 클리시 광장에 있는 그 브라스리에서 늘 같은 시간에 만났어요. 그때까진 아직 친해지지는 않았지만, 그래도 우리의 진정한 첫 토론이 시작되었죠.

엘리만은 자기 얘기는 절대 하지 않았어요. 가족에 대해, 세네갈에서 살던 때에 대해, 지금의 교양을 어떻게 쌓았는지에 대해 전혀 말 안 했어요. 엘리만의 관심은 오로지 현재였죠. 그 현재는 바로 책이었고요. 처음엔 책에 대해서도 말하고 싶어하지 않았어요. 준비가 되면 읽어주겠다면서. 엘리만은 아주 차분하고 부드러웠어요. 우리와 함께 문학에 대해서 얘기할 때만 달랐죠. 그럴 땐 기운이 넘쳤고 포식자 같고 투우장의 황소 같았어요. 방학이 끝날 때쯤 우리는 제법 친해졌죠. 특히 샤를이 그와 가까워졌어요. 몇몇 작가를 두고는 대단한 논쟁을 벌이기도 했지만, 그래도 둘은 문학적 취향이 같았어요. 어떤 날은 저녁이면 난 피곤해서 집에 있고 샤를 혼자 엘리만을 만나러 갔다가 아주 늦게 들어오기도 했죠. 셋이 같이 볼 때가 많았지만, 엘리만과 샤를이 좀 더 잘 맞았어요. 말하자면 둘은 거의 공생 관계였죠. 별로 질투 나진 않았어요. 우리는 방학이 끝난 뒤에도 이따금 만났어요. 엘리만은 책 쓰는 일이 진척되고 있다고 했어요. 우린 그를 압박하지 않았지만, 빨리 읽고 싶은 마음은 간절했죠.

그러다가 여름 동안에 모든 일의 근원이 될 사건이 일어났어요. 엘리만이 이유는 말하지 않고 프랑스 북부에 가보고 싶다고 했죠. 샤를이 우리가 같이 가면 어떻겠느냐고 했는데, 난 다른 계획이 있었고 하고 싶은 일이 있었어요. 샤를은 여정의 일부만이라도 자기가 같이 다녀오겠다고 하더군요. 그렇게 몇 주 동안, 네 주인가 다섯 주 동안 샤를과 엘리만이 같이 다니다 왔어요.

—그럼 지금은 그 여행의 목적이 무엇이었는지 아시나요? 엘리만은 어디에 갔었죠? 그 몇 주 동안 엘리만과 샤를이 무얼 했을까요?

—샤를이 돌아왔을 때 물어봤지만 대답을 피했어요. 말하지 않기로 약속이라도 한 것처럼요. 계속 물었더니 결국 대답했고, 그제야 난 왜 그 여행에 대해 말하기 힘들었는지 이해할 수 있었죠. 우리의 친구 엘리만의 내밀한 삶을 침범하는 것 같은 느낌이 들었던 거예요.

—그래서 샤를은 뭐라고 했나요?

—엘리만이 세네갈 식민지군으로 참전한 아버지의 유해를 찾아다녔다고 했어요. 일차대전 동안 프랑스 북부 지방에서 사라졌다고요.

—그래서 찾았나요?

—그건 몰라요, 브리지트. 샤를은 그 일에 대해 별로 얘기하지 않았어요. 그냥 일차대전 동안 전선이 구축되고 전투가 벌어졌던 프랑스 북부 지역의 마을들을 돌아다녔다고 했어요. 솜과 엔 지방을 중심으로요. 다른 얘기는 안 했어요. 그 한 달 동안 일어난 일은 두 사람만 알기로 한 것 같았죠. 그래서 난 더 알려 하지 않았어요. 샤를에게도 더 묻지 않았고요. 그리고 남은 휴가는 카자르크와 타롱을 오가며 보냈어요. 엘리만은 파리로 갔고요. 9월에 다시 만났죠.

—엘리만한테도 아버지 얘기를 들은 적이 없나요?

—없어요. 하지만 난 진심으로 그가 아버지에 대해 뭐라도 찾았으면 했어요. 어쩌면 엘리만은 아버지를 찾으러 혹은 아버지 이야기만이라도 찾으러 프랑스에 왔을 테니까요. 어쨌든 아버지의 흔적을 찾는 일이 엘리만을 자유롭게 풀어주었어요. 쓰고자 꿈꾸어온 소설을 쓰는 데 필요한 추진력을 얻은 거죠. 그래요, 난 그해 여름이 『비인간적인 것의 미로』를 낳았다고 믿어요.

테레즈 자코브는 마치 오랫동안 자기 안에 숨겨져 있던 진실을 마침내 표현하고 이해할 수 있게 된 듯 말없이 생각에 잠겼다. 잠시 뒤에 내가 다시 물었다.

—그런 뒤에는요?

—그런 뒤엔 엘리만이 고등사범학교 입학시험 준비를 포기하겠다고 했어요. 글을 쓰고 싶다고, 다른 건 필요 없다면서요. 학교에서는 놀라고 안타까워했죠, 엘리만이 합격할 거라고 기대하고 있었으니까요. 엘리만은 결국 학교에 등록하지 않고 건축 공사장에 일자리를 구했어요. 우리 집에 방이 있으니 와서 지내라고 했지만, 우정과는 별개로 혼자 힘으로 헤쳐 나가고 싶다고 했죠. 그때 엘리만이 일하던 작업장의 반장이, 좀 수상쩍은 사람이었는데, 아무튼 그 사람이 자기 집 방 하나를 불법으로 세놓을 수 있다고 했고 엘리만이 받아들였어요. 그때부터가 우리가 함께한 가장 아름다운 시절이었죠. 엘리만은 학업을 포기하고 새로운 생활 리듬을 찾았어요. 오전에는 여섯시부터 정오까지 공사장에서 일했고, 그런 다음 오후에 낮잠을 자고 나서 글을 썼죠. 저녁엔 술집이나 우리 집에서 모였고요. 엘리만은 그런 생활이 잘 맞는 것 같았어요. 그는 경험과 자유와 만남과 여행과 새로운 것들에 목마른 상태였죠. 예술가와 축제와 취기의 도시 파리의 신화를 느껴보고 싶어했어요. 샤를과 나는 긴 논의 끝에 엘리만을 그가 아직 알지 못하는 우리 삶의 세계로 안내하기로 했어요.

테레즈는 나에게서 나와야 하는 질문을 기다리는 듯 잠시 아무 말도 하지 않았다. 내가 그 질문을 했다.

—어떤 세계 말인가요?

—방종한 삶의 세계.

그 순간 나를 쳐다보는 테레즈 자코브의 눈 속에 희미한 도발의 빛이 어렸다. 아마도 내 반응을, 내 판단을 기다리는 것 같았다. 나는 눈을 깜빡이지도 않았다. 마침내 테레즈가 다시 말을 시작했다.

　—샤를과 나는 결혼한 사이가 아니었어요. 우린 지극히 자유로운, 쾌락 외에는 그 어떤 법칙도 따르지 않는 관계를 이어가고 있었죠. 몇 년 전부터 극단적 자유를 추구하는 사람들끼리 은밀과 가면과 그림자 속에서 즐기는 모임에 참여하고 있었고요. 그곳에선 이력 같은 거엔, 심지어 누구인지에도 관심 갖지 않았어요. 원하는 거라고는 오로지 상대를 에로티시즘의 동맹으로 만드는 것뿐이었죠.

　나는 아무 말도 하지 않았다. 테레즈가 말을 이어갔다.

　—우린 엘리만의 내밀한 삶, 그러니까 성적인 삶에 대해 별로 아는 게 없었어요. 샤를은 나보다 그와 더 가까웠으니까 어쩌면 아는 게 있었을지도 모르죠. 하지만 난 아니었어요. 엘리만에게 사랑하는 여자가 혹은 남자 연인이 있었는지 전혀 몰랐어요. 그에겐 문학밖에 없는 것 같기도 했어요. 어느 날 우리 집에서 자유롭게 그 얘길 꺼냈어요. 엘리만은 우리 말을 다 듣더니 한참 생각한 뒤에 좋다고 했어요. 그래서 우리가 가는 섹스파티에 엘리만을 초대했죠. 엘리만은 등장하자마자 사람들의 관심을 끌었어요. 원래 그런 곳은 신선함, 모르는 몸, 발견의 전율, 이런 게 최고의 즐거움이니까요. 엘리만에게는 그 모든 게 있었고 또 아프리카인이잖아요. 아는 것이 많고 깨우친 사람들이 모인 곳이었지만 아프리카인들과 그들의 성에 대한 상투적 관념은 그대로였죠. 엘리만은 곧 멋진 파트너의 명성을 얻었어요. 너도나도 그를 원했죠. 모두가 엘리만을 겪어보고 맛보고 싶어했어요. 소문대로 엘리만이 대단한 능력을 가졌는지 알고 싶어했고요.

—그럼 샤를과 엘리만과 당신, 셋이 같이 즐긴 건가요?

테레즈 자코브는 잠시 침묵하다가 다시 말했다.

—맞아요. 난 처음엔 주저했는데 샤를이 원했어요. 사실 그는 전부터 그 랬죠. 샤를은 내가 다른 남자와 섹스하는 모습을 보면서 굉장히 흥분했어요. 더구나 상대가 엘리만이라는 생각은 더 그랬던 것 같아요.

—이유가 뭘까요?

—모르겠어요. 어쩌면 엘리만에게서 자기와 닮은 일종의 쌍둥이를 보는 것 같았을지도 모르겠어요. 그냥 가설이에요. 나도 잘 몰라요.

—그럼 당신은 왜 주저했나요?

—난 그런 관계가 우리를 망가뜨릴지도 모른다고 생각했어요. 그 얘긴 나 중에 다시 하죠. 어쨌든 엘리만은 멋진 파트너였어요. 상대에게 귀 기울일 줄 알고, 상상력이 풍부하고, 격정적이고, 지치지 않고, 늘 목말라 있고, 필요 할 땐 거칠고, 그러면서 필요할 땐 부드럽죠. 뭘 하든 굉장히 강렬했어요. 섹 스를 하는 동안 엘리만의 눈빛은 마치 그의 온 영혼을 받는 느낌이 들게 했 어요. 그러니까 엘리만은…… 다른 남자들이 거의 하지 못하는 것 혹은 할 엄두를 내지 못하는 혹은 해보려고 상상하지 못하는 걸 할 줄 알았어요. 그 러니까…… 그래요…… 섹스하는 동안 그는 부드러운 바람이 되고 뜨거운 혹은 따스한 물이 되죠. 그 물이 배 속으로, 성기 속으로, 온몸으로 들어와 요. 그리고 그 물 안에 잠기게 되죠. 그 물은 하늘까지 차올라요. 샤를은 도 착적인 상상력이 대단했고, 우리끼리든 혹은 다른 사람들과 함께든 그 달콤 한 향연에 참여하는 모두를 흥분시킬 만한 에로틱한 시나리오들을 만들어내 는 데 탁월했어요. 그 방면에 언제나 뛰어난 재능을 보였죠. 겉으로는 오로 지 책만 생각하는 존경스러운 편집자의 모습이었지만.

테레즈 자코브가 허리까지 굽히며 기침을 했다. 나는 물을 가져왔다. 기침이 잦아들자 테레즈가 말했다.

—고마워요. 이제 그 얘긴 그만하죠. 당신은 엘리만의 그런 방종한 행각에 대해선 별 관심 없잖아요.

—그렇지 않아요. 저는 뭐든지 관심이 있습니다.

—이제 그 뒤 얘기를 해보죠. 1938년 초에 엘리만은 제법 안락한 집으로 이사할 수 있었어요. 그 집에 처음 우리를 초대한 날 그가 책을 끝냈다고 말했죠. 짐작하겠지만, 우리는 기뻤고 또 그만큼 놀랐어요. 빨리 보고 싶었죠. 바로 그날 저녁에 엘리만이 우리에게 『비인간적인 것의 미로』를 읽어줬어요.

테레즈는 다시 한참 동안 추억에 잠겨 있다가 말했다.

—굉장했죠. 우선 엘리만의 글이 굉장했고 그의 낭송도 굉장했어요. 전부 좋았어요. 낭송이 끝난 뒤 샤를은 눈물이 그렁하더군요. 엘리만의 원고는 하나도 고치지 않고 그대로 출간할 수 있을 정도였어요.

—표절에 대해선 전혀 몰랐나요?

—나중에 알았죠. 처음 귀로만 들을 땐 전혀 몰랐어요. 그 글에 완전히 압도됐거든요.

—엘리만은 아무 말도 안 했고요?

—안 했어요. 며칠 뒤에 샤를과 내가 엘리만이 준 원고를 다시 읽다가 몇 문장에서 이상한 점을 발견했죠. 누구 글인지 쉽게 알 수 있는 구절들이었거든요. 곧바로 확인을 했고, 다른 책에서 빌려온 글이라는 것을 알고 우린 정말 당황했어요. 빌려온 글을 자기 글 속에 어떻게 그렇게 잘 녹여낼 수 있었는지에 대해서도 놀라지 않을 수 없었고요. 난 『비인간적인 것의 미로』에 대해 그리고 엘리만의 천재성에 감탄했죠. 그래요, 감히 말하건대 그건 정말로

천재성이었어요. 천재가 아니고서는 그렇게 다른 사람의 작품들에서 떼어낸 조각으로 작품 전체를 만들 수는 없어요. 적어도 콜라주의 천재성이라고 할 수 있죠. 샤를은 좀 더 신중한 입장이었어요. 구성 솜씨가 놀랍고 이야기가 독특하다는 건 인정하지만, 그래도 도둑질이고 정직하지 못한 속임수라는 생각을 떨치지 못했어요. 독보적인, 어디서도 본 적 없는 심오한 독창성을 지닌 책이었지만 동시에 기존의 책들을 모조리 합해놓은 책이었어요. 샤를은 그런 모호성을 용납하지 못했어요. 바로 그날 저녁에 엘리만과 다시 만났고, 두 사람이 처음으로 크게 다퉜죠. 샤를은 엘리만에게 문학을 약탈했다고 비난했어요. 엘리만은 문학은 원래 약탈의 유희라고, 자기 책은 바로 그걸 보여준다고 대답했고요. 독창적이지 않으면서 독창적이기, 엘리만은 그게 바로 자기의 목표 중 하나라고, 문학은, 심지어 예술은 그렇게 정의될 수 있다고 했어요. 그러면서 자기의 또 다른 목표는 창작의 이상을 위해 모든 게 희생될 수 있음을 보여주는 거라고도 했죠. 샤를과 엘리만의 언쟁이 끝날 줄 몰랐어요. 샤를은 엘리만의 말에 전혀 동의할 수 없었고, 그럼에도 엘리만의 책이 그 안에 들어 있는 다른 작품들의 희미한 반영만은 아니라는, 그 자체로 아름답다는 사실은 부인할 수 없었으니 더 고통스러웠겠죠. 샤를은 이 상태로는 출간할 수 없다고 했고 그랬더니 엘리만이 응수했어요. "좋아요. 다른 데서 내겠어요." 난 처음에는, 그러니까 그날은 아무 말도 하지 않았어요. 수탉 두 마리가 싸우는 모습을 지켜보기만 했죠. 하지만 마음속으로는 엘리만이 옳다고 생각했어요. 결국 내가 그 말을 했더니 샤를은 미친 듯이 화를 냈죠. 놀랍지 않다고, 내가 엘리만 때문에 정신이 나갔다면서요. 조금은 질투가 났던 것 같아요. 아무리 제일 소중한 친구였어도 말이죠.

　—그래서 어떻게 됐나요?

—샤를과 나 사이에 긴장과 논쟁이 이어졌고, 며칠 뒤 샤를이 엘리만을 집으로 초대했어요. 책을 출간하는 대신 조건을 달았죠. 문학적인 인용은 인용 부호로 표시하고 다시 쓴 문장은 이탤릭체로 표시하자고요. 당연히 엘리만은 거절했어요. 샤를이 다시 그렇다면 서문이나 머리말, 혹은 일러두기를 달아서 엘리만의 글쓰기 방식을 설명하자고 했고, 엘리만이 받아들이게 하려고 필사적으로 애썼어요. 하지만 엘리만은 그 역시 거절하며 다시 분노했죠. 설명을 붙이고 일러두고 미리 단서를 주고 그렇게 이해되고 사면되는 책은 세상에서 제일 나쁜 책이라면서요. 엘리만은 결국 화가 나서 나가버렸죠. 샤를과 내가 밖으로 따라 나갔고, 엘리만을 붙잡은 샤를이 결국 출간을 받아들였어요.

—왜 샤를의 마음이 바뀌었을까요?

—모르겠어요. 아마도 엘리만이 거기까지 오기 위해 지나온 길이 떠오르지 않았을까요?

—그날 거리에서 샤를이 책을 그대로 출간하겠다고 말했을 때 엘리만의 반응은 어땠나요?

—아이처럼 울었어요. 엘리만이 그렇게 감정이 동요된 모습을 보인 건 그때뿐이었어요. 샤를도 울었죠. 같이 우리가 처음 만난 클리시 광장의 브라스리로 갔어요. 그곳에서 축배를 들었고 그런 뒤에 집으로 돌아와 미친 듯이 술과 기쁨에 취해 섹스를 했어요. 엘리만은 믿어줘서 고맙다고 했고, 바로 그날 저녁에 자기 책『비인간적인 것의 미로』를 T.C. 엘리만의 이름으로 출간하겠다고 말했어요. T는 테레즈, C는 샤를에서 딴 거죠. 그러니까 우리 둘이름의 첫 글자를 자기 이름 앞에 넣기로 한 거예요. 그리고 세 달 뒤에『비인간적인 것의 미로』가 세상에 나왔죠. 며칠 뒤에 당신이 〈라 르뷔 데 되 몽

드〉에 제일 첫 기사를 실었고요. 그 뒤론 당신이 다 아는 얘기예요.

─정확히 말하자면 다 알지 못하죠. 처음 신문에 기사들이 나올 때 엘리만의 반응은 어땠나요? 보비날이나 바양 이전에, 다른 비평 글이 나올 때요.

─굉장히 불행했죠. 그즈음 엘리만은 집에 틀어박혀 슬픔을 이기지 못했어요. 당신 동료들과 당신이 『비인간적인 것의 미로』에 대해 쓴 글이 깊은 절망을 안겼거든요. 엘리만은 당신들이 아무것도 이해하지 못한다고, 당신들 중 그 누구도 이해하지 못한다고, 전부, 심지어 자기를 옹호하는 사람들도 작품을 거꾸로 읽고 있다고 말했어요. 읽지 않았거나, 아니면 그보다 더하죠, 잘못 읽었다고 생각했어요. 엘리만이 보기에 잘못 읽는 건 죄였어요.

─당시 공쿠르상 심사위원들이 『비인간적인 것의 미로』에 관심을 가졌다는 소문이 있었어요.

─맞아요. 심사위원장이던 형 로즈니는 『비인간적인 것의 미로』의 초자연적 차원을 좋아했어요. 동생 로즈니는 반대했다죠. 뤼시앵 데카브는 대담한 책이라고, 어쩌면 지나치게 대담하다고 했다더군요. 전쟁 때 식민지군과 함께 싸웠고 세네갈 보병들을 높이 평가하는 도르즐레는 『비인간적인 것의 미로』를 지지했죠. 레옹 도데는 어느 기자한테 이렇게 말했다더군요. "이 책과 관련해 내 마음에 안 드는 건 그 출판사 사장뿐이다. 엘렌슈타인, 유대인!" 레오 라르기에는 엘리만의 언어가 괴물 같다고 했다고 들었어요. 프랑시스 카르코는 문체가 독특하다고 평했고요. 폴 느뵈는 전혀 그렇지 않다고 했지만요. 어쨌든 심사위원들 사이에서 『비인간적인 것의 미로』를 두고 이야기가 오간 건 맞아요.

─그래도 엘리만은 계속 슬퍼했나요?

─엘리만은 공쿠르상에 별 관심이 없었어요. 우리를 볼 때마다 지치지도

않고 계속 말했죠. 사람들이 자기 책을 이해하지 못한다고, 그건 죄라고요. 우리는 무력감에 빠졌어요. 뭘 어떻게 해줘도 엘리만에게 위로가 되지 못했으니까요. 그럴 때 당신이 샤를과 나에게 인터뷰를 하자고 연락해온 거예요. 엘리만은 당연히 안 하겠다고 했지만, 우리가 당신을 보러 나가는 데 반대하지는 않았어요.

—엘리만은 정확히 뭘 힘들어한 거죠? 바양 교수가 나중에 알아낸 걸 우리가 못 봤다는 것 때문인가요? 표절을? 다시 쓰기를? 뛰어난 구성 솜씨를?

—십 년이 지난 지금도 당신은 이해하지 못하는군요. 엘리만이 슬퍼한 건 당신들이 그를 작가로 보지 않고 미디어를 장식할 현상으로 보았기 때문이에요. 예외적인 흑인으로, 이념의 전장戰場으로 말이에요. 당신들은 글에 대해서, 그의 글쓰기나 창작에 대해서는 거의 말하지 않았잖아요.

—그렇겠군요. 하지만 그를 예외적인 흑인으로 본 건 샤를과 당신도 마찬가지 아니었나요?

—그렇지 않아요. 테레즈가 단호하게 대답했다. 우린 그를 예외적인 작가로 보았어요. 똑똑한 흑인이 아니라. 당신들과 다르죠. 당신들한테 엘리만은 장터에 내어놓은 짐승과 다르지 않았어요. 당신들은 엘리만을 세상에 구경거리로 내어놓았죠. 엘리만은 재능 있는 작가가 아니라 인간 동물원에 갇힌 인간이었어요. 천박한 호기심의 대상이었죠. 그래서 더욱이 모습을 드러낼 수 없었어요. 당신들이 그를 죽였어요.

—그를 죽인 건 앙리 드 보비날과 폴에밀 바양이죠. 그들이 표절 얘기를 했잖아요. 하물며 보비날의 글은……

—날조된 거였죠. 네, 나도 알아요. 보비날이 죽은 것도 알아요. 1938년에 그의 글이 발표되었을 때 우린 곧바로 엘리만에게 갔어요. 엘리만은 그

교수가 거짓말을 하고 있다고, 바세르족은 세네갈 부족이 아니라고, 보비날이 신화를 지어냈다고 했어요. 그래서 샤를이 보비날의 글에 반박 기사를 내자고 했죠. 엘리만은 거절했고요. 그냥 가만히 있겠다고, 뭐라고 떠들든 반응하지 않겠다고 했어요. 어느 날 우리가 엘리만의 집으로 찾아갔어요. 폭우가 쏟아지던 날 밤이었죠. 우린 엘리만에게 이기주의자라고, 어떻게 혼자 뒤로 빠져 있을 수 있느냐고 몰아붙였어요. 책을 출간한 우리는 힘들게 최전선에서 싸우고 있지 않느냐면서. 샤를은 해명 글을 내겠다고, 엘리만이 원하든 원하지 않든 책과 출판사를, 우리 모두를 둘러싼 불명예를 씻어내겠다고 했어요. 거짓말이 제미니를 죽이려 하는데 손도 못 써보고 당할 수는 없다면서요. 엘리만은 하지 말라고 버텼고요. 그러느라 둘 다 언성이 높아졌죠. 결국 손이 올라갔어요. 덩치가 큰 엘리만이 우세했죠. 샤를이 몸 사리지 않고 달려들었지만 당할 수 없었어요. 옆에서 내가 그만두라고 소리 지르는데도 둘 다 듣지 않았어요. 그러다 순식간에 일이 벌어졌죠. 샤를이 이마에 피를 흘리면서 바닥에 거의 반쯤 뻗은 채로 쓰러졌어요. 엘리만이 말했죠. "다 그만두겠어요. 다." 그러면서 나를 쳐다보았어요. 너무나 많은 게, 애원과 기도와 고통이 그리고 눈물이, 또 사랑이 담긴 눈빛이었죠. 하지만 끝내 말은 하지 않았어요. 엘리만은 물건 몇 가지를 챙겨 폭우가 쏟아지는 밖으로 나가버렸어요. 그날 이후 난 엘리만을 다시 보지 못했고요.

　나는 잠시 조용히 있다가 다시 물었다.

　—그날 이후 한 번도 못 봤다고요? 정말로 끝이었어요?

　—그래요. 한참 뒤에 편지 한 번 받은 게 다예요. 그렇게 엘리만이 나가버린 뒤 나와 샤를만 아파트에 남았죠. 엘리만의 아파트에 말이에요. 나는 샤를을 챙겨주고 상처를 치료해주었어요. 샤를은 말도 안 되는 바보짓이었다

고 했어요. 울면서, 다 자기 때문이라고, 괜히 글을 쓰게 해서 엘리만을 끌어들였다고 후회하더군요. 그 순간에 난 화가 났어요. 그의 나약함이 싫었고 특히 그의 생색내기, 그 오만함이 싫었어요. 어떻게 자기가 아니었으면 엘리만이 글을 쓰지 않았을 거라고 생각할 수 있죠? 하지만 아무 말도 하지 않았어요. 우리는 계속 남아서 엘리만이 돌아오길 기다렸어요. 밤이 다 가도록 엘리만은 돌아오지 않았죠. 그 이튿날도 마찬가지였고 우리는 결국 집으로 돌아왔어요. 그러고도 며칠이 지나도록 엘리만한테선 연락이 없었어요. 아파트 관리인에게 가서 물어봐도 최근에 한 번도 못 봤다고 했고요. 우리는 최악의 상황을 걱정하기 시작했어요. 그가 갈 만한 곳을 모두 찾아보았죠. 카페, 술집, 공원, 서점, 우리가 함께 갔고 그가 좋아했던 곳 전부 다 가봤어요. 우리가 데려간 적 있는 자유분방한 모임들까지 다 훑었지만 엘리만은 어디에도 없었어요. 사라졌어요. 결국 사람 찾는 광고를 내려고 준비하고 있는데, 바양의 글이 나왔어요. 그 글은 죽어가는 우리의 마지막 숨통을 끊었죠. 그는 진짜 표절 부분들을 찾아내 공격했고 직접 우리를 비판했어요. 언론도 달려들었고, 표절 대상이 된 작가들의 상속권자들이 보상을 요구하면서 법적 절차까지 시작되었죠. 엘리만 사건을 겪는 동안 샤를과 나에겐 그때가 최악의 순간이었어요. 사방에서 협박 편지들이 날아왔고, 법원에서 유죄 판결을 받았고, 여론은 우리를 십자가에 매달았어요. 엘리만이 나타나지 않으니 모든 책임이 우리에게 돌아왔죠. 저자가 안 보이니 다들 출판사를 공격했어요. 제미니를 닫기 전에 이미 배포된 『비인간적인 것의 미로』를 전량 회수해서 폐기해야 했어요. 서점뿐 아니라 책이 있을 법한 창고들도 전부 확인해 빠짐없이 없앴죠. 남아 있던 재고도 다 없앴어요. 그런 뒤에 남은 돈은 재판 비용으로 쓰고, 소송을 제기한 상속권자들에 대한 보상도 해야 했어요. 직원들 임금도 줘야 했고요. 그러고 나니 돈이 거의 남지 않았죠. 우리는 회사를 닫았고, 살던 작은 아파트를 처분한 뒤 파리를 떠났어요. 샤를이 그러자고 우겼죠. 일단 로트 지방의 카자르크로 가서 소나기가 지나가길 기다리기로 했어요. 난 사실 그러고 싶지 않았어요. 무엇보다 카자르크의 집, 부모님이 나한테 유산으로 남겨준 그 집이 싫었거든요. 하지만 또 다른 이유도 있었어요. 그렇게 떠나고 나면, 정말로 파리에 다 버려두고 가는 것 같았어요. 우리의 꿈, 우리의 젊음. 그리고 엘리만까지.

—재판이 진행되는 동안에는 엘리만 소식을 전혀 듣지 못했나요?

—전혀요. 그때 우리는 챙겨야 할 일이 너무 많았고 너무 조급하기도 해서 엘리만의 집이든 다른 어디든 찾아볼 여유가 없었어요. 그저 격동의 시간이 끝나기만 기다렸죠. 엘리만은 재판에도 오지 않았고 편지 한 통 없었어요. 어디서도 볼 수 없었죠, 우린 그가 죽었다고 생각했어요. 어쩌면 차라리 그게 낫겠다는 생각까지 했죠. 적어도, 차라리 죽은 거라면 연락이 없는 상황을 이해할 수는 있었으니까요.

—그렇다면 엘리만은 그 몇 주간의 재판 동안에 어디에 있었던 걸까요?

—모르겠어요. 편지에도 그 얘긴 없었어요.

—편지는 언제 왔죠?

—두 해 뒤, 그러니까 1940년 7월 초였어요. 카자르크에 머문 지 일 년 반쯤 지났을 때였죠. 우린 전쟁 때문에 당분간은 그곳을 벗어날 수 없었어요. 그래서 그의 주소로 편지만 여러 번 보냈죠. 하지만 답장을 받지 못했어요. 그러다 그 편지가 온 거예요.

—뭐라고 쓰여 있었나요?

테레즈 자코브는 곧바로 대답하지 않았다. 그냥 잠시 날 쳐다보기만 했다.

—개인적인 내용이에요.

　—부탁할게요, 마드무아젤 자코브.

　—소용없어요, 브리지트. 그리고 제발 마드무아젤 자코브라고 부르는 것 좀 그만둬요. 그냥 테레즈라고 불러요. 그 편지는 정말 개인적인 내용이었어요. 편지 마지막에 뭐라고 썼는지 그것만 알려드릴게요. "이제 모든 게 이루어졌고, 이루어져야 합니다. 나는 이제 나의 집으로 돌아갈 수 있습니다."

　—집으로 돌아간다고요? 세네갈로?

　—아직도 이해하지 못하는군요. 전쟁 때였잖아요. 프랑스는 점령 상태였어요. 어떻게 세네갈로 돌아가겠어요. "이제 나의 집으로 돌아갈 수 있다"는 말은 오직 한 가지 의미일 수밖에 없었어요. 나는 다시 글을 쓸 거다.

　—그렇다면, 모든 게 이루어졌고, 이루어져야 합니다, 이 말은요?

　—형刑을 다 치른 후에 다시 시작하겠다는 뜻이겠죠.

　—무슨 형이요?

　—1938년도에 당신을 포함해서 모든 사람이 그에게 형벌을 내렸잖아요. 이해받지 못하는 형벌 말이에요. 모든 게 이루어졌다는 말은 마침내 깨달았다는 뜻이에요. 문학에선 이해받는다는 게 드문 일이고, 작가라면 완전히 이해되지 않기 위해 무슨 일이든 해야 한다는 걸 깨달았다는 거죠. 이해되지 못할지도 모른다는 불안에서 풀려났기 때문에 이제는 글을 쓸 수 있다. 그런 뜻이었어요.

　—당신의 해석이군요.

　—다른 해석이 가능하다면 얼마든지 말해봐요.

　—그 편지가 아직 남아 있나요?

　—그렇다 해도 보여줄 수는 없어요.

—엘리만에게 답장을 썼나요?

—아뇨. 엘리만이 자기 주소를 쓰지 않았어요. 게다가 전쟁 초기에 샤를과 나는 카자르크에서 살아남느라 너무 바빴어요. 힘든 시절이었죠. 그리고 이미 말했지만 난 카자르크의 집을 좋아하지 않았어요. 어린 시절의 나쁜 기억이 남아 있는 집이거든요. 하지만 그 집에 살기 더 힘들었던 건 샤를을 향한 분노가 점점 커졌기 때문이었어요. 난 파리에 있고 싶었고, 파리를 떠난다 해도 카자르크만큼은 절대 가고 싶지 않았거든요. 샤를이 파리는 우리를 기다리는 올가미라고, 시골에 가 있는 게 낫다고, 레지스탕스 조직을 찾아봐야 한다고 했어요. 실제로 그런 조직을 알아냈고 막 그들과 접촉이 되려는데, 아무런 말도 없이, 1941년 어느 날 아침에 샤를이 떠나버렸어요. 일어나 보니 없더군요. 이틀 뒤에야 그가 보낸 편지를 받고 어디 있는지 알았죠. 그 뒤로 어디로 갔는지 모르겠지만, 아무튼 샤를은 돌아오지 않았어요. 그 전선에서 샤를이 보내온 한 통의 편지는 말하자면 그의 작별인사였어요. 난 샤를이 속죄를 원한다고 생각했어요. 속죄하는 모습을 나에게 그리고 자기 자신에게 보여주고 싶었던 거라고요. 엘리만을 버린 걸 후회하기 시작한 거죠. 내가 알았으면 떠나게 두지 않을 테니, 적어도 혼자 떠나게 두지 않을 테니, 그래서 알리지 않고 가버렸고요. 떠난 후에 단 한 번 보내온 편지에서 샤를은 앞으로 사흘 연달아 편지가 없거든 자기가 죽은 줄 알라고 했어요. 그런 뒤로 더는 편지가 없었고요. 나는 그가 하려는 말을 이해했어요. 난 아무것도 할 수 없었죠. 결국 전쟁이 끝날 때까지 카자르크에 숨어 있었어요. 내 방식대로 레지스탕스를 도우면서요. 그리고 1946년에, 그러니까 이 년 전에 이곳 타롱으로 왔어요. 난 샤를이 그리워요. 난 그를 사랑했어요. 애도의 인사는 안 해도 돼요. 계속하죠. 그럼 엘리만은? 그를 사랑했느냐고요? 엘리만

은 다정한 남자는 아니었어요. 하지만, 브리지트, 그렇다고 사랑할 수 없는 남자도 아니었죠. 그에게선 소리 없는 폭력이 뿜어져 나왔어요. 그의 앞에 있으면 그 폭력을 잠재우고 싶은지, 함께해서 덜어주고 싶은지, 피하고 싶은지, 최대한 멀리 던져버리고 싶은지 도저히 알 수 없게 됐지요.

—1940년 7월의 편지 이후에 더는 소식이 없었나요?

—맞아요. 하지만 샤를이 떠난 뒤에 난 이따금 엘리만이 가까이 와서 날 지켜보고 있다는 느낌을 받았어요. 물론 내 상상의 결과였겠죠. 엘리만도 샤를처럼 전쟁 중에 죽었을 수 있어요. 시간이 가면서 난 1940년 7월에 보내온 그 편지가 작별인사였다고 이해했어요.

나는 아무 말도 하지 않았다. 한참 뒤 테레즈 자코브가 나를 쳐다보며 말했다.

—자, 브리지트, 이제 내가 하고 싶은 말은 다 한 것 같아요. 나에게도 어떤 식으로 보자면 모든 게 이루어졌어요.

이어 테레즈는 피곤하고 기침 때문에 힘들다고 말했다. 인터뷰는 끝났다. 나는 고맙다고 인사한 뒤 숙소로 돌아왔다. 그리고 오후 내내, 이어서 밤새도록 한잠도 안 자고 먹지도 않고 계속 썼다. 그리고 다시 고쳐 썼다. 이틀 뒤 다시 테레즈 자코브를 찾아가 원고를 읽어보겠느냐고 물었다. 테레즈는 관심 없다고, 내 마음대로 하라고 했다. 그리고 잘 가라고 인사했다. 나는 타롱을 떠났다.

파리로 돌아온 뒤 나는 몇 가지를 더 확인할 수 있었다. 엘리만이 1935년부터 1937년까지 파리의 고등학교에서 얼마나 뛰어난 학생이었는지 그 흔적을 확인했고, 파리 경시청에서 외국인 명부에 등록된 그의 이름을 찾았다.

엘리만 마다그 디우프. 하지만 사실상 테레즈 자코브가 들려준 이야기, 지금 독자들이 읽고 있는 이야기에 내가 더한 것은 아무것도 없는 셈이다.

어쩌면 내 조사는 실패였는지도 모른다. 흑인 랭보는 진정 누구였는가? 이 물음이 글의 제목이다. 이제 이 책을 끝까지 읽고 나니 그가 누구였는지 알게 되었는가? 이 책을 덮으며 우리는 T.C. 엘리만이라고 불렸던 엘리만 마다그 디우프가 누구인지 알게 되었는가? 그런 것 같지 않다.

나의 조사를 통해서 엘리만이 프랑스에 처음 왔을 때, 파리에서 살 때, 특히 『비인간적인 것의 미로』를 쓰던 때에 대해 조금 더 알게 되기는 했다. 엘리만의 삶이 절대적 신비에 싸여 있다는 사실을 고려할 때 그 정도의 조명도 나름의 의미가 있는 것은 사실이다. 또한 『비인간적인 것의 미로』가 어떤 방식으로 쓰였는지, 완전히 의도적으로 다른 많은 작품들을 가지고 만들어낸 그 창작 방식에 대해서도 좀 더 알게 되었다.

엘리만이 어떤 작가였는지 그리고 어떤 인간이었는지 판단하는 것은 내 몫이 아니다. 그것은 후세가, 물론 여전히 『비인간적인 것의 미로』에 관심이 있다면, 알아서 할 일이다. 우리는 엘리만이 당시의 소용돌이를 어떤 방식으로 치러냈는지에 대해, 그리고 그의 생활 태도와 성격과 생각에 대해 일부 알게 되었을 뿐이다. 엘리만이 무척 명민했고 머릿속에 수많은 책을 담고 있었다는 것도 알게 되었다. 하지만 그것만으로 그의 영혼이 어땠는지까지 알 수는 없다.

테레즈 자코브가 1940년에 받았다는 편지 이후로 엘리만의 소식은 완전히 끊겼다. 알다시피, 1940년 이 나라에서는 실로 많은 끔찍한 일들이 일어났다. 엘리만 역시 그 비극적 사건들에 휩쓸렸을 수 있다. 하지만 알 수는 없다. 어디에선가, 어쩌면 이 나라에서 살아가고 있는지, 어쩌면 이 글을 읽게 될지, 어쩌면 바로 이 순간에 미소 띤 얼굴로 읽고 있을지. 아프리카로 돌아 갔을 수도 있다. 한 가지 분명한 것은, 테레즈 자코브가 말한 대로 그는 문학 속에서 자신의 진짜 나라를, 어쩌면 유일한 나라를 찾았다.

이제 글을 마치며 나는 엘리만을 생각한다. 그가 어디 있건 상관없다. 그리고 엘리만의 친구였던 테레즈 자코브와 샤를 엘렌슈타인을 생각한다. 그들에게 이 이야기를 바친다.

전기적 요소 3

샤를 엘렌슈타인은 어디서 끝을 맞는가

1

파리가 가까워진다. 엘리만은 어디 있을까? 샤를 엘렌슈타인은 막막하다(엘리만이 아직 파리에 살고 있는지도 확실하지 않다). 무엇보다 파리의 분위기를 짐작조차 할 수 없다. 물론 소문은 들었다. 하지만 샤를 엘렌슈타인의 교양과 기질로는 도저히 믿을 수 없었다. 그는 적어도 인간이라면 넘지 않을 선이 있다고 믿고 인간의 지혜를 믿는 사람이었다. 그런데 그의 귀에 들어온 소문들에는 그 어느 것도 남아 있지 않다. 혐오스러운 말들.

사실 엘렌슈타인은 진정한 유대인이라고 할 수 없다. 그는 유대인의 문화와 관련 없이 살아간다. 토라와 탈무드에 대해서도 전적으로 지적인 관심을 가질 뿐이다. 테레즈와 마찬가지로 샤를은 스스로 유대인이라는 사실에 별다른 의미를 두지 않은 채 살고 있고, 그의 상상력도 유대인으로서의 정체성과 아무런 관련이 없다. 유대인임을 내세운 적이 없고, 그런 생각조차 거의 없이 살아간다. 지난 몇 년 동안 반유대주의 분위기를 보면서 슬퍼하고 때로 분노했을 뿐이다. 엄밀히 말하면 샤를이 자신의 유대인 정체성을 떠올리는 순간은 다른 사람이 그의 이름을 듣고 짚어낼 때뿐이다. 사람들이 얘기를 꺼내면 샤를은 빙그레 웃으면서 자기는 얼떨결에 유대인이라고 대답하곤 한다.

그는 작별인사도 하지 못한 채 헤어진 친구를 떠올린다. 후회가 밀려온다. 그래서 파리에 온 것이다. 지난 일을 바로잡기 위해서다(엘렌슈타인은 그런 일이 가능하다고 믿는 부류에 속한다). 그는 엘리만을 위해 파리에 왔고, 또한 테레즈를 위해 왔다. 그리고 조금은 자기 자신을 위해 왔다.

며칠 전 카자르크에서 샤를은 더는 버티기 힘들 만큼 강한 죄책감에 시달렸다. 경멸이 담긴 테레즈의 눈길도 견디기 힘들었다. 더는 비겁하게 숨어 지낼 수 없다는 생각이 들었다. 그는 테레즈에게 알리지 않고 혼자 파리에 가보기로 했다. 나치 점령지역과 자유지역의 경계를 브로커의 도움으로 넘었다. 브로커가 그에게 목숨이 위험한 일이라고 했다.

1942년 7월. 테레즈와 샤를이 엘리만을 만나지 못한 지 거의 사년째다(1938년 말부터였다). 그들이 보낸 편지에 엘리만은 딱 한 번 답장을 했다. 1940년 여름이었다. 일종의 작별인사 같은 그 편지는 이렇게 끝났다. "이젠 모든 게 이루어졌고, 이루어져야 합니다. 나는 이제 나의 집으로 돌아갈 수 있습니다." 그들이 마지막으로 만난 건 폭우가 쏟아지고 모든 일이 엉망진창이 되어버린, 자칫 비극적 사고가 생길 뻔한 날, 레퓌블리크 광장 근처의 꼭대기 층 엘리만의 방에서였다.

어쨌든 알고 있는 마지막 주소이기에, 샤를은 그곳부터 가보기로 한다.

2

어느 정도 짐작하기는 했지만 샤를은 엘리만이 더는 그곳에 살지 않는다는 사실에 속상하고 당혹스럽다(아무리 마음의 준비를 해도 실망은 늘 힘겨운 법이다). 관리인(전에 있던 여자다)이 엘리만은 전쟁 전에 떠났다고, 확실하다고 말한다. 어디로 갔는지 모르느냐고 묻자 그 아프리카인이 원래 말이 없었다고, 자기 생각에는 파리 남쪽 포르트 도를레앙 근처로 간 것 같다고 대답한다. 근거도 없는 막연한 정보지만, 그래도 손에 쥔 유일한 단서다. 샤를 엘렌슈타인은 단서라고 이름 붙이기도 민망한, 무성한 밀림 속에서 작은 잡목들이 바스락거리는 소리나 다름없는 그것을 따라가보기로 한다.

걸어서 시내를 가로지르는 동안 자꾸 멈춰 서서 심호흡을 하게 된다. 몇 걸음만 걸어도 가슴이 터질 것 같다. 아직 젊고 건강한데 왜 이럴까. 아마도 파리 공기를 너무 오랜만에 접해서 숨 쉬기 힘든가 보다 생각한다. 결국 지나가는 자전거 택시*를 불러 세운다. 어깨가

---

* 나치 점령하의 파리에서 연료 부족으로 자동차 이용이 어려워지자 자전거 택시가 등장했다.

넓고 다리 힘이 센, 조용한, 파리를 잘 아는 건장한 남자가 그를 포르트 도를레앙까지 데려다주기로 한다. 자리에 깊숙이 들어앉아 밖을 바라보면서 샤를은 왜 조금 전 심장이 마구 뛰는 느낌이었는지 깨닫기 시작한다. 눈을 감아본다. 심장박동이 거의 정상으로 돌아온다. 하지만 그 순간 오히려 더 큰 불안이 밀려온다. 불안의 원인은 이곳 파리가 알아볼 수 없는 곳으로 변했다는 느낌뿐 아니라 파리가 자기를 알아보지 못한다는 느낌 때문이다. 아니, 보다 정확히 말하자면, 파리는 그를 완벽하게 알아보고 있다. 파리의 모든 길이 그가 누구인지 알고 있고 모든 건물이 그를 쳐다보는 것 같다. 도시 전체가 그의 이름을 중얼거린다. 샤를은 겁에 질린다. 두려움을 달래려 애쓴다. 혼자 있을 때만 두려움이 가라앉는다. 그는 무사히 호텔 방을 구한다. 포르트 도를레앙에서 몇백 미터 정도 떨어진 쿠에딕 가의 에투알 호텔이다.

샤를 엘렌슈타인은 마음을 가라앉힌 뒤 편지를 쓴다. 테레즈가 걱정하지 않도록 자기가 어디 있고 또 왜 갑자기 떠났는지를 설명한다. 그런 뒤에는 파리에서 보낸 첫날이 어땠는지 말하고, 보고 싶다고 하고, 이튿날 뭘 할 건지 말한다(엘리만과 마주치게 될지 모른다는 기대를 품고 포르트 도를레앙 주변을 걸어 다니고 아마도 구청까지 걸어가볼 계획이다). 편지 끝에 그는 테레즈에게 토로한다. 나치에게 점령된, 독일군 장교와 병사들이 가득한, 벽마다 나치의 포스터와 하켄크로이츠가 붙어 있는, 사람이 거의 없는, 곳곳에 노란색 별들이 박혀 있는 파리를 걸어 다니는 동안에 아무래도 자기는 죽어야 한다—그는 죽어야 한다, 죽고 싶다, 죽을 수 있다 사이에서 한참을 망설이다가 결국 자신의 모호한 상황에 어울리는 죽어야 한다 쪽을 선택한다—는 감정을 느꼈다고.

막연한 두려움을 품고 편지를 부치러 나간다. 밖으로 나가보니 도시는 더 이상 샤를의 이름을 속삭이지 않는다. 두려움이 흐려진다. 그날 밤 잠이 든 샤를의 꿈속에 아버지 시몽 엘렌슈타인이 나타난다. 아버지는 유대교 회당의 중앙 통로에 서서 누군가와 논쟁 중이다. 샤를은 알아본다. 히틀러 총통이다. 그런데 두 남자가 하는 말은 알아들을 수 없다. 그들은 아랍-독일어에 히브리어가 섞인 이상한 혼종 언어를 쓰고 있다. 히틀러의 연극적인 몸짓 속에서 대성당의 오르간 선율 같은 목소리로 주어지는 혼종 언어는 날이 녹슬고 고장 난 프로펠러처럼 요란한 소리를 낸다. 부자연스러운 몸짓을 이어가는 총통과 달리 시몽 엘렌슈타인은 지극히 절제된 동작과 함께 침착하게, 단호하게 말한다. 샤를은 눈앞에 놓인 두 가지 웅변 양식, 존재 양식의 대조가 희극적인지 비극적인지 알 수 없다(적어도 꿈속에서는 그렇다. 잠을 깨고 다시 생각해보면 명확해진다). 논쟁 중인 두 남자에게서 몇 미터 떨어진 자리에 또 다른 남자가 앉아 있다. 그는 기도하는 것 같다. 어쩌면 자고 있고, 또 어쩌면 그저 몽상에 빠진 것 같다. 샤를은 남자의 뒷모습이 자기 같다고 생각한다. 샤를 엘렌슈타인은 다가간다. 아돌프 히틀러와 시몽 엘렌슈타인 사이를 지난다. 두 남자 모두 알아채지 못한다. 자신이 사람들 눈에 보이지 않는 손님이 된 것 같다. 샤를은 아버지를 보고, 아버지와 아들이 턱선이 똑같이 생겼다는 어머니의 말이 맞다는 생각을 한다. 제국 지도자의 얼굴은 오래 쳐다보지 않는다. 히틀러의 얼굴이 맞는데 그 얼굴을 보면서 놀라지 않는다. 샤를은 논쟁을 이어가는 두 사람을 두고 좀 더 멀리 앉아 있는 남자 쪽으로 다가간다. 분명하다. 자기 자신이라고 생각한다. 하지만 다가가 보니 남자의 얼굴은 샤를이 아니다. 엘리만이다. 엘리만은 자고 있지 않다. 죽어 있다. 샤를이 공포에 휩싸여 비명을 지르려는데 갑자기 아버지의 목소리가 (프랑스어로) 울려 퍼진다. 샤를, 넌 그에게 더 해줄 수 있는 게 없다. 이어 히틀러가 말한다(혼종 언어이지만 샤를은 직관적으로 알아듣는다). 널 위해서 할 수 있는 것도 없어.

잠이 깬다. 온몸이 흠뻑 젖어 있다. 잠시 정신이 멍하다. 샤를은 악몽을 꾸었을 뿐이라고, 소문이나 악몽은 믿을 게 못 된다고 마음을 달랜다. 물을 한 잔 마시고 다시 잠이 든다. 나머지 밤은 평화롭다.

3

독자들은 인생에 대해 어느 정도 알고 있으니 이미 짐작할 테지만, 이튿날 샤를 엘렌슈타인은 우연히 거리에서 엘리만을 마주치지 못한다. 대신 오후가 시작될 무렵 예기치 못한 이와 조우한다. 알레지아 가의 벤치에 앉아 이런 시국에 파리에 와 있다는 게 어처구니없는 혹은 자살에 가까운 행위가 아닐까 자문하고 있을 때, 한 여자가 지나가다 되돌아와 그의 앞에서 걸음을 멈춘다. 엘렌슈타인 씨? 고개를 든 샤를 엘렌슈타인은 상대를 알아보지 못한다. 한 번도 본 적 없는 여자다. 상대는 그들이 아는 사이임을 말해주는 혹은 암시하는 공모의 미소를 짓는다. 샤를은 누구일까 알아내느라 기억의 밑바닥을 휘저어본다. 소용없다. 여자가 말한다.

　—샤를, 맞죠?

　—네, 그런데…… 미안합니다, 제가……

　—제가 그렇게 많이 변했나요? 저예요, 클레르, 마드무아젤 르디그.

샤를 엘렌슈타인이 0.5초 동안 계속 갈피를 잡지 못한다. 곧이어 마드무아젤 르디그의 얼굴이 그 이름과 짝을 이루면서 기억이 떠오른다. 제미니 출판사에서 몇 년간 비서로 일했던 사람이다. 그런데 얼굴을 잊다니, 큰 실례를 범했다. 샤를은 당황하며 사과하고, 상대가 변한 게 아니라(거짓말이다) 자기가 생각에 빠져 있느라(정말이다) 그랬다고 대답한다. 샤를은 사과의 뜻으로 음료를 한 잔 살 수 있게 해달라고 청하고, 클레르 르디그는 안 그래도 약속 시간까지 조금 남았다며 수락한다. 그러면서 아예 자기 약속 장소로 가자고 한다. 두 사람은 오 분 정도 거리에 있는 브라스리로 들어간다. 클레르는 홍차를 주문하고, 샤를은 맥주를 주문한다. 대화는 저절로 제미니로, 까다롭지만(혹은 그렇기 때문에) 제한된 독자를 만족시킨다는 야망을 지녔던 작은 출판사가 탄탄하게 운영되던 시절로 돌아간다. 『비인간적인 것의 미로』가 그들의 대화 위에 그림자를 드리우지만 엘렌슈타인도 클레르도 그 책을 직접 언급하지는 않는다. 엘렌슈타인은 클레르에게 회사가 문을 닫은 이후 다른 일자리를 찾았느냐고 묻는다.

— 일자리보다 더 중요한 걸 찾았어요, 샤를, 남자를 찾았거든요. 곧 결혼할 것 같아요.

샤를 엘렌슈타인은 축하 인사를 건넨다. 클레르 르디그는 고맙다고 한다. 그런데 조금 머뭇거리는 것 같다. 눈치 챈 샤를이 이유를 묻는다. 클레르가 잠시 망설이다가 대답한다.

— 결혼할 남자가…… 이해해주시겠죠, 분명 그러리라 믿어요. 엘렌슈타인 씨는 열린 분이니까. 그러니까…… 독일군 장교예요. 클레르가 서둘러 거의 애원조로 덧붙인다. 하지만 보통 독일군 장교들과는 달라요!

샤를 엘렌슈타인은 몇 초 동안 대답할 말을 찾지 못한다.

—충분히 있을 수 있는 일이죠. 내가 뭐랄 수 있는 일이 아니고요.

그들은 잠시 말이 없고, 그러다 엘렌슈타인이 침묵을 깨며 혹시 출판사에서 일했던 피에르 슈바르츠와 앙드레 메를 소식도 아느냐고 묻는다. 클레르는 모른다고 대답한다. 그런 뒤 대화가 어색해지는 것을 막기 위해 옛 고용주가 파리에는 무슨 일로 와 있는지 묻는다.

—떠나신 줄 알았어요. 다시 파리에서 지내시는 건가요?

—아뇨, 떠났어요. 어제 올라왔어요. 이 근처 쿠에딕 가의 작은 호텔 에투알에 묵고 있어요.

—저도 아는 곳이에요. 회사가 문을 닫고 그곳에 일자리를 알아보았거든요. 결국 다른 호텔에 취직했지만요.

—그렇군요…… 내가 파리에 온 건……

조금 전 클레르가 그랬던 것처럼 잠시 머뭇거리던 샤를이 말을 잇는다.

—엘리만을 찾으러 왔어요.

—엘리만요?

—네.『비인간적인 것의 미로』의 저자, 기억할 거예요…… 한 번도 본 적 없다는 건 알지만, 그래도……

—본 적 없죠. 그런데 요제프는 봤어요. 요제프가 정말 그 사람을 만났어요. 나한테 말해줬어요.

—조금 전 말한 독일군 장교 이름이 요제프인가요?

—맞아요, 그 사람이에요. 요제프는 엘리만을 만났어요. 엘리만의 책이 아니었으면 요제프가 나한테 먼저 말을 걸지도 못했을 테죠.

샤를 엘렌슈타인은 잔을 비운다. 클레르가 그동안의 일을 이야기한다. 출판사가 문을 닫은 뒤 클레르는 몽파르나스 쪽 아름다운 저택을 개조한 호텔의 접수데스크에서 일하게 된다. 새 일을 시작한지 세 달쯤 되었을 때 전쟁이 터진다. 1940년 독일군이 프랑스 전선을 무너뜨리고 파리로 진격해올 때 많은 동료들이 떠나갔지만 클레르는 파리에 남기로 한다. 자기 일이 좋았기 때문이고 갈 곳이 없기도 했다. 그곳은 아주 멋진 호텔이다. 점령군이 오자마자 그곳을 징발하고 장교들의 숙소로 배정한다. 군화 소리가 쩌렁쩌렁하고 어깨에 황금 작대기 견장이 달린 흠잡을 데 없는 제복 차림의 독일군 장교들이 호텔 안을 마치 열을 지어 걸어가는 고대 그리스 집정관들처럼 우아하고 도도하게 걸어 다닌다. 그중에 파리 주둔 독일군 사령부의 황태자들 중 하나인 요제프 엥겔만 대위가 있었다. 그는 프랑스를 좋아하기로 정평이 난 사람으로, 전쟁 전 파리에 몇 차례 머문 적이 있다. 프랑스 시에도 조예가 깊어 원어로 읽을 정도다. 물론 단어나 이미지를 미처 다 따라가지 못하는 때도 있다. 특히 그가 그 어떤 시인보다 훌륭하다고, 로트레아몽과 보들레르와 랭보가 위치한 성스러운 성좌보다 높이 있다고 믿는 말라르메를 읽을 때 그렇다.

하지만 프랑스와의 공방전에서 엥겔만이 보여준 군사적 무공과 용기를 보면 그 누구도 조국에 대한 그의 헌신에 의혹을 제기할 수 없다. 심지어 그는 전투에서 단호함과 잔혹성으로 돋보였다. 일부러 거칠고 분노에 싸인 행동들을 보여줌으로써 자신에 대한 의심을 남겨두지 않으려는 의지였을 것이다. 프랑스가 패하자 그는 다시 온화하고 예민한 탐미주의자로 돌아온다. 행정 업무를 처리한 뒤 나머지 시간에는 언제나 책을 읽고 희귀한 책들을 찾아다니고 사랑하는 도시의 거리를 거닌다. 그는 혼자 있기를 좋아하는, 사람들과 같이 있기보다는 작품들과 같이 있기를 좋아하는 사람이다. 물론 사교계 모임에 이따금 등장해 에른스트 윙어*와 이야기를 나누기도 한다. 사람들이 요제프 엥겔만을 에른스트 윙어와 비교하기도 하지만, 그의 위상은 결코 윙어에 비견될 수는 없다. 바라지도 않는다. 엥겔만은 작가가 아니고, 작가가 되고 싶다는 유혹도 없다. 시를 읽고 좋아하는 것으로 충분하다.

엥겔만은 호텔 데스크에서 이따금 마주친 클레르 르디그를 눈여겨본다. 상관이 클레르를 내보내고 순수 혈통의 독일인 여성을 고용하려 하자 나서서 그 자리를 지켜준다. 그는 베르사유 조약 이전에 알자스에서 태어난 클레르 르디그는 프랑스 사회에 완벽하게 편입되기는 했어도 스스로 독일인임을 자각하고 있다고 주장한다. 게다가 프랑스어만큼 독일어도 잘하는 것은 현 상황에서 확실한 이점이라고, 프랑스를 통치하는 데 소중한 도움을 줄 거라고 주장한다. 엥겔만은 프로일라인 클레르가 마음에 들었다. 하지만 여자에게 접근하는 일에 조금은 구닥다리 사고방식을 지닌 남자인지라 오랫동안 행동으로 옮기지 못한다. 그런데 어느 날 파리 시내를 거닐러 나갔던 그가 한 도서 수집가한테서 헐값으로 산 책을 들고 호텔로 돌아온다. 그는 접수데스크에서 클레르에게 완벽한 프랑스어로 이 책을 아느냐고, 막 산 책인데 읽고 나서 압도되어버렸다고 말한다(물론

---

* 독일의 작가이자 군인. 독일군 사령부 소속으로 파리에 머물렀다.

이어지는 대화는 독일어로 진행되고, 엥겔만은 독일어 역시 투명하도록 분명하게 말한다).

　─『비인간적인 것의 미로』였어요. 클레르가 말한다. 우리가 낸 책 『비인간적인 것의 미로』였다고요. 제목하고 제미니 출판사의 로고를 보고 내가 얼마나 놀랐는지 몰라요. 그때 내 표정을 보고 요제프는 아마 자기 때문에 뭔가 고통스러운 기억이 되살아났다고, 혹은 자기가 뭔가 하지 말았어야 할 말을 했다고 생각했을 거예요. 하지만 곧 정신을 차리고 내가 왜 그런 반응을 보였는지 말해주었죠. 요제프 역시 신기한 우연의 일치라며 놀라워했어요. 무엇보다 그 사람은 『비인간적인 것의 미로』를 둘러싼 이야기에, 표절이 행해진 방식에, 그리고 아무도 본 적 없고 아직도 엘리만이 누구인지 아는 사람이 없다는 사실에 매료되었죠. 그러면서 나에게 책의 내용도 설명해줬어요. 정화淨化의 불을 통해 이루어지는 정신적이고 미학적인 상승의 추구에 대한 알레고리라면서요. 솔직히 말하면, 샤를, 난 그때까지 『비인간적인 것의 미로』를 안 읽었어요. 그래서 요제프와 그 책 얘기를 할 수 없었고, 그냥 그가 문학에 대해 길게 말하는 걸 듣기만 했어요. 그날의 대화 이후 우리는 매일 만났죠. 요제프는 안 그래도 신사적인 방식으로 접근할 기회를 기다려왔는데 『비인간적인 것의 미로』가 그 기회를 만들어주었다고 고백하더군요. 그 뒤로도 그 책 얘기를 자주 했죠. 자기는 그 책의 주제에, 그 책의 운명에 매혹되었다고도 했어요. 그는 엘리만이 흑인일 리 없다고 생각했고 문학적 속임수라는 가설로 기울었어요. 샤를, 당신에 대해서도, 엘리만과의 관계가 어땠는지, 지금 어디 살고 있는지 물었어요(알지 못해

서 말할 수가 없었죠). 그는 당신이 이 모든 일을 꾸몄다고 생각하는 것 같았어요. 그런데 우리가 만난 지 몇 달 지났을 때, 저녁에 흥분해서 호텔로 돌아온 그 사람이 이렇게 말했어요. 찾았어요. ─뭘요? 뭘 찾았다는 거죠? ─T.C. 엘리만, 그 사람을 찾았어요. ─정말요? 요제프는 그런 뒤에 좀 이상하고 정신 나간 것 같은 말들을 늘어놓았어요. 알아들을 수가 없었죠. 어쨌든 그는 말라르메의 시에서 주사위를 던지듯이* 우연히 엘리만을 만났다고, 여섯 시간 동안 쉬지 않고 대화를 나누었다고 했어요. 놀랍게도 엘리만이 정말 흑인이었다고도 했고요. 그러면서 이렇게 말했어요. 그는 이지튀르**예요, 인간 정신의 계단을 내려온, 사물의 밑바닥까지 내려간 이지튀르, 마인 립헨***, 바다에 없는 무無의 방울을 마신 이지튀르, 결국 밤 속으로 사라진 이지튀르예요. 하지만 진짜 기적이 다가오고 있어요. 엘리만이 지금 쓰고 있어요. 클레르, 마인 샤츠****, 그가 책을, 세상의 종착점이 될 책을 쓰는 걸 봤어요. 요제프가 이렇게, 거의 이렇게 말했어요. 그는 건장하고 튼튼한 사람이었는데 그날은 열이 나는 것 같았고 이마를 짚어보니 정말로 뜨거웠어요. 내가 서둘러 보살펴준 뒤에 요제프가 잠이 들었는데, 깨어난 뒤에 처음 한 말이 엘리만을 독일 제국

---

* 절대와 우연을 이야기한 말라르메의 시 「한 번의 주사위 던지기가 우연을 없애지 못한다」를 환기한다.
** 사후 출간된 말라르메의 미완성 극시(劇詩). 종족의 마지막 계승자인 이지튀르는 우연을 없애라는 책 속의 예언을 따르기 위해 조상들의 무덤이 있는 지하로 내려간다.
*** '내 사랑' '나의 연인'을 뜻하는 독일어.
**** '나의 보물'을 뜻하는 독일어.

의 지도자들과 만나게 하고 싶다는 거였어요. 그들의 병에 대한 비밀을, 해결책을, 치료법을 엘리만이 가지고 있다면서요. 하지만 당장은 아팠어요. 사흘 동안 일어나지 못했죠. 나한테 『비인간적인 것의 미로』를 읽어달라고, 그러면 진정될 것 같다고 했어요. 그렇게 나의 남자에게 읽어주느라 나도 드디어 그 책을 읽었어요. 끔찍했지만 끝까지 가고 싶었고, 어차피 그 책은 선택권을 주지 않았어요. 요제프는 몸이 회복되자마자 엘리만을 만난 곳으로, 엘리만이 글을 쓰고 있던 카페로 달려갔어요. 하지만 엘리만은 이미 누구도 알 수 없는 곳으로 사라진 뒤였죠. 요제프는 며칠 동안 헛소리를 하다시피 했어요. 엘리만을 찾지 못해 미칠 듯이 화가 나 있었죠. 다행히 시간이 가면서 점차 나아졌어요. 이따금 엘리만 얘기를, 난 누군지 알지 못하는 그 이지튀르 얘기를 하지만, 그래도 이젠 괜찮아요. 요제프는 자기가 왜 그렇게 열이 났었는지 스스로도 잘 이해하지 못하는 것 같아요. 요즘도 가끔 엘리만이 나타나길 기대하며 그 카페에 가곤 하죠. 하지만 엘리만은 이제 그곳에 없어요. 연기처럼 사라졌어요.

클레르의 이야기가 끝난다. 엘렌슈타인은 클레르를 잠시 쳐다본다. 머릿속이 불타는 것 같다.

—그 일이 있었던 게 언제죠?

—여섯 달쯤 전이에요.

—여기, 파리에서?

—네.

—요제프가 엘리만을 만난 곳이 정확히 어디인지 알아요?

—카페라고 했어요. 그런데 카페 이름은 기억이 안 나요. 요제프

가 말해줬는데 잊어버렸어요. 그런데, 잠깐만요…… 직접 물어보면 되죠. 저기 오네요. 오늘 만날 사람이 요제프거든요.

엘렌슈타인이 고개를 든다. 요제프 엥겔만이 들어오고 있다. 풍채가 좋은 남자다. 군복 때문에 그렇게 보이는 게 아니라 내면에서 풍겨 나오는 분위기다. 그를 바라보는 손님들의 시선에도 적의가 없다. 오히려 경탄의 시선이다. 군복 차림일 뿐 사실은 예술가라고 생각하는 것이다. 클레르가 일어선다. 두 사람이 포옹하며 인사를 하고 독일어로 몇 마디를 주고받는다. 이어 클레르가 프랑스어로 돌아와 엘렌슈타인을 향해 미소 지으며 독일군 장교에게 말한다.

―샤를을 소개할게요. 오랜 친구예요. 처음 만나지만 이미 당신이 아는 사람이에요. 샤를도 이젠 당신을 알고요.

엘렌슈타인이 일어선다. 두 남자가 악수를 한다. 과도한 남성성의 과시 같은 것은 없다. 엥겔만 대위는 정말 아는 사람인지 긴가민가하며(그래서 클레르를 쳐다본다) 만나서 반갑다고 인사한다.

―샤를은 제 예전 사장님이에요. T.C. 엘리만의 책을 낸 분이죠. 『비인간적인 것의 미로』를 낸 분이라고요. 안 그래도 그 얘기를 하던 중이었어요.

두 남자는 계속 상대를 쳐다본다. 이제 자신들이 연결되었음을 깨닫는다.

―T.C. 엘리만의 책을 출간한 분을 만나게 되다니 무척 기쁘군요. 독일인이 말한다. 기가 죽는 느낌인걸요. 당신이 부럽습니다. 그런 글을 처음으로 읽는다는 건 특혜니까요.

―감사합니다, 대위님. 최근에 엘리만을 만나셨다고요.

─맞습니다. 엥겔만이 대답한다. 특별한 영광을 누렸죠, 샤를. 저도 요제프라고 부르시죠.

요제프는 클레르와 샤를이 앉은 테이블의 의자 하나를 빼고 맥주를 주문한 뒤 앉는다. 잠시 친분을 쌓는 대화가 오간 뒤 샤를이 독일군 장교에게 엘리만을 어디서 만났는지 말해줄 수 있느냐고 묻는다. 엥겔만이 주소를 일러준다. 그가 아는 곳이다. 테레즈와 함께 엘리만을 처음 만났던 곳, 클리시 광장의 브라스리. 샤를 엘렌슈타인이 그곳에 가면 엘리만을 만날 수 있을지 모른다는 기대를 품는다고 생각했는지, 요제프 엥겔만이 서둘러 자기도 다시 보고 싶어 찾아가보았지만 그날 이후 엘리만이 한 번도 안 왔다고 말한다. 그러면서 그곳 단골손님들이 하나같이 엘리만은 원래 그렇다고, 몇 달 동안 사라졌다가 어느 날 갑자기 나타난다고 말했다고 덧붙인다. 엘렌슈타인은 자기도 안다고 대답하지만, 마음속으로 생각한다. 당신이 엘리만을 다시 만나지 못한 건 그가 당신을 다시 보고 싶어하지 않기 때문이라오, 대위. 그는 사라진 게 아니라 숨는 거고, 그를 아는 브라스리의 손님들 모두가 그가 숨을 수 있게 도와주는 거라오. 그는 엘리만이 자기는 피하지 않으리라고 생각한다. 난 그의 친구니까.

샤를은 클리시 광장에 가면 브라스리 주인이 자기를 알아보고 어디 가면 엘리만을 만날 수 있는지 알려주리라 확신한다. 그러자 희망이 되살아나고 기분이 좋아진다.

엘렌슈타인과 엥겔만 그리고 클레르 르디그의 대화는 곧 엘리만을 떠나 다른 주제로 넘어간다. 독일인은 탄탄하고 풍부한 교양을 지녔고 그 교양을 겸손하고 섬세하게 사용한다. 엘렌슈타인은 떠도는 소문들은 다 엉터리라고, 저 대위가 절대적인 증거라고 생각한다. 한 시간 동안 이야기를 나눈 뒤에 샤를은 먼저 가보겠다면서 일어선다. 그는 엘리만이 있으리라 생각하는(아니 확신하는) 곳에 가보고 싶다. 클레르에게 작별인사를 하고 자기를 알아봐줘서 고맙다고 인사한 뒤 악수를 하기 위해 엥겔만에게 손을 내민다. 상대의 튼튼한 손이 그의 손을 움켜쥔다.

—만나서 반가웠습니다, 샤를. 아이젠슈타인이죠?

—네?

—아이젠슈타인. 성이 아이젠슈타인 아닌가요?

—엘렌슈타인입니다.

—아, 실례를 범했습니다. 엘렌슈타인이군요. 그래도 어차피······ 그 성도······ 분명히······

샤를은 그가 말하려는 문장의 끝을 짐작한다. 이미 독일군 대위의 눈이 말하고 있다.

—유대인 맞습니다. 샤를이 말한다. 유대인입니다. (그는 한순간 가만히 있다가—그 한순간이 사실은 한세상이다—다시 말한다.) ······얼떨결에 유대인이죠.

아주 잠시 침묵이 흐른 뒤 두 남자가 똑같이 웃음을 터뜨린다. 특히 독일군 대위가 크게 웃는다. 웃음이 가라앉은 뒤 그가 말한다.

—참으로 재미있는 유대인식 유머로군요! 얼떨결에 유대인이라니! 희한한 일이지만 불가능하진 않겠군요. 그렇다 해도 걱정할 필요는 없을 겁니다. 직접 생각 안 하고 얼떨결에 유대인이라 해도, 다른 사람들이 대신 생각해줄 테니까요.

―그러겠죠. 샤를이 고개를 숙인다. 요제프 엥겔만이 다시 큰 소리로 이번에는 혼자 웃는다. 그리고 그때까지 잡고 있던 엘렌슈타인의 손을 놓는다. 클레르가 곧바로 엘렌슈타인의 팔을 잡으며 조심스럽게 말한다.

　―걱정 말아요, 샤를. 요제프는 달라요, 다른 사람들과는…… 정말이에요…… 그래요, 당신도 알겠지만, 소문이 많잖아요. 수용소 얘기, 일제단속 얘기, 유대인 강제수용소 얘기…… 다 말도 안 돼요. 안 그래요, 요제프?

　―그렇고말고요, 내 사랑! 말도 안 되는 얘기예요! 우스꽝스럽고 말도 안 되는 얘기죠.

　클레르 르디그는 사랑과 믿음이 담긴 눈으로 독일군 대위를 바라본다. 독일군 대위는 샤를 엘렌슈타인의 눈을 바라보며 빙그레 웃는다. 엘렌슈타인도 이유를 알지 못한 채 아마도 예의상 짓는 미소를 지어 보인다. 그가 돈을 내려 하자 엥겔만이 자기가 치르게 해달라고 청한다. 적어도 이 정도는 해드릴 수 있잖습니까. 엥겔만이 말한다. 엘렌슈타인은 고집 부리지 않고 고맙다고 말한 뒤 그곳을 나선다.

　그는 엘리만을 만나기 위해 곧바로 엥겔만이 주소를 알려준 브라스리로 간다. 하지만 엘리만을 만나지 못한다. 그를 알아본 지배인이 거리마다 나치들이 돌아다니게 된 뒤로 엘리만이 전보다 더 꼭꼭 숨어버렸다고 알려준다. 피부색 때문이지, 지배인이 말한다. 알다시피, 목숨이…… 괜히 목숨이 위험해지는 상황은 피하려는 거야. 하지만 당신이 들렀다는 걸 전할 수는 있어요. 어디 사는지는 모르지만, 그래도 가끔 사람이 거의 없을 때 눈에 안 띄게 나타나기도 하니까.

엘렌슈타인은 클리시 광장의 브라스리에서 한참을 더 기다려본다. 엘리만은 나타나지 않는다. 엘렌슈타인은 그만 돌아가기로 하고, 떠나기 전에 짧은 편지를 써서 지배인에게 건넨다. 매일 저녁 여섯 시부터 그곳에서 기다리겠다는 내용이다. 보고 싶다고, 테레즈도 보고 싶어한다고, 그렇게 헤어진 게 후회된다는 말도 덧붙였다. 마지막으로 클레르 르디그와 엥겔만 대위 이야기도 쓴다. 이런 시기에 독일군 장교에게 고마워하게 되는 일이 생기리라고는 생각도 못 했어. 하지만 아마 너도 만난 적 있는 그 엥겔만이란 사람 덕분에 이곳에서 우리가 다시 만날 가능성이 생긴 건 사실이지. 엘렌슈타인은 편지를 지배인에게 건넨 뒤 호텔로 돌아와 다른 편지를 쓰기 시작한다. 이번에는 테레즈 자코브에게 보내는 편지다.

(혜안이 있는 독자들은 엘렌슈타인이 그 편지를 결코 쓸 수 없었음을, 혹은 썼다 해도, 어둠 속에서 두 눈빛만 번득이는, 끈질기게 숨어서 엘렌슈타인이 돌아오길 기다리던 그림자가 방문을 두드린 순간 없애버렸을 것임을 알 것이다. 독자들은 또한 엘렌슈타인이 어떻게—그리고 어디서—끝을 맞게 되는지 알 것이다. 하지만 샤를 엘렌슈타인은 밤의 어둠과 안개에도 불구하고, 암흑에 둘러싸인 채 섬광처럼 번득이는 두 눈빛에도 불구하고, 끝까지 그 어떤 이름도 주소도 비밀도 내어주지 않았다.)

4

다 읽고 나서 보니까, 브리지트 볼렘은 눈을 감은 채로 미동도 없었어. 시가 D.가 말했다. 어찌나 오래 그러고 있는지, 디에간, 아주 잠깐이지만 어쩌면 내가 책을 읽는 동안에 잠든 게 아닌가 싶었지. 그래서 헛기침을 하려는데, 브리지트 볼렘이 눈을 감은 채로 말했어.

—몇 군데 제법 괜찮은 대목이 있기는 하지만, 전체적으로 내 조사는 실패예요. 그다지 잘 쓴 것 같지 않아요. 그렇죠?

나는 아무 말도 하지 않았어. 브리지트가 눈을 뜨고 날 쳐다보면서 다시 말했지.

—난 너무 부족한 인터뷰 기자였어요. 십 년 동안 엘리만을 생각해왔으면서, 1948년에 타롱에서 테레즈 자코브를 만났을 때 꼭 해야 했던 질문들을 하지 못했다니, 정말 형편없잖아요. 더는 내 글을 읽는 사람이 없고 T.C. 엘리만이 누구인지 관심 있는 사람도 없어서 다행이죠.

—그러더니 정말로 허심탄회하게 웃기 시작했어. 디에간, 난 어떻게 반응해야 할지 모르겠더라고. 그래서 볼렘이 자기 자신에 대해, 스스로 실패라고 믿는 조사에 대해 혹은 1985년에는 엘리만이 누군

지 아는 사람이 없다는 사실에 대해 웃고 있는 모습을 가만히 보고 있었어.

—정말로 브리지트 볼렘의 조사가 실패했다고 생각해요? 내가 시가 D.에게 물었다.

—아니, 그렇지 않아. 실패한 게 아니라 불완전했지. 어차피 모든 걸 다 밝혀내는 조사는 없어. 적어도 한 인간의 삶에 대해서는 그래. 조각들이 있을 뿐이지. 조각들을 붙여나가면 그 삶을 꽤 넓게 덮게 되지만 그래도 덮이지 않은 면이 남을 수밖에 없어. 삶이라는 게 원래 전체를 다 모으겠다는 오만한 조사를 용납하지 않거든. 그나마 밝혀진다 해도 외적으로 드러난 삶이지. 그래, 조사의 대상이 될 수 있는 외적인 것에만 해당되는 말이라고. 심리적인 움직임, 정신, 영혼, 내적 수수께끼, 이런 것들은 고백을 듣고 추론하고 가정하고 그런 게 다야. 브리지트 볼렘은…… 그래, 엘리만의 삶을 알아내는 일에서 분명 한몫을 해냈어. 나는 내 아버지를 통해 엘리만의 어린 시절이라는 한 부분을 알게 되었고, 그렇게 두 가지 조각이 주어진 셈이지. 물론 많이 부족하지. 그래도 브리지트의 조사는 실패가 아니야. 난 아니라고 생각해.

—그런데 볼렘은 왜 자기 조사가 실패라고 생각하는지 물어봤어요?

—물어보고 싶었는데 틈이 없었어. 웃음을 그치더니 곧바로 이렇게 말했거든.

—이제 엘리만이 누구인지 알고 싶어하는 사람은 아무도 없어요. 당신 빼고요. 나도 조금은 당신과 비슷하죠. 하지만 난 삶이 얼마 안

남았어요. 이젠 좀 더 가벼운 문제들에 관심을 쏟아야겠어요. 엘리만에게 오랫동안 쫓겨 다녔으니 이젠 그러고 싶어요.

　—쫓겨 다녔다고요?

　—맞아, 디에간. 브리지트 볼렘이 그 말을 했을 때 나도 너처럼 반응했어. 쫓겨 다녔다고요? 그렇게 물었지. 그랬더니 볼렘이 일어나 거실 밖으로 나갔어. 이삼 분 뒤에 다른 책 한 권을 들고 다시 들어왔고.『비인간적인 것의 미로』였지. 보자마자 알 수 있었어. 책갈피 사이에 봉투 두 장이 꽂혀 있었고. 볼렘이 다시 자리에 앉았어.

　—사실 정확히 말하자면 누가 누구를 쫓아다녔는지 이젠 잘 모르겠어요. 당신이 어떻게 생각할지 궁금하군요. 내 책이 출간되고 몇 주 지났을 때 생미셸셰프셰프 읍사무소에서 우편물이 왔어요. 타롱이 행정구역상 그곳에 통합되었거든요. 봉투를 뜯어보지 않아도 테레즈 자코브와 관련된 일이라는 걸 알 수 있었죠. 그러니까 테레즈가 죽은 거예요. 폐렴을 방치했다더군요. 그렇게 테레즈의 사망 소식을 듣고, 나와 만났을 때 연신 기침을 하던 모습이 떠올랐죠. 통지문에는 테레즈가 내 앞으로 남긴 물건들이 있으니 와서 찾아가라고 쓰여 있었어요. 그래요, 내 앞으로 남겼다고 했어요. 그래서 나한테 연락이 온 거죠. 난 타롱으로, 정확히는 생미셸셰프셰프로 다시 내려갔어요. 테레즈 자코브가 남긴 건 봉투 두 장이었어요. 그 봉투들을 받아 든 뒤 파리로 돌아오기 전에 테레즈가 그곳 묘지에 묻혔는지 물어보았더니, 그렇다더군요. 죽기 전에 직접 다 준비해놓았다고 했어요. 난 묘지로 갔고, 테레즈의 묘지를 쉽게 찾았죠. 장식 없는 회색 묘석이 서 있고 그 주위로 새로 파헤쳐진 흙이 보였으니까요. 테레

즈가 잠든 곳 바로 옆에 유해 없이 묘비만 서 있는 무덤이 있더군요. 새겨진 글씨를 읽지 않아도 테레즈가 샤를 엘렌슈타인을 위해 세운 묘석이라는 걸 알 수 있었어요. 그곳에서 테레즈의 무덤을 바라보는데 바로 그 순간에, 아까 말했죠, 처음으로 테레즈 자코브의 증언이 진실이었을까 하는 생각이 들었어요. 난 엘리만이 남긴 흔적이 너무 부족한 상황에서 그나마 손에 넣은 하나의 흔적에 필사적으로 매달린 셈이죠. 그런데 테레즈 자코브가 죽었고, 그제야 의심이 들기 시작한 거예요. 솔직히 진짜 의혹을 품은 건 아니었어요. 그저 더 많은 질문을 했어야 했다는, 그래요, 더 많은 말을 끌어내고 좀 더 정확한 말을 들었어야 했다는 생각이었죠. 테레즈 자코브를 인터뷰하는 동안 난 어둠 속에 묻힌 옛이야기를 비춰보려고 애쓰는 명철하고 비판적인 기자가 아니라 신기한 옛날얘기를 듣는 어린애 같았어요. 그걸 깨닫고 나서 한참 멍하니 있었어요. 빗방울이 날 그 멍하게 불안한 상념에서 깨워냈죠. 그리고 난 그곳을 떠났어요. 파리로 돌아오는 기차에서 봉투들을 열어보지 않았어요. 그냥 품에 꼭 안고 있었어요. 집에 도착한 뒤에, 저녁에, 그때 혼자서 열어보았죠. 봉투 하나엔 편지가 들어 있더군요. 엘리만이 샤를과 테레즈에게 1940년에 보낸, 테레즈가 보여주고 싶지 않다고 했던 바로 그 편지였어요. 편지는 나중에 읽기로 했어요.

다른 봉투를 뜯었죠. 흑백사진 한 장이 들어 있더군요. 제일 앞 왼쪽 끝에, 사진을 찍고 있는 사람 쪽으로 얼굴이 4분의 3쯤 보이도록 비스듬히 선 한 남자가 사진의 오른쪽을 바라보고 있었어요. 그리고 오른쪽에는, 그 남자보다 조금 뒤쪽으로, 긴 갈색 머리를 바람에 휘날리면서 멀리 정면을 바라보며 걷는 여자가 있었고요. 그러니까 해변에서 찍은 사진이었어요. 두 사람 뒤쪽으로 제일 뒤편에 파도가 제법 거칠고 흰 거품이 몰아치는 바다가 보였죠. 멀리 왼쪽으로 바위가 삐죽삐죽 솟아난 절벽 끝도 보였고요. 이 모든 것 위로 펼쳐진 하늘은 구름 한 점 없이 맑았어요. 사진 속 두 사람의 옷차림으로 미루어 제법 추운 날이었어요. 해변을 걷는 여자는 테레즈 자코브였죠. 금방 알아봤어요. 앞쪽에 있는 젊은 남자가 엘리만이라는 것도 본능적으로 알 수 있었고요. 샤를 엘렌슈타인이 사진을 찍었겠죠. 사진 뒷면을 봐도 날짜나 장소가 적혀 있지 않더군요. 1935년에서 1938년 사이에 찍은 사진일 테죠. 1937년일 확률이 높아요. 사진 속의 엘리만과 테레즈, 그리고 사진을 찍고 있는 샤를이 굉장히 가까운 사이로, 심지어 은밀한 공모의 관계처럼 느껴졌으니까요. 세 사람의 우정이 사진 속의 하늘만큼이나 아름답고 순결했던 시절이죠. 아마도 엘리만이 테레즈와 샤를의 자유분방한 모임에도 같이 다니기 시작했을 테고요. 난 처음 보는 엘리만의 얼굴에 넋이 빠져서 한참 동안 계속 쳐다봤어요. 그래요, 그 사진부터가 내가 형편없는 인터뷰 기자라고 말해주잖아요. 1948년에 테레즈 자코브를 처음 만났을 때 엘리만 사진을 가진 게 있느냐고 물어볼 생각도 못 했다니. 당신 생각은 어때요? 그토록 오랫동안 찾아다닌 사람을 얼굴 한 번도 본 적 없고, 그런데 설령 길에서 마주친다 해도 알아볼 수 없다는 사실을 생각 못 할 정도로 친근하게 느꼈다는 게 이상하지 않은가요? 어쨌든 난 그날 엘리만의 얼굴을 자세히 보았어요. 어른 남자의 얼굴인데 그러면서도 무언가 청춘의 힘찬 분위기가 느껴졌죠. 사실 얼굴이 반쪽밖에 안 보였어요. 해를 쳐다보고 찍은 사진이라 나머지 반쪽 얼굴엔 그늘이 졌거든요. 그래서 눈 하나하고 이마 반쪽, 코 반쪽, 입 반쪽만 보였어요. 나머지는 빛을 받지 못했죠. 그냥 상상할 수밖에 없었어요. 하지만 보이는 쪽만으로도 충분히 상상이 가능했어요. 난 그렇게 계속 엘리만의 얼굴을 보고 있었어요. 엘리만은 표정이 좀 이상하더군요. 미소를 짓고 있는데(혹은 찡그리는데) 꼭 무언가에 혹은 누군가에 끌려서(혹은 재미있어서) 사진 오른쪽으로 눈길을 보내는 것 같았어요. 눈에 살짝 주름이 졌고, 막 무슨 말인가 하려는 것 같았죠. 말을 막 마쳤을 때 찍힌 사진일 수도 있고요. 오른쪽 눈 위로는 그늘 때문에 혹은 움푹 들어간 부분 때문에 눈 위 돌출부 윤곽이 더 두드러져 보였어요. 엘리만의 얼굴은 많은 것을 말하고 있었죠. 무엇보다 아름다운 얼굴이었어요. 많은 것을 말해줘서 아름답고, 유창하게 잘 말해줘서 아름다웠어요. 하지만 그 장면을 살아 있게 만드는 건 뒤쪽에서 걷고 있는 테레즈 자코브였어요. 테레즈가 내딛는 걸음, 바람에 흩날리는 머리카락, 수평선을 바라보는 눈길이 그 장면의 아름다움과 신비를 만들어냈죠. 바람이 느껴졌어요. 바다 냄새도 느껴졌고요. 추위까지 느껴졌죠. 무엇보다 샤를이 셔터를 누른 뒤 곧바로 엘리만이 테레즈를 향해 고개를 돌렸을 것 같아요. 그리고 렌즈 뒤에 있는 샤를, 그래요, 미소 지을 때도 슬픔을 띠고 있는 그의 파란 눈이, 뒤로 넘어가는 그의 머리카락이 느껴졌죠. 그 장면을 포착할 때 입가에 물고 있었을 담배도 느껴졌고요.

　　—말을 끊어서 죄송하지만, 브리지트, 내가 말했어. 그 사진을 아직 가지고 계신가요?

─물론이죠. 내가 지금 들고 있는 이 책 속에 있어요. 엘리만이 보냈다는 편지도 같이 있죠. 여기, 내가 오래전부터 가지고 있던 『비인간적인 것의 미로』의 책갈피에 끼어 있는 이 두 개의 봉투 속에 사진과 편지가 있어요. 가져가요.

─브리지트 볼렘이 정말 그 봉투를 줬어요?

─응.

─그 말은 지금 사진과 편지를 가지고 있단 뜻이에요?

─하나는 맞고 하나는 아니야.

─좀 정확히 말해봐요. 가지고 있는 게 사진이에요 편지예요?

─좀 기다려봐. 이제 곧 너도 내가 아는 모든 걸 알게 될 거야, 디에간. 그나마 내가 너보다 많이 알고 있다는 작은 이점을 조금만 더 누리게 해줘.

─좋아요. 그럼 그다음에 볼렘과의 사이에 무슨 일이 있었죠?

─내가 볼렘에게 받은 봉투들을 열어보았지. 볼렘이 그랬듯이 나도 한참 동안 사진을 쳐다보았어. 엘리만을 처음 보는 거잖아. 브리지트 볼렘이 말한 대로 엘리만은 아주 잘생겼어. 젊지만 이미 성숙한 모습이었지. 그리고 내가 다른 데서 이미 본 무언가를 그대로 지니고 있었어. 얼굴 전체가 보이지 않아도 내 눈에는 내 아버지와 닮은 점이 보였어. 정확히 짚어낼 수는 없었지만, 정말 보였어. 금방 알 수 있었어.

─그래서, 그 사람이 맞았나요?

─그 사람?

─『암흑의 밤에 바치는 비가』에서 마렘이 거리에서 피 흘리며 쓰

러져 있을 때 구해준 사람.

—내 머릿속을 읽는 것 같네. 지금 내 머릿속 말고 1985년에 브리지트 볼렘 앞에서 사진을 처음 봤을 때의 머릿속 말이야. 안 그래도 병원으로 실려 가며 생사를 오가는 동안 내가 본 얼굴이 맞는지 확인하려고 엘리만의 얼굴을 보고 또 봤어. 대답을 들으면 네가 실망하겠네. 잘 모르겠더라고. 사진 속 엘리만의 얼굴을 쳐다보면서 비로소 깨달았지. 난 길에서 구해준 사람의 얼굴을 본 적이 없었어. 내 마음대로 그 사람 얼굴을 만들어낸 거지. 그런데 내가 만들어낸 얼굴은 사진 속 엘리만의 얼굴과 달랐어. 정말 모르겠어. 길에서 날 도와준 사람은 정말 엘리만이었는데, 분명 그였는데. 엘리만의 영혼이 그 사람 속에 들어와 있었던 걸까? 내 말 이해하겠어?

—알 것 같아요. 어쨌든 일단 계속해요. 1985년에 사진을 보았고, 그다음은요?

—그다음은 편지를 읽었지. 천천히, 아주 천천히. 신비롭고 수수께끼 같은 편지였어. 하지만 다 이해할 수 있었어. 문제는, 이해한다고 모든 게 명확해지지는 않는다는 거지. 그래, 여기까지만 하자, 디에간. 더는 헷갈리게 만들지 않을게. 편지의 마지막 문장은 이미 너도 알고 있지. "이제 모든 게 이루어졌고, 이루어져야 합니다. 나는 이제 나의 집으로 돌아갈 수 있습니다." 문장 자체의 의미는 이해하기 어렵지 않아. 투명하잖아. 하지만 여러 가지 의미를 가질 수 있어. 볼렘도 책에서 그 모호성을 두고 가능한 여러 해석들에 대해 이야기했잖아. 글자 그대로 해석해야 할까 아니면 상징적으로 해석해야 할까? 직접적으로 읽어야 할까 아니면 은유로 보아야 할까? 엘리만의

편지에서는 명확한 답을 내릴 수 없었어. 그의 삶에 대해 몇 가지 요소를 알고 있다 해도 그 문장들은 모호하기만 해. 모든 게 이중의 의미를 지닌다고. 긴 편지도 아닌데 한참 동안 읽고 또 읽어야 했지. 볼렘이 기다리다가 먼저 말했어.

—편지 내용이 좀 당혹스럽죠?

—그러네요.

—1948년에 집에 돌아와 그 편지를 읽었을 때 나도 지금의 당신과 똑같이 반응했어요. 그리고 그날 밤부터 아주 오랫동안 보이지 않는 엘리만의 그림자가 따라다니는 것 같은, 혹은 어딜 가든 그의 그림자가 보이는 것 같은 느낌을 받았죠. 어쩌면 내가 엘리만의 그림자를 찾아다녔을 수도 있고요. 잘 모르겠어요. 하지만 어딘가에, 내 머릿속만이 아니라 도시에, 세상에 그가 있다는 느낌이 들었어요. 그가 날 엿보고 있었다고요. 어떨 땐 배 속에 부드러운 온기가 감돌면서 보호받고 있다는, 어떤 일이 닥쳐도 끄떡없을 수 있다는 느낌이 들기도 했죠. 또 어떨 때는 내 이마 위로 붉은 눈알 하나가 날아오는 것처럼 치명적인 위협의 무게가 느껴졌죠. 어떨 땐 그가 날 책망하는 것 같았어요. 침묵 속에 은거하고 있는데 왜 찾아다니고 끌어내느냐고요. 반대로 어떨 땐 자기를 찾아다닌 걸 고마워하는 것 같기도 했죠. 최근까지 정말로 난 단 한 번도 혼자 있다고 느끼지 못했어요. 뭔가 불쾌하고 그러면서도 든든한 느낌이죠. 엘리만의 그림자에 익숙해지기까지 시간이, 꽤 오랜 시간이 필요했어요. 처음엔 정말 끔찍했죠. 언젠가 다시 사진을 쳐다보는데 꼭 엘리만의 눈이 내쪽으로 움직이더니 한참 동안 날 쳐다보는 것 같았어요. 그리고 그

눈 속에서 파도 소리에 섞인 그의 목소리가 들려왔죠. "다음번은 너다."

ㅡ다음번이라고요? 무슨 다음번이죠?

브리지트 볼렘이 잠시 말을 멈췄다가 다시 차분한 목소리로 말했어.

ㅡ어쩌면, 마드무아젤, 당신이 날 대신해서 다음번일지도 모르겠군요. 이 모든 게 바로 그 의미일 수도 있어요. 지극히 논리적이죠. 아마 당신이 다음번 희생자가 될 거예요.

ㅡ뭐라고 대답했어요? 볼렘이 하는 말을 알아들었어요?

ㅡ응, 알아들었어, 디에간. 아주 잘 알아들었어. 그래서 대답했지. 그가 오면 좋겠어요. 난 그가 두렵지 않고 죽음이 두렵지 않아요. 난 이미 죽음을 본 적이 있고 지금도 늘 보고 있어요.

그랬더니 볼렘이 대답했어.

ㅡ그렇다면 오겠군요. 부재하면서라도 올 겁니다.

5

나의 테레즈, 나의 샤를,

용기도 광기도 아닙니다. 『비인간적인 것의 미로』속으로 들어가려면 지옥의 불길이 아니라 저주받은 자들의 피를 맛보아야 합니다. 그걸 보지 못한 내가 얼마나 어리석었는지. 폭풍의 눈이 당신들을 망가뜨릴 때 다른 곳으로 눈을 돌려버린 나는 맹인과 다름없습니다.

하지만 뇌우가…… 태곳적 대홍수의 뇌우가 피를 쏟아부었습니다. 나는 검은 비둘기를 밤의 어둠 속으로 날려 보냈고, 나에게 돌아온 비둘기가 말했습니다. 땅은 물보다 피를 더 느리게 빨아들인다고. 그래서 깨달았습니다. 피를 마시기도 해야 한다. 야생 동물처럼 핥아야 한다. 미노타우로스의 뿔보다 더 치명적인 위협에 당신들을 던져두고 와버린 그 미로의 중심부로 들어가려면 나에게도 해야 할 일이 있음을 깨달은 겁니다. 내가 말하는 위협이 무얼 말하는지 알 겁니다. 날 용서하지 않아도 됩니다. 하지만 난 당신들을 용서합니다. 당신들은 알 수 없었던 일이니까요. 당신들이 아는 걸 내가 원하지 않았으니까요. 이제 난 깨닫고, 마시고, 압니다. 난 나의 **왕**과 함께 있고, 그가 자신의 과업을 나에게 일러줍니다.

단 두 명이 작은 나룻배를 타고 물 위에 떠 있는 명부冥府의 호수에서 이제부터 죄인들이 하나씩 건져 올려질 겁니다. 나도 그 죄인들과 함께 있겠지만, 그 누구도 나를 건져 올릴 수는 없습니다. 난 그 호수의 물이니까요. 나 역시 죄인이기에 그 호수에 같이 있을 겁니다. 난 결백의 열매를 맛보라는 권유를 받았지만, 궐석으로 행해진 마지막 심판 동안에 그 열매의 맛을 잊어버렸던 걸까요, 거절했습니다. 그들은 나를 단 한 번도 보지 못했습니다. 그런데 어떻게 내목을 베겠습니까? 그런데 한 가련한 익명의 정직한 남자가 사람들이 침을 뱉는 영광의 처형대 위에서 목이 잘렸습니다. 그 남자는 비명을 지르지 않죠. 그는—그는 누구였을까요?—자신의 피가 미로를 열어줄 것을 알았으니까요. 나는 내 **왕**과 함께 있고, 그는 연인을 만나러 가기 위해 자기 왕관을 나에게 건네줍니다.

나의 벗들이여, 난 당신들을 사랑합니다. 이제 우리에게 다른 미로가, 더 비인간적인 미로가 다가옵니다. 그 미로의 한가운데서 열렸다 닫혔다 하는 커다란 아가리가 책의 문장들을 삼켜버립니다. 독을 삼키는 것을 알지 못한 채로 모두 삼킵니다. 절대적인 책이 절대적일 수 있는 건 바로 우리를 죽이기 때문입니다. 그 책을 죽이려 하면 죽음을 맞게 됩니다. 죽음 속에서 그 책과 함께하려 한다면 책 안에서 살 수 있습니다.

이제 이곳 나의 미로에서 나는 살육을 즐기는 **왕**입니다. 늙은 생명들이 나의 불길로 죽음을 맞기를. 나는 새로운 것을 요구합니다. 새로운 것을 내놓으라는 요구도 받아들입니다. 다시 시작하는 것도 받아들입니다. 오직 새로운 시작들뿐입니다.

샤를, 인사를 전합니다. 그리고 그대, 영혼이여, 나의 테레즈여. 어둠에 저항하길. 살아 있길.

이제 모든 게 이루어졌고, 이루어져야 합니다. 나는 이제 나의 집으로 돌아갈 수 있습니다.

엘리만

나는 시가 D.가 지켜보는 앞에서 편지를 네다섯 번 연달아 읽었다.

─해독이 필요한 빌어먹을 상징인가요? 이런 건 예언자나 마기스테르 에크하르트*나 쓰는 글 아닌가요? 여자들을 악령에서 풀어준다며 성서를 손에 들고 변태적 성관계를 페이스북으로 중계하는 콩고의 돌팔이 복음 전도자들이나 썼을 법한 글이라고요. T.C. 엘리만이 제정신으로 이런 글을 썼을 리 없어요. 난 이게 진짜 그의 편지라는 걸 믿을 수 없어요. 분명 테레즈 자코브가 썼어요. 난 안 믿어요. 말도 안 돼! 세상에 누가 자기 친구들에게 이런 글을 쓰겠어요?

─네가 그렇게 말하는 건 편지를 제대로 이해하지 못해서야. 아니, 더 나쁘게는, 너 스스로 무엇을 이해하고 있는지 이해하지 못한 채 이해하고 있기 때문이야.

─그렇지 않아요. 이 편지엔 아무것도 안 들어 있어요. 뒤죽박죽 모호하기만 한 철학이라고요.

---

* 중세 독일의 신비사상가.

—편지 네가 가져가.

—가지라고요? 싫어요.

—가지고 있어. 시간이 가고 여러 번 읽다보면 이해하게 될 거야. 엘리만의 글은 다시 읽어야 이해할 수 있거든. 『비인간적인 것의 미로』도 그렇잖아. 이 편지도 마찬가지야.

—차라리 사진을 줘요.

—아름다운 사진이었지. 그런데 지금은 없어.

—실망이네요. 배신당한 기분이에요. 이 편지는 『비인간적인 것의 미로』의 천재성과 아무 관련이 없잖아요.

—엘리만은 아무렇게나 쓰지 않아. 네 눈에 엉터리 같고 난해해 보일 수 있지만 잘 읽어보면 문장 하나하나의 정확한 의미를 알게 돼. 모호하고 암호처럼 보이겠지만, 그래도 그래. 무슨 뜻인지 설명하진 않을게. 내가 가지고 있은 지 오래되었지만 나 역시 정확히 이해했는지 확신이 없기도 하니까. 하지만 1985년에 브리지트 볼렘을 만난 자리에서 읽었을 땐 한 가지 놀라운 게 있었어.

—뭔데요?

—명부의 호수에서 다른 사람들은 모두 바닥으로 가라앉는데 물 위에 남아 있는 두 명의 어부. 분명한 무언가가 담겨 있어. 그 두 어부가 누굴 말하는 것 같아?

—그냥 답을 말해줘요. 어차피 난 편지 내용 하나도 이해 못 하겠으니까.

—나도 처음 읽을 땐 이해하지 못했어. 하지만 그 구절이 계속 신경이 쓰였지. 그래서 편지를 읽고 또 읽었어. 볼렘한테도 말했더니

느린 목소리로 이렇게 대답했어. 명부의 호수에서 나룻배를 타고 물 위에 떠 있는 건 폴에밀 바양과 나예요. 나는 어리둥절한 채로 바양과 볼렘을 연결 지어보려 애썼고, 그런 해석에 맞게 편지를 다시 읽어보았어. 볼렘이 다시 말했지.

―나도 1948년에 처음 읽었을 때는 제대로 이해하지 못했어요. 몇 문장을 제외하곤 다 알쏭달쏭했죠. 다시 읽어보고 가설들을 세워본 뒤에야 엘리만이 말하는 마지막 심판이 1938년에 『비인간적인 것의 미로』에 대해 쏟아져 나왔던 글들이라는 결론에 이르렀어요. 그런 뒤엔 분명해졌지만, 처음에 둘을 연결 짓기까지 한참 걸렸죠. 어쨌든 그러고 나니 나머지 부분까지 투명해졌어요. 편지에 나오는 죄인은 비평가들이고, 엘리만은 그들이 빠져 죽는 호수예요. 내가 쓴 책을 다시 읽어보았더니 내 해석을 확인해주더군요. 1938년에 엘리만이 제대로 읽을 줄 모르는 사람들을 뭐라고 불렀는지 알아요? 그거예요, 죄인들. 정확히는, 잘못 읽은 건 죄라고 했어요.

―좋아요, 그렇다 한들 뭐가 증명되죠? 내가 시가 D.의 이야기를 끊으며 말했다. 내 생각에 그건 편지 뒤에 테레즈 자코브가 있다는 증거밖에 안 돼요. 그 죄인이라는 말은 엘리만이 한 말이라고 주장하면서 테레즈가 한 거라고요. 편지에도 테레즈가 집어넣었을 테고.

―기다려, 디에간. 더 들어봐. 편지에 빠져 있으면 안 돼. 볼렘이 이 편지로 무엇을 발견했는가, 이걸 봐야 해. 볼렘이 두 죄인 얘기를 했을 때 내가 물었어. 그렇다면 어째서 비평가들 중에 당신하고 폴에밀 바양만 호수에 빠지지 않았을까요?

―나 역시 살아남은 두 명이 바양과 나라는 생각을 처음엔 못 했

어요. 볼렘이 대답했지. 몇 달이 지난 뒤에야 깨달았죠. 당시의 비평, 그러니까 십 년 전에 파리 언론에 실렸던 『비인간적인 것의 미로』에 관한 글들을 전부 다시 읽어본 뒤에야 결론에 이르렀어요. 폴에밀 바양은 『비인간적인 것의 미로』가 표절로 이루어졌다고 주장하긴 했지만 그래도 그 책의 구조 혹은 구성을 처음으로 이해한 사람이었죠. 적어도 그는 다시 쓰기 혹은 콜라주가 『비인간적인 것의 미로』의 살이 되었다는 걸 알아봤어요. 나를 포함한 다른 사람들이 작가에 대해, 엘리만이 아프리카인이라는 사실에 대해, 흑인들이 그런 글을 쓸 수 있느냐 없느냐에 대해, 식민지 정책에 대해 얘기하는 동안에 바양만이 작품을 이해했다고요. 게다가 기억해야 할 게, 바양 교수가 직접 언론에 『비인간적인 것의 미로』에 관한 글을 쓰지는 않았어요. 자기가 찾아낸 걸 알베르 막시맹이라는 기자에게 말했을 뿐이죠. 그러니까 바양은 직접 관계는 없어요.

—그럼 당신은요? 당신은 어떻게 그 모든 것과 직접적인 관계가 없을 수 있죠? 당신도 글 자체가 아닌 다른 것에 대해 말했잖아요.

—맞아요. 그와 왜 날 봐줬는지 나도 오랫동안 생각했어요. 더구나 내가 처음 쓴 기사는 『비인간적인 것의 미로』에 대해 그다지 호의적인 입장도 아니었잖아요. 작가에 대해서도 마찬가지였고요. 그때 내 마음은 반반이었어요. 사실 엘렌슈타인과 테레즈 자코브에 대한 인터뷰도 그리 좋은 분위기는 아니었죠. 은유적인 표현이지만 바양이 그 악의 호수에 빠지지 않을 수 있었던 이유를 생각하면 할수록 왜 내가 거기에 해당되는지 답이 나오지 않았어요.

—그런데요?

─그런데 계속 생각하다가 마침내 찾아냈어요. 분명한 이유였죠. 신문에서 엘리만의 책에 대해 말한 사람 중 여자는 나뿐이었어요. 이론에 지나지 않을지도 모르지만……

　─어처구니없는 이론이네요.

　─그래도 브리지트 볼렘은 의미를 부여했어, 디에간. 볼렘은 실제로 1938년에 『비인간적인 것의 미로』가 출간되었을 때 그 책에 관해 글을 쓴 비평가들과 기자들을 전부 확인해보았다고 했어.

　─그랬더니요?

　─모두 죽었어.

　─그래서요?

　─그래서, 볼렘이 말했지. 그 사람들 모두 1938년 말과 1940년 7월 사이에 자살했어요. 자연사는 단 한 명이었죠, 앙리 드 보비날. 그 사람만 자살이 아니에요. 바세르족에 대한 거짓 글을 쓰고 며칠 뒤에 일흔두 살의 나이에 갑작스러운 심장 발작으로 죽었죠. 보비날을 제외하면 나머지는 다, 그러니까 레옹 베르코프, 트리스탕 셰렐, 오귀스트레몽 라미엘, 알베르 막시맹, 쥘 베드린, 에두아르 비지에 다즈낙 여섯 명이 스스로 죽음을 선택했어요. 자살했다고요.

　거기까지 말한 뒤에 볼렘은 심각한 표정으로 말없이 나를 바라보았어. 내가 말했지. 그러니까 당신 생각은……

　─아니, 내 생각은 그냥 둬요. 사실만 보자고요. 자, 이게 사실이에요. 『비인간적인 것의 미로』와 엘리만에 대해 좋게든 나쁘게든 말한 사람들, 공격이었든 옹호였든 아무튼 말한 사람들은 (1950년 여든두 살의 나이로 평화롭게 죽은) 바양과 나를 제외하고 모두 죽었

어요. 한 명은 심장 발작, 보비날이죠. 나머지는 자살이었어요. 엘리만에게서 모든 연락이 끊겼던 시기의 일이었고요. 그러다가 1940년 7월의 그날―바로 1940년 7월 4일!―『비인간적인 것의 미로』에 관해 글을 쓴 여섯 명 중 마지막 한 명, 알베르 막시맹이 자살했을 때 엘리만이 편지에 호수 바닥에 가라앉은 일곱 명의 죄인과 살아난 두 명의 이야기를 썼어요. 긴 시간이 지난 지금 1985년에는 내가 생각하는 이 모든 게 더 이상 중요하지 않을 수도 있죠. 그냥 한 늙은 여자의 확신일 뿐이니까요. 당신에게 그 확신을 곧 알려줄게요. 그런데 당신 생각은 어떤가요?

―나도 궁금해요, 당신 생각은 어때요?

―난 볼렘에게 이렇게 말했어. 그 사람들의 죽음이 전부 자살이었다고 확신하나요? 볼렘이 대답했지. 다 확인했어요. 심지어 각각의 자살 상황을 기록한 보고서까지 작성했죠. 그리고 이렇게 이름 붙였어요. 자살 혹은 살해 보고서. 음울한 내용이긴 하지만 그것도 당신에게 줄게요. 마음대로 해요. 없애버려도 상관없어요. 자, 이제 대답해봐요. 당신 생각은 어떤가요? 난 잘 모르겠다고, 필요한 정보를 다 가진 게 아닌데, 증거 없이는 그 누구도 엘리만 마다그 짓이라고 말할 수 없다고 했어. 그리고 또, 그 모든 것, 그 모든 자살은 어쩌면……

―공교로운 일치라고요? 우연이라고? 이봐요, 마드무아젤. 우연은 사람들이 알지 못하는 운명일 뿐이랍니다. 보이지 않는 잉크로 적힌 운명이죠. 그 죽음들은 다 엘리만으로 이어져요. 난 우연이라고 생각하지 않아요. 그냥 솔직하게 말할게요. 난 엘리만이 그들을 죽였

다고 생각해요. 그게 바로 내 생각이에요. 엘리만이 죽였어요. 직접 죽이진 않았겠죠. 하지만 자살하도록 몰아붙였을 거예요. 어떻게? 심리적 학대죠. 당신은 지금 늙은 프랑스 여자가 저런 말을 하다니 미쳤다고 생각할지도 모르겠군요. 상관없어요. 내 나이가 되면 듣는 사람이 믿든 말든 어떻게 판단하든 신경 쓰지 않고 자기 생각의 밑바닥을 말할 수 있게 된답니다. 그래요, 난 엘리만이 흑마술을 할 줄 안다고 생각해요. 내내 해온 생각이지만, 더 나아가진 못했어요. 나도 죽게 될까봐, 자살 충동이 일까봐, 매일 밤 감당할 수 없는 악몽을 꾸고 그렇게 내 꿈속에 엘리만이 나타나 삶의 의욕을 앗아갈까봐 두려워서요. 난 한 번도 엘리만을 만나지 못했어요. 하지만 이미 말했죠. 난 늘 그의 존재를 느끼면서 살아요. 그가 와 있어요. 정말로 있어요. 아주 가까우면서 너무 멀리 있죠. 난 이제 살날이 얼마 안 남았어요. 이젠 죽음을 두려워하지 않고 하고 싶은 말을 다 할 수 있죠. 사진과 편지, 전부 다 가져가요. 마음대로 해도 좋아요. 나한텐 쓸모 없어요. 이제 당신은 내가 엘리만에 대해 아는 걸 거의 다 알아요. 내가 말하지 않은 게 있다면 이미 잊은 거예요. 기억력이 전만 못하거든요. 자, 마드무아젤, 미안해요. 함께 얘기하는 게 즐거웠지만, 잠을 좀 자야겠어요. 당신도 언젠가 알게 되겠지만 나처럼 나이가 들면 쉬어야 한답니다. 게다가 난 몸도 좀 아프죠. 곧 여든 살이 되거든요.

3부

밀물에 취한 탱고의 밤

당시 난 낭테르 대학에서 철학을 전공했고, 저녁에는 일주일에 세 번 클럽에서 가슴을 드러내고 춤을 추었다. 어떻게든 살아남아야 했다. 아이티의 시인이 미리 내주고 간 방세는 1984년 말까지였다. 장학금으로는 나머지 필요한 지출을 감당하기 어려웠다. 수입이 더 필요했다. 같은 과에 마르티니크에서 온 키가 크고 다리가 가늘고 엉덩이도 아름다운 드니즈가 있었다. 그해 여름에 내가 소소한 돈벌이라도 해야겠다고 했더니 드니즈가 얼마 전부터 자기가 하고 있는 일이라며 에로틱한 춤을 추는 일을 연결해주었다. 드니즈는 이렇게 말했다.

—지금 사람을 구하는 중이야. 넌 필요한 걸 다 가졌어. 그 이상을 가졌지. 보수도 꽤 괜찮아. 네 가슴을 보면 남자들이 난리 날걸?

1984년 10월 새 학년이 시작될 때 나는 클럽에 갔다. 보트랭이라는 곳이었다. 클럽의 주인인 오십 대 부부 앙드레와 뤼시앵이 날 그 자리에서 고용했다. 당장 그날 저녁부터 일을 시작했다. 고급 클럽은 아니고 중산층을 위한 곳이었다. 하지만 학생에게는 보수가 제법 괜찮았다. 팁까지 더하면 나는 꽤 많은 돈을 손에 쥘 수 있었다.

가슴을 사람들에게 보여주는 건 조금도 두렵지 않았다. 내 가슴이 사람들에게 경탄, 질투, 환상, 욕구, 갈망, 혐오 같은 것을 불러일으켜도 아무렇지 않았다. 내 가슴을 보고 손대지 않은 원래 상태냐고 묻는 사람들도 있었다. 옷을 벗기 전에 그런 질문을 받으면 나는 곧바로 단추를 풀고 브래지어 끈을 내린 뒤 궁금해하는 남자 혹은 여자의 눈을 똑바로 쳐다보면서 그 코앞에 가슴을 들이밀었다. 그런 다음 딱 세 단어를 내뱉었다. "한번 보고 말해요." 혹은 "직접 눈으로 봐요."

*

보트랭에서 일하는 십여 명의 댄서 중에 흑인은 나 혼자였다. 드니즈는 나처럼 검지는 않아서 진짜 아프리카인으로 보지는 않았다. 적어도 항상은 아니었다. 드니즈는 자신이 두 가지 색 사이에서 길을 잃은 것 같다고, 상상력이라곤 찾아볼 수 없는 기준으로 가차 없이 피부를 판정하는, 어떤 날인지, 무엇이 중요한 상황인지에 따라 그 선이 천국과 지옥을, 아름다움과 추함을, 밤과 낮을, 거짓과 진실을 결정하는 경계선 양쪽을 오가는 것 같다고 말했다.

클럽의 홀에는 작은 무대가 네 개 있고 무대마다 가운데 천장부터 바닥까지 이어진 폴 댄스 기둥이 있었다. 우리는 주중에는 교대로 무대에 올랐다. 홀에 앉은 손님들보다 조금 높이 있는 무대에서 옷을 벗고 나면 쇼가 시작된다. 제대로 춤출 줄 아는 댄서는, 적어도 잘 추려고 애쓰는 댄서는 절반 정도였다. 나머지는 뱀처럼 몸을 꼬거나 비에 젖은 깃발처럼 깃대에 칭칭 감기기만 했다. 난 잘 추는 쪽에 속했다.

보트랭의 댄서들은 돈을 더 벌기 위해 3층의 방으로 손님들을 따라가기도 했다. 난 한 번도 가지 않았다. 한밤중에 공연이 끝나면 곧바로 걸어서 집으로 돌아갔다. 이따금 하피즈에게 들르기만 했다. 동명의 유명한 페르시아인처럼 그 역시 시인이었지만, 작품이 없었다. 아니, 그의 작품은 책이 아니었다. 그는 딜러였다. 하피즈와 나는 토론도 했다. 그는 존재에 대한 자신의 철학을 펼쳤다. 요약하자면 이랬다. 현실에는 역逆이 존재하지 않는다. 인간 경험으로 일어나는 모든 것은 현실이다. 난 제대로 이해했는지 늘 자신이 없었다. 하피즈는 더는 설명하지 않고 빙그레 웃으며 물건을 건네주었다. 나는 집에 돌아온 뒤 하피즈에게 받은 것을 피우면서 글을 썼다. 아이티의 시인에게 편지를 썼고, 『암흑의 밤에 바치는 비가』도 썼다.

그 시절 나에게는 춤추고 돌아와 글을 쓰거나 책을 읽는 시간이 큰 위안이었다. 그때만큼은 시간을 허비하고 있다는 느낌이 들지 않았다.

당시 난 낭테르에서 철학을 공부했고 보트랭에서 스트립쇼를 했다. 아이티 시인에게 편지를 썼고, 나의 첫 책을 잉태 중이었다. 곧 나의 책이 도끼로 배를 가르며 세상에 나올 것임을 느낄 수 있었다. 책도 읽었다. 여전히 『비인간적인 것의 미로』를 읽었고, 엘리만을 생각했다. 엘리만은 초라한 삶의 바다에서 나를 인도하는 유일한 등대였다.

*

처음에는 엘리만을 찾아볼 마음의 여유가 없었다. 자리를 잡고 익숙해지고 습관을 바꾸고 사회적 관계들을 새로 형성하는 일이 내 시간을 다 차지했다. 그러나 엘리만은 여전히 내 머릿속에 버티고 있었다. 한 번도 사라진 적이 없었다. 『비인간적인 것의 미로』는 내 도서관의 초석礎石이었다. 나는 남들이 쓰레기통에 버린 혹은 공원 벤치에 잊어버리고 간 책들을 가져와서 『비인간적인 것의 미로』라는 초석 위에 내 도서관을 세워나갔다. 장터나 고물상에서 싼값에 사기도 했고 필요 없어서 처분하는 책을 가져오기도 했다. 그런 내 도서관을 『비인간적인 것의 미로』가 떠받쳤다. 엘리만은 그 성城을 지배하는 보이지 않는 왕이었고, 그곳의 비밀의 방에 잠들어 있었다. 나는 그를 찾아내고 깨우고 불러냈다.

*

나의 내면에는 다카르 거리를 헤매고 다니던 시간이 여전히 남아 있었다. 악몽의 형태, 혹은 아직 내가 시적인 이미지로 변환시키지 못한 그림자의 형태였다. 아직 아물지 않고 언제든 다시 피 흘릴 수 있는 상처였다. 나는 그 상처를 사용하기만 하면 되는데, 하지만 그 안에 펜을 집어넣었다가 꺼내도 펜촉에는 아무것도 묻어 있지 않았다. 몇 달이 가도록 좌절과 실패가 이어졌다.

한참이 지난 뒤에야 상처가 있다고 반드시 글로 써야 하는 건 아님을 깨달았다. 상처가 있다고 글을 쓰고 싶어지는 것도 아니고 쓸 수 있다는 뜻도 아니었다. 시간이 모든 것을 없애버리는 걸까? 그렇다. 시간은 우리의 상처가 유일하다는 환상을 없앤다. 우리의 상처는 유일하지 않다. 그 어떤 상처도 유일하지 않다. 인간적인 그 어떤 것도 유일하지 않다. 시간과 함께 세상 모든 것이 끔찍하리만큼 진부해진다. 우리는 그런 막다른 길에 놓여 있다. 하지만 문학은 바로 그런 막다른 길에서 태어날 기회를 얻는다.

*

춤을 춘 뒤 손님들을 따라 올라가기를 거부하자 나는 곧 방으로 꼭 데려가고 싶은 댄서로 꼽히게 되었다. 뤼시앵과 앙드레는 절대 강요하지 않았다. 원하지 않으면 거절할 수 있었다. 하지만 보트랭에서 그런 거절은 단 하루만 유효했다. 이튿날에는 모든 가능성이 다시 열렸다. 다시 시작하기. 다시 붙잡기. 시간의 작용을, 원칙의 벽을 서서히 마모시키는 시간의 힘을 믿고 다시 시도하기. 인간 영혼이 뒤집힐 수 있다는 믿음, 인간 영혼의 갈증과 나약함과 탐욕에 대한 믿음.

난 계속 거절했다. 어떤 사람들은 내가 새침 떤다고 생각했고, 타산적인 거라고, 값을 올리기 위해서라고 말하는 사람들도 있었다. 심지어 불감증 때문이라고 단언하기도 했다. 권태 때문이라는 사실을 아는 사람은 없었다.

이내 보트랭에서 3층으로 올라가길 거부하는 댄서는 드니즈와 나 둘밖에 남지 않았다. 흑인 여자 둘만 끝까지 버틴 것이다(이런 상황이면 당연히 드니즈도 흑인이 된다. 아니 흑인으로 돌아간다). 그러자 이국 취향의 환상을 만들어내는 기계가 폭발했다. 별명을 지어내는 기계도 같이 폭발해서 우리는 검은 수비대, 쌍둥이 자매, 블랙 버진, 불가침의 여인들, 수녀들 등등 내가 기억도 다 하지 못하는 별명들을 얻었다. 드니즈와 나는 그런 상황을 즐겼다. 뤼시앵과 앙드레는 단골손님들 외에도 많은 사람이 호기심 때문에 혹은 검은 자물쇠—
우리에게 새로 붙은 별명이었다—를 따보려는 욕망으로 보트랭에
찾아오리라 기대했고, 그래서 일부러 드니즈와 나의 쇼 일정을 같은
요일로 맞추었다.

*

그 남자는 1985년 초, 그러니까 1월 중순부터 오기 시작했다. 드니
즈와 내가 함께하는 새로운 쇼를 보러 왔을까? 모르겠다. 처음 몇 차
례는 내 눈에 그가 보이지도 않았다. 어느 날 저녁 춤추는 도중에 드
니즈가 한쪽으로 살짝 고개를 돌리면서 신호를 했다. 그때 처음 보
았다. 남자는 등을 보인 채로 구석 자리에 혼자 앉아 있었다. 쇼가 끝
나고 탈의실에서 드니즈가 말했다.

—봤어? 아프리카 왕자가 돌아왔지?

—난 오늘 처음 봤어.

—눈이 멀었어? 아니면 넋 놓고 있는 거야? 지금껏 본 적 없는 흑
인 손님이잖아. 사실 흑인이든 백인이든 그 정도의 손님은 없었지.
지난주 내내 저녁마다 와서 매번 같은 자리에 앉아 있었어.

난 오늘 처음 봤다고 다시 한번 말했고, 벽을 향해 돌아앉아 있으
니 못 볼 수 있지 않으냐고 반문했다. 드니즈는 그렇게 앉아 있었기
때문에 더욱 눈에 띄는 거라고 했다. 맞는 말일 수도 있지만 어쨌든
나는 못 봤다. 정말이다.

—다른 애들도 다 그 남자 얘기를 해. 그 사람은 환상을 품게 만들
어. 아주 부자야.

—그걸 어떻게 알아?

　—모르는 척하지 마. 이젠 너도 봤잖아. 이곳과 어울리지 않는 사람이라는 거 모르겠어? 외교관일 거야. 정부 각료일 수도 있고. 최고급 시가를 피우잖아. 어딘가의 대통령일지도 몰라. 대통령들이 큰 가방에 지폐를 가득 채워 엘리제궁*으로 찾아온다는 말 못 들었어? 프랑스와 옛 아프리카 식민지들의 관계가 좀 복잡하잖아. 넌 나보다 잘 알겠지. 안 그래? 그 남자도 너처럼 아프리카인이잖아. 네가 한번 잡아봐. 그리고 날 불러. 이제 셰스토프**니 야스퍼스니 읽다 잠드는 거 집어치우고 여길 떠나자. 잘 생각해봐.

　난 대답 없이 미소만 지었다. 나는 야스퍼스를 읽는 게 좋았다. 그 남자를 보면서 나는 그가 흑인이라는 것도 알아채지 못했고, 그러니 부자인지 아닌지는 말할 것도 없었다. 내 눈이 그를 향해 있던 짧은 시간 동안 가장 인상적으로 느낀 것은 그의 고독이었다. 사실 보트랭에서 상념이나 취기에 짓눌린 채로 혼자 말없이 술을 마시는 남자들은 이미 많았다. 전부 그런 사람들뿐이라고 해도 과언이 아니었다. 하지만 그 남자의 고독에는 무언가 다른 게 있었다. 어쩌면 시간이 내 기억 속에서 그 장면을 변형시켰을 수도 있다. 모르겠다. 하지만 지금도 내 눈이 그 남자의 등에 꽂힌 그 순간을 떠올리면 여전히 그 고독의 색이 보인다. 그는 야릇한 후광에 둘러싸여 있었다. 유백색이 감도는 자주색 위에 아주 얇은 초록색이 덮인 분명히 이름 붙

* 프랑스 대통령의 집무실 및 관저.
** 러시아의 실존주의 철학자.

이기 어려운 색조. 어떤 초록색이라고 이름 붙이기 힘든 초록색. 아마도 베로네세 그린*이었다. 나는 몇 초 동안 바라보고 있다가, 누군지도 모르는 사람에게서 후광을 보다니 내가 좀 피곤한가보다 생각하며 다시 춤을 추었다.

쇼를 마치고 나오니 홀은 비어 있었다. 나는 그 남자가 앉아 있던 자리를 보았다. 그는 가고 없었다.

*

남자는 그 뒤로 한동안 모습을 보이지 않았다. 두 주, 세 주, 다섯 주가 그냥 지나갔다. 나는 드니즈를 놀렸다. 보트랭의 댄서들이 그 고독한 남자를 두고 너무 많이 꿈꾸고 추앙하고 환상을 품은 탓에 그 입이 사악한 기운을 행했다고, 마안魔眼의 저주가 왔다고 했다. 나는 우리나라에서는 진심으로 바라는 건 절대 입에 올리지 않는다고 설명해주며 농담을 건넸다. 너 때문에 돈 많은 아프리카 왕자님이 도망가버렸어. 너 때문에 우린 계속 불쌍하게 살면서 독일 철학자들 글이나 읽어야 하고, 보트랭의 폴을 붙잡고 영원히 몸을 비틀어야 해.

*

1985년 2월, 광기였는지 아니면 갑자기 온전한 정신이 통찰력을

---

* 색채 분류표상 녹색의 한 종류. 르네상스기에 베네치아파의 색채주의를 이끈 화가 파올레 베로네세의 이름에서 따온 명칭이다.

발휘했는지, 아무튼 난 그동안 쓴 원고를 태워버렸다. 도무지 『암흑의 밤에 바치는 비가』를 쓸 수 없었다. 아니, 써놓은 것이 마음에 들지 않았다. 다 없애는 수밖에 없었다. 그 안에는 무언가 부족했다. 나는 늘 한 작가가 세상에 내놓는 한 권의 책은 거기까지 오기 위해 없애버린 모든 책의 총합이라고, 혹은 쓰지 않고 버틴 책들의 결과라고 믿었다. 책을 내기 위해 나에겐 준비가 더 필요했다. 그래서 『암흑의 밤에 바치는 비가』와 관련된 모든 것을 불 속에 던져 넣었다. 그리고 한동안 글쓰기를 멈추었고, 다시 엘리만을 찾아 나섰다.

그때 제일 처음 읽은 게 볼렘의 책이었다. 몇 주 동안 헤매 다니다가 강변길의 한 헌책 장수에게서 구했다. 딱 한 권이 남아 있었다.

이어 나는 고물상을 뒤지고 경매장과 센 강변의 헌책 장수들, 신문을 취급하는 수집상들의 노점을 훑어가며 전쟁 이전의 신문들, 정확히 말하면 『비인간적인 것의 미로』에 관한 글이 실린 1938년도 신문들을 모았다. 보트랭에서 받는 팁이 다 그 일에 들어갔다. 그렇게 나는 당시의 기사들을 모두 찾아내 읽었다. 브리지트 볼렘은 문학 전문 기자와 레지스탕스의 영웅이라는 두 가지 후광을 지닌 왕관을 쓰고 페미나상 심사위원단에서 큰 영향력을 행사하고 있었다. 나는 볼렘에게 편지를 보냈다. 엘리만의 사촌이라고, 그에 대해 조사하고 있다고, 도와주면 좋겠다고, 전부 사실대로 썼다.

*

편지를 보낸 날 남자가 보트랭에 다시 나타났다. 우리가 춤추고 있을 때 들어왔다. 펠트 모자 아래 얼굴은 챙에 가려 보이지 않았다. 그날도 그는 홀을 천천히 지나 제일 안쪽에 가서 앉았다. 늘 그랬듯이 우리를 등지고 앉았기 때문에 얼굴은 볼 수 없었다. 그날은 나도 그를 지켜보았다. 그는 우아한 자태로 천천히 교양 있게 모자를 벗고 외투를 의자 등받이에 걸었다. 자줏빛과 초록빛의 아우라는 사라졌지만 고독의 밀도는 그대로였다. 그의 맞은편 의자는 비어 있었다. 존재론적으로 비어 있었다. 지금껏 그 누구도 앉은 적 없는 듯한 공허가 그 의자를 온전히 차지하고 있었다. 남자는 고독의 끝까지 가 있고 더는 아무것도 기다리지 않는 듯했다. 고독을 감내하는 사람들이 마음속으로 그 고독을 없애줄 운명 혹은 만남을 기대하는 것과 달리, 그는 자신의 고독이 돌이킬 수 없는, 그 어떤 것으로도 없앨 수 없는, 만남이 찾아온다 해도 조금도 달라지지 않을 고독임을 이미 알고 있었다.

드니즈도 남자가 들어오는 순간을 놓치지 않았고, 나에게 미소를 지어 보이며 조롱기 담긴 눈길을 던졌다. 그럴 만했다.

도중에 남자가 일어섰다. 그는 모자를 쓰고 뤼시앵과 앙드레에게 다가갔다. 나는 그들이 이야기 나누는 모습을 곁눈질로 살폈다. 우리, 그러니까 드니즈와 나에 대해 말하고 있음을 보지 않아도 느낄 수 있었다. 드니즈 역시 세 사람의 대화 장면을 단 한순간도 놓치지 않았다. 몇 분 뒤 남자는 자기 자리로 돌아가지 않고 뤼시앵을 따라 계단을 올라갔다. 앙드레는 우리에게 춤을 멈추고 무대에서 내려오라고 손짓했다.

─그 사람이 너희를 보고 싶어해. 앙드레가 삼십 년 동안 담배와 술에 전 목소리로 말했다. 너희 둘 다. 너희를 불러달라고 했어. 뤼

시앵이 6호실로 안내했어. 복도 끝에 있는 방. 그 사람이 조용히 있고 싶다고 했거든. 결정은 이번에도 너희들이 해. 지금까지 둘 다 거절했다는 건 알아. 난 너희들 선택을 존중하고 뤼시앵도 마찬가지야. 하지만 조언 한 번 해볼게. 정말이야, 나도 잘 알아. 너희들이 매일 저녁—그래, 매일 저녁—하는 걸 난 이십 년 넘게 해온 여자니까. 내가 해주고 싶은 말은 저 새를 날아가게 두지 말라는 거야. 돈 때문이 아니야. 물론 그는 돈이 많지. 보기만 해도 알 수 있어. 하지만 돈 때문이 아니야. 내가 보기에 저 사람은 뭔가 다른 게 있어. 잠시만 얘기해보면 느낄 수 있을 거야. 누구보다 너희들이 잘 알잖아.

그때 계단을 내려온 뤼시앵이 우리에게 다가왔다. 언제나 그렇듯이 그는 아무 말도 하지 않았다. 뤼시앵은 원래 과묵했다. 말보다는 동작과 시선으로 말하는 사람이었다. 나는 잠시 뤼시앵을 살폈다. 그는 나에게 무슨 말인가 하고 싶어하는 것 같았지만 끝내 아무 말도 하지 않았다.

—어쩔래? 앙드레가 물었다.

나는 드니즈를 보았다. 드니즈와 마찬가지로 나 역시 궁금했다. 하지만 무언가가 하지 말라고 나를 잡아끌었다. 그게 무엇인지는 알 수 없었다. 그 남자의 고독에 전염될 수 있다는 두려움이었을까? 내가 알지 못하는 다른 무엇이었을까?

—어쩔래? 앙드레가 다시 한번 물었다.

나는 싫다고 했다. 드니즈는 가겠다고 했다.

나는 천천히 계단을 올라가는 드니즈를 바라보면서 생각했다. 어떻게 저렇게 늘씬하고 아름다울까! 나는 드니즈의 길쭉한 다리를 응시했고, 허리에 담긴 관능의 이야기를 읽었고, 나를 포함하여 모든 댄서들의 부러움을 받는 활짝 피어난 엉덩이를 바라보았다. 내 눈은 흔들리는 드니즈의 맨살 어깨를 따라가 목덜미에 머물렀다. 그런데 드니즈의 아름다운 몸을 찬미하며 바라보는 동안, 자꾸만 알 수 없는 불길한 예감이 스멀거렸다. 물론 기억은 얼마든지 재구성될 수 있다. 아마도 예감 같은 것은 없었고, 그저 남자가 기다리는 6호실을 향해 계단을 오르는 드니즈의 눈부신 여성성만을 생각했던 것도 같다.

그날 나는 좀 피곤했고, 앙드레와 뤼시앵에게 조금 일찍 들어가고 싶다고 했다. 그들이 괜찮다고 했다. 나는 집으로 돌아가 아이티의 시인에게 편지를 썼다. 무슨 내용이었는지는 기억나지 않는다.

*

이틀 뒤 드니즈가 낭테르에도 보트랭에도 나타나지 않았다. 드니즈가 못 온다고 미리 연락했는지 묻자 앙드레는 몸이 좀 아프다고, 괜찮아지는 대로 나오겠다는 전화를 받았다고 했다. 결국 그날 저녁 나는 혼자 춤을 추었다. 드니즈의 빈자리가 느껴졌다. 고독한 남자 역시 오지 않았다.

*

이튿날 우편함에 브리지트 볼렘의 답장이 와 있었어. 만나주겠다면서, 일주일 뒤 자기 집으로 오라고 쓰여 있었지.

내가 볼렘과 만나서 어떤 얘기를 들었는지는 너도 이젠 거의 다 알아, 디에간. 그 얘기는 나중에 다시 하자. 볼렘을 만나러 가기 전에 드니즈의 집에 갔던 얘기부터 해야 하니까. 사흘 동안 아무 연락이 없어서 걱정되기 시작해서 결국 내가 찾아갔거든.

드니즈는 파리 남쪽의 좁지만 따뜻한 원룸에 살았다. 나는 이미 몇 번 초대를 받아 가서 같이 밥을 먹고 복습도 하고 이야기도 나누었기에 그곳을 잘 알았다. 드니즈의 집에서 젊은 남자들, 주로 말 많고 잘난 척하는 같은 과 남자애들도 만났다. 그들은 한 번도 읽은 적 없는 혹은 읽었어도 이해하지 못했고 앞으로도 절대 이해하지 못할 철학자들의 말을 인용했다. 나는 그들과 함께 있는 시간이 거의 대부분 못 견디게 지루했다. 하지만 한 번인가 두 번, 그들이 할 말이 다 떨어지고 할 수 있는 건 성교밖에 남지 않았을 때는 그런대로 괜찮았다.

나는 드니즈의 집에 도착했다. 초인종이 없었다. 문을 두드리려는데 안에서 저음의 부드러운 노랫소리가 들리는 것 같았다. 무슨 노래인지는 알 수 없지만 아무튼 소리가 점점 작아지며 노래가 끝나가고 있었다. 나는 문 앞에 가만히 서서 귀를 기울였다. 침묵. 라디오 소리인가? 그렇다면 드니즈가 집에 있다는 뜻이다. 나는 문을 세 번 두드렸고, 대답이 없어서 몇 초 뒤 다시 세 번 두드렸다. 끔찍한 내 아버지의 방 앞에서 행하던 의례가 여전히 나에게 남아 있었다. 문이 열리지 않았다. 외출했나? 잠들었나? 이상하게도 그 순간 마음이 가벼워졌다. 드니즈를 보러 왔지만, 문득 그것이 엉뚱하고 위험한 생각으로 느껴졌기 때문이다. 서둘러 내려가려고 돌아서는데, 소리 없이 문이 열렸다. 마치 아무도 열지 않았는데 문이 스스로 움직인 것 같았다. 그렇게 유령이 당기는 혹은 미는 힘으로 문이 움직이는 광경을 바라보고 있을 때 드니즈가, 우선 팔 하나가, 이어 어깨 한쪽이, 그리고 마침내 얼굴이 혹은 얼굴 일부가 모습을 드러냈다. 나머지 얼굴 반쪽과 몸 반쪽은 문 뒤에 있었다. 나는 한참 동안 드니즈의 얼굴 반쪽을 쳐다보았다. 그리고 말없이 미소 지으려 애썼다. 하지만 지금 생각하면, 미소 짓는 데 성공했다 한들 그것은 죽음의 미소였을 것이다. 드니즈의 반쪽 얼굴에서는 아무것도 읽을 수 없었다. 층계참으로 습기 찬 바람이 지나갔다.

들어와, 춥겠네. 드니즈가 말한 뒤 곧바로 문 뒤로 완전히 물러서며 나에게 길을 내주었다. 집 안의 희미한 빛밖에 없었다. 거실로 이어진 좁은 복도가 보였다. 창문들은 닫혀 있었다. 모든 게 정상적이고 잔잔하고 차가워 보였다. 하지만 내 마음 깊은 곳에서는 그 방이 안에 들어오는 모든 것을 베어버리고 말리라는 확신이 들었다. 드니즈의 방은 날이 갈린, 베어버릴 먹이만 기다리고 있는 큰 칼이었다. "들어와." 문 뒤에 가려 보이지 않는 드니즈가 말했다. 분명 드니즈의 목소리였지만 굉장히 낯설었다. 내가 만일—드니즈가 아니라 그 목소리를—거부한다면 자살 행위이리라 직감했다. 들어와. 그렇게 서 있지 말고. 명령은 아니었다. 오히려 기도 같았다. 하지만 명부의 신을 향한 기도였다. 나는 안으로 들어갔다. 그 순간 문 뒤에 있는 존재가 드니즈가 아니라 조금 전 내가 문 앞에 서 있을 때 안에서 분명하게 존재가 느껴지던 다른 누군가라는 생각이 들었다. 나는 문 뒤쪽 구석을 쳐다보지 않으려 애쓰며 서너 걸음 앞으로 나아갔다. 등 뒤로 문이 닫혔다. 내 앞에 복도가 끝없이 이어져서 방이 영영 나타나지 않을 것만 같았다. 나는 최대한 자연스러운 태도를 보이려 애쓰며 뒤돌아보았다. 번득이는 칼날 혹은 권총의 시커먼 총구 혹은 교수대에 늘어진 밧줄을 대면하게 될 줄 알았다.

아무것도 없었다. 몸매를 완전히 가린 나이트블루 색 혹은 짙은 녹색의 실내 가운을 입은 드니즈뿐이었다. 나는 괜찮으냐고 물었다. 며칠 더 쉬어야 해. 드니즈가 대답한 뒤 내 앞으로 다가와 멈춰 섰다. 나는 움직이지 않았다. 드니즈가 내 팔을 잡는데, 마치 한겨울에 밖에 놓아둔 금속제 장갑 같은 냉기가 전해졌다. 반대로 드니즈의 두 눈은 불길이 이글거렸다. 고비는 지나갔어, 드니즈가 말했다. 어제는 움직이지도 못하고 눈도 못 떴는데. 열이 너무 높아서 아무것도 못 했어. 몇 시간이고 눈을 못 떴지. 눈까풀 아래로 불청객처럼 찾아오는 것들은 정말 끔찍해. 죽지 않게 해달라고 기도했어. 열이 조금씩 내리는 중이야. 의사가 약도 주고 갔고. 며칠 뒤면 다 나을 거야. 와줘서 고마워. 드니즈는 내 팔을 잡은 손가락에 힘을 주었고, 잠시 뒤 손을 뗐다(하지만 얼음 같은 냉기는 한참 동안 그대로 남아 있었다). 드니즈는 앞장서서 안으로 들어갔다. 복도가 원래 길이로 돌아와 있었다.

원래는 한 공간인데 드니즈가 접이식 파티션을 칸막이로 세워 두 공간으로 나누었다. 앞쪽이 거실과 부엌, 뒤쪽이 침실이었다. 샤워실과 화장실도 뒤쪽에 같이 있었다. 나는 소파에 앉았다. 드니즈가 차를 마시겠느냐고 물었다. 피곤할 테니 내가 준비하겠다고 하자 자기가 하겠다고 했다. 나는 주변의 물건들을 자세히 살펴보았다. 지난번 그대로였다. 하지만 집 안에 누군가 들어와 있다는 느낌은 사라지지 않았다. 조금 전 문 뒤에서 느껴졌던 존재가 여전히 집 안에 있었다. 바로 그 존재가 서가에 꽂힌 책들의 순서, 식기장 속 찻잔의 수, 포스터의 글자 크기, 식기장에 붙여놓은 사진 속 드니즈 부모의 미소까지 전부 바꿔놓았다. 모든 것의 중심이 바뀌었다. 드니즈는 주전자 앞에서 분주했다. 나는 두 공간을 나누는 칸막이를 바라보았다. 낯선 존재는 칸막이 너머 방으로 이용되는 정사각형 공간에 있으리라. 말 없이 긴장하고 있는, 조그마한 움직임에도 폭발할 태세를 갖춘 존재가 느껴졌다.

그렇게 한창 살피고 있을 때 드니즈가 찻잔을 내밀었다. 그리고 내 앞에 앉았다. 잠시 동안 우리는 아무 말도 하지 않았다. 차도 마시지 않았다. 우리는 둘 다 무릎에 찻잔을 얹어둔 채로 시선을 고정할 단단한 대상을 찾았지만, 모든 것이 우리의 시선을 피해 갔다. 차에서 올라오는 김 때문에 내 얼굴 아래쪽이 따뜻했지만, 잔을 감싸 쥔 내 두 손은 여전히 얼음처럼 차가웠다. 나는 차를 마셨고, 이어 드니즈에게 학교 이야기를 들려주었다. 빠진 수업에서 다룬 키르케고르 서설은 내가 다 알려주겠다고 했다. 그리고 키르케고르의 『철학적 단편』에 대해 말했다. 말을 끝낸 나에게 던진 드니즈의 질문은 키르케고르가 아니었다.

—클럽은 어때?

—클럽? 아무 일 없어. 다들 널 보고 싶어하지.

분명 드니즈가 기다리는 대답이 아니었을 것이다. 하지만 드니즈는 눈을 이글거리게 만드는 진짜 질문을 입 밖에 내지 않았다. 그 남자가 다시 와서 벽 쪽을 쳐다보면서 앉아 있었어? 이게 진짜 질문이었을 테지만 드니즈는 입 밖에 내지 못했다. 몇 초 동안 드니즈의 내면에서 벌어지는 강렬한 싸움이 느껴졌다. 이제 진짜 질문을 하게 될까? 칸막이 뒤에 그 존재가 버티고 있어도 할 수 있을까? 그때였다. 미지의 존재가 갑자기 칸막이를 뚫고 나와 실내 전체로 부풀어 오르는 듯했다. 드니즈가 겁을 먹었다. 나도 전부 보고 싶어, 라고 말했다. 몇 초 뒤 드니즈의 손을 벗어난 찻잔이 바닥에 떨어지며 깨졌다. 바닥에 차가 흥건했다. 드니즈가 곧바로 웃음을 터뜨렸다. 난 왜 이렇게 서툴까!

나는 일어나 깨진 유리 조각들을 줍고 바닥을 치웠다. 드니즈는 이번에는 말리지 않고 가만히 있었다. 그런데 그 발까지 다가갔을 때 속삭이는 소리가 들리는 것 같았다. 돌아가. 나는 고개를 들어 쳐다보았다. 정말로 드니즈가 말한 걸까? 알 수 없었다. 드니즈의 눈은 칸막이 건너편을 향했다. 내가 앞에 있고 타일 바닥에는 차가 쏟아져 고여 있다는 사실은 완전히 잊은 것 같았다. 나는 일어섰다. 그때 칸막이 뒤쪽으로 가서 누가 있는지 확인할 용기를 냈어야 했다. 하지만 나는 그러지 못했다. 너무 무서웠다. 드니즈에게 그만 가볼 테니 쉬라고 했다. 드니즈는 내 말에 안도한 것 같았다. 물론 지금 다시 떠올려보면, 그때 드니즈의 얼굴에 스쳐 지나간 것은 안도감이 아니라 절망, 혹은 구원 요청이었는지도 모르겠다. 확신은 없다. 내가 조만간 다시 오겠다고 말하자 드니즈는 내 목소리에 놀라 소스라쳤다. 나는 드니즈를 포옹하며 인사한 뒤, 뛰지 않기 위해 안간힘을 쓰며 문 쪽으로 걸어갔다.

하지만 문을 열기 전 결국 뒤돌아보았다. 드니즈의 눈이 나에게 무언가를 말하려 했지만, 나는 너무 무서워서 그것을 알아내거나 짐작해낼 수 없었다. 그냥 나갔다. 계단으로 내려설 때 들어가기 전에 들었던 노랫소리, 노래를 마치는 메아리 같은 목소리가 다시 들려왔다. 나는 내가 미쳤다고 생각했고, 돌아보지 않았다.

*

드니즈의 집에 다녀오고 이틀 뒤에 브리지트 볼렘을 만났어. 그리고 엘리만의 편지와 사진을 들고 그 집을 나섰지. 브리지트 볼렘이 말한 그 음산한 자료도 가지고 나왔고. 기억하지? 볼렘이 문학 비평가들이 죽음을 맞이한 상황들을 기록해놓은 자료 말이야. 무슨 뜻인지 알겠어? 볼렘은 자기가 전기적 자료들을 모아놓은 그 사람들을 엘리만이 자살로 몰아갔다고 확신했어. 자, 이거야. 자살 혹은 살해 보고서. 읽어볼래? 중간에 간략하게 암시적으로, 때로는 전보체로 써놓은 것도 있어. 정성 들여 써놓은 것도 있고. 몇 가지는 둘이 섞여 있지. 왜 그런지는 나도 몰라. 자, 읽어봐.

*

레옹 베르코프(1890년-1939년 4월 14일): 러시아 유대인 이민자의 아들. 철학 전공. 일차대전 때문에 교수자격시험 포기(12기갑연대). 이후 기자 생활. 양차대전 사이에 파리 지역의 여러 잡지와 신문에 글을 씀. 문학 시평, 철학 비평. 1920년대 중반 이후로는 문학과 철학 작품에 관한 글을 쓰지 않음. 정치로 옮겨감. 초기 드레퓌스 지지자들을 이어받아 모라스와 부르제*를 비판함. 프랑스 안에 만연

한 반유대주의를 신랄하게 고발함. 1927년에 몇 편의 기사를 씀. 후에 일어나는 일들에 비추어 홀로코스트에 대한 예언(혹은 직관)으로 해석될 만함.

『비인간적인 것의 미로』. 베르코프는 처음에는 논쟁에 관심이 없었다. 내가 샤를 엘렌슈타인과 테레즈 자코브를 만난 인터뷰를 발표한 뒤 대응하기 시작했다. 자신은 정의를 사랑하고 인종적 박해를 거부한다고, 언론이 글이나 문학적 작업을 외면한 채 부차적인 사항들이나 사소한 전기적 사실들에 끌려간다고 한탄했다. 내 인터뷰가 편향되었다고, 형편없다고 판단. 엘리만을 지지하며 글을 마침, 엘리만에게 스스로를 방어하라고 촉구함.

B.는 1938년 말부터 심한 편두통에 시달렸다. 1939년 초에 잦은 실신 끝에 입원함. 건강을 되찾고 다시 일을 시작함. 1949년 4월 14일에 글을 쓰던 중(시론, 『마인 캄프』**에 대한 심도 있는 철학적 반론) 서재에서 죽어 있는 것을 아들이 발견함. 총구를 입에 넣고 방아쇠를 당겼음. 남긴 편지 없음.

트리스탕 셰렐: 1939년 3월 2일 밤 12시 30분경 트리스탕 셰렐(브레스트, 1898년)이 부부가 잠들었던 침대에서 일어난다. 담배를 꼭 피워야겠다고 말한다. 한 시간이 지나도록 돌아오지 않자 부인이 찾아 나선다. 집의 작은 정원에서 발견된다. 커다란 자작나무 가지에

---

* 샤를 모라스와 폴 부르제는 반공화주의 가톨릭 작가로, 드레퓌스 사건 때 반유대주의의 입장에서 드레퓌스의 유죄를 주장했다.

** 나의 투쟁. 히틀러의 자서전.

목 매달린 몸이 천천히 돌아가고 있었다.

명백한 증언들: 셰렐은 활동적인 사람이었음. 삶과 바다를 사랑함. 여행도 좋아함. 애석하게도 『비인간적인 것의 미로』는 그의 여행 욕구를 가로막음. 실망. 『비인간적인 것의 미로』에 관한 글에서 자신이 평소에 품고 있던 아프리카에 대해 이국 취향을 발견하지 못해 좌절했다고 주장함. 엘리만이 공허하고 내실 없는 문체 연습을 즐겼고, 검은 대륙의 풍경과 삶을 충분히 보여주지 못했다고 비난함. 그가 보기에 엘리만은 충분히 흑인이 아님.

화장. 아이들과 아내가 고향 근처 피니스테르 해변에 재를 뿌림.

오귀스트레몽 라미엘(1872년 7월 11일-1938년 12월 20일): 일차대전 참전 당시 끔찍한 참호 생활을 통해 인간의 어리석음을 깨달음. 하지만 그로부터 절망적이고 비관적인 철학 대신 악착같은 투쟁의 이유를 끌어냄. 인간들 사이에 장애물을 만드는 것들에 평생 맞서 싸움. 고등사범학교 출신, 사회주의자, 인본주의자, 일차대전 이후 철저한 평화주의자가 됨. 특히 열렬한 반식민주의자로 명성을 얻음. 친구이던 장 조레스가 창간한 〈뤼마니테〉에 초기부터 식민주의를 비판하는 현란하고 격정적인 글을 씀.

라미엘은 『비인간적인 것의 미로』가 출간되자마자 찬사를 보냈다. 고전 교양을 갖춘 그가(라미엘은 그리스·라틴 문법 교수 자격을 획득한 사람이었다) 책 속에 담긴 참조와 표절과 다시 쓰기를 간파하지 못했을 리 없다. '흑인 랭보'라는 별칭도 그가 만들었는데, 엘리만이 랭보를 비롯하여 여러 작가들, 특히 그가 전공하는 시대의 작가들의 글에서 많은 것을 가져왔다는 사실을 알면서도 밝히지 않았다는 증거일 수 있다. 심지어 그는 한 동료에게 이런 말까지 했다. "그 아프리카인은 호메로스부터 보들레르까지 전부, 완전히 다 읽었더군."

자살 직전에 〈뤼마니테〉에 쓴 마지막 글에서 『비인간적인 것의 미로』를 다루었다. 그는 『비인간적인 것의 미로』 속의 다시 쓰기는 너무 명백하기 때문에 의도적인 것으로 볼 수밖에 없다고, 다른 작품을 표절했다기보다는 그 책들과 유희를 즐겼음을 사람들이 이해하지 못했다고 아쉬워했다(눈먼 사람이 아니라면 못 볼 수 없다는 모호한 문장을 덧붙이기도 했다).

라미엘은 크리스마스를 며칠 앞두고 청산가리 캡슐을 삼켜 자살했다. 그 얼마 전부터 성 요한이 보았을 법한 묵시록적 환영을 보았다는 말도 있다. 마지막으로 남긴 편지에서는 이렇게 썼다. 독일에서 전쟁이 올 것이다. 피할 수 없다. 하지만 이번엔 내가 또 그 전쟁을 겪어내는 즐거움을 독일에 안기지 않으리라.

라미엘은 〈르 피가로〉의 필진으로 가장 신랄한 글을 쓰는 에두아르 비지에 다즈낙과 철천지원수 사이였다. 오랫동안 그의 주장을 반박하는 글들을 발표했다. 한때는 사이가 좋았던 두 사람은 19세기 말에는 두 차례 결투까지 벌였다. 그들은 정치, 이데올로기, 문학 취향, 인간성 개념 등 모든 문제를 두고 대립했다. 하지만 서로를 그토록 철저하게 증오하게 만든 원인은 애정 문제인 것 같다. 처음에 연인 사이였다가 증오하게 되었거나, 같은 사람을 사랑하느라 사이가 나빠졌을 수 있다. 이 문제에 대해서는 확실한 증거가 나오지 않았다.

알베르 막시맹(1900년 10월 16일-1940년 7월 4일): 조금은 우연히 이 끔찍한 이야기에 연루됨. 삶에 대한 정보는 거의 없음. 폴에밀 바양 교수의 사위. 이유라면 이것뿐이다. 『비인간적인 것의 미로』에 대해 장인이 밝힌 내용을 기사화함. 글은 객관적인 편. 바양이 발견한 내용을 열거했을 뿐이다. 1939년 2월에 바양의 딸과 이혼. 결혼 생활이 일 년이 채 안 됨. 글솜씨가 별로 없음. 글이 서서히 줄어들었음. 사냥을 즐김. 무기는 쌍발 소총. 자살에도 같은 총을 사용했음. 마지막에는 점점 더 고독하게 살았고, 프랑스가 패전한 뒤 트라우마로 우울증에 시달림. 사망 당시 마흔 살도 안 됨.

쥘 베드린(1897년 6월 11일-1939년 6월 13일): 엘리만 사건에 관한 글을 〈파리 수아르〉에 실어 사건의 진실이 아직 밝혀지지 않았다는 취지로 말했다. 그러한 입장은 그가 추리소설 애호가였다는 사실과 관련된다. 〈파리 수아르〉에서 사회면 사건들을 주로 다루었고, 추리소설에 대한 평도 썼다. 엑토르 J. 프랑크라는 가명으로 직접 두 권의 추리소설을 발표하기도 했다. 그가 문학적 측면에서 『비인간적인 것의 미로』에 관해 혹은 표절에 관해 어떻게 생각하는지는 알 수 없다. 엘리만 사건의 소송 과정을 취재한 것 같다. 글의 어조를 보면, 주류 문단(다시 말해 추리소설을 무지한 대중의 즐거움을 위한 천박한 문학으로 간주하며 무시하는 문단)이 엘리만으로 인해 동요되는 것을(물론 결국에는 엘리만에게 나쁘게 끝나기는 했지만) 즐긴 것 같다. 그는 엘리만의 진짜 정체를 찾기 위해 조사를 시작하려 했다. 하지만 막 날아오르기 시작했을 때 사랑의 슬픔으로 추락하고 만다.

마흔두 살 생일 이틀 뒤, 파리 지하철 바퀴 아래로 몸을 던졌다. 한 달 전 그에게서 원고를 받은 출판사가 그의 실명으로 책을 출간했다. 그가 쓴 책 중에 제일 낫다.

에두아르 비지에 다즈낙(1871년 12월 14일-1940년 3월 9일): 에두아르 비지에 다즈낙의 아버지 아리스티드 비지에 다즈낙 대위는 1870년 프랑스가 대패한 스당 전투에서 전사했다. 그리고 몇 달 뒤 에두아르가 태어났다. 그는 어릴 때부터 아버지를 기려 훌륭한 군인이 되겠다는 꿈을, 공화정에 대한 깊은 증오를 품었다. 최종적으로 군대보다는 작가의 소명이 더 강했다. 젊은 나이에 샤를 10세와 샹보르 백작의 전기를 훌륭하게 써냈다. 열렬한 정통왕조 지지파인 그의 모토는 이랬다. 나는 두 가지 영원한 진리, 종교와 군주제의 빛으로 살아간다. 발자크의 문장을 빌려와 동사만 바꾼 것이다.[*]

다즈낙은 열렬한 반反드레퓌스주의자였음에도 1898년 〈르 피가로〉에 실린 글에서 자신의 친구들 대부분이 지지하는 유치한 반유대주의가 기독교의 가치를 훼손한다고 비판했다. 그 글로 인해 철저한 드레퓌스 지지자이던 오귀스트르몽 라미엘과 친해졌다. 라미엘은 그를 용기 있고 정직한 사람으로 보았다. 두 사람이 함께한 시간은 열정적이고 파란만장했다. 일 년 동안 수시로 만났고, 사이에 가로놓인 이념적 심연에도 불구하고 서로를 추앙했다. 1899년에 무언가 혹은 누군가 때문에 둘 사이에 불화가 일어나면서 아름다웠지만 오래

---

[*] 발자크의 원 문장은 '살아간다'가 아니라 '글을 쓴다'이다.

갈 수는 없었던 우정이 끝났다. 권총 결투까지 했고, 전부 열두 발의 총알이 오갔지만 승부가 안 났다고 한다. 1914년, 전쟁 초기에 프랑스를 위해 참전하여 평범한 야전병원 들것 운반병 생활을 했다. 전장에서 끔찍한 일들을 보고 겪고 난 뒤 다시는 피 흘리는 광경을 보지 않겠다고 결심했다. 전선에서 돌아온 뒤 계속 책을 쓰고, 〈르 피가로〉에도 글을 발표하고 곧 주요 필진이 된다. 몇 차례 아카데미 프랑세즈 회원 후보에 올랐지만 선정되지는 못했다.

심지어 1938년 마지막으로 16번석 후보에 올랐을 때는 단 한 표도 얻지 못했다. 그 자리는 모라스가 차지했다.

섬세한 문학 비평가, 텐* 연구자, 지독한 논쟁가였던 비지에 다즈낙은 아프리카 식민지화를 열렬히 지지했다. 흑인들을 열등한 인간(혹은 우월한 원숭이)로 간주했고—이러한 입장은 엘리만 사건 때 그가 쓴 글에도 그대로 드러난다—따라서 그들은 마땅히 노예 상태에 있어야 하며 절대 인간성의 경지에 오를 수 없다고(글쓰기는 말할 것도 없다) 주장했다. "유대인만 해도 그나마 봐준다지만, 흑인은 절대 안 되지!" 그가 한 애인에게 보낸 편지에 쓴 말이다. 비지에 다즈낙은 『비인간적인 것의 미로』에 대해 노골적이고 직접적인 증오를 드러냈다. 에둘러 말하지 않고 정력적으로 증오심을 표출했다. 보비날의 글을 실어준 것도 그였다. 날조된 이야기라는 걸 알고 있었을까? 알 수 없다.

다즈낙은 라미엘의 자살 소식에 큰 충격을 받은 것 같다. 이틀 동

* 이폴리트 텐. 실증주의 사상가, 역사가.

안 아무 말도 하지 않았다(그리고 쓰지도 않았다). 1939년 여름 동안 몇 차례 정신 발작을 일으킨 뒤 입원했다. 1940년 3월에 파리 근교 지역 한 정신병원의 병실에서 일시적으로 정신이 돌아왔을 때 피가 보이지 않도록 눈을 가린 뒤 면도날로 손목을 그었다.

*

자, 이거야.

난 이 보고서가 암시하는 내용에 동의하지 않아. 신비주의를 믿지 않으니까. 하지만 어릴 때 초자연적인 이야기를 많이 듣긴 했어. 그저 직업이 같고 『비인간적인 것의 미로』에 대한 글을 썼을 뿐 다른 연관성이 전혀 없는 이 문학 비평가들의 연쇄적 자살을 생각하면 어릴 때 들은 이야기 중 하나가 떠올라.

시작하기 전에 마리화나 한 대 말자. 넌 안 피워도 돼. 이건 많이 세거든. 밀물이라는 거야. 넌 아직 밀물을 피울 정도는 아니야.

어릴 때 들은 이야기. 그러니까 오래전—내가 태어나기 전—우리 지역의 세레르족 마을에서 음바르 은곰이라는 남자가 알 수 없는 끔찍한 병에 걸린 뒤 가혹할 정도의 육체적, 심리적, 정신적 고통을 겪었다. 밤이면 온 마을에 그의 울음소리가 울려 퍼졌다. 마을에서 그의 처지를 모르는 사람이 없었고, 모두 연민과 공포를 느꼈다. 마을 사람들은 그를 갉아먹은 악에 전염성이 있다고 두려워하면서도 그를 불쌍히 여겼다. 가족이 어떻게든 낫게 하려고 애썼지만 그 어떤 것도 효험이 없었다. 제일 먼저 전통 의학의 도움을 받아보았지만 병의 근원을 찾지 못했고 진단도 제각각이었다. 서양 의학은 미지의 병리학 앞에서 속수무책이었다. 음바르 은곰의 가족은 수십 명의 치유사, 접골사, 마법사를 찾아갔지만 소용없었다. 약을 잔뜩 먹이고 신비스럽고 이상한 냄새가 나는 훈증 요법을 해서 잠시 가라앉히는 데 성공한 적은 있지만, 몇 시간 뒤면 더 큰 고통이 닥쳤다. 그렇게 고통스러운 쇠락의 광경을 참아가며 지켜보던 사람들은 중얼거리며 혹은 눈물 젖은 눈길을 던지며 차라리 죽음이 와서 그와 그 가족을 고통에서 벗어나게 해주기를 기원했다. 하지만 죽음조차 그를 원하지 않았다. 음바르 은곰은 밤마다 고통스러워하면서 마치 고문당하는 유령처럼, 도저히 달랠 수 없는 광인처럼 비명을 질렀다.

모두가 걱정하고 마음 아파했다. 어느 날 저녁, 마을의 원로들과 음바르의 가족이 모여 회의를 열었다. 대책 마련을 위해 뜻을 모았고 곧 결정이 났다. 한 가지 방법밖에 남아 있지 않았다. 음바르를 도울 수 있는 유일한 기회였다.

바로 거기에 내 아버지 우세누 쿠마흐가 등장한다. 어느 날 저녁에 음바르 은곰이 사는 마을에서 사람이 찾아왔다. 어렸을 때 타 디브가 들려준 얘기다. 아버지는 미리 다 알고 기다리는 사람처럼 집 앞에 나와 있었다. 남자가 인사를 하고 찾아온 이유를 미처 설명하기도 전에 아버지가 말했다.

―왜 왔는지 알고 있소.

―그렇다면 우리를 도와주시겠습니까? 음바르를 도와주시겠습니까?

―이레 뒤에 다시 오시오. 아버지가 말했다.

남자는 돌아갔다. 이미 말한 대로 내 아버지 우세누 쿠마흐는 신비술, 심령술, 예언 능력으로 일대에 명성이 높았다. 다들 제일 복잡하고 제일 절망적인 상황에서 아버지를 찾아왔다. 음바르의 경우는 복잡하고 절망적일 뿐 아니라 조금도 지체할 수 없는 상황이었다. 음바르의 병은 환자 한 사람만이 아니라 마을 전체의 일이었다.

이레 뒤에—이 얘기도 타 디브에게 들었다—음바르 은곰이 사는 마을에서 다시 사람이 찾아와 아버지와 이야기를 나누었다. 아버지는 이 세상 그 어떤 약도 음바르의 병을 치료할 수 없다고 말했다. 베일에 가린 말뜻을 읽어낼 줄 알았던 남자는 음바르가 낫는다면 그것은 다른 세상, 조상들이 사는 영원한 나라, 삶과 죽음이 섞여 있는 큰 강을 건너간 곳에서만 가능하다는 뜻임을 곧바로 이해했다.

—이끄시는 대로 음바르가 따라갈까요? 남자가 물었다.

아버지는 잠시 말이 없었다.

—아직은 알 수 없소. 의지는 영령들이 사는 숲처럼 울창해서 내가 뚫고 들어가볼 수 없으니까. 나도 그의 의지까지 꿰뚫어볼 수는 없소.

—저와 함께 가주시나요?

—아니, 내 몸이 직접 옮겨갈 필요는 없소. 내일 저녁에 합시다.

이 말이 의심할 수 없는 아버지의 능력을 드러내기라도 한 듯 남자가 아버지의 발에 입을 맞췄다. 그저 인정한 게 아니라 경의를 바친 것이다. 남자가 돌아갔다.

이튿날 밤이 시작될 무렵에 아버지의 정신이 몸을 벗어났다. 마을 사람들은 그날 마을을 통과하는 강한 바람을 느낄 수 있었다고 말한다. 지혜로운 이들은 우세누 쿠마흐의 영혼이 몸 밖에 나와 있음을 알았고, 식구들에게 집 안에 들어가 있으라고 말했다. 그때 내 아버지의 몸은 아내들과 자식들이 지켜보는 집 마당에 있었다. 그날 아버지는 접이식 의자에 앉아 마치 갑자기 시력을 되찾기라도 한 듯 눈을 뜨고서 한참 동안 꼼짝하지 않았다. 우리는 아버지가 그곳에 없음을, 아버지의 정신이 이미 육신이라는 껍질을 벗어났음을 알았다. 절대 말을 걸거나 가까이 가지 말아야 했다.

숨결 같은 바람이 묘지 맞은편 망고나무를 휘감아 돌았다. 짧은 한 순간 그곳에 머물며, 아주 잠시, 마치 사랑의 포옹을 하듯 모산의 부재를 감쌌다. 이어 계속 길을 갔다. 몇 분 뒤에는 강 위를 날아갔다. 바람이 부드럽게 만져주자 강물이 부르르 떨었고, 물결이 점점 커지는 규칙적인 원들을 그리며 강둑에 가서 부딪혔다. 바람이 거대한 *tann**을 지날 때는 아무것도 자라지 못하는 평원이 강력한 메아리를 퍼뜨렸다. 마지막으로 바람은 혼령들이 살고 있다고 전해지는 오래된 숲을 통과했다. 혼령들은 자기들 머리 위를 지나는 바람을 알아보고 동료를 향해 인사했다. 그렇게 막 땅이 식기 시작할 무렵 바람에 실린 내 아버지의 영혼이 음바르 은곰의 마을에 도착했다.

음바르는 평소와 마찬가지로 원인을 알 수 없는 고통과 광기 때문에 울부짖고 있었다. 아버지의 영혼이 그의 집으로 들어갔다. 그리고 그를, 음바르의 몸이 아니라 영혼을 불렀다. 아버지의 부름을 듣는 순간 음바르가 조용해졌다. 그의 가족도 아버지가 왔음을 알 수 있었다. 모두 숨을 죽였다. 영혼이 침대에 누운 음바르의 몸을 벗어난

---

* '바닷가의 소금기 있는 땅'을 뜻하는 윌로프어.

뒤 자기 몸을 내려다보며 겁에 질려 비명을 지르려 했다. 하지만 아버지의 존재가 그의 입을 막고 몸을 감싼 뒤 집 밖 조용한 곳으로 데려갔다. 그곳에서 아버지가 영혼의 입을 막았던 보이지 않는 입마개를 풀어주며 음바르 은곰에게 말했다.

―두려워하지 말거라. 난 널 해방시켜주러 왔다.

―날 해방시킨다고? 당신은 누구죠? 우린 지금 뭔가요?

―내가 누구인지는 중요하지 않다. 하지만 바로 이 순간에 우리가 무엇인지는 너도 알고 있지 않느냐. 우린 우리 존재의 깊은 곳에 있는 진짜 우리, 영혼이다. 생명의 기운이지.

그때 우리 집 마당에서는 타 디브가 나에게 몸은 의자에 앉아 움직이지 않으면서 두 눈을 휘둥그레 뜬 아버지가 나지막한 소리로 말하고 있다고 알려주었다.

―왜 왔죠?

―너도 알지 않느냐, 음바르 은곰. 넌 죽어야 한다. 이 세상에서 너에게는 더 이상 생명이 없다. 네가 계속 산다면, 이 땅에서 인간에게 닥칠 수 있는 최악의 일이 기다린다.

―그게 뭔가요?

―계속 고통을 겪어야 하지. 하지만 그게 다가 아니다. 최악은 바로, 병든 영혼이, 네가 살아 있는 동안에, 몸에서 떨어져 나온다는 거다. 그 영혼은 계속 살아갈 테지만 계속 고통받는 채다. 네 영혼은 영혼들의 세계에서도 제대로 살지 못하고 방황하게 된다. 여기서도 거기서도 넌 혼자이고 아무런 희망이 없다.

―난 이미 혼자이고 이미 아무 희망도 없는걸요.

—맞는 말이다. 하지만 이 땅에서일 뿐이지. 나를 따라 다른 세상에 가겠다고 받아들인다면 그곳에서 기다리는 영혼들이 널 낫게 해줄 수 있다. 함께 사는 새로운 삶이 기다리고 있지. 그들은 영혼의 삶이 육신의 삶보다 훨씬 길다는 걸 알고 있다. 그곳에선 영혼을 돌볼수 있다. 다른 세상에 가면 영혼을 돌볼 시간이 주어진다. 넌 다시 누군가가 될 수 있고, 널 되찾을 수 있다. 이곳에선 너에게 아무것도 없다. 오직 고통뿐이다.

—내가 당신이 말한 것 말고 이 고통을 선택한다면 어떻게 되죠? 설령 아프다 해도 계속 살아가려 한다면?

—난 네 선택을 받아들인다. 하지만 그렇게 되면 네 영혼은 육신의 보호를 너무 일찍 벗어나는 것만으로도 이미 망가져 그 어떤 것도, 심지어 영원성의 시간마저도 네 영혼을 구할 수 없게 된다. 넌 고통스럽더라도 이곳에서 살기를 바라지만, 진정한 삶은 다른 세계에서 시작된다. 가서 보거라.

음바르의 영혼은 말이 없었다. 아버지의 영혼은 잘 생각해보라고 하고는 다시 음바르의 영혼을 집 안으로 데리고 들어가 몸속에 들여보냈다. 아버지는 음바르에게 이틀 뒤까지 마음을 정해야 한다고, 그동안 그의 고통은 아버지가 쥐고 있겠다고 했다. 음바르가 감사 인사를 했다. 아버지는 갔던 길을 되돌아와 우리 집 마당에 있는 몸으로 들어갔다.

깨어난 음바르 은곰은 하나도 빼지 않고 다 기억했다. 그날 음바르는 몇 년 만에 처음으로 아프지 않았다. 이틀이 지나갔고, 그사이 음바르는 마음의 평화를 되찾았다. 그는 자식들과 아내와 부모와 친구들과 시간을 보냈다. 그것이 무엇을 의미하는지 모두 알고 있었다.

약속한 대로 아버지가 이틀 뒤에 다시 찾아왔다. 음바르 은곰이 기다리고 있었다.

—어쩌겠느냐? 아버지가 말했다.

—해방시켜주세요. 음바르 은곰이 대답했다.

그러자 아버지가 음바르의 고통을 가둬두었던 왼손의 주먹을 폈다. 그리고 그 손을 음바르의 얼굴에 얹었다. 음바르는 곧바로 죽었다. 그의 영혼이 공중으로 올라갔다. 아버지가 그 영혼을 죽음과 삶이 함께하는 큰 강 건너편으로 데려다주었다.

*

자. 이게 음바르 은곰의 이야기야, 디에간.

이제 이 일이 진짜라고 가정해보자—분명히 말했어, 가정해보자고. 이 일이 진짜라고, 내 아버지가 정말로 사람들의 머릿속에 들어가 죽음을 설득하는 법을 알고 있었다고, 저승에 가서 행복하고 편안하고 순결하게 살 수 있다고 약속하면서 설령 자살일지언정 고통 없는 죽음을 약속할 힘을 지니고 있었다고, 그리고 그 지식을 엘리만에게 전해주었다고 가정해보자고. 내가 무슨 말을 하고 싶은지 알겠지? 맞아, 그거야. 짚 침대에 누운 내 아버지가 마지막으로 나에게 모두 털어놓았을 때, 자신이 엘리만 마다그에게 많은 걸 가르쳐주었다고, 다른 지식들도 가르쳐주었다고 했어. 어쩌면 그중에 이 신비술이 포함되어 있고, 그래서 분노와 수치심에 휩싸인 엘리만이 문학비평가들에게, 보비날에게, 『비인간적인 것의 미로』를 이해하지 못한 혹은 그 책에 해를 가한 사람들에게 힘을 쓴 게 아닐까? 물론 아직은 가정일 뿐이야. 어처구니없는 가정이지. 문제의 자살들은 공교롭게 같이 일어났을 뿐이라는 거 나도 알아. 비극적인 우연이었지. 전부 『비인간적인 것의 미로』와 관련된 사람들이라는 건 그저 우연의 결과일 거야. 브리지트 볼렘이라면 보이지 않게 적혀 있는 운명이라고 말하겠지. 어쩌면 볼렘도 신비주의를 믿었는지 몰라. 난 안 믿어.

자. 조금 피워봐, *als het erop aan komt*, 밀물이야, 한 모금만 빨아봐, 천천히, 자, *bine-bine*, 그래, 그거야. 이제 눈을 떠봐. 이제 바다는 네 거야, 선원이 되는 거야.

*

엘리만이 자신이 가진 능력을 이용해 가련한 프랑스 비평가들을 자살로 몰고 갔다면 그것은 무서운 일이지. 하지만 어쩌면 사실일지도 모를 이 끔찍한 일은 내가 보기엔 희극적이기도 해. 넌 안 그래? 사람들이 이해하지 못한다고, 자기 책을 제대로 읽지 못한다고, 그래서 자기가 모욕당했다고, 문학이 아닌 다른 프리즘으로 피부색과 출신과 종교와 신분만으로 평가받았다고 그 복수를 하느라 작가가 자기 책을 나쁘게 평한 사람들을 죽이다니, 완전 코미디잖아.

지금이라고 뭐가 달라? 지금은 뭐 문학에 대해 말하고 미학적 가치에 대해 말해? 그냥 사람들에 대해, 피부색이 얼마나 짙은가에 대해, 목소리가 어떻고 몇 살이고 헤어스타일이 어떤지에 대해, 어떤 개를 기르는지, 키우는 고양이의 털이 어떤지, 집을 어떻게 장식했는지, 어떤 색 양복을 입는지 그런 얘기만 하잖아. 글쓰기와 신상 중에, 문체와 문제를 가질 필요 없는 미디어 화면 중에, 문학 창작과 인물에 대한 선정적 이야기 중에 어떤 얘기를 하지?

W.는 이런저런 문학상을 받은 혹은 이런저런 협회에 들어간 최초의 흑인 소설가다. 그의 책을 읽어보라. 보나마나 뛰어날 테니.

X.는 포괄적 글쓰기*로 이루어진 책을 출간한 첫 레즈비언 작가이다. 우리 시대의 혁명적인 글이다.

Y.는 목요일에는 무신론자 양성애자고, 금요일에는 회교를 믿는 시스젠더**이다. 그가 쓴 이야기는 경이롭고 감동적이며 전적인 실화다!

Z.는 자기 어머니를 능욕한 뒤에 살해한 여자다. 아버지가 면회 오면 면회실 탁자 아래로 손을 뻗어 아버지의 성기를 어루만진다. 세상에 주먹질을 날리는 책을 썼다.

이 모든 것, 격상되고 대우받는 이런 하찮은 것들 탓에 우리는 죽는 거야. 모두. 기자들, 비평가들, 독자들, 편집자들, 작가들, 사회―모두.

지금이라면 엘리만이 어떻게 할까? 모두 죽일 거야. 그런 뒤에 자기도 죽겠지. 한 번 더 말할게. 이 모든 건 전부 코미디야. 더없이 침울한 코미디.

---

* 남성 중심의 기존 언어 대신 양성 평등에 기반을 둔 언어를 가리키는 용어.
** 트랜스젠더의 상대 개념으로, 생물학적 성과 스스로 느끼는 젠더 정체성이 일치하는 사람을 말한다.

*

드니즈도 그런 거였을까? 다시 드니즈 얘길 해보자.

드니즈의 집에 다녀온 지 닷새째 되던 날이었다. 보트랭에서 춤을 추는데 저녁에 전화가 왔다. 병원이었다. 의사 말이 드니즈가 나를 보고 싶어한다면서 최대한 빨리 와달라고 했다. 나는 앙드레와 뤼시앵에게 사정을 설명하고 쇼를 중단한 뒤 드니즈가 입원한 병원으로 달려갔다. 병원에는 드니즈의 유일한 가족인 고모와 고모부 그리고 사촌 둘이 와 있었다. 그들은 복도에서 드니즈가 그냥 열이 난 게 아니라 앓고 있는 병 때문이라고 말했다. 무슨 병이죠? 유전성 빈혈이에요. 드니즈의 고모가 말했다. 드니즈가 열 살 때 죽은 아버지, 그러니까 내 오빠에게서 물려받은 병이죠. 어머니는 아버지보다 몇 년 뒤에 배 사고로 죽었어요.

나는 전혀 몰랐다. 드니즈가 부모를 잃었다는 말은 들은 적 있지만, 어쩌다 그렇게 되었는지는 몰랐다. 유전성 빈혈과 관련된 증상으로 고생한다는 얘기도 금시초문이었다.

드니즈가 기다려요, 고모가 말했다. 나는 병실로 들어갔다. 드니즈는 정말로 나를 기다리고 있었다. 마치 내가 올 줄 알고 있었다는 듯 아니면 복도에서 말하는 내 목소리를 들었는지, 드니즈는 내가 문을 열기도 전에 이미 문 쪽을 쳐다보고 있었다. 나는 드니즈가 많이 쇠약해졌을 거라고, 어쩌면 의식이 없을지도 모른다고 마음의 준비를 한 상태였다. 아마도 거미줄처럼 불안스럽게 얽힌 줄들이 주렁주렁하고, 반투명의 노르스름한 액체가 한 방울씩 천천히 떨어지는 관들을 꽂고, 기계들과 산소통과 링거에 연결된 온갖 측정기를 매달고 있으리라 생각했다. 그런데 정작 내 눈앞에는 그런 것이 하나도 없는 엄숙한 광경이 펼쳐졌다. 마치 다 회복되어서 퇴원할 채비를 하는 혹은 반대로 더는 할 수 있는 게 없음을 알고 모든 치료를 중단하기로 한 것 같았다. 드니즈가 일어나 앉았다. 그러느라 흰색 시트 아래 두 다리가 드러났다. 드니즈는 빙그레 웃었다. 나는 다가가 손을 잡아주었다. 드니즈가 다른 손에 들고 있던 책을 보여주었다. 『철학적 단편』이었다.

—이거 읽고 있는데, 참 좋아. 이 책에서 멋진 묘비명을 찾을 거야.

나는 현실을 감추는 말들로 드니즈를 달래주거나 위로해줄 용기가 없었고 그러고 싶지도 않았다. 죽음이 어디까지 와 있는지 자신이 누구보다 잘 알지 않겠는가. 어쩌면 이미 죽음의 눈이 보일지도 몰랐다. 그건 진짜 죽음의 눈이 아니라는, 널 찾아온 게 아니라는 말은 오만일 뿐이다. 병자 앞에서 건강한 사람들이 품는 희망을 윤색하는 오만 말이다.

—보통은 증상이 시작될 것 같으면 미리 느껴져. 그러면 대비도 하지. 오래 앓으면서 익혔으니까. 원래는 예고가 와. 그런데 이번엔 갑자기 닥쳐서 속수무책이었어. 손쓸 틈이 없었어.

—그 얘긴 안 해도 돼. 드니즈, 다른 얘기 하자.

—바보같이 굴지 마. 해야 한다는 거 너도 알잖아. 6호실에 있을 때 시작되었어. 아니 6호실에서 나온 뒤가 맞겠다. 그 때문이야.

드니즈는 잠시 말이 없었다. 나도 아무 말도 하지 않았다. 내가 손에 힘을 주자 내 손 안에서 드니즈의 손이 희미하게 응답했다.

—그 사람 그 뒤론 안 왔지? 그렇지?

―안 왔어.

―이미 했을 거야.

―뭘?

드니즈가 강렬한 눈길로 아주 잠시 나를 쳐다보다가 다시 말을 이었다.

―6호실에 갔더니, 그 사람은 희미한 빛 속에서 안락의자에 앉아 있었어. 방 안이 제법 추운데도 열어둔 창문으로 밤의 불빛만 들어왔지. 창문이 열려 있는 건 괜찮았어. 어차피 좀 더웠거든. 그 사람이 쓰고 있던 챙 넓은 모자는 이미 벗었는데도, 방이 어두워서 얼굴은 잘 안 보였어. 인사를 하고 불을 켜도 되는지 물었어. 그랬더니 켜지 말라고, 자긴 조금 어두운 게 좋다고 했고. 이어 왜 나 혼자 왔느냐고 물었고, 네가 오고 싶어하지 않았다고 대답했어. 실망했는지 잠시 말이 없었지. 다가가도 되는지 옷을 벗어야 하는지 춤을 춰야 하는지 침대에 누워야 하는지 아니면 그가 원하는 걸 말할 때까지 기다려야 하는지 몰라서 그냥 가만히 있었어. 한참 뒤에야 그가 말했어. 그렇다면 필요 없다고, 자기가 며칠 뒤에 하려는 일을 앞두고 긴장을 풀려 했는데 어차피 나 혼자로는 안 된다고 했어. 그 말을 듣고 내가 아무 말도 안 하니까 왜 자기가 하려는 일이 뭐냐고 물어보지 않느냐고 했어. 내가 마음속으로 물어보았다고, 하지만 직접 물어보면 안 될 것 같아서 아무 말 안 했다고, 어차피 내 일은 아니라고, 나는 즐거움을 주는 일을 맡은 댄서일 뿐이라고 대답했지. 그 사람은 다시 말이 없다가 잠시 뒤에, 옛날, 그러니까 전쟁 전에는 이곳에 댄서들이 없었다고 했어. 그런 뒤엔 내가 묻기도 전에 말을 이었지. 정

말이라고, 자기는 이곳을 안다고, 이전 모습을 안다고, 그때는 다른 이름이었다고, 오래전 일이지만 가끔 친구들과 왔고 혼자 오기도 했다고 했어. 클리시 광장에서 제일 좋은 곳으로 꼽혔다면서. 그러더니 나더러 그냥 어깨만 주물러달라고 했어. 나는 다가갔고, 그렇게 그 사람 얼굴을 처음 보았지. 일흔 살쯤 되었을까. 등 뒤에 서서 어깨를 주무르는데, 그가 카를로스 가르델의 탱고를 노래하기 시작했어. 노래가 어찌나 아름답던지, 그리고 어찌나 노래를 잘 부르던지 난 밤새도록 듣고 싶었어. 그런데 노래가 끝났고 그 순간 두려움이 밀려오기 시작했어. 서서히 다가오는 저항할 수 없는 두려움이었지. 이유도 알 수 없는 두려움. 불길한 예감이라는 게 그렇잖아. 막 몸이 떨렸어. 창문이 열려 있어서 추운 거라 생각하며 애써 마음을 달랬지만, 마음속으로 난 내가 느끼는 두려움이 창문으로 들어오는 서늘한 바람과는 아무 관련이 없다는 걸 알고 있었어. 그래도 창문을 닫아도 되느냐고 물었더니 그가 일어서서 직접 닫았어. 그리고 다시 내 쪽으로 다가오는데 마치 거인처럼 크게 느껴졌어. 그야말로 무방비 상태로 내 모든 걸 내맡긴 느낌이었지. 안락의자에 앉아 있을 땐 그냥 우아한, 하지만 쇠약한 노인 같았는데 일어서니까 전혀 다른 사람이었어. 강하고 큰 사람. 두려움이 도무지 가시지 않았지. 무거운 돌덩이로 변해 내 배 속에 버티고 있는 것 같았어. 내 마음을 알아챘는지 그가 두려워하지 말라고, 아무것도 안 할 거라고 했어. 이제 자기는 어떤 재료로 관을 준비할까, 장례식에 사람들이 무슨 꽃을 들고 올까, 그런 생각을 하는 나이라면서. 그 말에 내가 미소를 지었고, 그가 말했어. 그만 가봐요. 벌써요? 그가 그렇다고 했어. 난 안도하면서 문 쪽으로 걸어갔고, 그는 다시 의자에 앉았어. 그런데 그때 내가 하지 말았어야 할 행동을 하고 만 거야. 걸음을 멈추고 물어봤거든. 며칠 뒤에 하시겠다는 일이 뭔가요? 그가 빙그레 웃었고, 그 순간 내 배 속의 돌덩이가 움직이는 느낌이 왔어. 정말 알고 싶은가? 그가 물었고 난 그렇다고 대답했어. 그랬더니 왜 알고 싶으냐고 물었고 난 내가 아는 걸 바라시는 것 같다고 대답했어. 그럴지도 모르겠군. 그렇게 중얼거린 뒤 다시 조용히 있더니 다시 말했어. 알고 싶다니까 그리고 어쩌면 나도 알려주고 싶은지도 모르니까 말하도록 하지. 하지만 아무한테도 말하면 안 돼. 이 방 밖에선 절대로! 밖에서 했다가는…… 그는 문장을 끝맺지 않았어. 난 장난하는 줄 알았어. 그래, 장난이 맞을지도 몰라. 하지만 생사가 걸린 장난인데 자기 혼자만 그 규칙을 알고 있었던 거야. 난 바보같이, 겁에 질려서, 하지만 미소를 띤 얼굴로 말하지 않겠다고 약속했어. 그가 입을 흉하게 찡그리면서 이렇게 말했지. 오래전부터 준비해온 일이지. 죽이기. 며칠 뒤 마지막 한 명이 남았고, 그러면 끝. 모든 게 이루어져. 그는 다시 말을 그쳤고 나는 바보같이 웃었어. 그는 미소를 지우고 검지를 들어 입술에 가져다댔어. 나도 똑같이 해 보이고는 그 방에서 나왔지. 내가 들은 얘기가 끔찍할까 아니면 우스꽝스러울까 마음속으로 물어보았지. 내려가 옷을 갈아입기 위해 탈의실로 갔는데 앙드레와 뤼시앵이 왔어. 그 사람이 팁을 굉장히 많이 주고 갔다면서 꽤 많은 돈을 건네줬지. 돈을 이렇게 많이 주는 걸 보면 꽤 괜찮았다고 생각하는 것 같았어. 그래도 아무 말 하지 말아야 했는데, 난 6호실에서 있었던 일을 결국 얘기했어. 어깨를 주무른 일과 탱고 얘기를 했고 창문 얘기도 했어. 그리고 마지막으로 그 남자가 향수에 젖은 외로운 노인이라고, 고독을 달래기 위해 뭔가 두근거리는 삶을 상상하는 것 같다고, 내가 방에서 나오기 전에 그 사람이 자기가 사실은 무서운 살인자라고, n번째 살인을 준비 중이라고 고백했다고 말했어. 실망이네. 앙드레가 말했어. 뭔가 있을 줄 알았는데 겨우 권태를 달래느라 가르델의 노래를 부르면서 어린 여자들 안마나 받는 노인이었다니. 나이가 들면 누구나 그렇게 아무것도 아닌 게 되나봐. 뤼시앵, 내가 늙은 여자가 되게 두지 않겠다고 약속해줘. 뤼시앵은 평소처럼 심각한 표정이었고 아무 말도 하지 않았어. 그날 집으로 돌아가는데, 자꾸만 누군가 따라오는 것 같은 느낌이 들었어. 뒤돌아보면 아무도 없었고. 배 속에서는 다시 돌덩이가 느껴졌지. 잠잘 때도 느껴졌어. 이튿날 일어나니까 돌덩이는 사라졌지만 내 병의 증상들이 나타나기 시작했어. 처음엔 6호실과 연관 짓지 못했지. 정말 사흘 동안 그 생각은 못 했어. 아니, 제대로 말하자면, 일부러 생각 안 했어. 상황을 이해하기 시작한 건 네가 날 찾아왔던 그날이었어. 그래서 그날 내 행동이 그렇게 이상했던 거야. 병 때문이 아니었어. 증상이 시작된 게 내가 그 비밀을 지키지 않았기 때문이라는 걸 막 깨달았을 때였거든. 말도 안 되는 소리라는 거 나도 알아. 그래서 아무한테도 얘기 안 했어. 어차피 믿어줄 사람도 없을 테니까. 너도 지금 내 말을 안 믿고 있잖아. 의사들도 왜 이렇게 갑작스러운 증상이 나타났는지 설명을 못 해. 치료도 잘되는 중이었으니까. 정말 문제없었거든. 최소한 그날 저녁까진 그랬어. 넌 안 믿겠지. 하지만 내 말이 맞아. 지금 내가 병원에 있는 건 내가 그 사람의 비밀을 말했기 때문이야. 그날 저녁,

그래 6호실 이후로 그 남자가 계속 내 주위에 있는 게 느껴져. 때론 아르헨티나 탱고를 부르는 목소리도 들려. 돌아보면 아무도 없고. 어쩌면 내가 나도 모르게 노래를 불렀을 수도 있지. 그게 아니면 그 사람이 내 안에 들어와 있거나. 그래, 그 사람이 내 안에 있어. 그 사람은 내 안에 든 돌덩이 유령이야. 사람들이 들으면 착란에 빠져 떠드는 헛소리라고 생각하겠지. 하지만 아니야. 지금 그 사람은 이 넓은 도시 어디에선가 누군가를 죽이고 있어. 아니 이미 죽였을 거야. 아무도 막을 수 없어.

드니즈가 말을 멈추고 눈을 감았다. 나 역시 모든 게 착란에 빠져 하는 말이라고 생각했다. 잠시 후 드니즈가 눈을 떴다.

—착란 아니야, 시가. 분명 아니야. 내 말 믿어줘.

—그 사람 이름 알아?

—말 안 해줬어. 자기 얘긴 안 했어. 그곳이 보트랭이 되기 전부터 알았다는 것과 그 탱고를 좋아한다는 거, 그리고 자기는 살인자라는 얘기밖에 안 했어. 다른 건 아무것도 몰라. 어쨌든 전부 너한테 말해주고 싶었어. 혹시라도……

드니즈는 잠시 말을 멈추고 숨을 힘껏 들이마셨다. 기운이 다 빠져 보였다. 나는 그만 가보겠다고, 곧 다시 들르겠다고 말했다. 드니즈가 내 손을 잡았다.

—……혹시 네가 그 방에 가게 될까봐, 그가 보트랭에 다시 찾아올까봐 걱정돼. 그 사람 조심해. 가까이 가지 마. 혹시 다가가더라도 절대 뭘 할 거냐고 묻지 말고.

드니즈는 다시 눈을 감았다. 말하느라 힘을 너무 많이 쓴 것이다.

나는 인사를 한 뒤 병실을 나섰다.

*

　나는 그날 밤새도록 드니즈가 한 말을 생각했고, 6호실을 생각했다. 무엇보다 드니즈의 집으로 찾아갔던 날 느꼈던 것을, 병풍 칸막이 뒤에 누군가 숨어 있는 것 같았던 느낌을 생각했다. 드니즈의 집 문 앞에 서 있을 때 들리는 것 같던 알 수 없는 노랫소리도 생각했다. 하지만 아무리 되짚어봐도 6호실에서 일어난 일과 드니즈의 착란에 대해서는 그야말로 희미한 감각, 모호한 인상, 근거 없는 가정들만 뒤얽힌 채 그 어떤 것도 분명해지지 않았다. 나는 딜러 하피즈를 찾아가 "거센 밀물"을 달라고 했다. 최고 단골들에게만 주는 특별하고 강력한 환각제였는데, 나는 그의 최고 단골에 속했다. 하피즈는 정확한 용량을 알려주면서 불가항력적인 상황이 아니면 절대 그 양을 넘기지 말라고 강조했다. 그가 단호하게 말했다. 불가항력적인 상황이 아니면.
　나는 밀물을 조금 피운 뒤에 새벽까지 글을 썼다. 새로 쓰기 시작한『암흑의 밤에 바치는 비가』에 격정적으로 온 힘을 쏟으며 매달렸다. 이튿날 오후가 시작될 즈음 두 가지 소식을 연달아 받았다. 나는 날아갈 듯 기뻤다. 우선 아이티의 시인에게서 연락이 왔다. 며칠 뒤에 파리에 온다고, 파리에서 일주일 머문 뒤에 휴가를 보내러 아르헨티나로 간다고 했다. 내가 보고 싶다고도 했다. 얼마나 기뻤는지. 세네갈에서 헤어진 뒤로 첫 재회였다. 다시 만난다는 생각에 정말로 오랜만에 행복했다.

두 번째 소식은 병원에서 왔다. 드니즈의 상태를 확인하려고 전화를 걸었는데, 고모가 말하길 지금은 드니즈가 자고 있다고, 지난밤에 상태가 좋아졌다고 했다.

그날 저녁에 나는 가벼운 마음으로 보트랭에 갔다. 드니즈가 곧 돌아오리라 확신했고, 며칠 뒤면 아이티의 시인을 만난다는 생각에 기뻤다. 다른 건 다 잊었다. 새벽 두 시에 일을 마치고 집으로 돌아갈 때 하피즈가 준 밀물의 양을 늘렸다. 이따금 가로지르는 공원으로 들어섰다. 나는 밤이 오면 그곳에 깔리는 정적과 고독이 좋았다. 그날은 밀물을 빨아들이며 공원으로 들어섰다. 그리고 몇 걸음 옮겼을 때 조금 떨어진 곳에 보트랭의 남자가 나타났다. 정말 그였다. 자주색과 초록색의 후광에 둘러싸인 남자.

공원에는 우리 둘뿐이었다. 내가 자기를 보았음을 확인한 남자가 양쪽으로 늘어선 나무들 사이로 성큼성큼 걸어갔다. 나는 온몸이 굳어버린 듯 꼼짝 못 하다가 이내 그를 따라가기로 했다. 그가 먼저 들어선 가로수 길로 따라 들어갔지만 이미 보이지 않았다. 놓친 걸까, 불안이 밀려왔다. 하지만 마치 나를 안심시키려는 듯 그가 노래를 부르기 시작했다. 카를로스 가르델의 유명한 탱고였다. 노랫소리가 또렷이 들렸다. 멀지 않은 곳에 있다는 뜻이다. 나는 노랫소리를 따라갔다.

그러다가 문득 내가 있는 장소, 내가 지나온 길, 주변에 보이는 것들이 지금껏 알고 있던 것과 다르다는 사실을 깨달았다. 분명 벤치들을 지나왔는데 돌아보니 벤치 대신 낯선 나무들이, 그 공원에서 흔히 볼 수 있는 종에 비해 훨씬 큰 나무들이 서 있었다. 굉장히 크고 둥치도 굵은 나무였고, 잎도 무성해서 마치 시커먼 수지가 꽉 들어찬 것 같았다. 나는 하늘을 올려다보았다. 조금 전까지 머리 위로 펼쳐졌던 구름 없는 하늘이 이제는 이리저리 뻗어나간 무성한 나뭇가지들 사이로 드문드문 보일 뿐이었다.

모든 표지들이 흐려졌다. 단 하나, 보이지 않는 남자의 목소리만 남았다. 나는 가슴에 쌓여가는 무거운 파도에 쓰러지지 않으려 애쓰며 목소리에 귀를 기울였다. 사람은 보이지 않았지만, 목소리로 그가 나보다 겨우 몇 걸음 앞서가는 것을 알 수 있었다. 그런데 왜 보이지 않을까? 간단했다. 그곳은 더 이상 내가 아는 공원이 아니었다. 다른 공원, 다른 세상의 공원, 다른 도시의 공원이었다. 소리 없이, 눈에 보이지도 않은 채로, 배경이 이미 바뀌어 있었다. 아무 일도 일어나지 않았는데, 아무것도 움직이지 않았는데, 전부 바뀌었다. 공원이 정글로 변한 혹은 정글 일부가 공원으로 옮겨온 것 같았다. 이 모든 것이 내 눈앞에서 일어났는데 나는 아무것도 보지 못했다.

넌 지금 제정신이 아니야. 내가 나에게 말했다. 하피즈가 준 특별한 밀물 때문이야. 조금 있으면 아마존의 육식성 식물들 뒤에 웅크린 형이상학적 호랑이가 나타나겠군. 고향 마을에서 내 할아버지 왈리를 잡아먹었다는 그 신화적인 악어가 환생할 수도 있고! 나는 웃으면서 내가 처한 상황을 대수롭지 않게 받아들이려 애썼다. 지난 며칠 동안 피곤했는데 향정신성 약물의 효과가 더해지면서 이런 기이한 일을 겪는다고 생각했다. 이것은 *good trip*일까 *bad trip*일까,*

---

* trip은 '마약에 의한 환각 체험'을 가리킨다.

꿈의 대용품일까 악몽의 서막일까? 알 수 없었다. 아마도 아직 둘 중 어느 것도 아닐 것이다. 아직은 아무런 특징이 더해지지 않은 낯선 상태였다. 나는 걸음을 멈추고 밀물의 양을 최대한으로 늘려서 말았다. 불가항력적인 상황이었다.

여전히 내 앞쪽 어디에선가 탱고를 노래하는 목소리가 들려왔다. 나는 탱고 선율에 이끌려 나무들 사이로 계속 걸어갔다. 잠시 뒤, 마치 섬광처럼 제정신이 돌아와 나를 관통하는 듯한 느낌과 함께, 내 눈앞에, 어두운 밤에 자주색과 초록색의 후광을 띤 남자를 쫓아 이곳을 걷고 있는 내 모습이 나타났다. 나는 키들거리기 시작했다. 곧 내 웃음소리가 점점 커지더니 거대한 웃음의 강물이 되어 모든 것을 휩쓸며 흘러갔다. 그 미친 듯한 웃음소리 때문에 한동안 탱고의 노랫말마저 들리지 않았다. 나는 나 자신을 비웃고 내 광기를 비웃으면서 말과 문장을 제대로 끝맺지 못한 채 횡설수설했다. 그런 시간이 아주 길게 느껴졌고 기분이 좋았다. 그러다가 문득 깨달았다. 내가 발작적인 웃음이라고 생각한 것은 사실은 겁에 질려 폭포수처럼 쏟아낸 오열이었다. 혹은 도중에 오열로 변했다. 나는 걸음을 멈추었고, 흥분을 가라앉히고 침착함을 되찾기 위해 목련나무에 잠시 기대 있었다. 남자의 노래는 나와 보조를 맞추려는 듯 혹은 내 상황을 알아차린 듯 부드러운 위로의 곡조로 바뀌었다.

정말로 겁이 나기 시작했다. 조금 전 내 웃음이 오열로 바뀐 이유도 깨달았다. 내 몸은 자신이 웃고 싶은 마음이 전혀 없음을 알았기 때문이다. 또한 내 몸은 자기를 지배하는 것이 바로 시원적 공포임을, 피할 수 없이 눈앞에 다가온 재앙이나 끔찍한 것을 앞에 둔 공포임을 알았다. 말하자면 그것은 부모님이 아무리 마음 놓이는 말을 해주고 확인해주어도 자기 침대 밑에 괴물이 살고 있다고 믿는, 언젠가 괴물이 침대 밖으로 나올 거라고 확신하는 어린아이의 공포 같은 것이었다. 또한 한 삽만 더 파내면 거대한 시체 더미를 여는 첫 시신이 모습을 드러내리라 예감하는 수사관의 공포와 같았다.

나는 이제는 끝내야 한다고 중얼거리면서 노래를 따라 다시 걷기 시작했다. 나는 언제부터 노랫소리를 따라온 걸까? 아무튼 사거리, 갈림길, 지그재그 길, 굽잇길, 지평선 끝까지 곧게 뻗은 길, 골목길 끝에 갑자기 나타나서 다른 골목길을 향해 휘어지는 또 다른 골목길, 내가 이미 묘사한 나무들이 늘어서 있는 길, 모두 기억났다. 등불 하나 밝혀져 있지 않았지만 마치 공기 중에 떠 있는 보이지 않는 입자들이 빛을 발하기라도 한 듯 전부 환하게 잘 보였다. 문득 한 가지 의혹과 함께 등골이 서늘해졌다. 내가 약물에 취한 게 아니라면? 환각 때문이 아니라면? 밀물의 탱고가 하피즈가 준 약물과 관련이 없다면? 기이한 현상들이 현실 속에 개입하는 것만큼 두려운 일은 없다. 사리 판단이 불가능한 상태에서라면 더욱 그렇다. 비현실과 착란이라는 목발―현실이 가진 모든 얼굴, 가장 추악한 얼굴들을 쳐다보지 않을 수 있게 해주고 나아가 현실이 여러 가지 얼굴을 갖는다는 생각 자체를 외면하게 해주는 손쉬운 방법이다―없이 그 현상들을 파악해야만 한다. 현실에는 역이 존재하지 않는다는, 일어나는 모든 것이 현실이라는 하피즈의 말은 바로 이런 뜻이었을까?

나는 공원의 미로뿐 아니라 내 인생의 미로 속에 있었다. 손쉬운, 하지만 정당한 은유이다. 바다의 어둠 속에서 약에 취한 채로 길을 잃은, 보이지 않는 세이렌들이 부르는 탱고를 따라가는 통나무 배. 내 삶이 그랬다. 내 삶은 환각에 빠진 여자 율리시스의 삶이었다. 하지만 돌아갈 곳이 없는 율리시스, 돌아가야 하는 이타카마저도 바다인, 바다일 수밖에 없는 율리시스다. 나의 이타카는 바다, 세이렌의 노래, 계략들, 비 속에서 흘리는 눈물, 키클롭스, 그리고 다시 바다, 영원히 바다였다.

난 내가 결코 세네갈로 돌아가지 않으리라는 걸 알았어, 디에간. 나와 고국 사이의 단절은 너무도 깊지. 시간이 가도 오해는 결코 지워지지 않으리라고 예감했어. 오히려 더 강해지겠지. 나는 바로 그 오해에서 작가로 태어났고, 태어난 뒤에도 바로 그 오해의 이야기를 써야 했어. 아직 한 권도 쓰지 못하던 때부터 나는 내가 쓰게 될 모든 책이 내 나라와의 결별 이야기, 내가 그곳에서 알았던 사람들과의 결별, 나의 아버지와 내 의붓어머니들인 마메 쿠라, 야이 은고네, 타 디브와의 결별, 거리에서 혹은 대학에서 하룻밤 만난 남자 혹은 남자들과의 결별 이야기가 되리라는 걸 알았지. 나는 그 이야기들을 쓰게 되고 아무도 나를 이해하지 못할 것임을, 고국의 모두가 나를 증오할 것임을 알았어. 이유는 단 하나지. 나는 글쓰기로 배신했을 뿐 아니라, 고국을 떠나 글을 씀으로써 두 번 배신한 거야. 그래서 이렇게 생각했어. 좋다. 내가 글을 쓰는 것은 사람들이 조국을 배신하는 것과 같다. 태어난 나라가 아니라 운명의 나라에서, 우리의 마음속 삶이 오래전부터 우리에게 운명으로 떠안긴 조국, 내면의 조국에서 살겠다고 선택하는 것이다. 그 조국은 뜨거운 추억이 살아 있고 얼음처럼 차가운 암흑이 도사리고 있는 곳, 첫 꿈을 꾼 곳, 공포와 수치심이 영혼의 옆구리로 무리 지어 흘러내린 곳, 석유처럼 새까만 암흑의 밤에 흰색의 길을, 유령마저도 살지 않을 마을을 헤매던 어리석음을 치러낸 곳, 사랑과 순수의 결정들이 환상으로 반짝이던 곳이다. 그러나 그 조국은 또한 웃음 짓는 광기가 펼쳐진 곳, 두개골이 쌓여간 곳, 제정신이 돌아오면 두려움을 가차 없이 집어삼키는 곳, 가능한 모든 고독과 남아 있는 모든 침묵이 있는 곳이다. 그곳만이 내가 살 수 있는 유일한 조국이었다(살 수 있다는 말의 뜻은 잃어버리거나 미워할 수 없다, 감상적이고 피상적인 향수에 노출시킬 수 없다, 유배라는 훈장을 가슴에 달기 위해서 핑계 혹은 볼모로 삼을 수 없다, 이런 뜻이다. 또한 우리가 지킬 수 없는 조국이라는 뜻이다. 우리가 살 수 있는 조국이란 굳건한 부벽扶壁의 힘으로 저절로 지켜지는 조국이다. 우리가 그곳에서 치를 희생이라고는 게으름, 그리고 허구한 날 섹스를 하고 싶은 욕망뿐이다). 그런 조국이 어디 있느냐고? 알지 않는가. 그것은 책들이 만드는 조국이다. 우리가 읽고 사랑한 책, 우리가 읽고 손가락질한 책, 우리가 쓰겠다는 꿈을 품는 책, 중요하지 않아서 잊어버린, 언제가 넘겨본 적 있는지조차 잊어버린 책, 우리가 읽었다고 주장하는 책, 우리가 결코 읽지 않을, 하지만 무슨 일이 있어도 절대로 버리지 않을 책, 인내의 밤을 버티는, 눈부신 새벽을 앞둔 어스름한 빛 속에서의 독서를 기다리는 책 말이다. 그렇다. 나는 이렇게 말했다. 그래, 난 그런 조국의 시민이 되리라. 그 왕국에, 도서관이라는 왕국에 충성 맹세를 하리라.

나는 생각에 빠져 있느라 노래가 그치는 것도 미처 몰랐다. 언제 그친 걸까? 공원 출구가 보였다. 환하게 불 밝혀진 작은 광장에 어린

이 놀이터가 있었다. 나는 보트랭의 남자가 그곳에서 기다릴 테고, 드디어 진실이 밝혀지리라 기대했다. 하지만 벤치에 앉은 남자는 보트랭의 남자가 아니었다. 그 역시 노인이기는 했지만 키가 작고 옷차림이 추레하고 모자도 쓰지 않은 남자였다. 그는 검은 안경을 쓰고 있었다. 내가 다가가도 놀라는 기색 없이 내 쪽으로 고개를 돌렸다. 내가 인사하자 그도 옛날 식으로 정중하게 대답했다.

─실례합니다. 내가 말했다. 혹시…… 그러니까…… 혹시 펠트 모자를 쓰고 옷을 잘 입은 남자 하나 지나가는 것 못 보셨나요? 아프리카인이에요…… 조금 전에…… 키가 아주 커요. 탱고를 부르고 있었고요.

노인은 아무 반응도 없었고 움직이지도 않았다. 마치 내가 말을 너무 빨리해서 이해하지 못한 것 같았다. 잠시 후 그가 말했다.

─나는 맹인이에요. 그래서 이런 안경을 쓰고 있답니다. 조금 전에 남자가 있었던 건 맞는데, 그가 큰지 작은지 옷을 잘 입었는지 못 입었는지는 몰라요. 내가 말해줄 수 있는 건 차분하고 안정감이 있는 목소리, 세상일에 자신 있는 목소리였다는 것뿐이지요.

─그 사람은 어디로 갔죠?

─누가 어디로 가는지까지 어떻게 알겠어요. 그냥, 갔어요. 그게 다예요. 밤은 광대한 땅이니까.

─목소리 얘기를 하셨는데, 그 사람이 무슨 말을 했죠?

─노래를 불러줘서 고맙다고 했어요. 당신이 말한 노래는 그 사람이 아니라 내가 불렀으니까. 나였어요. 탱고를 부른 건 나였다고요. 남자가 내 목소리가 좋다고 했죠. 추억을 떠올려준다더군요. 한 번

더 고맙다 말하고는 아름다운 밤을 보내라고 인사하고 갔어요. 그리고 딱 이 분 뒤에 당신이 왔고요. 혹시 경찰인가요? 그 남자를 잡으려는 건가요?

　―아니에요.

　―그럼 아는 사람인가요?

　―아뇨, 몰라요. 그러니까…… 모른다고 해야겠네요.

　―대답이 좀 모호하군요. 안다는 건가요, 모른다는 건가요? 연인이에요?

　나는 대답하지 않았다. 나는 남은 밀물을 다 피운 뒤에 그만 가겠다고 인사했고, 남자는 노래를 부르기 시작했다. 그날 밤 나는 잠을 이루지 못했다. 그래서 글을 썼다. 새벽에 밀물의 효과가 끝났다. 아침에 연락을 받고 병원으로 향했다. 친척들의 얼굴을 보는 순간 무슨 일이 일어났는지 알 수 있었다. 오후까지 한참 동안 그들과 함께 있다가 집으로 돌아와 울었다. 아무리 부인하고 아무리 거부해도 내 마음속의 확신이 커져갔다. 보트랭의 남자가 드니즈를 죽였다. 보트랭의 남자는 엘리만이다. 처음부터 그였다. 계속 엘리만이었다.

　드니즈의 시신은 이틀 뒤에 마르티니크로 옮겨졌다. 드니즈에게 마지막 인사를 하러 영안실로 가던 중에 라디오에서 브리지트 볼렘의 사망 소식을 들었다. 향년 80세, 페미나상 심사위원장이 심장 발작으로 숨을 거두었습니다.

*

　앙드레와 뤼시앵이 나에게 며칠 쉬라고 했다. 나는 집에 들어가고 싶지 않았다. 모아놓은 돈을 털어 숙박비가 많이 비싸지 않은 호텔 방을 잡았다. 드니즈를 떠올리면, 왜 나하고 같이 6호실에 가지 않았어? 이렇게 말할 것 같아서 나는 내 작은 집을 피했다. 집에 있는 『비인간적인 것의 미로』도 피했다. 책상 앞에 붙여놓은, 브리지트 볼렘에게 받은 엘리만의 사진도 피했다. 낮에는 카페를 다니면서 글을 썼다. 하지만 저녁에는 굴속에 웅크린 겁먹은 토끼처럼 호텔 방에 처박혀 있었다. 밖에는 사냥꾼이 돌아다닌다. 그의 장화 소리가 들린다. 그가 나에게 걸어온다. 아주 가까이서 걷는다. 한동안 나는 매일 밤을 뜬눈으로 지새우면서 밖을 살폈다.

닷새 뒤, 혹은 그보다 더 뒤에, 그러니까 아이티의 시인이 파리에 도착했을 때에야 집에 돌아갈 수 있었다. 그 품에 힘껏 안기니 비로소 깊은 안도감이 밀려왔다. 혼자가 아니라는 느낌이었다. 나와 함께 내 방에 들어와서 책상 위에 붙은 엘리만의 사진을 본 아이티의 시인은 얼굴이 창백해지면서 당장이라도 기절할 것 같았다. 다행히 쓰러지기 전에 침대에 앉았고, 물을 마신 뒤 사진 속 남자가 누구냐고 물었다.

나는 옆으로 가서 앉았다. 지난 며칠 동안 혼란스러웠던 마음이 내 안에서 마구 뒤엉켰다가 힘껏 솟구쳐 올랐다. 그렇게 한참 동안 울고 나서 나는 아이티의 시인에게 엘리만과의 일을, 엘리만의 유령, 엘리만의 꿈, 엘리만의 환영, 그리고 『비인간적인 것의 미로』와의 일을 들려주었다. 아버지가 들려준 것들부터 최근 보트랭의 남자까지, 그리고 브리지트 볼렘을 만난 일까지 이야기했다. 전부 다 말했다.

내 말이 끝나자 아이티의 시인이 나를 껴안았다. 울지는 않았지만,

우리의 만남이 어디에서 시작되었고 우리의 만남에 어떤 이유가 있는지 이제야 알겠다고 떨리는 목소리로 말했다. 나도 엘리만을 알아. 이야기, 증언, 전설, 가설, 그가 쓴 책, 그런 걸로 아는 게 아니라 몸으로, 삶으로 그를 알아. 난 엘리만을 만났어. 그와 함께했어. 아마도 그를 사랑했지. 그래서 그를 찾아 떠났다가 널 만난 거야. 그가 우리를 이어주었지. 이제 마침내 난 그를 이해할 수 있어.

암스테르담의 여명 속에서

　—끝이에요? 정말 끝?

　—끝이야. 뭐 다른 걸 기대했어?

　시가 D.가 일어나 부엌으로 향했다. 커피를 준비하는 소리가 들렸다. 잠시 후 잔 두 개를 들고 온 시가 D.가 하나를 나에게 내민 뒤 전등을 다 껐다. 막 시작되는 여명의 빛만 남았다. 시가 D.가 다시 자리에 앉았다.

　—더 있을 줄 알았는데…… 보트랭의 남자는요? 내가 물었다.

　—그 뒤로는 안 왔어. 아무튼 난 다시 못 봤어. 공원에서의 일이 있고 며칠 뒤에 보트랭을 그만뒀거든. 그곳에 돌아가지 않았어. 하지만 지금 생각해보면 그 사람은 엘리만과 상관이 없었을 거야. 어떻게 그럴 수 있겠어?

　—모르겠어요…… 하지만 아이티의 시인이……

　—……엘리만에 대해 다 알려주지 않았느냐고? 그 사람이 엘리만이 맞다고 말해주지 않았느냐고? 아이티의 시인이 어떻게 전부 밝혀주겠어? 불가능해. 전부 밝힐 수 있는 사람은 아무도 없어. 그럴 필요도 없고. 아이티의 시인은 우리가 서로에게 모든 것을 털어놓은

그날 이후 일주일을 파리에서 나와 함께 보냈어. 『암흑의 밤에 바치는 비가』를 완성하는 동안 내 곁에 있었던 거지. 아르헨티나로 돌아갈 때 남은 삼 주의 휴가를 내 책에 바치겠다면서 완성된 첫 원고를 출력해서 가져갔어. 배웅하러 공항에 갔을 땐, 나를 껴안아주면서 마지막으로 너무도 멋진 우정과 사랑의 말들을 건넸지. 우리를 이어주는 감정이 우정과 사랑 사이의 완벽한 균형이었으니까. 그리고 일주일 뒤에 교통사고를 당했어. 다른 도시에 사는, 독립영화 상영관을 운영하는 친구 부부를 만나고 부에노스아이레스로 돌아오는 길이었지. 과속을 한 거야. 늘 운전하면서 속도를 즐겼거든. 과속을, 속도의 현기증을 즐기지 않을 거면 자동차가 무슨 소용이냐고도 했었어. 자동차가 아르헨티나의 도로에서 갑자기 차선을 바꿨고 현장에서 즉사했대. 그의 친구들이 나에게 연락해줬어. 사고 현장에서 나온 소지품 중에 내 원고가 있었고 내 연락처가 적혀 있었다면서. 그렇게 나도 그 일을 알게 된 거야. 몇 시간 전 사고 소식을 듣고 죽을 것 같은 슬픔에 젖어 방에 처박혀 있을 때, 내 원고에 대해 긍정적인, 열정적인 첫 답장을 받았어. 난 그 편지를 찢어버렸어. 내 원고를 증오했어. 절대적인 불행과 행복할 이유가 공교롭게 동시에 왔다는 게 너무 싫었어. 죽고 싶었지만 더는 힘이 없었지. 이미 글을 쓰면서 죽었으니까. 드니즈의 죽음이, 무엇보다도 아이티 시인의 죽음이 이미 나를 죽였으니까.

시가 D.는 말을 멈췄고, 나는 죽음들 속에 잠긴 침묵을 지켜주었다. 하지만 시가 D.는 슬픔 때문에 이야기의 흐름을 놓치지 않으려는 듯 다시 빠르게 말을 이어갔다.

—그땐 내가 아르헨티나에 갈 형편이 아니었어. 이 년 반이 지나고 나서 내 책이 스페인어로 번역되어 아르헨티나에서 출간된 1988년에야 갈 수 있었지. 아이티의 시인은 부에노스아이레스의 부모님 곁에 잠들어 있었어. 나는 그 무덤 앞에 한참 서 있었지. 기도 같은 건 안 했어. 우리가 함께 보낸 어느 한때를 떠올리지도 않았고. 그냥 곁에 있었어. 목소리를 다시 들어보려 애썼지만 아무것도 들리지 않고 침묵뿐이었지. 평화의 침묵, 평화의 아름다운 침묵. 묘지를 나선 뒤에 부에노스아이레스 시내를 정처 없이 돌아다니는데, 아이티의 시인이 내 곁에서 같이 걷고 있는 느낌이 들었어. 그리고 거리를 걷는 동안 그간의 모든 기억이 떠올랐지. 나는 계속 걸었고 소리 나지 않게 울었어. 그러다가 내가 있는 곳이 아이티 시인이 마지막으로 살던 곳이면서 또 처음 시작한 도시라는 사실을 깨달았어. 그래서 부에노스아이레스에서 잠들 수밖에 없었던 거야. 태어난 곳은 아이티지만 이곳 부에노스아이레스에 훌륭한 문학 스승들 아래서 글을 쓰기 시작했지. 아이티 시인의 도시는 부에노스아이레스였어. 카페에 앉아 있는데, 어쩌면 아이티의 시인이 엘리만과 이곳에서 한잔했을지도 모른다는 생각이 들었어. 그리고 디에간, 내가 참 운이 좋다는 생각도 했어. 죽기 전에 마지막으로 한 번 더 만날 수 있었잖아. 같이 이야기를 하고 품에 안고 애무를 받으며 곁에서 잠들 수 있었고. 그런 생각을 하니까 부에노스아이레스에 머무는 시간이 덜 고통스러웠지. 그 생각이 위로가 되었어. 그 여행은 내 머릿속에서 엘리만의 무게를 덜어내주기도 했어. 파리로 돌아온 뒤 난 더는 엘리만을 찾지 않기로 했어. 그래도 『비인간적인 것의 미로』는 계속 읽

지. 엘리만 생각도 하고. 아직도 자주 생각해. 그의 꿈도 자주 꾸고. 흐릿한, 그다지 중요하지 않은 꿈들이지만. 그래도 우리는 꿈에서 긴 대화를 나누기도 해. 반대로 의미 있는, 앞일을 예고하려고 무언가를 말해주는 혹은 보여주는 꿈도 있지. 에로틱한 꿈도 있고. 그와 나 단둘일 때도 있지만, 아이티의 시인까지 셋이 함께할 때가 많아. 두려울 정도로 강렬한 꿈이라서 깨어날 땐 반죽음 상태로 온몸을 떨고 있어. 어쨌든 부에노스아이레스 여행 뒤에 난 엘리만에게 작별인사를 했어. 지금은 그가 찾아오면 환대를 해. 하지만 찾아다니는 건 그만뒀어.

─왜요?

─그를 찾아낸다는 게 그를 이해한다는 뜻은 아니고 알게 되는 건 더더욱 아님을 깨달았으니까. 그래서 더는 찾지 않기로 했어. 그래, 부에노스아이레스에서 불현듯 깨쳤어. 브리지트 볼렘이, 그리고 아이티의 시인이 저지른 실수─엘리만의 영혼의 경계까지 다가가려 하기─를 되풀이하지 않기로 했지. 엘리만은 누구였을까? 절대적인 작가? 수치스러운 표절 작가? 천재적인 사기꾼? 미스터리한 암살자? 남의 영혼을 집어삼키는 인간? 영원한 방랑자? 고상한 난봉꾼? 아버지를 찾는 아이? 삶의 좌표를 잃고 길을 잃은 불행한 유배자? 뭐든 상관없어. 엘리만에게서 내가 사랑하는 건 다른 거니까.

시가 D.가 말을 그쳤고, 나는 아무 말도 하지 않았다. 결국 어미 거미가 말했다.

─나가서 좀 걷자. 이 시각에 암스테르담은 꽤 볼만하거든.

우리는 거리로 나가 운하를 따라 걸었다. 운하의 물 위로 새로운

날의 여명이 주홍색과 은색 사이에서 망설이며 미끄러지고 있었다. 다가올 찬란한 시간을 예고하는 여명. 밤새도록 얘기를 나눈 뒤 우리는 마음이라는 성채의 부름에 끌려 말없이 걸었다. 아직 하늘에 별이 몇 개 남아 있었다. 이미 잠든 다른 별들이 사라지면서 남겨진 넓은 공간이 아직 잠들지 않은 별들에게 훌륭한 무대를 제공했다. 남은 별들은 곧 떠오를 빛에 삼켜지기 전에 자신들이 가진 불길을 다 쏟아냈다. 별들이 오직 눈으로만 들을 수 있는 백조의 노래*를 불렀다. 세상은 참으로 신비스럽다. 나는 하늘을 올려다보며 생각했다. 별들이 빛날 수 있도록 어둠이 아침 빛 속에 강생하다니.

—사진은요? 내가 불쑥 물었다. 해변에서 찍은 사진 말이에요. 1940년 7월에 쓴 편지와 같이 브리지트 볼렘이 준 거, 책상 앞에 붙여놨었다면서요. 그런데 지금은 안 갖고 있다고 했죠. 그건 어디 있어요?

—아이티의 시인에게 줬어. 파리에서 내 방에 처음 들어서던 순간에 그 사진을, 엘리만의 얼굴을 바라보는 눈을 봤거든. 그래서 줬어. 교통사고 때 나온 소지품 중에 사진도 있었고, 매장할 때 같이 넣어줬대. 그 친구들이 알려줬어.

작은 다리 위로 올라가 몇 걸음 지난 뒤 건너편의 유람선 선착장이 눈에 들어올 때 시가 D.가 걸음을 멈췄다. 나는 그 얼굴을 향해 고개를 돌렸다. 거리에는 아무도 없었다. 지금껏 마주친 사람이 몇

---

* 『파이돈』 중 "백조는 죽음이 가까이 왔다고 느끼면 그 순간에 가장 크고 가장 찬란하게 운다"는 소크라테스의 구절에서 비롯된 표현으로, 죽기 전에 부르는 마지막 노래를 말한다.

명 될까 말까 했다. 그 외로운 사람들은 너무 일찍 일어난 사람들일까? 하늘에 떠 있는 마지막 별들처럼 늦게까지 나다니는 사람들일까?

— 이제 할 얘기 다 한 것 같아, 디에간. 난 내 삶을 살았고, 프랑스를 떠나 이곳에 와서 살고 있지. 세네갈에는 돌아가지 않을 거야. 잃어버린 나라니까(이 표현은 네 마음대로 해석해). 난 책을 썼고, 그 책들이 불러온 모든 걸, 그래, 경탄, 증오, 의심, 소송까지 전부 받아들였어. 내가 앞으로 엘리만의 이야기를 생각한다면 오직 글을 쓰기 위해서일 거야. 그 이야기를 나는 직접 살았잖아. 내가 오늘 밤 너에게 한 이야기는 글로 쓰이길 기다리고 있어. 한 권, 혹은 여러 권의 책이 되겠지. 언젠가 난 나의 책을 쓸 거야. 그 외는 전혀 관심 없어. 엘리만은 오래전에 죽었다. 엘리만은 살아 있고 103세다. 엘리만은 무언가 남겨두었다. 엘리만은 아무것도 남기지 않았다. 엘리만은 실제 인물이다. 엘리만은 신화다. 다 상관없어. 그러니까 내가 하고 싶은 말은, 엘리만은 여전히 내 안에 살아 있어. 다른 어떤 삶보다, 심지어 내가 실제로 겪은 삶보다 더 강력한 삶으로 살아 있지. 그러니 실제가 어떻든 상관없어. 어차피 진리 앞에서 현실은 늘 너무 초라하잖아. 넌 다르지. 넌 네가 가야 할 곳을 알아. 무엇을 해야 하는지 알고. 하지만 난 아니야, 이젠 관심 없어.

나는 시가 D.에게 다가갔다. 그러면 뒤로 물러설 줄 알았다. 하지만 움직이지 않았다. 내가 껴안았다. 시가 D.가 내 팔을 잡았고, 우리는 집으로 돌아왔다. 그리고 암스테르담의 여명이 깔린 나머지 시간 내내, 밤을 벗어난 햇빛이 집 안 가득 스며들 때까지 섹스를 했다. 그

동안 나는 아무런 문장도 떠올리지 않았다. 그날 저녁에 파리행 기차에 오를 때에야 비로소 내가 지켜오던 밤의 충성 맹세가 떠올랐다. 일시적이었을지언정 그 맹세에서 해방되었던 걸까? 어미 거미의 다리와 가슴 사이에서 마침내 아이다를 떠나보내기로 한 걸까?

사실 중요한 일은 아니었다. 정말로 중요한 건, 시가 D.를 처음 만난 날 파리의 호텔에서 걱정했던 것과 달리 시가 D.와의 접촉 뒤에 내가 핵.분.열.되지 않았다는 사실이었다. 그것만으로도 안도감이 느껴졌다. 심지어 설명할 수 없는 행복감까지 밀려왔다.

세 번째 책

1부

$$우정 - 사랑 \times \frac{문학}{정치} = \,?$$

D-5

참극은 이틀 전인 9월 7일, 오전 열 시가 막 지났을 때 일어났다. 그리고 정오경에는 이미 너 나 할 것 없이 모두가 몰염치의 먹이통에 게걸스레 달려들었다. 물론 입장 발표들은 하나같이 품위 있게 시작했다. 우선 사건이 안긴 슬픔과 공포를 이야기하고 기원과 희망을 말했다. 그러고는 곧바로 빌라도주의*의 무도극이 시작된다. 사건에 대한 책임 앞에서 너도나도 손을 씻는 것이다. 저녁 여덟 시 뉴스에 나온 총리가 턱을 쳐들고 카메라를 응시하면서 입장 표명을 했을 때 그러한 태도가 절정에 이르렀다. 그는 저주하는 목소리로 말했다. "오늘 오전의 끔찍한 사건은 위기를 타개하려는 정부의 모든 노력을 무조건 거부하고 자신들의 저열한 이익만 챙긴 자들로 인해 초래되었습니다. 당신들이 계속 죽음으로 몰아넣게 될 무고한 이들의 피가 당신들의 양심을 적시게 될 겁니다."

그렇지만 도살 공장, 희생을 통한 조작이라는 야비한 상투적 정치

---

* 유다의 총독이던 빌라도가 예수의 재판에서 무죄를 믿었지만 유죄를 외치는 군중의 요구를 받아들인 것에서 유래한 표현이다.

담론에 신경 쓰는 사람은 거의 없었다. 그날 저녁에는 모두가 오전에 본 장면들에 사로잡혀 있었고, 온 나라가 의사들의 손에 달린 생명만 바라보고 있었다.

파티마 디오프를 살리려고 의사들이 온종일 고군분투했다. 하지만 총리가 뉴스에 나와 야당과 활동가들을 참극의 원흉으로 비난한 직후에, 의사들의 필사적인 노력에도 불구하고 젊은 여인은 끝내 자신의 과업을 완수했다. 파티마 디오프가 숨을 거둔 것이다.

아마도 당사자를 제외하면 그 누구도 이번 자살이 오랜 사회적·정치적 위기의 기원이 아니라 그 최종 막幕임을, 이어질 에필로그는 혼돈의 언어, 상처 입고 분노한 거인들의 언어로 쓰일 수밖에 없음을 미처 알지 못했다.

나는 파티마 디오프가 자살하기 전날인 9월 6일 저녁에 세네갈 공항에 도착했다. 사건은 내가 자고 있을 때 일어났다. 그리고 잠에서 깬 내 앞에 송두리째 닥쳐왔다. 모두 혹은 거의 모두 그랬듯이 나 역시 그 장면들을 보았다. 또한 모두 혹은 거의 모두 그랬듯이 나 역시 그 죽음의 동영상 이후의 일들을 흥분과 불안이 뒤섞인 상태로 따라갔다.

의사가 파티마의 죽음을 알렸다. 그는 피로에 지친 모습으로 걸어나와 병원 입구에 모여 있던 수많은 텔레비전 카메라 앞에 섰다. 그리고 동료들과 자신이 파티마를 살리지 못했다고 말했다. 감동적이면서 조심스러운, 간결한 말이었다. 정말 그대로, 마치 자기 친척 혹은 딸 혹은 조카를 부르듯이 파티마, 라고 했다. 파티마가 모든 세네갈 사람들의 친척이 된 것 같았다. 의사는 파티마의 가족들에게 애도를 표한 뒤, 파티마를 살리기 위해 어떤 시도를 했는지 상세히 듣고 싶었을 기자들 앞에서 눈물이 그렁그렁한 눈으로 잠시 카메라를 쳐다보다가 "미안합니다"라는 말만 남기고 들어가버렸다. 그가 내뱉은 미안합니다, 앞에서 모든 시청자가 마음이 찢어지는 비통함을 느꼈다. 그가 털어놓은 의사로서의 무력감, 간절함, 분노는 사실상 나라 전체가 치르고 있는 감정이었다.

파티마는 이튿날인 9월 8일에 투바*에 묻혔다. 모든 일은 조용히 진행되었다. 정부 내에서 국장을 주장하는 목소리도 있었지만, 파티마의 가족이 거부하며 죽은 자들에게 주어지는 유일한 사치인 조용한 장례를 택했다.

오후에 시민단체 BMS —'끝까지'를 뜻하는 'Ba Mu Sëss'의 약자이다—가 나섰다. 그들이 개최한 기자회견에 발 디딜 틈 없이 사람이 몰렸고, 어찌나 열기가 뜨거운지 서정적인 감성을 지닌 일부 기자들 입에서 지금 시각이 오후 세 시인데 위대한 저녁**의 향기를 풍긴다는 말까지 나왔다. BMS의 대변인은 우선 파티마의 가족에게 조의를 표했고, 이어 지난 이 년 동안 파티마가 BMS 단원으로 활동해왔음을 알리면서 자신들은 앞으로도 투쟁을 계속하겠다고 눈물로 맹세했고, 마지막으로 9월 14일의 행진을 예고했다. 분노한 국민 모두 거리로 나와 지옥문을 열어보자고, 국민의 믿음을 배반하고 희망

---

* 수도 다카르와 함께 세네갈의 중심 도시이다. 이슬람교의 분파 중 하나인 무리디파의 성지이다.

** 원래는 천년왕국설에서 예수 재림을 앞둔 날을 가리키는데, 19세기부터 세상의 질서를 바꿀 혁명 전야를 뜻하는 표현으로 쓰였다.

을 빼앗은 자들을 그 안에 밀어 넣자고 했다. 연설은 BMS 단원들과 모든 애국자들이 그 지옥의 길목을 지키겠다는 선언으로 마무리되었다.

이번 사건이 야당에게는 뜻밖의 기회가 되었다. 9월 8일 밤에 야당 지도자들이 너도나도 파티마 디오프를 기리는 9월 14일의 행진에 연대를 선언했다. 정부는 썩은 달걀을 얼굴에 던지는 것에 맞먹을 원색적인 비난들을 쏟아냈다. 엄밀히 말하면 9월 14일의 행진은 여야 가릴 것 없이 모든 정치인들이 오랫동안 누려온 행태를 공격한다는 점에서(심지어 지금의 야당 인사들 중에는 이전에 권력을 휘두르던 자들도 있다) 여당뿐 아니라 야당 정치인들에게도 맞서는 시위라는 사실을 야당 지도자들은 무시했다. 그렇다. 그것은 중요하지 않았다. 그들은 자신들에게 중요한 것은 다른 데 있다고 말했다. 그리고 국민은 기꺼이 그들을 믿었다.

위대한 스핑크스라는 명성에 걸맞게 대통령은 총리를 통해 사흘의 애도 기간을 선포한 뒤 일체 전면에 나서지 않았다. 몇 년 전 그가 권력 장악을 꿈꾸던 시기에 지금은 기억하는 사람이 거의 없는 어느 인터뷰에서 자기 입으로 정의한 정치에 완벽하게 부합하는 태도였다. 그에게 정치는 기다리는 기술, 그리고 기다리게 만드는, 그러다가 갑자기 메시아나 선지자처럼 혹은 천둥처럼 등장하는 기술이었다. "무엇 때문에 아프냐?"라는 질문이 "나는 상상 가능한 모든 고통을 낫게 해줄 유일한 약이다!"로 들릴 만큼 사람들이 고통을 겪을 때까지 기다렸다가 나타나기. 무슨 뜻이냐고? 바로 타이밍이 중요하다는 것. 그리고 또? 정치는 절망을 이해해 규제하는 자본주의

일 뿐이다.

하지만 그런 대통령조차도 사태가 호전되길 기대하기 어려우리라는 게 모두의 의견이었다. 행진을 이끌 주요 지도자들은 투쟁 동지인 파티마 디오프의 죽음에 순수한 연대의 경의를 바칠 거라고, 9월 14일의 행진을 막으려면 자기들 머리에 총을 쏘든가, 르뵈스*의 끔찍한 감방에 풍뎅이들처럼 밀어 넣든가, 얼굴에 직접 최루탄을 쏘든가 하라고 단언했다.

9월 6일, 갑작스러운 나의 귀국에 식구들이 놀랐다. 지난 사 년 동안 한 번도 오지 않다가 갑자기 연락도 없이 나타났으니 그럴 만도 했다. 나는 귀국 이유를 말하기가 조금 뭣했다. 그래서 그날 저녁에는 아무 말도 하지 않았다. 향수 때문이라고, 동생들도 보고 같이 좀 지내고 싶었다고, 집이 그리웠고 고향의 공기를 다시 맡고 싶었다고 둘러댔다. 진짜 이유를 말해도 어차피 아무도 이해하지 못하리라 생각했다. 아버지는 미리 연락했으면 잔치를 준비했을 텐데 왜 그냥 왔느냐고 물었다. 나는 준비 없이 즉석에서 여는 잔치가 제일 좋다고, 지금 너무 기쁘다고 대답했다.

어머니는 내 말을 못 미더워했다. 아니면, 불안했을 수도 있었다. 어머니는 내가 온 것에 기뻐하면서도 이것저것 캐물었다. 체류증에 문제가 생겼니? 추방당했니? 혹시 프랑스에서 무슨 큰 잘못을 저질렀니? 어머니는 내가 정치적인 이유로 돌아왔으리라고 짐작했다. 9월 7일 이전부터 세네갈 정국이 이미 긴장 상태였으니 그렇게 추측

---

* 다카르의 교도소.

할 만했다. 어머니는 야당 쪽 사람들, 혹은 나와 어릴 적부터 친구이던 셰리프 은가이데 같은 젊은 BMS 지도층이 나를 끌어들이려 하는 거냐고 물었다. 나는 아니라고, 그냥 재충전하러 왔다고 대답했다.

어머니는 포기하지 않았다. 그날 저녁 몇 번이나 나에게 지금의 정치 상황에 대해 어떻게 생각하느냐고 물었다. 나는 아무 생각도 없다고 대답했다—사실이었다. 이 년 가까이 나는 세네갈에서 일어나는 일에 관심을 갖지 않았다. 어머니는 놀란 것 같았다. 그러면서 지난 몇 년 동안 내 블로그의 글들을 읽어보았다고, 모든 문제에 내가 나름의 생각을 단호하게 표명해놓은 것을 보았다고 했다. 그런데 제 나라에 대해 아무 생각도 안 한다고? 나는 어머니의 압박에 굴하지 않고 계속 버텼다. 어머니가 조금 수그러들었다. 지난 몇 달 동안 젊은이들을 시위 현장으로 불러낸 정치적 위기에 대해 어머니는 당연히 나름의 생각을 가지고 있었다. 나는 그 말을 들어주었다. 어머니의 목소리가 마치 신탁을 내리는 것 같았다. 안 좋게 끝날 거야. 젊은이들이 죽고 어머니들은 눈물을 흘리게 되겠지. 한쪽에서 조사를 시작해봐야 다른 쪽에서 곧바로 덮어버릴 거고. 결국 희생자들뿐이고 책임자는 안 나올 거야. 아무것도 달라지지 않고.

어머니의 정치적 입장에 나는 미소를 지었다. 간결하고 비판적이고 비관적인 진단이었다. 나는 어머니가 불안 때문에 보수적이 된 거라고 말했다. 반대로 아버지는 회한 때문에 개혁주의자가 되었다. 아버지는 상당히 정치화되었던 자신의 세대가 완수해내지 못한 정치적 단절을 이제라도 이루는 일에 다시 동참하고 싶어했다.

—우린 독립과 함께 완전한 단절이 이루어진다고 생각했어. 우리

가 과오를 너무 늦게 깨닫는 바람에……

아버지는 자신의 지난 믿음에 대해 사죄라도 할 기세였다. 나는 재판의 심리를 진행할 마음이 없었다. 어차피 이 나라가, 아버지가 힘을 보태서 세워낸 조국이 매일 아버지 세대의 실패를 환기하면서 그 일을 하고 있었다. 아버지는 은퇴 이후 정치적 문제들을 재학습했고, 그래서인지 전보다 훨씬 급진적으로 변했다. 덜 순진해진 거지. 아버지는 매번 이렇게 대답했다. 그날 저녁 아버지는 젊은이들이 나서기를 기다린다고, 자신도 젊은이들과 함께할 거라고, 거리로 나갈 거라고 말했다.

─두고 봐야지. 어머니가 말했다. 설마 당신 허리가 더 안 좋아지는데 내가 나가게 둘 거라고 생각하진 않겠지……

아버지는 뭐든지 일반적인 것으로 바꾸었다. 어머니는 뭐든지 극적인 것으로 바꾸었다. 나는 오래전부터 이어온 아버지와 어머니의 우스꽝스러우면서도 감동적인 촌극을 다시 보면서 행복과 슬픔을 동시에 느꼈다. 어쨌든 내가 예상한 모습 그대로였다.

난 예상했어. 그가 언젠가 떠나리라고. 아이티의 시인이 함께 보낸 마지막 밤에 들려준 이야기를 시가 D.가 나에게 그대로 전해주었다. 난 한순간도 그 사람을 잊지 않았어. 우리 관계는 지속적인 폭풍우 상태였지만, 그래도 잠시 가라앉아 고요해지는 순간들이 너무 좋았기 때문에 폭풍우를 견딘 시간이 아깝지 않았지. 결국엔 내가 그 폭풍우마저 사랑하고 있다는 사실을 깨달았고, 그는 아르헨티나 예술가와 작가들 모임에 자주 나타나진 않았어. 이따금, 어쩔 수 없는 자리에만 참석했지. 그는 친구가 거의 없었어. 보르헤스의 작품들을 제일 좋아했지만, 제일 가까이 지낸 건 곰브로비치와 사바토였어. 아마도 그는, 내 생각에, 당시 부에노스아이레스 인텔리겐치아 사회에서 아름다운 여인으로 꼽히던 여자들 모두와, 그리고 그렇지 않은 여자들하고도 다 잤을 거야. 분명 빅토리아 오캄포와 잤고. 실비나 오캄포*하고도, 어쩌면 두 자매와 동시에 잤을 수도 있어. 그는 아주 모순적인 은둔자였지. 있어야 할 곳을 찾아다니지 않았지만, 일단 나타나면, 물론 두드러지지도 무리하지도 않았지만, 심지어 자기 존재가 불러오는 결과가 거북하고 짜증이 나서 온몸으로 사과하는 것처럼 보일 정도였지만, 어김없이 강력한 매력을 발휘했어. 육체적인 매력뿐 아니라 정신적인, 이 말이 맞는지 모르겠지만, 지적인 매력이었지. 말은 많이 안 했어. 자기 모습을 과시하려 한 적도 없고. 재치로 사람들을 홀리려 하지도 않았지. 수사학적 기교, 거드름, 지성의 매력을 모두 경계하는 사람이었어. 그래도 모두 유혹당했지. 그는 검은 별이었지만 그 누구보다도 밝게 빛났어. 난 그게 오로지 신비스러움의 매력 때문이라고 생각하진 않아. 최소한 그게 다는 아니었어. 그런 심리적인 설명은 너무 단순하잖아. 좀 더 심오한 다른 게 있었어. 언젠가 내 어머니 친구가 갈망과 두려움이 동시에 담긴 눈으로 그를 쳐다보면서 하던 말이 생각나. 사탄도 저 사람만큼 강렬하게 매혹하진 않을 거야.

그를 처음 만난 건 1958년이었어. 열여덟 살 때. 난 열 살까지 아

---

* 오캄포 자매는 부에노스아이레스 문화계의 주요 인사였다. 빅토리아 오캄포는 작가, 번역가, 출판인이었고, 실비나 오캄포 역시 소설가이면서, 보르헤스의 시집에 일러스트를 그렸다.

이티에 살았고, 나머지 여덟 해 가운데 처음엔 미국에서(아버지가 미국인이거든. 아버지가 어머니를 설득해서 미국으로 데려갔어), 그 뒤엔 아버지와 어머니가 새로 설립된 유엔의 공무원으로 1952년도부터 일하던 멕시코에 살았어. 그러다 1957년에 막 아르헨티나에 정착했지. 아버지와 어머니는 시와 예술을 사랑했어. 내가 태어나서 처음 외운, 세제르*가 투생 루베르튀르**에게 바친 시들은 어머니가 낭송해주던 거야.

아버지는 아르헨티나 지식인들과 교분이 있었고, 곧 사람들이 우리 집에 찾아오기 시작했지. 그때 엘리만을 만난 거야. 그 모임에서 엘리만은—내 어머니, 그리고 혼혈인 나를 제외하면—유일한 흑인이었어.

나중에 난 몇 년 동안 부에노스아이레스에서 일하다가 1970년에 유네스코에 일자리를 얻어서 유럽에 왔어. 아르헨티나가 1966년부터 다시 군사독재의 밤에 빠졌거든. 1969년에 민중 혁명이 움트기 시작하면서 '코르도바소'***라고 불리는 운동이 일어났지만, 정작 군사정권이 시작될 때부터 저항 운동에 참여해온 나는 언제부턴가 그 모든 폭력 속에서 숨이 막혔어. 결국 포기했지. 다른 걸 하고 싶었어. 엘리만도 나보다 몇 달 전에 아르헨티나를 떠났고.

우리가 마지막으로 만났을 때 그는 여행을 계속할 거라고, 하지만

---

* 마르티니크의 시인으로, 탈식민주의 문학 운동을 이끌었다.
** 아이티 혁명가로, 프랑스에 맞서 산도밍고(아이티의 옛 이름) 독립 운동을 이끌었다.
*** 아르헨티나 군사정부에 맞서 1969년 5월 코르도바에서 일어난 봉기.

최종 목적지는 결국 출발 지점이 될 거라고 했어. 이미 오랫동안 나는 그가 그런 수수께끼 같은 말, 은유적 표현인지 아닌지 알기 어려운 말을 해도 정확히 무슨 뜻이냐고 묻지 않는 법을 배웠지(거봐, 나 혼자만 이런 생각을 한 게 아니잖아. 시가 D.가 중간에 말했고, 이어 다시 아이티의 시인이 한 말을 그대로 전해주었다). 말하자면 이미 적응했어. 그날 우리는 상대의 살갗 혹은 영혼을 자신의 살갗 혹은 영혼에 새기는 사랑을 했어.

그리고 그는 떠났지. 나 역시 곧 아르헨티나를 떠났고. 그때 나는 우리가 다시 만나지 못하리라는 걸 알았어. 그가 떠나야 한다는 것도, 해야만 하는 일을 하러 가야 한다는 것 역시 알았지. 나는 그 여행이 라틴 아메리카 전역을 돌아다니는 그의 여정의 마지막이 되기를, 그가 이제는 평화를 얻고 고국으로 돌아가게 되기를 빌었어. 난 단 한순간도 그를 잊은 적이 없어. 인간 엘리만도 작가 엘리만도. 어떻게 잊겠어? 그가 『비인간적인 것의 미로』를 읽게 해준 날, 다 읽고 나서 정말 많이 놀랐어. 한동안 시를 한 줄도 쓰지 못했지. 그런 뒤에 비로소 눈이 뜨인 것처럼 세상을 다르게 바라보면서 다시 시를 썼어. 내 시는 전보다 더 강하고 개성도 더 뚜렷해졌지.

우리가 함께 보낸 마지막 날에 그가 어느 책의 시작 부분을 읽어줬어. 그가 몇 년 전부터 쓰고 있던 책이었을까? 지금도 모르겠어. 하지만 내가 들어본 모든 책 중에 가장 아름다웠어. 어쩌면 난 그 뒷이야기를 알고 싶어서 그를 다시 찾아 나섰을지도 몰라. 모두가 그를 찾았지. 아. 엘리만…… 그거 알아? 코라손, 심지어 난 내 어머니마저 그와 잤을 거라는 생각이 들어. 설령 그랬다 해도 별로 놀라지 않을 것 같아. 어머니는 내 아버지를 많이 사랑했고, 신앙심도 있었고, 부부간의 신의를 중시하는 사람이었지만, 그래도 엘리만은······

나는 아이티의 시인이 시가 D.에게 들려주었다는 이야기를 생각하면서 잠이 들었다. 아버지와 어머니에게 내가 세네갈에 온 게 엘리만 때문이라고 털어놓고 싶었지만 차마 입 밖으로 나오지 않았다. 이튿날로 미루고 그냥 잠이 들었다. 하지만 이튿날이 바로 9월 7일이었다. 파티마 디오프가 생명을 내던진 날, 온 나라가 충격으로 가슴 아파하는 날에 내 이야기를 꺼낼 수는 없었다.

파티마 디오프가 자살하고 이틀이 지났다. 어디를 가나 파티마의 사진이 눈에 띄었고, 공개 자살의 기억도 사방에 버티고 있었다. 파티마의 죽음을 기리기 위한 행진이 9월 14일에 열린다고 했다. 나는 그것이 파티마에게 경의를 표하기 위해서인지 혹은 복수를 하기 위해서인지 알 수 없었다. 어쨌든 사람들은 파티마 디오프를 위해 행진하리라.

D-4

파티마 디오프의 자살은 동일한 사건이 어떻게 언론과 SNS에서 정반대의 감정을 불러오는지, 사람들뿐 아니라 한 사람의 마음속에서도 어떻게 상반되는 격렬한 감정을 낳을 수 있는지 보여주는 완벽한 예였다. 슬픔과 분노가, 절제와 흥분이, 기도와 욕설이 뒤섞였고, 모든 감정이 정당해 보였다. 파티마 디오프는 사망 몇 시간 만에 모든 세네갈 사람들이 자기 자신의 흉측한 얼굴을 바라보는 거울이 되었다. 세네갈 사람 하나하나가 그 거울에 자기 일상의 비참함을, 너무 오랫동안 억눌러온 좌절을, 어느 날 비탄을 이겨내지 못하고 파티마와 똑같은 일을 저지를지 모른다는 두려움을 투사했다. 사람들은 파티마의 사진을 보고 그 죽음의 장면을 떠올리고 그런 다음 자기 자신에게 말했다. 내 딸일 수도 내 여동생일 수도 내 조카일 수도 내 사촌일 수도 내 아내일 수도 있었어. 나 자신일 수도 있었다고.

9월 9일에 나는 온종일 어디서 보이고 어디서 들리든 가리지 않고 사람들의 반응을 전부 읽고 들었다. 분노와 비판과 공포와 두려움, 그리고 싸우려는, 갚아주려는, 목소리를 내려는 의지의 소용돌이가 휘몰아쳤다.

BMS 활동가들이 많이 나섰다. 그들은 투쟁을 호소했고, 싸움을 독려하기 위한 여러 슬로건을 해시태그했다. *dox mba dè*, 행진하거나 죽거나. *ñaxtu wala faatù*, 요구하라 아니면 죽으라. 때로 흥분 상태가 너무 멀리 뻗어가 기만에 이르기도 했다. 내가 보기에 일부 BMS 활동가들은 가상의 것에 취해서 자신이 가장 애국자이고 가장 급진적이라고, 파티마의 비극으로 가장 충격을 받은 사람이라고 증명하려 하는 것 같았다. 너도나도 화면에 등장해 논의하고 판단하고 '우르비 에트 오르비'*를 쏟아냈다. 제일 많이 인용된 구절은 파농("각 세대는 상대적인 불투명 상태에서 자신들의 임무를 찾아내 완수하거나 저버려야 한다"**)과 상카라("저항하지 못하는 노예는 그 운명을 동정받을 자격이 없다"***)의 것이었다.

마침내 혁명이 다가오고, 파티마는 그 상징적 인물이 되었다. 신중하고 책임 있는 행진을 하자고 호소하는 사람들은 이중 스파이로 몰렸고, 결국 입을 다물거나 아니면 자신들을 용인하지 못하는 사람들의 편협함(가상적 나르시시즘의 또 다른 형태다)을 한탄한 뒤 계정을 닫았다. 어느 현자는 9월 14일의 행진에 참여하는 게 중요하다고, 인터넷 '포라'(라틴어 어미변화에 대해 조금 아는 사람이었다****)에서 떠들지 말고 디데이를 위해 기운을 아껴두어야 한다고 말했다.

---

* 가톨릭 교황이 부활절과 성탄절에 라틴어로 행하는 공식 강복. 원래는 "도시(로마)와 온 세상에"라는 뜻으로, 고대 로마에서 성명문의 서두에 사용하던 문구였다.

**『대지의 저주받은 사람들』에서 인용.

*** 아프리카의 자립을 위해 노력한 부르키나파소의 혁명가 토마 상카라가 대통령이 된 뒤 1984년 유엔에서 발표한 연설문 구절이다.

**** '포라'는 '광장'을 뜻하는 라틴어 '포룸'의 복수형이다.

대부분은 그의 말에 박수를 보냈지만, 남들이 인터넷에 접속해서 뭘 하든, 파티마의 죽음으로 동요된 마음으로 무엇을 하든 왜 멋대로 가르치려 드느냐고 비난하는 사람들도 있었다.

그날 저녁에 나는 사태가 어떻게 돌아가는지 좀 더 알고 싶어서 군사 중등학교를 같이 나온 셰리프 은가이데에게 전화를 걸었다. 그는 대학에서 철학을 가르치고 있었고, 오래전부터 BMS에서 활동해 왔다. 말하자면 BMS의 척주를 형성한 많은 글을 쓴 BMS의 공식 이론가였다. 지지자들은 그를 존경했고, 치밀한 분석, 권력에 대한 양보 없는 비판, 역사와 철학과 정치 분야의 깊은 교양을 높이 평가했다. 무엇보다 그는 그런 이론적 도구들에도 불구하고 현실에 튼튼한 발판을 지닌, 일상의 비참함에 대한 감수성을 지닌 인물이었다. 내가 보기에 셰리프 은가이데의 인기는 다른 어떤 것보다 바로 거기서 왔다.

나는 그를 내 모국어인 세레르어로 '형'을 뜻하는 *Maag es*라고 불렀고, 그는 나를 그의 모국어인 풀라어로 '동생'을 뜻하는 *Miñelam* 이라고 불렀다. 셰리프는 내가 세네갈에 온 것을 알고 반가워했다. 하지만 그의 목소리에서 진한 피로감이 느껴졌다―시국이 시국인 만큼 그를 찾는 곳이 많을 터였다. 그는 이튿날 자기 집에서 저녁을 먹자고 했고, 나는 좋다고 했다.

그리고 몇 시간 뒤, 택시 운전사가 메디나*까지 요금을 제시할 때 나는 흥정도 안 하고 받아들였다. 아버지의 차를 타고 가고 싶지는

* 다카르 시는 네 개의 구로 나뉜다. 메디나는 그중 다카르 플라토 구에 속한, 오래된 서민 지역이다.

않았다. 택시가 귀찮은 듯 느릿느릿 굴러가는 동안 내 마음은 갈팡질팡했다. 어느새 목적지로 달려가기도 했고, 그러다가 엘리만을 떠올리기도 했다.

지금까지 엘리만의 흔적을 따라간 사람들은 하나같이 인간 엘리만의 미스터리를 알아내려 애썼다. 하지만 나는 그의 작품의 미스터리에 매달렸다. 엘리만은 여러 곳을 돌아다니는 중에도 계속 작품을 썼다. 아이티의 시인이 그중 몇 장을 들었지만 내용이 기억나지 않는다고 했다. 과연 그렇게 인상적이었던 것을 완벽하게 잊을 수 있을까? 그렇게 심하게 흔들어놓은 것을 정말로 잊을 수 있을까? 나는 아이티의 시인이 시가 D.에게 말하고 싶지 않았을 뿐 분명 기억하고 있었을 것 같다.

기억 안 나. 아이티의 시인이 시가 D.에게 말했다. 더는 기억이 안 나, 코라손. 그래서 그 글들을 찾으려 애쓴 거야. 무엇보다 엘리만을 다시 만나고 싶었고. 난 그가 그리웠어. 그래서 파리에서 십 년 동안 일하다가 세네갈 파견을 지원했지. 엘리만의 나라이고, 이미 말했듯이, 그가 자신의 최종 목적지는 결국 출발 지점이 될 거라고 했으니까. 어쩌면 글자 그대로 받아들일 말인지도 모른다고, 엘리만이 오랜 방황을 끝낸 뒤에 정말로 고향이 그리워졌고 그래서 돌아갔을지도 모른다고 생각했어. 혹은 쓰고 있던 위대한 작품을 완성하기 위해서는 돌아가야 한다고 깨달았을 수도 있고. 다카르에 자리가 나서 나는 1980년에 그곳으로 갔어.

하지만 엘리만의 과거에 대해서는 가진 단서가 하나도 없었지. 엘리만은 자기가 떠나온 곳에 대해 한 번도 말하지 않았거든. 강이 멀지 않은 곳에서 자랐고 가톨릭 선교사들이 운영하는 학교를 다녔다는 말이 전부였어. 가족에 대해서는 아무 말도 안 했어. 고향 마을 얘기도 한 적 없고. 결국 아는 이름 하나 없었던 거야. 나는 이 년 내내 세네갈의 큰 두 강—북북동쪽을 흐르는 세네갈 강, 신살룸* 쪽으로 중서부 지역을 흐르는 감비아 강—주변 골짜기의 마을들을 누비고 다녔어. 하지만 아는 정보가 아무것도 없으니 불가능한 사명이었지.

　주말과 휴가 때마다 혼자 발 닿는 대로 돌아다녔어. 어떨 땐 북쪽으로 갔다가 또 어떨 땐 중부 지역으로 갔지. 안내인도 없고 지도도 없이 그 넓은 땅에 모든 걸 내맡긴 채 그냥 차를 몰았어. 속도를 냈지. 난 원래 속도를 즐겨. 과속하지 않을 거면, 속도의 현기증을 즐기지 않을 거면 자동차를 뭐 하러 가지고 있지? 엘리만을 찾아다니는 동안에는 그런 과속 취향이 더욱 정당해 보였어. 한시라도 빨리 엘리만을 볼 수 있을 테니까. 하지만 제일 처음 차를 몰고 떠나던 날 난 이미 그게 얼마나 멍청한 짓인지 깨달았어. 천우신조의 우연이, 행운이 주어진다면 모를까, 그런 식으로는 절대 엘리만의 흔적을 찾을 수 없다는 걸 알았어. 아무 마을에나 가서, 말도 안 통하는, 호기심 어린 눈으로 쳐다보는 사람들에게 혹시 엘리만이라는 이름의 작가를 아느냐고 물어보다니…… 우스꽝스럽기까지 한 헛일이잖아. 그래서 세네갈 동료들에게 세네갈에서 사용되는 언어들로 작가 혹은 시인을 뭐라고 하는지 가르쳐달라고 했어. 그 단어들을 다 준비해서 다시 엘리만을 찾으러 떠났지. 마을이 나타날 때마다 어떤 언

* 세네갈의 신 강과 살룸 강이 만나는 지점의 삼각주를 중심으로 한 국립공원 지역.

어를 쓰는지부터 확인하고, 가방에서 그 언어로 시인 혹은 작가라고 쓴 것을 꺼내놓고 거기다 엘리만을 붙이는 거야. 내가 이 시인을 찾는다는 걸 이해시키기 위해 손짓 발짓 다 했지. 대부분은 웃음이나 당혹한 표정만 돌아왔지만, 그러는 동안 나도 즐거웠어. 때로는 여기저기 방향을 가리키면서 길게 대답하는 사람도 있었지. 어느 시인이, 혹은 시인이라고 부를 만한 비슷한 사람이, 혹은 마을에서 시인으로 통하는 사람이 그 마을 혹은 그 지방 어딘가에 좀 더 멀리 가면 살고 있다는 뜻이었어. 난 정말로 찾아갔어. 당연히, 한 번도 엘리만이 아니었지. 엘리만이 아닌 다른 시인이었고, 혹은 말을 다루는 사람, 시를 노래하는 사람, 마술사 혹은 점성술사, 마을에 소식을 알리는 사람, 말을 품고 있는 사람, 왕족의 그리오,* 리듬을 만들어내는 사람, 몸으로 시를 쓰는 사람, 침묵의 목동들이었어. 그들 모두가 어쩌면 엘리만의 가능한 모습, 엘리만의 또 다른 모습이었을 수 있지. 때로 그들과 한두 시간 이야기를 나누었어. 통역 없이 각자 자기 언어로 말하면서. 때로는 그들이 노래를 부르기도 했고, 그러면 난 시를 낭송했어. 그러는 동안 난 우리가 같은 것을 말하고 있다고 확신했지.

이 년 넘게 계속되었어. 그렇게 돌아다니고 사람들을 만나고 세네갈이라는 나라를 알아가면서 난 세네갈이 점점 좋아졌어. 다시 말하지만, 그런 식으로 엘리만이나 그의 뿌리를 찾을 수 없으리라는 건 처음부터 알고 있었어. 강이 더 있고 다른 지류들도 있겠지. 어쩌면 엘리만이 해준 말이 진실이 아닐 수도 있고. 그러니까 그가 다카

* 서아프리카 지역에서 역사와 이야기를 암송하여 보존하고 전수하는 구송(口誦) 시인.

르나 은다르*에서 자랐을 수도 있지. 그래도 난 계속 돌아다녔어. 그 나름으로 나에겐 시적 모험이었지. 한 나라의 구석구석을 다니면서 그곳의 언어로 시인을 혹은 시를 뭐라고 하는지 안다는 건 더없이 시적인 행위잖아. 그러는 중에 시적 관계가 태어나지 않겠어?

1982년에 돌아다니기를 멈췄어. 그래, 바로 그때, 엘리만을 찾기를 그만두었을 때 마침내 그를 찾았어. 혹은 그가 나를 찾아냈지. 주말마다 전국을 돌아다니다가 처음 그냥 다카르에 있었는데, 엘리만이 찾아온 거야. 그러니까 꿈에 나타났어. 물론 부에노스아이레스에서 헤어진 뒤 그가 꿈에 나온 게 그날이 처음은 아니었지. 세네갈에 온 이후에도 그의 꿈을 여러 번 꾸었거든. 하지만 그날 꿈은 좀 특별했어. 엘리만이 나한테 내가 필요하다고 했어. 그래서 무슨 일이냐고 물었더니 내가 모르는 언어로 대답했지. 그래서 당신이 하는 말을 모른다고 하면 다시 프랑스어로 내가 필요하다고 했고, 다시 내가 무슨 일이냐고 묻고 그러면 그가 다시 알 수 없는 언어로 대답했어. 계속 그렇게 이어지다가 꿈에서 깨어난 거야.

더 이상했던 건, 그 꿈의 배경이 내가 금방 알아볼 수 있는 장소였다는 거야. 이따금 일을 마치고 혼자 있고 싶을 때 가는 곳이었거든. 섬 맞은편의 은고르 해변에 있는 옛날 어부들이 대피소로 쓰던 흙집이었지. 더는 사용되지 않지만 그래도 해변에 몇 군데 남아 있었어. 난 가끔씩 그곳에 가서 책을 읽기도 하고 바다를 바라보기도 했어. 그런데 꿈속에서 우리가 만난 곳이 그중 하나였던 거야. 특히 내가

---

* 17~19세기에 세네갈의 수도였던 생루이의 월로프어 지명.

제일 좋아하는, 해수욕하는 사람들한테서 제일 멀리 떨어져 있는 곳이었지. 난 깨자마자 그곳으로 달려갔어. 엘리만은 없었어. 꿈은 약속이 아니니까. 그런데, 사람은 아무도 없는데, 글들이 있었어. 한쪽 벽에 가득. 이전에 올 땐 분명 없었거든. 나는 그 문장들을 읽고 또 읽었어. 마음을 빼앗겼지. 해변을 돌아다니면서 흙집들을 하나씩 들어가보았더니 전부 한쪽 벽에 네 글씨가, 네가 써놓은 시가 있었지. 그래서 난 널 찾기 위해 다카르를 뒤지고 다녔어. 도시 전체에 네가 남긴 흔적이 가득했는데 정작 넌 보이지 않았으니까. 난 네 시를 읽으면서 널 찾아다녔어. 검은 숯으로 써놓은 네 글이 도시 안에서 나를 인도했고 또 길 잃게 한 거야. 그러다 어느 날 저녁에 마침내 널 만났지.

우리를 만나게 한 건 바로 시였어. 하지만 우리의 만남은 엘리만에서 시작된 것이기도 해. 그런데 우린 그 사람 이야기를 하지 않았지. 상대도 알고 있다는 사실을 모른 채 각자 자기만의 은밀한 비밀로 간직한 거야. 우리가 각자 마음속 깊은 곳에 간직한 것을 미리 털어놓았더라면 어땠을까? 그때 내가 그 꿈을 좀 더 중요하게 생각해야 했어. 네 글이 쓰여 있던 그 대피소로 날 데려간 건 엘리만이었고, 그곳 벽의 글이 날 너에게 데려갔잖아. 내 눈앞에 징표들이 드러나 있었는데 보고도 이해하지 못했으니. 아니 어쩌면 마음속 깊은 곳에서는 이해하면서도 받아들이기 싫었을지도 몰라. 그래도, 코라손……

—메디나 어디죠?

—네?

—메디나에 다 왔어요. 어디 세워요?

—틸렌 시장은 아직 멀었죠?

—그렇진 않죠. 좀 더 가야 하는 건 맞지만 그리 멀진 않아요. 거기 내릴래요?

—네. 아니면 조금 더 가도 좋아요. 이바 마르 디오프 경기장 맞은편에서 내릴게요.

몇 분 뒤 나는 거리에 서 있었다. 메디나는 막 벼락을 맞은 심장처럼 뛰고 있었다. 이 서민 구역의 모든 모공에서 생명이 흘러나왔다. 요란한 목소리들, 말싸움, 웃음, 경적 소리, 양이 우는 소리, 성가들, 쓰레기통 냄새, 구운 고기 냄새, 배기통이 내뿜는 연기…… 화려함과 비참함의 모든 과잉이 보이는 곳이든 보이지 않는 곳이든 가능한 모든 공간을 빈자리 하나 없이 채웠다. 다 채운 뒤에는 어디로 가야 할지 알지 못한 채 스스로를 펼쳐서 바쳤고, 무언가에 잡히기를 혹은 자기가 무언가를 잡기를 기다렸다. 그것은 죽음 아닌 생명이었지만, 그 생명은 어느 길모퉁이에서 갑자기 나타나 우리를 붙잡아버린 뒤 위협하는, 우리의 숨이 끊어질 때까지 안으로 쏟아져 들어오려고 위협하는 생명이었다. 그 생명은 이 도시의 가장 평범한 거리에 펼쳐지는 저 광경 앞에서는 그 어떤 소설도 불가능하다는 증거이기도 했다. 다카르의 어느 광장에 앉아서 보이는 것을 남김없이 기록하기를 시도해볼까? 페렉이라면 가능하리라.* 나는 포기하고 길찾기 앱을 확인했다. 그리 멀지 않은 주소였다. 나는 심호흡을 했고, 블레즈디

---

* 소설가 조르주 페렉은 『파리 한 장소의 완벽한 묘사 시도』(1982)에서 사흘 동안 파리 생쉴피스 광장 카페에 앉아 매일 다른 시각으로 보이는 모든 것을 기록했다.

아뉴 대로를 건너 11번 길로 들어섰다.

　—일 때문에 어제 다카르에 왔어. 네 생각이 나네. 오랫동안 침묵을 지켜야 했지만, 이제는 깨도 된다는 생각을 했어. 네가 답장하고 싶지 않다 해도 이해해. 우리가 보낸 시간을 생각하면 당연한 일이지. 어쩌면 그게 나을지도 모르고. 그럼 이만. 아이다.

　한 시간 전에 왓츠앱으로 메시지가 왔다. 나는 십 분 넘게 화면만 쳐다보면서 답장을 보내지 못했다. 몇 번이나 바보 같은 문장을 쓰고 지우기를 반복했다.

　한참 동안 "작성 중"이라는 알림이 떴을 테니, 아이다는 나의 놀라움과 당황을 알아차렸을 것이다. 정말로 무슨 말을 써야 할지 혹은 쓸 수 있는지 아무런 생각이 떠오르지 않았다. 아이다…… 아이다가 이곳에 왜 와 있는지는 물어볼 필요도 없었다. 정치적 긴장, 파티마 디오프의 자살, 9월 14일의 행진, 보나마나 이 모든 것이 아이다를 불렀으리라. 나는 우스꽝스럽게 몇 번이나 우물쭈물하다가 마침내 답장을 보냈다.

　—더위로 너무 고생하지 않기를. 다카르에 온 걸 환영해…… 그런데 나도 며칠 전에 왔어. 네 연락을 받고 기뻤어. 아이다. 난 잘 지내.

　내가 쓴 '그런데'는 별것 아니게 보였지만 사실은 나의 모든 고뇌가 집약된 말이었다. 어둠 속에서 빛나는 나의 가짜 가벼움을 아이다는 곧바로 알아차렸을 터다. 나의 미숙함을 재미있어하는 아이다의 얼굴에 잔인한 미소가 번지는 모습이 내 눈앞에 어른거렸다. 나는 떨리는 마음으로 아이다의 답장을 기다렸다. 몇 분 뒤에 답장이 왔다. 아이다는 주변을 선회하는 대신 핵심으로 직행했다. 빈정거리는 듯한 느낌은 전혀 없었다.

—그런데…… 그럼 우린 같은 도시에 있네. 그럼 지금?

몇 초 동안 고민하는 척했다. 아이다에게 하는 거짓말이라기보다는 나 자신에게 하는 거짓말이었다. 곧이어 나는 숨도 쉬지 않고 휴대폰 글자판을 두드렸다. 평소에 두려움을 신중한 지혜로 꾸밀 때, 사실은 뒤로 물러서면서 앞으로 나서는 척할 때 가장 유용한 프랑스어 시제라고 생각해온 조건법을 사용했다.

—만날 수 있을 테지……

—만날 수는 있을 테지. 하지만 분명 나쁜 생각이야. 결국 안 좋게 끝날 거야.

미래형으로 주어진 마지막 문장이 아이다의 상태를 말해주었다. 나는 놓치지 않았다.

—안 좋게 끝난다…… 요즘 자주 듣는 말이야.

—대부분의 일이 안 좋게 끝나잖아. 그러리라는 걸 대부분 알고 있고.

—아무것도 모르면서 하는 소리야. 얄팍한 환멸이고 명석함으로 위장한 손쉬운 비관주의지. 운명론의 지혜 아래 몸을 숨긴 채 회피하는 냉소주의, 불안의 철학이라는 가면을 뒤집어썼지만 결국 삶에 대한 두려움일 뿐이야.

나는 잔뜩 허세를 부렸다. 하지만 아이다는 나를 잘 알았다. 아이다의 대답이 나의 모든 만용을 순식간에 무너뜨렸다.

—그대로네. 언제나 경구 같은 걸 써서 말하잖아. 너 자신도 믿지 않는 말들이면서. 오히려 그런 게 삶에 대한 두려움이야. 그 때문에

넌 힘들어질 거야. 난 분명히 미리 말했어.

아이다는 내가 다시 긴말을 늘어놓지 못하도록 곧바로 메디나 중심부에 있는 에어비앤비 숙소의 주소를 보내주었다. 나는 한 시간 뒤에 가겠다고 했다. 아버지와 어머니는 이미 잠들었다. 나는 외출한다고, 친구 집에서 자고 올지도 모른다고 어머니에게 메시지를 남기고 나왔다.

그리고 지금 나는 힘차게 박동 중인 메디나에 들어와 있고, 몇 계단만 오르면 나오는 11번 길 끝에 아이다가 있었다.

모든 혁명은 몸으로 시작하고, 아이다의 몸은 들고일어나는 도시, 불타고 있는, 재를 남기지 않고 타버릴 도시이고, 나는 그 도시에서 투쟁한다. 투쟁은 인간을 고양시키지 않는가. 그리고 이번에는 매달릴 만한 명분이다. 언제나 다 알고 있다고 느끼지는 못하지만 그래도 사랑하고 있는 도시에서 싸우는 것만큼 아름다운 일은 없기에 나는 이 도시에서 싸운다. 도시는 우리가 알지 못하는 비밀을 간직하고 언제나 우리가 그 안에서 길 잃을 수 있기 때문이고, 그 도시를 우리가 진정으로 사랑하기 때문이다. 이 도시는 나에게 아무 비밀도 없다고, 나는 이 도시를 내 주머니 속만큼, 내 어머니 배 속만큼 잘 알고 있다고 말하는 사람들이 있지만, 그 말은 내가 이 도시를 사랑한다는 말과 다르다. 나는 이 도시가 나에게 자기를 완전히 내어주지 않기 때문에, 자기를 내어주면서 동시에 달아나기 때문에, 태어난 곳이면서 동시에 낯선 곳이기 때문에 사랑한다. 이 도시 안에 길게 이어진 좁고 어두운 길들을, 훤히 트이고 환하게 빛나는 대로들을 사랑하고, 가다가 멈춰야만 하는 곳들을 사랑하고, 도시를 둘러싼 외곽 지역과 은밀한 장소들을, 유적지들을(오른쪽에 우뚝 서 있는 화려한 고딕 성당을 보라), 공터를, 공원을 사랑한다. 역사적인 심장부를 사랑하고, 위험한 구역도 마치 내가 조직의 보스라도 된 듯 걸어다니며 사랑한다(하지만 나는 그런 보스가 아니고, 기껏해야 소규모 마약 밀매꾼들의 두목 정도다). 아무리 가도 끝이 보이지 않는 이 도시의 신비스러운 지하 세계를 사랑하고, 고집스레 길을 내주지 않는 막다른 골목들을 사랑한다. 그리고 등등, 등등…… 이 도시는 일어서 있지도 누워 있지도 않다. 조금 전에 말했듯이, 이 도시는 들고일어난다. 좋다고 말하면서 동시에 아니라고 말한다. 더 이상 원하지 않는 게 무엇인지 스스로 알고, 무엇을 갈망하는지도 안다. 이 도시의 움직임은 안에 들어와 있는 사람에게 눈 딱 감고 믿으면서 함께하는 것 외에 다른 선택지를 주지 않는다. 방황처럼 보이지만 결코 방황하지 않는, 미쳐서 아무 데나 헤매고 다니는 것처럼 보이지만 사실은 혁명가의 길에 들어선 정신 나간 사람, 진정한 혁명가, 연인이 가는 길을 따라가는 수밖에 없고, 그 길 끝에서 연인은 결국 자신이 준비되지 않았음을 알게 될 것이다. 하지만 그런 종류의 일에 진정으로 준비된 사람은 없다. 그래도 올바른 명분을 위한 위대한 희생이 어떤 의미를 갖는지는 이해하게 되리라.

우리는 사랑 없이 보낸 일 년의 시간을 따라잡기 위해 사랑을 했다. 우리가 함께 보낸 이전의 밤들을 기리기 위해 사랑했다. 라스파유 대로의 벤치를 추억하며 사랑했다. 그런 뒤에, 우리의 미래가 다시 영원히 새로운 침묵으로 이어질 수도 있었기에, 미리 비축해두기 위해 사랑을 했다. 우리는 마지막 포옹과 함께 다 비워졌다. 여섯 시였을 것이다. 하루를 시작할 첫 소리들이 날이 새기를 기다리는 대기실에서 조급하게 기다리는 시각. 메디나가 깨어나고 있다고 말할 수 있을까? 메디나는 잠든 적이 없었다. 아니 한쪽 눈만 감고 잤다. 다른 눈은 밤 동안 우리가 들고일어나는 모습을 지켜보았다.

—조금 쉬자. 아이다가 말했다. 오후 두 시에 *Ba Mu Sëss*(정확한 월로프어였다)에서 9월 14일을 위해 연계투쟁위원회를 조직한대. 나도 가봐야 해.

—그런 걸 누구한테 들었어?

—친구들, 특파원들, 활동가들. 지금 아프리카 대륙에서 일어나고 있는 시민 운동을 취재 중인 기자들이 많아. 난 알제리에 갔다가 부르키나파소에 갔었어. 그곳에서 굳건하고 강하고 혁명적인 사람들을 만났지. 상카라를 이어받은 훌륭한 아들들이었어. 그러다 파티마 디오프의 자살 소식을 들었고, 세네갈에서도 무슨 일이 일어나리라는 걸 직감했어. 이제 다카르에도 최루탄 연기가 자욱하겠지. 그래서 첫 비행기를 타고 왔어. 아프리카에서, 전 세계에서, 저항하는 젊은이들에게 희망이 생겼잖아. 넌 내가 혁명을 낭만적으로 생각한다고 믿지. 하지만 그렇지 않아. 그런 투쟁이 때로 어떤 대가를 지불해야 하는지 나도 알아. 그래서 난 그들을 존경해. 세상 사람들이 나와 같은 눈으로 그들을 바라보기를 바라고. 난 사람들 눈길 속에서 바로 그 불길을 봐. 그러면 내 마음이 요동치지. 파티마의 얼굴에도 그런 게 보였어. 분노와 수모의 불길이지만 또한 더할 나위 없이 위엄 있는 불길.

나는 말없이 아이다를 껴안았다. 아이다는 피하지 않았다. 오히려 우리 두 몸을 밀착시키려는 허리와 어깨의 미세한 움직임이 느껴졌다.

　―넌? 다카르에서 뭐 해?

　나는 아무 말도 하지 않았다. 엘리만과『비인간적인 것의 미로』이 야기를 꺼내야 할까? 부모님에게 말하지 않았을 때처럼, 아이다의 눈에 내가 쓸데없는 혹은 부적절한 일을 하는 것처럼 보일지도 몰랐 다. 상황 탓에 돌연 수치스러운 일이 되어버린 열정을 책임지기보다 는 거짓말을 하는 편이 나았다. 며칠 전부터 이 나라에서 일어나고 있는 일들 앞에서 내가 하려는 일이 무슨 의미를 갖겠는가? 사회적 고통이라는 문제 앞에서 글쓰기의 문제가 어떤 무게를 지니겠는가? 절대적인 존엄성의 갈망 앞에서 절대적인 책을 찾는 일이, 정치 앞 에서 문학이, 파티마 앞에서 엘리만이 얼마나 중요하겠는가? 그래서 나는 아이다에게도 거짓말을 했다. 휴가를 보내려고, 가족을 만나려 고 왔다고 했다.

D-3

이튿날 길에서 헤어지며 우리는 잠시 망설였다. 볼에 입을 맞출까? 키스를 해도 될까? 악수를 할까? 그냥 손가락만 까딱하는 것으로 인사를 대신할까? 거리 전체가 우리를 구속했다. 문화가, 사람들의 시선이, 우리의 피부색이, 하나로 땋아 길게 등 위로 늘어뜨려 정오의 모든 빛을 끌어들이는 듯한 아이다의 머리카락이 그랬다. 하지만 더 확실하게는, 우리 스스로가 우리를 구속했다. 땅에 묻혀 있다가 하룻밤 만에 세상으로 나온 우리의 과거가 우리를 짓눌렀다. 우리는 볼에 입을 맞추는, 하지만 한 쪽 볼에만(그리고 입 가까이) 하는 인사로 말없이 의견 일치에 이르렀다. 나는 집에 들어가기 전에 입술 옆에 남은 붉은 자국을 지웠다. 아이다는 BMS의 회합이 열리는 셰이크안타디오프 대학교 쪽으로 갔다. 우리는 다시 연락하기로 했다.

내가 집으로 들어가자 어머니 눈길이 이렇게 말하는 것 같았다. 나는 네 어머니야. 네가 지난밤에 무엇을 했는지 다 알아. 하지만 어머니는 아무것도 묻지 않았고 아버지도 마찬가지였다. 나는 오후 내내 아버지, 어머니, 동생들과 집에 머물면서, 프랑스에서 지내는 동안 추억마저 희미해진 평범한 일상에 다시 적응하려고 노력했다.

아이다의 문자가 왔다. 솔직히 말하면, 네가 보고 싶었어. 일 년 내내 연락하고 싶은 걸 참느라 힘들었지. 면목 없으니까. 일이 복잡해지는 것도 싫었고. 하지만 어차피 일은 저절로 복잡해지는 것 같아. 지금 이 순간도 난 네가 그리워. 우리가 다시 만나는 게 좋은 생각이 아니라는 믿음은 그대로지만. 모순적이라는 거 알아. 넌 우리가 어떻게 하길 원해?

넌 내가 엘리만이 어떤 부류의 인간이었는지 알려주길 원하지? 아이티의 시인이 한 말을 시가 D.가 나에게 들려주었다. 하지만, 코라손, 그건 간단히 대답하기 힘든 질문이야. 우리 집에서 열리는 문학 모임에 엘리만이 처음 온 지 한 달 넘게 지난 뒤에야 난 그의 목소리를 처음 들었어. 그는 말을 많이 안 했거든. 그냥 듣고만 있었지. 자신의 가장 중요한 진실에 아무도 다가오지 못하도록 베일을 쳐놓은 사람 같았어. 보이지 않아도 누구나 그 베일을 느낄 수 있었지. 마치 모두가 엘리만이 긴 명상에서 깨어나 무슨 말이든 한마디 내뱉기를, 그렇게 문제의 베일을 찢어주길 기다리는 것 같았지.

엘리만은 지적인 대화, 정치적인 대화에 전혀 끼어들지 않았어. 그래도 그를 탓하는 사람이 없었지. 그는 마치 말로 참여하는 일에서 면제된 사람 같았어. 겉으로 드러내지 않을 뿐 사실상 속물근성에 가까운 합의였달까. 조용하고 심오한 엘리만이란 사람 아시죠? 우리는 어제저녁에 침묵이 영적으로 느껴지는 그 신비스러운 아프리카인과 같이 시간을 보냈답니다. 심지어 아프리카 얘기를 하면서도 아무도 그에게 질문을 안 했어. 물론 그가 아프리카 출신이라고 해서 꼭 그 땅에서 일어나는 일에 대해 말해야 한다는 건 아니야. 하지만 아프리카인이니까, 그가 당시 그 대륙에서 일어나던 사건들에 대해 어떻게 생각하는지 다들 궁금하지 않았겠어? 1960년대를 목전에 둔 때였잖아. 전 세계적으로, 우리 집에서 열린 모임에서도, 아프리카 국가들의 독립이 맹렬한 논쟁거리였는데, 그런데 유일한 아프리카인인 엘리만이 아무 말도 안 하다니.

그래서 1958년, 맞아, 1958년 10월 어느 날 저녁에, 난 거의 경의에 가까운 사람들의 배려를 더는 두고 볼 수 없었어. 샤를 드골이 AOF* 국가들한테 프랑스 연합을 결성하자고 제안한 뒤에 기니가 국민투표에서 그 제안을 거부한 얘기를 할 때였지. 내가 벌떡 일어나서 엘리만을 불렀어. 이봐요, 아프리카에서 오신 분, 기니 국민들의 선택에 대해서 어떻게 생각하세요? 아무 생각이 없나요? 관심이 없어요? 그래서 지난 몇 달 동안 그렇게 안하무인의 침묵을 지키고 있는 건가요? 혹시 우리가 당신 말을 들을 자격이 없다고 생각해요? 설령 그렇다 쳐도, 기니 국민은 정말 대단한 것 같은데, 그 사람들은 자격이 있지 않을까요? 안 그래요?

너도 그때 사람들 표정을 봤어야 해, 코라손. 그야말로 찬물을 끼얹은 듯 고요해졌지. 그때 몇 사람의 눈빛은 아직도 기억나. 겁을 먹은 것도 같았지. 하지만 호기심을 느낀 혹은 재미있다는 표정들도 있었어. 특히 곰브로비치는 곧바로 흥분해서 발을 구르기까지 했지.

---

* 세네갈, 기니, 코트디부아르 등 1895년부터 1958년까지 존속한 프랑스령 서아프리카 나라들을 말한다.

드디어 한판이 벌어지겠군! 이렇게 생각하는 것 같았어. 그리고 엘리만하고 친한 또 한 사람, 사바토는 여전히 신중했어. 하지만 난 알아. 그 역시 엘리만의 대답을 궁금해했어. 정말로 모두가, 놀라서 잔뜩 긴장한 사람들까지도 다들 그의 반응을 기다렸어. 엘리만은 조금 떨어진 안락의자에 앉아 있었어. 나는 그와 3미터쯤 떨어진 곳에, 한 손은 허리에 얹고 또 한 손으로는 와인 잔을 들고 오만하게 서 있었고. 새파랗게 젊었을 때였어. 쇼트커트 머리에 커다란 링 귀걸이를 하고 있었어. 파란색의 긴 드레스를 입었고, 그래서 그날은 평소보다 눈길을 많이 끌었고 찬사도 많이 받았지. 은근하고 무례한 제안도 많았고. 그날 내가 엘리만을 도발한 거야. 그가 고개를 들고 날 쳐다봤지. 난 절대 그의 눈을 피하지 않겠다고 다짐했어. 그때까지는 어쩌다 눈이 마주치면 매번 내가 먼저 눈길을 피했거든. 엘리만이 몇 초 동안 나를 쳐다보기만 하길래 내가 한 걸음 더 다가갔지. 혹시 내 말을 못 들으셨나요? 기니에 대해서 어떻게 생각하시는지 물었잖아요. 기니의 독립에 대해, 그들의 지도자 세쿠 투레에 대해서 어떻게 생각하시는지 말해주세요.

길고 무거운 몇 초가 흘렀고, 마침내 엘리만이 일어섰어―그는 내가 생각했던 것보다 키가 많이 컸어. 한 걸음 만에 벌써 내 앞에 다가와 버티고 섰지. 나는 물러서지 않았어. 그의 눈을 보려고 턱을 치켜들고 버텼어. 난 열여덟 살이었고, 막 대학생이 되어 법학 공부를 시작했을 때였지. 그는 이미 중년이었고. 그땐 나이를 몰랐고 나중에야 알았어. 그는 내 아버지와 같은 마흔세 살이었어.

겨우 몇 센티미터를 사이에 두고 서 있는데 마치 내 앞에 벽이 놓인 것 같았어. 수직으로 일어선 바다, 안에서 거센 소용돌이 소리가 들리는 파도가 일어선 것 같았지. 굉장히 혼란스러웠어. 아주 잠시 그의 눈 속에 증오가 번득이기도 했어. 나를 때리거나 죽이려는 것처럼. 하지만 곧 사라졌어. 그는 침착한, 재미있다는 표정을 지었지. 그러다 잠시 미소를 지었고—그 흐릿한 미소는 나밖에 못 봤을 거야—그런 뒤에는 아무 말도 하지 않고 나가버렸어.

한동안 침묵이 이어졌지. 침묵을 깬 건 곰브로비치였어. 브라보, 아가씨, 대단한 용기로군요. 우리의 아프리카인은 이번에도 내가 익히 아는 그 걸음걸이로 나가버렸네요. 당신도 알지, 사바토? 뒤쫓기는 동물 같고 상처 입은 짐승 같은 걸음걸이였잖아. 저러고 나면 한동안 사라진답니다. 누군가 너무 가까이 다가올 때마다 그러죠. 사라지겠다고 결심하고 나면 조금 전에 나갈 때처럼 그렇게 걸어 나가요. 사바토와 난 이미 익숙해졌죠. 아가씨도 익숙해지는 게 좋을 겁니다. 한동안 엘리만을 볼 일이 없겠군요. 하지만, 브라보, 잘했어요. 맞서야 했어요. 여기서 당신만 그 일을 해냈어요.

곰브로비치 말이 맞았어. 그 뒤로 몇 달 동안 엘리만은 나타나지 않았지. 거의 일 년 뒤에, 그러니까 1959년 8월에야 그를 다시 볼 수 있었어. 그사이 곰브로비치와 사바토는 우리 집에 가끔 왔고, 그때마다 난 당신들의 친구가 아직도 날 원망하느냐고 물었어. 그러면 둘 중 한 사람이 늘 이렇게 대답했지. 엘리만은 화난 게 아닙니다. 어딜 좀 돌아다니느라 못 오는 거죠. 어딜요? 라틴 아메리카를 두루 다니죠. 칠레, 브라질, 멕시코, 과테말라, 우루과이, 콜롬비아, 페루, 다 다녀요. 그런데 곰브로비치도 사바토도 엘리만이 무엇 때문에 그렇게 자주 떠나는지는 알지 못했어. 언젠가 사바토가 말하길, 처음 만났을 때부터 그렇게 돌아다녔다고, 하지만 무얼 찾는지, 정말로 뭔가 찾고 있기는 한 건지는 모른다고 했어.

난 사바토와 곰브로비치를 문학 스승으로 선택했어. 아니 그들이 날 선택해주었다는 말이 맞겠네. 두 사람 모두 이미 세계적인 작가로 명성을 얻은 때였지. 나는 대학에선 법학을 전공했지만 시에 더 큰 매력을 느꼈어. 물론 곰브로비치와 사바토는 시인이 아니라 재치가 번득이는 강렬하고 훌륭한 산문가들이었지. 그들은 시를 쓰지 않았지만 읽었고, 시를 알았어. 시에 대해 그들과 함께 나눈 대화가 나의 시작詩作 초기에 아주 중요한, 결정적인 역할을 했어.

내가 처음 쓴 시들을 두 사람에게 보여줬을 때 그들은 대충 좋은 말을 해주거나 쉽게 격려하는 대신 아주 엄격한 눈으로 읽어줬지. 곰브로비치가 말하길, 정말로 문학과 시가 중요하다면, 정말로 글을 쓰고 싶다면 엄격함 외에 다른 길은 없다고, 창작에 자기 자신을 절대적으로 바치는 길밖에 없다고 했어. 그러면서 체코의 시인 블라디미르 홀란의 시를 낭송해줬지. "초고에서 작품으로 이어진 길은 기어서 가야 한다." 그리고 이렇게 덧붙였어. 그 길은 끝이 없다.

곰브로비치가 좀 더 엄격했지만, 그래도 더 유쾌했어. 더 엉뚱했고. 그는 젊은 사람들과도 많이 교류했고, 그의 재능은 뭐랄까, 불평이 많고 거의 불쾌할 정도로 냉소적이었지. 사바토는 반대로 과묵한 사람이었어. 문학적 판단을 내릴 때는 가차 없지만, 어떤 경우에도 자제력을 잃지 않았지. 사바토는 넓고 깊은 내면세계를 항해했어. 그 속에서 마주친 형이상학적 질문들이 그의 작품들을 관통했고.

엘리만은 우리의 대화에 자주 등장했어. 어느 날 내가 곰브로비치와 단둘이 저녁을 먹다가(에르네스토는 몸이 아파서 안 왔거든) 엘리만에 대해서 물었어. 그때 난, 오늘 너처럼, 코라손, 엘리만이 어떤 부류의 인간인지 알고 싶었어. 그래서 곰브로비치에게 길게 질문을 했지.

엘리만이 왜 어떻게 여기에 왔느냐고? 참 이상한 질문이네…… 왜 어떻게 여기 왔냐고? 그곳이 어디든, 어째서 왜 어떻게 와야 하지? 난 내가 어떻게 여기 왔는지 모르고 전쟁이 끝났는데도 왜 안 돌아가고 남아 있는지 몰라. 하지만 폴란드, 그 빌어먹을 나라의 거리가 그립기는 해. 어쩌면 이곳 부에노스아이레스의 거리에서 바르샤바 거리의 비밀을 찾아다니느라 남아 있었는지도 모르겠네. 다른 나라를 거울삼아 내 나라를 진정으로 보고 싶어서 말이야. 그럴지도 모르지…… 하지만 엘리만은 어떨까? 나한테 그런 얘긴 한 번도 안 했어. 그가 일부러 숨기려 한 게 아니고, 내가 한 번도 안 물어봤거든. 엘리만과 나는 그런 얘기는 안 해. 엘리만은 나처럼 조국을 떠나 유배된 인간이야. 첫눈에 서로를 알아봤지. 우린 뭐든 다 말하지만, 조국을 떠난 얘기만큼은 아니야. 사실 할 말도 없어. 세상에 그보다 더 지겨운 주제가 또 어디 있겠어? 하지만 사바토는 다를지도 모르지. 회복되거든 한번 물어봐. 어쩌면 사바토는 엘리만이 어떻게 왜 여기 왔는지 알 수도 있으니까. 하지만 엘리만에겐 묻지 않는 게 좋아. 그런 질문은 그를 자극하고 화나게 만들 거야. 조국을 떠나온 사람들은 대부분 싫어하는 질문이니까. 뭐, 난 별 상관없지만. 자, 아름답고 거친 아이티 섬의 아가씨, 이제 그만 키스하러 갈까? 괜찮으면, 같이

자는 것도 좋고. 뭐든 다 기다리라고 해. 엘리만도 기다리라고 해. 죽음도 기다리라고 하고. 사실 죽음은 언제나 우릴 기다리지만 말이야. 뭐든 다 기다릴 수 있어. 하지만 우리의 몸은 못 기다리지. 욕망은, 사랑은 절대 못 기다려. 내가 얼마 동안 안 했는지—내 나이에 용서할 수 없는 일이지—그러니까 얼마 동안이냐……

나흘이었다. 파티마 디오프가 죽고 나흘째 되던 날, 온 나라가 디데이를 향해 나아가고 있을 때 마침내 대통령이 여덟 시 뉴스에 나와 대국민 담화를 하기로 했다. 나는 저녁 일곱 시쯤 리베르테 6 구역*에 도착했다.

셰리프는 그곳에 있는 멋진 아파트에서 이혼한 뒤로 줄곧 혼자 살고 있었다. 우리는 언제나처럼 반갑게 인사했다. 셰리프는 오랫동안 잠을 못 잔 사람처럼 수척해 보였다.

막 식사(훌륭한 디비**였다)를 하려는데 대통령 담화가 시작됐다.

—밥맛 떨어지겠군. 셰리프가 말했다.

사십오 분 동안 힘차고 근엄한 연설이 이어졌다. 대통령은 파티마 디오프의 죽음으로 인해 느낀 슬픔으로 시작해서 운명의 잔인함과 젊은 나이에 죽음을 맞는 비극에 대한 자신의 철학을 늘어놓았고 유가족에게 조의를 표했다. 그 모든 걸 마친 뒤 비로소 온 국민이 이 위기를 타개하기 위한 빠르고 가시적이고 효과적인 해결책을 기다리고 있는 정치 영역에 들어섰다. 스핑크스는 수많은 조치와 개편과

---

* '리베르테 6'이라는 이름의 회교 사원을 중심으로 하는 다카르의 한 구역이다. 다카르의 4개 구 중 그랑다카르에 속한다.
** 양고기를 양파 등과 함께 구운 요리.

개혁 이야기를 늘어놓았다. 가장 중요한 때가 왔다고, 분노와 절망의 목소리에 귀 기울이겠다고, 또 다른 파티마가 나와서는 안 된다고, 자기는 젊은이들을 가장 중요하게 생각한다고 했다.

대통령 담화가 결론에 이를 즈음, 셰리프가 텔레비전을 무음으로 바꾸어버렸다. 몇 분 동안 우리는 말소리를 없앤 채 화면 위에서 말하는 대통령의 얼굴만 지켜보았다. 그는 정적 속에서 입술을 열었다 닫았다 하며 힘차게 허공을 씹어댔다.

—저게 바로 이 나라의 모습이야. 셰리프가 말했다. 우리의 지도자들은 화면 뒤에서, 아무도 넘어갈 수 없는 유리창 뒤에서 말하지. 누구도 저들의 말을 들을 수 없어. 물론 듣는다 해도 바뀌는 건 없지만. 굳이 듣지 않아도 저들이 진실을 말하지 않는다는 건 누구나 알 수 있으니까. 그러니까 저 유리창 너머의 세계는 어항이야. 우리의 지도자들은 인간이 아니라 물고기라고. 농어, 생대구, 메기, 황새치, 강꼬치고기, 대구, 서대, 흰동가리…… 그래, 상어도 물론 많지. 그리고 최악은, 그 얼굴들을 보고 있으면 꼭 이런 말을 하는 것 같단 말이야. 너희도 이 자리에 앉아봐. 우리보다 나을 거 하나도 없을 테니까. 너희도 우리 못지않게 사람들에게 실망을 안길 거야.

나는 대통령의 입술 위에서 "감사합니다. 세네갈 만세!"라는 말을 읽었다(아니, 읽은 것 같았다). 세네갈 국기가 영광스럽게 휘날리기 시작할 때 셰리프가 텔레비전을 껐다.

—늘 똑같은 지랄. 저 인간은 자기가 불을 질러놓고 매번 불 끄겠다고 작은 양동이를 들고 와. 방화광이면서 소방관이지. 낡은 수법이야. 저 인간도 우리도 어차피 불이 안 꺼진다는 거 알아. 들고 오는

양동이에 물이 안 들어 있거든. 거짓말만 가득 차 있어. 멍청한 인간들은 무턱대고 믿지만.

—몽둥이 뒤에 당근을 내미는 건가……

—아니, 아니야, *Miñelam*, 그건 치명적인 환상이야. 조금 전에 대통령이라는 작자가 사람들을 달래느라 한 말들은 모두를 수렁으로 밀어 넣는 말이기도 해. 당근과 몽둥이 사이에 차이가 없어. 하나가 다른 하나의 대안이 아니라고. 우리에게 당근은 또 다른 몽둥이야. 이 나라 사람들은 그야말로 작은 것만 해줘도 바로 만족하지. 그 어떤 것에도 진정한 요구가 없어. 삶에 대해서도 그래. 정말로 삶을 누릴 자격이 있기는 한 걸까?

내가 미처 생각할 틈도 없이 셰리프가 곧바로 말했다.

—그동안 난 국민에 대해서, 왜 있잖아, 국민은 자신들에게 맞는 지도자를 갖는다, 이런 말, 국민은 자신들과 똑같이 생긴 지도자를 갖는다, 라고도 하고. 난 그렇게 쉽게 말하는 사람들을 비난해왔어. 고민도 없이 국민을 무시하는 말이라고, 이기적이고 잔인한 지도자들을 쉽게 용서하게 만든다고. "이끌어가는 사람들이 저지른 죄는 따라간 사람들의 잘못이 아니다."[*] 위고가 한 말도 있잖아. 어디서 말했는지는 기억 안 나지만. 어쨌든, 언제부턴가, 형편없는 지도자들은 그들을 만들어낸 국민의 거울일 뿐이다, 이 말이 맞을 수 있다는 생각이 들어. 내 조국의 국민을 보면서 내가 어떤 질문을 하는지 알

---

[*] 1860년 중국이 서구 세계와의 교역에 문을 열게 하려는 목적으로 프랑스-영국군이 파견된 일을 두고 빅토르 위고가 한 말이다.

아? 정말로 저들이 더 나은 걸 누릴 자격이 있을까? 이 나라의 지도자들뿐 아니라 국민들도 물고기 떼가 아닐까? 어쩌면 정어리 떼가 아닐까? 그럼 개인으로서 집단으로서 우리가 어떻게 해야 더 나은 지도자를 가질 자격이 생길까? 부도덕한, 총포 달린* 정치인들 말고.

　—총포가 달렸다는 게 무슨 뜻이야? 문맥상 나쁜 뜻이겠네. 찾아볼게. 어쨌든, 그래서 그 질문의 답은 뭐야? 개인이자 국민으로서 우린 뭘 가질 자격이 있지?

　그 순간에 셰리프의 휴대폰이 울렸다. 그는 보기만 하고 받지는 않았다.

　—오늘 BMS가 셰이크안타디오프 대학교에서 연계투쟁위원회를 조직했어. 난 안 갔지. 그랬더니 전화가 오는 거야. 연설문 하나 써달라고 할 테지. 하지만 난 그자들과 더 말하고 싶지 않아. 그들을 위해 연설문이나 분석 글 같은 거 더는 쓰기 싫어.

　—어째서?

　—내가 거기서 하는 일이 더는 내 일로 안 느껴져. 그들은 언제부턴가 아무런 결실도 얻지 못하는 무조건적 반대의 늪에 빠져 있어. 물론 비판적인, 필요한, 용감한 투쟁 의식이지. 하지만 결실을 맺지 못해. 그렇게는 아무것도 바꿀 수 없어. 우리가 하는 일이 오히려 정치적 답보 상태에 기여하고 있다고. 우린 권력에 맞서 사상투쟁을 하고 있다는 환상에 빠져 있어. 하지만 답보 상태는 언제나 권력에

---

* 프랑스어로 '총포(꽃대의 밑동을 싸고 있는 비늘 모양의 조각) 달린 식물'을 뜻하는 involucre가 '봉투'를 뜻하는 라틴어 involucrum과 형태가 비슷한 데서 나온 말장난이다. 돈 봉투를 주고받는 타락한 정치인을 가리킨다.

유리할 뿐이야. 더 나아가야 해. 지금처럼 해서는 안 돼.

　—BMS가 정당 조직으로 거듭나야 한다, 더 나아간다는 게 그런 뜻이야? 민주주의를 지키는 깨끗한 보초로는 더는 안 되고 경기장에 직접 들어가 손을 더럽혀야 한다고?

　—아니, 내 말은 그런 뜻이 아니야. 정치판은 언제나 우리를 자기 규칙에 복종하게 만들지. 말하자면 맷돌이야. 우린 그 안에 들어가 있는 곡식이고. 곡식은 맷돌을 바꾸지 못해. 맷돌이 곡식을 갈아 가루로 만들 뿐이지. 어떤 것을 안으로부터 바꾼다는 건 환상이야. 안에서 바꾸려 하지만 결국 우리가 바뀌게 되니까. 현실 정치는 바뀌지 않아. 세상일은 바뀌지 않는다고. 절대 안 바뀌지. 적어도 그런 식으로는 아니야.

　—그럼 어떻게 바꿀 수 있는데? 다른 방법이 있어?

　셰리프는 있다고 말했다. 하지만 곧, 자신의 제안이 아직 조금 더 무르익을 필요가 있다는 듯 다시 말했다.

　—아니…… 아직은 확실하지 않아. 모르겠어. 제3의 길을 찾는 중이야. 지난 며칠의 일을 겪으면서 다른 길을 찾아야 한다는 생각이 더 굳어졌어. 시위하고 경찰과 싸우고 곤봉과 최루탄을 맞고 소리치고 의회에 돌을 던지고 햇빛 아래서 눈물 흘리면서 파티마 디오프의 이름을 외치는 거, 다 좋아. 하지만 그런 다음엔? 그다음엔?

　나는 대답할 말이 없었다. 잠시 침묵이 흐른 뒤 셰리프가 말을 이었다.

　—그건 그렇고…… *Miñelam*, 이제 네 얘기 좀 해봐. 뭐 하러 온 거야? 다음번 책을 위한 조사?

—응, 말하자면 그래.

—난 네가 다음번 책에서는 널 좀 더 잘 보여주었으면 좋겠어. BMS의 문제점은 작가들한테도 그대로 적용되거든. 작가들이 좀 더 나아가야 해. 문학이 아무 데도 쓰임이 없다는 말을 하려는 건 아니야. 난 문학에 대해 성스러운 두려움과 믿음이 있어. 그래서 결코 작가가 되지 않을 거야. 내가 하려는 말은, 그래, 자기 글로 누군가의 영혼을 울리겠다는 야심이 없다면 차라리 안 쓰는 게 나아. 제발 또 『공허의 해부』 같은 책을 쓰지는 말아줘. 부탁이야. 그 책은 오로지 너 자신만을 위한 거야. 넌 그보다 더 가치 있는 인간이라고. 훨씬 나은 것을 해야 해. 우리에게 위대한 책을 한 권 써줘, *Miñelam*, 위대한 정치적 책.

나는 미소 지었다. 셰리프의 말에 놀라지는 않았다. 『공허의 해부』가 출간되었을 때 이미 그가 길게 늘어놓은 말이었다. 그때 셰리프는 내가 사회적 질문들을 버려두고 자기중심적인 관심사에만 매달렸다고 책망했다. 하지만 셰리프는 그런 말들을 스스로 현실을 안다고, 진정한 삶을, 구체적인 일들을 더 잘 안다고 믿는 어리석은 인간들처럼 하지 않았다. 그러지 않았다. 셰리프는 친구의 변한 모습 앞에서 진심으로 당황한 사람으로 말했다.

한때 우리가 비슷한 이상을 품었던 것은 사실이다. 심지어 내가 더 과격했다. 하지만 영원히 그대로인 사람은 없다. 그대로인 게 꼭 좋은 걸까? 시간이 아무리 흘러도 자신은 굳은 뼈처럼 늘 단단할 수 있다는 믿음은 환상일 뿐이다. 그런 맹목적인 믿음은 삶의 조롱을 받아도 할 수 없다. 삶은, 예측할 수 없는 그 움직임과 불확실성과 상황들은 우리가 절대 바뀔 수 없는 것이라 생각하고 주장해온 가치와 원칙을 부수곤 한다.

어린 시절의 초심을 잃지 말라는 말을 들은 적이 있다. 그것은 세상에서 가장 헛된 혹은 가장 해로운 야심이다. 난 누구에게도 그런 조언을 할 생각이 없다. 어린 시절의 우리는 어른이 된 자신의 모습을 향해, 설령 그 어른이 어린 시절의 꿈을 이루어냈다 해도 언제나 실망한 잔인한 눈길을 던진다. 그렇다고 어른이 된다는 게 본질적으로 저주받았다는 혹은 가짜라는 말은 아니다. 단지 세상 그 어떤 것도 천진난만함 속에서 강렬하게 체험된 유년기의 이상 혹은 꿈에 부응할 수 없다. 어른이 된다는 건 언제나 우리의 온화했던 유년기에 대한 배신이고, 하지만 바로 그것이 유년기가 아름다울 수 있는 이유이다. 유년기는 배신당하기 위해 존재하고 바로 그 배신으로부터 그리움이 태어난다. 그런 그리움은 우리에게 언젠가, 아마도 삶의 마지막에, 젊음의 순수함을 되찾을 힘을 줄 수 있는 유일한 감정이다.

셰리프는 내 말을 받아들이지 않았다. 그는 자기가 말하는 건 유년기가 아니라 열여덟 살 때라고 했다. 삶의 시련이 우리를 변화시키는 것은 맞지만, 그렇다고 우리가 비참한 현실을 외면해서는 안 된다고도 했다. 그런 것에 대한 관심이 셰리프의 의식을 지배하는 상수常數였다. 셰리프는 그런 태도가 아름다운 작품의 창작과 모순되지 않는다고 믿었다. 셰리프는 사소한 가난과 불의의 광경 앞에서도 분노하던 나를 알았기에 나의 '변모'를 받아들이기 힘들었다. 그가 알았던, 뼛속까지 철저히 정치화되어 있던 *Miñelam*이 너무도 빨리 너무도 급작스럽게 변해버렸기 때문이다.

―노력해볼게. 내가 대답했다. 위대한 정치적 소설을 써볼게.

이어 우리는 좀 더 즐거운, 최소한 겉으로라도 즐거워 보이는 주제들, 그러니까 책과 여자와 여행, 그리고 학창 시절 우리의 희비극적 추억들 이야기를 했다. 하지만 셰리프는 그런 가벼움에 빠져들지 못했다. 미소 지으려 애쓰는 그의 두 눈이 너무 슬퍼 보였다. 자정 무렵에 나는 자리에서 일어섰다. 셰리프가 차를 세워둔 곳까지 같이 걸어주었다.

―파티마 디오프와 아는 사이지? 내가 물었다. BMS에서 활동했다는 것 같은데.

―응.

이 짧은 대답 뒤에 오륙 초 동안 침묵이 흘렀다. 그 침묵의 시간이 셰리프의 마음속에 추억과 고통의 심연을 낳은 것 같았다. 혹은 닫혀 있던 뚜껑을 다시 열었을 것이다. 결코 떨리는 법 없는 그의 목소리가 흔들렸다. 나는 미안하다고, 괜한 얘기를 꺼낸 것 같다고 말했다. 그는 아니라고, 괜찮다고 했다. 그런 뒤에는 침묵, 암흑, 미로, 모랫길이었다.

―영혼을 지닌 아이였어. 차 앞에 다다랐을 때 셰리프가 불쑥 내뱉었다. 훌륭한 영혼을 지닌 아이였지. 나에게 철학을 배우는 학생이었어. 곧 BMS에서도 만났고, 사적으로 가까워졌어. 아주 잘 아는 사이였지. 내가 9월 14일의 행진에 나갈 수 없는 건 그 때문이야.

나는 셰리프를 안아주고 싶었다. 하지만 조심스러움이 자연스럽게 가로막았다. 우리는 원래 그런 식으로 애정이나 위로를 표현하지 않았다. 그렇게 했다가는 내가 정말로 변했다고 생각할 것 같아서 나는 미안하다고, 유감이라고만 했다. 셰리프는 자기도 그렇다고 했다. 나는 좀 쉬라고 했고, 셰리프는 그러겠다고 했다. 우리는 인사한 뒤 헤어졌다. 차가 몇 초간 앞으로 나아갔을 때, 백미러에 셰리프의 모습이 보였다. 그는 우리가 헤어진 자리에 그대로 서 있었다. 멀어지는 내 차가 아니라 파티마 디오프를 바라보는 것 같았다. 나는 언젠가 셰리프가 파티마 디오프와의 일을 들려주기를 기대했다. 나쁘게 끝난 이야기일지언정 언젠가는 꼭 들려주기를.

나는 리베르테 6 구역을 벗어나 북부 우회도로를 타기 위해 서쪽으로 갔다. 메디나 방향이었다. 들고일어나는 쾌락, 물질적 환희의 수도 아이다빌*이 오늘 저녁에도 나를 불렀다. 그 절대적인 부름은 나를 있게 한 가장 머나먼 바탕에, 내가 무조건적으로 따를 수밖에 없는 욕망의 몫에 가닿았다.

─그럼, 나의 사막의 시인, 오늘 저녁에 봐. 아침에 내가 답장으로 보낸 문자 메시지에 아이다는 그렇게 답했다. 지금 내가 원하는 건 우리가 우리의 욕망을 따르는 것뿐이야. 난 쉼 없이 널 원해. 일 년 동안 억누른 욕망, 나는 이 욕망을 밤마다 채우고 싶어. 그리고 난 네 살갗에 늘 갈증을 느껴. 난 일 년 동안 사막을 걸었고, 하룻밤 동안의 너의 살갗으로는 내 갈증이 해소되지 않아. 나의 모든 감각이 널 알아봐. 하지만 알아보는 것으론 충분하지 않지. 알아본다는 것을 증명해야 해. 네가 내 말을 믿어주었음에도 그래도 난 증명해 보이고 싶어.

* '빌'은 프랑스어로 '도시'를 뜻한다.

D-2

9월 14일을 둘러싼 긴장, 폭력으로 번질지도 모른다는 두려움 앞에서 세네갈에서 최다 발행부수를 자랑하는 신문이 오늘 아침 1면에 숙명적인 질문을 던졌다. 무엇을 할 것인가?

여러 종교단체의 지도자들이 흥분을 가라앉히자고 호소했다. 세네갈 국민은 신앙을 가진, 같은 신을 향한 믿음으로 이어진 공동체라고, 모두 파티마 디오프와 그 가족을 위해 기도해야 한다고 말했다. 그들에게 절대적으로 해야 할 일은 평화를 지키기였다.

대통령이 속한 여당 의원들은 파티마 디오프의 자살을 정치적 이슈로 삼거나 수단으로 사용해서는 안 된다고, 그 일은 분노가 아니라 책임을 요구하는 인간적 비극이라고 주장했다. 그들에게 이제부터 해야 할 일은 대화를 다시 시작하기, 정치적 이견에도 불구하고 분열하지 않기였다.

야당 정치인들은 정부가 국민의 외침을 듣고 책임져야 한다고 단호하게 말했고, 대통령이 사임하고 재선거를 실시해야 한다고 주장했다. 그들에게 어떤 대가를 치르더라도 해야 할 일은 타협 없이 굳건한 정치를 일구기였다.

미디어에 등장한 정직한 시민들은 망설였다. 그들은 평화를 원했지만, 평화가 과연 자신들을 먹여 살려줄지 자신이 없었다. 설령 힘들더라도 위기가 더 가치 있지 않을까? 그래야 좀 더 존엄한 사회가 이루어지고 사회적 정의가 실현되지 않을까? 가장 가난한 사람들을 원래 상태로 묶어두는 인위적인 평화보다 그게 낫지 않을까? 국민들은 비극적인 딜레마에 빠져 계속 자문했다. 그들이 해야 할 일은 밤새 곰곰이 생각하기였다.

BMS의 지도자들은 망설임이 없었다. 그들에게 9월 14일은 새로운 역사를 여는 첫 페이지였다. 그 페이지를 쓰지 않는 것은 파티마 디오프의 기억에 대한 배신이었다. 무엇을 할 것인가? 1902년에 레닌은 이 간단한 물음을 제목으로 삼아 정치론을 썼다. BMS 활동가들은 질문 못지않게 간단했던 레닌의 대답을 이어받았다. 진정한 혁명가에게 꼭 해야 할 일은 바로 혁명이었다.

그렇다면 나, 존엄한 조국의 문학적 미래를 이끌어 가게 될 전도유망한 젊은 작가인 나는 무엇을 해야 할까? BMS의 열혈 단원인 한 네티즌이 내 페이스북에 글을 올렸다. 이 모든 일에 대해 당신은 어떻게 생각합니까? 당신은 목소리를 내지 않는 사람들의 목소리일진대 어째서 침묵하는 겁니까? 우리를 배신하지 말아요! 백인들이 프랑스에서 계속 당신 얘기를 한다지만, 당신은 조국을 위해 무슨 말을 할 건가요?

몇 가지 대답이 나를 유혹했다. 남 얘기 말고 자기 얘기나 합시다, 동무. 지웠다. 목소리를 내지 않는 사람들의 뜻을 전부 하나의 목소리에 모을 수 있을까요? 지웠다. 집단을 위해 말하는 것은 개인에 대한 배신입니다. 다시 지웠다. 닥쳐요. 삭제했다. 나에겐 그 누구를 위해서든 나서서 말할 권리가 없었다. 내 말은 이미 나에게도 너무 무거웠다. 작가라는 모호한 지위도 무의미했다. 인도자들, 예언자들, 선지자들, 별을 읽는 자들, 통찰력 있는 자들, 다른 모든 숭고한 빅토르 위고 부류의 사상이 의미를 누리던 시대는 지나갔다. 따라가야 할 길이 정해져 있던 시대는 끝났다. 익명의 다수가 들어서는 길에서 그 다수와 함께 갈 뿐이다. 끝까지, 그 익명의 다수의 영혼 혹은 자기 자신의 영혼의 끝까지 따라가기.

한참을 망설이다가 나는 답글 달기를 포기했다. 그러자 그가 개인 메시지를 보내왔다. 내가 많은 젊은이들의 본보기라고, 날 필요로 한다고, 내 말이 필요하고 참여의 말이 필요하다고 했다. 나는 답장하지 않았다. 그가 공개 페이지로 돌아와 자신이 처음 쓴 글 밑에 다시 대문자로 썼다. 그래서 당신은 여기서는 인정을 못 받는 거야. 우릴 무시하지. 백인들한테 당신을 떠받들라고 해. 얼마든지 상을 주고 신문에서 떠들어대라고 해. 그래봐야 당신은 여기서는 아무것도 아니야. 아무것도 아니라고. 자기 나라에서 아무것도 아니라면 당신은 결국 어디서도 아무것도 아니야. 당신은 자주성을 잃은 흑인, 하우스 니그로*야. 영원히 용기 없는…… 이어 그는 세네갈 국민의 존경을 받을 만한 일곱 혹은 여덟 명의 모범적인 지식인과 작가 이름을 열거했다.

나는 그의 말에 "좋아요"를 눌렀다. 그렇게 더없이 도도한 빈정거

---

* 흑인으로서의 정체성을 거부한 채 백인을 추종하는 흑인을 일컫는 표현.

림을 가장했다. 하지만 그의 공격은 명중했다. 나는 이런 쓸데없는 일에 의미를 부여하지 않기로 했다. 하물며 난 며칠 전에 시가 D.와 함께한 사람이 아닌가! (나를 기소한 사람은 시가 D.의 이름을 아마도 작품 한 번 읽어보지 않은 채로 훌륭한 작가 명단에 올려놓았다.) 시가 D.는 작품 전체가 '우리'를, 조국을, 기원의 문화를, 기다리는 '가족'을, 자신의 소속을 배신하고 나아가 죽이는 이야기이다. 그것은 시가 D.의 작품이 치러야 할 대가였다. 엘리만이라면 이런 상황에서 무슨 생각을 했을까? 그는 뭐라고 대답했을까?

엘리만이 왜 아르헨티나에 와 있는지, 아이티의 시인이 엘리만한테 직접 물어본 적 없느냐고 내가 물었을 때, 시가 D.는 아이티 시인의 대답을 나에게 전해주었다. 물론, 있지, 코라손. 아르헨티나에 왜 왔느냐고, 왜 계속 아르헨티나에 남아 있느냐고 결국 물어보고 말았어. 물론 그런 용기를 낸 건 몇 년이 더 지난 뒤였지. 엘리만은 곰브로비치의 말과 달리 내 질문에 화를 내지 않았어. 하지만 얼굴이 돌처럼 무표정해졌지. 차라리 그냥 화내는 것보다 더 무서웠어. 계속 나를 가만히 쳐다보기만 했어. 이마에 땀이 맺혔고, 몇 방울은 눈썹으로 떨어지기도 했지. 십칠 초 동안—난 그때 벽시계의 요란스러운 초침 소리를 마음속으로 세고 있었거든—그래, 십칠 초가 지나가도록 한마디도 하지 않았어. 그런 뒤에 말했지. 다시 시작이로군. 이유를 아는 줄 알았는데 아니었네. 내가 없는 동안, 아니면 그냥 나없이 만날 때라도 사바토와 곰브로비치에게 물어보지 않았어?

1964년 초, 1월 말 아니면 2월 초의 저녁이었어. 기억에 꽤 더운 날이었고, 종일 그의 작은 원룸에 같이 있었지. 저녁을 기다리며 일단 좀 시원하라고 덧창은 닫아두었어. 해가 지고 기온이 조금 떨어진 뒤에야 그 방의 유일한 창문을 열었지. 공기가 좀 참을 만해지긴 했지만 그래도 여전히 바람 한 점 없는 날이었어. 옷이 살갗에 달라붙게 만드는 보이지 않는 두꺼운 습기 층이 버티고 있어서, 온화한 기운이 밑으로 내려오지 못하고 계속 하늘에 매달려 있었지. 내가 엘리만과 시간을 보낸 지 오 년째였는데, 우리 집에서 열렸던 모임에서 처음 본 이후로 줄곧 내 입술을 근질거리게 만들던 그 질문을 결국 그날 내뱉고 말았어.

이어진 그의 말에 난 별로 놀라지 않았어. 원래 누군가 뭘 물어보면 대답 대신 질문으로 되묻곤 한다는 걸 이미 알고 있었으니까. 그의 특기였거든. 오래 만나면서 알게 된 거지. 1958년 우리 집에서 있었던 그 사건 이후에 그가 몇 달 동안 남아메리카 곳곳을 돌아다녔다는 얘기 기억하지? 그러다가 1959년 8월에 부에노스아이레스로 돌아왔고. 그 뒤에 사바토, 곰브로비치가 처음 그와 저녁식사를 하는 자리에 나를 불렀어. 엘리만의 침묵에 반발하면서 무례하게 도발했던 적도 있지만, 다시 만나기로 한 날 전날 밤에는 왠지 무서웠어. 다행히 막상 만나보니 그가 무섭게 굴지 않으리라는 걸 금방 알 수 있었지. 심지어 친절하고 부드럽기까지 했어. 게다가 그가 친구로 여기는 단 두 사람만 있는 자리였기 때문인지, 평소에 놀랍도록 말이 없던 사람이 그날은 단 몇 분 동안에 전에 그가 우리 집에 올 때마다 한 말을 다 합친 것보다 더 많은 말을 했어. 그날 그가 무섭게 느껴졌던 건 아마 그래서였을 거야. 내가 한 번도 본 적 없는 모습이었거든. 새로운 인간이었어.

그때부터, 그러니까 1960년대 초부터 만날 기회가 점점 많아졌어. 처음에는 늘 사바토와 곰브로비치와 함께 만났고, 카페에서 혹은 둘 중 한 명의 집에서 만났지. 다른 예술가들과 시인들, 부에노스아이레스의 문화 후원자들이 모이는 자리들도 같이 갔고. 그때 우리 집에서는 더 이상 모임이 열리지 않았지만, 부에노스아이레스에 그런 자리가 부족할 일은 없었지. 빅토리아와 실비나 오캄포 자매의 모임이 가장 인기 있었어. 그곳에 가면 보르헤스, 말레아, 비오이,* 그리고 당시 〈수르〉** 주변을 맴돌던 아르헨티나 작가들을 다 볼 수 있었어. 이따금 로제 카유아***나 올더스 헉슬리 같은 유럽의 지식인 작가들도 왔고. 엘리만도 이따금 왔지. 하지만 사바토와 곰브로비치가 그랬듯이 엘리만은 사람 수가 많지 않고 덜 요란스러운 모임을 좋아했어. 여름이면 부에노스아이레스의 카페에서 당시에 유행하던 커다란 선풍기를 등 뒤에 두고 앉아 있는 것도 좋아했고. 그는 목덜미와 어깨로 떨어지는 선풍기 바람을 좋아했어. 탱고를, 특히 가르델의 탱고를 들으면서 술을 마시는 것도 좋아했고. 그럴 때면 어디선가 일상적인 토론과 정치적인 논쟁들이 들려오고, 축구와 권투를 둘러싸고 요란하게 펼쳐지다가 슬그머니 강 하구로 사라지는 싸움 소리도 들렸지. 그럴 때 엘리만이 행복했는지 아니면 슬픔을 삭였는지 그건 알 수 없었어. 어쨌든 평온해 보였어.

* 에두아르도 말레아는 아르헨티나의 작가이자 외교관이었고, 아폴로 비오이 카사레스는 아르헨티나의 소설가이자 기자였다.
** 빅토리아 오캄포가 창간한 아르헨티나의 문학잡지로, '남쪽'이라는 뜻이다.
*** 프랑스의 평론가, 사회학자.

그를 봐도 무섭지 않기까지는 몇 달이 걸렸어. 단둘이 만나기까지는 삼 년이 걸렸고. 여전히 엘리만은 규칙적으로 어디론가 사라져서 몇 달 때로는 몇 주 동안 아무도 내막을 알지 못하는 라틴 아메리카 여행을 떠났지. 그가 부에노스아이레스에 있는 동안에는 나는 그가 너무 보고 싶고 그와 말하고 싶었어. 그의 말, 아무리 말을 많이 하지 않아도, 어떻게든 그의 말을 듣고 싶었어. 엘리만은 단어 하나하나를 세어가며 말하는 것 같았고 한마디 한마디가 다 계산된 것 같았지. 각각의 문장에 값이 매겨져 있고 모두 엄격하게 무게를 달아본 뒤에 입 밖으로 내보낸다고 할까. 엘리만은 곰브로비치와 사바토가 그랬던 것처럼 나를 문학의 길로 안내하는 대부가 되었어. 그러니까 난 사바토, 곰브로비치, 엘리만의 지도로 시의 길에 들어선 거야. 그 세 사람이 내 작품을 읽어주고 고쳐주고 비판해주었다는 게, 내가 그들의 말에 낙심하고 또 때로는 용기를 얻었다는 게 내 인생에서 가장 큰 자랑거리지. 코라손, 그들은 모두 나의 스승이야.

곰브로비치와 사바토에 대해서는 성격이 어땠는지, 각자의 스타일이 어땠는지 이미 얘기했지. 이제 엘리만에 대해서도, 가장 어려운 일이 될 테지만, 얘기해볼게.

그는 바라카 지구에 가구 딸린 아주 검소한 투룸 아파트에 세 들어 살고 있었어. 그 바리오*의 집들이 대부분 그렇듯이 초라한 아파트였지. 나를 처음 초대한 날 엘리만은 자기 집에 온 게 내가 처음이라고 말했어. 곰브로비치와 사바토도 아직 안 와봤다면서. 나중에 내

---

* 부에노스아이레스의 행정구역. 도시 전체가 48개 바리오로 이루어진다.

가 그 아파트에 다녀온 얘기를 하니까 곰브로비치와 사바토가 정말로 자기들은 못 가봤다고 했어. 그러니까, 사바토와 곰브로비치가 한동안 부에노스아이레스를 떠나 있는 사이 우리 둘은 자주 만났고, 1963년에는 많이 가까워진 거야. 곰브로비치는 어느 잘나가는 돈 많은 재단의 초청을 받아 유럽에, 베를린에 갔어. 1939년 떠나온 뒤 처음 유럽 땅에 돌아간 거지. 사바토는 걸작 『영웅과 무덤들』이 출간되고 명성을 얻으면서 라틴 아메리카 몇 나라를 순회하는 중이었고.

그렇게 두 사람이 없는 동안에 나와 엘리만은 전보다 더 자주 만났어. 나는 낮에는 학교에 다니고 저녁에는 이 카페 저 카페에서 엘리만과 시간을 보냈지. 우리는 문학 이야기를 했어. 물론 나는 그의 개인적인 삶과 과거에 대해서 거의 묻지 않았어. 우리 사이의 암묵적인 계약 같은 거였지. 하지만 그를 알아갈수록, 내가 만일 그의 과거가 어땠는지, 그가 왜 아르헨티나에 와 있는지 알지 못한다면 그를 진정으로 아는 게 아니라는 감정이 점점 커졌지. 그래봐야 내 앞에는 아무도 엘리만의 이야기를 보지 못하도록 외부의 시선을 차단해버리는 빙판이(혹은 악어가 우글대는 도랑이) 버티고 있었고, 그곳을 건널 방법이 없었어. 엘리만은 매력적으로 사람을 대할 줄 알았고 나에게는 늘 그랬지만, 난 곧 그런 친절에는 대가가 따른다는 사실을 깨달았어. 접근할 수는 있지만 절대 완전히 다다를 수는 없었지. 그가 지난 삶에 대해 단 한 조각이라도 말해주길 바라며 몇 번이나 묻고 싶었지만, 내가 너무 서툰 탓에 질문을 꺼내기도 전에 결국 그가 눈치를 채버렸어.

그의 성채가 유일하게 열린 그때, 그래, 그가 직접 그 성채를 연 거야, 어느 날 저녁 나에게 자기 집에 가지 않겠느냐고 물었으니까. 그날이 처음이었어. 그리고 그날, 그가 처음으로『비인간적인 것의 미로』를 읽게 해줬어. 아르헨티나에서는 곰브로비치와 사바토 외에는 그 책을 읽은 사람이 없었거든. 내가 쓴 시를 그가 읽고 고치는 동안 나는 그의 침대에 앉아서『비인간적인 것의 미로』를 읽었어. 그의 침대 쪽 벽에 초침이 한 번 움직일 때마다 헐떡거리는 숨소리를 내며 죽음에 한 걸음 다가가는 시계가 걸려 있었는데, 천식 환자 같던 그 시계의 숨소리마저도 그날 저녁 나를『비인간적인 것의 미로』로부터 끌어내지 못했어. 정말로 대단한 책이었지. 엘리만은 그 책에 대해, 특히 표절과 그로 인해 프랑스에서 겪은 일들에 대해서도 들려주었어. 맞아, 다 얘기했어. 난 설령 표절이라 해도—난 그게 진짜 표절이라고 생각하지도 않았어—이런 훌륭한 작품을 만들어냈다면 상관없다고 생각했지. 그 문제에 대한 내 생각은 지금도 그대로야. 처음 엘리만의 집에서 보낸 그날 밤에 나는『비인간적인 것의 미로』에 대해, 그리고 그 책이 프랑스에서 겪은 일에 대해 많은 질문을 했어. 엘리만은 스스로 판단하기에 어둠 속에 남아 있어야 하는 것들은 끝내 꺼내지 않으면서, 가려가면서 대답했지. 어쨌든 그렇게 난 그의 과거에 대해서 조금 더 알게 되었어. 그의 말은 물론 고백이나 호소가 아니었어. 그는 자기 삶을 이룬 여러 조각들 중 그 조각에 대해서, 그 일로 인한 상처가 아물지 않은 게 분명했지만 조심스럽게 가식 없이 말했어. 그가 두 번 혹은 세 번 말을 멈추고 가만히 있을 때 혹은 말하는 목소리가 떨릴 때, 분노와 수치심과 쓰라림이 뒤섞인 여전히 살아 있는 동요가 느껴졌지.

그날 밤에 그의 곁에 누워 잠들기 전에 깨달았어. 엘리만은 내 마음속의 의문들을 달래주려 한 거야. 그래서 자기가 아르헨티나에 와 있는 이유를 들려줬지. 그날 난 혼자 추론했어. 엘리만은 프랑스 문단에서의 추락이라는 쓸쓸한 체험의 상처를 회복하기 위해 혹은 그 상처를 잊기 위해 이곳에 왔다고. 제법 만족스러운 설명이었지. 자존심, 자긍심, 자기 긍정, 존엄성, 자부심. 무시당한 인간을 떠나게 만들 만한 가치들이잖아. 엘리만이 직접 말한 건 아니지만 난 그렇게 이해했어. 자존심에 상처 입은 사람들이 그러듯이 엘리만은 그래서 아르헨티나로 떠나왔다고. 그래, 코라손, 난 그렇게 생각했어. 그리고 아마도 그날 밤에 사랑하기 시작했을 거야. 엘리만을 사랑한 게 아니라 그를 이루는 영원한 상처를 사랑했지. 그래, 그 상처가 바로 엘리만이었어. 여전히 벌어져 있는, 피가 나와서 그의 안으로 흘러드는 상처. 내출혈이지. 피의 분출 방향이 뒤집힌 출혈. 그렇다고 그를 보살피거나 구원하고 싶었던 건 아니야. 그런 게 아니고, 나에겐 그럴 능력도 없다는 걸 알았으니까, 단지 그의 그림자에 매혹된 거야. 그뿐이야. 그때부터 엘리만은, 곰브로비치가 내 연인이었던 것처럼, 나의 연인이 되었어.

그 뒤로 몇 달 동안 나는 더는 아무것도 묻지 않았어. 대답을 얻었다고, 적어도 그 일부를 얻었다고 생각했거든. 그래서 그와 함께 보내는 시간을 누리고, 그에게 조언을 듣고, 그의 경험에서 도움을 얻는 것에 만족했어. 곰브로비치와 사바토가 시작해놓은 나의 문학적 입문과 성적 입문을 그렇게 엘리만이 완성했지.

베를린에서 돌아온 곰브로비치는 유럽으로 완전히 돌아간다고 선언했어. 프랑스에 정착할 거라면서. 그래서 작은 송별파티가 열렸고, 폴란드인 거장 곰브로비치의 친구들, 부에노스아이레스의 젊은 시인들이 인사를 하러 왔어. 그날 곰브로비치가 떠나기 전 한 번만 더 자고 싶다고 했어. 죽기 전에 마지막으로, 그렇게 말했지. 나는 좋다고 했고, 우리는 밤새도록 섹스를 했어. (곰브로비치는 침대에서 얼마나 음탕하고 음란하고 우스꽝스럽고 부드러운지!) 그런 뒤 이튿날 아침에 부엌에서 커피를 마시는데, 이상하지, 곰브로비치가 나더러 엘리만이 왜 아르헨티나에 머무는지 직접 물어보았느냐고 하는 거야. 난 조금 놀랐어. 묻지 말라고 자기가 충고했잖아. 나는 이제 와서 왜 딴소리를 하느냐고 물었지.

지금도 내 생각은 같아. 묻지 않는 게 좋아. 그도 늘 싫어하니까. 하지만 난 진실을 한번 알아내보라는 충고도 하고 싶어. 그를 놓아주지 마. 난 그가 소설을 둘러싼 표절 스캔들 때문에 여기 왔다고 생각하지 않아. 적어도 그게 유일한 이유는 아니야. 다른 게 더 있어.

—정말 그렇게 생각해요?

—생각하느냐고? 무슨 그런 끔찍한 말을! 생각하지 않아, 느끼지.

곰브로비치는 더 이상은 얘기하지 않았어. 그러고는 프랑스로 가버렸지. 그곳에서 아내가 될 리타를 만나 사랑에 빠졌어. 곰브로비치가 떠난 뒤로 사바토는 굉장히 힘들어했어. 모임에도 전처럼 자주 나오지 않았고. 물론 훌륭한 3부작 소설의 마지막 작품을 쓰는 중이기도 했지. 그래서 다시 나와 엘리만 단둘이 카페에서 혹은 그의 집에서 만났어. 그러는 동안 곰브로비치가 마지막 날 한 말이 내 마음속에 지펴놓은 의혹의 불길이 타올랐지. 엘리만은 여전히 이따금 부에노스아이레스를 떠나서, 매번 기간은 달랐지만 아무튼 한동안 어딘가를 다녀왔거든. 그렇게 반복되니까, 더구나 그가 한마디 설명도 해주지 않으니까, 아르헨티나에 온 진짜 이유에 대해 이전에 품었던 질문들이 되살아났어. 그는 어디에 가는 걸까? 가서 뭘 할까? 그의 미로 안에는 누가 살고 있을까? 난 아무것도 모르는데. 부에노스아이레스에서 그의 유일한 친구인 사바토조차 그의 사적인 삶에 대해선 아는 게 없었지.

그러다보면 쓸데없는 걱정을 하고 있다는 생각이 들기도 했어. 누군가를 사랑하면서 그 사람의 비밀을 아는 게 중요한 일일까? 우리는 오히려 그가 우리의 호기심이 닿지 못하도록 꽁꽁 숨겨둔 바로 그것 때문에 사랑하는 게 아닐까? 우리를 그와 이어주는 것이 그가 숨기고 있다고 생각되는 그것보다 중요하지 않을까? 나를 엘리만과 이어주는 건 욕망과 사랑보다 먼저 문학이었어. 그와 얘기를 나누는 동안에는 확신할 수 있었지. 하지만 그런 느낌이 오래가지 않았어. 엘리만이 자기만의 은밀한 삶의 비밀 속으로 들어가고 나면, 마음속에 솟아나는 의혹들이 다시 나를 갉아먹었어. 그리고 곰브로비치가 마지막으로 남긴 말이 다시 울려 퍼졌지. 다른 게 더 있다……

나는 더 이상 의혹을 감내할 수 없었어. 그 의혹이 나와 엘리만의 관계를 망쳐버리는 것 같았거든. 난 엘리만이 자기 주위에 그어놓은 불의 원을 경탄하면서 동시에 증오했어. 결국 그가 나흘간 우루과이에 다녀온 날 저녁에, 선을 넘어 들어가 불길 앞에 서고 말았지. 타오르는 원 안으로 돌진해 들어가서, 지금까지 계속 아르헨티나에서 무슨 일을 하고 있느냐고 물었어. 대답은 이미 너도 알고.

―다시 시작이로군. 이유를 아는 줄 알았는데 아니었네. 내가 없는 동안, 아니면 그냥 나 없이 만날 때라도 사바토와 곰브로비치한테 안 물어봤어?

―물어봤죠. 하지만 곰브로비치는 모른다고, 자기는 관심도 없다고, 당신을 화나게 할 수 있으니 묻지 않는 게 좋다고 했어요.

―놀랍지 않아. 하지만 난 그를 알지. 보나마나 내 대답에 만족하지 말고 더 알아내라고 부추겼겠지.

―정말 그 사람을 잘 아는군요.

―사바토는?

―곰브로비치와 반대인 동시에 같은 말을 했죠. 궁금하면 직접 물어보라고.

―역시 놀랍지 않아.

―알고 싶어요. 프랑스를 떠나 아르헨티나에 살러 온 진짜 이유가 뭐죠?

―진짜 알고 싶은 게 분명해?

―알고 싶어요. 왜 한 번도 말을 안 해주죠? 피해 다니는 것, 그래야 하는 사람이 있어요?

엘리만은 강렬한 눈빛으로―난 다시 벽 앞에 선 느낌이었어―나를 쳐다보다가 잠시 뒤 침착한 목소리로 대답했어.

―아무것도 피하지 않아. 난 누군가를 찾고 있어.

뜻밖의 대답에 놀랐지만(난 정말로 그가 대답하리라고는 생각지 못했어) 이야기가 끊기지 않도록 곧바로 다른 질문들을 이어갔어. 그렇게 즉석에서 떠오르는 질문들을 던지면 그가 미처 준비하지 못한 대답을 하느라 대화가 길게 이어질 수 있으리라 생각했지.

　―남아메리카 대륙을 돌아다니는 일이 그 사람과 관계가 있나요?

　―응.

　―그렇게 오래 찾았는데, 아직 못 찾았어요?

　―응.

　―그 사람이 누구죠?

이번에는 대답하지 않으리라는 걸 알았지만, 내 질문을 듣고 그의 눈과 얼굴이 어떻게 변할지 궁금했어.

　―여자인가요?

나를 응시하는 그의 얼굴에선 아무것도 읽을 수 없었어.

　―그 여자가 당신에게 무얼 약속했죠? 혹시 뭘 훔쳐 갔나요?

엘리만은 여전히 무표정한 얼굴로 아무 말도 하지 않았어.

　―어쩌면 내가 틀렸고, 여자가 아닐 수도 있겠네요. 가족 중 누군가요? 형제? 자식? 아니면 아버지?

엘리만의 얼굴은 여전히 닫혀 있고 그 문을 열어줄 열쇠는 강물 바닥에 있었어. 그는 침대에서 일어나더니 열린 창문으로 다가갔어. 담배에 불을 붙인 뒤 창가에 팔꿈치를 괴고 소리 없이 바깥을 쳐다보았지. 밖에 있는 무언가를, 혹은 아무것도 아닌, 그저 밤을 쳐다보면서 말없이 담배만 피웠어. 어쩌면 눈을 감고 있었을지도 몰라. 워낙 키가 커서 그렇게 창가에서 앞쪽으로 몸을 굽히고 있으니까, 뭐랄까 좀 우스꽝스러웠어. 마치 앨버트로스 같았지. 날개가 너무 커서 날기 힘들다는 새 말이야. 하지만 셔츠에 달라붙은 넓은 등을 보는 동안 그의 힘이 느껴졌어. 만일 그가 걷잡을 수 없는 어떤 움직임에 빠져든다면 어떤 불행이 닥칠지 알 수 있었지. 그가 날개를 영혼에 꽉 붙이고 있는 건, 날개를 펴게 되면 물건들을 다 떨어뜨리고 균형을 깨뜨릴까봐 그랬던 거야. 원하지 않아도 날개가 밤의 치명적인 장기를 건드리고 어쩌면 밤의 배를 가르게 될 수도 있으니까. 그는 그걸 알고 있었고, 어떤 의미로는 나도 알았어. 그래서 그는 버텨야 했지. 다 말하고, 자기 생각을 다 고백할 수 없었던 거야. 그는 비밀을 지키기 때문에 살아 있었고, 또 그렇게 다른 사람들의 목숨도 지켰어.

그의 넓은 어깨가 창틀 안을 거의 다 채웠어. 밖에서는 길에서 공을 차는 아이들 소리가 들렸지. 길에서, 쓰레기장에서, 바라카 지구의 공터에서 아이들은 늘 공을 차. 온종일, 한밤중에도 축구 시합을 하지. 열심히, 힘들게, 때로 거칠게, 오로지 명예를 걸고, 그래, 그 나이엔 명예가 제일 중요하니까, 이따금 각자 낸 돈을 더해서 산 우유 두 병이 내기의 전부이지. 창문을 열어둔 윗집에서 내려오는 탱고 음악이 우리 방으로 흘러들었어. 축구하느라 흥분한 아이들의 함성 사이사이 그 가사가 들렸고. 하지만 가사가 들리지 않아도 상관없었지. 어차피 그 노래는 모든 위대한 탱고가 그러듯이 인간 내면의 고독을 노래했으니까. 잡아둘 수 없는, 데려오는 것은 더 불가능한 사랑, 순수와 행복의 순간, 진정한 아름다움의 지워진 증거를 노래했어. 창문으로 라봄보네라 경기장이 보였어. 경기가 있는 날이면 보카 주니어스* 팬들의 미친 듯한 함성과 사랑 노래가 메아리쳤지.

---

* 부에노스아이레스의 보카 지구를 근거지로 하는 축구팀. 라봄보네라 경기장이 주경기장이다.

나는 고백을 끌어내기 위한 마지막 시도를 했어.

—그 사람한테 뭘 원하죠?

그때 엘리만의 표정이 어땠는지는 나도 몰라, 코라손. 내가 볼 수 있는 건 그의 등뿐이고 눈은 안 보였으니까. 그의 몸, 그래, 그 몸은 꼼짝도 하지 않았어. 그때 일 초 동안—정말로 일 초야, 더 이상은 아니야—주변의 모든 게 정지해버렸어. 육체적 감각으로도 느껴졌지. 벽시계의 초침도, 거리에서 날아가던 공도, 한창 울려 퍼지던 탱고도, 내 혈관 속을 흐르던 피도, 그리고 엘리만의 담배 연기까지, 모든 게 우리를 둘러싼 어둠 속에 그대로 정지해버렸어. 시간을 벗어난 일 초가 아니라 시간 아래의 일 초였지. 그 일 초 뒤엔 모든 게 일상의 흐름을 되찾았어. 엘리만은 그러고도 한참 동안 창가에 그대로 있었지. 담배를 한 대 더 피우고 난 뒤에야 나를 돌아보았어.

난 그를 보면서 깨달았어. 이제 그 문제에 대해 무슨 질문을 해도 더는 대답을 들을 수 없겠구나. 나 역시 앞으로는 그의 과거에 대해 물어볼 용기를 내지 못하리라는 것도 깨달았지. 그때 엘리만이 미소를 지었어. 내가 인간의 얼굴에서 단 한 번도 본 적 없는, 그 이후로도 다른 누구의 얼굴에서도 보지 못한 미소였지. 벽시계가 깨진 허파로 헐떡이며 밤 열 시를 알렸어. 엘리만은 여전히 입술에 끔찍한 미소를 띠고 있었고, 나는 더운 공기 속에 얼어붙어서 꼼짝할 수 없었어. 그의 얼굴에서 마침내 미소가 사라졌을 때에야 깊은 안도감이 밀려왔지.

—저녁 먹으러 나가자. 그가 말했어. 배고프네. 부두 쪽에 아직 문을 연 식당을 알아. 어쩌면 라플라타 강에서 바람이 불어올지도 모

르지. 난 부드럽고 시원한 바람을 꿈꿔. 인간의 껍질은 너무 무거우니까…… 나는 공기가 되고 싶어. 영원히, 가볍고 상쾌한 바람이 되어 사물들과 인간들 위로 아름답게 떠다니고 싶어.

D-1

　폭풍 전야의 고요는 없다.

　어제저녁 아이다와 섹스를 하면서 나는 그 몸을 따라 흐르는 방울 하나를 들여다보았다. 아이다의 몸은 내 몸 위에 올라가 있었다. 나는 아이다의 얼굴을 보고 싶었지만 자세 때문에 불가능했다. 아이다가 내 몸 위에 올라앉아 상체를 격정적으로 젖혔다. 관능적으로 휜 등이 선명하게 드러났다. 긴 머리카락이 내 허벅지를 간지럽혔고, 자기 등의 밑부분, 엉덩이가 시작되는 자리를 가볍게 건드렸다. 팽팽해진 아이다의 몸에서 갈비뼈, 복부의 주름, 흉곽의 윤곽, 둥근 지붕처럼 솟아오른 가슴이 보였다. 두 개의 살 언덕 사이로 자그마한 피라미드 같은 턱이 모습을 드러냈다. 그리고 그 턱의 제일 끝, 바로 그 자리에 땀방울이 맺혀 있었다.

　땀방울이 천천히 미끄러져 마치 동굴 벽의 종유석처럼 아이다의 턱 끝에 매달렸다. 나는 그 방울이 떨어지길 초조하게 기다렸다. 허리 움직임이 더 격렬해지면서 마침내 방울이 목 언저리로 떨어졌고, 그렇게 몸 위를 돌아다니는 긴 여정을 시작했다. 방울이 두 개의 가슴 언덕 사이로 내려왔을 때, 점성술사들이 쓰는 유리구슬처럼 그

방울 안에 흐릿한 광경이 펼쳐졌다. 거리이고, 남자와 여자 둘뿐이고, 남자가 여자를 따라간다. 남자가 여자를 부르지만 여자는 돌아보지 않는다. 듣고도 무시하는지 들리지 않는지 알 수 없다.

땀방울이 명치까지 왔다. 남자가 달린다. 처음엔 천천히 뛰다가 점점 더 빨리 여자를 향해 뛰어간다. 그렇게 뛰어가면서 고요한 거리에서 앞서가는 여자의 이름을 부른다. 여자는 그 소리가 여전히 들리지 않는 듯 혹은 대답하지 않기로 한 듯 울기 시작한다. 너무 슬프게 울어서 나까지 울 것 같다. 힘을 내서 참지 않았다면 울음이 터지고 말았을 것이다.

방울은 배 위에 숲처럼 펼쳐진 점들을 지나 배꼽에 다가갔다. 아이다의 배는 더 이상 서둘지 않았다. 길고 분명하고 생동감 있게 움직였다. 쾌락의 순간이 다가왔다. 내 음경을 둘러싼 성기가 경련하면서 흥건해졌다. 이제 곧 아이다 안의 백색 왜성이 폭발해 미지의 경계를 향해 흩어질 터였다. 방울 속에서는 여전히 거리에 남자와 여자가 있고, 마침내 여자가 뒤돌아본다. 여자는 아름답다. 자기 이름을 부르며 따라오는 남자를 보고 놀란 표정이다. 남자가 여자 있는 곳까지 다가온다. 그런데 남자는 멈추지 않고 계속 달리며 계속 여자의 이름을 부른다.

방울은 배꼽 바로 옆을 지나지만 구멍 안으로 떨어지지는 않았다. 그냥 치골 쪽으로 내려갔다. 아이다는 상체를 앞으로 숙였고, 얼굴이 내 얼굴 가까이 다가오면서 갈색의 머리카락이 내 얼굴을 덮었다. 아이다의 몸이 거세게 경련하며 수축했다. 이마가 내 이마에 닿았고, 손이 내 목덜미를 세게 잡았다. 아이다가 내뱉는 소리, 목이 아니고 입이 아니고 가슴이 아니고 배가 아닌, 존재 전체에서 나온 소리였다. 그리고 한 번의 숨결이 따라왔다. 그 숨결이 나에게 나는 함께할 수 없었고 앞으로도 영원히 그럴 것임을, 나에게 허용된 것은 그저 그 뒤를 따르는 행렬 혹은 그림자가 되는 것뿐임을 일깨워주었다.

아이다가 머리를 내 어깨에 기댔고, 얼굴을 내 볼에 붙였다. 방 전체가 우리와 하나가 되었다. 방 안의 모든 것이 좀 더 길고 편하게 숨 쉴 수 있는 방법을 찾고 있는 것 같았다. 거리의 여인도 자기 길을 간다. 그 앞에서 남자는 여전히 달려가고, 자기 눈에만 보이는 여자의 이름, 환상의 이름을 부른다.

폭풍 전야의 고요는 없다. 진짜 폭풍은 늘 자기 자신보다 앞서간다. 폭풍은 자기 존재를 알리는 스스로의 밀사이다. 쾌락으로 혹은 고통으로 긴장한 여인의 몸 위를 돌아다니는 땀방울만큼 소리 없이 고요하게 태풍이 분다. 그리고 세상 모든 것이 지나가듯이, 영원한 부동성의 환상 속에서 지나간다. 아무것도 파괴되지 않았어도 더 이상 진정으로 서 있는 것은 없다.

아이다는 이튿날, 그러니까 오늘은 시간이 없다고 했다. 9월 14일의 대행진을 위해 취재 준비를 해야 했기 때문이다.

—너도 온다면 만날 수 있겠네. 장소 골라서 약속 잡을까? 오벨리스크 있는 곳? 행진이 시작되는 자리야. 사자가 그려진 오벨리스크 받침돌. 14일 열 시에 사자 배 아래서 만나.

우리는 키스를 하고 헤어졌다. 나는 집으로 돌아왔다. 오늘 아침에 잠에서 깨어 아이다에게 메시지를 보냈다.

나도 내일 시위에 나갈 거야. 하지만 아이다, 사자 배 아래는 가지 않을래. 나는 너에 대한 욕망을 채우고 있는 것 같지 않아. 내가 채우는 건 나의 복수일 거야. 내가 일 년 동안의 욕망이라고 믿은 건 결국 너에게 고통을 안기고 싶다는, 나를 버린 대가를 치르게 하고 싶은 욕망이었어. 그래, 난 고통스러웠어. 이젠 끝났고. 난 지금 내가 어떤 작가가 되고 싶은지 가르쳐줄 작가를 찾기 위해 이곳에 와 있어. 그래, 그는 나의 환상이지. 다른 환상이 찾아오기 전에, 사실은 너에 대한 추억을 파괴하고 있으면서 널 향한 사랑을 되살릴 수 있다는 환상을 품기 전에 이제 그만 멈추는 게 나을 것 같아. 미안해.

아이다의 답장을 기다렸지만, 온종일 오지 않았다.

나는 『비인간적인 것의 미로』를 다시 읽었다. 책의 끝부분에서 처음으로 울었다. 이미 다 외우고 있는 책이었는데, 처음 울었다. 열 번도 넘게 읽었고 매번 읽고 나면 가슴이 뭉클해졌지만, 울기까지 한 것은 오늘 오후가 처음이었다. 밖은 고요했다. 마침내 다가오는 내일, 9월 14일의 폭풍을 앞둔 고요였다.

1966년 6월 말이었어. 아이티의 시인이 해준 말을 시가 D.가 암스테르담에서 나에게 들려주었다. 아르헨티나 혁명이 아르투로 일리아 정권을 무너뜨렸지. 그런데 옹가니아 장군이 권력을 잡고 또 다른 군사독재 정부를 세웠어. 새 정권은 온 나라를 도덕적 설교의 파도로 뒤덮었지. 그리고 그 파도가 제일 먼저 가장 가혹하게 덮친 건 바로 대학과 카페, 술집, 극장, 클럽, 콘서트홀 같은 곳이었어. 군인들이 무엇보다 젊은이들을 통제하려 한 거지. 그때 난 대학을 졸업하고 부에노스아이레스에서 제일 큰 출판사의 법무팀에서 일하고 있었어. 밤에는 대학에서 알게 된 친한 부부의 일을 도와주었고, 그들이 운영한 독립영화관에서 표 받는 일을 했지. 전위적인 영화들을 상영하는 곳이었어. 1967년 어느 날 저녁에 당시 아르헨티나의 젊은 이들이 많이 읽던 코르타사르*의 단편을 각색한 안토니오니의 〈블로우업〉을 상영했지. 그런데 곳곳에 침투시켜놓은 밀고자들 때문에 군인들이 들이닥쳤어. 내 친구들을 포함해서 몇 사람이 체포되고 영화 필름을 전부 압수당했어. 극장엔 폐쇄 명령이 내려졌고. 바로 그날 저녁에 나는 군사정권에 대한 투쟁을 공개적으로 시작했어.

몇 번 체포되기도 했지. 머리를 짧게 밀었다는 이유였어. 당시 군사정권은 여자들의 그런 머리를 (미니스커트와 함께) 타락의 징표로 간주했거든. 나는 가발 쓰기를 거부했고, 이 년 동안 비밀 정치 집회에 참석했어. 내가 직접 비밀 장소에서 집회를 조직하기도 했고. 벽보를 붙이고 정부가 붙여놓은 벽보를 떼고 청원에 서명하고 투쟁 중인 잡지에 참여하고 전단지를 배포했지. 순찰대를 피할 때는 극한의 공포를 겪어야 했고, 며칠 동안 감옥에 갇히기도 했어. 매번 부모님이 꺼내줬지. 하지만 아버지도 어머니도 나에게 그만하라고 말하지 않았어. 어머니는 아이티에서 이미 정치적 억압을 겪어보았고, 나에게 언제나 이렇게 말했지. 고분고분 말을 잘 들으면 독재자가 너그러워질 거라는 생각은 비겁한, 자살이나 다름없는 환상이다.

이 모든 이유로 엘리만과 난 점점 뜸하게 만났어. 엘리만은 정치적 상황에 무관심해 보였고 심지어 지루해하는 것 같았지. 그가 관심을

---

* 아르헨티나의 소설가로, 안토니오니가 영화화한 「악마의 군침」(1958) 이외에도, 기존의 틀을 깨고 다양한 해석의 가능성을 담은 소설 『돌차기 놀이』(1963)가 대표작이다.

기울인 것은 단 하나, 그전부터 모든 관심과 생각을 독차지한 그것, 그래, 늘 찾던 그 사람을 찾는 것뿐이었어. 그때 난 그렇게 생각했어. 엘리만은 여전히 그 사람을 찾아다녔고 그러느라 규칙적으로 부에노스아이레스를 떠났으니까. 그러다가 불현듯 엘리만이 지독한 이기주의자, 비겁한 인간으로 보이는 거야. 그가 의미를 두는 것은 사랑도 우정도 아니었거든. (엘리만이 사바토와 곰브로비치를 진정한 친구로 생각한 적이 있을까?) 그에게 중요한 건 오로지 자신의 은밀한 비밀뿐이었지. 날 포함해서 나머지는 모두 알맹이 없는 가짜 배경 같은 거였어. 연극 무대에서 언제든 고치고 자리를 옮길 수 있는, 필요하면 언제든 없앨 수 있는 배경 말이야.

심지어 우리는 엘리만의 고독을 누그러뜨리거나 잠시라도 잊게 해주는 존재조차 될 수 없었어. 오히려 그가 그토록 사랑하는 고독에 더 깊이 빠지게 해주는 존재였을 거야. 그가 우리를 만난 건 자기 고독이 얼마나 소중한지 가늠해보기 위해서였다고. 우리는 그가 지닌 고독의 가치를 돋보이게 만드는 존재였다고 할까. 어쩌면 우리가 필요 없다는 것을 떠올리기 위해 우리가 필요했을지도 몰라. 당시에 난 그렇게 생각했어.

결국 난 거짓말하기 싫어서 다 얘기했어. 그는 이해한다고 대답했고. 그 뒤로 우리는 만나지 않았어. 1968년 2월과 1969년 9월 사이에 딱 한 번 길에서 마주쳤을 뿐이지. 그가 날 향해 손짓했지만 난 못 본 척했어. 그날 집에 돌아와서도 그러길 잘했다는 생각을 했고. 하지만 확신이 서서히 후회로 바뀌고 결국엔 진한 슬픔이 되었지. 지금도 난 이따금 그때 일을 떠올리고, 코라손, 그를 외면했다는 고통을 느껴.

정치적 투쟁은 이어졌지. 폭력 사태도 있었지만 그래도 계속되었어. 변하기도 하고 잘려 나가기도 하고 고문도 당했지만 그래도 계속되었지. 죽은 사람도 있었고, 그래도 싸웠어. 1968년은 다른 나라의 젊은이들에게도 그랬듯이 나에겐 정치적 교육의 해였어. 하지만 1969년부터, 그래, 혁명의 기운이 제대로 자리 잡고 독재정권이 흔들리는 징후가 처음 나타난 때이기도 했는데, 그때 오히려 난 정치에 대한 관심이 조금씩 시들해졌어. 가장 투쟁적이어야 할 때 갑자기 피로가 밀려온 거야. 드디어 혁명의 바람이 거세졌고, 지난 몇 년 동안 싸워온 사람들에게 희망을 갖게 하는 민중 봉기가 일어났는데 말이야. '코르도바소'와 함께 펼쳐진 모욕당한 자들의 저항은 정말 대단했지. 그런데 난 바로 그때 수그러들었어. 집 밖에 나가지 않았고 아무것도 하지 않았지. 시위를 지지하고 마음으로는 늘 함께했지만, 직접 나가지는 않았어. 그렇다고 싸워야 한다는 생각이 사라진 건 아니야. 단지 그전에 있던 무언가가, 그게 뭔지 딱 잘라서 말할 수는 없지만, 아무튼 사라져버렸어.

같이 싸우던 동료들과 틀어질 수밖에 없었지. 그들은 내가 대오를 이탈했다고 공격했어. 부르주아 출신이라는 계급적 죄의식 때문에 그동안 자기들 편에서 싸우는 척한 거냐며 몰아붙였고, 내 아버지까지 들먹였지. "미국인 외교관의 딸인데 사실 배신이 놀라울 것도 없지. 오히려 이제야 배신하는 게 이상해." 전위 영화 극장을 운영하던 친구 부부하고만 우정을 이어갔는데, 그들은 버티다가는 체포되어 고문당할 처지라 두 달 전에 부에노스아이레스를 떠날 수밖에 없었어.

그런데 1969년 9월 어느 날 밤에 누네주 지구의 내 아파트에서 초인종이 울렸어. 저녁 준비를 하고 있었는데 엘리만이 온 거야. 난 별로 놀라지 않았어. 뭐랄까, 내 초대를 받고 찾아온 오랜 친구에게 문을 열어주는 기분이었지. 엘리만은 와인 한 병을 들고 있었어. 나는 잠시 말없이 그를 쳐다보았지. 그도 말이 없었고. 그때 무슨 생각을 했는지는 기억나지 않아. 아마도, 아무 말 하지 않는 게 슬프다. 혹은, 아무 말도 하지 않는 게 아름답다. 혹은, 아마도, 우린 여기 있고 할 말이 없다, 이런 생각이었을 거야. 내가 뒤로 물러섰고 엘리만이 들어왔어. 밖에선 군 순찰대가 거리를 따라 올라오고 있었지. 내가 문을 닫고 돌아섰고, 엘리만은 그대로 서 있었어. 머리가 천장에 닿을 만큼 큰 키로. 나는 그가 서 있는 쪽을 지나 거실로 앞장서 들어갔어. 그가 나에게 와인 병을 건네며 말했지. 미리 병마개를 따서 좀 놔둬야 해.

그의 목소리가 이상했어. 분명 전과 같은데, 그런데도 완전히 다른 목소리였어. 바뀌지 않았는데도 그만큼 낯선 사람이 된 것 같은 느낌이 그날 저녁 내내 이어졌지. 엘리만이 그 아파트에 온 건 처음이었어. 우리가 만나지 않기로 한 직후인 1969년 3월인가 4월에 이사 왔으니까. 엘리만의 눈길이 서가에서 벽에 걸린 그림들로, 전등갓에서 피아노로, 텔레비전에서 식기장으로, 과일 바구니에서 레그바신*의 가면으로 옮겨갔지. 나는 그가 다 살피도록 가만히 기다렸다

* 부두교에서 인간계와 영계의 중재자 역할을 하는 신.

가 안락의자를 가리켰어.

　—여기 산다고 사바토가 말해준 거 아니야. 네 어머니한테 들었어.

　—그럴 줄 알았어요. 사바토도 내가 이 동네 사는 건 알지만 여기까지 온 적은 없으니까.

　—요즘은 전처럼 못 만나지?

　—그렇죠.

그는 말없이 의자에 앉았어. 나도 맞은편에 앉았지. 그렇게 얼굴이 잘 보이니까 조금 전의 이상한 느낌이 되살아났어. 몸만 놓고 보면 분명 엘리만은 내 기억 속 모습 그대로였는데, 영혼이 미세하게 달라져 있었지. 분명 눈에 띌락 말락 한 아주 미세한 움직임이 있었어. 꽃병을 몇 센티미터 옮겨놓았다든가, 벽에 걸린 액자를 몇 도 세웠다든가, 이런 거 말이야.

　나는 저녁을 먹자고 했어. 우리는 그가 가져온 와인을 들고 식탁으로 갔지. 그는 나에게 아직도 군사정권에 맞선 저항 운동을 하느냐고 물었어.

　—전만큼은 아니죠.

　—좀 쉬어야 할 거 같아. 많이 피곤해 보여.

　나는 대답하지 않았어. 그가 다시 말했지.

　—지난 이십 년 동안 찾던 사람을 드디어 찾은 것 같아. 이제 그를 만나러 갈 거야. 그러고 나면 모든 게 이루어지겠지. 이번엔 정말로 다 이루어져. 마침내 돌아갈 수 있지. 그러니까 이번이 마지막 여행이 될 거야. 마침내 돌아가는 거야. 너와 마지막으로 얘기를 하고, 글을 좀 읽어주려고 왔어. 네가 아직 날 원한다면 사랑을 나누고, 그리

고 너한테……

　―작별인사를 하려는 거군요. 내가 중얼거렸어. 알아요.

D

9월 14일, 그날의 사건들이 다 끝난 저녁에 아이다의 답장이 왔다. 메시지를 받았을 때 나는 병원 마당에서 담배를 피우고 있었다.

—복수는 먹지 못하는 요리야. 먹어도 소화를 못 시키지. 결국에는 토하게 만드는 요리야. 넌 복수를 이미 토해냈어. 조금은 나아졌길 바라. 넌 복수를 한 거야, 디에간. 내가 일 년 전 너에게 안긴 상처를 되갚았어. 그러니까 됐어. 우린 이제 서로 빚이 없어. 나도 알게 된 거지. 내 곁에 남아 있었으면 하는 사람이 떠나는 모습을 바라보는 게 어떤 건지. 아니, 그보다 조금 더 힘들어, 영원히 떠나는 거니까. 널 다시 만난 뒤에 깨달았거든. 내가 진정으로 널 잃은 적이 없다는 걸 말이야. 내 마음 깊은 곳에서는 너에 대한 추억이 지워지지 않은 채로 버티고 있었어. 그 추억을 넘어 희망도 있었고. 언젠가 우리가…… 정말 어리석었지. 사실, 우리는 늘 어리석어.

난 다카르에 사흘 더 머물 거야. 미래로 향한 특별한 날 뒤의 일들을 더 보고 싶어. 네가 날 다시 만나려 한다면 전부 다 망치게 될 거야. 네가 멀리 있길, 네가 되고자 하는 작가의 길을 보여줄 그 작가의 흔적을 찾으러 떠나서 내가 만날 수 없는 곳에 가 있길. 그리고 이 메시지에 답을 보내지 않는 우아한 사람이길. 설명하고 해명하기, 만일 네가 그런 걸 한다면, 마음이 약해진다면, 지금 내가 너에게 느끼는 감사의 마음과 애정은, 지금 내가 너를 향해 품은 모든 사랑은 깊은 경멸로 바뀔 거야—그리고 난 널 용서하지 못할 거야. 그런 비열한 경멸은 받는 사람뿐 아니라 내뱉는 사람 또한 더럽히고 마는 감정이지.

지금껏 이렇게 긴 메시지를 보내는 건 처음이네. 그만큼 진심이야. 이제 작별하자.

나는 어둑어둑한 병원 마당에서 이 글을 읽고 또 읽었다. 몇 분이 지났다. 참으려 해보았지만, 나도 모르게 답장을 쓰고 있었다.

네 자존심은 나도 알아, 아이다. 넌 위로를 받으면 그 때문에 스스로 자신이 위로의 독배를 받아야 하는 상황이라고 떠올리는 부류에 속하지. 하지만 난 널 위로할 마음이 없어. 설령 네가 원하지 않는다 해도 너에게 설명하고 싶어. 난 복수하려는 게 아니야. 우리가 나중에 복수를 하지 않도록 하려는 거지. 난 우리를 자기파괴에서 구해내고 싶어. 난……

내가 지난 일 년 동안 묶어두었던 것들이 이제는 나오고 싶어해, 아이다. 너에게 다 말하고 싶어. 내가 널 얼마나 그리워했는지, 널 추억하면서 얼마나 고통스러웠는지, 내가 얼마나, 네가 얼마나, 우리가 얼마나…… 그래서 난 너를 위해 멋진 이야기를 쓰려고 해. 하지만 어디에서 시작해야 할지 아직 잘 모르겠어. 머릿속에서 문장들이 뒤죽박죽이야. 모든 글투와 모든 문체와 모든 어조와 모든 표현 방식을 끌어내는 중이야.

그런데 그 어떤 단어와 문장도 내가 너에게 진짜 하고 싶은 말이 아닌 그 옆에 가닿는 것 같아. 그럴 때마다 난 악착같이 매달리면서 더 깊고 더 분명하고 더 정확한 다른 걸 요구하지. 단어들이 날 피해 가. 아니, 스스로를 피해 가. 자기들의 진실을 피해 가는 거지. 폭군 같은 내가 거듭 요구하는 바람에 지친 단어들이 무미건조해지고 있어. 시도할 때마다 그 단어들이 갖는 현실적 가능성과 내적 체험의 현실 사이에 괴리가 깊어지고. 하지만 그 말들은 나만 배신하는 게 아니고 동시에 스스로를 배신해. 말들의 자살이지.

그러다보면 나는 금방 지쳐서 혹은 절망해서 또 어쩌면 그저 혼자 항해하던 시절이 그리워서, 너에게 매달리지 않게 돼. 묶어두던 밧줄이 풀리면서 내 땅이 천천히 대양의 중심으로 혹은 새로운 섬을 향해 떠내려가면, 그 땅 위에서 나는 너라는 연안이 멀어지는 것을, 혹은 내가 연안이라고 믿었던, 하지만 결국엔 또 다른 한 줌 땅이었을지도 모르는 그것이 멀어지는 것을 바라봐. 운동 중인 다른 원자들 사이로 움직이고 있는, 내가 가버리듯, 좌표 없는 다른 희망봉을 찾아 움직이는 원자 같은 한 줌의 땅 말이야. 난 복수하는 게 아니야, 아이다. 내가 간직하고 싶은 건……

지웠다. 너무 길다. 너무 우스꽝스럽다. 너무 부자연스럽다. 사실은 마음이 내키지 않았다. 그날 일어난 일이 말하고 싶은 욕망을 송두리째 앗아갔다. 아이다의 말이 옳았다. 아무 말도 하지 말아야 했다.

셰리프 은가이데의 동생 아마두가 병원 마당으로 나왔다. 그는 내가 제일 먼저 알린, 셰리프의 가족 중에 내가 연락처를 가지고 있던 유일한 사람이었다.

―회복하고 재건하려면 오래 걸린대. 그래도 이전의 모습을 되찾
긴 힘들 거고. 하지만 목숨은 건졌으니까…… 고마워. 우리 가족 모
두가 고마워해. 계속 소식 전할게. 정말 모르겠어, 어떻게 셰리프 같
은 사람이……

아마두는 문장을 마치지 않았지만 나는 그가 하려는 말을 알 수
있었다. 아마두는 나와 악수를 한 뒤 다시 건물 안으로 들어갔다. 난
담배를 벽에 문질러 끄고 도시의 소리에 귀를 기울였다. 불을 뱉어
내던 도시가 지금은 이상하리만치 조용했다. 뜨거운 금속 냄새, 녹
은 역청 냄새, 화약 냄새. 다카르는 최루탄과 연기 속에 온종일 빼앗
겼던 공기를 찾느라 애썼다. 9월 14일은 정말로 일어났다. 예측대로
많은 군중이 모였다. 오십만 명에 가까운 시민이 다카르의 도로 위
를 걸었다. 일부 구역에서는 충돌도 있었고, 사망자는 없었지만 혼수
상태에 빠진 세 명을 포함하여 중상자가 백 명 넘게 나왔다. BMS는
정부가 완전히 굴복하도록 내일도 계속 거리로 나가자고 촉구했다.
정부는 생각보다 너무 커진 사태에 압도되었는지 사회 활동가들과
BMS 지휘부에게 오늘 밤 당장 협상을 시작하자고 제안했다. 긴 협
상이 될 테고, 그 협상에서 무엇이 태어날지는 아무도 알 수 없었다.

행운이었다. 우선 내가 셰리프의 메시지를 그가 보내자마자 읽은
행운. 그리고 또 다른 행운으로, 내 직감이 적중했다. 나는 몇 초 만
에 마음을 정했다. 시간이 내 편에 선 것 또한 행운이었다.

오늘 아침 아홉 시경에 시위에 나가려고 준비하고 있을 때 셰리프
가 내 페이스북 메시지에 긴 글을 남겼다.

결국 오늘 나도 시위를 하기로 결정했어. 내 죄를 씻기 위해서. 내

잘못이니까. 그애에게 얘기를 꺼낸 게 나였거든. 우리 집에 같이 있을 때였어. 세네갈 젊은이 삼백 명이 허름한 배를 타고 유럽 땅으로 건너가려다가 바다에 빠져 죽었다는 뉴스를 보았을 때였지. 죽음의 위험이 크다는 걸 알면서도 저런 배를 타고 떠나다니, 자살이잖아요. 그 아이가 말했어. 그리고 내가, 우리나라 정치가들의 악행과 무관심 때문에 너무 화가 나서, 무책임한 말을 내뱉었어. 그래, 이렇게 말했어. 이런 나라에서라면 자살이 끔찍하지만 효과적인, 끔찍하기 때문에 효과적인 행동 방식이 될 수도 있지. 어쩌면 지도층 사람들이 귀 기울일 만한 유일한 저항 수단일지도 몰라. 자살이 때로는 역사를 뒤흔들기도 하잖아. 2011년 튀니지의 모하메드 부아지지*가 그렇고, 1969년 체코슬로바키아의 얀 팔라흐**가 그렇고, 1963년 베트남의 틱꽝특***이 그렇지. 식민지 지배자들에게 넘겨지느니 다 같이 한 집에 들어가 불에 타 죽기를 선택한 신화적인 은데르 여인들의 자살****은 말할 것도 없고. 이런 자살들은 모두 큰 반향을 일으켰고 사람들의 정신을 깨웠고 정치적 의미를 지녔어. 어쩌면 절망적인 우리나라 국민에게 역시 이 방법밖에 남지 않았을지도 몰라.

* 노점상을 하던 부아지지가 허가를 받지 않았다는 이유로 물건을 모두 빼앗긴 뒤 항의의 뜻으로 분신자살하면서, 튀니지의 재스민 혁명의 도화선이 되었다.

** 체코의 대학생으로, 소련 침략에 저항하는 뜻으로 프라하에서 분신자살했다.

*** 베트남의 승려로, 정부의 배불 정책과 베트남 전쟁에 항의하며 1963년 사이공 시내에서 분신자살했다.

**** 1819년 세네갈 왈로족의 마을에 북아프리카 노예 상인들이 들이닥치자 저항하던 여인들이 집단 자살했다.

그래, 그런 자살을 위해선 젊은이들이 나서야겠지. 젊은이들의 생명을……

그냥 흥분해서 허공에 대고 내뱉은 말이었어. 그런데 파티마는 그 말에 큰 의미를 부여했고 잊지 않은 거야. 그 일을 해낸 날, 행동으로 옮기기 몇 분 전에 나에게 전화해서 파티마가 말했어. 내 말이 옳다고. 우리가 찾던 제3의 길은 바로 그거라고. 그래, 희생의 길이고 말이야. 상징적인 혹은 부분적인 희생이 아니라 구체적이고 의식적이고 동의한 절대적인 희생. 생명의 희생. 나는 파티마가 하는 말을 이해하지 못했어. 파티마가 죽는 장면을 보면서야 비로소 이해했지. 그래, *Miñelam*, 내 말 알겠어? 나였어. 파티마가 그런 일을 하게 만든 거, 직접적이든 간접적이든 그렇게 만든 게 바로 나라고. 나 때문에 파티마가 자기 몸을 불태워서 제물로 바치는 장면을 SNS로 생중계한 거야. 휴대폰을 고정해놓고 동영상을 켜서. 끔찍한 일이지. 지난 며칠 동안 난 내 책임이 아니라고 믿어보려 애썼어. 하지만 너무 힘들어. 매일 밤 파티마가 나타나고, 잠을 못 자겠어. 더는 못 버티겠어. 내 책임이야. 내 죗값을 치르는 방법은 하나뿐이야. 똑같은 일을 할 것. 그만 인사하자, 나의 동생. 넌 언젠가 네가 가진 재능에 합당한 훌륭한 작가가 될 거야. 난 알 수 있어. 그렇게 되길 빌게.

집에서 이 글을 읽고 나는 몇 초 동안 움직이지 못했다. 곧바로 셰리프에게 전화를 걸었지만 당연히 응답이 없었다. 나는 아버지 차를 몰아 미친 듯이 리베르테 6 구역의 아파트로 달려갔다. 오늘처럼 거리에 경찰들과 시민들이 가득 모인 날에 파티마처럼 의사당 앞에서 일을 벌이지는 않을 테고 한다면 아마도 자기 집에서 하리라는 게 나의 순간적 판단이었다.

교통 법규를 몇 번이나 위반했는지 셀 수도 없었다. 어떻게 사람을 치지 않을 수 있었는지 지금 생각하면 신기할 정도다. 셰리프의 집이 2킬로미터 정도 남았을 때, 오벨리스크 광장으로 행진을 시작한 사람들 때문에 차가 더는 움직일 수 없었다. 나는 아무 데나 차를 세워두고 심장이 폭발할 듯 내달렸다. 십 분 뒤에 도착한 나를 건물 경비원이 들여보내주지 않았지만, 이내 그는 내 말이 진짜임을 깨달았다. 그는 문을 열어준 뒤 나를 따라 계단을 뛰어 올랐다. 셰리프의 집은 4층이었다. 2층에서 이미 비명과 함께 살이 타는 끔찍한 냄새가 났다. 내가 경비원과 힘을 합해 아파트 문을 부수고 있을 때 비명과 연기와 냄새에 놀란 이웃 주민들이 나오기 시작했다.

셰리프는 불길에 휩싸인 채 바닥 위를 구르고 있었다. 그는 인간의 가슴에서 나온 것이라고 믿을 수 없는 미친 듯한 괴성으로 울부짖었다. 그 울부짖음은 한 개인의 몸이 겪는 고통을 넘어 고통의 순수한 정수를, 고통이 갖는 무한하고 맹목적이고 무분별한 것을 드러냈다. 셰리프의 몸은 영靈을 몸 안에 받아들이는 의식에서처럼 신들린 상태로 경련하는 매개체에 지나지 않아 보였다. 몇 초 뒤에 울려 퍼진 비명은 너무도 끔찍했다. 그 소리는 그의 몸과 관련 없는 소리였다. 그의 몸에서 나올 수 있는 소리가 아니었다. 내 귀에 들린 것은 셰리프가 내는 소리가 아니라 고통 자체의 소리였다. 마치 덫에 걸린 짐승처럼 혹은 대양 깊은 곳에서 모욕당한 신처럼 그의 몸 안에서 포효하며 울부짖는 절대적 고통의 소리. 그 고통은 셰리프의 살을 유린하는 것으로 만족하지 않았다. 답답한 감옥 같은 그의 몸을 벗어나 밖으로 나오려 했다. 점점 커지는, 폭발하려 하는, 그대로 퍼져 나가서 닥치는 대로 때려 부수려는 그 울부짖음을 담고 있기에는 셰리프의 몸이 너무 좁았다.

셰리프의 몸 아래 카펫으로 불이 옮겨붙기 시작했다. 나는 침실로 달려가 그의 몸에 덮어줄 침대 시트와 이불을 가져왔다. 그의 비명 앞에서 같은 층 이웃들은 어쩔 줄 몰라 했다. 다행히 경비원이 정신을 차리고 복도로 달려가 소화기를 들고 왔고, 내가 이불로 셰리프의 온몸을 덮으려 애쓰고 있을 때 소화기를 작동시켰다. 셰리프와 내 몸 위로 흰 거품이 가득 쏟아졌다. 그사이 이웃들도 물 양동이를 들고 달려왔다. 몇 초 만에 인간 횃불이 꺼졌다.

바닥에 셰리프의 몸이 누워 있었다. 그 몸은 더 이상 비명을 지르지 않았다. 하지만 갑작스러운 침묵에서 비명보다 더 참기 힘든 끔찍한 공포가 부풀어 올랐고, 그 침묵으로부터 마치 상처에서 나오는 고름 같은 공포가 흘러나왔다. 불에 탄 인간의 살냄새. 공기는 그 냄새에 눌렸고, 우리는 그 공기에 눌려 목이 메고 가슴이 죄어왔다. 바닥에 셰리프의 몸이 누워 있었다. 불에 그슬려 너덜너덜해진 피부가 카펫에 달라붙은 것 같았다. 연기가 눈을 찔렀다. 나는 셰리프의 몸을 두고 병원 구급차를 부르러 갔다. 하지만 시위 때문에 모든 구급차가 출동 중이라고 했다. 소방 구조대원들 역시 시위 때문에 길이 막혀 빨리 올 수 없다고 했다. 온종일 도시 곳곳에서 불이 났으니 소방대가 해야 할 일이 많았을 것이다.

모두 겁에 질린 채 발만 구르고 있을 때 이웃 중 누군가가 몇 분 거리에 개인 병원이 있다고 했다. 하지만 들것이 없었다. 남자 셋이 셰리프를 들어 올리기로 했다. 다행히도 담요를 덮어두어 그의 몸은 보이지 않았다. 한 명이 겨드랑이를 또 한 명이 허리를 나머지 한 명이 다리를 잡았다. 그들이 셰리프의 몸을 들어 올리려 할 때, 짧고 강렬한 그 끔찍한 광경 앞에서 나는 너덜너덜해진 셰리프의 몸이 세 사람이 들어 올리는 순간을 버텨내지 못하는, 세 남자의 손가락이 닿은 살이 가루처럼 부서지거나 혹은 카펫에 붙은 살이 떨어지지 않는 모습을 상상했다. 나는 그 끔찍한 가능성을 피하기 위해 눈을 감았다. 다행히 그런 일은 일어나지 않았다. 세 사람은 셰리프를 무사히 들어 올렸고 곧 아파트를 빠져나갔다. 나도 그들을 따라갔다. 셰리프가 아직 살아 있는지 그 누구도 알 수 없었다. 들것 위에 누운 셰리프의 두 팔이 양쪽으로 힘없이 늘어져 있었다. 적나라한, 벌겋고 검은, 혐오스러운 살이 드러났다.

우리가 병원에 도착한 즉시 처치가 시작되었다. 나는 아마두에게 전화를 걸었다. 같은 군사학교를 나온 터라 다행히 연락처를 가지고 있었다. 아마두는 삼십 분 뒤에 부모님과 함께 왔다. 그리고 말 없는 긴 기다림이 시작되었다. 기다리는 동안 아마두는 셰리프가 자신의 분신 광경을 촬영했고, 자살 시도가 페이스북에 생중계되었다고 알려주었다. 그동안 셰리프가 정치적이고 철학적인 분석 글과 동영상을 자주 올렸기에 조회 수가 높았고, 그래서 삭제하기는 했지만 이미 다운받은 네티즌들이 여러 채널에 퍼 나르고 있다고 했다. 아마두는 나하고 경비원이(물론 혼란스러운 상태였기에 우리가 누구인지 알아볼 수는 없지만) 문을 강제로 부수고 들어오는 장면도 동영상에 담겨 있다고 했고, 셰리프가 자기 몸에 기름을 뿌린 뒤 불을 붙이기 전에 월로프어로 한 문장을 말했다고도 했다. *Fatima lay baalu, na ma sama njaboot baal*(파티마에게 사죄하고, 내 가족에게도 용서를 빈다). 나는 동영상을 찾아보지 않았다.

나는 셰리프의 가족과 함께 병원에서 기다렸다. 세 시간 뒤에 중증도 화상 환자들을 전문적으로 치료할 수 있는 종합 병원으로 옮긴다고 했다. 셰리프는 3도에 가까운 화상으로 목숨이 위태로웠다. 진피층까지 거의 모든 피부 조직이 손상된 상태였다.

다카르의 거리에서는 14일의 행진이 도시를 뒤흔들고 있었다. 시위대 대부분은 아직 셰리프가 벌인 일을 알지 못했다. 알게 된다 해도 아마도 절망에 빠진 용기, 순교자의 행위라고 생각할 터였다. 죄의식을 감내하고 그 죄의식이 요구하는 일을 끝까지 해내는 데도 용기가 필요한 것은 사실이지만, 셰리프의 행동이 죄의식 때문이었다고 생각하는 사람은 거의 없을 것이다. 셰리프의 비극이 나에게 교훈을 남겼다. 용기를 지닐 것, 그리고 해야 할 일을 해낼 것.

내가 해야 할 일은 엘리만의 흔적을, 그의 책의 흔적을 따라가는 것이었다. 사랑, 정치적인 정당성, 그리고 그러한 추구들이 이르게 될 실망을 넘어 계속 엘리만을 찾을 것. 모든 사람의 인생이 그럴 테지만, 내 인생은 일련의 방정식이다. 우선 몇차 방정식인지 밝혀지고 각 항이 정해지고 미지수가 설정되고 복잡성이 주어지면, 그런 뒤에 무엇이 남을까? 문학이다. 문학이 남았고, 영원히 문학만이 남을 것이다. 문학이 답이고 문제이고 신앙이고 치욕이고 자부심이고 삶이다.

아이다의 작별 문자가 온 것은 내가 막 이것을 이해한, 아니 받아들인 때였다.

D + 1

아버지 차를 며칠 동안 쓰기로 했다. 아버지는 어디에 갈 거냐고 묻지 않았다. 어머니도 묻지 않았다. 나의 부모는 내가 세네갈로 돌아온 진짜 이유였던 일을 하려 한다는 사실을 알아차렸을 것이다. 나는 밤이 되기 전에 도착하고 싶었다.

그날 밤에 그가 알 수 없는 책의 시작 부분을 읽어줬어. 아이티의 시인이 시가 D.에게 말했다고 했다. 그래, 그날 밤이야, 코라손. 우리는 서로 사랑을 했고, 그런 뒤에 그가 나에게 그 책의 앞부분을 읽어줬어. 그 순간이 내 인생에서 가장 아름답고 동시에 가장 슬픈 순간이었지. 우리의 작별에 현실성을 부여하는 순간. 엘리만이 책을 읽는 동안 듣고 있는 건 즐거우면서 힘든 일이었어. 마치 그가 자기 유언을 읽는 것 같았거든. 그를 알게 된 뒤 처음이었어. 내가 원하기만 한다면 무슨 얘기든 들려줄 준비가 되어 있다는 느낌이 들었지. 그런데 갑자기 다 얻을 수 있다는 바로 그 느낌 때문에 난 오히려 슬펐어. 그가 자신의 지금 모습을, 그리고 이전의 모습을 사과하러 왔다는 느낌이 들었거든. 그때까지 난 그의 성격과 침묵을, 안개에 쌓인 과거와 은밀한 비밀을 미워했는데, 그래서 그가 나에게 다 말해주길 그 무엇보다 간절히 원했는데, 그날 저녁엔 아니었어. 그토록 고독에 매달리던 사람이 마침내 그림자를 떠나려 한다는 건 오직 한 가지 이유에서일 테니까. 고독 안에서 좀 더 깊은 부름을, 마지막 부름을 들은 거지. 그래서 그는 마지막으로 그림자 밖으로 나와 자신을 보여주려 한 거야. 그를 아는 사람은 속지 않지. 진실을 알 수 있거든. 그는 이미 스스로 영원히 다가가려고 하는 그 그림자의 일부였어. 난 그가 약해진 틈을, 그가 자기를 비우려고 일부러 방어를 풀어버린 순간을 이용하고 싶지 않았어. 그가 나에게 자기 자신을 내맡겼잖아. 그의 영혼이 내 손에 달려 있었다고. 내가 묻기만 하면 그가 지금껏 아르헨티나에서 무엇을 했는지, 그토록 오랫동안 뭘 찾았는지 알 수 있었어. 하지만 난 아무 말도 하지 않았어. 왜 그랬는지 궁금하지? 나도 오랫동안 답을 찾으려 애썼어. 지금 생각하면, 코라손, 그건 부끄러움이었던 것 같아. 인간의 진실 앞에서의 부끄러움. 혹은, 아마도 마찬가지일 테지만, 인간의 고통 앞에서의 부끄러움.

—그래서 정말 아무것도 안 물어봤어요?

—몇 가지 묻긴 했지. 그렇게 조금은 알게 됐어. 그는 1949년에 배를 타고 아르헨티나에 왔어. 프랑스에서 전쟁을 치렀고. 처음엔 파리에 있다가 알프스의 어느 마을에서 레지스탕스에 참여하기도 했지. 해방 뒤에 파리로 잠시 돌아갔다가 그 뒤에는 삼 년 동안 유럽의 여러 나라를 돌아다녔어. 전쟁으로 약해진 독일, 덴마크, 스웨덴, 스위스, 오스트리아, 이탈리아…… 그러다가 1949년에 아르헨티나에 왔고. 유럽 땅에서 몇 년 동안 찾아다니던 사람을 남아메리카에서 다시 삼십 년 동안 찾아다닌 거야. 그는 이 모든 것을 얘기하면서 서

두르지 않았어. 한 가지 얘기가 끝날 때마다 내가 다른 일을 더 물을 수 있도록 천천히 말했지. 나는 밤새도록 그의 품에 안겨 있었어. 그리고 아침에 일찍 일어나 커피를 마셨지. 그는 나에게 키스를 하면서 문학을 포기하지 말라고 했어.

—그 뒤에는요?

—떠났지. 그렇게 그가 떠난 뒤 몇 달 뒤에 파리에서 일자리 제안이 왔어. 그래서 나도 떠난 거야. 그날 밤 난 깨달았어. 아르헨티나 땅에서 이어온 엘리만의 이야기가 끝났구나. 내 이야기도 끝났다. 그날 밤을 생각하면 그때 했어야 했는데 하지 못한 질문이 자꾸 생각나. 꼭 물어봤어야 했는데…… 그래, 고국이 그립지 않으냐고 물어봐야 했어. 그 후에도 계속 물어보고 싶었지만 그를 다시 만나지 못했어. 물론 만나려고 애쓰지 않은 건 아니야. 처음에는 휴가 때마다 시도했어. 파리를 떠나 아르헨티나로 돌아와 부에노스아이레스 곳곳을 돌아다녔지. 그가 즐겨 찾던 탱고 바, 부둣가, 가난한 동네들을 돌아다녔어. 그가 살던 부카라의 아파트는 1970년대에 아예 없어졌더라고. 심지어 남아메리카 다른 나라들의 수도에도 갔었어. 난 부에노스아이레스에 들를 때마다 오랜 스승 사바토도 만났어. 우리는 지난날에 대해, 우리가 함께한 문학 모임들에 대해 얘기했지. 곰브로비치 얘기도 했고. 프랑스에 가서도 난 그를 만나지 못했거든. 1969년에, 그러니까 내가 가기 몇 달 전에 그가 세상을 떠났으니까. 사바토와 나의 대화 도중에 매번 엘리만 얘기가 나왔어. 어떻게 피하겠어? 사바토는 사실 나만큼도 아는 게 없었어. 엘리만은 나와 작별하기 전날 사바토한테도 인사를 했다고 했어. 하지만 주소는 남기지 않았고,

아무런 정보도 갈 곳도 머물 곳도 그 어떤 단서도 남기지 않았지. 사바토는 부에노스아이레스에서 그를 다시 못 봤다고 했어. 그 긴 시간 동안 우리의 삶에 들어와 있었는데 그렇게 쉽게 나가버린 게 이상하지 않으냐고 물었더니, 사바토는 자기가 보기에도 이상하다고, 하지만 모든 인간이 꼭 함께할 무리가 필요한 건 아니라고 했어. 그 뒷얘기는 너도 다 아는 거야. 난 엘리만을 찾기 위해 다카르로 근무지 변경을 신청했고, 그리고 그곳에서 너를 만났지, 코라손, 나의 작은 천사……

아이티의 시인이 해준 이야기를 나에게 다 들려준 뒤에 시가 D.가 말했다.

—아이티의 시인에게 이 모든 얘길 들은 후 엘리만이 찾아다닌 사람이 누구일까 곰곰 생각해봤어. 내가 내린 결론은, 디에간, 세 사람이야. 친구이자 책을 출간해준 샤를 엘렌슈타인, 아버지 아산 쿠마흐, 마지막으로, 말이 안 되긴 하지만, 어머니 모산. 그중에서 가장 설득력 있는 건 아버지 아산 쿠마흐 같아. 엘리만이 아버지의 무덤을 찾았는지는 알 수 없지. 어쩌면 아산 쿠마흐가 전쟁 중에 죽은 게 아닐 수 있고. 어쩌다 보니 아르헨티나까지 오게 되었을 수도 있지 않아? 엘리만이 아버지를 찾아내 따라왔고, 엘리만의 비밀은 결국 긴긴 아버지 찾기인 거지. 그게 아니라면 엘리만이 아르헨티나에서 우리가 모르는 사람을 찾았을 수도 있고. 어쩌면 여자이고, 전쟁 중에 혹은 전쟁 뒤에 만나 사랑에 빠진 여자, 아무튼 그 여자를 찾아왔을 수도 있지. 그런 가능성도 생각해봐야 해. 그래도 중요한 한 가지 질문이 남아. 엘리만은 왜 자기 어머니와 내 아버지에게 편지를 보

내지 않았을까? 내가 생각하는 가설은 이래. 엘리만은 다른 나라를 돌아다니는 동안에도 계속 편지를 보냈는데, 성격 나쁜 내 아버지가 다 없애버린 거야. 엘리만이 1938년에 『비인간적인 것의 미로』와 함께 보낸 편지를 없앤 것처럼 말이야. 모산이 사라진 뒤로 내 아버지가 모산이 미치고 자신들이 고통을 겪은 게 모두 엘리만 탓이라고 생각해서 답장도 안 하고 편지들을 없애버렸을 거야. 어쩌면 엘리만은 모산이 사라진 것조차 모르고 있었을 수도 있어. 물론 잘못된 가설일 가능성도 있지. 엘리만이 정말로 편지를 안 썼을 수도 있어. 과거에 대해 아무것도 알고 싶지 않아서, 혹은 다 잊고 싶어서. 하지만 난 그보다는 내 아버지가 편지를 없앴을 것 같아. 그래, 디에간. 이게 내가 아는 이야기의 끝이야.

—끝이에요? 정말 끝?

—끝이야. 뭐 다른 걸 기대했어?

그런 뒤에는 암스테르담의 새벽이었다.

나는 오후 세 시경에 다카르를 벗어났다. 파티마 디오프가 자살한 의사당 앞 소웨토 광장까지 시위대가 이어져 있었다. 내가 가져온 짐은 갈아입을 옷 몇 벌과 수첩, 『비인간적인 것의 미로』, 그리고 쉐페르 디아모노의 가장 위대한 노래들이 담긴 디스크가 전부였다. 밤이 되기 전에 도착하고 싶었다.

전기적 요소 4

읽지 못한 편지들

1938년 8월 16일, 파리

사랑하는 어머니, 사랑하는 삼촌,

일 년 넘게 소식을 못 드렸네요. 어쩌면 제가 두 분을 잊은 게 아닌가 걱정하실지 모르겠어요. 우리의 나라를 떠난 뒤에 자신의 과거와 땅을, 가족의 기억을 지우려는 사람들이 많잖아요. 그렇게만 보면 저도 다르지 않을 수 있겠네요. 하지만 그렇지 않아요. 어머니와 삼촌도 이 편지를 읽어보시면 제가 오랫동안 편지를 쓰지 못한 것을 용서해주실 거예요. 제 생각이 어머니와 삼촌을 향해 날아가지 않는 날은 하루도 없어요. 밤에 꿈속에서 두 분을 만나지 않은 날이 없고요. 어딜 가든 전 늘 두 분과 함께했어요. 특히 어머니는 한시도 떨어진 적이 없죠. 이 편지를 보면 어머니는 분명 절 이해해주실 거예요.

1917년 4월 13일, 파리

모산, 내 사랑

떠난 지 이 년이 지났네. 왜 한 번도 편지를 쓰지 않았느냐고? 당신을 울릴까봐 그랬어. 나도 울게 될까봐. 이곳에서 일어나는 일은 누구라도 울게 할 일이거든. 전쟁. 빨리 돌아갈 생각이었는데, 당신에게도 그렇게 약속했는데. 하지만 지금은 정말로 돌아갈 수 있을지조차 모르겠어. 여긴 추워. 비도 내리지. 아프리카인들이 굉장히 많아. 우린 원주민 보병이라고 불려. 서로 이야기를 하고 온기도 나누곤 해. 하지만 밤이 되면 각자의 추억과 회환, 두려움 속으로, 혼자로 돌아가지. 우리 모두는 고국으로 돌아갈 수 없으리란 것을 알아.

이 년 전쯤에 전 이곳에서 사귄 유일한 친구와 함께 아버지를 찾으러 떠났어요. 그때도 두 분이 저와 함께했죠. 그러니까 지난 이 년 동안 전 아버지를 찾아다녔어요. 우선 저를 위해 찾았고, 어머니와 삼촌을 위해 찾았어요. 아버지의 부재는 어머니와 삼촌의 마음에 사랑의 심연 혹은 쓰라림의 심연을 깊이 파놓았잖아요. 저는 그 심연을 메울 수 없었고, 저 역시 그 심연 때문에 괴롭기도 했죠. 아버지의 유령이 제 마음속에 수많은 질문들의 심연을 파놓았으니까요. 두 분이 들려준 이야기대로라면 전 아버지를 미워해야 했어요. 실제로 미워했죠. 하지만 모르는 사람을 진짜로 미워할 수는 없잖아요. 그 사람이 자기 아버지일 땐 더욱 그렇죠. 이제 아버지가 남긴 글을 읽고 난 지금, 제 마음속에 남아 있던 증오의 찌꺼기는 이름 붙이기 힘든 다른 감정에 자리를 내어줬어요.

당신이 그립고 우리 아이가 그리워. 하지만 난 그 아이를 알지 못하지. 지금쯤 두 살이 되었겠네. 딸인지 아들인지조차 알 수 없다니. 만일 내가 여기서 죽는다면 그 아이는 나를 어떻게 기억할까? 자기를 버린 아버지로? 전쟁에 목숨을 바친 영웅으로? 가족을 버린 비겁한 인간으로? 당신은 그 아이에게 뭐라고 말해줄 거지? 그리고 나를 그토록 미워하는 나의 쌍둥이 형제는 내 아이에게 뭐라고 말할까? 모르겠어. 두려움보다, 전쟁보다, 지금 나를 죽이는 건 바로 답을 모른다는 사실이야.

저는 아버지를 증오하지 않아요. 최소한 지금은 안 그래요. 게다가 저에겐 다른 아버지가 있죠. 토코 우세누, 삼촌 말이에요. 생물학적인 아버지가 그리운 적은 없었어요. 하지만 내 아버지가 어떤 사람이었는지, 무엇을 했는지, 무슨 일을 겪었는지, 무엇보다 마음이 어땠는지는 알고 싶었어요. 이제는 알아요. 그는 두려웠어요. 결국 인간이었죠. 그는 선택을 했고, 이 편지를 쓰면서 아이처럼 두려움 속에서 죽었어요. 그저 한 인간이었죠. 마지막 순간에는 어머니와 삼촌, 그리고 저를 생각했어요.

둘 모두 품에 안고 싶어. 사랑한다고 내 아이와 당신에게 말하고 싶어. 날 용서해줘. 당신을 떠났기 때문이 아니라, 전쟁에서 쉽게 살아남을 수 있다고 믿었던 걸 용서해줘. 내가 틀렸어. 설령 죽지 않는다 해도 어차피 전쟁에서 살아남을 수는 없어. 내가 살아 돌아가든 혹은 죽어 여기 남든, 이미 내 안에선 무언가가 죽어버렸어. 살아남은 것은 오로지 당신의 모습, 나의 모산, 그리고 내가 알지 못하는 우리의 아이뿐이야. 난 우리 아이를 모르지만 그래도 그 아이의 꿈을 꿔. 나 대신 그 아이에게 말해줘. 내가 밤마다, 매일매일, 심지어 전투 중에도 꿈을 꾼다고. 베르됭*에서 사방에 총탄이 오가고 피가 흐르는 곳에서 나는 그 아이의 꿈을 꾸었어.

함께 간 친구는 제 형제나 다름없어요. 그 또한 전쟁 중에 아버지

---

* 1916년 2월에서 12월까지 서부전선에서 일차대전 중 최대 규모의 전투가 벌어진 곳이다. 프랑스의 승리로 끝났지만, 양측 모두 십만 명이 넘는 사망자를 냈다.

를 잃었죠. 그래서 절 잘 이해해요. 이름은 샤를이에요. 아버지의 흔적을 찾아다니는 저를 샤를이 도와주었어요. 포기하고 싶을 때마다 계속 가야 한다고 말했죠. 제가 절망했을 때, 다른 마을 한 곳만 더 가보자, 조금만 멀리 한 번만 더 가보자, 이렇게 말해줬어요. 그렇게 우리는 프랑스 북부 엔이라는 지방의 그 작은 마을까지 갔죠. 슈맹데담 전투가 벌어진 곳에서 그리 멀지 않은 곳이었어요. 그 마을에는 군인 묘지가 있고 작은 전쟁기념관도 있었어요. 바로 그곳에서 이 편지를 찾았어요.

며칠 뒤면 큰 전투가 벌어질 거야. 아프리카 병사들이 많이 공격에 가담할 거고. 백인 장교들은 위대한 승리를 장담하지. 프랑스를 위해 가장 중요한 승리가 될 거라고. 식민지 원주민 부대에게 영광의 시간이 다가오고 있다고도 하고. 그들의 언어로 영광의 시간이란 죽음의 시간을 말하는 것 같아. 나는 마음의 준비를 하고 있어. 물론 그 어떤 것도 준비할 수 있는 상황은 아니지만. 우선 이 편지를 쓰고 싶어. 그런 다음엔…… 다음엔 뭘까?

분명해요. 아버지가 쓴 편지예요. 왜 보내지 않았는지는 모르겠어요. 어쩌면 보내려고 쓴 글이 아닐 수도 있죠. 그뢰자르 신부님이 아버지 편지를 잘 옮겨주시면 좋겠어요. 전 읽고 나서 한참 울었어요. 그런 뒤에 친구와 함께 돌아와서 이 편지와 같이 보내는 책을 쓰기 시작했고요. 책을 끝내느라 시간이 좀 필요했어요. 제 첫 번째 책이고, 다른 책도 더 쓸 거예요. 혹시 그뢰자르 신부님이 시간이 없어서 그 책을 번역해주지 못하시면, 제가 돌아가서 해드릴게요. 곧 돌아갈 거거든요. 가서 어머니와 삼촌이 절 자랑스러워하게 해드릴게요. 분명 그러실 거예요. 약속드려요. 전 절대 불명예와 수치를 안고 돌아가지 않아요. 훌륭한 사람이 되어서, 작가가 되어서 돌아갈게요. 저를 위해 기도해주세요.

나의 키스를 보내, 모산, 내 사랑. 나의 아이에게도 키스를 전해줘. 내 동생에게도 나를 어떻게 생각하든 나의 키스를 전해줘. 날 용서해줘. 날 위해 기도해줘.

엘리만 마다그

2부

마다그의 고독

I

엘리만의 마을과 고장을 향해 내륙 쪽으로 길이 갈리는 음부르*에서 파티크** 방향의 도로로 접어들기 전에 먹을 것을 좀 사고 기름을 채우고 잠시 쉬기 위해서 차를 세운다. 노점 상인에게서 카페 투바*** 한 잔을 산 뒤, 메일을 확인한다. 안부를 묻는 스타니슬라스의 메시지, 전기요금 고지서, 그리고 전날 온 메일 한 통이 있다.

파이,

지금 나는 나의 모든 책이 나온 곳에서 너에게 글을 쓰고 있어. 그동안 늘 거부해온 생각이지만, 사실은 맞아, 내 책은 지금 내가 있는 이곳, 파다 만 우물에서 나왔어. 다시 보게 될 줄은 몰랐어. 이미 오래전에 없어졌기를 바랐는데, 혹은 그럴까봐 두려워했는데. 우물 말고 나머지는 모두 파괴되거나 잊혔지. 집은 무너지고 유령들조차 지

---

* 수도 다카르에서 남쪽으로 80킬로미터 정도 떨어진 세네갈 제2의 항구도시.
** 음부르에서 동쪽 내륙으로 70킬로미터 정도 떨어진 지역으로, 세레르족의 주 거주지다.
*** 커피에 기니 후추로 향을 더한 커피 음료.

나가려 하지 않을 처량한 벽들만 남았어. 그런데 파다 만 우물, 고뇌의 우물은 아직 그대로 남았어. 만일 내가 신비주의를 믿는 사람이었다면 그 우물이 나를, 내가 돌아올 줄 알고 기다렸다고 믿었을 거야. 바로 그런 확신 덕분에 우물이 모래 속에 파묻히지 않고 버텨냈다고, 그날 밤 이후 지켜보아야 했던 인간들의 어리석음을 버텨냈다고 말이야. 하지만 난 신비주의를 믿지 않아. 우물은 그냥 남아 있는 거지. 그뿐이야. 나도 그냥 여기 있고.

난 그때처럼 우물 안에 웅크려 앉아 너에게 글을 쓰고 있어. 지금은 우물 밖으로 머리가 올라오지만, 그만큼 컸지만, 여전히 나는 그 공간에 눌리고 나의 공포에 눌려서 허우적거려. 바로 이곳에서 나의 어린 시절이 끝났거든(그렇다고 어른이 되었다는 뜻은 아니야. 정반대지. 나중에 깨달았지만, 우물 속에서 보낸 그날 밤 난 진짜로 어른이 될 기회를 다 잃어버렸어). 이곳에서 나는 땀에 젖은 **짐승**이 되었어. 그리고 분명, 나는 이곳에서 작가가 되었어. 우리가 마지막으로 만났을 때 네가 내 글쓰기의 기원이었다고 말할 만한 사건이 있었느냐고 물었지. 난 있었다고만 대답하고 더는 말하지 않았고. 오늘 그 이야기를 들려줄게.

오랫동안 나는 내가 쓰는 모든 책에 귀가 들리지 않는 사람이 등장하는 이유가 작가로서의 나의 소명(정말 골치 아픈 단어야)이 어디서 왔는지 말해주는 이유와 같다고 생각했어. 그러니까 이십 년 전에 우물 속에 앉아 있을 때 내가 해야 했지만 하지 못한 일을 하기 위해 글을 쓴다고 믿었지. 그 일은 바로 내 고막을 찢는 거였고. 정말로 얼마 전까지 난 내 기억 속에 남은 끔찍한 소란을 덮어버리려고, 그래서 내 귀에 아무것도 들리지 않게 하려고 일부러 시끄러운 단어들로 글을 썼어.

그래, 내 부모는 내 눈앞에서 죽지 않았어. 내 귓속에서 죽었지. 그리고 아직도 내 귓속을 두드려대. 아버지가 우물을 파기 시작한 지 이틀째 되던 날, 퇴각하는 정규군이 우리 마을을 지나갔어. 몇 주 전에 지나가면서 걱정할 필요 없다고, 죽음의 사제들과의 전투에서 이길 거라고 큰소리친 사람들이었지. 전날까지도 라디오에선 우리 병사들이 맞서 싸우고 있다고, 심지어 빼앗긴 땅을 매일 되찾는 중이라고 했거든. 달콤한 말에 넘어간 순진한 사람들은 그 말을 믿었지. 누더기 같은 차림으로 기진맥진한, 무장해제되어 꼬리를 내린 백여 명의 병사들이 축 처져서 다시 지나간 그날까지 모두 믿은 거야. 뛰어가는 병사들이 있었고 질주하는 낡은 지프차들에도 병사들이 가득했지. 다쳐서 움직이지 못하는 병사들은 마치 줄에 걸어둔 젖은 빨래처럼 당나귀 옆구리 위로 몸을 늘어뜨리고 있었어. 마을 사람들은 정규군이 패배했음을 직감하고 짐을 싸기 시작했지. 도망가야 한다, 어서!

패잔병 하나가 우리 집 앞을 지나갔어. 난 지금도 그 얼굴이 기억나. 공포에 휩싸였다기보단, 관자놀이부터 턱까지 천천히 평온하게 이어진 칼자국을 따라 얼굴에 두려움이 희미하게 그려져 있었지. 패배한 자…… 망가진 자…… 굴복당한 자를 표시하는 대각선!…… 그는 유령처럼 우리 집 앞을 지나갔어. 도망치는 시늉조차 하지 않았지. 도망쳐봐야 소용없다는 사실을 알았으니까. 서 있을 뿐 이미 시체였지. 어차피 다 끝났고 도망쳐봐야 헛일임을 알고 있었어. 아버지가 놈들이 아직 멀리 있느냐고, 우리가 그들을 피해 도망칠 시간이 있겠느냐고 물었어. 병사는 악마의 언어를 듣기라도 한 것처럼 아버지를 넋 놓고 쳐다보면서 한참 동안 말이 없었어. 아버지는 자신의 유령이라 할 수 있을 그 병사의 모습을 훑어보면서 굳이 대답을 듣지 않아도 이미 상황을 이해했을 거야.

　—식구 다 죽이고 당신도 따라 죽는 게 나아요. 그자들한테 잡히는 것보다 그게 나아. 그자들은 들쥐나 옥수수를 삶듯이 사람을 삶아 죽여요. 내일 아침, 어쩌면 오늘 밤, 아니 어쩌면 한 시간 후면 올걸. 와서 당신 손을 잘라 항문에 쑤셔 넣겠지. 차라리 죽는 게 나아. 나도 잘 몰라요. 그자들이 바짝 따라왔어. 차라리 그게 나아. 그자들은 죽이는 게 직업이야. 차라리 그게 나아.

　병사는 "차라리 그게 나아"라는 말을 되풀이했어. 나는 아버지 뒤에 바짝 붙어 있었지. 그때 난 여덟 살이었어. 아버지는 대문에서 떨어진 곳으로 나를 데려갔어. 마당 한가운데 서서 내 어깨를 두 손으로 잡으며 몸을 숙이고는 나를 바라보았지. 그때 아버지의 눈빛은 자신이 아이에게 거짓말을 할 것임을 알고, 자기 거짓말을 아이가 알아차릴 것임을 알고, 그래도 거짓말을 하는 어른의 눈빛이었어(삶에 유린당하기 전에, 성직자들이나 소아성애자나 다른 타락한 이들에게 유린당하기 전에, 아이들은 이미 거짓말하는 부모에 의해 유린당하지). 아버지가 이렇게 말했어. "걱정하지 말거라. 저 사람은 아무것도 모르고 막 떠드는 거야." 나 같은 어린애 항문에 퍽! 뭘 집어넣는다고! 정말로 저 사람이 아무것도 모른 채로 떠들고 있다면, 만일 미쳐서, 멀쩡한 정신이지만 공포 때문에 미쳐서 막 떠드는 거라면, 그가 하는 말을 자기가 모르는 거라면 이 세상 누가 알까.

아버지는 다시 대문 쪽으로 나갔어. 밖에서 아우성치는 소리가 났거든. 피난 짐을 꾸리던 어머니도 곧 겁에 질린 얼굴로 나왔지. 나는 열린 대문 틈으로 밖을 바라보았어. 아버지의 발아래 조금 전 그 병사의 시체가 보였어. 어머니가 손으로 내 눈을 가리기 전에 나는 그가 자기 목을 그은 것을, 솟구치는 피가 땅바닥에서 뜨겁게 끓고 있는 것을 보고 말았어. 아버지가 문을 닫고 우리에게 집 안에 들어가 있으라고 했어. 이번에는 어머니가 나를 안쪽으로 데려가 조금 전 아버지와 똑같은 일을 했지. 그러니까 어머니 역시 몸을 굽히고 내 눈을 똑바로 쳐다봤어. 하지만 말은 아버지와 달랐어. 그러니까, 아무 말도 하지 않았어. 온 마음을 오로지 그 눈길 속에 모아 나를 쳐다보기만 했어. 용기를 잃으면 안 돼.

아버지가 우리 곁으로 왔어. 밖에서는 도망치는 사람들 소리가 들리기 시작했지. 크게 소리치는 사람은 없었어. 그저 급한 발걸음들이 땅에 닿는 소리, 이따금 그 소리를 뚫고 나오는, 아주 작은 숨결이라도 아끼려는 듯 곧바로 핵심으로 가는 빠르고 건조한 말소리들뿐이었지. 아버지와 어머니는 서로를 바라보았어. 어차피 도망칠 시간이 없다고, 가봤자 멀리 갈 수 없다고 눈으로 말했을 거야. 가장 가까운 도시가 자동차로 네 시간 거리였지, 그곳에 군대가 주둔해 있기는 하지만, 이미 후퇴하기 시작했을 가능성도 있었어. 어머니의 여동생이 사는 서쪽 언덕 넘어 두 시간 거리의 마을로 가볼 수도 있지만, 가는 길에 이미 이 지역을 포위하고 언덕들을 장악한 적군을 마주칠 위험이 있었고. 아버지와 어머니는 마치 이 모든 게 나와는 관련 없는 일인 것처럼, 나는 아무것도 이해하지 못한 것처럼 나지막하게 둘이서 이야기를 주고받았어. 하지만 틀렸어. 나도 다 이해했는걸. 잠시 뒤 아버지와 어머니가 내 곁으로 와서 우리는 피난을 떠나지 않을 거라고 했어.

—넌 아버지가 파던 우물 안에 숨어 있어야 해. 어머니가 말했지. 밖에서 네가 안 보이도록 위에 뭘 덮을 거야. 꼭 그 안에 있어야 해. 소리 내면 안 돼, 아버지나 내가 찾으러 올 때까지 절대 나오면 안 돼. 알겠지?

—네, 엄마.

—알겠지?

—네.

—소리 내면 안 돼. 울어도 안 돼. 아무 소리도 내지 마. 무슨 일이 있어도 나오면 안 돼. 내가 찾으러 올 때까지 그대로 있어야 해.

—네.

—사람들이 오고 마당에서 모르는 사람들 말소리가 들리거든 무조건 귀를 막아. 아무 소리도 못 듣게 귀를 꽉 막아버려야 해. 알겠지?

—네, 엄마.

—안 그러면 엄마한테 정말 혼날 줄 알아. 전처럼 곤죽이 될 때까지 때려줄 거야. 알아들었어?

—네, 엄마.

—다시 말해봐!

—네, 엄마.

—어떻게 하라고?

　—다 알아요. 소리 내지 말고, 움직이지 말고, 아무 말도 하지 말고, 엄마나 아빠가 찾으러 올 때까지 절대 나오면 안 돼요.

　—귀는?

　—모르는 사람 소리가 들리면 귀를 막아요.

　—잊어버리면 안 돼.

　어머니는 무섭게 으름장을 놓듯 말하려 했지만 사실은 울고 있었어. 어머니 말이 무서웠던 건 뭘 명령(사실은 애원)했기 때문이 아니야. 내가 꼼짝하지 못한 건 나에게 그 말을 하는 어머니의 절망과 사랑이 느껴졌기 때문이야. 나도 울기 시작했어. 소리는 내지 못하고 울었지. 어머니가 나를 안아주었고 아버지도 와서 우리를 안았어. 그렇게 이삼 분 동안 아무 말 없이 가만히 있었지. 우리가 같이 살 수 있었을, 하지만 같이 살 수 없게 된 평생을 미리 살았고, 그때까지 우리가 함께한 시간을 다시 살았어. 그 포옹이 우리 시간의 두 방향을 이어준 거야. 추억을 통해 과거를 소환했고, 희망을 통해 우리의 불가능한 미래를 그려냈으니까(결국 막다른 피의 길에 막혀버린 희망이었지만).

　어머니는 혹시 배고프면 (소리 없이) 먹으라고 몇 가지를 챙겨서 나를 우물에 내려 보냈어. 안이 어두울 거라며 등도 하나 넣어주었고. 우리는 한 번 더 껴안았어. 더는 울지 않았지. 그 순간의 포옹은 앞선 포옹보다 더 짧고 더 조용하고 더 고통스러웠어. 이어 아버지와 어머니가 나갔고, 우물에 양철 뚜껑이 덮였어. 그 뒤로는 아무것도 보이지 않았고. 나는 움직이지 않고 그냥 기다렸어. 잠시 뒤에,

어쩌면 짧고 어쩌면 끝없이 긴 시간 뒤에 혹은 시간을 벗어난 상태에서 자동차 소리, 사람들 목소리, 웃음소리, 기관단총 소리, 울부짖는 소리가 이어졌어. 우물 안의 어둠은 더 짙어졌지. 나는 두 손으로 귀를 막았어.

죽음이 자기 자식들을 데리고 우리 집 마당으로 들어섰어.

―안에 있는 자 모두 나와.

귀를 막고 있어도 그 목소리가 들렸어. 죽음이 우물 안에 나와 함께 있는 것 같았어. 자식들을 거느리고 우리 마당 한가운데 서 있는 죽음이 정말로 또렷이 보였어. 집에서 나온 아버지가 죽음을 향해 다가가는 모습도 보였고. 아버지가 그들에게서 몇 미터 정도 떨어진 곳에 걸음을 멈췄어.

―너 혼자 살아? 죽음이 말했지.

나는 귀를 막은 손에 힘을 꽉 주었어. 아버지의 대답은 못 들었어. 어쩌면 아버지가 대답을 안 했을 수도 있고.

―다른 사람 더 있으면, 그러니까 아내가 있으면 나오라고 해. 죽음이 말했어. 어차피 우리가 뒤져서 찾아낼 거야. 자기 똥구멍 속에 숨어 있어도 다 찾아내. 네 똥구멍 속에 있어도 찾지. 하느님 똥구멍도 마찬가지고. 자, 다시 한번 묻지. 너 혼자 살아?

―아니요, 어머니가 말했어. 그리고 죽음의 자식들의 음탕한 웃음소리, 죽음의 감정 없는 눈길 속에서 어머니가 마당 가운데로 걸어가는 모습이 보였어, 그 모습이 다 보였어.

―애들은?

나는 귓속에 손가락을 밀어 넣었어.

―없어요. 자식은 없어요. 아버지가 말했어.

―두고 보면 알겠지, 죽음이 말했어. 저 여자의 배는 분명 아이를
낳은 배거든. 하지만 형제, 네가 그렇게 말하니 일단 넘어가도록 하
지. 자, 빨리 끝내자. 처리해야 할 인간들이 많으니까. 너희들이 직
접 선택해. 알아서 죽든지 아니면 우리 손에 죽든지 마음대로 결정
해. 하지만 우리가 죽이는 걸 선택하면 어떻게 죽일지는 우리 마음
이야.

―제발. 목소리가 들렸지만, 누구 목소리인지는 알 수 없었어. 아
버지 목소리일까, 아니면 어머니 목소리일까, 그것도 아니면 죽음의
자식들 중 누군가 빈정거리며 애원하는 척하는 소리였을까?

―자, 선택해. 죽음이 말했어.

잠시 침묵이 흘렀어. 그리고 "안 돼!" 어머니의 외침과 함께 총소
리가 났지. 아버지가 죽음을 공격하려다가 곧바로 쓰러진 거야. 어
차피 다른 가능성이 없으니까 피를 뿌리는 자들을 향해 죽음을 기대
하며 달려들었지.

―네 남편은 선택했어. 이제 네 차례야. 선택해.

어머니는 아무 말도 하지 않았고, 한참 뒤에 죽음이 말했어.

―넌 우리가 우리 방식대로 죽이는 걸 선택했어. 어떻게든 버텨
내면 살아남을지도 모른다고 생각하나보군. 그렇게 믿는 게 낫기는
해. 어떻게든 죽음을 피할 기회가 있다고 믿어야지, 그렇지 않으면
살 필요가 없잖아. 이제 우리가 널 처리할 거야. 널 죽여주지.

귓속에 손가락을 쑤셔 넣고 막았는데도 여전히 소리가 다 들렸어.
죽음의 자식들의 기름진 웃음소리, 그들이 허리띠를 풀어 바닥에 던

지는 소리, 그들이 어머니를 두고, 어머니의 엉덩이와 가슴과 성기와 입에 대해 떠들어대는 소리. 어머니의 목소리는 없었지. 이어 헐떡임, 야만적인 외침, 음란한 말들이 이어졌어. 어머니 목소리는 여전히 들리지 않았고. 시간이 지났어. 죽음이 말했어.

—됐어. 먼저 가. 내가 마무리할 테니까.

이어 허리띠를 차는 소리, 무기를 드는 소리, 여전히 아무 소리도 없는 내 어머니를 향해 가는 마지막 욕설들과 함께 침 뱉는 소리. 죽음의 자식들은 곧 우리 집에서 나갔고, 마당에는 죽음과 어머니만 남았지.

—네가 왜 비명을 지르지 않는지 난 알아. 죽음이 말했어. 그런 태도를 이미 알고 있거든. 그건 자식을 보호하려는 어머니의 태도지. 이 집 어디엔가 아이가 숨어 있다는 뜻이고. 내가 찾아낼 거야. 하지만 그 전에 넌 결국 비명을 지르고 제발 죽여달라고 애원하게 될 거야. 그렇게 만든 뒤에 널 죽일 거야. 그런 다음에 네 자식을 찾을 거고.

—제발요, 안 돼요. 비로소 어머니의 목소리가 말했어.

—넌 자식 걱정을 하거나 자식을 위해 간청할 때가 아니야. 널 위해, 네 목숨을 위해 빌어야지. 내가 너한테 하게 될 건 네 성기에 총알이 박히는 것보다 더 고통스러울 거야. 넌 결국 지옥에서도 네 목소리가 들릴 정도로 절규하게 될 거라고.

그리고 죽음이 자기 일을 시작했어. 어머니의 비명도 시작되었고. 너무도 거칠고 비인간적인 그 비명이 내 머릿속에서 너무 세게 울리는 바람에 난 기절하고 말았지. 깨어보니 어머니의 절규는 끝났지만 여전히 내 귓속에서는 그 절규가 터져 나왔어. 그 순간 나는 깨달았지. 이 소리가 영원히 나를 괴롭히겠구나, 이 고통을 조금이라도 달랠 방법은 오로지 내 머릿속에 더 큰 소리를, 더 심한 광기의 소리들을 담는 것뿐이겠구나.

나는 눈을 떴어. 우물이 아니라 마당이었지. 움직임 없는 두 개의 인간 형체가 눈에 들어왔어. 아버지와 어머니의 시체.

나는 눈을 감고 소리 내지 않고 울기 시작했어.

—저 여자가 날 죽일 뻔했지. 뒤쪽에서 목소리가 들렸어.

죽음, 그자의 목소리였어. 돌아보았더니, 끔찍하고 거대한 괴물 같은 인간이리라 상상했는데, 정작 내 앞에는 작고 약한, 생긴 게 너무 평범해서 우스꽝스럽기까지 한 남자가 있었어. 그래도 분명 그가 죽음이었어. 난 아무 말도 못 하고 그를 쳐다보기만 했어.

—네 어머니가 날 죽일 뻔했단 말이다. 비명을 지르게 만들고 있는데, 머리카락 사이에 숨겨둔 칼을 꺼내 드는 걸 마지막 순간에 알아챘지. 간신히 옆으로 몸을 굴렸고 칼을 간발의 차이로 피했어. 네 어머니는 날 쳐다보더니, 이제 끝이라는 걸 깨달았는지, 내가 죽이기 전에 자기 목을 칼로 그었어. 그렇게 죽었지. 난 집을 뒤졌고, 파다 만 우물에서 기절해 있는 널 찾았어. 이름이 뭐지?

나는 대답하지 않았어.

—상관없어, 아들. 네 이름은 중요하지 않아. 기절하기 전에 네 어머니의 비명소리를 들었지?

나는 고개를 끄덕였어.

—그렇다면 널 죽이지 않을 거야. 넌 이미 죽은 셈이니까. 완전히

죽을 때까지는 아주 오래 걸릴 거야. 자, 어린 고아, 가도 좋다. 나도 너와 똑같았지. 난 너보다 더 어릴 때였어. 그때 내 안에 그 무엇으로도 끌 수 없는 분노가 타오르기 시작했고, 지금 나를 살아 있게 하는 건 바로 그 분노의 불이야. 너도 나처럼 해. 날 증오하고 분노하라고. 강해지고, 전사가 돼, 살해자가 되고, 어느 땅에 가든 피를 뿌려. 크거든 날 찾아오고. 네 어머니에게 끔찍한 고통을 안긴 대가를 치르게 해야지. 지금껏 내 손끝에서 네 어머니처럼 고통을 참아낸 사람은 없었지. 가거라, 아들. 가거라.

죽음은 이 모든 것을 아주 고요한 목소리로 말했어. 그런 뒤에 기독교의 성호를 그었고, 그냥 그렇게 가버렸어. 나는 밤새도록 아버지와 어머니의 시신 사이에 혼자 있었고, 해가 뜬 뒤에는 다시 우물 속으로 들어가 기다렸어. 죽음이 다시 와서 나를 꺼내주길, 아니면 기적이, 내 어머니가 찾아오길 기다렸어. 아무도 오지 않았지. 결국 우물에서 나왔는데, 배가 고팠어. 나는 마당에 부모의 시신을 버려둔 채 걸어갔어. 언덕 너머에 이모가 사는 마을로 가는 길을 알고 있었거든. 나 혼자 그곳을 향해 걸어갔어.

가는 길에 아무도 만나지 않았어. 내가 본 건 오로지 언덕의 거대한 조화와 숲의 평화로운 숨결뿐이었지. 이 모든 아름다움의 그늘에서 죽음도 잠시 길을 멈추었을 테지만, 아름다움은 죽음을 막지도 달래지도 못했어. 오히려 그곳에서 죽음이 그 어느 곳에서보다 더 환하게 피어났지. 죽음은 그 아름다움 아래에서 재능을 마음껏 시험했고 그 아름다움 아래서 완벽에 이르렀어. 아름다움 속에서 재능을 증명한 거야. 그로부터 어떤 결론을 끌어낼 수 있을까? 우리의 조건에 관련된 결정적인 정리定理, 무대가 아름다울수록 공포는 완전하다! 우리는 뭘까? 우리는 빛의 보석 상자 속에 든 피의 반지—혹은 그 역이야. 악마는 자기 약지에 우리를 끼우면서 키득거리지.

이모가 사는 마을도 이미 공격당했어. 마을에 들어서면서 깨달았어. 도망 흔적이 흙 위에 선명하게 남아 있었거든. 공기 중에는 공포가 떠다녔고. 하지만 사람들은 그대로 있었어. 도망쳤다가 돌아온 거지. 갈 곳이 없으니까. 육신이라는 부메랑이 다시 마을로 돌아온 거야. 이모는 집에 있었고, 나는 이모의 품에 달려들었어. 이모는 내가 말하지 않아도 이해했어. 나 역시 이해했고. 이모부는 죽었고 사촌 여동생 둘도 다 죽었어. 나중에 이모와 함께 우리 집으로 왔는데 아버지와 어머니 시신이 보이지 않았어. 모래 위에 갈색 핏자국들만 남아 있었고. 어디에 묻혔는지(그리고 누가 묻었는지), 정말로 묻히기는 한 건지, 영원히 알 수 없었지. 흑마술사들이 시체를 모두 가져간다는 소문이 있었거든. 죽음으로 뒤덮인 자이르의 땅에서 흑마술사들의 일이 폭발적으로 번성했지.

그렇게 이모는 나의 유일한 가족이, 나는 이모의 유일한 가족이 되었어. 그리고 같이 자이르를 탈출해서 유럽에 왔어. 하지만 그조차 환상이야. 나 같은 사람은 결코 자기 나라를 떠나지 못하거든. 우리의 나라는 어떤 경우에도 떠나가지 않아. 나는 여전히 우물 밖으로 나오지 못했어. 여전히 내 안에서 우물을 파야 했지. 그래, 나는 아직 그 안에 있어. 지금도 그곳에서 너에게 글을 쓰고 있고. 지금까지 난 언제나 그곳에서, 절규가 울려 퍼지는 그 우물 속에서 글을 썼어. 하지만 이젠 귀를 막지 않을 거야. 오랫동안 그 소리를 듣지 않기 위해 글을 써왔어. 단지 그렇다고 고백할 용기가 없었을 뿐이야. 『비인간적인 것의 미로』가 마침내 나에게 용기를 주었어.

그 책이 가르쳐주었어, 아니 일깨워주었지. 가장 깊은 고통의 자리는 언제나 진실의 한 조각을 보존하고 있다는 걸. 나에게 그 자리는 시간이야. 과거. 나는 가능한 모든 방향으로 과거를 돌아다니려고 애쓰고 그 과거가 화살처럼 내 안을 돌아다니게 하려고 애써. 나는 시간 주변으로 옮겨다니며 여러 관점에서 잡아보려 하고, 낮과 밤의 모든 빛 아래 노출시켜보려 해. 유령들을 쫓아버려선 안 돼. 불가에 모여 앉은 유령들을 찾아가야 해. 뼛속에 사무친 공포를 달래가며, 이를 덜덜 떨면서, 겁에 질려서, 될 대로 되라 무조건 자리 잡고, 그렇게 내 몫을, 과거의 모든 몫을 챙겨야 해. 해지 명령 따위 집어치워! 해지가 명령이라니, 가증스럽잖아. 해지! 해지! 닥쳐! 내가 원하는 건 기나긴 추락, 무한한 추락의 진실이야. 나는 고치려는 게 아니야. 난 진정으로 파괴된 것은 절대 복구될 수 없다고 생각해. 나는 그 무엇도 위로하지 않고 나 자신도 위로하지 않아. 악에 맞서는 가장 효과적인 부적이 내 허리띠에 달려 있지. 그 부적은 바로 진실에 대한 갈망이야. 설령 진실이 죽음이라 해도 마찬가지야. 나는 파묻힌 옛길들의 폐허를 찾아. 그 흔적들은 아직도 하나의 길을 가리키지. 세상 어느 지도에도 나와 있지 않은, 하지만 유일하게 가치 있는 길.

비트겐슈타인의 『트락타투스』 결론에 나오는 구절 너도 알지? "말할 수 없는 것에 대해서는 침묵해야 한다." 하지만 침묵한다는 게 보여주기를 포기한다는 뜻은 아니야. 우리 일은 자기 자신을 치유하기, 다른 사람을 돌봐주거나 위로하기, 안심시키기 혹은 가르치기 같은 게 아니고, 성스러운 상처 속에 똑바로 서서 말없이 보여주기야. 나에게 『비인간적인 것의 미로』의 의미는 바로 그거였어. 내가 보기에 다른 건 다 실패했어.

엘리만이 원한 게 일종의 마지막 책을 쓰려는 것이었을까? 그렇다면 실패야. 이 세상에는 마지막 책들이 얼마든지 있거든. 모든 위대한 글들은 세상이 남길 수 있는 묘비명들이지. 역사의 마지막 책은 늘 다음번 책이야. 이미 길고 오랜 과거를 지닌, 나오는 순간 늙어버리는 책.

혹은 엘리만이 모방의 창조적 에너지를 보여주려 했을까? 그 역시 실패야. 그의 시도는 화려하고 박식하지만 결국은 헛된 것들을, 처량하게 헛된 것을 만들어낸 기교일 뿐이야.

앞선 시대의 문학에 경의를 표하고 싶었던 걸까? 그저 그래. 결국 길게 참조했을 뿐인데 형편없는 표절 취급을 당했잖아. 아무것도 빌려오지 않아도 이미 부자였다는 걸 알아본 사람이 아무도 없었고.

하지만, 파이, 이 모든 환멸은 우리에게 한 가지 가르침을 줘. 결국 엘리만은 누구였지? 지난 몇 주의 네 조사가 어떤 길을 가고 있는지는 알 수 없지만 난 한 가지 가능한 대답을 알 것 같아. 엘리만은 우리가 되지 말아야 했던, 천천히 되어가고 있는 바로 그것이었어. 우리가 들을 줄 몰랐던, 우리에게, 우리 아프리카 작가들에게 건네는 경고였다고. 그래, 그는 우리에게 이렇게 말해. 너희만의 전통을 만들어내. 너희의 문학사를 세워. 너희만의 형태를 발견하고 그

형태들을 너희의 공간에서 느껴봐. 너희의 깊은 상상력을 살쪄워. 그리고 너희의 땅, 너희가 스스로를 위해 존재할 수 있고 또 다른 이들을 위해 존재할 수 있는 유일한 땅을 가져. 결국 엘리만은 누구였을까? 그는 식민지화가 만들어낸 극단의 비극적 결실이야. 식민지화의 성과 중에서 아스팔트 깔린 도로들과 병원과 교리문답 학교보다 훨씬 훌륭한 가장 눈부신 성공이었지. 빌어먹을 '우리 조상 골루아'*보다 훌륭하다고! 그 정도면 쥘 페리** 모독죄가 될 만하지! 하지만 엘리만은 바로 그 식민지화가, 끔찍할 수밖에 없는 그 과정이 피식민자들 안에서 무엇을 파괴했는지 보여주는 상징이기도 해. 엘리만은 백인이 되고 싶었고, 하지만 세상은 그에게 너는 백인이 아니라고, 아무리 뛰어난 재능을 지녀도 결코 백인이 될 수 없다고 알려준 거야. 엘리만은 백인이 되려고 모든 문화적 담보물을 제시했는데 세상은 그를 흑인의 자리로 돌려보냈지. 그는 어쩌면 유럽인들보다 유럽에 대해 더 통달한 사람이었는데. 그런데 그 끝은? 엘리만은 익명으로 끝났고 사라졌고 지워졌어. 너도 알다시피 식민지화는 피식민자들에게 황폐와 죽음과 혼돈을 심어. 하지만 그보다 더 심한 건—식민지화가 이루는 가장 악마적인 성공은—바로 자신들을 파괴하는 바로 그것이 되고 싶다는 욕망을 심는 거야. 엘리만이 그랬어. 소외의 슬픔이지.

　그리고 파이, 나는 그게 우리가 계속 유럽을 뒤쫓아가면, 서구의

---

* 로마제국의 점령 이전에 프랑스에 살고 있던 켈트족의 일파.
** 19세기 프랑스의 정치가로, 식민지 확장에 앞장섰다.

거대한 문학을 쫓아다니면 맞게 될 결과라고 생각해. 우리 모두는 우리의 방식으로 엘리만이 되고 말 거야. 어쩌면 이미 되었는지도 모르지. 이제 그만두자. 완전히 없어지기 전에 그만두자고. 이젠 벗어나야 해, 파이. 이젠 나가야 해. 안 그러면 곧 질식하게 될 거야. 가스실에서 무자비한 죽음을 맞게 될 거라고. 게다가 누가 우리를 밀어 넣은 게 아니기에 더욱 비극적인 죽음이 될 테지. 우리 스스로, 그곳에 들어가면 칭송되리라는 희망을 품고 자진해서 달려간 거니까. 그들은 가스실에서 우리를 검은 비누로 만들 거야. 우리를 처형한 뒤에 그 비누로 손을 씻고 그 손은 더 하얘질 테지.

엘리만이 사라진 건 표절 작가 취급을 받았기 때문이 아니야. 그에게는 불가능했던, 허락되지 않았던 희망을 품었기 때문이야. 물론 실망의 쓰라림으로 사라졌을 수도 있겠지. 어쨌든 난 프랑스 문학에서의 그런 죽음이 엘리만에게 일어날 수 있는 가장 좋은 일이었음을, 그가 정말로 진정한 자신의 작품에, 오로지 자기 자신을 위해서 쓸 작품에 스스로를 바치려 했다면 최상의 일이었음을 깨달았으면 좋겠어.

최근에 한 가지 결심을 했어, 파이. 난 프랑스로 돌아가지 않을 거야. 최소한 곧 돌아가지는 않을 거야. 영원히 안 갈 수도 있고. 내가 정말로 써야 하는 것, 그것은 오로지 이곳, 나의 우물 옆에서만 쓸 수 있어. 내 우물이 완성되지 못했다는 것은 내 실존의 은유야. 나의 내적 비극이면서 나의 미래의 의미이기도 하지. 그 우물을 끝까지 파기로 했어. 나는 내 아버지가 다 파지 못한 우물을 이어가고 끝내야 해. 나 자신을 돌이켜보겠다는 말은 아니야. 난 아직도 제대로 형체를 갖추지 못했으니까. 내가 나라고 믿었던 모든 것은 사실은 내 안에 들어 있는 타인들일 뿐이야. 이제 그걸 없앨 생각이야. 파리에 돌아가지 않을 거야. 사람들이 한 손으로 우리에게 먹을 것을 주면서 다른 손으로는 목을 조르는 곳, 그 도시는 천국으로 위장한 우리의 지옥이야. 나는 여기 남아서 글을 쓰고 젊은이들을 가르치고 극단을 만들고 야외에서 놀고 거리에서 시를 낭송하고 이곳에서 예술가라는 게 무엇을 의미하는지 말하고 보여주려 해. 그러다 굶게 될 수도 있고, 거리를 떠도는 어린 강아지처럼 브레이크 없는 낡은 고물차의 모습을 한 현실에 깔려서 죽을 수도 있겠지. 하지만 그래도 여기서 그럴 거야. 그런 뜻에서 엘리만을 읽게 해준 너에게 영원히 감사해.

너는 내 말에 동의하지 않으리라는 거 알아. 너는 언제나 문화적 모호성이 우리의 진정한 공간이라고 생각하지. 우리는 그 자리에서 비극을 받아들이고 문화적 사생아로 최선을 다해 살아야 한다고. 그래, 다른 역사들을 죽이는 역사가 우리의 역사를 범했고 그 강간에서 우리가 태어났으니, 더할 나위 없는 사생아이기는 하지. 단지, 난 네가 모호성이라고 부르는 게 지금 진행 중인 우리의 파괴를 가리는 술책일 뿐일지도 모른다는 두려운 생각을 해. 너는 내가 변했다고 생각하겠지. 전에는 어디서 쓰느냐가 작가의 가치를 만들지 않는다고, 작가는 써야 할 말만 있다면 어디서든 보편적일 수 있다고 주장했으니까. 여전히 그렇게 생각해. 하지만 또, 우리가 해야 할 말을 찾아내는 건 어디서나 할 수 있는 일이 아니라고 생각해. 어디서나 쓸 수 있지만, 진정으로 써야 하는 것을 알고 이해하는 게 어디서나

가능하진 않아. 『비인간적인 것의 미로』를 다시 읽으면서 깨달았어.

　네가 어디에 있든, 파이, 네가 찾아다니지 않은 것을 찾아내기를 바랄게. 그 모든 것으로부터 네가 끌어내는 건 그게 뭐든 더없이 아름다울 거야. 난 믿어. 이곳의 나에게도 꼭 보내줘야 해. 곧 새 주소를 알려줄게. 이제, 나의 벗, 나의 우물에서 인사하자. 아마도 너의 구원자이기도 할 나의 구원자에게도 인사하자. 엘리만 만세, 빌어먹을 『비인간적인 것의 미로』 만세.

무심브와

　편지를 다 읽고 나니 커피가 이미 식어 있다. 파다 만 우물 안에 혼자 앉은 무심브와가 보인다. 나는 모든 것이 이루어지고 나면 그에게 편지를 쓰기로 한다. 그가 메일에서 말한 이런저런 사항에 대답하려는 게 아니다. 그저 그가 하는 일이 바보 같고 정신 나간 짓이라고, 과격하고 용기 있는 일이라고 말할 것이다. 무심브와의 편지는 나에게 던지는 도전이다. 그는 이렇게 말한다. 이게 바로 나고, 그 책이 나를 이렇게 만들었어. 이제 네 차례야. 네 배 속에 뭐가 들었는지 보여줘. 나는 다시 차에 올라 길을 떠난다.

II

파티크에서 몇 킬로미터 떨어진 곳에서 남서쪽으로 신 강을 끼고 세레르 지방 깊숙이 이어진 좁은 홍토紅土 길로 들어선다. 부모님의 고향이자 나의 전통의 요람인 마을도 멀지 않다. 돌아오는 길에 아직 그곳에 살고 있는 친척들에게 들러 인사를 전하기로 한다.

좁은 비포장도로를 달리다가 문득 궁금해진다. 오래전 어딘가에 뭐라고 적혔기에 지금 내가 이렇게 내 고향 마을 곁 엘리만의 마을을 향해 가고 있을까? 엘리만의 책 역시 그 마을에서 나왔을 테고, 나는 바로 그『비인간적인 것의 미로』를 여기서 먼 다른 곳에서 발견하고 읽었다. 나에게 그 책의 발견은 결정적으로 중요한 일이었다. 책의 중요성은 우리 앞날에 그것이 의미를 갖게 되리라는 확신에서 오기보다는, 그것을 만나기 전부터, 어쩌면 우리가 태어나기 전부터 이미 그 책이 우리의 삶에 의미가 있었다는, 우리를 기다리고 있다가 끌어당겼다는 직관에서 온다. 그렇다. 그게 바로 내가 어미 거미의 거미줄을 벗어난 날 밤에『비인간적인 것의 미로』를 처음 읽었을 때 느낀 감정이었다. 그때부터 나는 그 책을 늘 껴안고 있었다.『비인간적인 것의 미로』는 시간과 공간 속으로, 제일 높은 꼭대기와 깊은 구렁 속으로, 죽은 자들 사이와 살아남은 자들 사이로 나를 끌고 다녔다. 그리고 지금 우리는 여기, 우리의 기원의 나라에 와 있다. 혹은 돌아와 있다.

당나귀나 말이나 수레에 올라탄, 걷기도 하고 오토바이를 타기도 한, 머리에 양동이를 얹은 혹은 짚 모자를 쓴 아이들, 남자들, 여자들이 길 옆쪽으로 나가 걸음을 멈추고 내가 지나가는 모습을 바라본다. 손을 들어 다정하게 인사를 건네기도 하지만, 대부분은 의연하게 가만히 서 있다. 촌락 입구 혹은 근처에서는 개들이 신이 나서 또 때로는 위협적으로 내 차를 따라 달려온다. 가지가 죽어버린 잡목림을 가운데 두고 한쪽에는 땅콩 밭이 있고 다른 쪽에는 마지막까지 남은 짐승들이 주인이 와서 밤 동안 집으로 데려가주길 기다리며 풀을 뜯고 있는 풀밭이 보인다.

올해는 가을갈이가 늦고 비가 드물었다. 이미 9월 중순이 지났는데 아직 수확하지 않는 조밭이 보인다. 묘목들이 길옆까지 나와 차 다니는 길 위로 팔을 흔든다. 그러다 차 앞 유리를 때리면 흡사 큰 곤충이 날아오다가 유리창에 부딪히는 듯한 소리가 난다. 문득 어릴 때의 추억이 떠오른다. 길게 늘어진 이삭이 이어진 모습이 동화의 배경을 여는 양초 울타리이기라도 한 것처럼 어서 보이기를 기다리곤 했다.

이어 풍경이 변한다. 밭과 목초지가 사라지고 염분이 많은 들판이 펼쳐진다. 시야가 넓게 트이면서 익숙한 좁은 틀을 벗어나 온갖 아름다움으로 풍만한 곡선이 그려진다. 눈앞의 장관이 보는 이의 눈길을 아래위로 훑어보며 할 수 있으면 한번 전체를 한눈에 담아보라고 도발한다. 헛일이다. 이곳의 아름다움은 눈 안에 들어오기 전에 이미 눈 밖으로 넘쳐흐른다. 길 양쪽으로 곳곳에 샘들이 반짝이고, 사라지려는 태양을 향해 한 번만 더 빛을 주고 가라고 청한다. 신살룸 강의 지류가 가까워진다. 마을에 다가간다. 십 분 뒤면 도착한다. 이 생각이 갑자기 구체적이고 측정 가능하고 가시적인 현실성을 띤다. 나는 급브레이크를 밟는다. 먼지가 일고, 그 먼지가 다시 땅으로 내려앉는 동안 나는 마치 온 세상이 멈춰버린 듯한 두려움에 휩싸인다. 혼자 버려졌다는 완전한 고독의 현기증이 밀려온다. 이 땅에 나 혼자 있고 세계의 눈이 날 바라보는 것 같다. 나는 겁에 질린 아이처럼 눈을 감아버린다.

다시 눈을 뜨고 책을 바라본다. 한참 동안 바라본다. 그렇게 말없이 되짚어보니, 안 가는 게 낫겠다는 생각이 든다. 차를 돌려 집으로 돌아가는 게 나을 것 같다. 나는 무엇을 두려워하는가? 무언가를 발견하게 될까봐? 혹은 아무것도 발견하지 못할까봐? 내 안에서 한 목소리는 엘리만이 고향 마을에 돌아왔기를, 이곳에서 글을 쓰고 무언가를 남겨놓았기를 바란다. 하지만 또 한 목소리는 그가 돌아오지 않았기를, 『비인간적인 것의 미로』이후에 더는 아무것도 쓰지 않았기를 바란다. 그의 운명이 익명으로 끝났기를, 수많은 별들 틈에 놓인 별 하나가 우주의 끝에서 자기를 둘러싸고 있고 함께 가고 서로를 묻어주는 다른 별들 사이에서 꺼지듯이 그렇게 사라졌기를. 한참 동안 나는 겉으로는 굳어버린 듯 움직이지 못하면서 속으로는 마구 동요하며, 그렇게 가만히 있었다.

오른쪽으로 석양이 슬로비디오 장면처럼 펼쳐진다. 지평선의 가는 선이 부뉴엘의 영화에서처럼* 태양의 홍채 중앙을 가로로 벤다. 이어 베어진 빛나는 눈에서 주홍색 바다가 퍼져 나가고, 그 주홍색에 박힌 남색과 청색, 거의 검은색의 깊은 광채가 점점 커져서 하늘의 몸 위에 커다란 종양이 된다. 그리고 밤이 마치 호수 표면에 나뭇잎이 떨어지듯 세상 위로 부드럽게 내려앉는다.

---

* 루이스 부뉴엘의 〈안달루시아의 개〉에, 한 남자가 한 여자의 한쪽 눈 가운데를 면도날로 베는 장면이 나온다.

III

마을에 들어선 뒤 마주친 세 번째 사람은 이십 대로 보이는 젊은 여자다. 대답은 이전 사람들과 같다.

—어쩌지, 우세누 쿠마흐 디우프의 집 모르는데.

—이 마을에 디우프라는 성을 가진 집들이 있는 건 맞지?

—몇 집 있지. 나만 해도 디우프인걸. 은데 키라안 디우프. 하지만 우세누 쿠마흐 디우프는 몰라. 더 가다가 다른 사람들한테 물어봐.

나는 고맙다고, 즐거운 저녁을 보내라고 인사한 뒤 계속 걸어간다. 몇 초 뒤에 젊은 여자가 나를 부른다. 나는 돌아본다.

—살아 있는 사람이야?

—그건 아니지만, 그 이름을 대면 집을 찾을 수 있다고 했거든.

—죽은 지 오래됐고?

—그렇지, 네가 태어나기도 전이니까. 나도 태어나기 전이고.

—그럼 우리 할머니는 아실 수도 있겠네. 할머니가 말해줄지도 모르니까 나하고 우리 집으로 가.

나는 다시 한번 고맙다고 말한 뒤 따라간다. 가로등이 없는 길들에는 마당 안에 혹은 마당 앞쪽에 달아놓은 전등이나 태양광 등에서 나오는 빛밖에 없다. 아직 젊은데도 이미 성숙한 은데 키라안이 느릿느릿 걷는다. 한 발 옮길 때마다 걸음걸이가 무거움과 우아함 사이를 오간다.

—난 디에간 라티르 파이야.

—이 마을에 온 걸 환영해. 조금 전에 차를 몰고 들어왔지?

—어떻게 알아?

—지금쯤이면 마을 사람들 전부 알걸? 멀리서부터 소리가 들렸고, 오는 걸 봤으니까. 심지어 어느 세레르 마을에서 왔는지도 알겠는데? 억양이 금방 표 나거든.

—어느 마을인데?

은데 키라안이 내 쪽으로 돌아보며 빙그레 웃는다. 맞혀보라는 듯한 내 어조 때문에 장난기가 발동한 것이다.

—맞히면 나한테 차 줄 수 있어?

—운전도 못 하잖아.

—누가 내가 몰 거래? 팔면 되지.

그리고 내가 대답하기 전에 은데 키라안이 내 부모님의 고향 마을 이름을 말한다. 나는 빙그레 웃는다.

—*Laya ndigil*, 네 말이 맞아.

—차 열쇠 준비해놔.

무언가 부드러우면서 놀리는 듯한 목소리다. 자연스럽게 어울리다 보니 나도 긴장이 풀린다.

잠시 뒤 한 나이 든 여자가 야경꾼처럼 지키고 있는, 혹은 지치지 않는 수다꾼 아낙네처럼 길을 엿보고 있는 어느 집 앞에 이른다. 은데 키라안이 나를 자기 할머니에게 소개한다. 나는 인사하고 경의를 표하고 당사자와 친척들의 안부를 묻는다. 나이 든 여인은 그런 뒤에야 나를 맞이하고 무슨 도움이 필요하냐고 묻는다.

—오래전 이 마을에 살았던 우세누 쿠마흐 디우프의 집을 찾고 있어요. 키라안은 이름도 처음 들어본다고 했어요.

—당연히 모르지. 은데 키라안의 할머니가 내 얘기를 끊으며 말한다. 쿠마흐 디우프가 죽었을 때, 그래 내가 생각하는 그 쿠마흐 디우프가 맞는다면, 아마 맞을 것 같은데, 그래 그 훌륭한 사람이 죽은 건, 키라안의 어머니가—루그 신께서 그 아이를 맞아주시길—지금 애 나이도 안 되었을 때였어. 우세누 쿠마흐 디우프 말하는 거 맞지? 아는 게 아주 많았던 사람?

—네.

—그 사람은 오래전에, 아주 오래전에 죽었어. 그 사람은…… 그 래, 진짜 아는 게 많았지. 이 마을을 위해 너무도 많은 일을 해줬는 데. 나도 거의 죽을 뻔한 걸 낫게 해줬으니까.

—누구 얘기예요, 할머니? 은데 키라안이 묻는다.

—곧 얘기해주마. 일단 이 잘생긴 청년을 네 할머니 디브 디우프 파마크* 댁에 데려다주고 오너라.

—거기였어? 은데 키라안이 나를 쳐다보면서 말한다. 진작 그렇게 말하지. 그 사람 이름 대지 말고.

—그러게, 이상하구나. 은데 키라안의 할머니가 말했다. 아직까지

* '파마크'는 '연장자'를 뜻하는 세레르어이다.

우세누 쿠마흐 디우프에 대해 알고 있는 사람은 거의 없을 텐데 말이다. 나이 많은 사람들이나 기억하지. 살아 있을 땐 쿠마흐 친척들이 그 집을 음빈 쿠마흐라고 불렀지. 하지만 지금은 그렇게 안 불러.

─지금은 뭐라고 부르는데요?

나이 든 여인이 빙그레 웃는다.

─다음번에 마을에 와서 집을 못 찾겠거든, 그런데 내 아름다운─정말 아름답지 않니?─손녀를 만나는 행운을 누리지 못하거든, 그땐 이렇게 말하렴. 음빈 마다그. 그럼 모르는 사람이 없지. 은데 키라안도 알고. 마다그…… 그 역시 아는 게 아주 많은 사람이었지. 어쩌면 쿠마흐보다 더 많았을걸? 자, 이제 가거라. 그리고 넌, 이 청년을 데려다주고 와서 저녁 먹자. 곧 차려놓으마. 잘 가거라, 디에간 파이.

IV

—어머니는 기도 중이에요. 손님이 왔다고 말씀은 드렸어요. 어머니가 기다려달래요. 곧 오실 거예요.

우리를 맞이한 젊은 여자는 은데 키라안과 친해 보이고, 나를 커다란 판야나무 아래로 데려간다. 은데 키라안은 자기 자동차 열쇠를 받으러 조금 있다 오겠다고 한다. 이어 같이 불하지地를 나서며 터뜨리는 웃음에서 여인들의 아름다움이 들려온다. 판야나무는 넓은 마당 한가운데 있고, 마당 안쪽으로 진흙 집 네 채가 정마름모 형태로 서 있다. 그중에 하나, 2층이고 한 가정의 일상을 이루는 소음들이 새어 나오는 흰색 집이 오른쪽 날개 쪽으로 길게 뻗어 있다. 왼쪽으로는 혼자 조금 떨어진 커다란 진흙 집 한 채가 있고, 그 옆에 길고 가는 형체가 눈에 들어온다. 일어서 다가가보니, 중간 정도 크기의 가볍고 낡은 고기잡이배다. 이미 날이 저물어서 배에 새겨진 상징들은 보이지 않는다. 앞쪽으로 굵은 통나무 두 개가 배 바닥이 기울지 않게 받치고 있고, 배를 움직일 때 쓰는 도구들—노와 장대—은 뒤쪽 고물에 기댄 채 놓여 있다. 배 안에는 그물이 가득하다.

배를 살펴보면서 나는 이곳이 어부의 집임을 깨닫는다. 그리고 몇 초 동안 토코 은고르를, 그리고 그의 형, 고기잡이를 나갔다가 거대한 악어에게 죽었다는 것 외에는 내가 별로 아는 게 없는 왈리를 떠올린다. 그리고 원래는 어부였다가 시력을 잃은 뒤로 고기잡이 그물을 만들고 고치는 일을 했다는 우세누 쿠마흐. 어쩌면 지금 배 안에 있는 저 그물은 그가 만든 것일지도 모른다.

그때 힘찬 "Ngiroopo!"—저녁 인사말이다—소리가 내 상념을 깨운다. 나무 아래 몸이 마른 한 사람이 서서 나를 쳐다보고 있다. 마암 디브 파마크이리라. 그쪽으로 걸어가면서 그제야 깨닫는다. 저 마암 디브가 바로 시가 D.가 말한 타 디브, 우세누 쿠마흐의 아내이자 시가 D.를 길러준 세 어머니 중 한 명일 것이다(나머지 둘은 마암 쿠라와 야이 은고네였다). 나는 마암 디브 파마크 앞까지 가서 길지만 중요한 예법에 따라 인사를 한다. 이어 앉으라는 말을 듣고 앉는다. 마암 디브는 목소리가 작아서 거의 속삭이는 것 같다. 머리에는 베일을 쓰고 있고, 오른손에 든 수브하*의 진주알이 어둠 속에서 반짝인다.

마암 디브가 나에게 저녁을 먹었는지 묻는다. 나는 안 먹었지만 배고프지 않다고 대답한다. 정말로 배가 안 고프다. 위장이 꼬인 느낌이다. 마암 디브는 그러면 우유라도 마시라고 하고, 나는 좋다고 대답한다. 마암 디브의 부름에 아이 하나가 달려오더니 곧 오른쪽의 집으로 들어갔다가 손에 호리병박 병 하나를 들고 나와 나에게 건넨다. 나는 고맙다고 말한 뒤 호리병박 병을 입술로 가져간다. 그사이 잊고 지낸 생우유의 맛이다. 한 시간 혹은 두 시간 전에 짜서 아직

---

* 이슬람교에서 기도할 때 사용하는 도구로, 가톨릭의 묵주와 비슷하다.

미지근하다. 어릴 때는 며칠 동안 부모님의 고향 마을에 놀러와 지내며 삼촌들이 기르는 암소의 젖을 직접 짜보고 맛있게 마시기도 했다. 그런데 오늘은 저절로 얼굴이 찡그려진다—마암 디브가 보았을까? 나는 내가 찾아온 이유를 말하기 위해 잠시 생각을 정리한다.

—난 네가 왜 찾아왔는지 알아. 디에간 파이. 오래 기대하게 만들지 않는 게 낫겠지. 네가 찾으러 온 사람은 이제 없어. 작년에 우리를 떠났지. 일 년하고 일주일 전이야.

마암 디브는 잠시 말없이 나를 바라본다. 혹은 내 마음속 말을 듣는다. 나는 아무런 감정도 드러내지 않는다. 엘리만이 죽었다는 통고를 받고도 내 마음속에는 특별한 감정이 느껴지지 않는다. 마음을 벗어나 얼굴로 흘러들 만큼 강렬하게 나를 지배하는 감정 같은 건 없다. 그러니까 그 소식에 실망하지 않았고, 심지어 내가 실망하지 않은 데 대해서도 실망하지 않았다. 나는 이미 모든 상황과 가능성에 대비했다. 지난 몇 주 동안 일어난 일들이 나로 하여금 그렇게 하도록 만들었다. 하지만 고백하자면, 그 많은 가능성 중에서 엘리만이 어떤 이유로든 이곳에 없다는 가능성이 제일 커 보였다. 나에게는 놀라움이 가장 덜한, 오히려 자연스럽고 안도감마저 주는 가능성이었다. 지금까지 이야기의 모든 여정에서 엘리만은 늘 없었다. 나는 그를 단 한 번도 보지 못했다. 그가 죽었다는, 그를 만날 수는 없다는 사실은 세상의 질서에, 엘리만의 운명의 논리에, 혹은 나와 그의 관계에 부합하는 것 같았다.

그런데 그런 무심함이 이내 흔들린다. 나는 내가 들은 소식이 무엇을 의미하는지 깨닫는다. 그리고 그 순간 배 속에서 뜨거운 기운이 파도처럼 올라온다. 그러니까 엘리만은 결국 고향으로 돌아왔다. 지금까지 엘리만의 운명에 대해서 이런 면에는 관심을 갖지 않았던 나는, 지금, 그가 몇십 년 동안 다른 곳에서 알 수 없는 무언가를 찾다가 집으로 돌아와 102세에 죽었다는 소식 앞에서 갑자기 울컥한다. 나도 마암 디브도 말이 없다. 미풍이 마당을 부드럽게 쓸고 지나갈 때 판야나무 잎들이 전율한다.

　—그는 네가 오리라는 것을 알고 있었어. 이야기를 계속해도 된다고 판단한 마암 디브가 다시 말을 잇는다. 하지만 서로 만나지 못하리라는 것도 알았어. 내게 그렇게 말했거든. 죽기 전에, 어느 날 저녁에, 나중에 모르는 청년이 찾아올 거라고 했지. 그래서 오늘 보자마자 안 거고. 오늘 저녁에 올 줄 알았다는 건 아니야. 하지만 곧 올 거라고 생각했지. 그는 널 오래전부터 보았어.

　—보았다고요?

　—보았지. 쿠마흐에게서 받은 능력 중 하나였거든. 물론 언제나 그런 건 아니야. 때로는 틀리기도 했지. 하지만 볼 줄 알았어. 이곳에 돌아와 다시 그 능력을 익혔으니까. 세레르어로 마다그가 무슨 뜻인지 알지?

　—알아요. 하지만……

마암 디브가 내 말을 자른다.

　—그렇다면 우리의 전통에서는 그 어떤 이름도 우연히 주어지거나 소리만 아름답다고 그냥 붙이는 게 아니라는 걸 알겠지. 이름에는 의미가 있어. 우리 전통 사회에서는 어디나 마찬가지였지. 그런데 몇몇 사람들에게는 이름이 그냥 무언가를 의미하는 데 그치지 않아.

그저 상징이 아니라 살아가게 될 삶의 징조이기도 하지. 존재에 대해, 사람이 아니라 그 이름을 지닌 존재에 대해 예고하는 거야. 이름이 존재를 안내하고 길을 보여줘. 어떤 여정을 가게 될지 혹은 어떤 능력을 지닐지 미리 말해주지. 어느 날 마다그가 나한테 전부 설명해줬어. 지금 나는 그의 말을 그대로 옮기는 중이야. 마다그는 견자見者를 뜻하지. 이곳에선 그를 그렇게 불렀어. 그가 마다그라는 전통 이름 외에 다른 이름으로 부르지 못하게 했거든. 사실 쿠라와 은고네, 나, 마을의 노인 몇 명 빼고는 어차피 그의 이슬람 이름 엘리만을 아는 사람도 없었어. 그는 언제나 마다그였어. 엘리만이 아니라 마다그. 이 마을 사람들, 이 고장 사람들 전부가 우리가 있는 이 집을 부르는 이름은……

　―음빈 마다그.

　―맞아.

　우리는 다시 말이 없다. 나는 당연히 랭보를, 그가 쓴 유명한 견자의 편지*를, 〈뤼마니테〉에 실린 글에서 오귀스트레몽 라미엘이 『비인간적인 것의 미로』의 저자에게 붙인 '흑인 랭보'라는 별명을 떠올린다. 엘리만의 책에 뒤이은 긴 세월의 방황을 알게 된 나에게 랭보와의 비교는 매혹적인 울림을 갖는다. 하지만 곧 마다그를 랭보와 등가치로 혹은 랭보의 아프리카인 분신으로 깎아내린 것을 뉘우친다. 각각의 존재가 자기만의 고독을 지니고 그 안에서 버티고 있는

* 아르튀르 랭보가 시인 폴 드므니에게 쓴, "나는 하나의 타자다"라는 문장이 나오는 편지를 비롯하여, 랭보가 자신이 생각하는 시에 대해 쓴 편지를 가리킨다.

데 문학적인 참조를 통해 모든 것을 해석하려 하다니. 마다그의 고독. 바로 그 고독을 보아야 한다. 나는 우유 한 모금을 더 마신다. 입 속에서 느껴지는 맛은 여전히 내 기억에서 지워진 낯선 맛이다.

—마암 디브…… 질문이 하나 있어요.

—여러 개 있을 것 같은데. 얘기해봐.

—아시는 분을 제가 유럽에서 만났어요.

—시가.

—네.

—시가는 우리를 부인했어. 우리는 그 아이를 사랑했는데, 특히 쿠라와 은고네보다 내가 시가와 많이 가까웠지. 그애가 어느 날 갑자기 떠나버린 뒤에 연락 한 번 안 할 줄은 정말 몰랐어. 이제 그 아이 이야기는 듣고 싶지 않아. 정말 단 한 번도 안 왔어. 나와 함께 자기를 키워준 두 어머니가 죽었을 때도. 몇 번 따로 부탁해서 편지도 보냈지만 답장 한 번 없었지. 내가 시가를 원망하는 건 그런 책을 썼기 때문이 아니야. 그건 글일 뿐이잖아. 난 어차피 글을 못 읽어. 그 아이가 무슨 말을 썼는지 하나도 모르지. 내가 그 아이를 원망하는 건 가족에 대해 배은망덕하고 이기적이었기 때문이야. 나에게 그 얘기를 하고 싶은 거라면, 안 하는 게 좋아.

—직접적으로 시가 얘기를 하려는 건 아니에요. 하지만 언젠가 시가가 불러준 노래가 있어요. 마암 디브한테 배웠다고 했어요. 여신 물고기와 싸우러 바다로 나가는 늙은 어부 이야기인데……

나는 더는 말하지 않는다. 어둠 속에서 말 한 마리가 울고 있다. 우리 사이에 내려앉은 침묵이 무겁게 느껴진다. 이 순간 마암 디브가 빠져 있을 쓰라림, 분노, 슬픔이 짐작되니 더욱 그렇다. 마암 디브는 시가 D.를, 그들이 함께한 과거를, 그들의 결별을 떠올리리라. 괜히 상처를 헤집은 게 죄스러워진다. 막 사과를 하려는데, 마암 디브가 옛 노래를 부르기 시작한다. 나는 조용히 귀 기울여 노래의 끝부분, 어부의 배가 신의 눈길을 유일한 동행 삼아 수평선을 건너가는 대목까지 조용히 듣는다. 노래가 끝난다. 나는 잠시 말없이 있다가 그 뒤에 마지막 절은 없느냐고 묻는다.

—마지막 절……? 마암 디브가 놀랐다기보다는 재미있다는 듯한 어조로 되묻는다. 만일 있다면 무슨 얘길 할 것 같은데, 디에간?

나는 잠시 생각하다가 대답한다.

—언젠가 한참 지난 뒤에 어부가 돌아올 것 같아요. 그런데 더는 이전과 같은 사람이 아니죠. 사람들은 그가 거의 미쳤다고, 대양의 수평선에서 본 것 때문에 마음이 무너졌다고, 여신과 싸우느라 그 무엇으로도 낫게 할 수 없는 상처를 입었다고 말해요. 어부는 밤마다 악몽을 꾸죠. 아내와 아이들에게도 더는 아무 말도 하지 않고요. 제 상상이에요.

—그런 뒤엔?

—언젠가 사라지겠죠.

—죽는 거야?

—아뇨. 여신 물고기에게 돌아가겠다고 말해요.

—무엇 때문에? 사랑에 빠져서? 아니면 첫 싸움에서 졌으니까 설욕하려고?

—그건 모르겠어요…… 둘 다 가능해요. 그냥 바다로 돌아가고 싶

었을 수도 있고요. 어쩌면 여신 물고기는 아예 존재하지 않을 수도 있어요. 있었다가 없어졌을 수도 있고요. 어쨌든 어부는 떠나려 해요.

잠시 조용하다가 다시 말을 시작하는 마암 디브의 목소리에는 놀리는 듯한 웃음이 섞여 있다.

―막 지어내네, 디에간 파이. 마다그도 그걸 봤지. 자기를 찾아올 젊은이는 이야기꾼일 거라고 했거든. 하지만 틀렸어, 디에간. 마지막 절 같은 건 없어. 만일 있었으면 어떤 내용일지 내가 한번 상상해볼까? 어부는 몇 년이 지난 뒤에 돌아와. 그러고는 아이들에게 여신과 싸워 이긴 이야기를 들려줘. 그리고 다 좋게 끝나. 요즘은 누구나 슬픈 결말을 예상하지. 언제나 그래. 다들 왜 그렇게 슬픈 결말을 원하는 걸까? 난 잘 모르겠어.

나는 슬픔은 삶을 잘 준비하게 해준다고, 따라서 죽음도 준비하게 해준다고, 대부분의 사람들이 일찍부터 그걸 깨닫는다고 대답한다. 혹은 머릿속으로 생각하기만 한다. 마암 디브는 말이 없다. 잠시 침묵이 흐르고, 마암 디브가 아직도 배가 안 고프냐고 묻는다.

―조금 고프기 시작해요. 하지만 괜찮아요. 차 안에 먹을 것이 좀 있어요. 마을 입구에 세워놨으니까 가서 가져오면……

―내가 차려주는 식사를 거절하면 그건 날 모욕하는 거야. 오늘 저녁 나의 환대에 대한 모욕이지. 여기서 자도록 해. 밤에 필요한 건 차에 가서 가져오고, 와서 저녁을 먹어.

―그럼 물건은 나중에 챙겨 오고 먼저 먹을게요. 감사합니다, 마암 디브.

―기다리고 있으면 음식을 내올 거야. 먹을 동안 난 가서 마지막

기도를 하고 올게. 먹고 나서 이 토론을 마무리해야지. 그런 뒤에 난 자러 갈 거야. 이제 난 나이가 들었고, 원래 나이 든 여자들은 일찍 자거든.

마암 디브는 자리에서 일어나 천천히 진흙 집들이 마름모꼴 형태로 서 있는 마당 안쪽으로 걸어간다. 몇 분 뒤 손녀 하나가 사츠포립*을 내온다.

* 세레르어로, 조와 생선으로 만드는 쿠스쿠스를 말한다.

V

그는 1986년에 왔어. 쿠마흐가 죽고 여섯 해 뒤였지. 우리 셋, 그러니까 쿠라와 은고네와 나는 죽은 남편의 무덤에서 기도하고 있었어. 그가 묘지에 들어왔을 때 우린 곧바로 알아보았지. 쿠마흐의 모습 그대로였거든. 쿠마흐는 마다그가 자기 조카라고 했는데, 누가 봐도 아들이었어. 그렇게까지 닮아 보인 건 마다그가 이미 나이가 들어서 왔기 때문일 거야. 그때 마다그는 일흔 살이었고, 이미 그 주름진 얼굴이 생의 마지막 몇 년 동안의 쿠마흐 얼굴과 똑같았지. 유일한 차이는 신장이었어. 마다그는 쿠마흐보다 훨씬 컸거든. 그는 우리에게 인사한 뒤 옆에 서서 기도를 했어. 그런 다음 할 얘기가 있다고, 자기가 누군지 말하겠다고 했지. 쿠마흐의 첫 번째 부인이고 우리 중 제일 나이가 많았던 쿠라가 대답했어.

―당신이 누구인지 알아요. 쿠마흐가 죽기 전에―루그 신께서 그를 돌보시길―얘기했어요. 당신은 마다그죠.

죽음을 앞둔 쿠마흐가 우리를 다 불러놓고 모산과의 일을 얘기해주었거든. 난 쿠마흐의 세 아내 중 제일 나이가 어렸고 게다가 내가 태어나기도 전에 혹은 아직 어린아이일 때 일어난 일이었지만 그래도 이미 들어본 이야기였어. 쿠마흐, 사라진 그의 쌍둥이 형제, 그리고 묘지 맞은편 망고나무 아래 늘 앉아 있던 미친 여자 모산 사이의 사랑과 분노와 광기와 질투의 이야기. 난 그 이야기를 들으며 자랐지. 마을의 나이 든 어른들이 자주 얘기했거든. 하지만 내용은 조금씩 달랐고 심지어 반대될 때도 있었어. 우선 모산이 쿠마흐와 결혼해서 살다가 그 쌍둥이 형제와 바람이 났다고 했어. 결국 쿠마흐가 자기 형제를 죽였고 그래서 모산이 미쳤다고 했지. 또 다른 얘기에선 쌍둥이 형제가 쿠마흐한테 그 아내 모산이 바람난 얘기를 하려고 하니까 모산이 막느라고 죽였다고 했어. 그리고 또, 모산이 사랑한 건 우리의 쿠마흐가 아니라 아산 쿠마흐이고, 아산이 전쟁을 하러 갔다가 돌아오지 않는 바람에 모산이 미친 거라고도 했고. 어쨌든 모든 이야기에 공통점이 있었지. 어느 한 시점, 아니 한 아이가 등장하고, 그 아이가 살아남지 못한 게 세 사람 사이의 광기와 비통함의 원인이었다는 거. 우세누 쿠마흐가 그 아이의 아버지라고도 했고 쌍둥이 형제가 아버지라고도 했지. 어릴 때 다 들은 얘기였어.

난 1957년에 쿠마흐의 청혼을 받았어. 난 스물한 살, 쿠마흐는 예순아홉 살이었지. 쿠마흐는 존경받는 사람이었고 또 두려움의 대상이었어. 사람들이 뭐든 물으러 오는 현자였으니까. 그의 아내가 된다는 건 특혜였어. 난 세 번째 아내였지. 첫 번째 아내인 쿠라가 서른 살, 두 번째인 은고네가 스물네 살이었고. 나 말고도 이 년 뒤에, 그러니까 1959년에 테닝을 아내로 얻었는데, 1960년에 마렘 시가를 낳다가 죽었어. 내가 이 얘기를 다 하는 건 네가 알아야 할 게 있어서야. 쿠마흐의 아내들이 그의 삶에 들어온 건 이미 그가 이승에서의 여행길을 절반 넘게 지났을 때였어. 우리 없이 이미 그는 한 번의 생을 살았고, 그 생에서 모산이라는 아내가 있었던 거야. 정말로 무슨 일이 있었는지는 아무도 몰라. 쿠라마저도 너무 어릴 때 일이니까. 쿠라도 우리처럼 아는 게 없었어. 쿠마흐가 그날 우리를 불러 말해주기 전까지는 소문으로 들은 게 전부였지. 그렇다고 쿠마흐가 모산과의 일을 자세히 얘기해준 건 아니야. 그냥 자기는 모산을 사랑했다고, 그런데 모산이 그의 형제를 더 좋아했다고 했어. 모산이 아산의 아이를 가졌고, 아이의 아버지가 곧 전쟁을 위해 유럽으로 떠났다고도 했고. 그런데 아산이 돌아오지 않은 거야. 분명 그곳에서 죽었겠지. 그사이 아이가 태어났고, 그 아이가 바로 마다그야. 엘리만 마다그 디우프. 쿠마흐는 모산과 함께 그 아이를 아들처럼 키웠어. 그리고 1935년에—나는 아직 태어나기도 전이지—마다그 역시 프랑스에 공부하러 갔어. 그런데 곧 마다그마저 소식이 끊긴 거야. 마치 가족과 연을 끊으려는 듯이, 아니면 이미 죽은 것처럼 말이야. 아들의 침묵 때문에 어머니가 미치고 말았어. 모산은 오랫동안 망고나무 아래에서 살다가 떠나갔지. 망고나무 아래서 어느 날 갑자기 사라진 뒤로 아무도 다시 본 사람이 없었어. 바로 그때, 그러니까 혼자가 되었을 때부터가 쿠마흐의 두 번째 생이야. 숨을 거두기 전에 그가 마지막으로 우리에게 첫 번째 생의 이야기를 들려주었고.

마암 디브가 말을 멈춘다. 나는 시가 D.에게 모두 들었다고, 아마도 내가 더 상세하게 알고 있을 거라고 말하지 않는다. 말을 끊고 싶지 않다. 나는 마암 디브가 자기 호흡에 맞춰 자기만의 방식으로 이야기를 이어가기를 기다린다. 잠시 뒤에 마암 디브가 다시 말한다.

그날 쿠마흐가 지난밤에 계시를 보았다면서 마다그가 올 거라고 했어. "내가 죽고 나서 몇 년 뒤에 올 테니, 그 아이를 잘 맞아주고 그의 가르침에 따라 살도록 해. 그 아이가 나이가 제일 많아. 쿠라보다도 많지. 그 아이의 말을 따르고 그 말에 귀를 기울여야 해. 나보다 훨씬 많은 것을 알 테니까. 난 다른 세상에 가서 우리에게만 가능한 길로 그 아이와 이야기를 나눌 수 있지. 무엇보다 그동안 뭘 했는지, 어디에 있었는지, 왜 이제야 왔는지, 스스로 말하지 않는 한 절대 물어선 안 돼." 이게 쿠마흐가 마다그에 대해서 우리에게 남긴 말이야. 그리고 그는 그날 밤 숨을 거두었어.

쿠마흐가 죽고 시가 D.도 떠났지. 한 번도 돌아오지 않았고. 다카르에 번진 시가 D.의 삶을 둘러싼 요란한 말들이 우리한테까지 전해졌어. 끔찍하고 수치스러운 내용이었지. 가서 데려오고 싶었지만 쿠마흐가 절대 시가 D.를 데려오지 말라고 유언을 남겼거든. 자기가 오고 싶을 때 알아서 올 거라면서. 쿠마흐가 이미 시가 D.의 미래도 보았는지는 모르겠어. 어쨌든 시가 D.에게 늘 모질게, 아주 엄격하게 대했어. 시가 D.는 결국 한 번도 돌아오지 않았지. 우리는 쿠마흐가 말한 대로 마다그가 오길 기다리며 계속 여기서 살았고.

쿠마흐가 죽고 여섯 해 뒤, 그날 묘지에 마다그가 나타났어. 이 마을의 모든 노인들과 비슷하게 아주 단출한 차림이었지. 짐도 어깨끈 달린 작은 가방 하나가 전부였고. 쿠라가 나서서 누구인지 안다고, 기다리고 있었다고 말한 뒤엔 더 묻지 않았어. 그는 고맙다고 인사하면서 잠시 뒤에 집으로 오겠다고 했지(그는 자기가 자라난 집으로 가는 길을 잊지 않고 있었어). 우리 셋은 먼저 집으로 돌아오는 길에 아무도 입을 열지 않았어. 셋 다 마음속으로 앞으로 어떤 일이 일어날지, 마다그가 무슨 일을 할지, 우리에게 무엇을 요구하고 무슨 말을 할지, 우리가 무엇을 배우게 될지 수많은 질문을 던지며 말없이 걷기만 했어.

두 시간 혹은 세 시간 뒤에 마다그가 와서는 혹시 삼촌 방을 아직 쓸 수 있느냐고 물었어. 그렇다고 했지. 그 또한 쿠마흐의 유언 중 하나였으니까. 절대 아무것도 손대지 말라고, 그저 이따금 들어가 청소만 해주라고, 물건은 마다그가 돌아올 때까지 모두 제자리에 두라고 했거든. 그렇게 마다그가 쿠마흐의 방을 쓰게 됐어. 저기 따로 떨어져 있는 곳, 네가 조금 전에 보고 있던 고기잡이배 옆이야. 마다그는 저기서 살았어. 마다그 역시 우리와 함께 다른 생을 시작한 거지. 그게 두 번째 생인지 백 번째 생인지는 알 수 없었지만. 아마도 마다그는 이곳으로 돌아오기 전에 이미 여러 번의 생을 살았을 거야.

처음에는 마다그가 까다로운 사람일까 걱정했어. 전혀 그렇지 않았지. 그와 함께 사는 건 더없이 단순한 일이었어. 모두가 곧 그를 존경하게 되었고. 그의 과거를 둘러싼 소문이 마을에 떠돌기는 했지만 대체로 모두가 그를 예외적인 인간으로 대했어. 정말로 현자였으니까. 지식이 많고 세상을 알고 보이는 것과 보이지 않는 것을 다 경험했고 재능을 지닌 사람이니 당연히 영적인 권위를 누렸지. 쿠마흐의 후손다웠어. 우리 아이들은 핏줄로는 사촌 형제인 마다그를 마암이라고 불렀어. 사실은 할아버지가 될 수 있는 할아버지뻘 나이였으니까. 마다그는 곧 쿠마흐가 하던 일을 하기 시작했지. 아침에는 방에서 신비주의 명상을 했어. 마을에서 몇 차례 기적을 행한 후에(주로 병을 치료하는 거였어) 금세 사방에 명성이 퍼져 나갔지. 오후에는 여기 이 나무 아래서 마을 어부들이 쓸 그물을 만들었어.

마다그는 말을 많이 안 하면서도 같이 있으면 마음이 놓이는 사람이었어. 그런데 자기 마음이 늘 평화로운 것 같진 않았지. 그의 침묵 속에서 고통의 소리가 많이 들렸거든. 쓰라린 추억들도 들렸고. 우리 셋 모두 느낄 수 있었지. 하지만 물어보지는 않았어. 쿠마흐의 유언이었으니까. 설령 유언이 없었다 해도 마다그를 보면 그동안 왜 돌아오지 않았느냐는 질문이 상처가 되리라는 걸 알 수 있었지. 그가 어떤 길을 왔는지는 알 수 없지만 그렇게 오랫동안—반세기라니!—집으로 돌아오지 못했다면 아마도 그곳에 자신의 일부를 두고 오지 않았겠어? 이곳을 떠나기 전에 알았고 사랑했던 사람들은 이미 다 죽었고. 그런 사람이 그동안 어디에 있었느냐는 질문을 받으면 자기가 없는 동안에 잃고 만 것들이 되살아나겠지. 그런 질문은 또 왜 그렇게 오랫동안 없었느냐는 비난이 되기도 할 테고. 그래서 우린 아무것도 묻지 않았어.

마다그는 우리에게 두 가지를 금지했어. 우선 자기가 방에 있고 문이 닫혀 있을 땐 절대 들어오지 말 것. 그리고 또 하나는 책과 관련된 거였는데, 절대로 집 안에 책이 눈에 띄지 않게 할 것. 책이 있는 건 상관없지만 자기 눈에는 안 띄게 하라는 거였지. 책을 읽고 싶으면 각자 자기 방이나 집 밖에서 읽든지 자기가 없을 때 읽으라고 했어. 실제로 마다그는 여기 사는 내내 단 한 번도 학교 가까이 가지 않았어. 거기 가면 책을 보게 될 테니까.

어느 날 내 막내딸 라테우가—조금 전 네가 은데 키라안과 들어

올 때 맞이한 그 아이 말이야—학교 수업 때문에 읽던 책 두 권을 그만 이 나무 아래에 버려뒀고, 방에서 나오던 마다그가 그걸 봤어. 그때 난 조금 더 멀리 마당 안쪽에 있었는데, 내 딸의 책이 놓인 의자 옆에 서 있는 마다그를 보면서 무슨 일이 일어날지 알 것 같았어. 마다그는 몸을 떨었지. 그리고 내가 미처 손을 쓰기 전에 책 한 권을 한 손에 들고 다른 손으로 늘 허리에 차고 있는 그물 수리용 칼을 꺼내더니 곧바로 칼을 뽑아 책을 찢기 시작했어. 손으로도 찢을 수 있었겠지만, 칼로 찢었어. 칼을 책에 찔러 넣고 마구 찢었지. 책장을 찢고 표지까지 전부 다. 서두르지 않고 아주 천천히, 하지만 동작 하나하나에 절대적인 야만성을 실어서 찢었어. 게다가 더 무서웠던 게, 마다그가 내내 아무 말도 하지 않았어. 깊은 침묵 속에서 전부 없애버렸지. 책이 찢어지는 소리 외에는 그야말로 사방이 고요했어. 곧 모두 마당으로 나왔어. 아이들이 나왔고, 쿠라와 은고네도 나왔지만, 그 누구도 나설 엄두를 내지 못했지. 우리는 모두 겁에 질린 채로 지켜볼 수밖에 없었어. 그런 모습은 처음이었으니까. 마다그의 눈에는 아예 우리가 보이지도 않았어. 충혈된 눈에 오로지 책밖에 보이지 않았지. 첫 번째 책이 다 찢어진 뒤 그는 곧바로 두 번째 책을 들고 똑같이 했어. 찢어진 종이들이 마치 나뭇잎처럼 바닥에 떨어지면서 마다그의 발아래 흰 얼룩들이 만들어졌어. 그는 몸을 떨었지만, 모든 동작이 여전히 정확하고 여전히 폭력성이 가득했어. 적어도 한 시간 동안 그랬을 거야.

두 번째 책을 마지막 장까지 다 찢고 난 뒤 마다그는 한참 동안 고개를 숙이고 있었어. 마치 힘든 무언가를 해낸 사람처럼 숨이 거칠었고. 그런 뒤에 고개를 들어 우리를 보는데, 그래, 울고 있었어. 그는 아무 말 없이 분노 혹은 고통 때문에 일그러진 얼굴로 간신히 걸음을 옮겨 천천히 자기 방으로 들어갔어. 그런 뒤에는 문을 닫고 거의 이틀 동안 나오지 않았지. 그가 방에 있고 문이 닫혀 있을 때는 아무도 들어오지 말라고 했기 때문에 우리는 어쩔 수 없었어. 먹을 것을 가져다줄 수도 없었지.

다시 밖으로 나왔을 때 그는 원래의 모습으로 돌아가 있었고, 전과 같은 삶이 다시 시작되었어. 라테우가 잘못했다고 말하려는데 그가 먼저 말했어. 용서 구할 필요 없다고, 오히려 자기가 미안하다고. 그러면서 찢어진 책을 새로 사라고 돈을 주었지. 그날 이후로 당연히 그 누구도 종이 한 장 혹은 책 한 권도 밖에 두지 않았어. 마다그가 왜 그렇게 책을 증오하는지 묻지도 않았고. 그저 백인들의 세상에서 지낸 오십 년 동안의 긴 여행과 관련되리라 짐작했을 뿐이야.

그는 매일 저녁 묘지에 갔어. 우선 쿠마흐의 묘지 앞에 있다가 이어서 망고나무 아래 그의 어머니가 미쳐 앉아 있던 자리로 갔지. 그러고 한참 뒤에야 돌아왔어. 때로는 밤에 묘지 안에서 혹은 망고나무 아래서 자기도 했어. 그러다 남 얘기 좋아하는 사람들 입에 오르내려서, 그가 흑마술사라는, 밤이 되면 영혼을 잡아먹는 괴물이 된다는 소문이 몰래 퍼지기도 했지.

언젠가 그가 다른 날보다 묘지에서 일찍 돌아왔는데 마침 마당에 식구들이 거의 다 모여 있었어. 그가 옆에 와서 앉더니 말했지. 그때 그 말을 난 잊지 않았고 앞으로도 잊지 못할 거야. 그가 자기 마음을 털어놓을 때의 그 목소리를 떠올리면 지금도 전율이 일어.

그는 이렇게 말했어. 내가 밤마다 묘지에서 뭘 하는지 궁금해하는 거 알아. 이제 말해줄게. 삼촌과 아버지, 내가 잃어버린 친구들, 그리고 내 어머니를 위해 기도해. 특히 어머니. 날 용서해달라고 기도하지. 어머니를 찾으려 해보았는데 결국 못 찾았어. 다 가보았는데, 보이지 않는 곳과 보이는 곳 전부 다 다녔는데, 시간 속까지 찾아보았는데 어머니는 어디에도 없었어. 아예 존재한 적이 없는 사람 같아. 어머니가 내 기도를 들었으면 좋겠어. 나를 용서하길. 모두 날 위해서 기도해줘. 모산이 나를 용서하길.

그래, 이렇게 말했어. 그때 난 깨달았지. 마다그는 아주 많은 것을 아는 현자이지만 그래도 신은 아니었던 거야. 그는 인간이었어. 고통스러운 기억들과 대답 없는 질문들 속에서 살아가는 인간. 그러니까 우리가 불쌍히 여길 수 있는 사람. 그는 결국 인간, 그러니까 우리가 불쌍히 여길 수 있는 존재였어.

마암 디브가 다시 말을 멈춘다. 아마도 마다그를 위해 기도할 것이다. 마암 디브를 보면서 나는 어쩌면 저 여인이 나보다 마다그를 더 잘 아는―이해하는―게 아닐까 생각한다. 직접 만났고 또 오랫동안 함께 살았기 때문이 아니라(몇 년을 살았느냐는 중요하지 않다) 단 한순간일지언정 모든 것을, 죄의식과 약함과 욕망과 고독과 번뇌까지 모두 보았기 때문이다. 나는 엘리만의 글을 읽었기 때문에 처음부터 그의 은밀한 비밀이 문학 속에 있다고, 필연적으로 『비인간적인 것의 미로』와 그 뒤에 오기로 되어 있는 책과 관련된다고 믿었다. 나는 그의 모든 미스터리를 글쓰기와 연결 지었고, 그의 삶의 침묵들 역시 작가로서의 강박적인 안경을 끼고 읽었다. 그 안경이 그토록 왜곡시켜 보게 만든 걸까? 어쩌면 문학 속에는 아무것도 찾을 게 없을지 모른다. 문학은 시커멓게 반짝이는, 안에 뭐가 들어 있는지 알 수 없는 관과 같다. 그 관 안에 시신조차 없을 수 있다. 지난 몇 주 동안 무심브와, 베아트리스, 스타니슬라스, 셰리프, 아이다가 차례로 각자의 방식으로 나에게 이야기한 혹은 이해시키려 한 것이다. 어쩌면 엘리만 마다그 역시 처음부터 내게 똑같은 말을 하려 한 게 아닐까? 설령 그렇다 해도 엘리만은 모호한 기호들을 통해, 우리를 갈라 놓은 시간의 두께를 통해 이야기했다. 한순간 커다란 슬픔이 내 마음속으로 밀려온다. 마암 디브가 다시 말을 잇는다.

쿠라는 십칠 년 전에 죽고, 은고네도 칠 년 뒤에 따라가고, 나와 마다그 둘이 남았어. 때로 그의 이야기를 모르는 사람들이 내 남편으로 아는 바람에 우리가 재미있어하기도 했지. 그는 마지막 십 년 동안에는 그물 고치는 일은 그만두었어. 아침에 신비주의 명상은 계속했고 오후에는 강에 나가 강가를 걸었지. 묘지와 망고나무 아래 가는 일만은 마지막 날까지 계속했고. 그가 어느 날, 죽기 한 달쯤 전에 네 얘기를 했어. 자기가 죽고 일 년쯤 지난 뒤에 누군가 찾아와서 자기 얘기를 할 거라고. 이름은 모른다면서 잘 맞아주라고 했어.

—다른 말은 더 안 했나요?

—네가 얼마나 머물지는 모르지만, 어쨌든 여기서 해야 할 일을 할 수 있도록 원하는 만큼 머물게 하라고, 잘해주라고 했어.

—그 일이 뭔지는 말하지 않았나요?

—안 했지. 내가 알 필요가 없지 않았을까? 그리고 너는 알 것 같은데?

나는 잠시 아무 말도 하지 않고 있다가 대답했다.

—네.

—자, 그럼 내가 할 일은 끝났네.

—잠깐만요. 그는 어떻게 죽었죠?

—어떻게 죽었느냐고? 세상에서 가장 평온하게. 잠자면서 죽었지. 자기 물건을 잘 정돈해두고 마지막 기도를 하고 마지막 환자들을 돌보고 나서. 우리 집과 마을의 모든 집에 축복을 내린 뒤에 잠들었어. 백 살이 조금 넘었을 거야. 그리고 마을의 묘지에 쿠마흐의 무덤 옆에 묻혔어. 쌍둥이 무덤이지.

마암 디브가 몇 초의 침묵 뒤에 다시 말한다.

—마다그의 죽음을 조상들의 왕국에 알릴 필요도 없었어. 영적인 빛이 꺼지면 물질적인 현상으로 나타난다는 걸 이곳 사람들은 다 아니까. 쿠마흐가 죽던 날은 건기였는데도 아침부터 저녁까지 온종일 비가 내렸지. 마다그가 죽고 이튿날에는 구름이 장막처럼 하늘을 가려서 낮인데도 햇빛이 전혀 없었어. 어떤 사람들은 심지어 해가 안 떴다고도 했어. 정오에도 어찌나 어두운지 여전히 밤인 것 같았지. 그를 씻기고 오후가 끝날 때쯤 묻었어. 장례식에는 사람이 굉장히 많이 왔어. 마을 사람들이 다 왔고, 인근 마을들에서도, 한낮에 하늘이 어두운 것을 보면 이 지방의 마지막 현자 마다그가 죽었다는 사실을 알 수 있었으니까 그를 배웅하러 많이 왔지. 오후 다섯 시쯤, 마다그의 시신이 흙에 다 덮인 뒤에야 해가 났어.

마암 디브가 잠시 이야기를 멈춘다. 나는 말이 이어지길 기다리지만 그런 일은 일어나지 않는다. 마암 디브가 일어서고, 내 감정을 알아챈 듯 말한다.

—무한한 상상력을 지닌 이야기꾼, 난 네가 지금 상상하는 거 알지 못해. 이곳에 돌아오기 전에 마다그의 삶이 어땠는지 전혀 몰라. 편안한 휴식은 아니었겠지. 하지만 죽음은 단순했어. 완전히 행복하거나 평화롭진 않았어도 단순했어. 난 마다그 같은 사람에게 그 정도면 꽤 괜찮다고 생각해.

그때 은데 키라안과 라테우의 목소리가 들린다.

—아이들이 오는군. 내가 자러 갈 시간이라는 뜻이지. 오늘 저녁 나머지는 저 아이들이 챙겨줄 거야. *Boo feet ndax Roog*, 디에간 파이. *Ngiroopo*.

—*Bo feet*, 마암 디브. 안녕히 주무세요, 감사합니다.

마암 디브는 자기 방으로 들어간다. 잠시 후 은데 키라안과 라테우가 마당에 들어온다. 라테우가 차를 내오고, 우리는 둘러앉아 잠시 한편이 된 느낌에 젖는다. 한참 뒤 내가 자동차에 있는 짐을 가지러 가려는데 은데 키라안이 자기도 자러 가겠다면서 일어서고, 내기에서 딴 자동차를 내가 끌고 가버리지 않는지 확인해야 하니 같이 가자고 한다. 라테우는 내가 잘 방을 준비해놓겠다며 고기잡이배 옆의 큰 진흙 집을 가리킨다.

—저기야.

나는 놀라지 않는다. 내가 잘 곳은 저 방밖에 없다는 사실을 이미 알고 있었던 것 같다.

—마다그가 쓰던 방이라는 얘기는 어머니한테 들었겠지. 지금 나갔다가 돌아오면 난 자고 있을지도 모르니까 미리 인사할게. 잘 자.

나는 은데 키라안과 함께 집을 나선다. 길이 어두워서 휴대폰 전등을 켠다. 걸어가다가 나는 마을 묘지가 어디냐고 묻는다.

—묘지?

퉁명스럽고 당황한 목소리 속에 은데 키라안의 놀란 마음이 드러난다. 몇 초 동안 내가 대답하지 않음으로써 조금 전의 질문을 반복 혹은 확인하자 결국 키라안이 대답한다.

—마을 입구에서 멀지 않아. 못 찾을 수 없어. 자동차 옆에서 고개를 들고 왼쪽을 쳐다봐. 그러면 잎이 많은 커다란 나무가 보일 거야. 그게 망고나무야. 묘지는 그 맞은편이야.

나는 고맙다고 말한다. 키라안이 나에게 그걸 왜 물었느냐고 묻고 싶어하는 게 느껴진다.

—마다그의 무덤에 가서 기도하려고.

—오늘 밤에? 안 무서워?

—뭐가?

—모르겠어…… 마암 마다그는 우리와 달랐으니까…… 어쨌든 무덤은 찾기 쉬워. 묘지에 들어가서 왼쪽 첫 번째 길로 가. 그 길 끝 왼쪽 담 모퉁이에 있어.

나는 은데 키라안의 집 앞까지 간다. 우리는 잘 자라고 인사한다. 돌아서는 키라안의 눈빛에 불안이 어려 있다. 아직도 무덤을 생각하는 것이다. 우리 둘 다 무덤을 생각하지만, 이유는 서로 다르다. 나는 자동차로 가서 짐과 책을 꺼낸다. 그리고 고개를 든다. 왼쪽 어둠 속에 움직이지 않는 망고나무 꼭대기를 바라본다.

VI

망고나무 아래 모산이 앉아 있던 곳에 넌 얼마 동안 앉아 있었지? 묘지의 쌍둥이 무덤 앞에서 얼마 동안 상념에 젖었지? 너는 알지 못한다. 너의 깊은 감정이 어떤 성격의 것이었는지도 알지 못한다. 이제 마음껏 실망해도 되나? 지금껏 매달린 게 겨우 이거였느냐고 생각해도 되나? 그동안 지나온 모든 길, 불면의 밤, 독서로 지새운 밤, 질문으로 가득 채운 밤, 꿈속을 헤맨 밤, 귀 기울여 듣고 취기에 젖고 절망에 빠졌던 그 모든 밤들의 결론이 결국 더할 수 없이 평범한 이것, 그렇다, 죽음에 이르기 위해서였을까? 죽음, 한 삶의 진실이 겨우 그거라고?

너는 무덤 앞에서 『비인간적인 것의 미로』를 읽었다. 엘리만에게 건네는 작별인사였다. 너는 지난 몇 주 동안 너를 그 작가와 이어주던 본질적인 것, 그의 글로 돌아갔다. 그 글 속에서 작가에게 마지막 인사를 했고, 결국 『비인간적인 것의 미로』에 담긴 이야기와 그의 삶 사이의 관련성을 생각했다. 몇 조각 단편이지만 그 삶에 대해 알게 된 뒤에 넌 그의 삶과 그의 책을 어떻게 관련지었지?

너에게 가장 분명한 가설은 단순한 치환, 즉 상사相似였다. 살육을 즐기는 왕은 마다그이다. 그 왕이 얻고자 하는 권력은 마다그가 쓰던 『비인간적인 것의 미로』다. 살육을 즐기는 왕은 그 힘을 얻기 위해 예언에 따라 낡은 세계를 없애야 했다. 왕국의 노인들은 바로 그 낡은 세계에 대한 살아 있는 은유이다. 책 속에서 말하는 늙은 세계는 마다그의 운명 속에서는 유년기의 세계이자 그 안에 살던 사람들, 우세누 쿠마흐, 아산 쿠마흐, 그리고 어머니다. 살육을 즐기는 왕은 좀 더 강해지기 위해 과거를 죽여야 했다. 마다그는 자기 책의 이름으로 과거를 잊었다.

모든 게 분명해진다. 『비인간적인 것의 미로』의 형식적 구성, 표절, 차용, 이 모든 것은 마음의 진실을 가릴 뿐이다. 마다그의 마음의 진실, 그렇다, 그 책의 진실은 한 인간이 행한 최후의 희생 이야기다. 그는 절대에 이르기 위해 기억을 죽인다. 하지만 죽인다고 그대로 파괴되지는 않는다. 살육을 즐기는 왕이든 마다그이든 한 가지를 잊었다. 과거를 떠났다고 주장하는 사람들도 결국 과거를 쫓고 있음을, 결국 언젠가는 미래 속에서 그 과거를 다시 붙잡게 된다. 과거도 시간을 지닌다. 과거는 미래의 교차로에서 끈질기게 기다리다가, 과거로부터 탈출했다고 믿는 사람에게 진짜 감옥을 열어준다. 그곳에는 죽은 자들의 불멸성, 잊힌 것들의 영속성, 죄인이라는 운명, 고독이라는 동행, 사랑이라는 유익한 저주, 이렇게 다섯 개의 감방이 있다. 마다그는 오랜 세월 과거를 떠나 돌아다니면서 『비인간적인 것의 미로』가 과거를 끝내지 못할 뿐 아니라 과거를 끌고 온다는 사실을 깨달았다. 그래서 이곳으로 돌아왔다.

이게 너의 해석이다.

너는 책을 덮고 피로에 지친 눈으로 어둠에 잠긴 묘지를 바라보았다. 한순간 죽은 사람들이 부러워지기도 했다. 너는 묘지를 나와 음빈 마다그로 돌아왔다.

마당에는 움직임도 소리도 없다. 라테우는 한참 전에 자러 갔다. 이제 너는 너를 위해 준비된 방으로 향한다. 문 앞에 서니 오래전 시가 D.가 우세누 쿠마흐의 유언을 듣기 위해 들어가려고 기다리던 모습이 떠오른다. 암스테르담에서 시가 D.가 바로 이 방을 묘사하면서 말한 냄새, 더러움, 부패가 기억난다. 지금도 그대로일까? 이내 얼마나 멍청한 생각인지 깨닫는다. 너는 방 안으로 들어간다.

태양광 등 두 개가 하나는 침대 옆 왼쪽 바닥에 또 하나는 오른쪽 작은 책상 위에 켜 있다. 악취는 당연히 없다. 오히려 미묘한 향내가 배어 있다. 몇 시간 전에 향로를 치웠지만 공기 속에 빠지지 않는 은은한 흔적이 남아 있다. 너는 제일 위쪽 한 점으로 모이는 들보들이 지탱하고 그 위에 짚을 덮은 지붕을 바라본다. 방문 옆에서 커다란 카나리아 한 마리가 반겨준다. 뒤집어서 뚜껑에 얹어둔 양철 단지도 보인다. 우세누 쿠마흐가 침을 뱉던 그릇일까? 다시 한번 바보 같은 생각이다. 점토 벽에는 이 방의 주인이던 이들이 점을 칠 때 사용했을 도구들이 걸려 있다. 뿔, 조개 목걸이, 큰 칼, 알 수 없는 동물 가죽, 끝에 부적이 달린 빨간색 실로 묶어 잠근 어깨끈 가방이 보인다.

너는 책상에 다가간다. 책상 위에는 뚜껑 없는 작은 나무상자가 놓여 있고 그 안에 커다란 바늘들, 실패에 감긴 낚시용 줄, 둥글게 말아 놓은 철사, 칼날들, 작은 칼들이 들어 있다. 모두 고기잡이 그물을 짜고 깁는 데 필요한 것들이다.

너는 침대에 앉아 한참 동안 방을 바라보며 생각한다. 지금 나는 그가 침대에 앉을 때마다 바라보던 그것을 보고 있다. 너는 한동안 아무 소리도 내지 않으면서 어떤 신호든 오기를 기다린다. 하지만 아무 일도 일어나지 않는다. 일어서서 방 안을 뒤져본다. 뭐라도 찾을 수 있기를, 물고 늘어질 징표 하나라도 나오기를. 침대 밑에는 아무것도 없다. 책상 서랍이나 옷장 안도 마찬가지다. 벽에 걸린 어깨끈 가방이 전부다. 떨면서 빨간색 끈을 푼다. 가죽 표지의 잠금 고리가 부서진 커다란 수첩이 들어 있다. 드디어 신호다. 수첩을 넘겨본다. 몇 장이 접혀 있다. 너는 그것을 펼친다.

바로 이 편지다.

오늘 나는 영원히 잠들기 전 이 밤에 너에게 편지를 쓰고 있다.

첫 문장을 읽고 난 너는 잠시 멈추고 나를 생각하겠지만, 정말로 놀라지는 않는다. 너는 이 편지를 계속 읽을까 망설인다. 이 편지가 너의 앞날을, 또한 바로 직전의 과거를 예언하고 있음을 너는 안다. 내가 이 편지를 나의 미래를 향해 쓰고 있다는 것도 안다.

너는 계속 읽기로 한다.

네가 들고 있는 이 커다란 수첩 속에는 내가 쓰던 책의 한 부분이 들어 있다. 그 뒷부분은 오랫동안 쓰지 못했다. 포기한 적은 없다. 쓰려고 계속 시도했다. 나는 절대적 침묵이라는 힘을 갖지 못했다. 『비인간적인 것의 미로』, 그리고 그 책이 야기한 그 모든 근심에도 불구하고 나는 버티지 못하고 결국 글을 쓰고 말았다. 단지 끝내지 못했을 뿐이다. 그래서 지난 몇 년 동안 나는 완성된 책들 앞에서 점점 큰 고뇌에 휩싸였다. 완성된 책을 보노라면 책을 끝내지 못하는 나 자신의 무능력 때문에 고통스러웠다.

네가 지금 내가 무엇을 바라고 너에게서 무엇을 기대하는지 이해한다는 걸 나는 볼 수 있다.

나의 초라한 기도를, 과거의 유령이 바치는 기도를 네가 받아들여줄지 모르겠다. 나는 네가 이 원고를, 최소한 출간될 만한 것들을 골라 출간해주면 좋겠다. 내 이야기의 결말을 보고 싶지만 나는 너무 지쳤다. 너에게 이 편지를 쓰는 동안 내 예지력이 한계에 이르렀고, 네가 다 읽을 때쯤에는 흐려질 것이다.

이 문장은 앞 문장을 쓰고 한참 뒤에 왠지 모를 무게에 짓눌린 상태에서 쓰고 있다.

늙은 내가 지금 이 방에서 이 테이블에 앉아 가벼운 슬픔 속에서 글을 쓰는 모습을 나는 지난 몇 년 동안 계시로 보았다. 그럴 때마다 언젠가『비인간적인 것의 미로』에 이어 내 인생의 책이 될 책을 마침내 끝낸다는 계시라고 믿었다. 그동안 다른 작가들이 그야말로 온 힘을 다 바친 작품을 완성한 뒤에 슬픔 속에 빠지는 것을 보았기에 나 역시 그런 슬픔에 젖은 거라고 생각했다. 하지만 틀렸다. 이제 깨달았다. 내가 본 계시 속에서 완성한 것은 내 책이 아니라 바로 이 편지였다. 내 안의 슬픔은 책을 완성한 뒤의 슬픔이 아니라 완성하지 못한 슬픔이었다. 나는 내 책을 끝내지 못한다. 나는 102세이다. 시간이 부족하다. 나에게는 미래가 부족하다. 앞날을 보는 견자가 이렇게 미래의 우수 속에서 끝을 맞는다.

하지만 이 우수는 아직도 행복한 우수일 수 있다. 전부 너에게 달려 있다. 이제 망각의 그림자 속으로 한 발 다가가는 나에게, 누군가

이 책을, 이름은 모르지만 얼굴은 보이는 네가 이 책을 읽고 무언가를 끌어내리라는 생각이 위로를 준다. 나는 완전하게 사라지고 싶지 않다. 나는 설령 완전하지 않을지언정 이 흔적을 남기고 싶다. 이게 나의 삶이다.

에필로그

석양이 내려앉고, 태양이 물속에 융해되듯 강물이 서서히 낡은 구리의 빛깔을 띠었다. 나는 천천히 물속에 들어와 앞으로 걸어갔다.

이틀 동안 마다그의 원고를 여러 번 읽었다. 그것은 『비인간적인 것의 미로』의 뒷이야기가 아니었고 몇 군데는 내밀한 일기에 가까운 자서전적 이야기였다. 시작은 더없이 훌륭하다. 나는 그동안 내가 찾던 걸작이 분명하다고 확신했다. 하지만 이내 모든 게 변한다. 책이 길을 잃는다. 그리고 마다그가 오랜 방황 속에 많은 사건을 겪어내느라 삶의 초기에 자신이 한 약속을 지키지 못했듯이 그의 책은 잃어버린 길을 되찾지 못한다. 한때는 위대했던, 하지만 능력과 천재성이 서서히 떠나버린 한 작가의 슬픔이 느껴질 때면 나는 주체하기 힘들 만큼 가슴이 아팠다. 마다그는 자신에게 닥친 일을 일찍 깨닫고도 계속 버틴 것 같다. 가끔은, 그렇다, 헤매는 문단들 사이에서 몇 쪽 혹은 몇 문장을 읽었고 장면과 풍경을 보았고 음악을 들었다. 그럴 때면 마다그가 거칠게 나를 땅에서 들어 올렸고, 그의 재능을 떠올리게도 했다. 하지만 그런 광채들은 주변의 짙은 문학적 밤을 이기지 못한 채 결국 사그라들고 말았다.

제대로 쓴 글은 1969년 9월이 마지막이다. 당시 부에노스아이
레스에 있던 마다그는 볼리비아로 떠날 준비를 했다. 이십 년 전부
터 라틴 아메리카를 돌며 찾아다닌 사람을 마침내 찾은 것이다. 전
직 SS대원 요제프 엥겔만. 마다그는 엥겔만이 전쟁 후에 남아메리카
로 오기 전 1940년대에 만났다. 마다그가 써놓은 바로는, 엥겔만은
1942년 파리에서 마다그의 친구 샤를 엘렌슈타인을 체포해 고문한
뒤 콩피에뉴 수용소에 보냈고, 이후 엘렌슈타인은 마우트하우젠*으
로 강제 이송되었다.

1969년 이후 작년에 사망할 때까지 약 오십 년 동안에는 마다그의
글이 상당히 불규칙하다. 짧은 메모들이 많고, 어떤 것은 아예 읽을
수도 없다. 볼리비아에서 금방 잡을 수 있으리라 생각한 엥겔만은
그 뒤로도 오랫동안 피해 다녔다. 마다그가 그를 찾은 것은 1984년
라파스**에서였다. 자세한 얘기는 나오지 않는다. 그저 두 사람이
"혐오스럽고 무자비한" 상황에서 해묵은 이야기를 끝냈다고만 적혀
있다. 그 뒤에 마다그는 파리로 돌아와 이 년 동안 머물다가 1986년
에 세네갈로 돌아왔다. 두 번째로 잠시 파리에 머문 시간에 대해서
는 별다른 얘기가 없다. 클리시 광장의 한 술집에서 "이따금 혼자 돌
아가서 [지]난 과거의 느낌을 되살린다"고 적었을 뿐, 술집 이름은
나오지 않는다. 아마도 보트랭이리라. 하지만 1984년과 1986년 사
이 클리시 광장에 있었던 다른 술집일지도 모른다.

---

* 오스트리아 강제합병 후 세워진 수용소로, 채석장에서 고강도 강제노동이 행해졌다. SS
친위대가 직접 관리하던 곳이다.
** 알티플라노 고원에 위치한 볼리비아의 행정수도.

한 가지는 분명하다. 자신의 미래를 향해 쓴 편지에서 마다그가 한 말과 달리, 시간이 부족하지는 않았다. 단지 그는 『비인간적인 것의 미로』를 딛고 일어서지 못했다. 시도해보지도 않았을 것이다. 아마도 그의 마음속에는 오로지 한 작품, 단 하나의 위대한 작품뿐이었을 것이다. 사실 모든 작가는 자기 안에 단 한 권의 절대적인 책을 품는다. 두 허공 사이에 놓인, 써야만 하는 근본적인 책 말이다. 그날 밤 고요 속에서 모든 게 분명해졌다. 『비인간적인 것의 미로』를 위해, 마다그를 위해, 그가 남긴 원고를 위해 해야 할 일은 단 하나였다.

그래서 나는 그것을 가지고 들어왔다. 물이 허리 높이였다. 수첩은 이미 무거운 돌에 묶여 있다. 무언가 엄숙한 것, 묘비명 혹은 유언의 마지막 문장 같은 것을 생각해보려 했지만 떠오르지 않았다. 그대로 멀리 돌을 힘껏 던졌다. 물속으로 떨어진 돌은 마다그의 수첩을 강바닥으로 끌고 갔다. 그런 뒤에는 뻔뻔스럽도록 순수한 고요. 나는 몇 분 동안 힘들게 헤엄을 쳐서 다시 모래사장으로 올라와 모래와 조개껍질들 위에 주저앉았다. 그리고 신 강의 모성의 어둠을 바라보면서 숨을 가다듬었다. 내가 느낀 건 슬픔이었을까 안도감이었을까.

내일 나는 집으로 돌아가 가족과 함께 시간을 보낼 생각이다. 셰리프도 보러 갈 것이다. 아이다를 생각할 테고, 연락도 하고 싶어지겠지만 하지는 않을 것이다. 또한 시가 D.에게 전화를 걸어 돌아가는 대로, 나는 무심브와와 달리 파리로 돌아간다, 찾아가겠다고 말할 것이다. 스타니슬라스가 다카르의 민중 혁명이 어찌되었는지 물어오면 너무나 여러 번 그래왔듯이 혁명은 이미 빼앗겼다고 혹은 배신당했다고 진실을 말해줄 것이다. 그리고 또, 베아트리스 낭가를 다시 만날 것이다.

마지막으로, 나는 마다그가 오기를 기다릴 것이다. 나는 그의 부탁을 들어주지 않았다. 마다그가 수첩에 적어둔 글을 출간한다면 그의 작품이, 그에 대해 간직하고 싶은 나의 이기적인 추억이 파괴될 터였다. 어느 날 밤 마다그가 찾아와 나에게 해명을 요구할지도 모른다. 복수를 할 수도 있다. 그의 유령이 나에게 다가와 그의 삶의 딜레마이기도 했던, 실존이 감내해야 하는 끔찍한 양자택일의 두 항을 속삭이리라. 문학에 사로잡힌 사람들의 마음을 늘 흔들고 마는 딜레마. 쓰기와 쓰지 않기.

감사의 말

나를 믿어준, 너그럽고 또 엄격한 눈으로 지켜봐준, 늘 용기를 준, 무엇보다 우정을 나누어준 펠윈과 필리프에게 감사한다. 또한 편집팀의 브누아, 멜라니, 마리로르에게 고마움을 전한다.

이곳에 있고 또 멀리 있는 나의 가족에게 감사한다. 나의 부모님이자 내 삶을 이끌어준 본보기였던 말리크와 마메 사보, 내가 자랑스러워하는 나의 형제들, 그리고 나를 친자식처럼 받아준(그리고 일요일마다 맛있게 먹여준) 프랑크와 실비아.

그리고 나의 우정의 성좌를 채우는 모든 별들, 읽고 제안하고 너그러운 마음을 베풀어주고 함께 토론해준, 그렇게 이 책을 허물고 다시 만들고 완성해준 너희들. 사미, 아니, 엘가, 로랑, 라민, 안소피, 아미나타, 아람, 카릴, 은데이 파투, 야스, 은데코 필리프, 프란, 압두 아지즈. 너희 한 사람 한 사람 모두가 이 책에 몫이 있어. 헤아리기 힘든 귀중한 우정의 몫.

감사의 마지막은 멜리 너야, 나의 나침판이자 이 책의 나침판, 네가 없었다면 이 책은 밤의 어둠 속에서 길을 잃었을 거야.

옮긴이의 말

삶과 문학, 비인간적인 땅의 미로와
더 비인간적인 하늘의 미로

저자는 책 속의 인물 시가 D.의 입을 빌려 작품이 아닌 작가의 개인적 삶에 대해 말하는 사람들을 비난했지만, 그래도 국내에 처음 소개되는 아프리카 작가의 책 이야기인 만큼 작가에 대한 소개로 시작해보자. 모하메드 음부가르 사르는 1990년 세네갈의 다카르에서 태어났고, 서구 세계에 가장 알려진 세네갈인이라 할 수 있는 시인 레오포르 세다르 상고르와 같은 세레르족 출신이다. 고등학교를 졸업하고 프랑스로 간 뒤 파리의 사회과학고등연구원(EHESS)에서 수학했고, 학위논문을 중단하고 글을 쓰기 시작했다(독자들은 이 지점에서 이 책의 화자이자 주인공인 디에간 라티르 파이와 저자 사이의 공통점을 발견할 수 있을 것이다. 그들은 세네갈인이고, 세레르족이고, 파리로 유학을 왔고, 학위를 포기하고 작가가 되었다). 이후 자하드 민병대가 장악한 사헬 지역에서 벌어지는 사건들을 그린 첫 소설 『둘러싸인 땅(Terre ceinte)』(2015)으로 작가의 길에 들어섰고, 시칠리아에 도착한 아프리카 이민자들의 이야기인 『합창대의 침묵(Silence du chœur)』(2017), 세네갈 동성애자들의 삶을 그린 『순수한 인간들(De purs hommes)』(2018)을 연달아 발표했다. 그리고 네 번째 책, 사라진 신비한 작가를 찾아가는 또 다른 젊은 작가의 여정을 그린 『인간들의 가장 은밀한 기억(La plus secrète mémoire des hommes)』(2021)이 그의 최신작이다. 앞의 세 작품 역시 상대적으로 호평을 받으며 몇 가지 문학상을 수상했지만 모두 '혼혈 문학' '프랑스어권 문학' 같은 한정이 딸린 상이었다면, 『인간들의 가장 은밀한 기억』은 2021년 공쿠르상 수상작으로 선정되면서 서른한 살의 젊은 세네갈 작가를 단숨에 프랑스 문단의 중심으로 불러냈다.

『인간들의 가장 은밀한 기억』은 이른바 '프랑스 연합'의 일원이던 세네갈을 배경으로 식민 지배 속에서 살아가는 흑인 지식인들의 삶을 이야기한다. 세레르족 쌍둥이 형제 우세누 쿠마흐와 아산 쿠마흐는 백인들의 위협을 자각한 흑인들에게 주어지는 선택지, 즉 자기들만의 것을 지키기와 백인들의 문화를 받아들임으로써 그들을 알아가기라는 두 가지 길을 구현한다. 양차대전의 격랑 속에 비극적으로 연루된 형제의 운명은 2018년의 파리에 사는 두 아프리카 작가, "한 손으로 먹을 것을 주면서 다른 손으로는 목을 조르는" 백인들의 세상을 거부하기로 한 무심브와와 "문화적 사생아"이기를 받아들이며 보편성을 추구하려 애쓰는 디에간에게도 그대로 살아 있다. 이 점에서 상고르를 중심으로 유럽 문화의 우월성에 맞서 아프리카적인 삶의 원초적 신비를 되살리려 한 네그리튀드 운동은 무심브와에게도 디에간에게도 답을 주지 못하는 어정쩡한 타협일 뿐이다. 식민주의가 거두는 가장 뛰어난 성공은 피식민자들에게 "자신들을 파괴하는 바로 그것이 되고 싶다는 욕망"을 심는 것이라는 점에서, 『비인간적인 것의 미로』라는 책을 남기고 침묵과 망각 속에 사라진 T.C. 엘리만은 이러한 갈등의 극단적 결과물이다.

엘리만은 이 책의 헌사에 등장하는 실존 인물 얌보 우올로구엠 (Yambo Ouologuem)을 모델로 한다. 우올로구엠은 1940년 말리 (당시에는 '프랑스령 수단'이었다)에서 태어나 프랑스로 와서 고등 사범학교를 졸업한 뒤 작가가 되었고, 가상의 중세 아프리카 왕조 에서 일어나는 다양한 사건들을 그린 『폭력의 의무(Le Devoir de violence)』(1968)를 발표했다. 네그리튀드 문학이 추구하던 아프리 카의 신비 대신 차갑고 가혹하고 잔인한 아프리카의 모습을 강렬한 문체로 그린 그의 첫 소설은 독자들을 매료시켰고, 스물여덟 살의 우올로구엠은 흑인 최초로 르노도상을 수상했다. 그런데 이내 한 미 국인 연구자에 의해 『폭력의 의무』가 앙드레 슈바르츠바르의 『최후 의 정의로운 자(Le Dernier des justes)』를 표절했다는 주장이 제기되 었고, 영국 작가 그레이엄 그린의 『전쟁터다(It's a battlefield)』에 대 한 또 다른 표절 주장까지 이어졌다. 영미권을 중심으로 번진 논쟁 은 미국 출판사가 번역본을 전량 회수·폐기하기로 결정하면서 프랑 스에서도 외면할 수 없는 문제가 되었다. 결국 우올로구엠의 독창적 인 작품 세계를 칭송했던 프랑스 비평가들이 입장을 바꾸어 공격 대 열에 합류했고, 출판사(쇠유) 역시 출간을 중단하고 기출간된 책들 을 모두 폐기하기에 이르렀다(이에 대해, 출판사 측이 이미 표절 내 용을 알고 있었고 심지어 저자가 표시한 인용 부호를 출판사가 없앴 다는 주장이 제기되기도 했다). 그 과정에서 자신에게 가해진 공격 들과 프랑스 문단의 냉대에 돌이킬 수 없는 상처를 입은 얌보 우올 로구엠은 1970년 말에 말리로 돌아간 뒤 다시는 유럽 땅을 밟지 않 았다. 2011년에 문학 비평가이자 번역가인 크리스토퍼 와이즈가 행적을 찾아내 인터뷰에 성공한 뒤에도 우올로구엠은 2017년 사망할 때까지 칩거 생활을 이어가며 모두의 기억에서 거의 사라진 상태였다. 그리고 2021년, 모하메드 음부가르 사르의 책이 그를 다시 환한 빛으로 불러냈다.

실제 일어난 우올로구엠 사건과 이 책 속에서 일어난 T.C. 엘리만 사건은 앞서 말한 식민 지배 속 흑인 지식인들의 삶이라는 문제에 더해 문학과 표절의 문제, 즉 문학의 독창성은 무엇인가라는 문제로 이어진다. 저자는 『비인간적인 것의 미로』를 옹호하는 한 비평가의 목소리를 빌려 "너무 명백하기 때문에 의도적인 것으로 볼 수밖에" 없는 표절, 보다 정확히는 "다른 작품을 표절했다기보다는 그 책들과 유희"를 즐긴 다시 쓰기에 대해 말한다. 그들은 "빌려오지 않아도 이미 부자"였다는 것이다. 즉, 만들어진 모든 것을 파괴하게 될 '절대의 책'은 이 땅에 만들어진 모든 것을 담아내는 책과 동의어인 셈이고, 우올로구엠의 『폭력의 의무』와 엘리만의 『비인간적인 것의 미로』는 바로 그 길을 걸어간 것이다. 사실 다른 책의 흔적이라는 측면에서 보자면 이 책 『인간들의 가장 은밀한 기억』 또한 같은 길 위에서 있다. 특히 저자 스스로 자신의 작품 세계에 큰 영향을 끼쳤다고 고백한 칠레 작가 로베르토 볼라뇨의 『야만스러운 탐정들』(1998)은 이 책 위에 짙게 그림자를 드리우고 있다. 우선 작가가 제목으로 택한 '인간들의 가장 은밀한 기억'이라는 문구 자체가 볼라뇨의 책에서 나왔고, 『인간들의 가장 은밀한 기억』은 『야만스러운 탐정들』과 마찬가지로 세 부분으로 이루어지며(첫 부분은 똑같이 주인공의 일기이다) 똑같이 실존 인물들과 허구 인물들이 뒤섞여 등장한다(곰브로비치가 대표적 예이다). 아르투르 벨라노와 올리세스 리마가 티나헤로를 찾듯이 디에간 파이와 시가 D.는 엘리만을 찾아다니고, 레알 비스세랄리스모(내장사실주의) 선언문의 내용이 책 속에 나오지 않듯이 『비인간적인 것의 미로』는 첫 문단 외에는 내용을 알 수 없다. 물론 음부가르 사르는 서구 문단에서 내쳐진 선배 작가 우올로구엠, 그리고 허구의 선배 작가 엘리만에 비해 상대적으로 안전한 길을 택한다. "설명을 붙이고 일러두고 미리 단서를 주고 그렇게 이해되고 사면되는 책은 제일 나쁜 책"이라고 주장하던 엘리만과 달리 그는 '인간들의 가장 은밀한 기억'이라는 표현이 등장한 『야만스러운 탐정들』의 구절을 책의 제사로 내세우는 타협을 통해 좀 더 조심스러운 혹은 좀 더 다시 쓰기를 시도한다.

파리, 암스테르담, 부에노스아이레스, 다카르 등을 오가는 『인간들의 가장 은밀한 기억』은 '책'으로 분류된 세 부분 속에 주인공인 디에간이 약 오 주 동안 겪는 일을 그려낸다. 「첫 번째 책」의 시작은 디에간 라티르 파이가 암스테르담에서 파리로 돌아온 날, 즉 2018년 8월 27일의 일기이다. 1부 '어미 거미의 거미줄'은 그 전으로 돌아가 7월 10일에 디에간이 우연히 같은 세네갈 출신의 작가 시가 D.를 통해 엘리만과 그의 책 『비인간적인 것의 미로』를 만나는 과정을 보여주고, 2부 '여름 일기'는 이튿날인 7월 11일부터 디에간이 다시 시가 D.를 만나러 암스테르담행 기차에 오르는 8월 25일까지의 일기이다. 「두 번째 책」은 사실상 화자 역할을 넘겨받은 시가 D.가 자신이 만난 적 없는 사촌 엘리만 이야기를 디에간에게 들려주는 긴 하룻밤(8월 25일~26일)의 일이다. 가장 짧은 줄거리의 시간이 가장 길게 이야기된 이 부분에서는 여러 인물의 증언을 통해 엘리만의 삶의 조각들이 펼쳐진다. 1부 '우세누 쿠마흐의 유언'은 세네갈에서 살던 때의 엘리만을, 2부 '조사하는 여자들과 조사받는 여자들'은 파리에 오고 책을 쓰던 젊은 엘리만을, 3부 '밀물에 취한 탱고의 밤'은 시간을 훌쩍 건너뛰어 시가 D.가 만난 아마도 엘리만이었을 노년의 인물을 그린다. 마지막 「세 번째 책」은 '긴 하룻밤' 열흘 뒤인 9월 9일부터 약 일주일 동안의 이야기이다. 디에간은 사흘 전인 9월 6일에 다카르에 왔다. 이튿날인 9월 7일에 반정부 시위 중 일어난 분신자살로 인해 그가 오랜만에 다시 찾은 다카르는 혼란에 빠진 상태다. 1부 '우정 – 사랑 × 문학 / 정치 = ?'에서는 9월 14일로 예고된 시위를 앞둔 다카르의 긴장과 아르헨티나에서의 엘리만의 행적이 교차되며 그려지고, 2부 '마다그의 고독'은 9월 14일의 시위 이후 엘리만의 고향 마을에 찾아간 디에간을 통해 그의 말년의 삶을 그린다. 이렇게 여러 '증인들'을 통해 한 조각씩 엘리만의 삶을 맞춰나간 뒤, 그러나 여전히 다 맞추지 못한 채로, 디에간은 엘리만이 죽음을 맞은 흙집에서 밤을 보낸다. 그리고 그 방의 주인과 마찬가지로 자신에게도 던져진 딜레마를 되새기며 긴 여정을 끝낸다. "문학에 사로잡힌 사람들의 마음을 늘 흔들고 마는 딜레마. 쓰기와 쓰지 않기."

이 책의 가장 큰 매력은 때론 혼란스럽게 느껴질 정도로 이질적인 요소들의 조합 속에서 마치 숨어 있는 보물을 찾듯 한 인물을 따라가게 하는 서술에 있다. 그 사이사이 이야기의 흐름이 정지되면서 풍경을 묘사하거나 내면을 되짚어가는 성찰의 깊이 역시 매력적이다. 무엇보다 세상에서 사라진 엘리만의 삶이 여러 사람의 증언을 통해 한 조각씩 재구성되는 방식이 눈길을 끈다. 예를 들어 「두 번째 책」에서는 엘리만을 직접 알았던 편집자 테레즈 자코브, 자코브를 취재한 브리지트 볼렘, 볼렘을 찾아가 자코브의 증언을 전해 들은 시가 D.까지 '조사하는 여자들'과 '조사받는 여자들'이 얽히고, 다시 디에간 파이가 그 모든 이야기를 전해 듣는다. 「세 번째 책」에서는 세네갈에 온 디에간의 회상을 통해 엘리만의 삶에 대한 증언들이 주어진다. 현재에 속한 말 혹은 상황이 수시로 과거의 기억을 불러들이는 방식이다. 마치 부족의 역사를 암송으로 보존해나가는 서아프리카의 구송 시인 '그리오'의 목소리를 떠올리게 하는 긴 이야기 속에는 역사적 사건들이 배경으로 등장한다. "조국 프랑스"를 위해 전쟁에서 목숨을 바친 흑인들의 용맹을 야만성으로 배척하는 프랑스 지식인들은 식민주의자들의 폭력과 위선을 보여주고, 엘리만의 편집자인 샤를 엘렌슈타인에게 바쳐진 '샤를 엘렌슈타인은 어디서 끝을 맞는가'(저자가 사랑하는 가수 오마르 펜의 노래 〈우리는 어디서 끝을 맞는가〉의 오마주일 것이다)는 홀로코스트의 비극을 함축적으로 그려낸다. 아프리카와 남아메리카 두 대륙에서 무능한 정치와 군부독재라는 정치적 폭력에 내몰린 사람들의 갈등과 모순도 큰 자리를 차지한다. 마지막으로 아마도 저자에게 가장 고통스러운 현실이었을 비극, 아프리카 대륙에서 벌어졌고 여전히 벌어지고 있는 내전의 참혹한 영상이 가장 날카롭고 무겁게 그려진다.

『인간들의 가장 은밀한 기억』이 던지는 질문들은 우리의 삶에서 문학이 어떤 의미를 가질 수 있는가, 라는 질문을 불러온다. 사라진 엘리만의 책에 대해 "정화의 불을 통해 이루어지는 정신적이고 미학적인 상승의 추구에 대한 알레고리"라면서 어쩌면 저자의 의도에 가장 가깝게 읽어낸 탐미주의자인 엥겔만이 홀로코스트의 무자비한 가해자라는 사실은 문학과 현실의 대치를 단적으로 보여준다. "사회적 고통이라는 문제 앞에서 글쓰기의 문제가 어떤 무게를 지니겠는가? 절대적인 존엄성의 갈망 앞에서 절대적인 책을 찾는 일이 얼마나 중요하겠는가"라고 자문하는 디에간 파이와 함께 『인간들의 가장 은밀한 기억』의 긴 여정은 문학이란 무엇이고 문학은 무엇을 할 수 있는가, 라는 근원적인 질문을 남기게 된다. 엘리만과 디에간이 쓰려 했고 아마도 음부가르 사르가 쓰고자 하는 책의 이야기들은 그렇게 볼라뇨의 『야만스러운 탐정들』에서 가져온 제사에 응답한다. 볼라뇨의 구절을 다시 바꾸어 말하면, 세상 모든 것이 죽지 않는 한, 태양이 꺼지지 않는 한, 그리고 지구가, 그리고 태양계가, 그리고 은하계가, 그리고 인간들의 가장 은밀한 기억이 꺼지지 않는 한, 모든 책이 다 들어 있는 불가능한 책, 쓰일 수 없고 읽을 수 없는 '절대의 책'을 향한 꿈은 사라지지 않으리라. 다다를 수 없을 목적지 혹은 근원을 향해 가는 엘리만의 여정, 디에간의 여정, 그리고 작가 음부가르 사르의 여정은 우리에게 비인간적인 이 땅의 미로를 계속 걸어가라고, 땅의 미로 못지않게 비인간적인 하늘의 미로를 바라보라고, 길을 찾도록 반짝여주는 별이 사라진 채 "때로 뇌우가 쏟아지는 늘 조용한 하늘"을 바라보면서 나아가라고 말한다.

윤 진

옮긴이 윤진

아주대학교와 서울대학교 대학원에서 프랑스 문학을 공부했으며, 프랑스 파리 3대학에서 박사학위를 받았다. 전문 번역가로 활동 중이다. 옮긴 책으로 문학이론서인 르죈의 『자서전의 규약』, 마슈레의 『문학 생산의 이론을 위하여』, 소설로는 라클로의 『위험한 관계』, 베르나노스의 『사탄의 태양 아래』, 곰브로비치의 『페르디두르케』, 모파상의 『벨아미』, 졸라의 『목로주점』, 유르스나르의 『알렉시 · 은총의 일격』, 주브의 『파울리나 1880』, 코엔의 『주군의 여인』, 뒤라스의 『태평양을 막는 제방』, 킴 투이의 『루』와 『만』 등이 있다. 그 외에도 시몬 베유의 『중력과 은총』, 뒤라스의 『물질적 삶』, 바타유의 『에로스의 눈물』 등을 옮겼다.

인간들의 가장 은밀한 기억

1판 1쇄   2022년 11월 1일
1판 3쇄   2023년 7월 28일

지은이   모하메드 음부가르 사르
옮긴이   윤진
펴낸이   김이선
편집   김소영 황지연
디자인   김마리
마케팅   김상만

펴낸곳   (주)엘리
출판등록   2019년 12월 16일 (제2019-000325호)
주소   04043 서울특별시 마포구 양화로 12길 16-9 (서교동 북앤빌딩)

✉   ellelit@naver.com
🐦 ⓘ   ellelit2020
전화   (편집) 02 3144 3802 (마케팅) 02 6949 1339
팩스   02 3144 3121

ISBN   979-11-91247-27-5 03860